Emma Wagner

Weil du mich riefst

TINTE & FEDER

Das Buch

Kann Liebe siegen, wenn das Schicksal andere Pläne hat?

Tina führt mit ihrem Vater in London ein Restaurant. Als ein Gast behauptet, der Armreif, der einst ihrer Mutter gehört hat, stamme aus Zypern, ist ihre Neugier geweckt. Ihr Vater bestreitet jede Verbindung dorthin, trotzdem beschließt Tina, den Urlaub mit ihrer besten Freundin für Nachforschungen zu nutzen, und reist auf die Insel der Götter.

Dort verliebt sie sich nicht nur in die malerische Landschaft, sondern auch in den hilfsbereiten Alec. Bald jedoch scheint es, als würde er ihr etwas verheimlichen. Hat es mit der Geschichte ihrer Eltern zu tun? Und wer ist der Mann mit der Narbe im Gesicht? Eine Reise in die Vergangenheit beginnt, die mehr verändert, als Tina je für möglich gehalten hätte.

Die Autorin

Über eine Million Leser*innen konnte Emma Wagner bereits begeistern, monatelang waren ihre Romane in den Top 100 der Amazon Charts vertreten. »Weil ich von dir träumte« belegte wochenlang Platz 1. Über ihre Bücher wurde bereits im Radio und in bekannten Printmedien berichtet. Die dreifache Mutter lebt mit ihrer Familie bei Heidelberg, spielt mehrere Instrumente und liebt es auch, mit Leinwand und Farben kreativ zu sein.

EMMA WAGNER

Weil du mich riefst

Roman

TINTE & FEDER

Deutsche Erstveröffentlichung bei
Tinte & Feder, Amazon Media EU S.à r.l.
38, avenue John F. Kennedy, L-1855 Luxembourg
Oktober 2020

Umschlaggestaltung: semper smile, München, www.sempersmile.de
Umschlagmotiv: © Jones M / Shutterstock;
© Fabrice LEROUGE / Getty Images;
© Veronica White / EyeEm / Getty Images; © borchee / Getty Images;
1. Lektorat: Jil Aimée Bayer
2. Lektorat und Korrektorat: VLG Verlag & Agentur, Haar bei München,
www.vlg.de
Gedruckt durch:
Amazon Distribution GmbH, Amazonstraße 1, 04347 Leipzig /
Canon Deutschland Business Services GmbH, Ferdinand-Jühlke-Straße 7,
99095 Erfurt /
CPI books GmbH, Birkstraße 10, 25917 Leck

ISBN 978-2-91980-931-8

www.tinte-feder.de

Ein Tag im Herbst

Regen trommelt auf meine Kapuze. Glücklich hüpfe ich mit meinen neuen roten Gummistiefeln auf dem Gehweg von einer Pfütze in die nächste. Ich habe sie zu meinem fünften Geburtstag bekommen und trage sie seitdem fast jeden Tag.

»Athina«, mahnt meine Mum. Sie sitzt allein auf der überdachten Bank des Buswartehäuschens. »Du wirst noch ganz nass, Kind.«

»Das ist so toll, Mummy!«, rufe ich, nehme Anlauf und springe mit Wucht in den Rinnstein, stelle mir vor, er wäre das Meer und ich Poseidon. Das Wasser spritzt bis zu den Ärmeln meiner Regenjacke hoch, und ich klatsche vor Freude in die Hände.

Mum ist weniger glücklich. Sie mag Regen nicht. Oder Schnee. Oder Hagel. Sie sagt immer, sie würde dann frieren, aber das tut sie sowieso ständig. Sie trägt ihren Wintermantel, Schal und Wollmütze, dabei sind die Bäume noch voller bunter Blätter.

»Bitte, hör auf«, sagt sie. »Ich möchte nicht, dass du dich erkältest.« Sie streckt mir eine Hand entgegen, damit ich zu ihr komme.

Ich bleibe, wo ich bin. »Nur wenn du mir die Geschichte von der Geburt der Göttin Apfelsine erzählst.«

Mum lacht. Das schönste Geräusch der Welt. »Du meinst Aphrodite?«

Ich nicke, laufe nun doch zu ihr zurück und sehe sie erwartungsvoll an.

»Na schön. Wir haben ja noch ein paar Minuten, bis der Bus kommt.« Sie streicht mir eine nasse Haarsträhne aus der Stirn, gibt mir einen Kuss auf die Nasenspitze. Er fühlt sich so gut an wie Schokokekse vor dem Schlafengehen. Ich kuschele mich auf der Bank an sie und schließe die Augen.

Sie legt den Arm um mich, streichelt sacht meine Wange. »Vor Urzeiten, als die Titanen sich stritten, die Berge noch ohne Namen waren und kein Menschenauge die Flüsse erblickt hatte, lebten die Götter in einem Land, in dem der Sommer ewig währt und das Meer in hundert verschiedenen Blautönen leuchtet.«

Ihre Stimme ist so warm wie das Land in ihren Geschichten. Sie hüllt mich ein und nimmt mich mit. Dorthin, wo die Luft nach Zitronen duftet und die Leute fröhliche Feste miteinander feiern, voller Musik und Lachen.

»Gibt es dieses Land wirklich?« Meine übliche Frage.

»Irgendwo, mein Schatz, da bin ich sicher.« Ihre übliche Antwort. Mum klingt heute trauriger als sonst. »Irgendwann.«

Ich nicke und warte darauf, dass sie weiterspricht, aber sie schweigt. Ihr Blick verliert sich zwischen den grauen Häusern und dunklen Wolken. Hat sie etwa vergessen, wie es weitergeht? »Jetzt kommt der Teil mit der Muschel«, sage ich und schiebe Mums Mantelärmel ein wenig nach oben, damit ich ihren Armreif sehen kann. Der hat nämlich ganz viele Muscheln. Und Türkise. Vorsichtig streiche ich darüber.

Mum ist immer noch still, dreht nur den Reif hin und her.

Ungeduldig zupfe ich an ihrem Ärmel. »Mummy!«

Jetzt räuspert sie sich und erzählt endlich weiter. »Eines Morgens, als die aufgehende Sonne den Himmel in alle Farben des Sommers tauchte – vom sanften Rosa erblühenden Oleanders über das strahlende Orange reifer Apfelsinen bis hin zum leuchtenden Lila des Hibiskus am Abend –, da wurde genau dort, wo das Wasser so türkis war wie die Steine hier, eine Muschel an den Strand gespült. Eine Muschel, die so schön war, dass …«

Sie bricht ab.

»Mummy?«

Keine Antwort.

»Erzähl weiter«, bettele ich, aber sie rührt sich nicht. Als ob sie eine dieser Statuen im Park wäre. Wieso guckt sie so komisch auf die andere Straßenseite? Dort nähert sich ein Bus, aber den beachtet Mum gar nicht. Was denn dann? Etwa den Mann, der drüben unter der Überdachung steht und Zeitung liest? Die Frau mit dem bunten Schirm und dem Jungen an der Hand? Oder das alte Ehepaar mit den durchsichtigen Regenhauben?

Jetzt hält der Bus, und ich kann die Menschen nicht mehr sehen.

Mums Finger bohren sich in meinen Arm.

»Aua!«, rufe ich erschrocken, aber sie reagiert gar nicht darauf. Sie sieht aus, als sei sie hier bei mir und gleichzeitig weit weg. Wie kann das sein? Ich zerre an meinem Arm. »Du tust mir weh!«

Jetzt fährt Mum zusammen. Sie ist plötzlich ganz weiß im Gesicht. Ist ihr schlecht? Ohne meine Hand loszulassen, springt sie auf und zieht mich zur Straße.

»Unser Bus ist noch gar nicht da!«, protestiere ich. Hört sie mir überhaupt zu? »Du hast deinen Schirm vergessen!«, rufe ich und will zur Bank zurücklaufen, aber sie hält mich fest.

»Mummy! Der Schirm!« Sie wird doch ganz nass! Ich stemme mich gegen ihren Zug. Gerade noch rechtzeitig bleibt sie stehen, die Ampeln an der Kreuzung scheinen umgeschaltet zu haben, denn ein Auto nach dem anderen saust an uns vorüber. Warum sieht Mum so hektisch zwischen dem Bus auf der anderen Seite und den Autos hin und her? »Ist da irgendwas?«

Sie antwortet nicht, ihre Augen sind weit aufgerissen und glänzen fiebrig, ihr Klammergriff wird noch fester. Immer wieder macht sie einen Schritt auf die Fahrbahn und wieder zurück, sucht verzweifelt nach einer Lücke im Verkehr.

Ich bekomme Angst. »Mummy, wo willst du hin?«

Anstelle einer Antwort zieht sie mich plötzlich weiter. Panik schießt durch meine Adern, während wir zwischen den wild hupenden Autos über die Straße hasten. Tränen steigen mir in die Augen, ich verstehe das alles nicht.

Als wir den Gehweg erreichen, schließt der Bus gerade schnaufend die Türen. Mum schreit auf. Es klingt so furchtbar, dass ich Bauchweh bekomme. Nur mit Mühe kann ich mit ihren großen Schritten mithalten, während sie mich mit sich zerrt. Wir rennen dem anfahrenden Bus hinterher, und Mum donnert mit der Faust an die hintere Tür.

»Nicht so schnell!«, rufe ich. »Ich kann nicht mehr!« Meine Seiten stechen, ich fange an zu weinen, aber Mum läuft weiter, bis ich auf den nassen Pflastersteinen ausrutsche und mit einem Aufschrei der Länge nach hinschlage.

Der Bus hält an, die Tür öffnet sich. Mein rechtes Knie brennt wie Feuer, aber Mum zieht mich hoch und in den Bus, bleibt jedoch im Türrahmen stehen. Alle Gesichter sind uns zugewandt, teils erschrocken, teils aufgebracht starren uns die Leute an.

Ich schluchze laut, Mum rührt sich nicht, sieht sich verzweifelt um.

»Was ist denn jetzt?«, herrscht uns der Busfahrer an. »Raus oder rein?«

Mum weicht zurück, ich mit ihr.

»Spinnerin!«, dringt es nach draußen, bevor die Tür sich wieder schließt und der Bus endgültig abfährt.

Mum rührt sich nicht, ihre Hand umklammert noch immer die meine.

Ich halte das nicht länger aus und reiße mich wütend los, doch sie scheint es nicht einmal zu bemerken. Ebenso wenig wie den Regen, obwohl wir schon ganz nass sind.

Ich humpele zur Bank im Wartehäuschen, umfasse mein Knie. Die Hose ist an dieser Stelle zerrissen, und als ich die blutende Schürfwunde sehe, heule ich erneut auf. »Warum bist du so gerannt? Ich hasse dich!«

Mum zuckt zusammen. Als sie sich umdreht, sehe ich ihre Augen schimmern. Sind das Regentropfen auf ihren Wangen? Oder Tränen?

Sie macht zwei Schritte auf mich zu, beugt sich herab und will meine Verletzung in Augenschein nehmen, aber ich schlage weinend ihre Hand fort. »Lass mich! Das ist deine Schuld! Alles deine Schuld!«

Bestürzt starrt sie mich an. »Es tut mir leid, mein Engel, es tut mir so furchtbar leid.« Sie geht hastig in die Knie und zieht mich so heftig an sich, dass sie mit ihrem Armreif gegen den Metallpfosten des Wartehäuschens schlägt. Eine Muschel bricht heraus und landet in der Pfütze zu meinen Füßen. Sie ist weiß wie der Schaum auf dem Meer.

»Wer war in dem Bus?«, schluchze ich.

»Niemand.« Ihre Stimme zittert, sie greift nach der Muschel.

»Warum bist du ihm dann nachgelaufen?«

Sie hebt den Kopf, und ich erschrecke furchtbar. Sie sieht noch trauriger aus, als ich es letzten Sommer war, nachdem mir meine Lieblingspuppe von der Brücke in die Themse gefallen und für immer verschwunden war.

»Weil ich Hoffnung hatte.«

Ihre Hand schließt sich ganz fest um die Muschel. Als sie sie wieder öffnet, liegen nur noch winzige Stückchen darin.

Kapitel 1

Ohne dich
bin ich
wie eine Welle ohne Gischt.
Wie eine Nacht ohne Zikaden.
Wie eine Muschel, die ihre Perle verloren hat.

Heute

Geistesabwesend streiche ich über die Kuhle im Armreif, in der sich einst eine dünnschalige, zierliche Muschel befand.

Der Regen prasselt so heftig auf den kleinen Balkon unseres Restaurantbüros, dass die große Pfütze auf dem Estrich Blasen wirft. Ein Wetter wie damals. An dem Tag, der auch das letzte Lachen meiner Mum mit sich genommen hatte.

Egal, wie oft ich meine Mutter auf jenes bizarre Erlebnis ansprach, eine Erklärung habe ich nie bekommen. Dennoch war seitdem alles anders.

Ich senke den Blick auf mein Handgelenk. Feine Ziselierungen erstrecken sich über den gesamten, mit Türkisen und Muscheln besetzten Reif.

»He, Tina!« Eine Hand schnipst vor meinem Gesicht.

Erschrocken fahre ich zusammen.

Colleen, die neben meinem Schreibtisch steht, sieht vorwurfsvoll auf mich herab und frotzelt: »Deine beste Freundin redet mit dir, aber bekommt keine Antwort. Wie unhöflich. Schläfst du mit offenen Augen, oder was?«

Jetzt erst bemerke ich, dass der PC-Bildschirm in den Stand-by-Modus gegangen ist. Offenbar habe ich eine ganze Weile aus dem Fenster gestarrt, ohne es zu bemerken. »Ich habe nachgedacht«, murmele ich lahm und schlinge die Arme um meinen Oberkörper – in dem lächerlichen Versuch, mich selbst zu trösten.

»Und so was schimpft sich Frühling«, stöhnt Colleen, die meine Reaktion anscheinend fehlgedeutet hat. Missmutig pustet sie sich eine Strähne ihres weizenblonden Long Bobs aus dem Gesicht. Die letzten Wochen sind tatsächlich selbst für unsere englischen Verhältnisse ungewöhnlich kalt und verregnet gewesen. »Deshalb sollten wir uns endlich entscheiden, wohin wir fliegen wollen«, fährt sie fort und verhilft mir damit wieder zu dem roten Faden, den das Gewitter mir kurzzeitig entrissen hat. »›Last minute‹ ist nicht ganz so wörtlich zu verstehen, das ist dir schon klar, oder?« Sie lässt sich auf die Ledercouch in Dads Büro plumpsen, das in den vergangenen Jahren immer mehr zu meinem geworden ist.

»Ich weiß.« Was ich hingegen *nicht* weiß, ist, wieso ich mich zu einem gemeinsamen Urlaub mit ihr habe breitschlagen lassen. Wenn man eine Reise, bei der man vermutlich von einer Party zur nächsten mitgeschleift wird, denn überhaupt so nennen kann. Und darauf wird es wohl hinauslaufen.

»Eigentlich …«, setze ich an, weiter komme ich jedoch nicht.

»Du hast es dir anders überlegt, nicht wahr?«, unterbricht sie mich. Ihre Unterlippe zittert, theatralisch fasst sie sich ans Herz. »Ich soll meinen Urlaub allein verbringen, während der

Mann, den ich über alles liebe, am Pool des Hotels, das *ich* ausgesucht habe, mit dieser blöden Pute rumknutscht.«

Ach ja. Stimmt. *Das* war der Grund. Ich unterdrücke ein Augenrollen. Liebeskummer ist nichts Neues bei Colleen, und ich habe ihr von Anfang an gesagt, dass Mason und sie so gut zueinanderpassen wie Senf und Marmelade. Aber vermutlich ist es das, was Freundschaft ausmacht: trotz allem mit jemandem, den man ebenso beharrlich wie vergeblich vor einem Fehler gewarnt hat, in den Urlaub zu fliegen, damit er über genau diesen Fehler hinwegkommt. »Nein, natürlich komme ich mit.«

Schlagartig hellt sich ihr Gesicht auf. »Du bist die Beste!« Sie springt von der Couch auf und fällt mir um den Hals. Im nächsten Moment hat sie ihre Wange an meine gedrückt, zückt ihr Handy und hält es mit gestrecktem Arm vor uns für ein Selfie. »Nicht gucken, als hättest du Zahnweh! Das wird schön, ganz bestimmt.«

Ich bin mir nicht sicher, ob sie unseren Trip oder das Foto meint, aber gebe mir Mühe, so charmant zu lächeln wie sie. Doch selbst wenn ich nicht hundemüde wäre, würde mir das nicht gelingen. Wir sind wie Tag und Nacht. Und es stellt sich gar nicht die Frage, wer von uns beiden die Nacht ist.

Resigniert betrachte ich das Display. Mein dunkelbraunes Kraushaar steht in alle Himmelsrichtungen ab, und meine Nase erscheint im Vergleich zu der von Colleen riesig. Meine Freundin trägt dunklen Lidschatten, ich hingegen habe zurzeit dunkle Schatten *unter* den Augen.

Ich unterdrücke einen Seufzer. Colleen ist mit ihren achtundzwanzig zwar nur ein Jahr jünger als ich, im Moment fühle ich mich allerdings uralt. Die letzten Wochen sind unfassbar stressig gewesen: der Umbau unseres neuen Restaurants und die Wiedereröffnung, während parallel der Betrieb im alten Lokal am anderen Ende der Stadt auf Hochtouren weiterlief. Doch nicht das hat mich all meine Kräfte gekostet, sondern etwas,

was vor Monaten geschehen ist. »Allerdings würde ich den Urlaub gern verschieben.«

»Was?« Ihr fällt fast das Handy aus der Hand.

»Ich kann hier nicht weg, solange Mum …« Ich halte inne, schlucke.

Colleen legt mir mitfühlend die Hand auf den Arm. »Du weißt aber schon, dass …«

»Tina, mein Schatz, ich habe großartige Nachrichten!« Noch bevor mein Vater die Tür öffnet, dringt seine laute Stimme herein, dann stürmt er selbst ins Zimmer. Wie immer im Anzug, sauber rasiert und das Haar sorgsam über die beginnende Glatze an seinem Hinterkopf gekämmt.

»Prinzessin, du kannst dir nicht vorstellen, was ich gerade erfahren habe und, oh, hallo Colleen.«

»Hallo, Mister Moustaki.«

Er lächelt ihr geistesabwesend zu und geht auf die Unterlagenstapel los, die auf unserem gemeinsamen Arbeitstisch liegen, um sogleich hektisch darin herumzuwühlen. »Wo habe ich …? Wo ist denn bloß …?«

»Du bringst mir alles durcheinander«, protestiere ich, schließlich habe ich gerade erst mühsam Ordnung in all die Rechnungen, Angebote und den ganzen Rest gebracht. Ich springe auf und versuche, die Stapel zusammenzuhalten, während er einzelne Blätter daraus hervorzerrt. »Bitte, sag mir doch einfach, was du suchst, Daddy.«

»Nicht nötig, da ist es.« Er zieht eine Aktenmappe hervor, hält jedoch plötzlich inne, als sein Blick auf mein Handgelenk fällt. Seine Stirn legt sich in Falten, sein Mund wird zu einem schmalen Strich.

»Mir war heute nach etwas Farbe«, sage ich entschuldigend und ziehe verlegen den Ärmel meiner Bluse über Mums Armreif.

Das stimmt sogar. Das Grau in Grau vor den Fenstern und tagein, tagaus das Schwarz-Weiß meiner Outfits schlagen mir langsam aufs Gemüt. Beinahe hätte ich ergänzt, dass ich von seinen Plänen, hier aufzutauchen, ja nichts habe ahnen können, weil sein Terminkalender etwas anderes sagt.

Ich weiß, dass er es nicht gern sieht, wenn ich Mums Armreif trage. Aber der Reif ist zu schön, um in einer Schatulle zu vermodern. Außerdem erinnert er mich nicht nur an das traumatische Buserlebnis in meiner Kindheit, sondern auch an all die Geschichten, die Mum mir erzählt hat, und damit an eine Zeit, in der die Welt noch in Ordnung war. In der meine Mum noch lachte.

Sein Blick streift erneut mein Handgelenk, aber er verliert kein Wort darüber. Stattdessen drückt er mir einen Kuss aufs Haar und verkündet: »Ich muss gleich zur Bank, wünsch mir Glück.«

»Gern, aber würdest du mir bitte verraten, wofür?«

»Wenn alles gut läuft, werden wir nicht nur irgendein weiteres Restaurant eröffnen, sondern ein Restaurant der Superlative!«

Vor Schreck fege ich einen der Papierstapel vom Tisch. »Colleen, hat mein Vater gerade wirklich gesagt, er wolle noch ein drittes Lokal eröffnen?«

»Ja, und zwar eins der Superlative«, ergänzt Colleen gewissenhaft.

Ich lasse mich zurück in den Stuhl fallen. »Dad! Wovon träumst du? Wie sollen wir das denn schaffen?«

Eben noch hat er Anstalten gemacht zu gehen, jetzt bleibt er abrupt stehen, dreht sich um und sieht mich durchdringend an. »Wenn man etwas schaffen will, dann …«

»… schafft man es«, beende ich den Satz für ihn und verziehe das Gesicht. Seine Lebensmaxime. Und inzwischen notgedrungen auch meine. Als würde das all unsere Probleme verschwinden lassen. Dennoch: Mein Vater mag zwar ein Macher sein, einer, der anpackt und etwas auf die Beine stellt, sich durch nichts von seinen Zielen abbringen lässt. Aber Systematik ist für ihn nur ein Wort mit zehn Buchstaben, der Großteil des Verwaltungskrams ist somit mein Job. Beim Gedanken an all die Arbeit, die damit zusätzlich auf mich zukommt, bricht mir der Schweiß aus.

»Aber unser Urlaub findet doch trotzdem statt?«, meldet sich Colleen besorgt zu Wort.

»Welcher Urlaub?«, fragt mein Vater verdutzt und sieht zu dem riesigen Terminkalender an der Wand, in dem eine dünne Linie um drei Wochen gezogen ist. Wohlweislich mit Bleistift, damit sie jederzeit schnell wieder wegradiert werden kann.

»Ah«, brummt er, »den meint ihr.«

»Ich kann bleiben«, biete ich an, erleichtert über dieses Hintertürchen.

»Aber …« Colleen guckt wie ein Hund, dem man den Futternapf weggenommen hat.

Ich beiße mir auf die Lippe, will sie nicht enttäuschen, muss es in diesem Fall jedoch tun. Für Mum.

»Nein, kommt nicht infrage.« Dad schüttelt entschieden den Kopf. »Du brauchst unbedingt eine Pause.« Plötzlich besorgt, gleitet sein Blick über mein Gesicht. Fast so, als nähme er mich zum ersten Mal seit langer Zeit wirklich wahr. »Sogar dringend, wenn ich mir dich so ansehe. Das ist mein Fehler. Ich habe mich in die Arbeit gestürzt und gar nicht mitbekommen, dass dir das nicht in gleicher Weise hilft wie mir.«

»Aber ich kann jetzt nicht gehen. Ich kann Mum nicht im Stich lassen. Was ist, wenn in dieser Zeit …?«

»Tina!«

Ich halte inne, schlucke schwer.

»Sie kommt nicht mehr zurück«, flüstert er gequält.

Seine Worte sind glühend heiße Pfeilspitzen, die sich in meine Seele bohren, Löcher hineinbrennen.

»Das weißt du nicht«, stoße ich schockiert aus. »Es hat schon Menschen gegeben, die nach zwanzig Jahren oder dreißig …«

»Hör auf!«

Ich schweige erschrocken. Dad wird mir gegenüber nie laut. Meine Hand fährt zu meinem Schlüsselbein und den Narben, die darunter beginnen. Sie jucken so stark wie schon lange nicht mehr. Ob es am Regen liegt oder an den Erinnerungen, ich weiß es nicht. Meine Fingernägel bohren sich durch den Stoff der Bluse in meine Haut, und ich kann dem Drang, mich zu kratzen, kaum widerstehen. Es war einfach zu viel.

Der Ärger in Dads Gesicht bröckelt, macht Hilflosigkeit Platz. Er zieht meine Hand sanft hinunter, umfasst sie mit seiner. »Tut mir leid, aber das kann so nicht weitergehen. Du lebst gar nicht mehr, du existierst nur. Ich bin durchaus in der Lage, mal eine Zeit lang beide Lokale zu managen. Du brauchst eine Pause.«

Ich kämpfe mit meinem schlechten Gewissen.

»Es sind nur drei Wochen«, beruhigt mein Vater mich.

»In dieser Zeit kann sich aber alles ändern.«

»Eben«, sagt er mit traurigem Lächeln. »Für dich. Das hoffe ich von ganzem Herzen.«

Unglücklich kaue ich auf meiner Wange. »Aber wenn etwas ist, rufst du mich an.«

»Keine Sorge, ich kriege das hier schon hin.«

»Ich meinte nicht die Restaurants.«

Er runzelt die Stirn, presst für einen Moment die Lippen aufeinander, nickt dann aber. »Wenn sich die … Lage ändert, rufe ich dich sofort an, versprochen.« Müde fährt er sich mit der Hand über die Augen, räuspert sich. »Wo soll es denn für euch zwei überhaupt hingehen?«

»Das wissen wir noch nicht«, gestehe ich und hoffe insgeheim, dass Colleen so kurzfristig kein ihren Vorstellungen entsprechendes Reiseziel finden wird.

»Wir werden würfeln und den nächstbesten Last-minute-Flug nehmen«, verkündet Colleen fröhlich. »Egal, wohin der geht.«

Ich sehe mich schon in Island in einem Schneesturm sitzen.

Das klingelnde Handy meines Vaters unterbindet weitere Diskussionen, doch während er den Anruf annimmt, klopft es an der Tür, und Penny steckt ihren Kopf ins Zimmer. »Ein Gast möchte den Koch sprechen, aber der sagt, dass er jetzt nicht aus der Küche kann.«

»Eine Beschwerde?«, hake ich besorgt nach.

Sie zuckt mit den Schultern. »Der Mann hat bereits bezahlt und ist in Eile. Er meinte, dass er seinen Flug nicht verpassen dürfe.«

Ich werfe einen Blick auf meinen telefonierenden Vater und nicke. »Ich kümmere mich darum.«

»Er sitzt an Tisch zwölf mit drei anderen Männern.« Schon ist Penny wieder verschwunden, und ich verabschiede mich eilig von Colleen.

Auf dem Weg zum Speisesaal zupfe ich vor dem Flurspiegel meine weiße Bluse zurecht und versuche vergeblich, die Sitzfalten aus dem schwarzen Rock zu streichen.

In der Küche klappert und scheppert, zischt und dampft es, als ich daran vorbeilaufe. Hektik bestimmt das Geschehen. Im Speiseraum hingegen herrscht eine entspannte Atmosphäre. Überall sitzen Grüppchen von mindestens drei Personen beisammen, nur Tisch zwölf ist leer. Offenbar hat Penny zu lange gebraucht, meinen Vater zu suchen.

Ich eile zur Garderobe, wo gerade einige Gäste in ihre Mäntel schlüpfen, und mit jedem Schritt wird mir unwohler zumute. Sicher hat die Beschwerde mit der neuen Speisekarte zu tun. Ich hätte sie nicht ändern dürfen, ohne es mit Dad abzusprechen. Das Tagungs- und Konferenzzentrum nebenan hat so viele internationale Gäste, dass ich gehofft hatte, wir würden mit entsprechend vielseitig ausgerichteten Menüs davon profitieren. Das scheint ein Schuss in den Ofen gewesen zu sein.

Nervös klemme ich mir ein paar verirrte Locken hinter die Ohren. »Entschuldigung, wollte einer der Herrschaften den Koch sprechen?«

Ein Mittvierziger, der im Abtropfbehälter nach seinem Schirm sucht, sieht auf. »In der Tat. Das war ich.«

»Unser Koch ist leider verhindert«, setze ich vorsichtig an. »Kann ich Ihnen helfen? Gibt es ein Problem?«

»Im Gegenteil.« Er lächelt. »Ich wollte mich bedanken.«

Die Anspannung fällt von mir ab wie ein reifer Apfel vom Baum, und ich atme auf, während er die anderen Männer nach draußen winkt. »Steigt ruhig schon ins Taxi, ich komme gleich.« Er wendet sich wieder mir zu. »Ich wollte nur anmerken, dass das Essen bei Ihnen großartig ist. Der gebratene *Halloumi* in Limettensoße war ein Genuss und der *Chiromeri* ein Traum!«

»Wirklich?« Ich könnte ihm vor Erleichterung um den Hals fallen; also ist die geänderte Speisekarte doch keine Fehlentscheidung gewesen. »Das freut mich sehr, vielen Dank. Den Käse und auch den in Rotwein gebeizten Schinken haben wir direkt aus Griechenland kommen lassen.«

»Bitte richten Sie dem Koch aus, dass ich seit Langem nicht so gut gegessen habe.« Er schließt die Augen und seufzt mit seligem Ton. »Dank seiner Künste rieche ich förmlich das Meer und die Zistrosen, höre den Widerhall meiner Stimme in den Schluchten des Ólympos. Fast habe ich mich in mein Heimatdorf versetzt gefühlt.«

»Ach, Sie sind Grieche?«, hake ich freudig überrascht nach, denn er ist blond und hat graublaue Augen. Natürlich kommt das auch unter uns Griechen vor, aber selten. Blond galt im alten Griechenland sogar als göttliche Haarfarbe, wie ich gelesen habe. Aus eigener Erfahrung kann ich ihre Häufigkeit allerdings nicht beurteilen, denn trotz meiner griechischen Abstammung bin ich leider nie im Land meiner Vorfahren gewesen. Überhaupt hat meine Familie, als ich noch ein Kind war, England höchstens mal für einen Abstecher nach Schottland oder Irland verlassen. Später, wenn ich zwischen all der Arbeit mal Zeit für Urlaub fand, standen exotischere Länder als Griechenland auf dem Plan der jeweiligen Freunde oder Freundinnen, mit denen ich verreiste. Früher hat mich das nicht sonderlich gestört, inzwischen jedoch verspüre ich zunehmend Sehnsucht, meine Wurzeln kennenzulernen. Wahrscheinlich wegen der Sache mit Mum.

»Nicht ganz«, entgegnet er und zieht einen schwarzen Schirm aus dem Eimer. »Ich stamme aus einem kleinen Dorf unweit von Paphos, das liegt auf der wundervollen …« Seine folgenden Worte klingen wie *Nisí ton theón.*

Ich krame mein Griechisch zusammen, das leider nicht besonders gut ist. »Insel der Götter?«, übersetze ich mit gerunzelter Stirn. Ich muss ihn falsch verstanden haben.

Er aber nickt bestätigend.

»Wo liegt das denn?«

»Hinter Kreta, aber kurz vor dem Libanon links abbiegen, dann sind Sie da«, erklärt er scherzhaft. »Die Insel ist ein Kleinod. Eine Perle. Das goldgrüne Blatt im türkisfarbenen Meer. Sie sollten sie besuchen.«

»Das werde ich sicher einmal«, erwidere ich freundlich, aber ein wenig unsicher, ob er mich nicht hochnimmt.

»Leider muss ich London schon wieder Richtung Paris verlassen, bin nur für das Symposium der Düfte hergekommen. Aber sollte ich im nächsten Jahr erneut an dieser Tagung teilnehmen, werde ich auf jeden Fall wieder hier essen.«

»Das würde uns sehr freuen.«

Er strahlt und fährt überschwänglich fort: »Ich bin meines Zeichens Parfümeur, müssen Sie wissen. Eine Leidenschaft, die übrigens die Insel der Götter in mir geweckt hat. Nicht ohne Grund gehört der nach ihr benannte Duft *Chypre* ebenso wie die gleichnamige Duftfamilie zu den bedeutendsten der Welt. Ein Meilenstein und die Grundlage für viele andere, die heute die Flaniermeilen beherrschen.«

Die etwas gestelzte Art zu reden lässt mich innerlich grinsen, aber seine Begeisterung für sein Metier ist mitreißend. Schon hat er ein Fläschchen aus der Jackentasche geholt, öffnet es und wedelt mir einen Hauch davon zu. »Kopfnote aus Limette und Bergamotte, Jasmin als Herznote, Sandelholz und Moschus in den Nebennoten … und ein paar weitere Zutaten, die ich leider nicht verraten darf.« Er zwinkert mir zu.

Tatsächlich hüllt mich ein so betörender Duft ein, dass ich unwillkürlich die Augen schließe und tief einatme. »Herrlich.«

»O ja … und doch nicht perfekt.« Er seufzt auf. »Ich bin immer noch auf der Suche nach *Aphrodite 21*.«

Ich öffne die Augen wieder. »Bitte?«

Er nickt eifrig. »So werde ich ihn nennen, wenn ich ihn gefunden habe, den Duft, der das einundzwanzigste Jahrhundert im Sturm erobern wird. Den lieblichsten Duft überhaupt. Den Duft, der der unbeschreiblichen Schönheit Zyperns gerecht wird.«

»Zyperns?«

»Ja. *Chypre.* Zypern. Insel der Götter. Das Land, in dem der Sommer ewig währt.« Ein sehnsüchtiges Lächeln legt sich auf sein Gesicht, und leise, mehr für sich selbst als für mich, murmelt er: »Ein Duft, der den Sonnenuntergang hinter dem Ólympos wiedergibt, die Spiegelung eines Regenbogens auf den Salzseen, den Geschmack frisch geernteter Orangen, die hundert verschiedenen Blautöne des Meeres …«

Den Rest bekomme ich nicht mehr mit. Es rauscht mir in den Ohren, mein Narbengeflecht juckt nicht nur, es brennt wie Feuer.

Aphrodite … Das Land, in dem der Sommer ewig währt … Die hundert Blautöne des Meeres …

Eine Gänsehaut überläuft mich. Mir ist klar, dass Aphrodite in der gesamten griechischen Welt eine Rolle spielt und dass die Formulierungen mit dem Meer und dem ewigen Sommer natürlich nur Floskeln sind, auf die man vermutlich in allen Mittelmeerländern stößt. Dennoch berührt es mich ganz seltsam, dass er dieselben Worte gewählt hat wie meine Mutter damals. Für einen Moment bin ich mir absolut sicher, dass das etwas zu bedeuten hat, aber da lässt uns der durchdringende Ton einer Autohupe zusammenfahren, und mein Gefühl zerplatzt wie eine Seifenblase.

»Verflixt, ich habe mich mal wieder festgeredet, meine Kollegen warten.« Er greift eilig nach seinem Koffer, hängt sich den Schirm über den Arm. »Sie sollten sie wirklich mal besuchen, die Insel der Götter. Wer weiß, welche Antworten Sie dort finden.«

»Wie meinen Sie das?«, hake ich irritiert nach. Fragen habe ich wahrlich genug, aber das kann er nicht wissen.

»Nun, sind wir nicht auf die eine oder andere Weise alle Suchende?«, entgegnet er verschmitzt.

»Ja, das stimmt wohl«, erwidere ich erleichtert. »Auf Wiedersehen und viel Glück bei Ihrer Suche.« Ich strecke ihm die Hand entgegen und er ergreift sie.

»Vielen Dank. Wenn ich fündig werde, was Aphrodite angeht, schicke ich Ihnen …« Er hält inne, deutet freudestrahlend auf mein Handgelenk. »Was für eine außergewöhnliche Arbeit! Lefkara, nicht wahr?«

»Wie bitte?«

»Na, der Armreif stammt doch aus Zypern.«

Ich blinzele perplex. »Nein. Ich meine, ich weiß es nicht. Er ist von meiner Mutter. Wie kommen Sie darauf, er könne aus Zypern sein?«

»Weil ich dort früher oft ähnlich gearbeitete Stücke gesehen habe und …« Erneut ertönt von draußen die Hupe. »Tut mir leid, ich muss wirklich los.« Schon hastet er zur Tür, reißt sie auf.

»Warten Sie!«

Es regnet in Strömen, aber er hetzt zum Wagen, ohne sich die Zeit zu nehmen, den Schirm aufzuspannen. Die Tür des Taxis schwingt auf, einer seiner Kollegen winkt ihm ungeduldig.

Ich laufe ihm nach. »Bitte! Wo genau haben Sie solchen Schmuck gesehen?«

»Ich weiß es nicht. Vielleicht in meinem Heimatort.« Er springt in den Wagen.

»Wie heißt er noch mal? Wo genau liegt er?«, rufe ich, aber die Tür schlägt zu, das Taxi fährt schon an.

Der Regen rinnt an der Seitenscheibe hinunter, zieht Schlieren hinter sich her. Sie verzerren das Gesicht des Mannes, das er mir zugewandt hat, bis das Taxi hinter der nächsten Straßenecke verschwindet.

Der Unbekannte ist fort. Die Unruhe, die seine Worte in mir ausgelöst haben, bleibt.

Als ich das Büro betrete, telefoniert mein Vater noch immer.

Ich gehe zu der Wand mit der mehrsprachigen Weltkarte, auf der er mit Stecknadeln alle Länder markiert hat, aus denen wir bereits Gäste hatten – es ist zwar nur eine Handvoll, aber Dad träumt davon, dass irgendwann das gesamte Papier von Stecknadeln bevölkert wird.

Er verdreht die Augen und klappt den Mund mehrfach auf und zu, um mir zu bedeuten, dass sein Gesprächspartner zu viel redet. Ich nicke geistesabwesend und fahre mit dem Finger suchend über die glatte Oberfläche der Karte. Als Kind glaubte ich immer, die Welt sei wirklich so bunt. Für mich war sie das damals auch. Leider nicht für Mum. Für sie war sie ebenso grau wie der Novemberhimmel über Westminster. Nur wusste sie das bis zu jenem entscheidenden Tag gut vor mir zu verbergen.

Mein Blick wandert zum Fenster. Der Wind treibt Regenböen vor sich her. Wieder sehe ich Mum vor mir, wie sie diesem Bus hinterherläuft, fühle das Brennen meines aufgeschlagenen Knies. Das ist verrückt, ich weiß, denn die Begegnung mit dem Fremden eben lässt sich in keinster Weise auch nur annähernd mit dem damaligen Ereignis vergleichen.

Lediglich dieses Gefühl von Verwirrtheit und Ratlosigkeit, das mich als Fünfjährige völlig verängstigt zurückgelassen hat und das ich auch jetzt verspüre, verbindet die beiden Szenen.

Ich schüttele den Kopf, um es loszuwerden. Vermutlich überkommen mich diese absurden Gedanken und alten Gefühle einfach nur, weil ich zuvor wegen des starken Regens an jenes furchtbare Kindheitserlebnis erinnert wurde.

Endlich hat Dad das Gespräch beendet, reibt sich zufrieden die Hände. »Das war der glücklichste Zufall, den ich mir hätte wünschen können! Du kannst dir nicht vorstellen, wen ich am Telefon hatte! Den Geschäftsführer von …«

»Kennst du die Insel der Götter?«, falle ich ihm ins Wort.

Er hält inne, blinzelt verwirrt. »Die was?«

»Das ist eine griechische Insel. Glaube ich.«

Achselzuckend blättert er in der Unterlagenmappe, die vor ihm liegt. »Nun, da gibt es eine ganze Menge: Kreta, Rhodos …«

Ich schüttele den Kopf. »Die meinte er nicht.«

»Wer *er?*«

»Der Gast, mit dem ich geredet habe.«

Dad hält mitten in der Bewegung inne, mustert mich mit gerunzelter Stirn. »Welcher Gast? Wie hieß er? Was wollte er?«

»Ich kenne seinen Namen nicht, aber er hat unser Essen gelobt und gebeten, dass ich das dem Koch weitergebe. Er sagte, es würde schmecken wie in seiner Heimat. Dieser Insel der Götter – Zypern.«

Seine Hände krampfen sich um die Mappe. »Hat er sonst noch etwas gesagt?«

»Er hat von Düften gesprochen. Er ist Parfümeur.«

Mein Vater lehnt sich zurück, und die Falte zwischen seinen Augenbrauen verschwindet. Ist er etwa erleichtert? Aber warum?

»Was hast du denn erwartet, dass er sagen würde?«, frage ich verunsichert.

»Na, dass ihm das Essen nicht geschmeckt habe, die Bedienung unfreundlich sei oder er meinte, eine Kakerlake gesehen zu haben, oder irgendetwas in der Art.«

»Du hast aber besorgt gewirkt. Als hättest du mit etwas … Schlimmerem gerechnet.«

»Na, also hör mal. Wenn mir einer das Gesundheitsamt auf den Hals hetzt, ist das ja wohl furchtbar genug. So ein Gastronomieprüfer muss gar nicht mal etwas zu bemängeln haben, und trotzdem ist schon Schaden angerichtet – allein durch Gerüchte. Genauso in Sachen Bedienung oder Essen, das weißt du doch. Wir können uns schlechte Publicity nicht leisten, vor allem nicht, wenn wir gerade dabei sind, einen Haufen Geld in ein weiteres Lokal zu investieren.«

Ich beiße mir auf die Lippe. »Du hast recht, tut mir leid. Aber …« Ich zögere, komme mir langsam ziemlich bescheuert vor und wende mich erneut der Karte zu. »Er sagte, der Duft *Chypre* habe seinen Namen durch diese Insel bekommen.« Ich deute auf den kleinen Fleck hinter Kreta, fast bei Syrien, der so winzig ist, dass die dreisprachige Bezeichnung darüber hinaus ins Meer ragt. »*Chypre* ist offenbar der französische Name für Zypern.«

»Ach ja?« Er beugt sich wieder über seine Aktenmappe, blättert geschäftig darin herum.

Ich fasse ihn scharf ins Auge. »Sagt dir Zypern etwa gar nichts?«

Ein kurzer Blick zu mir, dann wendet er sich wieder seinen Unterlagen zu, notiert mal hier, mal dort etwas. »Eine im Laufe der Jahrhunderte von vielen Ländern hart umkämpfte Insel. Zuletzt gab es gewaltige Anstrengungen, sie an Griechenland anzuschließen. Habt ihr darüber im Geschichtsunterricht nichts gelernt?«

Ich schüttele den Kopf. »Warst du mal dort?«

»Wozu? Griechenland hat genug eigene bezaubernde Inseln.«

»Und …« Ich räuspere mich. »Mum?« Die Ähnlichkeit der Worte des Gastes mit denen meiner Mutter geht mir nicht aus dem Kopf.

Sofort verfinstert sich Dads Gesicht. »Natürlich ebenfalls nicht. Wie kommst du darauf?«

»Dieser Gast meinte, er hätte so etwas wie ihren … *meinen* Armreif schon einmal gesehen.« Ich ziehe meinen Ärmel ein Stück weit zurück. »In seiner Heimat. Auf Zypern.«

Jetzt sieht mein Vater erneut auf. Und lacht. »Das wundert mich nicht. Von diesen Dingern gibt es sicher Hunderttausende. Die werden vermutlich an jedem Strand der Welt für ein paar Cent verhökert. Das ist doch niemals echtes Silber, höchstens versilbertes Blech. Irgendein Schrott, den ihr mal jemand als Souvenir angeschleppt hat, der nicht wusste, wohin mit dem Ding. Ich habe nie verstanden, warum deine Mutter so daran hing.«

Ich beiße mir auf die Lippe, ich bin so sicher gewesen, der Lösung eines Rätsels auf der Spur zu sein, von dem ich nicht einmal weiß, wie es lautet. Gedankenverloren streiche ich über einen der Türkise. Ob echtes Silber oder nicht, der Reif sieht wunderschön aus.

»Du hast recht, ich weiß nicht, was mit mir los ist.«

»Nein, mir tut es leid. Du hast dir zu viel zugemutet. Ich hätte dem schon längst einen Riegel vorschieben sollen. Ich hatte gehofft, es würde dir guttun, dich in die Arbeit zu stürzen. So wie es bei mir der Fall ist, aber ich habe mich offensichtlich geirrt. Zudem verbringst du noch immer jedes bisschen freie Zeit, das dir bleibt, damit, …«

»Dad, nicht, bitte.«

Er presst die Lippen zusammen, schüttelt seufzend den Kopf. »Ist gut, ich bin still. Trotzdem brauchst du eine Pause von allem hier.« Er stemmt sich aus seinem Stuhl hoch und kommt zu mir. »Denk nicht, dass mir das mit deiner Mum egal ist.« Er atmet tief durch, um sich zu sammeln. Mit einem Mal sieht er sehr viel älter aus, wirkt in sich zusammengesackt, als hätte er ausgeatmet und vergessen, seine Lunge wieder mit Luft zu füllen. Als er weiterspricht, zittert seine Stimme, sind seine Augen dunkel vor Trauer. »Du weißt, dass sie … Probleme hatte. Aber auch, wenn es deswegen seit einiger Zeit … nicht … so gut lief zwischen uns …«, er schließt für einen Moment die Augen, Schmerz verzerrt sein gutmütiges Gesicht, »… musst du mir glauben, dass ich sie mehr liebe als alles andere auf der Welt. Abgesehen von dir.«

»Ich weiß«, flüstere ich, und das tue ich wirklich. Er spricht selten über das, was vor Monaten geschehen ist, verschanzt sich stattdessen hinter seiner Arbeit, aber ich habe in seinem Bad all die Tabletten gesehen, die er offenbar braucht, um wenigstens ein paar Stunden schlafen zu können. Neulich hat mich die alte Dame aus der Wohnung unter der meiner

Eltern besorgt auf ein lautes Scheppern hingewiesen, das von Zeit zu Zeit ertöne. Als würde jemand Geschirr gegen die Wand werfen. Ich habe sie beruhigt, aber jedes Mal, wenn ich mich in der luxuriösen Altbauwohnung mit den hohen Decken umsehe, fehlt mehr von all den ebenso schönen und teuren wie nutzlosen Dingen, die meine Eltern im Laufe der Zeit angesammelt haben. Als hätte mein Vater deren Bedeutungslosigkeit erkannt, jetzt, wo das Wichtigste nicht mehr da ist. Vielleicht hofft er in seiner Wut und Trauer, sie zu zerstören, könne ihm Mum zurückbringen.

Ich schlucke schwer und kämpfe gegen das Schluchzen an, das meine Kehle hinaufklettert, würge es wieder hinunter. Nachdem ich meinen Gefühlen die ersten Monate über völlig ausgeliefert war, habe ich sie inzwischen meistens unter Kontrolle.

Liebevoll streicht er mir über die Wange. »Du bist total überarbeitet, und ich habe es gar nicht gemerkt. Wenn du heute Abend dieses Gebäude verlässt, will ich hier die nächsten drei Wochen nichts von dir sehen und hören, okay? Nutz die Zeit, dich mal richtig zu erholen. Am besten«, er versucht sich in einem scherzhaften Ton, um mich aufzuheitern, »lösche ich deine Nummer aus dem Firmentelefon, damit dich niemand stört. Ich selbst werde dazu ohnehin keine Zeit haben. Hier wartet ein Haufen Arbeit auf mich. Meetings mit der Bank, mit Investoren, Architekten, Handwerkern, Händ…«

»Schon gut, ich habe verstanden«, unterbreche ich ihn. »Eher werde wohl ich Schwierigkeiten haben, dich zu erreichen.« Ich kenne diese Phase bei ihm. Immer wenn er ein neues Projekt in Angriff nimmt, geht er völlig darin auf und vergisst alles um sich herum.

»Das kann durchaus sein.« Er zuckt mit entschuldigendem Lächeln die Schultern und schließt mich in die Arme, lang und fest, streicht in Kreisen über meinen Rücken wie früher, als ich Kind war und mich verletzt hatte. Fast erwarte ich, dass er »Yellow Submarine« summt, ebenfalls wie früher, und da tut er es auch schon. Es hilft tatsächlich noch immer, und ich merke, wie ich ruhiger werde. Endlich fühlen sich nach diesem Intermezzo mit dem Gast die Dinge wieder richtig an. Als wäre nach einem kurzen Sturm, der die Gartenmöbel durcheinandergeworfen hat, alles wieder an seinen Platz gerückt. Nur das Haus fehlt nach wie vor.

Als ich am Abend im Zimmer meiner Mutter an dem kleinen Tisch neben dem Fenster sitze, regnet es noch immer.

»Ich hatte heute eine seltsame Begegnung«, sage ich. »Und weiß nicht, was ich davon halten soll.« Geistesabwesend drehe ich den Armreif an meinem Handgelenk, während ich Mum stockend von dem Gast und seinen Worten erzähle.

Währenddessen prasseln die Tropfen an die Scheibe, als protestierten sie wütend gegen die Ungerechtigkeit auf dieser Welt. Vielleicht bin aber auch ich es, die sich wünscht, mit den Fäusten auf irgendetwas einschlagen zu können. Wie immer, wenn ich hier sitze.

Ein Lichtblitz zuckt durch den Raum, als die Scheinwerfer eines um die Ecke biegenden Wagens vom Wandspiegel reflektiert werden. Sofort sehe ich wieder die Straße vor mir, die Autos, die Lichter … und Mum.

Das nervenzerfetzende Kreischen von Metall, das aneinanderschabt, mischt sich mit meinem eigenen Schrei. Ich sehe die Panik in Mums Gesicht. Aber sie rührt nicht von dem Wagen her, denn den hat sie gar nicht wahrgenommen.

Ein Aufblitzen von Silber, als der Armreif von Mums Handgelenk rutscht, durch die Luft fliegt. Dann stürzt er hinab wie Ikarus, der der Sonne zu nahe kam. Eine Sternschnuppe am helllichten Tag.

Plötzlich kriege ich keine Luft mehr. Als hätte sich ein eisernes Band um meine Lunge gelegt, das sich unausweichlich immer weiter zuzieht. Ich drücke mich vom Stuhl hoch, stolpere um den Tisch, aber das Waschbecken scheint Meilen entfernt zu sein. Mit letzter Kraft erreiche ich es, reiße den Hahn auf. Erst als ich mir eiskaltes Wasser ins Gesicht spritze, löst sich meine Beklemmung langsam, kann ich wieder atmen. Erschöpft stütze ich mich auf dem Untertisch ab. Mein Blick fällt auf den Armreif, verliert sich in dem Muster der Muscheln und den Blauschattierungen der Türkise.

Undeutlich erinnere ich mich daran, wie ich Tage später im Regen eine Ewigkeit nach dem Armreif gesucht hatte. Im Schockzustand, wie getrieben. Als würde es Mum helfen, wenn ich ihn fände. Bis ich triefend nass und meine Finger durch die Kälte fast steif gefroren waren. Im Gras der Blumeninsel, die sich in der Mitte des Kreisels befand, wurde ich fündig. Tropfen rannen das Silber hinunter wie Tränen.

Nach Fassung ringend atme ich tief durch, muss wieder an den Gast von heute Mittag denken.

Seine Beschreibung hat sich wundervoll angehört und mich neugierig gemacht. Doch das ist nur ein Teil der Wahrheit. Vielmehr ist da seit diesem Gespräch eine seltsame Unruhe in mir, die ich nicht ignorieren kann. Warum nur habe ich das Gefühl, dass diese merkwürdige Begegnung erst der Anfang von etwas Größerem ist? Dass da etwas auf mich zurollt wie ein Tsunami? Als besäße ich das Frühwarnsystem der Tiere und würde die drohende Flutwelle spüren, lange bevor das Beben der Erde sie dem Rest der Welt ankündigt.

Verwirrt lehne ich meine Stirn an den kühlen Spiegel und schließe die Augen.

Bis mir plötzlich bewusst wird, dass es sehr viel stiller im Zimmer geworden ist. Der Regen hat nachgelassen und für andere Geräusche Platz gemacht.

Bedrückt drehe ich mich zum Bett, lausche den regelmäßigen Atemzügen, die von dort zu hören sind. Für einen Moment überkommt mich der Wunsch, Mum zu rütteln, sie aufzuwecken. Stattdessen beuge ich mich vor, hauche ihr einen Kuss auf das bleiche Gesicht. »Ich werde eine Zeit lang nicht hier sein, aber ich werde jeden Tag nachfragen, wie es dir geht. Versprochen.«

Die Tür wird geöffnet, Miss Jay kommt herein, schaltet das Licht ein. Es summt, die Röhren springen an wie ein Tier, das aus dem Winterschlaf erwacht, und sie stößt einen spitzen Schrei aus. »Himmel, Sie können einen erschrecken! Wieso stehen Sie denn hier im Dunkeln?«

Ich murmele eine ausweichende Antwort und verlasse hastig das Zimmer. Es tut mir weh, die Maschinen zu sehen und die Schläuche, die diese schmale Gestalt im Bett am Leben halten, die einmal meine Mum war.

Ich vermisse sie unendlich. Trotz allem, was war. Ich will ihre Umarmung spüren, und ihren Kuss auf meiner Nasenspitze. Sie ist meine Mutter. Es gibt kein stärkeres Band.

Tief atme ich durch, wähle Colleens Nummer.

»Das war Gedankenübertragung«, jubelt sie. »Ich wollte dich gerade anrufen. Ich habe ein fantastisches Angebot gefunden. Drei Wochen Saint-Tropez. Ich gebe zu, es wird teuer, aber wir haben uns das verdient, finde ich.«

»Nein.«

»Was?«

»Wir fliegen nicht nach Saint-Tropez.«

»Wie? Warum? Du hast doch gesagt …«

»Wir reisen nach Zypern.«

1974

Es war der zweite Tag der Hochzeit von Elif und Malik, und die Sonne hatte den Zenit bereits überschritten. Kühler wurde es dadurch nicht, aber zumindest die Schatten waren endlich länger.

Noch immer waberte die Luft über den roten Dächern, und die löwengelbe Ebene flirrte in der Hitze. Sogar der Streifen leuchtend blauen Meeres, den sie von hier aus sehen konnte, schien zu tanzen. Sein Anblick war verlockender denn je.

Musik und Gelächter schallten über das Dorf hinweg, der Duft von Gegrilltem und Geschmortem zog durch die Gassen. Die Feier fand auf dem Marktplatz statt, Samira jedoch stand vor der Taverne unter dem alten knorrigen Feigenbaum, dessen Äste sich schwer vor lilafarbenen Früchten nach unten bogen. Sie hatte die Arme auf die brusthohe Gartenmauer gestützt, neben sich auf dem Boden eine Schüssel mit gepflückten Erbsenschoten. Ihre Finger spielten mit einem Zettel, während sie sehnsüchtig die staubige Straße entlang in die Richtung blickte, aus der die Klänge herüberdrangen. Doch nicht in erster Linie das Fest war es, zu dem sie schnellstmöglich zurückkehren wollte.

In Gedanken versunken sah sie auf das Blatt Papier. Es war sichtlich abgegriffen, so oft hatte sie es in den letzten Wochen aufgefaltet, durchgelesen und wieder zusammengefaltet. Dabei kannte sie den Inhalt auswendig. Ebenso wie das, was auf all den anderen vor Worten überquellenden Papierfetzen stand, die sie in ihrem Zimmer unter der Matratze aufbewahrte.

Und doch fuhr sie jetzt erneut mit der Fingerspitze die Buchstaben nach.

Als hätte ich dich schon immer gekannt.
Zwei Körper und doch ein Geist.
Seit Anbeginn der Zeit.
In meinem Herzen ist dein Name eingebrannt.
Für alle Zeit.

Tief atmete sie durch, langsam ließ das Stechen in ihrer Brust nach.

Als sie den Kopf zur Seite wandte, zog ein gelblich brauner Gecko ihre Aufmerksamkeit auf sich. Er sonnte sich zwei Armlängen entfernt zwischen den wilden Orchideen auf einem bröckeligen Mauerstück und beobachtete sie aus schwarzen Knopfaugen.

Im nächsten Moment spürte sie einen Stubser, der Gecko huschte blitzartig davon, und eine weiche, warme Schnauze schob sich unter ihrem Arm hindurch.

»Nein, Apoll, das ist nichts für dich.« Eilig hielt Samira das Papier außer Reichweite der schnuppernden Nüstern. Das Eselfohlen war nicht nur unheimlich neugierig, sondern auch äußerst experimentierfreudig in Sachen Nahrungsmittel. »Und wer hat das Gatter geöffnet?«

Die Antwort erhielt sie nur einen Atemzug später, als sie die Blumen sah, die in Apolls kurze stoppelige Mähne gesteckt waren. Da kam auch schon die Friseurmeisterin höchstpersönlich auf pummeligen Beinchen angelaufen. »Guck mal! Sieht er nicht legerant aus?«

»Du meinst wohl *elegant.* O ja, sehr sogar.«

»Kann ich auf ihm reiten?«, rief Eleni mit einem Strahlen, das die Zahnlücke, auf die sie so stolz war, bestens zur Geltung brachte.

Samira faltete das Papier sorgsam wieder zusammen, steckte es in die Rocktasche und schüttelte den Kopf. »Dafür ist er noch zu klein.«

Das Mädchen zog eine Schnute. »Aber wann darf ich endlich?«

»Wenn dir der zweite Milchzahn rausfällt«, gab Samira mit einem Augenzwinkern zurück.

Sofort drückte Eleni ihre Zunge probeweise gegen die obere und untere Reihe ihrer blitzweißen Mäusezähnchen, fand aber zu ihrer Enttäuschung keinen wackeligen darunter und schob trotzig die Unterlippe vor. »Das dauert aber noch so lange! Bis dahin bin ich ja schon uralt!«

Samira wuschelte dem Kind lachend durch die blonden Locken. »Solange du nicht erwachsen bist, können wir aber auf Bäume klettern, und ich kann dir Geschichten erzählen.«

»Jetzt sofort?« Die kugelrunden braunen Augen leuchteten auf vor Begeisterung.

»Natürlich.« Kurzerhand hob Samira sie hoch und setzte sie auf einen kräftigen Ast des alten Feigenbaumes. Eleni jauchzte vor Glück.

»Und die Geschichte?«

»Als die Titanen noch die Erde beherrschten und …«

»Kind! Was treibst du denn da?«, durchschnitt eine nasale Stimme die Luft. Elenis Mutter Sophia stand, die Hände empört in die Hüften gestemmt, an der Ecke des Anbaus, der halbseitig offen das Tavernengebäude in den Garten hinein verlängerte. »Komm auf der Stelle herunter!«

Sofort sprang Eleni von dem Ast und klopfte sich schuldbewusst das Kleid ab, bevor ihre kleine Hand die von Samira umklammerte.

»So benehmen sich Mädchen nicht!«, legte Sophia nach.

»Nur diejenigen, die Spaß haben«, entgegnete Samira und zwinkerte Eleni aufmunternd zu.

»Hör auf, ihr solchen Unfug beizubringen, sonst wird sie noch wie du!« Diese schreckliche Vorstellung ließ sie ihre Tochter hastig zu sich rufen.

»Ich erzähle dir die Geschichte nachher weiter«, tröstete Samira das Kind.

»Die vom Kampf der Titanen und wie sie ein Stück vom Olymp abbrachen und auf unsere Insel warfen?«

»In Ordnung.«

»O nein, lieber die, wie Aphrodite sich in Apoll verliebte.« Sie richtete ihren kleinen Zeigefinger auf das Eselfohlen. »Daher hast du nämlich deinen Namen, also schön aufpassen.«

Samira nickte. »Von mir aus auch diese.«

»Nein, doch lieber die von …«

»Eleni!« Sophias Stimme war zwei Oktaven höher geklettert.

»Alle, die ich von meinem Vater kenne«, versprach Samira.

Erleichtert hüpfte Eleni zu Sophia und verschwand mit ihr in Richtung Sommerküche, dic sich auf der gegenüberliegenden Seite des Hauses befand. Dort bereiteten Samira und ihre Mutter seit Tagen mit Unterstützung wechselnder Nachbarinnen große Mengen von gefüllten Weinblättern, Bohnenschoten in Tomatensoße, geschmorten Auberginen mit Knoblauch und unzählige weitere Speisen zu. Heute war Sophia gekommen. Vorgeblich zum Helfen, tatsächlich jedoch verbrachte sie die meiste Zeit mit Schwatzen und Naschen.

Samira schüttelte den Kopf, nahm die Schüssel und lief zur Wiese hinter der Taverne hinüber.

Apoll sprang weiter um sie herum und schien regelrecht verdutzt, als er sich plötzlich auf der anderen Seite des Zaunes wiederfand, während Samira das Gatter schloss. Herakles, das Pferd, trottete herbei, erfreut über die Gesellschaft. Apoll dagegen schob den Kopf zwischen den Latten hindurch, und sein Blick wirkte fast beleidigt.

»Tut mir leid, mein Süßer.« Samira kraulte die flauschigen Ohren und erinnerte sich daran, wie Yasin ihr eines Abends vor einigen Monaten das kleine Fellbündel gebracht hatte, das von seiner Mutter nicht angenommen worden war. Sie hatte es mit der Flasche aufgezogen, und fortan war ihr der kleine Esel überallhin gefolgt.

Yasin …

Sie seufzte tief auf, dachte an vier Kinder, die auf dem Rücken unter den Bäumen lagen und den in der Sonne glitzernden Libellen beim Tanzen zusahen, während sie ihre Träume miteinander teilten. Ihr war, als sei es erst gestern gewesen, sie hatte die Stimmen noch immer im Ohr.

»Wenn ich groß bin«, murmelte Dimi, die Arme hinter dem Kopf gekreuzt, den Blick zum Himmel gerichtet, »möchte ich genauso stark sein wie Achilleus. Und reich und berühmt. Und du, Samira?«

Sie musste keine Sekunde überlegen, wie ihre Zukunft aussah. »Ich will Tänzerin werden.«

»Und ich einen Hof mit Pferden haben«, stieg Elif ein.

»Das kostet aber viel Geld«, wandte Yasin ein, doch Dimi verkündete großzügig: »Ich kaufe sie dir, denn ich bin dann ja reich.«

»Danke!« Elif strahlte ihn an. »Alle Pferde sollen weiß sein, und das schönste nenne ich Aphrodite. Und die anderen heißen Artemis und Athene und …«

»Wieso nicht Ares?«, unterbrach Dimi sie. »Oder Herakles? Die Sagen über ihn sind viel spannender.«

Elif schüttelte den Kopf. »Immer diese Kämpferei. Ich mag Geschichten über Liebe.« Ihre Augen leuchteten.

»Die sind langweilig«, winkte Yasin ab.

»Als ob du bessere erfinden könntest.«

»Kann ich.«

»Da hat er recht«, sagte Samira. Wenn Yasin das Ende einer Erzählung von Anastasios nicht gefiel, dachte er sich einfach ein

anderes aus, und Samira liebte es fast noch mehr, ihm zu lauschen als ihrem Vater. »Du wirst Dichter«, beschloss sie. »So wie Homer.«

»Ja!«, stimmte Dimi begeistert zu. »Dann kannst du über uns schreiben wie Homer über Odysseus.«

»Ist gut.« Yasin nickte mit ernstem Gesicht. Die Sache war ausgemacht, und deshalb war klar, dass es so geschehen würde.

Eine Weile hingen sie ihren Träumen nach, dann stemmte Dimi sich auf die Ellbogen und fragte: »Meint ihr, wir werden immer Freunde sein?«

»Aber natürlich!«, rief Elif entrüstet.

Yasin lachte unbekümmert. »Was sollte uns denn daran hindern?«

Samira schluckte gegen den Kloß in ihrer Kehle an. Keiner von ihnen hatte auch nur den geringsten Zweifel gehabt, dass ihre Träume in Erfüllung gehen würden. Alles schien möglich, alles *war* möglich. Damals machte alles Sinn, war einfach, einleuchtend und klar.

Dimi war weder reich noch berühmt geworden, dafür aber still und tüchtig, wenn auch auf eine verbissene Art. Yasin hatte tatsächlich unzählige Seiten mit Worten gefüllt, sich aber bislang nicht damit an die Öffentlichkeit gewagt. Und der Wunsch seiner Schwester, Pferde zu züchten, war dem gewichen, die perfekte Ehefrau zu sein. Seit Langem drehten sich alle ihre Gespräche nur noch um Malik. Und in Zukunft würden Elif und Samira sich wohl noch seltener sehen, jetzt, wo Elif einen Mann und einen eigenen Haushalt hatte und sicher auch bald Kinder bekam. Doch diese Entwicklung konnte Samira noch irgendwie nachvollziehen, ebenso wie die von Dimi. Was sie dagegen nicht verstand, war die Sache mit Yasin. Allein an ihn zu denken, tat weh.

So unendlich lange schienen sie her zu sein, jene Tage, in denen das Leben so leicht wie eine Feder war und das Glück ein reifer Granatapfel, der bei sanftem Druck aufsprang und tausend süße Momente verteilte. Wie hatten die Dinge nur so kompliziert werden können?

Die Taverne war der Hochzeit wegen geschlossen, die Terrasse menschenleer. Leise klimperte der Perlenvorhang in der Tür. Schmetterlinge tummelten sich auf den blau-weiß karierten Deckchen der Tische.

Das Holzgerüst der Überdachung war von Schatten spendendem Wein überwuchert. Dunkelblaue Trauben hingen dick zwischen den durchscheinenden hellgrünen Blättern herab. Samira stellte sich auf die Zehenspitzen und pflückte eine Handvoll der prallen Beeren, bevor auch sie zur Sommerküche zurückkehrte.

Dort saß neben dem großen Steinofen Sophia im Schatten der Orangen- und Feigenbäume und formte mit Schafskäse gefüllte Teigtaschen. An ihrer Seite mühte sich Eleni vor ihrer immer noch ersten Schüssel Erbsen damit ab, diese aus den Hülsen zu befreien, während Samiras Mutter am Herd hantierte.

Sophia, ihres Zeichens Hebamme, die sich mit Näharbeiten etwas dazuverdiente, war rundlich und schwerfällig. Nur wenn es um Gerüchte ging, konnte sie so flink von einem Haus zum nächsten laufen, wie man es ihr niemals zugetraut hätte. Zudem zog sie ständig ihre Nase kraus, als würde sie etwas Unangenehmes riechen. »Wer Dreck riechen will, riecht ihn auch«, hatte Samiras Vater einmal gesagt.

Zu Samiras Überraschung fand sie auch ihn hier vor. »Wieso bist du nicht auf der Feier, Papa?«

»Ich muss Nachschub für all die trockenen Kehlen holen und benötige außerdem eine Pause von all der Tanzerei.« Anastasios zog eine Grimasse und fuhr sich mit dem Handrücken über die schweißbedeckte Stirn.

»Wo ist denn deine Ausdauer geblieben?«, neckte ihn Samiras Mutter, bevor sie vorsichtig von der Soße kostete, die auf einer der Kochstellen vor sich hin blubberte.

»Am Grund deiner Töpfe, o schöne Helena. Du kochst einfach zu gut.« Mit entschuldigendem Grinsen klopfte er sich auf den voluminösen Bauch.

Seine Frau errötete über das doppelte Kompliment, und ihr Lächeln ließ sie um Jahre jünger wirken.

Sie anzusehen war für Samira, als würde sie in einen Spiegel blicken. Sie besaßen die gleichen graugrünen Augen mit dem lebenshungrigen Ausdruck darin. Die gleichen ungewöhnlich hohen Wangenknochen und wilden schwarzen Kringellocken. Nur dass die ihrer Mutter zu zwei dicken Zöpfen geflochten waren. Helena hatte sich passend zu ihrem roten Festkleid ein mit Silberblättchen geschmücktes Tuch um den Kopf geschlungen. Samira hingegen fiel das Haar ungebändigt über die Schultern, denn das Tuch war ihr schon gestern abhandengekommen. Ohnehin hatte sie sich nur, um diesen besonderen Tag ihrer Freundin zu würdigen, in ein traditionelles Kleid gezwängt. Es war blau mit weißem Saum, sah zwar wunderschön aus mit den roten Borten und zahllosen funkelnden Silberplättchen, die sich in Wellenmustern über den Stoff zogen und beim Tanzen klirrten und klimperten, aber sie fühlte sich in dem steifen Material eingeengt. Und sie wollte sich nicht einengen lassen. In keinerlei Hinsicht. Ihre Freiheit bedeutete ihr alles.

»Davon, dass du Löcher in die Luft starrst, wird das Essen nicht schneller fertig!«, rügte Sophia sie und ergänzte belehrend: »Helena, du musst deiner Tochter unbedingt diese Tagträumereien abgewöhnen! Vor allem, bevor sie Eleni damit ansteckt.«

Nur ihrer Mutter zuliebe verkniff sich Samira eine Antwort und setzte sich, um weitere Weinblätter zu befüllen.

»Wie lange muss ich noch schälen?«, jammerte Eleni. »Wieso kann ich nicht mit Apoll spielen?«

Sophia schüttelte den Kopf. »Erst die Arbeit, dann das Vergnügen.«

»Blöde Schonen«, murrte Eleni leise, aber nicht leise genug.

»Eleni!« Sophias Stimme hätte Stein schneiden können.

»Schoten, meinst du wohl«, sagte Samiras Mutter mit sanftem Lächeln an das Mädchen gewandt. »Ich mag das Enthülsen auch nicht.«

Ihr Mann nickte zustimmend und meinte ungeachtet Sophias saurer Miene: »Keine Ahnung, was der liebe Gott sich dabei gedacht hat, als er die Erbsen so umständlich einpackte.«

Eleni kicherte, während Sophias Lippen fast weiß waren, so fest presste sie sie in ihrem Ärger aufeinander.

Lachend drückte sich Anastasios von der Bank hoch und verschwand im Haus.

Sophia schnaubte. »Und wer um Himmels willen kam bloß auf die Idee, solch ein hässliches Vieh Apoll zu nennen?«

»Ich! Und ich finde ihn wunderschön!«, verteidigte Samira das Eselchen.

Sophia zog eine Augenbraue hoch. »Bei deinem Geschmack wundert mich das nicht.«

Was sollte das denn bedeuten? Bevor Samira nachhaken konnte, meldete sich Eleni erneut zu Wort: »Wieso kann ich nicht schon zur Feier? Nikoletta ist doch auch dort.«

Sophia schüttelte den Kopf. »Ich renne in der Hitze nicht unnötig durch die Gegend. Wenn wir hier fertig sind, gehen wir hinüber.«

»*Ich* kann Eleni zu ihrer Schwester bringen«, bot Samira an.

Dieses Mal war es ihre Mutter, die widersprach. »Warte noch, bis das *Kleftiko* fertig ist. Nach der Tanzerei werden alle einen entsetzlichen Hunger haben.«

Tatsächlich duftete der Lammschmortopf bereits herrlich, und auch Samiras Magen machte sich langsam bemerkbar.

»Ich hoffe nur, dass das Essen ausreicht«, ergänzte ihre Mutter besorgt.

»Es wird wie gestern mehr als genug da sein«, beruhigte Samira sie, »schließlich bringt jeder etwas mit.«

»Wir sind aber nicht *jeder!* Elif feiert Hochzeit, und ich werde mich hüten, bei diesem Anlass zu geizen. Ich würde mich ja vor ihrer verstorbenen Mutter, Gott hab sie selig, in Grund und Boden schämen! Auf keinen Fall werden wir Mustafa im Stich lassen, wenn seine Tochter heiratet.«

Von Geiz oder im Stich lassen konnte zwar keine Rede sein, immerhin trug Samira immer und immer wieder übervolle Töpfe und Schüsseln zum Dorfplatz, aber sie sagte nichts. Sie wollte ja auch, dass ihre Freundin die wundervollste Hochzeit bekam, die das Dorf jemals gesehen hatte. Ein kleines bisschen traurig fühlte sie sich dennoch, war dieser Tag doch zugleich ein sichtbarer Einschnitt. Sozusagen das offizielle Ende ihrer gemeinsamen Kindheit und Jugendzeit, auch wenn diese natürlich in Wahrheit schon lange vorbei waren.

Ein wenig melancholisch sah sie zu Eleni. Das Mädchen kniete auf der Bank, weil es mit seinen fünf Jahren zu klein war, um sitzend an den Tisch zu kommen, und wippte im Takt der Musik auf und ab.

»Zappel doch nicht so herum!«, wies Sophia sie zurecht. Eleni war ihr achtes Kind und ihre Geduld wohl schon bei der Erziehung der sieben anderen aufgebraucht. Kein Wunder, dass das Mädchen so an Samira hing und jede Gelegenheit nutzte, um zu ihr zu flüchten. Im Grunde genommen war es Sophia nur recht, sich nicht mehr als nötig mit ihr befassen zu müssen, auch wenn sie das nie zugegeben hätte und es ihr definitiv lieber gewesen wäre, Eleni hätte bei jemand anderem als Samira Gesellschaft gesucht.

Samira hielt sich mühsam unter Kontrolle und schob Eleni als Trost die Schale mit den *Kataifi* zu. Sofort leuchteten die Augen des Mädchens auf, genüsslich angelte sie sich zwei Stück heraus und schob sich die klebrige Köstlichkeit in den Mund.

»Und iss nicht so viel«, mahnte Sophia, die selbst bereits ein gutes Dutzend davon verdrückt hatte. Helenas Kataifi waren die besten in der ganzen Umgebung und mit Sicherheit auch der Grund, warum Sophia darauf bestanden hatte, beim Kochen zu helfen. »Ein Mädchen muss maßvoll sein!«

Eleni zog schuldbewusst den Kopf zwischen die Schultern, während ihr sehnsüchtiger Blick an der Süßigkeit haften blieb.

Jetzt konnte Samira nicht länger an sich halten. »Du hast vollkommen recht, Sophia«, erklärte sie zuckersüß. »Zum Glück hat sie diesbezüglich ein so gutes Vorbild in dir.«

Sophia runzelte die Stirn, merklich unsicher, wie Samira das gemeint hatte. Mit Ironie konnte sie offenbar nicht viel anfangen. Samiras Mutter hingegen schon, denn sie warf ihrer Tochter einen warnenden Blick zu.

Sophia wandte sich an Helena. »Samira hat einfach viel zu viel Zeit für unchristlichen Müßiggang!« Sie hatte wohl die Grübelei aufgegeben und beschlossen, sich lieber auf vertrautes Terrain zu begeben. Mit einer großen Portion Selbstgerechtigkeit ergänzte sie: »Sie ist siebzehn, richtig? In ihrem Alter war ich schon verheiratet und mit meinem ersten Kind schwanger!«

Samira verdrehte die Augen. Die übliche Leier. Davon abgesehen hasste sie es, wenn über sie gesprochen wurde anstatt mit ihr. »Ich bin zufälligerweise anwesend.«

»Na, dann sag mir doch, wann du endlich heiratest.« Sophia beäugte sie wie eine Kuh auf dem Viehmarkt.

»Niemals!«, gab Samira achselzuckend zurück.

»Herr im Himmel!«, stieß Sophia entsetzt hervor, und Helena schlug eilig drei Kreuzzeichen.

»Soll ich noch etwas anderes mitnehmen?«, ertönte die Stimme ihres Vaters, bevor er im nächsten Moment mit einer Kiste voll *Oúzo* im Arm aus der Taverne trat.

»Das ist deine Schuld, Anastasios!«, schimpfte Samiras Mutter.

Ihr Vater blinzelte perplex. »Was habe ich denn getan?«

»Du setzt ihr viel zu viele Flausen in den Kopf!«

»Ach, es geht um Mira.« Er stellte die Kiste auf dem Tisch ab. »Bei Zeus!«, ergänzte er scherzhaft und zwinkerte Samira liebevoll zu. »Hat sie etwa wieder vor lauter Träumerei die Küche in Brand gesteckt?«

»Viel schlimmer!«, ereiferte sich Sophia. »Sie behauptet, sie werde niemals heiraten!«

Anastasios lachte leise in sich hinein. »Lasst sie doch in Ruhe damit. Wenn es so weit ist, ist es so weit. Das Leben und die Liebe lassen sich nicht planen.«

»So, wie du sie erziehst, wird sie alle an ihr interessierten Männer verschrecken!«, warnte ihre Mutter.

»Ich habe mich immer noch nicht in Luft aufgelöst«, warf Samira trocken ein und verdrehte die Augen. »Obwohl ich es jetzt wirklich gern täte.«

»Bloß nicht.« Anastasios lachte und schloss sie in seine bärenhafte Umarmung, bevor er sich wieder an seine Frau wandte. »Helena, meine Liebe, im Gegenteil: Ich würde mal behaupten, jeder junge Mann im Umkreis von drei Dörfern hat schon von ihr gehört und würde sie gern heiraten. Die Frage ist nur, welcher Kerl ist ihr gewachsen?«

»Weil sie ein Wildfang ist!«

»Nein, weil sie ihren Kopf nicht nur benutzt, um Hüte spazieren zu tragen! Sie ist ein kluges Mädchen und wird schon wissen, wann es an der Zeit ist. Dann wird sie auch die richtige Entscheidung treffen.«

Dankbar lächelte Samira ihn an, Sophia jedoch schnaubte. »Das wage ich zu bezweifeln, immerhin …« Sie unterbrach sich und schwieg, machte dabei ein Gesicht, als wäre sie im Besitz des größten Geheimnisses auf Erden, und genoss es sichtlich, jemanden zappeln lassen zu können.

»Immerhin *was?*« Helena runzelte die Stirn.

»Eleni, geh hinter dem Haus spielen«, wies Sophia ihre Tochter an. Die sah erstaunt auf, konnte ihr Glück kaum fassen und verschwand eilig, bevor die Mutter es sich anders überlegen konnte.

»Immerhin«, hob Sophia erneut voll Genugtuung an, »trifft ein kluges Mädchen sich nicht ohne Aufsicht mit Jungen am Fluss.«

»Samira!«, erklang es scharf von ihrer Mutter.

Samira warf Sophia einen bösen Blick zu, bevor sie sich ihrer Mutter zuwandte. »Erstens waren es keine Jungen«, verteidigte sie sich, »sondern *ein* Junge. Zweitens war es auch nicht irgendein Junge, sondern Yasin. Und drittens ist das schon Wochen her.« Leider. Ihr Herz wurde schwer. Vor allem beim Gedanken daran, wie kühl diese Begegnung abgelaufen war. Von Freude über ihr unerwartetes Aufeinandertreffen keine Spur. Wobei – unerwartet war es ja auch nur für ihn gewesen. Sie selbst hatte regelrecht auf der Lauer gelegen, um ihn abzupassen. Insofern war es vielleicht sogar verständlich, dass er bei ihrem Anblick erschrocken gewirkt hatte. Kaum jedoch, dass er sich gefasst hatte, war seine Miene kalt und abweisend geworden. Er war ihren Fragen nach dem Grund für seine plötzliche Distanziertheit ausgewichen, hatte kurz angebunden behauptet, er habe viel zu tun, und sie daraufhin einfach stehen lassen. Allein die Erinnerung daran schnürte ihr die Luft ab.

»Yasin gehört praktisch zur Familie!«, sprang ihr Vater ihr erneut bei. »Die beiden sind wie Geschwister aufgewachsen«, ergänzte er.

Dankbar griff sie nach seiner Hand. Er war immer auf ihrer Seite.

»Ich habe schon damals gesagt, dass ihr damit einen Fehler macht!«, entgegnete Sophia verschnupft. Sie mochte es gar nicht, wenn man ihre offensichtliche Überlegenheit in Sachen Moral nicht widerspruchslos anerkannte. »Und Mustafa genauso. Das habe ich ihm ebenfalls schon damals gesagt. Er hätte nach dem Tod seiner Frau, Gott hab sie selig, einfach schnellstmöglich wieder heiraten sollen, dann wären die Probleme beseitigt gewesen und seine beiden Kinder hätten nicht von euch großgezogen werden müssen.«

»Einem guten Freund in einer Notlage zu helfen, ist nie ein Fehler!«, beharrte Anastasios, und Samira liebte ihn dafür umso mehr.

»Wie du weißt, haben wir uns auch um Dimi gekümmert und ihn sogar ganz bei uns aufgenommen«, fuhr er fort. »Wieso stößt dir das nicht ebenso sauer auf?«

»Das ist etwas völlig anderes!«, behauptete Sophia. »Da gibt es ja wohl einen gewaltigen Unterschied!«

»Ach, und welchen?«

»Das weißt du ganz genau!«

»Nein, tut mir leid. Erklär es mir bitte.«

»Schluss jetzt!«, meldete sich mit ungewohnter Schärfe Samiras Mutter zu Wort. »Ich will nichts mehr davon hören! Nicht heute! Nicht an solch einem Festtag!«

Ihr Mann presste die Lippen zusammen, legte dann aber doch noch nach: »Außerdem tust du uns zu viel der Ehre an. Wir haben Elif und Yasin nicht allein großgezogen, sondern ihren Vater und ihre Großmutter nur unterstützt, wo wir konnten. Und wir bereuen nichts. Es hat Samira gutgetan, nicht allein aufzuwachsen.«

»Dann hättet ihr euch eben mehr eigene Kinder zulegen sollen«, entgegnete Sophia ungnädig. »Ich habe immerhin acht.«

Samira sah den Schmerz im Blick ihrer Mutter, bevor diese die Lider eilig niederschlug und wild in ihren Töpfen rührte. Sie konnte nur ahnen, wie sehr ihre Mutter darunter litt, nach Samira nicht mehr schwanger geworden zu sein. Helena sprach nie darüber, aber bis vor Kurzem war sie jedes halbe Jahr zum Kloster Troodítissa im Troodos-Gebirge gepilgert, um sich dort den *Heiligen Gürtel* umlegen zu lassen, der angeblich schon vielen kinderlosen Frauen zur Fruchtbarkeit verholfen hatte. Vergeblich. Vielleicht auch aus diesem Grund hatten sie und ihr Mann die anderen Kinder mit offenen Armen bei sich aufgenommen.

Samira hatte Sophia mit ihrer bevormundenden und selbstgerechten Art nie gemocht, jetzt hatte diese missgünstige Frau das Fass zum Überlaufen gebracht. »Erstaunlich, dass sechs deiner acht Kinder bei der ersten Gelegenheit so weit weggezogen sind wie möglich.«

»Samira!«, stieß ihre Mutter erschrocken hervor.

»Was fällt dir ein!«, rief Sophia und wurde erst weiß, dann puterrot. Entrüstet sprang sie auf. »Helena! Wie redet deine Tochter mit mir? Ich verlange eine Entschuldigung. Auf der Stelle! Sonst gehe ich!«

Am liebsten hätte Samira gesagt, sie könne das ja auf der Stelle tun. Sie war sich sicher, dass Sophia ihre Drohung ohnehin nicht in die Tat umsetzen würde, um bloß nichts zu verpassen, was sich für Klatsch und Tratsch benutzen ließ. Aber sie wusste, dass ihre friedliebenden Eltern keinen Streit wollten, nicht einmal mit Sophia, also entschuldigte sie sich zähneknirschend.

»Es tut mir leid. Und ich bin froh, dass Eleni noch hier ist, mit ihr hast du der Welt einen Schatz geschenkt.«

»Na schön, ich bleibe«, verkündete Sophia huldvoll. »Ihr habt Glück, dass ich eine so hilfsbereite und verzeihende Seele bin.«

Samira musste sich auf die Zunge beißen, und ihrem Vater ging es wohl ähnlich, denn wie sie aus dem Augenwinkel bemerkte, warf Helena ihm einen warnenden Blick zu.

»Sollen wir wirklich den guten Oúzo nehmen?«, rief in diesem Moment Dimitrios aus dem Inneren des Hauses. »Nicht lieber den vom letzten Jahr?«

»Nein, Dimi, natürlich den guten«, entgegnete Anastasios. »Es heiratet schließlich die Tochter meines besten Freundes!« Mit Blick auf Sophia setzte er nachdrücklich hinzu: »Die mir wie meine eigene ist!«

Die Nachbarin schüttelte den Kopf und murrte vor sich hin: »Ihr werdet schon sehen, wo das hinführt. Ihr werdet schon sehen. Denkt an meine Worte.«

Dimitrios kam mit einer zweiten Kiste in die Sommerküche. Als er damals zu ihnen gekommen war, war er spindeldürr gewesen und immer hungrig. Jetzt hingegen, mit seinen neunzehn Jahren, besaß er ein Kreuz wie ein Ringer und Muskeln wie ein Bär. Er machte den Eindruck, nicht nur ein paar Kisten Oúzo, sondern obendrein noch Samiras Vater mit einer Hand tragen zu können. Davon abgesehen war er mit den blitzenden dunkelbraunen Augen, dem kurzen schwarzen Haar und dem markanten Kinn ein Bild von einem Mann.

»Wie du meinst«, sagte er jetzt mit resigniertem Seufzen. »Übrigens wollte ich etwas mit dir besprechen. Ich habe eine Idee bezüglich der Taverne und unserer Umsätze. Wir sollten …«

»Nicht jetzt, Dimi!«, winkte Anastasios ab und stemmte sich eine der Kisten auf die Schulter, um sie zum Dorfplatz zu tragen. »Oder frag Mira, was sie dazu meint.«

Dimitrios' Mundwinkel wanderten noch ein Stück weiter runter. »Es geht aber ums Geschäft.«

»Eben.«

»Du beteiligst deine Tochter an solch wichtigen Entscheidungen?«, mischte sich Sophia erneut missbilligend ein.

»Warum nicht?«, fragte Samira voll Genugtuung.

Sophia, die wohl beschlossen hatte, sie mit Missachtung zu strafen, sah noch immer Anastasios an. »Sie ist ein Mädchen!«

»Ach, tatsächlich?« Samiras Vater zwinkerte seiner Tochter zu. »Ist mir noch gar nicht aufgefallen.« Und während Sophia so empört nach Luft schnappte, dass Samira einen Moment lang fürchtete, ihr sei ein Rest der Kataifi im Hals kleben geblieben, verließ er die Sommerküche in Richtung des Fests.

Samira konnte es sich nicht verkneifen, mit breitem Grinsen vor Sophias Augen demonstrativ nach einem weiteren der Kataifi zu greifen und genüsslich davon abzubeißen.

Mit einem Schnauben begann Sophia, weitere Teigtaschen mit Schafskäse zu formen. Offenbar wollte sie Samira nun vollends ignorieren. Der war das nur recht.

»Also, Dimi«, fragte sie, »wie sieht deine Idee aus?« Sie war stolz darauf, dass ihr Vater sie in geschäftlichen Belangen nicht nur mitreden ließ, sondern sogar selbst des Öfteren ihre Meinung einholte. Ob der Grund jener war, dass ihr Vater in ihr etwas Besonderes sah? Oder lag es nur daran, dass sie sein einziges Kind war? Sie wusste es nicht. Es war ihr auch egal. Sie war glücklich, von ihm wie ein Junge behandelt zu werden. Mit allen Freiheiten, die das mit sich brachte.

Dimitrios schüttelte missmutig den Kopf. »Später. Ich … ähm … muss den Plan für unsere Taverne noch ausarbeiten. Allerdings würde ich mit dir gern über ein anderes Thema sprechen.«

Samira runzelte die Stirn. Offensichtlich hielt er es mit Sophia, die der Ansicht war, Mädchen sollten sich aus geschäftlichen Dingen heraushalten. Außerdem sprach er immer von *unserer* Taverne und *unserem* Umsatz. Das war natürlich kein Wunder nach all den Jahren. In letzter Zeit jedoch bekam es einen besitzergreifenden Unterton, und der gefiel ihr nicht.

»Du kannst den Schmortopf schon mal hinübertragen«, riss ihre Mutter sie aus den Gedanken. »Das Lammfleisch darin ist gar.«

»Und bring Eleni zu ihrer Schwester«, ergänzte Sophia, sichtlich froh, eine Sorge los zu sein.

Sie hatte kaum ausgesprochen, da hatte Samira bereits ein paar Handtücher um den heißen gusseisernen Topf geschlungen und nach Eleni gerufen, die sofort überglücklich angeschossen kam.

»Warte!«, rief Dimitrios. »Ich wollte doch mit dir reden.«

»Später«, gab sie nicht ohne Genugtuung zurück und eilte durch den Garten davon.

»Schneller, Mira, beeil dich!« Eleni hüpfte ungeduldig vor ihr her.

»Dann landet aber die Hälfte des Essens auf dem Pflaster«, erinnerte Samira sie an den schweren Topf, den sie in den Händen hielt. »Geh schon vor, aber warte vor Theofanis' Haus auf mich.« Jauchzend lief Eleni los.

Schmunzelnd sah Samira ihr nach. Durch die Gassen hindurch blitzte rechts von ihr immer wieder das azurblaue Meer auf, pinkfarbene Bougainvilleen rahmten den Blick. Aber egal, an welcher Straße, an welchem Haus sie vorüberkam, alles war bis auf die aus der Ferne erklingende Musik wie ausgestorben. Niemand ließ sich die Feier auf dem Dorfplatz entgehen. Umso verwunderter war sie, als sie am Dorfladen vorbeieilte und in der schmalen Gasse daneben eine größere Gruppe Männer aufgebracht miteinander diskutieren sah. Neugierig hielt sie inne.

Die meisten von ihnen lebten im Dorf, etliche Gesichter aber waren ihr fremd. Dunkel meinte sie sich zu erinnern, dass es sich um zur Hochzeit angereiste Verwandte von Malik handelte. War nicht gar dieser Omar, Maliks Cousin, der Wortführer? Sie fragte sich, worüber da gestritten wurde, denn die Meinungen gingen ganz offensichtlich deutlich auseinander. Einige rissen empört die Augen auf, schüttelten mit gerunzelter Stirn den Kopf oder ballten die Faust, aber es gab auch welche, die mit finsterer Miene zustimmend nickten.

Einer sah über die Schulter, erblickte Samira, verstummte und stieß seinen Nebenmann mit dem Ellbogen an. Auch der wurde still, als er sie bemerkte. Und das Anstoßen, sich Umdrehen und Verstummen setzte sich fort wie bei aufgestellten Dominosteinen, die der Reihe nach umfallen, nachdem der erste umgestoßen worden ist. Schließlich sahen alle in ihre Richtung. Schweigend. Reglos, die Gesichter undurchdringlich.

Das Bild hatte etwas zutiefst Verstörendes an sich, und die Härchen auf Samiras Armen stellen sich auf.

»Mira, wo bleibst du denn?«

Elenis helles Stimmchen brach den seltsamen Bann. Plötzlich verstreuten sich die Männer, und kurz darauf war es, als hätte diese bedrückende Szene nie stattgefunden.

Im nächsten Moment schob sich Elenis Hand in ihre Armbeuge, das Mädchen lachte sie mit ihrer Zahnlücke an, und alles schien wie immer.

Verunsichert setzte Samira den Weg fort, bis sich das Gewirr der Gassen lichtete und der hell gepflasterte Dorfplatz vor ihnen lag. Er wogte vor Farben und Leben, die Musik war laut, die Sonne heiß. Kinder spielten Fangen zwischen den Feiernden und Verstecken unter den Tischen.

Mit einem Mal war Samira sich nicht mehr sicher, ob sie die unheimliche Zusammenkunft zuvor wirklich gesehen oder sie sich vielleicht doch nur eingebildet hatte. Sophia hatte schon recht, was das Tagträumen anbelangte.

Sie brachte den Topf zum Büfett und Eleni zu ihrer Schwester, stieg auf die Eingangsstufen eines Hauses am Rande der Tanzfläche und sah sich um.

Zahllose Leinen waren von Haus zu Haus gespannt, und die bunten Wimpel und Fähnchen daran flatterten im Wind wie Kolibris. Die großen weißen Tücher hingegen, die einen Teil des Platzes überdachten, ließen Samira an Schwäne denken, so ruhig und majestätisch bauschten sie sich. In ihrem Schatten war alles mit Stühlen, Bänken und langen Tischen vollgestellt. Der Tisch des Hochzeitspaares befand sich am Kopfende und war mit Chrysanthemen und Olivenzweigen geschmückt.

Im Moment saß niemand daran, und die meisten der anderen Plätze waren ebenfalls leer. Jeder, der seine Beine noch einigermaßen heben konnte, hatte sich trotz der Hitze in die Reihe für den Syrtós begeben.

Überall, wo auch nur ein bisschen Platz geblieben war, fassten die Menschen einander an der Hand oder den Schultern und bewegten sich ausgelassen im Gleichschritt zum charakteristischen Rhythmus vorwärts.

Nur die ganz Alten saßen noch auf ihren Plätzen. Die faltigen Wangen von Oúzo und Rakı gerötet, sahen sie glücklich dem lebhaften Treiben zu. Selbst sie stampften mit den Füßen im Takt oder klatschten ihn mit den Händen.

Mit begeisterten *»Ópa!«*-Rufen feuerten sie die immer wilder Tanzenden an.

Ab und zu wurden die Ketten der Tänzer zu lang, zerfielen in mehrere kleinere, die sich zu Kreisen schlossen oder mäandernd zwischen den anderen hindurchzogen. Kaum hatte sich nach einer Melodienfolge eine Gruppe aufgelöst, formierte sich zur nächsten eine neue. Ein quirliges, wirbelndes, buntes Mandala feiernder Menschen. Ähnlich dem Blick in das Glasperlen-Kaleidoskop, das als Kind zu ihren heiligsten Schätzen gehört hatte.

»Ópa!«, rief Malik, um auf einen Schrittwechsel aufmerksam zu machen. Mit seiner Braut an der linken Hand führte er den Reigen an. *»Ópa!«*, schallte es wie ein vielstimmiges Echo aus zahlreichen Kehlen zurück, auch aus der von Samiras Vater. Am lautesten rief jedoch Stavros, der kugelrunde Dorfpolizist mit der Knollennase.

Wohin Samira auch blickte, gab es fröhliche Gesichter. Eines aber fehlte. Und nur dieses zählte.

Enttäuscht lehnte sie sich gegen die von der Sonne warme Hauswand. Aus einem Topf neben ihr wuchs eine Prunkwinde und überzog den grob gemauerten Stein mit einem Meer lilafarbener Blüten.

Sie liebte diese Blüten mit ihrer sich im Verlauf des Tages ändernden Farbe. Morgens waren sie von dunklem Lila, gleich dem Himmel über den Bergen, wenn die letzten Sterne dem Tag wichen. Abends hingegen leuchteten sie so pink wie der Sonnenuntergang selbst. Sie erinnerten Samira an unbeschwerte Tage. An das Kitzeln der Grashalme unter ihren nackten Füßen. An den Geschmack frisch gepflückter Orangen, wenn sie verschwitzt und glücklich nach einem Tag voller Abenteuer heimkehrte. Und an Yasin. Alles erinnerte sie an Yasin.

Sehnsüchtig strich sie über die samtigen Blütenblätter. *Blume der Träume* hatte Yasin die Prunkwinde genannt – so, wie er für alles wundervolle Namen fand. Aber das schien eine halbe Ewigkeit her zu sein.

Wann hatten sie das letzte Mal zusammen an den Klippen am Meer gesessen? Sie mit Blick auf das funkelnde Wasser, in dem sich der Himmel spiegelte? Er mit Fokus auf das Blatt Papier in seinen Händen, auf dem er Worte zum Glitzern brachte? Sie waren unzertrennlich gewesen, seit sie denken konnte. Hatten gemeinsam den alten griechischen Götter- und Heldensagen gelauscht, die Samiras Vater ihnen erzählt hatte. Doch das hatte sich geändert. Wie so vieles.

Wann immer sie es in den letzten Wochen geschafft hatte, ihn abzupassen und darauf anzusprechen, war er ihr ausgewichen. Oder ihr Gespräch war ausgeartet und in einen Streit gemündet. Das tat in letzter Zeit ohnehin jede ihrer Begegnungen. Wenn sie sich denn überhaupt trafen. Egal, wo sie ihn während der letzten beiden Tage im Trubel der Feiernden entdeckt hatte – wenn sie dort ankam, war er fort. Ihr war, als würde er sie meiden – und allein schon diese Vorstellung versetzte ihr einen Stich. Dabei sollte sie froh darüber sein, wo sie sich doch nur stritten. Sie wusste nur nicht, was sie mehr verletzte: Wenn er mit ihr stritt oder wenn er sie ignorierte. Aber warum lief in letzter Zeit immer alles nur auf eine dieser beiden Möglichkeiten hinaus? Wieso verhielt er sich plötzlich so abweisend? Was hatte sie ihm getan? Sie wusste nicht, was sie von all dem halten sollte, nur, dass es sie noch mehr verunsicherte, als der Gedanke an ihn es ohnehin schon tat.

Sie vermisste ihn. Seine Nähe, seinen Duft, sein Lachen. Vor allem sein Lachen. So sehr, dass sich ihr Herz zusammenzog vor Sehnsucht, ihr körperlichen Schmerz zufügte, sie die Augen zusammenkniff und scharf Luft holen musste. Sie war selbst erschrocken über die Intensität dieses Gefühls.

Bedrückt pflückte sie eine Blüte, steckte sie sich ins Haar, wie Yasin es früher bei ihr gemacht hatte. Anschließend bahnte sie sich ihren Weg durch die Feiernden, stellte sich immer wieder auf die Zehenspitzen und versuchte, über all die Menschen hinwegzublicken, aber ihre Mühe war vergeblich. Von Yasin war nicht einmal ein Hemdzipfel zu sehen.

Schon wandte sie sich bedrückt zum Gehen, als ihr plötzlich Elif lachend um den Hals fiel. Ihre Freundin war klein und zierlich und sah unfassbar schön aus mit den von Kajal umrahmten Augen, die Hände mit kunstvollen Hennamalereien verziert. »Ich bin verheiratet, wirklich und wahrhaftig verheiratet!«

»Was du nicht sagst.« Samira musste schmunzeln. »Und ich dachte, wir feiern nur, damit Stavros mal wieder eine Rede halten kann.«

»Ich bin jetzt eine Ehefrau, ist das zu fassen? Und zwar die des großartigsten Mannes überhaupt! Sag, Mira, ist das nicht unglaublich?« Die Worte sprudelten nur so aus Elif heraus.

»Unglaublich ist nur, dass du dich noch auf den Beinen halten kannst.« Tatsächlich sah sie am zweiten Tag ihrer Hochzeit zwar deutlich müder aus als am ersten, doch ihr Strahlen war noch immer so bezaubernd wie gestern.

»Ach was, Mira, ich könnte noch eine Woche lang durchtanzen. Ich bin die glücklichste Frau der Welt!«, jubelte Elif.

»Das ist nicht zu übersehen, und ich freue mich wirklich von ganzem Herzen für dich.« Sie drückte ihre Freundin an sich.

»Und für dich finden wir auch noch einen Mann!«, rief Elif übermütig.

Samiras Lachen fror ein. »Wieso wollen mich alle unbedingt verheiraten?«

»Weil du nur ein Jahr jünger bist als ich, aber noch nicht einmal verlobt.«

»Und? Gibt es da neuerdings ein Gesetz, laut dem ich mit achtzehn schon verheiratet sein und zwei Kinder haben muss?«

Elif lachte. »Das sagst du jedes Mal, aber nur, weil du noch nicht den einen gefunden hast. Komm, geh tanzen, dann hast du die freie Auswahl. Jeder Mann, der dich tanzen sieht, muss sich einfach in dich verlieben!«

Samira seufzte, denn das war das Letzte, woran sie beim Tanzen dachte. Sie wollte Elif nach Yasin fragen, wollte wissen, ob sie die Gründe für sein Verhalten kannte. Aber es würde ebenso vergebens sein wie all die Male zuvor. Ihre Freundin wusste nicht, was Samira meinte. Die vergangenen Wochen über war sie so sehr in den Hochzeitsvorbereitungen aufgegangen, dass sie nicht einmal bemerkt hätte, wenn sich vor ihr ein Loch aufgetan und die Hälfte des Dorfes verschluckt hätte. Außerdem war heute Elifs Tag, da wollte sie keine Wolken an deren rosaroten Himmel ziehen lassen. »Später. Ich … brauche eine Pause.«

»Du machst wohl Witze.« Elif lachte – und das war nur allzu verständlich, schließlich war Samira normalerweise die Erste, die die Tanzfläche betrat, und die Letzte, die sie verließ. »Du bist mir wie eine Schwester. Mein Glück ist nur halb so viel wert, wenn ich es nicht mit dir teilen kann.«

Gerührt drückte Samira Elifs Hand, riss sich zusammen und folgte ihr zwischen die anderen Tanzenden. Elif hatte vollkommen recht, und sie, Samira, würde ihnen beiden diesen Tag nicht von Yasins Verhalten verderben lassen. Immerhin war dies die Hochzeit ihrer besten Freundin. Und die Tatsache, dass ihre Familien so eng befreundet waren, war, wenn sie an Sophia dachte, offenbar nicht für alle Bewohner von Ayia Rosa eine Selbstverständlichkeit. Der Unterschied zwischen Dimi und Yasin, den diese gemeint hatte, war der, dass Dimis Familie griechischer Abstammung war, Yasins und Elifs türkischer.

Zwischen ihnen stand hier auf Zypern mehr als nur Glaube oder Herkunft. Zwischen ihnen standen Kämpfe und Tote. Und auch wenn die blutigen Weihnachten schon ein Jahrzehnt her war, so war sie dennoch nicht vergessen.

Kapitel 2

Ohne dich
bin ich nur ich.
Mit dir
bin ich Herakles, Poseidon, Zeus.

Heute

»Wie konnte ich nur auf dich hören«, stöhnt Colleen, während ein fremder Koffer nach dem anderen auf dem Rollband an uns vorüberzieht. »Ausgerechnet Zypern. Und dann noch ein Nachtflug. Absolut idiotisch.«

»Es war der einzige Flug, der so kurzfristig noch freie Plätze hatte und günstig war«, gebe ich pragmatisch zurück, obwohl ich insgeheim ihrer Ansicht bin, so kaputt, wie ich mich fühle. Es gibt Angenehmeres, als sich um halb eins in der Früh bei der Gepäckausgabe eines Flughafens die Beine in den Bauch zu stehen. Nein, laut zyprischer Zeit sogar um halb drei. Das kommt dabei heraus, wenn man so bescheuert ist, einer Eingebung zu folgen. So impulsiv kenne ich mich gar nicht. Ich tue sonst nie etwas, ohne zuvor tagelang gründlich das Für und Wider erwogen zu haben.

»Wie lange müssen wir denn noch warten? Du und deine blöden Ideen. Wir hätten Saint-Tropez nehmen sollen!«

»Ich kann es doch jetzt nicht ändern!« Ich bin nicht minder genervt als sie. Und obendrein befürchte ich langsam, dass unser Gepäck einen anderen Flug genommen hat als wir. Sehnsüchtig denke ich an die Stille in meiner Wohnung und an mein weiches Bett. »Wann trifft der Wagen vom Hotel ein?«

»Na ja …« Sie räuspert sich und sieht angelegentlich beiseite.

Mir schwant Schlimmes. Mit gerunzelter Stirn mustere ich sie. »Das Hotel, das ich herausgesucht habe, hat doch einen Shuttleservice, den du ebenfalls buchen solltest!«

»Schon. Aber ich habe ein anderes gewählt.«

»Was? Warum? Und wieso sagst du mir das erst jetzt?«

»Viel Zeit, um es dir zu sagen, gab es ja nicht. Aber beruhige dich – es hat zwar keinen Shuttleservice, dafür aber einen riesigen Pool und einen Wahnsinnsausblick und die Strandbar direkt vor der Tür und …«

»Colleen!«, unterbreche ich sie. »Wo liegt dieses Hotel?«

»In Ayia Napa«, rückt sie mit der Sprache heraus, um gleich überschwänglich hinzuzufügen: »Ich habe Bilder der Stadt gesehen, und glaub mir, sie ist so viel cooler als Paphos. Da ist richtig was los, und es gibt Partys und Clubs und …«

Ich verkneife mir einen Kommentar und lasse sie reden. Ich ärgere mich über mich selbst. Dass es auf so etwas hinauslaufen würde, hätte ich mir schon denken müssen, als sie vorschlug, sich die Arbeit aufzuteilen, und sagte, dass sie das Hotel buchen wolle. »Der Gast im Restaurant hat aber von Paphos gesprochen, nicht von Ayia Napa!«, erinnere ich sie.

»Nein. Du *glaubst,* dass er das gesagt hat. Sicher warst du dir nicht.«

Da hat sie leider recht.

»Aber es wird sicher eine Möglichkeit geben, einen Ausflug dorthin zu machen. Und überhaupt, es wird diese komischen Armreife überall auf Zypern geben.«

Auch da wird sie zu meinem Leidwesen möglicherweise recht haben, obwohl ich es natürlich nicht hoffe, schließlich ist er mein einziger Anhaltspunkt.

»Dir ist inzwischen hoffentlich klar, dass das eine total bescheuerte Aktion war!«

Um diese Uhrzeit und hier vor Ort betrachtet, allemal. Mit einem Seufzen hole ich mein Handy hervor, suche den Routenplaner heraus und keuche auf. »Ayia Napa ist fast zwei Stunden entfernt!«

»Quatsch, Luftlinie sind es ja gerade mal …«

»Vergiss die Luftlinie!« Mühsam halte ich an mich. »Hast du dir mal die Straßenkarte angeschaut? Du musst die Küste entlangfahren. O Mann, das heißt, wir brauchen einen Mietwagen, und den hast du sicher nicht gebucht, oder?«

»Hey, entschuldige mal, meine Idee war diese blöde Insel ja wohl nicht!«

Ich atme tief durch, massiere mir die schmerzenden Schläfen. »Schon gut. Wir können die Fahrtzeit ja für eine weitere Griechisch-Lektion nutzen.«

»Ach, lass mich doch jetzt damit in Ruhe, ich bin hundemüde!«

Das hindert sie allerdings nicht daran, mit jedem einigermaßen passablen Mann zu flirten, der an uns vorbeikommt, sei er Tourist oder Flughafenmitarbeiter. Ich ahne, dass der Urlaub noch anstrengender wird als ohnehin schon befürchtet. Colleen scheint wild entschlossen, in den nächsten Wochen nicht nur über Mason hinwegzukommen, sondern ihn gleich zu ersetzen. Vermutlich inklusive jeder Menge Fotos in den sozialen Netzwerken, um ihn seine Untreue bitter bereuen zu lassen.

Wobei ich stark bezweifle, dass er das tun wird oder es ihn auch nur annähernd interessiert, was Colleen treibt.

Die lächelt mit bezauberndem Augenaufschlag einem dunkelhaarigen Anzugträger zu, begeistert strahlt dieser zurück. Klar, Colleen ist ein Hingucker mit ihren bis über die Waden hochgeschnürten Heels, den knapp unter den Pobacken endenden Jeans-Hotpants und dem silbrig glänzenden, tief ausgeschnittenen Top. Einen Atemzug später jedoch taucht eine deutlich weniger begeisterte Frau auf und zieht ihn davon, während sie giftige Blicke in Richtung Colleen schießt.

»Schade«, seufzt diese und öffnet die Vordertasche ihres Rucksackes, in die sie offenbar versucht hat, den Inhalt eines ganzen Kosmetikladens hineinzuquetschen.

»Es ist fast drei Uhr in der Nacht«, erinnere ich sie, als sie sich abpudert, Lipgloss und Lidschatten nachbessert, »und wir sind nicht auf einer Modeveranstaltung, sondern auf einem Flughafen.«

»Mister Right kann man jederzeit und überall begegnen.« Sie hält mir den Handspiegel hin.

Ich winke ab. »Mir darf man die momentane Uhrzeit gern ansehen. Ich habe nicht vor, am Gepäckband einen Kerl aufzureißen.«

Achselzuckend lässt sie den Spiegel zuschnappen und quetscht ihn wieder in den Rucksack. »Nicht einmal den da vorn? Den mit dem sportlichen Outfit? Der guckt die ganze Zeit herüber.«

»Ja. Zu dir.«

»Quatsch.« Sie knufft mich in den Arm. »Jetzt lächle ihn doch mal an.«

»Das werde ich garantiert nicht tun.«

»Nur ein einziges Mal. Der ist süß, und er steht total auf dich, das sieht jeder.«

Vorsichtig schiele ich aus dem Augenwinkel hinüber. Der Typ kämpft mit seinem klemmenden Koffergriff, macht aber einen netten Eindruck. Dass er auf mich steht, wie Colleen behauptet, glaube ich zwar keine Sekunde lang, aber schön wäre es schon.

»Na los, lächle ihn an, bevor er für immer aus deinem Leben verschwindet und du diese verpasste Chance auf ewig bereuen wirst!«

»Dramatischer geht's nicht, was?«

»Nun hab dich nicht so, oder hast du bereits vergessen, wie man flirtet?«

Um ein Haar hätte ich *Ja* gesagt.

»Du musst wieder in Übung kommen«, beharrt sie. »Du weißt schon: Wer vom Pferd gefallen ist und so weiter.«

Die Frage ist nur, wie man gestürzt ist.

»Und ein Doppeldate macht doch deutlich mehr Spaß, als wenn du das fünfte Rad am Wagen bist, oder?«

»Ich möchte weder Date noch Rad sein, sondern entspannen.«

»Komm schon, dann gebe ich auch Ruhe.«

»Für den Rest des Urlaubs?«

Sie nickt.

»Himmelherrgott, na gut.« Nervös taste ich nach dem Sitz meiner Bluse unter dem offenen Strickjäckchen. Alles hochgeschlossen, nichts gibt einen Blick auf meine Narben frei. Ich atme tief durch. Kaum hat der Typ den Griff ausgefahren und sieht auf, als ich mein breitestes Lächeln aufsetze.

Er blinzelt, schaut sich um und wieder zu mir.

Ich lächle noch etwas angestrengter – und er ergreift mit irritierter Miene so hastig die Flucht, dass er fast über eine fremde Reisetasche stolpert.

»Du solltest ihn anlächeln«, gluckst Colleen. »Nicht den Anschein erwecken, ihn fressen zu wollen!«

Ich werfe ihr einen bösen Blick zu und bereue es noch mehr, dass ich mich zu diesem Urlaub habe überreden lassen. Wenigstens verkneift sie sich jetzt weiteres Gelächter. Seltsamerweise erscheint es mir einen Moment lang so, als würde ich trotzdem welches hören.

Verwirrt sehe ich mich um, aber es ist bereits wieder still, und bis auf eine fünfköpfige Familie, einen Mann im Anzug und einen im Arbeitsoverall ist auch niemand in der Nähe. Der Anzugträger tippt gelangweilt auf seinem Smartphone herum. Der mit dem Overall hingegen lehnt, in einer Zeitschrift blätternd, an einer Säule. Schon beim Versuch, die Titelzeile auf dem Cover zu entziffern, scheitere ich an meinen schlechten Kenntnissen des griechischen Alphabets. Neben ihm stehen Eimer und Wischmopp, offenbar gehört er zur Putzkolonne. Er hält das Magazin so hoch, dass ich bis auf verwuscheltes dunkles Haar nichts von seinem Gesicht sehen kann, allerdings zittern seine Hände ein wenig. Als würde er noch immer leise in sich hineinlachen.

Mit gerunzelter Stirn betrachte ich den Typen. Nein, das muss ich mir einbilden. Kopfschüttelnd wende ich mich ab.

»Da geht er hin, dein Mister Right«, seufzt Colleen. »Das wäre nicht passiert, wenn du dich etwas zurechtgemacht hättest.«

»Er wird wohl kaum Mister Right sein, wenn er mich nicht so mag, wie ich bin.«

»Du meinst, mit verschmierter Wimperntusche?«

»Was?« Ich fahre hastig über meine Haut, blicke anschließend auf schwarz verfärbte Finger. »Und das sagst du mir erst jetzt? Du bist mir eine Freundin!«

»Ich habe es nicht früher bemerkt«, gibt sie achselzuckend zurück.

Resigniert ziehe ich ein Taschentuch hervor und versuche, dic verlaufene Mascara abzurubbeln.

Dabei trifft mein Blick auf strahlend blaue Augen. Der Mann im Arbeitsoverall späht eindeutig amüsiert über den Rand seiner Zeitschrift hinweg zu mir. Findet er es etwa komisch, dass ich wie ein Panda aussehe? Oder lacht er immer noch wegen meines misslungenen Flirtversuches? Dass er den mitbekommen hat, dessen bin ich mir plötzlich ganz sicher.

Ich funkele ihn erbost an, bevor ich mich demonstrativ wegdrehe, um auf den Sprachunterricht für Colleen zurückzukommen. »Weißt du noch, wie *Ja* und *Nein* auf Griechisch heißen?«

»Keine Ahnung. Und im Moment interessiert mich das auch herzlich wenig. Ich will meine Koffer und ein Bett!«

»*Nein* heißt *óchi*«, lasse ich nicht locker. »Und was heißt *Ja?*«

»Ich muss kein Griechisch können, ich habe doch dich.«

»Und wenn wir getrennt werden? Ein paar Brocken in der jeweiligen Sprache seines Reiselandes sollte jeder beherrschen. Also: *Nein* heißt *óchi. Ja* heißt *nai.* Glaub mir: Diese Worte werden sich noch als unheimlich nützlich erweisen.«

Sie gähnt lautstark und murrt anschließend: »Solange die Frage nicht lautet: *Gefällt Ihnen Ihr Hotelzimmer mit Blick auf den Pool und das Meer?,* habe ich nicht vor, mit Ja oder Nein zu antworten.«

Zum Glück taucht in diesem Moment unser Gepäck auf. Kurz darauf schleppen wir uns müde zum Mietwagenverleih. Wenigstens den finden wir schnell, da der Flughafen verglichen mit denen in London winzig ist.

Nur einer von drei Schaltern ist um diese Uhrzeit geöffnet. Fünf Parteien stehen davor an. Und offenbar ist jede bestrebt, noch länger dort zu verweilen als die vorherige. Wir bleiben die Letzten in der Schlange. Entkräftet lehnen wir an einer Säule und beobachten die Zeiger der Uhr, die weiterwandern, ohne dass es die Menschen vor uns tun.

»Zum Kuckuck, sollen wir hier etwa übernachten?«, ruft Colleen gereizt. »Was gibt es denn da so lange zu diskutieren? Worüber reden die?«

»Keine Ahnung«, gebe ich matt zurück. Ich verstehe kaum etwas, weil die Menschen so schnell und in ungewohntem Dialekt sprechen. Zumindest sind bislang alle Schilder nicht nur auf Griechisch, sondern auch auf Englisch beschriftet gewesen, denn mit der griechischen Schrift tue ich mich noch weitaus schwerer als mit der Sprache selbst. Mir fallen fast die Augen zu, während wir warten, und mein Magen knurrt vernehmlich.

Colleen schimpft ununterbrochen vor sich hin.

Endlich tritt auch die letzte Person vor uns mit einem Autoschlüssel in der Hand beiseite. Erleichtert hieve ich mir meinen Rucksack auf die Schulter und will den Koffer zum Schalter rollen, als hinter mir etliche Dinge zu Boden prasseln.

»Shit, der Reißverschluss ist kaputt!«, ertönt es von Colleen. »Hilf mir mal schnell, ja? Das Zeug ist sauteuer gewesen!«

Aufseufzend stelle ich meine Sachen wieder ab und renne Colleens in sämtliche Richtungen davonrollenden Kosmetikutensilien hinterher. Klar, dass die von mir verfolgten Teile ausgerechnet neben dem Mülleimer unter der nächsten Sitzbank landen. Fluchend gehe ich auf alle viere und versuche, diverse Lippenstifte darunter hervorzuangeln. Aus dem Augenwinkel nehme ich ein Paar Gummistiefel wahr, in denen mit einem Arbeitsoverall bekleidete Beine stecken. Das wird doch jetzt nicht …

Mit der linken Hand unter der Bank umhertastend, schiele ich nach oben. Das war ja klar! Nicht nur, dass es sich tatsächlich um den Putztruppler von vorhin handelt, er starrt mir überdies auf den Hintern!

»Ist was?«, blaffe ich ihn auf Griechisch an.

»Ja«, antwortet er gelassen ebenfalls auf Griechisch. »Ein Loch in Ihrer Hose.«

»Ein … was?« Ich fahre zusammen, lasse den letzten Lippenstift, wo er ist, und taste mein Hinterteil ab. »Verdammt!« Ein riesiger Riss entlang der Taschennaht. Hastig bedecke ich ihn mit der Hand und rappele mich auf.

Zu meiner Erleichterung spart sich der Fremde weitere Kommentare, nickt mir nur kurz – und leider ziemlich amüsiert – zu und geht.

Ich hingegen verrenke mich, um den Riss genauer in Augenschein zu nehmen. Im Stehen fällt er nicht weiter auf, aber gerade eben habe ich dem Typen quasi ein Viertel meiner Pobacke offenbart. Was für ein unfassbar grauenvoller Tag. Und dabei hat er gerade erst angefangen.

»Hast du alles?«, ruft Colleen. »Ich weiß nicht, wo die … He! Das kann der doch nicht machen!«

Ihr empörter Ausruf lässt mich aufsehen.

Auch das noch! Der Kerl von eben hat einfach unseren Platz am Schalter eingenommen.

»Tu was, Tina! Sag was!«

»Sag doch selbst was«, gebe ich zurück, ich habe nämlich absolut keine Lust, mit jemandem zu diskutieren, der soeben in den zweifelhaften Genuss gekommen ist, meinen Butterblümchen-Schlüpfer zu betrachten.

»Aber ich kann kein Griechisch, hast du das etwa vergessen?« Schon zieht Colleen mich am Arm zu ihm hin. »Und eine Reinigungskraft aus der Pampa von Zypern wird ja wohl kein Englisch sprechen. Wieso braucht er überhaupt einen Mietwagen? Ist seiner kaputt, oder was? Tu was, sonst warten wir hier noch eine halbe Stunde! Dann drehe ich durch!«

Hinter meiner Stirn pocht es inzwischen aufs Grausamste, ich bin müde und kaputt, aber die Aussicht auf eine noch anstrengendere Colleen lässt mich einen gewaltigen Satz in

Richtung des Mannes tun. Der begrüßt gerade auf Griechisch die Frau hinter der Glasscheibe.

Ich räuspere mich. »Entschuldigung, aber *wir* stehen hier.«

Er dreht sich um, mustert mich belustigt. »Tatsächlich? Für mich sah es eher so aus, als würden Sie drüben neben den Mülleimern auf dem Boden herumkrabbeln.«

Ich spüre Hitze mein Gesicht fluten. »Ich meine, wir stehen hier theoretisch und …« Ich verstumme. Wenn ich müde bin, fällt es mir noch schwerer als sonst, die richtigen Vokabeln zu finden. Und irgendwie bringt mich sein amüsierter Blick aus der Fassung. Ganz zu schweigen davon, dass er nun einmal leider recht hat. Und ich noch immer daran zu knabbern habe, ihm meine heiß geliebte, weil so wahnsinnig bequeme, aber leider äußerst unerotische Oma-Unterwäsche präsentiert zu haben. »Wir stehen hier seit einer geschlagenen Stunde an«, versuche ich es erneut.

»Kann jeder behaupten.«

»Das ist aber die Wahrheit! Und jetzt sind wir endlich dran! Da können Sie sich doch nicht einfach vordrängeln.«

»Habe ich ja auch nicht, der Schalter war frei. Und es wird auch nicht lang dauern, keine Sorge. Ich muss nichts mieten, nur etwas klären.«

Zähneknirschend begebe ich mich wieder hinter die Wartelinie, wo Colleen mit wütendem Schnauben auf meine Wiedergabe des Wortwechsels reagiert.

»Ignoranter Egoist!«, schimpft sie. »Aber das habe ich dem schon von Weitem angesehen. Solche Typen sind wie die Pest. Richtige Widerlinge. Halte dich bloß fern von solchen Kerlen!«

»Lass gut sein«, versuche ich müde, sie zu beschwichtigen.

Tatsächlich ist der Mann zu meiner Überraschung und Erleichterung nach wenigen Minuten fertig. Er nickt mir knapp zu, tritt zur Seite, zieht dabei sein Handy hervor und ruft jemanden an. Endlich kann ich ein Auto mieten!

Langsam klappt es auch mit dem Griechisch besser.

Die Dame hinter dem Schalter tippt meine Wünsche ein – und guckt verwirrt.

»Was ist?«

Die Antwort besteht in einer ratlosen Miene und zögerlichem Tastendrücken. Gefolgt von Stirnrunzeln und hektischem Auf-die-Tasten-Hämmern.

Jetzt werde ich ernsthaft nervös. »Gibt es ein Problem mit meiner Karte?«

»Nein. Aber mit unserem System.« Bedauernd schüttelt sie den Kopf, greift zum Telefonhörer. »Bis die Sache behoben ist, kann ich leider nichts für Sie tun.«

Verdammt, verdammt, verdammt. »Und wie lange braucht es, bis Ihr System wieder funktioniert?«

Es dauert, bis ich eine Antwort bekomme, da sich am anderen Ende der Leitung bereits jemand gemeldet hat. Sie spricht, legt auf, lächelt. »Sie haben Glück, der Techniker wird voraussichtlich in einer Stunde hier sein.«

»Das kann doch jetzt nicht Ihr Ernst sein?« Ich bin eigentlich ein gelassener Mensch, aber in diesem Moment hätte ich gern irgendetwas gegen die Wand geworfen.

»Es tut mir leid, ich würde Ihnen ja gern helfen, aber ich kann nichts tun, solange der Systemfehler nicht behoben ist. Sie könnten sich aber ein Taxi nehmen.«

»Wollen Sie mir etwa weismachen, dass wir hier stundenlang umsonst angestanden haben?«

Wütend gestikuliere ich fast so wild wie mein Vater im Straßenverkehr, und prompt rutscht mir der Armreif vom Handgelenk, fällt klappernd zu Boden und rollt davon. Scheiße! Ich haste ihm nach, doch kurz bevor ich ihn zu fassen kriege, hat ihn schon jemand aufgehoben.

Ich sehe auf – und in strahlend blaue Augen. War ja klar.

»Bitte sehr«, sagt der Putzmann und hält mir den Reif hin.

»Danke«, murmele ich zähneknirschend und will danach greifen, doch plötzlich zieht er ihn wieder zurück, runzelt die Stirn und fährt mit dem Finger über die feinen Ziselierungen, die Türkise und Muscheln.

Mir wird ganz seltsam zumute. »Kommt Ihnen der Armreif bekannt vor?« Eine verrückte Vorstellung, aber dieses Schmuckstück hat ja schon einmal die Aufmerksamkeit eines Fremden erregt. Und wenn es den Reif wirklich so oft gibt, wie Dad vermutet …

Er sieht auf, blinzelt, als sei er gedanklich ganz woanders gewesen, und reicht ihn mir mit einem Kopfschütteln zurück. »Nein. Mir war zwar für einen Moment tatsächlich so, als hätte ich solch ein Schmuckstück vor langer Zeit einmal gesehen, aber ich muss mich irren.«

»Bestimmt nicht!«, widerspreche ich so heftig, dass er mich irritiert ansieht. »Wo war das? Wann?«

Er hebt entschuldigend die Schultern. »Ich weiß es wirklich nicht und irre mich vermutlich ohnehin. Silberschmuck ist auf Zypern nicht gerade Mangelware.«

Enttäuscht beiße ich mir auf Lippe. Es wäre zu schön gewesen.

»Tina, was ist denn jetzt mit dem Auto?«, meldet sich Colleen.

»Ich komme.« Aufseufzend schiebe ich mir den Reif wieder über die Hand.

Der Mann räuspert sich. »Wie deutlich zu hören war, können Sie keinen Wagen mieten. Ich habe jetzt ein schlechtes Gewissen, weil ich Ihnen nicht den Vortritt gelassen habe. Kann ich Sie irgendwohin mitnehmen, um es wiedergutzumachen?«

»Was will er, was hat er gesagt?«, mischt sich Colleen ein, und ich übersetze knapp.

»Großartig!«, ruft sie begeistert aus.

»Spinnst du?«, entgegne ich, doch schon ruft Colleen an den Fremden gewandt mit Nachdruck: *»Nai! Nai!«,* was sich in diesem Moment leider als deutlich weniger hilfreich herausstellt als erhofft. Wieso um alles in der Welt musste ich Colleen einen Griechisch-Schnellkurs verpassen?

Hastig ziehe ich sie ein Stück beiseite und zische: »Bist du verrückt geworden? Ich steige doch nicht zu einem wildfremden Kerl ins Auto! Und hast du nicht gerade eben gemeint, wir sollten uns von Typen wie ihm fernhalten?«

»Da habe ich ja noch nicht gewusst, wie charmant und hilfsbereit er ist«, flötet sie und schenkt ihm über meine Schulter hinweg ihr strahlendstes Lächeln, während sie mir aus dem Mundwinkel zuraunt: »Bist du etwa nie getrampt?«

»Nein!«

»Himmel, stell dich nicht so an!«

Unsicher kaue ich auf meiner Wange und gehe unsere Optionen durch. Von denen es nicht allzu viele gibt: mindestens anderthalb weitere Stunden völlig übermüdet am Flughafen herumstehen, ohne sicher sein zu können, dass anschließend der Systemfehler behoben ist, oder einen Haufen Geld für ein Taxi ausgeben. Wenn sich um diese Uhrzeit überhaupt eins auftreiben lässt. »Na schön«, seufze ich.

Er nickt. »Wohin müssen Sie?«

»Nach Ayia Napa.«

»Ayia Napa?«, wiederholt er überrascht, mustert uns und wirkt plötzlich etwas distanziert. Als hätte er uns neu eingeschätzt und das Ergebnis wäre aus irgendeinem Grund negativer ausgefallen als zuvor. Dann jedoch zuckt er mit den Schultern. »Das ist aber gute zwei Stunden entfernt.«

»Ich weiß«, sage ich und werfe Colleen einen missmutigen Seitenblick zu.

»Und der Flughafen Lárnaka liegt viel näher an Ayia Napa.«

»Das weiß ich ebenfalls.« Meine Laune strebt weiter dem absoluten Nullpunkt entgegen.

»Warum sind Sie dann nicht direkt dorthin geflogen?«

»Weil das alles hier eine sehr spontane – und blöde – Aktion war!«, grolle ich.

»Na schön. Wie Sie meinen. Bis nach Ayia Napa kann ich Sie allerdings nicht fahren.«

Noch ein paar Stunden auf der Wartebank des Flughafens stehen uns also bevor. Klasse. So habe ich mir schon immer den Start in einen perfekten Urlaub vorgestellt.

»Aber eventuell gibt es eine andere Möglichkeit …« Nachdenklich fährt er sich mit dem Finger über die Bartstoppeln an seinem Kinn. »Nicht weit von Lárnaka entfernt führt meine Mutter eine Gaststätte. Sie hat ein Gästezimmer, das sie ab und zu vermietet oder bei Notfällen zur Verfügung stellt. Und ich denke, bei Ihrem handelt es sich um einen.« Ein Schmunzeln huscht über sein braun gebranntes Gesicht. »Ich bin Alec«, stellt er sich vor und streckt mir die Hand entgegen, und ich frage mich, ob das eine Abkürzung oder ein Spitzname ist, weil es nicht griechisch klingt.

»Colleen«, flötet meine Freundin, die zumindest den Vorstellungsteil verstanden hat. Sie schiebt mich zur Seite und ergreift seine Hand.

»Tina«, schließe ich mich an, komme aber nicht dazu, ihm ebenfalls die Hand zu schütteln, da Colleen sie weiterhin festhält.

»Also genau genommen heiße ich Athina«, korrigiere ich mich, während Alec höflich, aber bestimmt seine Hand wieder zurückzieht.

»Dann sind Sie Griechin, ja?«

»Meine Vorfahren stammen aus Griechenland.«

»Was redet ihr die ganze Zeit«, fragt Colleen ungehalten. »Was sagt er?« Ich übersetze ihr seinen Vorschlag, und ihre Miene hellt sich auf. »Na los, worauf warten wir?«

»Wir kennen weder diesen Typen noch seine Mutter!«, protestiere ich.

»Lass mich raten: Couchsurfing hast du auch noch nie gemacht, was?«

»Nein! Und ich habe nicht vor, das jetzt zu ändern.«

»Himmel, stell dich nicht so an, oder hast du eine bessere Idee, wie wir schnellstmöglich an ein Bett kommen?«

Leider nicht. Skeptisch wende ich mich wieder an Alec. »Und wo werden *Sie* schlafen?«

»In meinem Haus im selben Dorf. Ihr könnt auch bei mir übernachten, wenn ihr wollt.«

»Äh … nein … danke.«

»Dachte ich mir schon«, erwidert er augenzwinkernd. Seine Lachfältchen stehen ihm außerordentlich gut. Was natürlich nichts daran ändert, dass ich ihm nicht über den Weg traue.

Ich runzele die Stirn. »Kann ich ein Foto von Ihnen machen?«

Er zieht die Augenbraue hoch. Hastig ergänze ich: »Nicht für mich! Für Colleens Cousin.«

Das trägt nicht dazu bei, dass seine Augenbraue wieder ihre normale Position einnimmt. Stattdessen hebt er abwehrend die Hände. »Tut mir leid, besagter Cousin ist bestimmt ein toller Mann, aber ich habe kein Interesse.«

Ich blinzele verständnislos, dann fällt der Groschen. »Ich meinte, ich will es ihm schicken, weil er bei der Polizei ist.«

»Sie werden mir immer unheimlicher.«

Glühend vor Verlegenheit und Ärger – und überdies ziemlich verwirrt davon, dass seine blauen Augen mit solch beunruhigender Intensität auf mir ruhen – starte ich einen letzten Versuch der Erklärung. »Sicherheitshalber. Für den Fall, dass Sie vorhaben, uns zu entführen. Bitte auch Ihren Personalausweis sowie Führerschein.«

»Sind Sie sicher, dass nicht *Sie* bei der Polizei sind?« Mit einem Grinsen zieht er alle Papiere hervor, sogar den Fahrzeugschein. »Bitte sehr. Wir können zudem auf dem Weg nach draußen einen Abstecher zur Flughafen-Security machen, denen den Sachverhalt schildern und dort ebenfalls meine Daten hinterlassen, wenn Sie das beruhigt.«

»Was wird das?«, fragt Colleen verwirrt, und ich setze ihr mein Ansinnen auseinander.

»Das ist absolut albern«, gibt sie kopfschüttelnd zurück. »Du glaubst doch nicht im Ernst, dass der Typ gefährlich ist? Ich meine, sieh dir doch mal seine traumhaft schönen Augen an.«

»Spinnst du? Als ob das jemanden davon abhalten würde, ein Psychopath zu sein.«

»Also gibst du zu, dass er schöne Augen hat?«

»Ja. Meinetwegen auch, dass er ein tolles Gesicht und einen Wahnsinnskörper hat, zufrieden? Trotzdem machst du jetzt bitte dieses Foto und schickst es deinem Cousin.« Ich bin mit meinen Nerven am Ende. Vor allem, weil die immer noch anhaltende Amüsiertheit in den tatsächlich faszinierend blauen Augen dieses Kerls mich völlig aus der Fassung bringt. Wenn er es doch bloß unterlassen könnte, mich unentwegt anzusehen! So viel Aufmerksamkeit bin ich nicht gewohnt! Und was soll diese merkwürdige Belustigung die ganze Zeit? Unsere Situation ist ja wohl alles andere als zum Lachen.

Endlich ist Colleen meiner Bitte nachgekommen, und Alec deutet nach links. »Da geht es zum Parkplatz.« Schon rollt Colleen ihren Koffer in diese Richtung. Alec selbst hat außer einem Rucksack nichts dabei, sein Putzmaterial muss er bereits hier irgendwo eingeschlossen haben.

Einen Atemzug lang zögere ich noch, doch dann folge ich den beiden. Ich finde sein Verhalten zwar seltsam, aber was ist um – inzwischen – halb vier in der Früh schon normal?

Wenig später stehen wir vor einem heruntergekommenen und vollkommen schlammbespritzten Jeep. »Du hast die Fotos doch deinem Cousin geschickt, nicht wahr?«, hake ich nach. »Dieses Ding hier sieht nämlich aus, als würde der Typ damit die arglosen Touristinnen, die er erwürgt hat, zu irgendwelchen Gruben fahren, um sie zu verbuddeln.«

»So ein Blödsinn.« Colleen nimmt neben ihm auf dem Beifahrersitz Platz. »Er ist total nett.«

Ich klettere auf die Rückbank. »Er hat mir auf den Hintern gestarrt! Und meine Oma-Unterwäsche gesehen!«

»Selbst schuld. Davon abgesehen hoffe ich, dass du auch etwas Erotischeres eingepackt hast.«

»Meine Spitzenstrapse?«, frage ich sarkastisch.

»Genau«, frotzelt sie fröhlich. »Die kannst du ja bei unserem Mister Clean ausprobieren.«

»Vergiss es.«

»Wieso? Was hast du denn nur gegen ihn?«

Ich? Sie war doch diejenige, die meinte, solche Typen seien richtige Widerlinge? Doch den Hinweis darauf spare ich mir. »Ich fühle mich nun einmal nicht wohl bei jemandem, dem ich unfreiwillig meine Butterblümchen gezeigt habe.«

Sie runzelt die Stirn. »Wann hattest du denn dafür Zeit?«

»Bitte? Ich rede von meiner Unterwäsche! Was dachtest du denn?«

»Keine Ahnung, deine Brüste vielleicht?«

Entgeistert starre ich sie an. »Glaubst du im Ernst, ich nenne meine Brüste Butterblümchen?«

»Wer weiß, stille Wasser sind tief.«

»Aber nicht geschmacklos.« Ich verdrehe die Augen. Gerade rechtzeitig, um im Rückspiegel auf den Blick von Alec zu treffen. Grinst er etwa? Wieder beschleicht mich ein seltsames Gefühl.

Er startet den Wagen, und wir verlassen den gut ausgeleuchteten Flughafenparkplatz und fahren auf eine Hauptverkehrsstraße. Schon nach wenigen Meilen schnarcht Colleen leise vor sich hin, also ist es an mir, gegen den Schlaf anzukämpfen und den Kerl im Auge zu behalten. Zum Glück ist mein Misstrauen groß genug, um mich wachzuhalten.

Ein riesengroßer, fast voller Mond steht am sternenklaren Himmel und wirft einen langen Strahl weißen Lichts über das spiegelglatte, schwarz schimmernde Meer, der uns zu folgen scheint. Wie ein Scheinwerfer tastet er über die felsige Steilküste, die wir entlangkurven. Als würde er nach etwas suchen.

Gebannt starre ich auf das funkelnde Wasser, verliere bald jegliches Zeitgefühl. Ab und zu leuchtet weiß eine Jacht auf, dann wieder etwas dunkler ein kleines Fischerboot, aber der Lichtkegel wandert über sie hinweg, ohne innezuhalten.

Plötzlich erscheint in dem Strahl eine gigantische Felsformation im Wasser. Sie wirkt deplatziert in dem ansonsten leeren Küstenabschnitt. Von aufsprühender Gischt umgeben, wirkt der mächtige Felsen, als seien er und seine drei kleineren Geschwister erst in diesem Moment aus der Tiefe des Meeres aufgetaucht.

Als hätte ein Riese – oder ein Titan? – sie einst an anderer Stelle herausgebrochen und hierhergeschleudert. Trotz ihrer Masse machen sie im silbrigen Licht des Mondes einen fragilen, unwirklichen Eindruck. Als seien sie nicht von dieser Welt.

In diesem Moment biegen wir nach links ab und entfernen uns von der Küste, sodass der Lichtkegel, als ich durchs Rückfenster sehe, weiterhin auf den Felsen ruht wie der eines Scheinwerfers auf einer großen dunklen Meeresbühne. Als sei es darum gegangen, mir genau das zu zeigen.

Ich weiß, dass ich übermüdet bin und meine Gedanken daher wirre Wege gehen, dennoch klebt mein Blick an diesem gleichermaßen geheimnisvollen wie irreal wirkenden Bild, bis es hinter Bäumen verschwindet.

Ein Schlagloch schüttelt den Wagen und mich durch, der Weg wird immer holpriger. Ob es eine gute Idee war, sich diesem Fremden anzuvertrauen? Mit jeder Minute wächst in mir die Gewissheit, dass die Antwort *Nein* lautet.

Ich beiße mir auf die Lippe, spähe nervös an Colleen vorbei nach vorn auf das, was die Scheinwerfer des Wagens der Finsternis entreißen, und kralle mich erschrocken in den Sitz. Zitternd tastet sich das Licht über bleiche Hausgerippe.

Hier ein Stück eingestürzte Mauer, dort eine Ruine ohne Dach und wenige Meter weiter eine verkohlte Hausfront. Glaslose dunkle Fensterlöcher wie leere Augenhöhlen. Ein verfallenes Haus neben dem anderen, manche schwarz vor Ruß und in der Dunkelheit kaum auszumachen. Diejenigen, die noch weiß sind, leuchten im fahlen Mondlicht gespenstisch auf, während tote Bäume uns ihre kahlen Äste anklagend entgegenstrecken.

Panisch blicke ich mich um. Wo um alles in der Welt will dieser Kerl mit uns hin?

»Ich dachte, du schläfst«, meldet sich Alec zu Wort. Er hat offenbar im Rückspiegel meine Bewegung gesehen.

»Wo sind wir?«, hake ich nach, froh, dass mich mein Griechisch nicht vor lauter Angst im Stich gelassen hat. Erst einen Moment später wird mir bewusst, dass er zum Du übergegangen ist.

»Gleich da. Das Dorf, in dem meine Mutter lebt, liegt etwas abgelegen.«

Mit trockener Kehle nicke ich, nicht im Mindesten beruhigt durch seine Aussage. Zumindest sorgt mein Herzrasen dafür, dass ich mich trotz des einschläfernden Geschaukels wachhalten kann.

Irgendwann kommen wir tatsächlich irgendwo an, und ich bin dermaßen kaputt, dass es mir fast egal ist, wo sich dieses Irgendwo befindet, solange es nur ein Bett hat.

Als ich aus dem Wagen torkele, registriere ich mit Erleichterung, dass das steinerne Gebäude keine Ruine ist und überdies an dem niedrigen Mäuerchen vor uns ein Schild hängt, das es wirklich als Taverne ausweist. Ich habe schon fast nicht mehr daran geglaubt und umklammere fest meine Handtasche, während ich mit einer verschlafenen Colleen im Schlepptau Alec um das Haus herum folge.

Unsere Koffer hinter sich herziehend, geht er zur Hintertür und schließt sie auf, tritt in einen schmalen Flur und öffnet die rechte von zwei Türen. »Das hier ist das Gästezimmer. Die Wohnung meiner Mutter liegt über dem Schankraum. Sie schläft noch, aber ich habe ihr schon eine Nachricht geschrieben, also keine Sorge.« In dem kleinen Raum gibt es nur eine niedrige Kommode und ein schmales Doppelbett, doch für mich ist es gerade so etwas wie das *Four Seasons.*

Colleen lässt sich auf das Bett fallen und ist im nächsten Moment wieder eingeschlafen. Ich hingegen untersuche die Tür. Erst als ich mich vergewissert habe, dass sie über Schloss und Schlüssel verfügt, lässt meine Anspannung nach.

»Das Zimmer hat leider nicht einmal ein Waschbecken«, sagt Alec entschuldigend. »Aber den Gang runter befindet sich ein Bad mit Dusche.«

»Das reicht vollkommen.« Ich streiche mir das Haar hinters Ohr, räuspere mich. »Vielen Dank für deine Hilfe.«

»Hab ich gern gemacht«, gibt er zurück und lächelt. Ganz ohne Spott. Unwillkürlich erwidere ich das Lächeln. Und rede mir ein, dass das Kribbeln in meinem Bauch von der Müdigkeit kommt.

»Gute Nacht«, sagt er mit einem Nicken und geht.

»Gute Nacht«, rufe ich ihm etwas verlegen nach.

Vielleicht war Zypern gar keine so schlechte Idee. Und möglicherweise – aber wirklich nur möglicherweise – ist Alec doch ganz nett.

Ich schließe die Tür, öffne das Fenster, ziehe als Sichtschutz die Gardinen wieder vor und sinke erschöpft auf die freie Bettseite. Reglos lausche ich Alecs Schritten auf dem Kiesweg. Die Autotür fällt ins Schloss, der Wagen startet und entfernt sich zügig. Das Motorengeräusch wird leiser, bis nur mehr das Zirpen der Zikaden zu hören ist.

Ich bin hundemüde und doch zu aufgewühlt, um schlafen zu können.

Da bin ich also. Auf der Insel der Götter. Im Land des ewigen Sommers. Umgeben von einem Meer mit hundert verschiedenen Blautönen. Theoretisch zumindest. Bislang ist das einzige Blau, das mir unentwegt im Kopf herumspukt, das von Alecs Augen.

Aber wie geht es jetzt weiter? Was habe ich erwartet? Dass ich hier ankomme und einfach so über die Antworten auf all meine Fragen stolpere? Ich weiß ja nicht einmal, was ich mir überhaupt davon erhoffe, endlich herauszufinden, wo dieser Armreif herkommt. Und doch muss ich es in Erfahrung bringen. Es ist wie der Drang, sich zu kratzen, wenn man Schorf unter den Fingernägeln spürt. Oder das Brennen meiner Narben.

Aufseufzend öffne ich meinen Koffer, krame das Schlafshirt hervor und ziehe mich um.

Eine Brise streicht über meine Haut, trägt den Duft von Orangenblüten herein und spielt mit den Gardinen. Wie Geister bauschen sie sich vor dem Fenster.

Mit angehaltenem Atem tapse ich über den Flur. Die Fliesen sind eisig kalt unter meinen nackten Füßen, es fröstelt mich. Ich weiß nicht, was mich geweckt hat, aber ich will jetzt auf keinen Fall allein bleiben in der Dunkelheit. Dad ist mal wieder geschäftlich fort. Immer, wenn er nicht da ist, habe ich Angst.

Ich will zu Mum, folge dem Schein ihrer Nachttischlampe, der durch den Türspalt in den Gang fällt. Vorsichtig drücke ich die Tür auf. Mum steht am Fenster in den sich bauschenden Gardinen, sieht in die Nacht hinaus.

»Mummy?«

Sie schaut über die Schulter. Blinzelt, als sei sie aus einem Traum erwacht und müsse sich erst auf die Realität besinnen, dann atmet sie tief durch. »Warum schläfst du nicht, mein Schatz?«

»Ich hatte einen schrecklichen Traum.«

Sie kommt zu mir und zieht mich in ihre Arme. »Keine Angst, ich bin bei dir.«

»Warum schläfst du *nicht?«, frage ich.*

»Ich hatte einen schönen Traum.« Sie hebt mich hoch und trägt mich zu ihrem Bett.

»Wieso sieht du dann so traurig aus?«

»Weil … das, wovon ich geträumt habe, lange her ist.« Ihre Stimme klingt seltsam. Wie erstickt.

Sie schlüpft mit mir unter die meerblaue Decke und beugt sich zur Lampe, um sie auszuknipsen. Doch sie tut es nicht. Sie hält mitten in der Bewegung inne, starrt die Gardinen an. Die bewegen sich noch immer, als seien sie lebendig. Formen Köpfe, bilden Körper. Für einen Moment wirkt es, als würde dort jemand stehen. Erschrocken kralle ich mich an Mums Arm fest, aber sie sieht so verzweifelt zum Fenster, dass mich eine Gänsehaut überläuft. Dann lässt der Wind nach, die Gestalt fällt in sich zusammen, ist wieder nur ein Stück Stoff. Erleichtert atme ich aus.

Mum springt aus dem Bett, läuft zum Fenster und schlägt es zu. Als sie zu mir zurückkommt, schimmern ihre Augen. Endlich knipst sie das Licht aus, wir kuscheln uns unter der Decke aneinander, und ich bin nicht sicher, ob sie mich oder ich sie tröste.

Mit trockenem Mund betrachte ich die Gardine, stehe auf und schließe das Fenster, lege mich wieder hin.

Schlafen kann ich noch immer nicht. Obwohl ich darauf bedacht bin, Colleen nicht zu wecken, wälze ich mich ununterbrochen hin und her und habe in dem kleinen Zimmer das Gefühl, keine Luft zu bekommen, ja regelrecht zu ersticken.

Wenn ich doch einmal wegdämmere, finde ich mich in verlassenen, geisterhaft leuchtenden Dörfern wieder, in denen tote Bäume mit dürren Ästen nach mir greifen. Und ich höre Mum, die nach mir ruft, bis ich schweißgebadet hochfahre.

Etliche Runden Syrtós später war Samira doch froh, dass Elif sie überredet hatte, auf der Feier zu bleiben.

Auch wenn sie heute nicht so leicht in dieses Glücksgefühl, welches das Tanzen sonst in ihr auslöste, hineingefunden hatte, konnte sie sich ihm nun nicht mehr verwehren. Der Rhythmus zog sie mit, die Melodien durchdrangen sie, bis sie sich völlig der Magie der Musik hingab. Mit jedem Schritt fielen Stück für Stück die Sorgen von ihr ab, bis sie sich wieder schwerelos fühlte. Wie immer, wenn sie tanzte.

Für Yasins Verhalten würde es eine vernünftige Erklärung geben. Was auch immer ihn da seit Wochen umtrieb, es würde vorbeigehen, und dann wäre alles wieder wie früher. Anders konnte es nicht sein. Anders *durfte* es nicht sein.

»Ópa!«, rief Malik und änderte damit die Schrittfolge. Seine Braut lachte hell auf, weil das für ihren eignen Vater, der dem Rakı bereits reichlich zugesprochen hatte, so plötzlich kam, dass er ins Stolpern geriet. Tatsächlich gab Mustafa mit einem scherzhaften »Der Mann im Haus bleibe trotzdem ich, verstanden?« auf. Während er sich mit einem Taschentuch den Schweiß vom geröteten Gesicht wischte, steuerte er die Tische an.

»Na, alter Freund«, rief Samiras Vater ihm entgegen, »ist dir auch die Puste ausgegangen?«

»Alt bist hier höchstens du, Anastasios«, gab Mustafa lachend zurück, zwirbelte seinen grauen Schnauzbart und ließ sich neben seinem Freund auf die Bank fallen. Auch Papas Hieronymos und Hodscha Kadir saßen schon dort.

Der muslimische Religionsgelehrte war groß und schlaksig, das Gesicht mit Lachfältchen übersät. Er trug ein grünes Festgewand zu seiner weißen Kappe und war so dünn, dass es den Anschein erweckte, als würde er in seiner weiten Kleidung ertrinken.

Der griechisch-orthodoxe Priester des Dorfes reichte ihm nur bis zur Brust und schien das, was ihm an Größe nach oben hin fehlte, durch seinen Bauch nach vorn hin wettmachen zu wollen. Als würde er unter seiner schwarzen Kutte eine Wassermelone spazieren tragen. Mit seinem im Nacken gebundenen Haupthaar und dem wallenden Bart wäre er auch ohne den hohen schwarzen Hut eine eindrucksvolle Gestalt gewesen.

Wie immer stritten die beiden miteinander, auch wenn ihnen das bei der allseits gelösten Stimmung deutlich schwerer fiel als sonst. Dennoch liebte Papas Hieronymos nichts so sehr wie einen Streit mit dem Hodscha – außer vielleicht die Ikonen und Reliquien in seiner Kirche, die sein ganzer Stolz waren. Dieses Mal ging es offenbar darum, ob Oúzo oder Rakı das bessere Getränk sei.

Nach und nach kehrten immer mehr Tänzer zu ihren Tischen zurück, um zu verschnaufen und sich mit Essen und Getränken zu stärken. Samira jedoch dachte nicht daran, aufzuhören. Hurra-Rufe auf das Hochzeitspaar ertönten, und die Gläser, mit denen auf sie angestoßen wurde, klirrten hell.

Die Musiker unter den Feigenbäumen gaben alles, obwohl ihnen der Schweiß über die Gesichter lief. Sie fiedelten auf ihren Violinen, als ginge es um ihr Leben, und ließen mit einer solchen Geschwindigkeit und Virtuosität ihre Finger über die bauchige Bouzoúki springen, dass man meinte, sie würden sich jeden Augenblick in den Saiten verheddern.

»Samira!« Dimitrios tauchte sichtlich entnervt vor ihr auf. »Ich habe dich schon überall gesucht! Warum hast du nicht auf mich gewartet?«

»Wieso willst du mit meinem Vater, aber nicht mit mir über die Taverne sprechen?«, gab sie zurück.

Er blinzelte. »Bist du deswegen etwa beleidigt?«

Als ob sie ein Kind wäre. »Ich bin nicht beleidigt. Ich bin verärgert.«

Verwirrt runzelte er die Stirn und machte eilig ein paar Hüpfer nach rechts, um mit ihr weiterreden zu können, da der Kreis sich erneut gegen den Uhrzeigersinn bewegt hatte. »Ich verstehe zwar nicht, wo das Problem liegt, aber wenn ich dich verärgert haben sollte, tut es mir leid. Ehrlich.«

Sie seufzte auf. Er wusste wohl wirklich nicht, was er falsch gemacht hatte. Er war eben ein Mann in einer Männerwelt. Nur, dass sie nicht wie die anderen Frauen in diesem Dorf war. Und der Einzige, der das begriffen hatte und sie gleichwertig behandelte, war … ausgerechnet der Mann, der sie seit Wochen links liegen ließ. Sie schluckte schwer. »Ist schon gut.«

»Na also.« Er nickte zufrieden. »Dann können wir ja jetzt reden. Komm, wir setzen uns dort hinten unter die Platanen. Da ist es ruhiger.«

»Heute ist kein Tag zum Sitzen. Und erst recht keiner zum Reden.« Wieder wanderte sie sechs Schritte weiter. Er trat ihr von morgens bis abends in der Taverne auf die Füße, sodass sie froh war, mal ein paar Stunden ohne ihn sein zu können.

Dimitrios eilte ihr nach. »Aber hast du nicht langsam genug von der Tanzerei?«

»Davon werde ich niemals genug kriegen!«

Er verzog das Gesicht, aber sie war erneut im Takt des Syrtós weitergewandert. Er hüpfte hinterher. »Und wann reden wir?«

»Das hat doch Zeit bis morgen. Ist ja nicht so, als würden wir uns nicht jeden Tag sehen.« Erst als sie den betroffenen Ausdruck in seinem Gesicht bemerkte, wurde ihr klar, wie harsch sie geklungen hatte, und sie bekam ein schlechtes Gewissen. Dass Yasin sie verletzt hatte, war schließlich keine Entschuldigung dafür, nun ihrerseits Dimi wehzutun. Dimi meinte es sicher nur gut, sie wollte nicht so ungerecht sein, ihren Frust an ihm auszulassen. »Es tut mir leid, ich wollte dich nicht kränken. Die letzten Tage waren einfach wirklich anstrengend, und ich bin nicht mehr ich selbst. Gib mir noch einen Tanz.«

Er strich sich das Haar aus der verschwitzten Stirn, nickte zögerlich, blieb aber zu ihrer Erleichterung tatsächlich stehen und deutete in Richtung Platanen. »Ich warte dann dort drüben auf dich. Soll ich dir etwas zu essen holen? Oder zu trinken?«

»Nein danke, aber lieb, dass du fragst.«

»Wie du meinst. Aber sag mal, hast du Yasin gesehen? Langsam habe ich das Gefühl, dass er mir aus dem Weg geht.«

Vor Überraschung wäre sie beinahe gestolpert. Dimi ging es genauso wie ihr? Dann hatte es also doch gar nichts mit ihr zu tun? Sofort wurde ihr leichter ums Herz. »Elif sagt, er sei hier irgendwo, aber ich bin ihm auch noch nicht begegnet.«

Kopfschüttelnd trottete Dimitrios davon.

Elif beugte sich zu ihr herüber, ohne die Schrittfolge zu unterbrechen. »Stell dir doch mal vor, wie wundervoll es wäre, wenn wir beide schwanger würden und unsere Kinder im gleichen Alter wären.«

»Mag sein, aber wie kommst du jetzt …«

»Dimi passt doch perfekt zu dir!«

»Dimi?« Ihr entgleisten die Gesichtszüge. Zum Glück waren sie schon weit genug von ihm entfernt, sodass er Elifs Worte nicht hören konnte.

»Wieso denn nicht?«, beharrte diese. »Er ist doch quasi Teil eurer Familie, seit ihr ihn bei euch aufgenommen habt.«

Tatsächlich war Dimis Mutter eine angeheiratete Verwandte. Sie hatte ihren Mann betrogen, und Dimi war das Ergebnis davon. Sein Erzeuger machte sich aus dem Staub, der gehörnte Gatte ließ die Ehe damals annullieren. Als die Mutter Jahre später einen Unfall hatte und starb, wollte sich niemand längerfristig mit diesem unehelichen Jungen belasten. Er wurde innerhalb der Verwandtschaft herumgereicht, bis Samiras Mutter davon hörte und ihn dauerhaft zu sich holte.

»Er gibt alles für die Taverne«, fuhr Elif fort. »Als wäre sie seine eigene. Klar, ich meine, er hat ja auch sonst nichts im Leben, aber trotzdem ist nicht zu übersehen, dass er sich um dich bemüht.«

»Aber doch nur, weil … Ich meine … Wir sind doch wie Geschwister, wir vier.« Und das war der Punkt. Wieder sah sie Yasins Gesicht vor sich, und ihr Magen verkrampfte sich.

»Nein, Dimi meint es ernst«, riss Elif sie aus ihren Gedanken. »Schau ihn dir doch an.«

Samira sah über die Schulter zurück. Er stand noch immer an Ort und Stelle, wirkte für einen Moment so einsam und verlassen wie damals in der Anfangszeit bei ihnen, als er immer wieder von Albträumen geplagt aus dem Schlaf hochschreckte. Er war dünn und verschüchtert gewesen, als er zu ihnen kam. Erst durch die liebevolle Zuneigung und den Zuspruch ihrer Eltern war er so selbstbewusst geworden, wie er sich heute gab. Dennoch würde sie nie die Nächte vergessen, in denen sie sein Weinen hörte, zu ihm ins Zimmer ging und sich neben ihn aufs Bett setzte, um ihm all die Geschichten zu erzählen, die Yasin ihr erzählt hatte. Bis sein Schluchzen in tiefes Atmen überging und er wieder eingeschlafen war.

»Ópa!«, tönte es erneut. Dieses Mal nicht von Malik, sondern von Stavros. Der Dorfpolizist hatte kurzerhand die Führung des Syrtós übernommen.

»Alter Wichtigtuer«, murmelte Elif.

Samira konnte sich ein Grinsen nicht verkneifen, denn das war Stavros allemal. Er war gutmütig und einfach gestrickt, aber eitel wie kein Zweiter. Zwar besaß das Dorf kaum vierhundert Einwohner, doch Stavros hatte mehr Selbstbewusstsein als alle anderen zusammengenommen. Dementsprechend streckte er nun die Brust so weit heraus, dass Samira sich insgeheim fragte, wann sein Hemd platzen würde. Allerdings musste man neidlos anerkennen, dass er trotz seiner Masse und der Tatsache, dass der Schweiß ihm regelrecht in Sturzbächen über das Gesicht floss, ein überraschend leichtfüßiger Tänzer war.

In immer kürzeren Abständen änderte er die Schrittfolge; inzwischen hielten nur noch wenige Tanzende mit, bildeten einen Kreis. Rufend und klatschend feuerten die Zuschauer sie an. Samira lachte ausgelassen, warf übermütig ihre Locken über die Schultern zurück, wandte den Kopf – und blieb plötzlich stocksteif stehen.

»He!« Ihr Nebenmann stieß gegen sie, und sie beeilte sich, wieder in den Rhythmus zu finden, auch wenn ihre Konzentration auf etwas ganz anderes gerichtet war: Yasin war da!

Er lehnte am mächtigen Stamm des uralten Johannisbrotbaums, der neben dem Dorfbrunnen in den Himmel ragte. Die Arme vor der Brust gekreuzt, das fein geschnittene Gesicht ebenso reglos wie der Rest von ihm. Nur sein Blick folgte ihr.

Ihr Herz setzte für einen Schlag aus, nur um anschließend schneller gegen ihren Brustkorb zu hämmern. Wie lange stand er schon da? Beobachtete er sie etwa? Warum? Und wo war er die ganze Zeit gewesen? Wieso hatte er sie gemieden?

Hastig sah sie beiseite, stolperte, die Hände ihrer Nachbarn umklammernd, weiter und wünschte sich plötzlich, sie hätte nicht so lange getanzt. Die Locken hingen ihr wirr in die Stirn, und sie war sich nicht sicher, ob der Kajal, mit dem sie ihre Augen gerahmt hatte, den Schweißperlen standgehalten hatte. Sie musste völlig durchgeschwitzt sein und furchtbar aussehen. Ihr Herz klopfte noch immer viel zu laut und heftig, sie fühlte sich unsicher wie nie zuvor. Aus dem Augenwinkel spähte sie erneut zu Yasin.

Er hatte sich nicht gerührt. Er hatte die gleichen dunklen Augen wie Elif mit einem ebenso dichten Wimpernkranz, sah ihr auch ansonsten sehr ähnlich mit seinen sanft geschwungenen

Lippen, überragte sie aber um zwei und Samira um einen Kopf. Wie Dimi war auch er neunzehn Jahre alt. Der nachdenkliche Ausdruck in seiner Miene, der zu ihm gehörte wie sein brennender Blick, ließ ihn jedoch älter wirken. Als Kind war er ebenfalls wie Dimi spindeldürr gewesen. Im Gegensatz zu diesem hatte er sich das über die Jahre bewahrt. Helena war schier daran verzweifelt, ihm trotz ihrer Kochkünste nicht mehr auf die Rippen zaubern zu können. Als würde sämtliches Essen nur seinem Kopf Energie liefen und nicht seinem restlichen Körper. Sophia musste alle Hemden und Hosen umnähen, damit sie ihm halbwegs passten und nicht wie eine Fahne an der Stange um ihn herumflatterten.

Das war inzwischen nicht mehr der Fall, er war nicht mehr so schlaksig und dünn wie früher, sondern eher drahtig und damit weit entfernt von Dimis muskulöser Statur.

Sie holte tief Luft, wandte ihm ihr Gesicht zu und lächelte ihn an.

Er schrak zusammen, fuhr herum und war im nächsten Moment in der Menschenmenge verschwunden.

Sie stutzte. Es war also doch keine Einbildung gewesen. Er mied sie wirklich. Schmerzhaft zog sich ihr Herz zusammen. Plötzlich waren ihr die Musik zu laut, die Sonne zu heiß, die Düfte zu stark. Abrupt ließ sie die Hände der zu ihren Seiten Tanzenden los. Sie ignorierte die überraschten Rufe der Zuschauer und verließ die Tanzfläche. Sie hörte Stavros triumphierend lachen. Er glaubte vermutlich, sie würde nicht mehr mithalten können, doch das war ihr egal. Die Lust am Tanzen war ihr gänzlich vergangen.

Und schon war Dimi wieder an ihrer Seite. »Bist du endlich fertig?«

Sie konnte nur nicken. Verwirrung, Gekränktheit und Ärger rangen in ihrem Inneren miteinander.

»Gut. Da ist nämlich noch etwas anderes: Apoll ist offenbar mal wieder ausgebüxt.«

»Was? Und das sagst du erst jetzt?«

»Der alte Nikandros erzählte gerade, er habe ihn über die Ebene davonlaufen sehen, aber Herakles stehe noch auf der Wiese. Es war wohl ein morsches Brett schuld. Zum Glück hat die Lücke im Zaun den Gaul nicht interessiert. Laut Nikandros grast der noch immer gemütlich vor sich hin. Aber dein Esel konnte der Versuchung wohl nicht widerstehen und ist auf Erkundungstour … He! Wo willst du denn hin?«

»Apoll suchen!« Schon schob sie sich durch die Menge.

»Was ist los?«, rief Elif verdutzt, offenbar hatte die Freundin von dem Wortwechsel nichts mitbekommen.

»Ich muss etwas erledigen.«

»Aber dann kommst du wieder, nicht wahr?«, hakte Elif nach.

»Ja, natürlich, versprochen.« Samira eilte weiter.

»Beruhig dich! Jetzt warte doch!«, meldete sich Dimi, der darum kämpfte, mit ihr Schritt zu halten. »Dein Esel wird von selbst zurückkommen. Ist ja nun wirklich nicht das erste Mal, dass er abhaut. Spätestens heute Abend steht er vor dem Stall.«

»Aber was, wenn Apoll verletzt ist? Eine Schlange ihn gebissen hat?« Allein schon beim Gedanken daran verkrampfte sich ihr Magen. »Bitte, hilf mir. Du suchst Richtung Weinberge und ich hinter den Feldern. Bitte!«

Dimi seufzte. »Na schön. Für dich tue ich doch alles.«

»Danke!« Erleichtert gab sie ihm einen Kuss auf die Wange, nahm anschließend aus dem Augenwinkel etwas wahr, was sie herumfahren ließ. Yasin?

Sie war sich nicht sicher, hatte die Gestalt nur von hinten und zu kurz gesehen, bevor sie wieder in der Menge verschwunden war.

Hatte er sie etwa beobachtet und daraufhin die Flucht ergriffen? Erneut? Diese Vorstellung war Salz in ihrer Wunde.

Alles in ihr schrie danach, ihm nachzueilen, aber es ging nicht. Nicht jetzt. Sie musste erst ihr Eselchen finden. Es brauchte vielleicht ihre Hilfe.

»Apoll!«, rief Samira wieder und wieder. Inzwischen war sie heiser, doch von dem Ausreißer fehlte auch nach einer Dreiviertelstunde noch immer jede Spur. Sie hoffte, dass Nikandros sich mit der Richtung nicht geirrt hatte und dass das Eselfohlen sich von der Steilküste fernhielt.

Die Sonne brannte herab, nicht der Hauch einer Wolke war zu sehen. Rechts von ihr ragten sandfarbene Felsen zerklüftet zwischen dem hellen Grün der Weinreben hervor, links breitete sich eine weitläufige Ebene aus, heiß und trocken wie eine Savanne. Hier und dort wuchsen vereinzelte Zypressen und Pinien, sie warfen scharf umgrenzte Schatten und wirkten auf seltsame Weise verloren, ja vergessen.

Sie lief die staubige Straße entlang, vorbei an Hainen voller Oliven- und Granatapfelbäume. Und obwohl sie versuchte, sich unter den etwas Kühle spendenden Bäume zu halten, fühlte sie sich inzwischen so vertrocknet wie einige der herabgefallenen Oliven. Das Zirpen der Zikaden um sie herum war so ohrenbetäubend laut, dass sie ihre eigenen Schritte nicht mehr hörte.

»Apooolll!«, rief sie erneut. Keine Reaktion.

Kein Blatt rührte sich in der drückenden Hitze, und sie wünschte, sie hätte sich etwas zu trinken mitgenommen oder zumindest … Moment. Der Fluss! Sicher war Apoll ebenso durstig wie sie, und es hatte das Tier ans Wasser gezogen.

Sie lief schneller, querfeldein durch kniehohes ausgedörrtes Gras und auf das Wäldchen zu, bis eine Bewegung vor ihren Füßen sie erschrocken zurückweichen ließ. Eine Schlange?

Nein. Zum Glück nur ein riesiger Hardun, ein Schleuderschwanz. Mit typischem Kopfnicken sonnte sich die stachelbewehrte Echse auf einem querliegenden Baumstamm, fühlte sich jetzt aber gestört und huschte davon.

Erleichtert wollte Samira weitereilen, da meinte sie, im Dunkel unter den überhängenden Felsen etwas wahrzunehmen, was da nicht hingehörte. »Apoll?«

Ihre Stimme klang seltsam verloren, und es schoss auch kein Eselchen freudig auf sie zu. In ihrem Nacken kribbelte es. Sie beschattete mit der Hand ihre Augen, aber in der gleißenden Helligkeit waren die Schatten umso dunkler und keine Konturen darin auszumachen. Dennoch war da etwas, was sie beobachtete. Sie spürte es, und die Härchen an ihren Armen stellten sich auf.

Plötzlich durchschnitt ein unverwechselbares Geräusch das Zirpen der Zikaden: das lang gezogene Schreien eines Eselfohlens. Nur einen Wimpernschlag später sprang unter einem überhängenden Felsen ein Mufflon hervor, glotzte sie erschrocken an und stob dann in einer Staubwolke davon.

Vor Erleichterung lachte sie auf. Was war nur los mit ihr? Sie hatte sich allen Ernstes vor einem Wildschaf gefürchtet.

Erneut erklang ein jämmerliches, schrilles »Iah!«, und sie rannte los, ohne auf die Zweige der Bäume zu achten, die ihr gegen die Beine schlugen und die Arme zerkratzten. Keuchend erreichte sie das Flussufer, wo Büsche und Sträucher zu einem teilweise undurchdringlichen Dickicht verwachsen waren.

Ein Baum jedoch war vom Wind oder Alter umgerissen worden und hatte eine Schneise ins Grün hineingeschlagen, durch die sie bis zum Fluss hinabsehen konnte. In dessen Mitte saß ein Kormoran auf einem kleinen Felsbrocken. Reglos starrte er auf das in der Sonne funkelnde Wasser und wartete geduldig auf die richtige Gelegenheit, zuzuschnappen.

Das ausladende Wurzelwerk des umgestürzten Baumes ragte in die Luft und erweckte den Anschein von Hunderten dürrer Finger, die im Todeskampf nach etwas griffen, was schon lange nicht mehr existierte. Der herausgerissene Wurzelballen hatte ein riesiges Loch im Boden hinterlassen, und darin fand sie tatsächlich ihr Eselfohlen.

»Endlich!«, stieß sie erleichtert aus. Apoll schrie erbärmlich, als er sie sah, doch soweit Samira erkennen konnte, war er lediglich verängstigt und nicht verletzt.

Er war dem Loch zu nah gekommen, vielleicht weil irgendetwas seine Neugierde geweckt hatte, dann musste die Erde unter seinem Gewicht weggebröckelt und samt dem Eselchen ins Loch gerutscht sein.

Jetzt sprang es auf dem beengten Raum umher, suchte vergeblich einen Weg hinauf, doch die Erde war zu trocken, gab überall nach, wo es seine Hufe hinsetzte. Das graue Fell war über und über mit Staub bedeckt.

»Alles gut, mein Süßer, ich bin ja jetzt da. Ich hole dich gleich da heraus.« Sie kniete sich vor das Loch, streckte den Arm aus und strich über Apolls samtige weiße Schnauze. Beruhigend redete sie auf das Tierchen ein, bis es sich schließlich, sei es durch Erschöpfung oder durch ihre Nähe, beruhigte und stillstand. Nur noch die langen Ohren zuckten, während es aus seinen warmbraunen Augen geduldig zu ihr hinaufschaute.

Vergeblich sah Samira sich nach einem Hilfsmittel um, mit dem sie dem Eselchen aus dem Loch hätte helfen können. »Na schön, ich komme runter und schiebe dich hinaus.«

Ihr Blick fiel auf den weißen Saum ihres Kleides. Würde sie den schmutzigen kleinen Esel aus dem Erdloch bugsieren, wäre es vollkommen ruiniert. Seufzend richtete sie sich auf, sah sich aufmerksam um.

Niemand war zu sehen und außer dem Zirpen der Zikaden und Zwitschern der Vögel auch nichts zu hören.

Kurz entschlossen zog Samira das Kleid über den Kopf, warf es auf den nächsten Busch und sprang nur in Unterwäsche zu dem Eselfohlen hinab. Mit aller Kraft versuchte sie erst, Apoll anzuheben und über den Rand des Lochs zu hieven. Das Tier jedoch strampelte und wand sich dadurch immer wieder aus ihren Armen. Erst im vierten Anlauf gelang es ihr, und sie kletterte erschöpft hinterher. »Wenn ich das gewusst hätte«, stöhnte sie, »hättest du nicht so viel zu futtern gekriegt, du schwerer Klops.«

Apoll tollte vor Freude über seine wiedergewonnene Freiheit um sie herum, doch nach wenigen Minuten schon überwog offenbar der Hunger, denn er blieb stehen und knabberte am nächsten Strauch.

Liebevoll drückte Samira das Tierchen an sich und kraulte es zwischen den flauschigen Ohren. Bis ihr Blick erneut auf das Wasser fiel und sie innehielt.

Irgendetwas an dem Anblick der ins Gebüsch geschlagenen Schneise kam ihr seltsam vor. Aber was?

Und da war es erneut, dieses Kribbeln im Nacken. Das Gefühl, beobachtet zu werden. Ein kalter Schauer lief ihr über den Rücken.

Das wird nur ein weiterer Mufflon sein, sagte sie sich im Stillen, eilte aber dennoch zu ihrem Kleid. Sie hatte es sich gerade gegriffen, als das Knacken von Zweigen sie erschrocken herumfahren ließ.

Sie versuchte, das Dickicht mit ihren Blicken zu durchdringen, doch die Bäume warfen dunkle Schatten. Und einen, wo keiner sein sollte. Eine Bewegung der Blätter, obwohl es windstill war. Ein Rascheln, das zu verstohlen klang für ein Tier.

Mit klopfendem Herzen zwängte sie ihren Kopf eilig durch den Ausschnitt des Kleides. Kaum hatte sie wieder freie Sicht, als ihr glühend heiß der Schreck durch die Adern schoss, denn ein stiernackiger Mann trat aus dem Gebüsch.

Er war sicher zehn Jahre älter als sie, trug sein Jackett über dem Arm und ein süffisantes Lächeln auf den fleischigen Lippen.

Sein zurückgegeltes Haar war staubbedeckt, auf seinem Hemd zeichneten sich unter den Armen große Schweißflecke ab.

»Was tun Sie hier? Wer sind Sie?«, rief sie, während sie hastig die Knöpfe über dem Brustteil des Kleides zu schließen versuchte.

»Ein Bewunderer, würde ich sagen«, erwiderte er und ließ seinen Blick ungeniert über ihren Körper gleiten. Seine stechenden Augen schienen dabei aus ihren Höhlen kriechen zu wollen. Er hatte etwas von einer Kröte an sich.

Schlagartig wurde ihr klar, dass es schon zuvor nicht der Mufflon gewesen war, dessen Bewegung sie bei den Felsen wahrgenommen hatte. Sie hatte ihn gespürt. Sie wich zurück. »Was fällt Ihnen ein, mich heimlich zu beobachten?«

Sein linker Mundwinkel wanderte nach oben, was seinem Lächeln etwas Herablassendes und zugleich Zynisches verlieh und nikotingelbe Zähne entblößte. Ohne sie aus den Augen zu lassen, kam er langsam näher. »Schönheit muss man würdigen, wie ich finde.«

Ihre Muskeln spannten sich, alles in ihr schrie nach Flucht. »Hierher, Apoll«, lockte sie das Tier angespannt. »Komm her!« Aber das Eselchen hörte nicht. Seine Ohren zuckten nur kurz in ihre Richtung, bevor es sich neugierig wieder dem Neuankömmling zuwandte und dabei seelenruhig weiterfraß.

Grinsend kam er weiter auf sie zu. Sein Rasierwasser roch scharf und viel zu intensiv, nahm ihr fast den Atem. Sie wich zurück, schmerzhaft hämmerte ihr Herz gegen ihre Rippen. »Hauen Sie ab!«

Er lachte hämisch. »Keine Angst – du hast mir doch eh schon fast alles gezeigt.«

»Verschwinden Sie!«

Sein Grinsen wurde breiter. »Wieso so unfreundlich? Wir kennen uns doch noch gar nicht richtig.«

Abrupt bückte sie sich nach einem Ast, packte ihn mit beiden Händen und hob ihn über ihre Schulter. »Sie werden mich gleich kennenlernen, und wie! Wenn Sie nicht auf der Stelle gehen!« Sie versuchte, selbstbewusst zu klingen und zu verbergen, dass ihre Beine zitterten. »Außerdem ist halb Ayia Rosa gerade auf dem Weg hierher.« Sie hoffte, dass diese Lüge glaubhaft rüberkam, denn ihre drohende Gebärde schien ihn eher amüsiert als eingeschüchtert zu haben.

Sie war fast überrascht, als er tatsächlich stehen blieb und nachdenklich die Stirn runzelte. »Du bist aus Ayia Rosa?«

»Verschwinden Sie, habe ich gesagt, oder Sie werden es bereuen!«

Er hob beschwichtigend die Hände. »He, ganz ruhig, ich habe doch nur ein bisschen Spaß gemacht.«

»Ihr Humor gefällt mir nicht«, erwiderte sie kalt.

»Das tut mir leid. Ich möchte mich in aller Form entschuldigen.« Seine Worte waren gewählt, seine Stimme fast noch öliger als sein plötzlich anbiederndes Lächeln. »Mein Wagen ist unglücklicherweise ein paar Meilen zuvor liegen geblieben, und eigentlich habe ich nur den nächstgelegenen Hof gesucht, damit mir jemand Starthilfe geben kann. Du kannst mir nicht zufällig den Weg zeigen?«

Sie schnaubte widerwillig. Glaubte er wirklich, sie würde mit ihm gehen? »Dem Fluss folgen und bei der vom Blitz getroffenen Steineiche links halten«, sagte sie knapp. »Da treffen Sie auf eine Kamelfarm, dort wird man Ihnen helfen können.«

»Vielen Dank, oh, du kriegerische Athene.« Die Lippen spöttisch gekräuselt, verbeugte er sich übertrieben ehrerbietig.

Sie sparte sich eine Antwort, war unfassbar erleichtert, als er sich tatsächlich zum Gehen wandte. Den Stock allerdings ließ sie nicht sinken.

Noch einmal drehte er sich um. »Wir werden uns wiedersehen, meine Schöne. Wir werden uns wiedersehen.«

Dann war er endlich verschwunden, aber seine Worte hallten in ihr nach, und es schauderte sie.

Die Begegnung mit dem widerlichen Kerl lag noch immer wie ein Sack voller Steine auf Samiras Schultern, als sie wieder auf dem Dorfplatz ankam.

Sie hatte Apoll versorgt und gestriegelt und anschließend ihr Kleid, das trotz allem ein wenig in Mitleidenschaft geraten war, so gut es ging gesäubert. Eigentlich war ihr nach diesem Erlebnis die Lust auf Festlichkeiten gänzlich vergangen, und sie wäre lieber zu Hause bei ihrem Eselfohlen geblieben. Doch sie hatte Elif versprochen, wiederzukommen, und außerdem würde ihre Mutter sonst sicher wieder ihre Hilfe in der Sommerküche benötigen. Nach Tanzen war ihr allerdings ganz und gar nicht mehr zumute. Sie hatte nach wie vor den gierigen Gesichtsausdruck des Fremden vor Augen, schlang fröstelnd die Arme um sich, als sie um die Ecke bog – und beinahe mit jemandem zusammenstieß.

Yasin!

Regelrecht erschrocken starrte er sie an, wich zurück – und schon glaubte sie, er würde sich einfach umdrehen und erneut verschwinden.

»Ich muss mit dir reden!«, rief sie hastig.

Er verzog das Gesicht. »Ich bin in Eile.« Seine Stimme klang kühl. Sein dunkles Haar war zerzaust, als wäre er sich rastlos mit der Hand hindurchgefahren, ein paar Strähnen hingen ihm in die Stirn, und sein Blick irrte herum, streifte alles, nur nicht sie.

»Das behauptest du seit Wochen jedes Mal, wenn ich mit dir sprechen will.« Wütend ballte sie die Fäuste. »Aber heute ist die Hochzeit deiner Schwester, da kannst du nicht in Eile sein. Also, was ist los mit dir?«

»Überhaupt nichts! Und schrei nicht so!«

»Ich werde gleich noch lauter schreien, wenn du mir nicht endlich sagst, was ich dir getan habe!«

»Bist du verrückt geworden? Was sollen die Leute denken?« Unbehaglich sah er sich um, zweifelte offensichtlich keine Sekunde daran, dass sie es ernst meinte.

»Das ist mir egal! Mir reicht's! Warum sprichst du nicht mehr mit mir?« Sie griff nach seinem Arm, zog die Hand aber erschrocken wieder zurück, denn er war zusammengezuckt, als hätte sie ihn verbrannt.

Im nächsten Moment hatte er sich gefangen. »Ich rede doch mit dir«, sagte er abweisend. »Oder was tun wir hier gerade?«

»Du weißt genau, was ich meine! Du meidest mich, behandelst mich plötzlich kalt. So ablehnend. Wieso, Yasin? Sag mir doch bitte endlich, was los ist!«

»Nichts ist los, Himmel noch mal! Ich habe nur einfach viel zu tun und keine Zeit, mit irgendwelchen Mädchen zu reden.«

Seine Worte bohrten sich wie Dornen in ihr Herz. »Ich bin nicht irgendein Mädchen!«, widersprach sie ungläubig.

»Na schön, dann bist du eben die Freundin meiner Schwester.« Noch immer mied er ihren Blick. »Trotzdem habe ich zu tun und keine Zeit für ihre Freundinnen.«

Sie meinte zu ersticken an all den Gefühlen, die in ihr hochkamen, ihr die Kehle zuschnürten. Verständnislosigkeit, Enttäuschung, Schmerz, Wut.

»Was redest du da? Meine Eltern haben dich aufgezogen. Wir sind wie Geschwister aufgewachsen. Du bist mir genauso wertvoll, wie ein echter Bruder es wäre.«

Sein Gesicht verzog sich in plötzlicher Qual, seine Brust hob und senkte sich sichtlich, als müsse er gegen eine Last ankämpfen. War diese Vorstellung so furchtbar für ihn? Was war nur los mit ihm, dass er es ihr nicht sagen wollte, nicht sagen konnte? »Du hast einst gesagt, wir seien verwandte Seelen«, brachte sie mühsam hervor. Sie kämpfte gegen die Tränen an. »Dass ich dein Zwilling sei. Im Geiste und im Herzen! Hast du das vergessen?« Mit zittrigen Fingern zog sie das Papier aus ihrer Tasche. »Hier. Hier steht es. Du hast es sogar aufgeschrieben für mich.«

Für einen Moment entgleisten seine Gesichtszüge. »Du hast das behalten? Der Text ist fünf Jahre alt!«

»Natürlich habe ich das. Alle deine Gedichte habe ich aufbewahrt.«

Seine Augen, eben noch von der Farbe dunklen Honigs, waren mit einem Mal fast schwarz, und seine Kiefermuskeln spannten sich an, so fest presste er die Zähne aufeinander. Dann war seine Miene wieder neutral, und er schnaufte verächtlich. »Das ist nur Müll. Kindische Wortspiele, die ich zu Recht weggeworfen habe. Willst du mich jetzt mit solch alten Kindereien belästigen?«

Die Dornen bohrten sich unablässig weiter in ihr Herz, zerrissen es, und ein stechender Schmerz schoss durch ihren Körper. »Warum sagst du so etwas?«, flüsterte sie. »Was ist passiert? Habe ich irgendetwas getan, was dich verletzt hat? Wenn ja, dann tut es mir leid, glaub mir, das wollte ich nicht, ich …«

»Nichts ist passiert.« Sein Gesicht war hart, seine Stimme wie Eis. »Nur weil wir als Kinder Verstecken gespielt haben, heißt das nicht, dass wir jetzt immer noch so viel Zeit miteinander verbringen müssen. Ich habe ganz einfach wichtigere Dinge zu tun, als mit dir meine Zeit zu vergeuden.«

»Aber … du … du bist mir wie ein Bruder, und du … sagtest, dass ich …«, die Worte wollten ihr kaum über die Lippen, sie konnte nur flüstern, »… wie eine Schwester für dich sei. Dass ich …«

»Hör auf!« Es klang wie der Knall einer Peitsche. »Hör endlich auf und lass mich in Ruhe!« Er fuhr herum, eilte fort.

»Nein! Warte!«

An der nächsten Hausecke hielt er inne, die Hände zu Fäusten geballt und ohne sich ihr zuzuwenden. »Versteh es doch: Du bist nicht wie eine Schwester für mich!«

Dann war er fort, und ihre Beine zitterten so sehr, dass sie sich an der Hauswand festhalten musste. Verzweiflung überfiel sie, schwarz und klebrig wie Pech. Sie konnte sie nicht abschütteln, sich nicht davon befreien. Ihr war, als hätte die Welt auf einen Schlag all ihre Farben verloren und ihr Lachen.

Er musste weg. Schnellstmöglich. Von der Feier. Von Samira. Vor allem von Samira.

Du bist mir wie ein Bruder. Immer und immer wieder hallte der Satz durch seinen Kopf, wurde mit jedem Mal lauter, bis er meinte, sein Schädel würde platzen. Er blieb stehen, presste sich die Hände an die Schläfen. Er fühlte sich in Fetzen gerissen wie eines der zahllosen Blätter, die er in den letzten Wochen im vergeblichen Versuch, Worte zu finden, wütend angestarrt hatte.

»Yasin?«

Gepeinigt sah er über die Schulter zurück. Seine Großmutter Meryem war aus einer Seitengasse getreten, humpelte an ihrem Gehstock Richtung Dorfplatz und winkte ihn zu sich. Und obwohl allein der Gedanke, Samira erneut zu begegnen, unerträglich war, brachte er es nicht übers Herz, so zu tun, als hätte er das Rufen nicht bemerkt. Also atmete er tief durch, versuchte, ein neutrales Gesicht aufzusetzen, und kehrte um.

»Ist alles in Ordnung, Jajá?« Auch wenn er schon lange kein Kind mehr war, nannte er sie dennoch immer bei dem Kosewort.

Er reichte ihr seinen Arm, und dankbar hakte sie sich bei ihm unter. Auch wenn sie es nie zugeben würde und den Gehstock hasste, fiel ihr das Laufen seit ihrem Sturz vor ein paar Monaten immer noch schwer, und das würde sich wohl auch nicht mehr ändern.

»Bei mir schon. Aber bei dir offenbar nicht.« Sie musste ihren Kopf weit in den Nacken legen, um zu ihm aufsehen zu können, und ihre ungewöhnlich blauen Augen musterten ihn forschend. Sie war schon immer klein und zierlich gewesen, schien aber in den letzten Jahren noch einmal ein ganzes Stück geschrumpft zu sein und war dünn wie ein Weidenzweig. Unter ihrem weißen Haar jedoch, das von einem locker im Nacken verknoteten Tuch vor der Sonne geschützt wurde, verbarg sich trotz ihrer über achtzig Jahre nach wie vor ein glasklarer Verstand. Das Kopftuch war ebenso wie ihre Kleidung schwarz. Sie trug seit dem Tod ihres Mannes keine andere Farbe, obwohl dieser noch vor Yasins Geburt gestorben war. Yasin kannte seine Großmutter daher gar nicht anders als in einem dunklen Kleid oder schwarzen Arbeitskittel. Und nach Zitronen und Orangen duftend, denn im Winter legte sie deren getrocknete Schalen auf den Ofen, im Sommer hängte sie sie in Säckchen gefüllt überall im Haus auf – und dieser Duft nach Zitrusfrüchten war mit der Zeit zu ihrem eigenen geworden. Einer, der augenblicklich ein Gefühl von Liebe und Geborgenheit in ihm aufsteigen ließ. Aber so klar ihr Geist auch war, so zerbrechlich war leider ihr Körper. Vor allem die Lunge machte ihr seit jeher zu schaffen. Immer wieder fesselten sie Krankheitsphasen ans Bett.

In seiner Kindheit waren das die Zeiten, in denen Helena und Anastasios sich um ihn und seine Schwester kümmerten.

»Also?«, fragte sie nach, als er nicht antwortete. »Was ist los?«

»Nichts, gar nichts.« Er zwang sich zu einem Lächeln.

»Warum siehst du dann aus, als hättest du Zahnschmerzen?«

So viel zum Thema Lächeln. Er schnitt eine Grimasse.

»Du grübelst zu viel! Schon seit Wochen. Du solltest weniger denken und mehr auf deinen Bauch hören.« Sie pikste ihm mit dem Zeigefinger hinein. »Also? Worüber hast du nachgedacht?«

»Über ... die Töpferei.«

»Weil du dich neuerdings so sehr für die Arbeit darin interessierst, nicht wahr?« Die Ironie war nicht zu überhören. Seiner Großmutter machte man so leicht nichts vor. Sie schüttelte den Kopf. »Ich bin eine kleine Frau mit großem Durst. Holst du mir etwas zu trinken?«

Er fühlte das Blut aus seinem Gesicht weichen. Nicht noch einmal Samira begegnen müssen. Nicht heute. Nicht jetzt.

Doch schon zog seine Großmutter ihn mit sich in Richtung Dorfplatz und fragte beiläufig: »Weißt du, warum Samira gerade an mir vorbeigerannt ist?«

Sie war nicht auf dem Dorfplatz? Er atmete auf. »Nein, woher sollte ich das wissen?«

Seine Großmutter hob die Augenbraue, sagte aber nichts weiter, steuerte stattdessen auf den uralten knorrigen Johannisbrotbaum zu, an dem Yasin kurz zuvor noch gelehnt hatte und in dessen Schatten die Ältesten des Dorfes saßen. Die ältesten *Männer,* nicht Frauen, verstand sich. In diesem kleinen Dorf im Niemandsland hatte sich noch nicht herumgesprochen, in welchem Jahrhundert die Welt da draußen lebte.

»Macht mal etwas Platz!«, befahl Meryem, die sich noch nie viel um Konventionen geschert hatte, und deutete auf die Bank. Die Alten, die sich eben noch mit vom Schnaps geröteten

Gesichtern leutselig zugeprostet hatten, murrten zwar angesichts dieser Unterwanderung ihrer Männerrunde leise vor sich hin, wagten es aber nicht, zu protestieren, sondern rückten folgsam enger zusammen. Sie alle fürchteten Meryems scharfen Verstand, ein jeder hatte bereits in der Vergangenheit in Diskussionen mit ihr den Kürzeren gezogen.

Auch Hodscha Kadir und Papas Hieronymos saßen in der Runde.

»Natürlich ist das essenziell!«, rief der Hodscha gerade. »Aber das kann ein Ungläubiger wie du natürlich nicht begreifen.«

»Ha! Als ob ein Möchtegern-Gelehrter wie du den Unterschied kennen würde!«, entgegnete der orthodoxe Priester empört und strich sich demonstrativ durch seinen langen grauweißen Bart.

Kadirs zahllose Falten verzogen sich missmutig. Wohl weniger wegen der Aussage, die nach so vielen Jahren des Streites mit den immer gleichen Argumenten einfach an ihm abprallte. Vielmehr ärgerte ihn neuerdings, dass sein eigener Bart, wenngleich er noch immer schwarz war, nicht mehr richtig wachsen wollte und der von Hieronymos nun eindrucksvoller wirkte. Es war ein offenes Geheimnis im Dorf, dass er seinen Bart mit allem, was die Kräuter- und Salbensammlung von Appolonia, der Dorfheilerin, hergab, zu stärkerem Wuchs anzuregen versuchte.

»Worum geht es dieses Mal?«, fragte Yasin einen der anderen Alten und deutete mit dem Kinn in Richtung der Streithähne.

»Darum, in wessen Garten die besseren Orangen gedeihen«, klärte man ihn mit resigniertem Schulterzucken auf.

Jeden Morgen und Abend sah man Hieronymos in seinem schwarzen Talar zwischen seinen Obstbäumen und Gemüsesträuchern umherhuschen. Und am Samstag feilschte er auf dem Markt kräftig um die besten Preise für seine Gurken und Tomaten. Am liebsten mit Kadir.

»Eselhüter«, grollte der Hodscha.

»Kameltreiber«, schnaubte der Papas.

»Reißt euch zusammen und trinkt einen Schluck Schnaps«, sagte Meryem, beugte sich zum Nachbartisch und füllte zwei Gläser.

»Wie redest du mit mir? Hast du vergessen, dass ich ein Mann Gottes bin?«, verkündete Hieronymos hochtrabend. »Und in meiner Kirche einen Splitter vom Kreuze Jesu Christi verwahre?«

»Dann willst du also mehr als ein Glas?«, entgegnete Yasins Großmutter ungerührt.

Der Papas funkelte sie erbost an, während der Hodscha schadenfroh kicherte.

»Und du«, wandte sich Meryem an ihn, »erklärst beim nächsten Mal, wenn du aus der Taverne nach Hause torkelst, bitte nicht jedem Baum auf dem Weg deine Liebe.«

Kadir hörte schlagartig auf zu lachen, wohingegen nun Hieronymos breit grinste.

Meryem drückte jedem seelenruhig ein Glas in die Hand und trat erneut zum Tisch, um sich selbst auch eins einzuschenken.

Hinter sich hörte Yasin den Hodscha leise grollen: »Eine Frau sollte nicht wie eine dornige Rose sein!«

»Sondern wie eine Lilie, zart und gefügig«, stimmte der Papas – ebenfalls möglichst leise – zu.

Und dann stießen sie miteinander an.

Yasins Großmutter, die mit dem Rücken zu den beiden stand, lächelte zufrieden.

»Das ist der Vorteil des Alters«, sagte sie zu ihrem Enkel. »Ich kann reden, wie mir der Schnabel gewachsen ist. Zur Not kann man es immer noch darauf schieben, dass ich senil und unzurechnungsfähig sei.« Sie zwinkerte ihm zu.

Er lachte leise auf, denn seine Großmutter war wohl die zurechnungsfähigste Person weit und breit. Sie nahm kein Blatt vor den Mund, geigte unabhängig von Herkunft und Religion jedem gleichermaßen die Meinung. Papas und der Hodscha standen einander in Bezug auf die Angst vor ihr in nichts nach.

»Du bist wirklich einmalig, Jajá«, murmelte Yasin liebevoll, als sie sich wieder gesetzt hatte.

»Selbstverständlich bin ich das.« Sie gluckste leise. »Weißt du, was dein seliger Großvater immer zu mir gesagt hat?«

»Was?«, fragte er, obwohl er es natürlich wusste.

»Er sagte: ›Meryem, meine Gazelle, du bist klüger als alle Männer von Ayia Rosa zusammengenommen!‹ Ja, das waren seine Worte.«

»Da hatte er vollkommen recht.«

»Und weißt du, was ich geantwortet habe?«

»Was?«, frage Yasin, obwohl er auch das wusste.

»Ich sagte: ›Ramiz, mein Löwe, bis auf dich. Denn du bist der Einzige, der das erkannt hat.‹« Jajá lachte hell auf.

»Mein Großvater war ein kluger Mann.«

»Und ein wundervoller Mensch.« Jajás Stimme klang plötzlich belegt, ihre sonst so strahlenden Augen waren wie verhangen. Yasin drückte sanft ihre Hand. Viele Männer hatten, wie er von seinem Vater wusste, nach dem Tod seines Großvaters um Meryems Hand angehalten. Aber sie hatte keinen von ihnen erhört.

»Lieber eine wahre Liebe im Leben als tausend falsche«, sagte sie leise, als hätte sie seine Gedanken gelesen.

Er nickte und fragte sich zugleich, ob es das wert war, wenn diese Liebe unerreichbar blieb.

Jajá nickte und fuhr voller Sehnsucht fort: »Weißt du eigentlich, was dein Großvater mir am Tag unserer Hochzeit gesagt hat?«

Yasin schüttelte den Kopf. Und dieses Mal wusste er es wirklich nicht.

»Er sagte: ›Egal, was das Leben uns bringt, ich will immer für dich da sein. Du bist die Woge, die mein Boot trägt, und der Regen an einem heißen Sommertag. Keines Menschen Hand wird uns je trennen. Und sollte der Himmel es tun, so werde ich auf dich warten und über dich wachen. Du wirst mich sehen in den Wellen und mich hören im Wind. Und wenn deine Zeit gekommen ist, werde ich an deiner Seite sein.‹« Ein melancholisches Lächeln umspielte ihr faltiges Antlitz. »Er konnte so wundervoll mit Worten umgehen. Das hast du übrigens von ihm, das mit den Worten.« Sie legte den Kopf schief und sah ihn von der Seite an. »Allerdings hast du schon seit Langem nichts mehr geschrieben.«

»Und das ist gut so!«, tönte die volle Stimme seines Vaters Mustafa, der ihren letzten Satz gehört hatte.

Yasin verzog das Gesicht. Warum musste er ausgerechnet jetzt seinen Weg kreuzen! Yasin wusste genau, was jetzt kommen würde.

Und tatsächlich fuhr Mustafa fort: »Ich bin froh, dass du endlich vernünftig geworden bist und dich häufiger in der Werkstatt blicken lässt, anstatt Zettelchen zu bekritzeln!«

Häufiger war weit untertrieben, denn Yasin hielt sich im Moment von morgens bis abends dort auf. Der Grund dafür war jedoch nicht, dass er ein Einsehen hatte, sondern dass er so verzweifelt versuchte, nicht an Samira zu denken.

»Lass ihn, Musti, du verstehst nichts von Poesie«, sagte Jajá und wedelte mit der Hand, als wollte sie eine lästige Fliege verscheuchen.

»Brauche ich auch nicht. Poesie kann man nicht essen.«

»Tontöpfe auch nicht«, gab Yasin zurück.

Mustafa runzelte verärgert die Stirn. »Aber sie bringen Geld ein. Und das tut dein Gekritzel nicht. Oder willst du etwa behaupten, dass du damit eine Familie versorgen kannst? Wie viel sind all die Buchstaben wert, die du auf ein Blatt Papier setzt? Zehn zyprische Lira oder fünfzehn? Wenn überhaupt.«

Das verächtliche Schnauben seines Vaters war Salz in den Wunden seiner ohnehin schon blutenden Seele.

Aus dem Augenwinkel nahm er eine Bewegung wahr und sah auf. Dimi winkte ihm zu und verzog mitfühlend das Gesicht. Er konnte sich wohl denken, worum es bei Mustafas Monolog mal wieder ging.

Zögerlich hob Yasin die Hand zu einem kurzen Gruß, und Dimi kam auf ihn zu. Auch das noch. Yasin wäre am liebsten geflüchtet, wie fast jedes Mal in den vergangenen Wochen, aber sein Vater redete und redete.

»… Malik ist ein echter Glücksfall. Allein, dass er sich bereit erklärt hat, hier bei uns zu bleiben, anstatt Elif mit sich zu nehmen. Das hätte ich nämlich nicht verkraftet. Aber darüber hinaus ist er auch noch fleißig, geschickt und voller Ideen, wie wir unsere Töpfe besser verkaufen können. Er meinte sogar, wir könnten Händler in der Türkei beliefern. Seine Verwandten haben da viele Kontakte. Stell dir das doch mal vor, wenn unsere Arbeit im großen Stil …«

Sein Vater hatte sich auf sein Lieblingsthema eingeschossen, und Yasin ließ ihn reden, obwohl es ihm auf der Zunge lag, ihn zu fragen, wie er nur so blauäugig sein konnte. Als ob es in der Türkei nicht ebenso wie hier Töpfereien wie Sand am Meer gäbe. Jede Schüssel, jeder Krug, der hier über den Ladentisch ging, war ein Grund zum Feiern. Ohne das selbst angebaute Obst und Gemüse, ohne die Ziegen und Schafe würde niemand mit einem der hiesigen Handwerke überleben können.

Aber vermutlich brauchte jeder Mensch einen Traum, an den er sich klammern konnte. So wie er selbst. Nur dass seiner unerreichbar war. Und es immer bleiben würde.

Samira …

Erneut sah er ihre verletzte Miene vor sich, und ein unsichtbares Band drückte seinen Brustkorb derart zusammen, dass er darum kämpfen musste, Luft zu holen.

Sein Vater hatte recht, jedoch auf eine andere Art, als er glaubte. »All die Buchstaben«, wie der alte Herr es nannte, waren nichts wert ohne Samira. Sie ergaben in Yasins Kopf keinen Sinn mehr, würden nie ihren Weg auf ein Blatt Papier finden, wenn sie fehlte. Da konnte er ebenso gut tagaus, tagein an der Seite seines Vaters stehen und auf Lehm einprügeln, der genauso tot war wie zurzeit seine Kreativität.

»… solltest dir wirklich ein Beispiel an Malik nehmen. Der weiß, worauf es im Leben ankommt. Der hat echte Ziele! Solche, die eine Familie ernähren können! Das ist ein Sohn, auf den man einfach nur stolz sein kann und …«

»Genug jetzt!«, fuhr ihm Jajá aufgebracht über den Mund. »Wenn du zu blind bist, um zu sehen, was du an deinem eigenen Sohn hast, hast du ihn nicht verdient!«

Mustafa starrte sie ebenso verdutzt an wie Yasin. Auch wenn Meryem nie mit ihrer Meinung hinter dem Berg hielt, schlug sie doch selten einen so harschen Ton an. »Worte sind wichtig«, legte sie nach und klang plötzlich nicht mehr wütend, sondern besorgt. »In dunklen Zeiten mehr noch als in hellen.«

Yasin sah seine Großmutter beunruhigt an. Spürte sie dasselbe wie er?

Etwas lag in der Luft, seit so viele fremde Leute der Feier wegen im Dorf waren. Verwandtschaft von Elif und Malik ebenso wie Bewohner benachbarter Dörfer. Neuigkeiten schwirrten durch die Luft wie Schmeißfliegen. Ob sie falsch oder richtig waren, wusste keiner, aber sie erhitzten die Gemüter weitaus stärker, als die tagtäglich herabbrennende Sonne es hätte tun können. Es fühlte sich an wie ein Schwarm zornig summender Hornissen im Gebüsch, den der nächste Steinwurf aufscheuchen konnte.

»Außerdem ruft Elif dich gerade.« Sie nickte mit dem Kinn in die betreffende Richtung. »Offenbar sollst du den nächsten Tanz anführen.«

Mustafa ächzte auf. »Wieso nur muss diese Hochzeit drei Tage dauern? Ich … äh … muss kontrollieren, ob noch genug zu trinken für alle Gäste da ist und …« Hastig sah er sich um. »Hodscha Kadir wird meinen Platz einnehmen, nicht wahr?«

»Wie? Was?« Der seinerseits in ein Gespräch vertiefte Hodscha sah verwirrt auf, und Mustafa wiederholte sein Anliegen. »Selbstverständlich!«, rief Kadir mit stolzgeschwellter Brust und stolzierte nach vorn, während Mustafa sich rasch verdrückte.

Dass diese Ehre nicht ihm selbst zuteilwurde, konnte Papas Hieronymos natürlich nicht auf sich sitzen lassen und bildete sofort empört einen zweiten Kreis, in welchem *er* mit wehendem schwarzen Gewand die Tanzschritte vorgab.

Jemand klopfte Yasin indes mitfühlend auf die Schulter. »Die tägliche Standpauke überstanden, was?«, sagte Dimi.

Yasin zuckte kurz zusammen, schloss für einen Moment die Augen und nickte.

»Hallo, mein Junge«, hörte er Jajá liebevoll sagen, und als er die Augen öffnete, gab Dimi ihr gerade lächelnd einen Kuss aufs weiße Haar, das über der Stirn unter ihrem locker gebundenen Tuch hervorlugte.

Ihm wurde schwer ums Herz, er wollte fort, so weit wie möglich, gleichzeitig stach sein Gewissen auf ihn ein. Dimi war sein bester Freund.

»Na, fürs Erste hast du es hinter dich gebracht«, fuhr der fort und ließ sich neben ihn auf die Bank fallen.

Mühsam kämpfte Yasin seinen Fluchtimpuls nieder, nickte abermals stumm.

»Du bist ein Dichter, kein Töpfer!«, stieß Dimi so wütend aus, als ginge es um ihn selbst. »Irgendwann muss dein Vater das doch einfach mal begreifen!«

Sein Freund glaubte an ihn. Hatte er immer getan. Yasins Magen verkrampfte sich.

»Ist das der Grund, warum ich dich in den letzten Wochen kaum mehr zu Gesicht bekommen habe?«, fuhr Dimi lachend fort. »Warst du so damit beschäftigt, dich vor deinem Vater zu verstecken?«

Yasin versuchte sich ebenfalls an einem Lachen. Es blieb ihm im Hals stecken. »Viel zu tun für die Hochzeit«, gab er vage von sich.

»Na, immerhin ist das jetzt bald überstanden. Ich wollte dich nämlich die ganze Zeit schon um einen Rat fragen. In einer … na ja, … wie soll ich sagen …« Dimi räusperte sich, sah sich nervös um und beugte sich vor. »… Herzensangelegenheit.«

Yasin meinte, sich übergeben zu müssen, ahnte er doch, was jetzt kommen würde.

»Dimitrios?«

Die Stimme von Samiras Vater schallte über den Platz. »Weißt du, wo das vorbereitete Grillfleisch ist?«

»Ich habe es neben dem Steinofen abgestellt.«

»Da ist es aber nicht, und wir brauchen es jetzt.«

Dimi seufzte und erhob sich. »Wir reden später, ja?«

Yasin murmelte eine vage Antwort, sah ihm erleichtert nach und hätte Anastasios um den Hals fallen können aus Dankbarkeit für diesen Aufschub. Denn das war es: nur ein Aufschub. Er änderte nichts am Unvermeidlichen.

»Also?«, hakte Jajá nach. »Warum ist der Stapel leeren Papiers in deinem Zimmer immer noch so groß wie vor Wochen?«

Er fuhr sich müde über die Augen, hatte er doch gehofft, die Ablenkung durch seinen Vater hätte sie das Thema vergessen lassen. »Mir fällt eben einfach nichts mehr ein.« Er sagte es betont gleichgültig, dabei steckte so viel in diesem Satz: schlaflose Nächte und tagelange Grübeleien, endlose Sehnsucht und noch größere Verzweiflung. Und ein Name. Immer wieder ein Name. Den er am liebsten herausschreien würde.

Ja, er hatte das Papier in die Hand genommen, aber nur, um einen Namen zu schreiben. Jenen Namen, der ihm pausenlos im Kopf herumging und den er in seinem Herzen trug. Das einzige Wort, das er noch zu Papier bringen konnte. Klein und groß, schräg und gerade, bis kaum noch ein weißer Flecken zu sehen war. Wenn er sich doch so einfach aus seinem Gedächtnis radieren ließe wie Bleistift-Buchstaben von seinem Schreibblock. »Mein Kopf will im Moment einfach nicht so wie ich.«

»Weißt du, was dein Großvater auch gesagt hat? Poesie kommt aus dem Herzen, nicht aus dem Kopf. Wenn dir nichts einfällt, liegt das nicht daran«, Jajá tippte ihm mit der Spitze des Zeigefingers gegen die Stirn, »sondern daran.« Sie legte ihre kleine schmale Hand auf seine Brust. Dort, wo sein Herz hätte sein müssen und jetzt nur dieses Loch war.

Dieses Loch, das in den vergangenen Wochen, in denen er Samira aus dem Weg gegangen war, immer größer geworden war. Das mit nichts gefüllt werden konnte außer mit ihrer Nähe. Ihrem Lachen. Dem, was er nicht haben konnte.

Unwillkürlich suchte sein Blick die Tanzfläche ab, aber Samira fehlte noch immer.

Er hätte erleichtert sein sollen, aber er war es nicht. Ganz und gar nicht. Wenn sie in seiner Nähe war, wollte er nur noch fort. War sie nicht in seiner Nähe, wünschte er sie sich herbei. Und doch war das, was er zu ihr gesagt hatte, die Wahrheit …

»Noch immer träume ich von deinem Großvater, weißt du?«, unterbrach Meryem mit traurigem Lächeln seine Gedanken. »Jede Nacht. Jede Nacht …«

Sie hob die Hand, strich ihm sanft über die Wange. »Es gibt nichts, was ich mir mehr wünsche, als dass auch du den einen Menschen findest, der für dich bestimmt ist. Mit dem jede Minute ein glitzernder Diamant ist und selbst die Ewigkeit noch viel zu kurz.«

Jetzt packte ihn die Verzweiflung, die er die ganze Zeit über mühsam zurückgedrängt hatte, mit solcher Macht, dass seine Hände zitterten. Er ballte sie zu Fäusten. So fest, dass seine Nägel sich in seine Handballen bohrten, er sich auf diesen Schmerz konzentrieren konnte anstatt auf den in seinem Inneren.

Er hatte das Gefühl, entzweigerissen zu werden, denn diesen Menschen hatte er schon gefunden. Nur, dass es der falsche war. Denn Samira empfand für ihn nur wie für einen Bruder. Das hatte sie ihm immer wieder gesagt. Und mehr durfte es auch nicht sein.

Kapitel 3

Ich kann ganze Bücher füllen mit Gedichten über den Himmel,
kann Oden verfassen an den Mond.
Aber mir fehlen die Worte für dich.
Denn du bist unbeschreiblich.

Heute

»Aufwachen, du Schlafmütze.«

Colleens Stimme. Sehen kann ich sie nicht, denn meine Augenlider scheinen fest verleimt zu sein.

»Lass mich«, nuschele ich müde.

»Die Sonne lacht, die Vögel zwitschern und so weiter und so fort.«

»Schön für sie.«

»Ich wusste gar nicht, dass du solch ein Morgenmuffel bist.«

Das bringt mich dann doch dazu, die Augen zu öffnen, wenn auch nur, um sie böse anzugucken. »Ich hoffe für dich, dass es auf Zypern verboten ist, seine beste Freundin mit einem Kissen zu erschlagen.«

Sie grinst nur. Ihren Taschenspiegel in der Hand, schminkt sie sich vor dem Fenster sorgfältig, obwohl sie das nicht nötig hätte – so frisch, wie sie aussieht. Klar. Sie hat nicht nur im Auto, sondern offenbar auch hier gut geschlafen. Im Gegensatz zu mir.

»Komm, steh endlich auf. Ich bin am Verhungern.«

»Du kannst doch ohne mich was zu essen organisieren«, murmele ich und versuche, wieder einzuschlafen. »Verständige dich halt mit Händen und Füßen.«

»Na schön. Aber wenn ich dabei einen Kerl zum Anbeißen finde, gehört er mir.«

Nicht zum ersten Mal frage ich mich, was um alles in der Welt mich geritten hat, diesem gemeinsamen Urlaub zuzustimmen. Als ginge es bei ihr nur um das eine. In diesem Moment möchte ich nichts mehr, als mich mit einem Haufen Bücher daheim auf mein Sofa zu kuscheln und drei Wochen lang nur in homöopathischen Dosen Kontakt zu anderen Menschen zu haben, insbesondere zu Colleen. Ich sehne mich nach Ruhe und Entspannung. Doch mit Colleen wird keiner dieser Wünsche Realität, das ist mir klar. Bye-bye, Bücher.

Sie trägt noch ein paar Spritzer Parfüm auf und verlässt das Zimmer. Schlafen kann ich trotzdem nicht mehr. Nun, da ich wach bin, drückt meine Blase, ich werde also doch aufstehen müssen. Danke, Colleen.

Ich quäle mich aus dem Bett, schnappe mir mein Handy und hänge mir eines der Handtücher vom Stapel auf dem Tisch um den Hals, bevor ich müde zur Zimmertür hinausschlurfe. Nach wenigen Schritten verharre ich, denn ein kleiner gelbbrauner Gecko klebt kopfüber an der rechten Flurwand und beäugt mich misstrauisch.

Während ich ihn betrachte, kommen mir die Ereignisse des gestrigen Abends wieder in den Sinn, insbesondere die peinliche Szene am Mülleimer. Ein Teil von mir hofft, dass Alec heute

Morgen gar nicht mehr hier bei seiner Mutter auftaucht. Der andere Teil fände das jedoch aus irgendeinem Grund schade. Aber gut, sollte der Kerl doch noch da sein, werde ich den falschen Eindruck, den er von mir hat, einfach mit Würde und Eleganz korrigieren.

Wie zur Bekräftigung nicke ich dem Tierchen zu, in der Hoffnung, es würde meinem inneren Vorhaben irgendwie zustimmen. Es huscht jedoch plötzlich mit schlängelnden Bewegungen davon, und die zweite Tür öffnet sich. Eine dünne Frau in mittleren Jahren mit dunkelbraunem Haar tritt heraus, den Blick auf einen Stapel tönerner Schalen in ihren Armen gerichtet. Hinter ihr erkenne ich etliche vollgestopfte Regale, offenbar ein Lagerraum. Die Frau muss seine Mutter sein.

»*Kaliméra*«, begrüße ich sie.

Sie fährt zusammen, die Schüsseln entgleiten ihren Händen, und einen Wimpernschlag später kracht es gewaltig, als sie auf dem Boden zerspringen.

»O Gott, entschuldigen Sie bitte!«, rufe ich entsetzt, und die Worte sprudeln nur so aus mir heraus. »Ich wollte Sie nicht erschrecken. Ich dachte, Sie wüssten, dass wir hier übernachtet haben. Wir sind die Touristinnen vom Flughafen. Die keinen Mietwagen …«

Ich halte inne, als mir bewusst wird, dass sie noch immer nichts gesagt hat, nur auf die Scherben starrt.

»Ich zahle den Schaden natürlich«, beeile ich mich zu ergänzen. »Oder meine Versicherung. Warten Sie, ich mache schnell ein Foto dafür.«

Ich halte mein Handy zwischen die Frau und mich über die Scherben, um das Desaster von oben zu fotografieren, entsperre das Display und muss für einen Moment schmunzeln, als mein Lieblings-Hintergrundbild auftaucht. Darauf bin ich noch klein und lächele Wange an Wange mit meinem Vater in Großaufnahme in die Kamera. Er ist jung und sieht so glücklich aus, wie ich ihn schon lange nicht mehr erlebt habe. »Das ist mein Vater«, erkläre ich etwas verlegen, denn normalerweise halte ich solche Fotos keinen Fremden quasi vor die Nase.

Ich mache zwei Fotos, blicke wieder auf und erschrecke beim Anblick der Frau. Ihr Gesicht ist kreidebleich, ihre Augen sind vor Panik ganz weit.

Waren die Sachen etwa mehr wert als gedacht? Möglicherweise Familienerbstücke? »Vielleicht lässt es sich ja kitten«, sage ich voll schlechtem Gewissen und gehe in die Hocke, um die Bruchkanten zu begutachten.

Das reißt sie aus ihrer Starre, sie blinzelt und stürzt wortlos aus dem Haus. Verdattert sehe ich ihr hinterher.

Sie wird wohl einen Besen holen. Etwas sagen können hätte sie aber schon.

Verwirrt schiebe ich die Scherben zu einem Haufen zusammen, darauf bedacht, mich an den scharfen Kanten nicht zu schneiden.

Plötzlich steckt Alec seinen Kopf zur Haustür herein. »Was …? Ach du Schande!«

Irgendetwas ist merkwürdig an seiner Aussage, doch ich kann dem jetzt nicht auf den Grund gehen, bin viel zu sehr damit beschäftigt, sicherzustellen, dass das Handtuch meine Narben verdeckt. Mit einem raschen Blick stelle ich erleichtert fest, dass es das tut.

»Was hast du denn da angestellt?«, fragt er belustigt und tritt ein.

»Ich?« Empört springe ich auf. »Nichts! Ich meine, ich habe wohl deine Mutter erschreckt. Aber aus Versehen!«

»Ich dachte, meine Mutter wäre oben in der Küche.«

»Sie hat etwas aus dem Lagerraum geholt. Aber du hattest doch gesagt, sie wüsste Bescheid über uns!«

»Dass ihr hier übernachtet, ja. Aber nicht, dass du ihr Geschirr zerschlagen willst.«

»Das habe ich doch gar nicht!«, empöre ich mich. »Ich bin bloß …«

»Tina? Was war das für ein Krach?«, unterbricht ihn Colleens Stimme. Im nächsten Moment steht auch sie im Türrahmen. »Ach du meine Güte, was hast du getan?«

»Gar nichts!«, rufe ich einigermaßen verzweifelt.

Irritiert zieht sie die Augenbraue hoch.

»Entschuldige, hab zu wenig geschlafen«, seufze ich. »Ich erkläre es dir später.« Müde reibe ich mir die Schläfen, während mir bewusst wird, dass Alec keinen Overall trägt, sondern Bluejeans und ein blassblaues Shirt, sodass seine braun gebrannten, beeindruckend muskulösen Arme zu sehen sind.

Das scheint jetzt auch Colleen aufzufallen, deren Blick sich daran festsaugt. Fehlt nur noch, dass sie sich die Lippen leckt. »Alles klar. Ich mache mich nur schnell frisch«, flötet sie und schiebt sich enger als nötig an ihm vorbei. Dabei ist sie bereits perfekt gestylt. Ganz im Gegensatz zu mir, wie mir der Flurspiegel offenbart.

Mein Haar gleicht einem Wischmopp, die immer noch nicht entfernte und inzwischen vollkommen verschmierte Mascara lässt mich aussehen, als hätte ich auf beiden Augen Veilchen kassiert. Außerdem präsentiere ich Alec gerade mein einziges Kleidungsstück, das noch peinlicher ist als die Oma-Unterhose, nämlich das schlabbrige Nachthemd, das Colleen mir geschenkt hat und das die Aufschrift *I'm too sexy for you* trägt.

So viel zum Thema Eleganz.

Am liebsten würde ich mich in Luft auflösen. Da das nicht möglich ist, räuspere ich mich und verkünde mit dem letzten Rest Würde, den ich zusammenkratzen kann, hoheitsvoll: »Ich muss mich auch … äh … frisch machen.«

»Und dir etwas anziehen!«, tönt es wenig hilfreich durch die Zimmertür von Colleen.

Ich hätte das Risiko mit dem Kissen eingehen sollen! »Was du nicht sagst!« Mit glühenden Wangen flüchte ich in Richtung Bad.

»Also wegen mir musst du dir keine Umstände machen«, verkündet Alec. »Ich brauche keine Spitzenstrapse, ich mag auch Butterblümchen.«

»Bitte?« Ich halte inne, starre ihn über die Schulter hinweg mit offenem Mund an, und schlagartig wird mir bewusst, was vorhin so seltsam war: Er hat akzentfreies Englisch gesprochen.

Er grinst verschmitzt und zieht die Haustür hinter sich zu, während mir langsam klar wird, dass er seit der Warterei am Kofferband die gesamte Unterhaltung zwischen Colleen und mir verstanden hat.

Ich fange an zu schwitzen.

Was habe ich in der Zeit alles gesagt? Worüber haben Colleen und ich geredet? Im Schnelldurchlauf spule ich unsere Gespräche in meinem Kopf ab – und schlage die Hände vors Gesicht.

Oh. Mein. Gott.

Als ich wenig später geduscht und umgezogen das Gästezimmer zum zweiten Mal verlasse, ist der Scherbenhaufen, der nach der Dusche noch auf dem Flur lag, verschwunden. Ich habe deswegen ein schlechtes Gewissen, denn ich wollte beim Aufräumen helfen. Colleen war schon nicht mehr da, als ich aus der Dusche kam. Auch von Alec ist nichts zu sehen. Zum Glück.

Ich hoffe inständig, ihm nicht erneut zu begegnen. Niemals wieder, um genau zu sein, ich ahne aber zugleich, dass mir dieser Wunsch wohl nicht erfüllt werden wird. Aber sobald er mir über den Weg läuft, wird er was zu hören kriegen!

Aufgebracht drücke ich die Haustür auf und trete ins Freie, halte jedoch nach ein paar Schritten perplex inne. Der Anblick, der sich mir bietet, überrascht mich dermaßen, dass ich meinen Ärger über Alec vergesse.

Ich habe mit staubtrockenen Hängen und sonnenverbrannten Ebenen gerechnet. Mit gelbbraunen Gräsern und kargen Felsen. Stattdessen blicke ich auf rosa blühende Mandelbäume auf einer Wiese aus leuchtend grünem Gras. Und auf ein Meer aus Frühlingsblumen: Tulpen, Hyazinthen, Schwertlilien, Narzissen, Pfingstrosen, Anemonen und viele mehr. Sie schimmern in Orange, Pink, Lila, Weiß und allen Tönen dazwischen. Ein Feuerwerk an Farben.

Für einen Moment frage ich mich ernsthaft, ob ich auf der richtigen Insel gelandet bin. Verwirrt folge ich dem Kiesweg um die Hausecke herum.

Auch hier blüht es an jeder Ecke, in jedem der zahlreichen Blumenkübel. Ja, selbst aus der kleinsten Ritze im Mauerwerk sprießen Blumen. Der Schuppen am anderen Ende verschwindet beinahe hinter gelb leuchtenden Forsythien-Büschen, und am verfallenen Lattenzaun rankt sich rosafarbene Clematis empor. Zudem sieht das Dorf hier schon eher so aus, wie ich es mir vorgestellt habe: aneinanderklebende, aus hellem Sandstein gemauerte Häuschen, manche strahlend weiß getüncht, mit azurblau gestrichenen Türen und Fensterläden, dazwischen schmale, schattige Gassen. Leinen sind von Haus zu Haus gespannt, mit bunten Wäschestücken daran, die der Wind sanft hin und her bewegt. Auf einem Mauervorsprung hat sich eine Katze ausgestreckt, scheinbar zu träge, um die beiden staubbedeckten Hühner zu beachten, die sich auf der mit Pflastersteinen belegten Straße niedergelassen haben, als wollten sie dort brüten. Neben einem Holzkarren mir schräg gegenüber döst auf einem Plastikstuhl ein alter Mann im Schatten eines Feigenbaumes, die Hände vor dem Bauch gefaltet. Ein Stück weiter trocknen auf einem Küchentuch ausgebreitete Kräuter in der Sonne.

Ein Bild, wie es auch in einem Museum ausgestellt sein könnte, gemalt vor Jahrhunderten. Als würde die Zeit im gesamten Dorf seit Langem stillstehen.

Jede bemalte Tür, jedes alte Weinfass hätte ich hier gern fotografiert. Mir scheint, jeder Winkel wirkt wie ein Stillleben. Von blühenden Pflanzen überwachsene Torbögen bieten einen Blick in schattige Innenhöfe mit Holzbänken, eingerahmt von Zitronenbäumen in tönernen Kübeln.

Zikaden zirpen, irgendwo kräht ein Hahn, doch das ist auch schon alles an Geräuschen. Die Szenerie strahlt solch eine Ruhe und Gemächlichkeit aus, wie ich sie noch nie erlebt habe, erst recht nicht in meinem hektischen Job.

Jetzt blinzelt der Mann mich verschlafen an und scheint sich zu fragen, warum ich ihn anstarre. Verlegen eile ich mit einem kurzen Gruß weiter.

Die Temperatur ist mild, keinesfalls zu heiß. Das erleichtert mich, denn so wird sich niemand über meine wie immer hochgeschlossene Bluse wundern.

Plötzlich halte ich erneut inne, denn zwischen den weißen und sandfarbenen Häusern blitzt es blau auf. Das Meer! So viel Zeit muss sein, dorthin zu laufen!

Ich husche durch ein Gewirr kopfsteingepflasterter Gassen, mal rechts, mal links. Immer wieder versperrt mir irgendeine Mauer den Weg. Endlich habe ich freien Blick auf das Meer und komme aus dem Staunen nicht mehr heraus.

Noch nie habe ich so viele verschiedene Blautöne gesehen, und je näher ich komme, umso mehr werden es. Unter der cremefarbenen Steilküste leuchtet das Wasser in sämtlichen Schattierungen von Blau, Grün und Türkis. An einer Stelle ist es von solch dunklem Blau, dass es mich an das Weltall denken lässt, keine drei Meter weiter vom Azur eines Morphofalters, und ein Stückchen danach changiert es in allen Nuancen von Türkis – wie ein Kolibri, dessen Flügel in der Sonne schillern. Nie hätte ich geglaubt, dass Wasser solch eine Vielfalt an Farbtönen annehmen kann. Hätte mir jemand ein Foto davon gezeigt, ich hätte darauf bestanden, es sei am Computer bearbeitet worden. Von wegen hundert Blautöne des Meeres. Es sind sehr viel mehr, und ich verliere mich in seinen schillernden Tiefen.

Als es mir schließlich gelingt, meinen Blick davon loszureißen, entdecke ich hinter den riesigen Feigenbäumen zu meiner Rechten auf einem Hügel die verkohlte Ruine einer kleinen Kirche oder Kapelle.

Sie erinnert mich an das Geisterdorf, an dem wir letzte Nacht vorbeigefahren sind, und trotz des Sonnenscheins fröstele ich plötzlich. Dennoch gehe ich, von seltsamer Faszination getrieben, den Hügel hinauf.

Je näher ich dem Gebäude komme, umso deutlicher wird das Ausmaß seiner Zerstörung. Welche Farbe wohl einst das steinerne Kuppeldach hatte? Ob in den leeren Fensterhöhlen einmal bunte Glasmosaike erstrahlten? Ich spähe durch eine der Öffnungen. Der Innenraum ist vollkommen leer und tiefschwarz verkohlt. Nicht eine einzige Kirchenbank ist heil geblieben, nur Schutt und Asche sind zu sehen.

Ich umrunde langsam die Ruine, entdecke dahinter eine Bank, auf der ein Mann sitzt, den Blick über die Felskante auf den Horizont gerichtet.

Er weiß sicher, was mit der Kirche geschehen ist.

»Kaliméra«, grüße ich höflich.

Er fährt herum, und sein Gesicht ist so voller Schmerz, dass mir der Atem stockt.

Im nächsten Augenblick springt er auf, greift eine Orange von der Bank und hastet an mir vorbei. Ihm ist es sichtlich unangenehm, dass ihn jemand so angetroffen hat.

»Entschuldigung, ich wollte nicht stören«, stammele ich.

»Hast du aber«, kommt die mürrische Antwort. Damit lässt er mich stehen.

Perplex sehe ich ihm nach. So viel zu den freundlichen Bewohnern von Mittelmeerinseln. Oder liegt es an mir? Offenbar schlage ich wirklich jeden in die Flucht.

Aufseufzend massiere ich mir die Schläfe, mein Blick fällt auf meine Armbanduhr, und ich realisiere erschrocken, dass ich bereits über eine halbe Stunde fort bin.

Also laufe ich ebenfalls den Hügel hinunter und durch das Dorf, will schnellstmöglich zurückkehren, was allerdings leichter gesagt ist als getan. Ich hätte mich wohl mehr auf den Weg als auf das Meer konzentrieren sollen. Ratlos stehe ich kurz darauf im Labyrinth der Gassen.

Ein dürres, ausgezehrtes Männlein mit mehr Falten als Haaren, dafür aber einem schlohweißen Bart, sitzt vor einem der Häuser auf einer Holzbank. Der Alte wirkt in seiner Zerbrechlichkeit, als wäre er ein gutes Jahrhundert alt. Mit dünner Stimme schimpft er über irgendetwas, während er auf das neben ihm liegende Schachbrett hinabsieht. »Das glaubst du doch selbst nicht … Letztes Jahr hatte ich Kirschen im Garten, die waren so groß wie Äpfel … Von wegen … Da hätten deine niemals mithalten können.«

Da niemand außer mir in der Nähe ist, vermute ich im ersten Moment, der alte Mann würde telefonieren, doch ich kann kein Handy und auch keine Kopfhörer entdecken. Aber wie auch, wo das Dörfchen und er selbst ja wie aus einer anderen Zeit erscheinen.

»Entschuldigung?«

Er starrt weiterhin zeternd auf das Brett, bemerkt mich erst, als ich mich ein paarmal lautstark geräuspert habe.

»Wissen Sie, wie ich zu der Taverne finde?«, frage ich und fürchte eine erneute Abfuhr.

Mit zittrigen Fingern deutet er auf die Gasse zu seiner Linken. »Zweimal rechts, einmal links.«

Erleichtert atme ich aus. Offenbar sind nicht alle so unfreundlich wie der Mann oben vor der Kapelle.

»Vielen Dank.« Ich habe das Gefühl, noch etwas sagen zu müssen, und frage: »Spielen Sie gegen sich selbst?«

Er schüttelt den Kopf. »Gegen meinen besten Freund.«

Irritiert sehe ich mich um, komme aber zu dem Schluss, dass der wohl gerade auf dem Klo sein muss. Ich verabschiede mich, sehe noch ein letztes Mal über die Schulter, bis ich um die Hausecke gebogen bin. Der alte Mann sitzt bis zuletzt allein da und streitet scheinbar mit sich selbst. Was für ein seltsamer Kauz.

»Wo bleibst du denn?«, rief Helena vom Flur her, aber Samira rührte sich nicht, obwohl die Nacht schon lange vorbei war.

Sie hielt die Augen geschlossen und versuchte, sich in ihren wundervollen Traum zurückzuflüchten. Den von Yasin, wie er ihr eine Hibiskusblüte ins Haar steckte und sie so liebevoll ansah, dass ihr Herz sich vor Sehnsucht zusammenzog.

Erst als ihre Mutter ins Zimmer kam und die Fensterläden aufstieß, konnte Samira sich der Erkenntnis nicht mehr entziehen, dass die gestrigen Ereignisse nicht Teil eines bösen Traumes waren, sondern real. Und dass der eigentliche Albtraum noch auf sie wartete: Sie musste sich nicht nur einem weiteren Tag ohne Yasin stellen, sondern einem ganzen Leben. Ein Gedanke, der ihr ein glühend heißes Eisen mitten ins Herz trieb.

»Jetzt steh doch endlich auf!« Ihre Mutter ließ nicht locker. »Ich kann ja verstehen, dass du müde bist nach all der Tanzerei, aber wir haben heute wirklich viel zu tun!« Trotz ihrer Eile trat sie ans Bett und gab Samira einen zärtlichen Kuss auf die Stirn. »Dein Vater und ich sind auf dem Sprung zum Dorfplatz. Versorge bitte die Tiere, bevor du nachkommst.«

Samira bekam kaum die Hälfte von all dem mit, was ihre Mutter noch an Dingen aufzählte, die es zu tun gab. Sie würde auf keinen Fall zur Feier gehen. Sie würde es nicht überstehen, wenn Yasin sie erneut so kalt behandelte. Zum Glück war Helena zu gestresst und eilte zu geschäftig hin und her, um ihre Wortkargheit zu bemerken.

Als sie endlich verschwunden war, starrte Samira die Wand an und fragte sich, wie lange ein Mensch überleben konnte, dem das Herz herausgerissen worden war. Aufstehen, sich anziehen und all diese Dinge, die früher Kleinigkeiten waren, stellten mit einem Mal nahezu unüberwindbare Hürden dar. Yasin war

Teil ihres Lebens, seit sie denken konnte. Ohne ihn war es, als würde ihr plötzlich die Hand fehlen oder das Bein.

Erst das Wiehern von Herakles riss Samira aus ihrer Starre. Mühsam rappelte sie sich auf, um sich um die Tiere zu kümmern.

Kaum hatte sie den Stall betreten, als ihr schon Apoll mit seinem üblichen Begrüßungsgeschrei entgegensprang und seine weiche, warme Schnauze an sie drückte. Doch selbst das machte Samira abgrundtief traurig. »Lass das«, murmelte sie müde und schob das Tier sanft zur Seite, um an die Box mit dem Zusatzfutter für die Pferde zu gelangen. Yasin war es gewesen, der seiner Großmutter vorgeschlagen hatte, Samira das Kleine zur Aufzucht zu geben, nachdem die Mutter es verstoßen hatte. Tag und Nacht hatten er und Samira es im Wechsel alle zwei Stunden mit der Flasche gefüttert. Wie sollte sie Apoll jetzt ansehen und nicht an Yasin denken?

Aber das Eselchen gab nicht auf, stupste sie weiter an, bis Samira aufseufzte. Sie konnte sich seinem treuherzigen Blick einfach nicht verschließen und ging vor ihm in die Hocke. »Kleine Nervensäge«, flüsterte sie und vergrub ihr Gesicht an seinem weichen Hals. Seltsamerweise gab ihr das tatsächlich Kraft.

Als sie sich wieder von Apoll löste, fühlte sie sich ruhiger und atmete tief durch. »Nur noch ein Versuch«, flüsterte sie. »Ein letzter Versuch.« Yasin würde sie niemals bewusst verletzen. Sein Verhalten *musste* auf einem Missverständnis beruhen. Anders konnte es nicht sein. Anders *durfte* es nicht sein.

Die Musik war laut, die Feiernden unterhielten sich fröhlich, und viele von ihnen waren bereits um diese Uhrzeit mehr als nur beschwipst. Obwohl es der dritte Tag der Hochzeit war, wurde noch immer so ausgelassen gefeiert wie am ersten. Vielleicht sogar mit noch mehr Begeisterung, immerhin würde morgen der Alltag wieder einkehren.

Samira stapelte schmutzige Teller, hielt für einen Moment inne und wischte sich den Schweiß von der Stirn. Das Wetter schien umzuschlagen. Die Fenster gleißten nach wie vor in der Sonne, und die Luft waberte über den Hausdächern, aber nicht der kleinste Windhauch war zu verspüren. Die Fähnchen und Wimpel, die gestern fröhlich getanzt, und die Tücher über dem Platz, die sich verheißungsvoll gebauscht hatten, regten sich nicht ein bisschen. Selbst die Blätter an den Bäumen hingen schlaff herab, als seien sie müde. Eine drückende Schwüle hatte sich auf das Dorf gelegt. Wie von einem nahenden Gewitter.

Einige Male hatte Elif versucht, sie auf die Tanzfläche zu ziehen, aber dieses Mal konnte Samira sich nicht dazu überwinden. Stattdessen räumte sie ab, spülte und trocknete das Geschirr, doch das alles tat sie wie ferngesteuert. Wieder und wieder sah sie sich nach Yasin um, halb ängstlich, halb hoffnungsvoll, aber immer vergeblich. Nur sein Vater, der für Nachschub an Kleftiko-Grillfleisch sorgte, lief ihr über den Weg.

Frustriert trug sie die Teller zum Waschzuber vor Appolonias Haus, an dem sich die Frauen des Dorfes im Wechsel abmühten. Von den Gesprächen dort bekam sie kaum etwas mit, während sie das Besteck schrubbte. Nur Papas Hieronymos' dröhnende Stimme drang voller Begeisterung zu ihr durch.

Es verwunderte sie nicht, den Papas hier zu sehen. Er war, obwohl inzwischen knapp über fünfzig, noch immer alleinstehend und bemühte sich schon seit Langem um Appolonia, deren Mann vor Jahren auf See ertrunken war. Sie jedoch ließ sich Zeit damit, eine neue Ehe einzugehen, kümmerte sich um die Kräuter in ihrem Garten und bereitete Salben für und gegen alles Mögliche zu. Ihre Mixturen halfen tatsächlich, wenn sie auch nicht unbedingt immer das heilten, wofür sie gedacht waren. Dafür konnte Appolonia ausgekugelte Gelenke einrenken wie keine Zweite, Wunden versorgen, Blutungen stoppen und hatte sogar dem jüngst von einer Schlange gebissenen Kosmas das Leben gerettet.

»Ein wahrlich gottesfürchtiger Mann, dieser Stefanos!«, verkündete Hieronymos gerade. »Das Erste, was er bei seiner Ankunft tat, war, die Kirche zu besuchen. Er wusste, dass ich einen Splitter vom Kreuze Jesu Christi verwahre. Und er hat die Ikonen bewundert! Und überdies hat er im Opferstock eine wirklich beträchtliche Summe hinterlassen. Und das in diesem jungen Alter. So viel Weisheit kommt in der Regel erst später. Stavros ist völlig zu Recht stolz auf ihn.«

Jetzt horchte sie doch auf. Der Dorfpolizist Stavros sprach zwar oft voll Bewunderung von seinem großen Bruder, der es zum Bürgermeister von Nikosia geschafft hatte, und von dessen Sohn, doch bisher hatte noch nie jemand diesen Stefanos zu Gesicht bekommen, sodass sie stets geglaubt hatte, es handele sich dabei nur um eine von Stavros' Geschichten. So wie die über seine zahlreichen Heldentaten im Kampf gegen das Verbrechen. Dabei waren die einzigen Diebe in Ayia Rosa die Vögel, die sich in den Kirschbäumen über die süßen Früchte hermachten, und Stavros' Dienstwaffe war kaum mehr als ein Schmuckstück, das er täglich mit Hingabe polierte. Offenbar jedoch hatte er sich seinen Neffen nicht ausgedacht, und anscheinend war dieser, wenn schon der Papas von ihm schwärmte, sogar noch großartiger, als Stavros ihn immer beschrieb.

Plötzlich stand Dimi neben ihr. »Wo bist du denn gestern abgeblieben? Wir wollten doch noch reden.«

»Ich bin früh ins Bett gegangen, habe mich nicht gut gefühlt.«

»Das tut mir leid, aber dann solltest du dich auch jetzt lieber ausruhen. Komm, setz dich zu mir. Dort drüben bei den Platanen ist es nicht so laut.«

Sie fühlte sich nicht in der Lage, mit ihm worüber auch immer zu sprechen. Aber er würde nicht lockerlassen, besser, sie brachte es hinter sich. »Ich werde hier gleich abgelöst, dann komme ich.«

»Sehr gut, ich hole dir schon etwas zu trinken.« Er eilte so schnell davon, als fürchtete er, sie könnte es sich anders überlegen, wenn er zu lange wartete.

Kurz darauf traf Samiras Ablösung ein, und sie steuerte die Platanen an, als Stavros' Stimme erklang: »Herhören! Hört alle mal her, ich habe eine wundervolle Ankündigung zu machen.«

Sie blieb stehen.

»Was hat der alte Angeber denn nun schon wieder vor?«, murmelte jemand amüsiert.

»Hat wohl zu tief ins Glas geschaut«, spottete ein anderer, was gar nicht so abwegig war. Stavros' Aussprache klang nicht nur verwaschen, sondern er kletterte allen Ernstes auf einen Stuhl. Erschrocken griffen die Umstehenden nach ihm, damit er nicht herunterfiel. Es wirkte, als würden sie einen Ballon am Aufsteigen hindern wollen.

»Mein über alles geliebter Neffe ist eingetroffen! Von ganzem Herzen und im Namen aller Bewohner von Ayia Rosa möchte ich ihn bei uns willkommen heißen! Darum hebt die Gläser, meine Freunde! Ein herzliches Willkommen an Stefanos!«

Tatsächlich wurden überall in Hörweite jubelnd die Gläser gehoben, wenn auch weniger aus Begeisterung über die Ankunft von besagtem Stefanos als vielmehr aus alkoholbedingter Glückseligkeit heraus.

Samira reckte den Kopf, bekam jedoch nicht heraus, wer von den Fremden um Stavros herum wohl Stefanos war. Sie kannte bei Weitem nicht alle Gäste des Festes.

Stattdessen hielt sie erneut Ausschau nach Yasin.

»Suchst du mich?«

Sie sah über die Schulter – und in das Gesicht des Fremden von gestern.

Erschrocken wich sie zurück.

»Überrascht?«, fragte er und lächelte süffisant. Wieder nahm ihr sein stechendes Rasierwasser den Atem. »Ich habe dir doch versprochen, wir würden uns wiedersehen, meine kriegerische kleine Athene.«

»Verschwinden Sie!«, stieß sie aus und wollte weiter zurückweichen, stolperte aber über Füße und stieß gegen eine Frau, die das Gleichgewicht verlor und mit spitzem Aufschrei zu Boden ging. Hastig entschuldigte sich Samira, während der Mann der anderen Frau aufhalf. Sie wollte durch die Menge flüchten, aber jemand hielt sie am Handgelenk fest. Sophia! »Hast du keine Augen im Kopf? Wie benimmst du dich? Du solltest dich wirklich schämen!« Auf Sophias lautstarkes Zetern hin drehten sich noch mehr Köpfe zu Samira um. Der Fremde grinste, kam auf sie zu.

»Bleiben Sie ja weg von mir!«, rief sie in Panik und entriss Sophia ihren Arm.

»Was hat sie? Was ist passiert? Was ist mit ihr?«, tönte es um sie her.

Plötzlich stand Stavros neben ihr, die Knollennase rot leuchtend vor Oúzo-bedingter Seligkeit und aus selbigem Grund leicht schwankend. »Was ist denn hier los?«

»Er … er verfolgt mich«, stammelte Samira. Ihr Puls raste, das Herz schlug ihr bis zum Hals.

»Wer? Wen meint sie, Stefanos?«

Sie keuchte auf, sah ungläubig von ihm zu dem Fremden. Das konnte nicht sein! Sie musste sich verhört haben. »*Das* ist Stefanos?«

»Ja, aber natürlich.« Überglücklich legte er seinen Arm um seinen Neffen und zog ihn zu sich heran, bevor ihm wohl dämmerte, dass irgendetwas an Samiras Tonfall nicht so war, wie es sein sollte. »Wieso? Stimmt etwas nicht?«

»Alles in Ordnung«, behauptete Stefanos und zog gelassen eine Zigarette aus seiner Brusttasche. Sein Haar war mit so viel Pomade zurückgekämmt, dass es in der Sonne glänzte wie ein Aal. »Ich fürchte nur, dass ich das Mädchen hier bei meiner Ankunft mit meinem unerwarteten Auftauchen ein bisschen erschreckt habe. Dennoch war die junge Dame so liebenswürdig, mir den Weg zur Kamelfarm zu zeigen. Nur deshalb konnte mein Wagen Starthilfe bekommen. Vielen Dank noch einmal dafür.«

»Das … ich …«, stammelte Samira perplex. Angesichts von so viel Unverfrorenheit fehlten ihr die Worte. Seine gewählte Ausdrucksweise und seine plötzlich so guten Umgangsformen standen in solchem Gegensatz zu seinem vorherigen Verhalten, dass sie fast glaubte, geträumt zu haben.

»Es tut mir selbstverständlich leid, dass ich dir einen Schreck eingejagt habe, das lag natürlich nicht in meiner Absicht.« Er lächelte, aber das Lächeln erreichte seine Augen nicht, und in seinem Blick lag etwas Berechnendes.

Stavros lachte gönnerhaft. »Junge Mädchen sind immer ganz furchtbar schreckhaft und überspannt, nicht wahr?«

Sie musste etwas tun, etwas sagen, den Sachverhalt richtigstellen! Aber wie? Sie konnte kaum verkünden, dass sie in der Öffentlichkeit ihr Kleid ausgezogen und dieser Kerl sie dabei beobachtet hatte. Sie wäre für alle Zeiten als Flittchen gebrandmarkt gewesen und ihre Eltern mit ihr. Samiras Gedanken überschlugen sich, während ihr Körper wie erstarrt war.

»Na komm, mein Junge«, rief Stavros. »Ich hole uns Oúzo, und dann trinken wir noch einmal auf deine Ankunft! Und natürlich auf das Brautpaar.« Schon eilte er schnell in Richtung der Getränke davon, als hätte er Angst, der Oúzo könnte ihm weggetrunken werden.

Samira wollte ebenfalls fort, egal, wohin, Hauptsache, weg von diesem Kerl, der keine Anstalten machte, seinem Onkel zu folgen, und sie nicht aus den Augen ließ. Aber da griff Sophia erneut nach ihrem Arm und legte wieder mit der Standpauke, bei der sie unterbrochen worden war, los.

Stefanos zündete sich grinsend die Zigarette an. »Ah ja, das Brautpaar«, sagte er und nahm einen tiefen Zug. »Ich sollte ihm meine Aufwartung machen. Wie heißen die Brautleute denn?«

Sophia ließ Samira endlich los, wandte sich Stefanos zu. »Elif und Malik«, verkündete sie, bevor sie davonstapfte.

Stefanos, der gerade einen weiteren Zug nehmen wollte, verharrte mitten in der Bewegung, die Zigarette eine Handbreit vor seinem Gesicht. »Türken?«, hakte er mit einem seltsamen Unterton nach, und ein kalter Glanz legte sich auf seine froschartigen Augen.

Wut stieg in Samira auf. Auf diesen Mistkerl, aber auch auf sich selbst, weil sie seiner Darstellung der gestrigen Begegnung nicht widersprochen hatte. Und nun erdreistete er sich auch noch, sich am Hochzeitstag ihrer Freundin herablassend über sie zu äußern.

»Nein, Zyprer!«, fuhr sie ihn an.

Natürlich war es die Hochzeit zweier türkischstämmiger Zyprer, doch abgesehen von der Trauungszeremonie selbst gab es keinen Unterschied zu der Hochzeit von Theodora und Petros vor wenigen Wochen. Auch dort hatten der Hodscha und die türkischstämmigen Dorfbewohner genauso mitgefeiert, wie es jetzt der Papas und die griechischstämmigen Dörfler taten. Sie tanzten dieselben Tänze, sangen dieselben Lieder, und die Tische quollen genauso über von den klassisch zyprischen Spezialitäten.

Stefanos jedoch zog verächtlich die Oberlippe hoch.

»Wo bleibst du denn, mein Junge?«, tönte es von Stavros, dem offenbar jetzt erst aufgefallen war, dass der Grund für seinen nächsten Oúzo hinter ihm zurückgeblieben war. »Wir haben doch etwas zu feiern!«

Stavros hatte sich auf die Zehenspitzen gestellt, konnte gerade so über die meisten Schultern linsen und winkte seinen Neffen hektisch zu sich, bevor er sich weiter zu den Getränken durcharbeitete.

»Niemals!«, zischte Stefanos und spuckte aus. »Nicht zusammen mit gottverdammten Türken!«

Erschrocken sah Samira sich um, doch offenbar hatte es niemand außer ihr gehört. Oder zeigte nur keiner, dass er es gehört hatte?

Stefanos bemerkte ihren schockierten Blick, grinste selbstgefällig und machte abrupt zwei große Schritte auf sie zu.

Sie war zu überrascht, und es war zu voll, um rechtzeitig weit genug zurückzuweichen, sodass er sich viel zu nah an ihr vorbeischieben konnte. Säuerlicher Schweißgeruch schlug ihr entgegen, mischte sich mit dem stechenden Geruch seines Rasierwassers und nahm ihr den Atem, als er sich plötzlich vorbeugte. »Zypern den Griechen«, flüsterte er ihr ins Ohr. »Nicht mehr lang, dann ist es endlich so weit.«

Seine Worte widerten sie sogar noch mehr an als seine Nähe, doch bevor sie eine passende Antwort gefunden hatte, war er schon an ihr vorbei.

Ihre Erleichterung darüber hielt sich in Grenzen, verunsichert schlang sie die Arme um sich.

Sie wusste, dass anderswo auf der Welt die Dinge im Umbruch waren. Dass es Leute gab, die Zypern an Griechenland anschließen wollten, und wieder andere, die Zypern als eigenen Staat erhalten wollten, und dann jene, die ihre ganz eigenen Pläne hatten. Aber das hier war Ayia Rosa. Ein Dorf mitten im Nirgendwo, weit weg von all dem Wollen und Nicht-Wollen irgendwelcher Politiker, Regierungen und Länder, die sich um diese Insel zankten. Hier kümmerte man sich nicht um Politik, sondern darum, dass das Gemüse im Garten gedieh und die Tiere auf dem Hof gesund waren. Ayia Rosa war zu klein und zu abgelegen, um wichtig zu sein, sodass die Menschen hier seit Jahrhunderten weitgehend unbehelligt von all dem Chaos da draußen lebten. Sie hielten trotz all ihrer Streitereien und Eifersüchteleien zusammen. Und das würde auch so bleiben. Oder?

Etwas hatte Einzug gehalten in ihre friedliche kleine Welt, was ihr Angst machte. Obwohl die Sonne brannte, fröstelte sie plötzlich.

Stefanos' Worte waren wie das Donnergrollen eines noch weit entfernten Gewitters. Es konnte sich auflösen, bevor es sie erreichte. Es konnte aber auch zu einem nie da gewesenen Sturm anwachsen.

Gedämpft klangen Stimmen, Gelächter und Musik herüber in die Seitengasse, in die Yasin sich geflüchtet hatte, um dem Anblick von Samira zu entgehen, und die durch eine Lücke zwischen den Häusern den Blick aufs Meer freigab.

Ganze Bücher waren über die Liebe geschrieben worden. Darüber, wie wundervoll sie sei. Er hingegen fühlte sich, als müsste er sterben. Er konnte nicht essen, nicht schlafen, nur noch an sie denken. Sein Herz schrie ununterbrochen ihren Namen. So unendlich lange schon litt er, dass er gar nicht mehr wusste, wie es war, sich nicht zerrissen zu fühlen. Er arbeitete von früh bis spät in der Töpferei seines Vaters, bis seine Arme so taub waren, wie er wünschte, dass seine Seele es wäre. Er lebte nicht mehr, er funktionierte nur. Und doch lenkte ihn nichts von seinem Sehnen nach Samira ab.

Gequält schloss er die Augen. Und machte es dadurch noch schlimmer. Denn er sah Samira vor sich. Und den Schmerz in ihrem Gesicht. Plötzlich hatte er das Gefühl, auf der Stelle zu ersticken, obwohl er im Freien war.

Er hatte das Einzige getan, was er niemals hatte tun wollen: Samira unglücklich machen. Und doch konnte nur so Schlimmeres verhindert werden. Würde sie weiterhin seine Nähe suchen, ihn ihrem Lächeln, ihrem Duft, ihrer Berührung aussetzen – er würde schwach werden, ihr die Lippen küssen, die er niemals küssen durfte. Aus so vielen Gründen nicht küssen durfte. Und dennoch küssen wollte. Nein, so war es besser. Für sie beide.

Er wollte ihr nahe sein, ihren Duft atmen, den Glanz in ihren Augen sehen. Doch er wollte mehr sein als nur ihr bester Freund, ihr Bruder. Weitaus mehr. Die Sehnsucht verbrannte ihn, bald würde nur noch Asche von seinem Herzen übrig sein.

Er dachte an gestern. Wie sie völlig im Tanz aufgegangen war, ihre geröteten Wangen, die glänzenden Augen, ihre Ungezwungenheit. Nichts um sich her hatte sie mitbekommen, nicht einmal all die bewundernden Blicke sämtlicher männlicher Wesen. Ihn eingeschlossen. Ja, verdammt: Er hatte sie beobachtet.

Dabei war es mehr noch als ihre Schönheit ihre ungekünstelte Art, die sie überall aus der Menge herausstechen ließ. Sie strahlte eine Lebensfreude aus, die jeden gefangen nahm und mitriss. Er kannte keine andere Frau, die so sehr in sich selbst ruhte, die so zufrieden mit sich und ihrem Körper war wie seine Samira. Nein, Schluss. Sie war nicht die Seine. Er durfte so nicht von ihr denken. Und dennoch stimmte es: Er kannte keine andere Frau, die so sehr in sich selbst ruhte und die so zufrieden mit sich und ihrem Körper war. Die sich einfach überhaupt keine Gedanken darüber machte und ebenso wenig über ihre Wirkung auf andere. Sie verbrachte ihre Zeit lieber im

Stall bei Pferden und Eseln anstatt vor dem Spiegel. Und während andere Frauen ihr Haar kunstvoll flochten oder elegant mit Tüchern umwickelt vor Sonne und Staub schützten, fielen Samira die wilden Locken meist ungebändigt ins Gesicht, hatte sie Stroh im Haar und Erdflecken auf den Wangen.

Und doch konnte er sich nichts Schöneres vorstellen als ebendieses Antlitz. Nichts hatte ihn je so sehr geschmerzt wie ihre Enttäuschung, als er ihr sagte, sie sei nicht mehr als eine Freundin seiner Schwester für ihn.

Wie er den Rest des gestrigen Tages überstanden hatte, wusste er nicht, nur dass es eine einzige Qual gewesen war und auch die Nacht keine Erleichterung gebracht hatte.

Stundenlang war er in seinem Zimmer auf und ab gelaufen, Samiras Gesicht vor Augen, bis er es nicht mehr aushielt, nach Stift und Papier griff und wie im Rausch seine Gefühle für sie niederschrieb. All seine Verzweiflung fand dabei ihren Weg auf das Papier, Worte voll Verlangen, Sehnsucht und Begehren. Alles, was er so lange zurückgehalten hatte, was ihn Tag und Nacht beherrschte. Und was er ihr niemals sagen durfte. Er schrieb es sich von der Seele, um nicht an den ungesagten Worten zu ersticken.

Erst als sein Vorrat an Papier aufgebraucht gewesen war, hatte er den Stift sinken lassen, den Kopf erschöpft auf die Arme gelegt und war am Schreibtisch eingeschlafen.

Wilde Träume hatten ihn heimgesucht. Dass jemand sein Zimmer betrat, um zu lesen, was er zu Papier gebracht hatte.

Schweißgebadet war er schließlich erwacht, hatte all die eng beschriebenen und auf dem ganzen Tisch verteilten Seiten gegriffen, sie vor dem Haus in den Steinofen geworfen und ein Feuer entzündet.

Er sah zu, wie die Flammen schwarze Löcher in das knisternde Papier fraßen. Als diese jedoch auf dem zuvorderst liegenden Blatt Samiras Namen erreichten, hatte ihn eine plötzliche Panik überkommen. Er hatte einen Ast gepackt, die Blätter aus dem Feuer geschlagen. Funken und Asche waren durch die Nacht gestoben. Verzweifelt hatte er die Glut auf den Blättern ausgetreten, die verkohlten Reste eingesammelt und sie in seinem Zimmer unter einem Stapel Bücher unter seinem Bett versteckt.

»Ich hoffe, das Wetter hält noch bis heute Abend«, riss Malik ihn nun aus seinen Gedanken. Unbemerkt war sein Schwager neben ihn getreten, um abseits des Trubels eine Zigarette zu rauchen.

Tatsächlich wirkte der zuvor gestochen scharfe Horizont nun diesig.

Yasin kniff die Augen zusammen. Das Schiff, das eben noch über das leuchtende Blau gesegelt war, war fort, verschwunden im Dunst. Und die Auflösung setzte sich langsam fort. Eine Nebelbank walzte auf sie zu.

»Mit Sicherheit«, murmelte Yasin geistesabwesend, schließlich endete in dem schier unendlich andauernden zyprischen Sommer jeder Tag mit einem ebenso wolkenlosen Himmel, wie er begonnen hatte, selbst wenn es zwischendurch trübe wurde. »Regen wäre für diese Jahreszeit sehr ungewöhnlich.«

»Wir sollten uns daran gewöhnen«, verkündete eine nasale Stimme, »dass Dinge geschehen, die noch vor Kurzem undenkbar gewesen wären.«

Omar war zu ihnen getreten. Er war ein entfernter Cousin von Malik und extra zur Hochzeit angereist.

»Was meinst du damit?«, hakte Yasin mit gerunzelter Stirn nach. Der hagere Mann war ihm äußerst unsympathisch, obwohl er äußerlich sehr gepflegt wirkte, immer glatt rasiert, sorgfältig frisiert und gut gekleidet. Er hatte eine hektische, fiebrige Art, immer waren seine Finger in Bewegung, und er blickte seinem Gegenüber nie in die Augen.

»Hörst du denn nicht die Stimme des Volkes, mein Freund?«, antwortete Omar hochtrabend. »Eines Volkes, das sich nicht mehr unterjochen lassen will? Das bald seine Fesseln sprengt?« Es lag etwas Gieriges in seinem Tonfall. Als sehnte er genau das, wovon er sprach, herbei.

Yasin zog eine Augenbraue hoch. »Ich höre nur Menschen, die singen und lachen.«

»Nur weil sie nicht wissen, was ihnen blüht!«

»Das Dessert?«

»Nein!« Omars Nasenflügel weiteten sich vor Empörung. »Hast du vergessen, dass ihr von einem Popen regiert werdet?« Er spuckte das Wort aus, als sei es Dreck in seinem Mund. »Von jemandem, der einem falschen Glauben anhängt? Wie könnt ihr das mit eurem Gewissen, eurem Glauben vereinbaren?«

Obwohl ihm das ziemlich egal war, da weder seine Großmutter noch sein Vater es in dieser Hinsicht so genau nahmen, entgegnete Yasin: »Erzbischof Makarios hindert uns ja in keinster Weise daran.«

»Noch nicht! Wie könnt ihr nur so naiv sein!« Omars Stimme überschlug sich, als er kurzfristig die Fassung verlor. »Wie könnt ihr das mit euch machen lassen? Ihr seid Türken, aber Griechen machen euch Vorschriften und berauben euch eurer Rechte!« Jetzt hob er doch den Blick, und das fanatische Funkeln darin beunruhigte Yasin zutiefst.

»Eine Hochzeit ist wohl kaum der richtige Ort für solches Gerede.«

»O doch! Wenn ihr sie mit diesen verlogenen Bastarden gemeinsam feiert, ist es sogar der beste Ort dafür!«

»Es reicht!«, fuhr Yasin ihn an.

»O nein! Hast du vergessen, was vor zehn Jahren geschehen ist? Die blutigen Weihnachten? Nikos Sampson und seine Todesschwadron? Tausend ermordete Türken?«

Übelkeit stieg in Yasin auf. »Das ist Vergangenheit! Ebenso wie all das, was umgekehrt Türken Griechen angetan haben.« Angewidert ließ er den Kerl einfach stehen und ging zurück zum Festplatz.

»Ich warne dich, mein Freund!«, rief der andere ihm nach. »Ein Sturm zieht auf. Und er wird größer sein, als du es dir vorstellen kannst. Du solltest dich rechtzeitig für eine Seite entscheiden. Und zwar für die richtige.«

Er hörte Malik beschwichtigend auf seinen Cousin einreden, bevor er Yasin nachlief und ihn am Arm zurückhielt. »Was sollte das gerade eben?«

»Seine Einstellung gefällt mir nicht.«

»Das ist Familie, hast du das vergessen? Und überdies sind es potenzielle Geschäftspartner. Willst du die etwa vergraulen?«

»Ganz ehrlich? Ja! Lieber mache ich gar keine Geschäfte als welche mit denen.«

»Und genau deshalb habe ich die Sache mit der Töpferei in die Hand genommen! Du weißt einfach nicht, worauf es ankommt im Leben.«

Das saß. Erst sein Vater, jetzt sein Schwager. Lag er wirklich so falsch mit dem, was ihm wichtig war? Schweigend sah Yasin ihn an, und schließlich war es Malik, der den Blick abwandte. »Entschuldige, das hätte ich nicht sagen sollen. Du verstehst doch, wie ich das meine. Du hast doch selbst immer wieder gesagt, dass du kein Interesse an der Arbeit deines Vaters hast. Aber solltest du deine Meinung geändert haben, würde ich mich natürlich freuen. Also … tut mir leid.«

»Ist schon gut.« Er wusste, dass Malik es nicht böse meinte. Elifs Mann war ein gutherziger, weicher Mensch. Vielleicht zu weich und zu gutherzig, denn er versuchte stets, es allen recht zu machen. Und war dadurch leider auch leicht beeinflussbar. »Im Moment weiß ich selbst nicht, wie meine Zukunft aussieht.«

Eine Zukunft ohne Samira. Er konnte sich kein Leben ohne sie vorstellen. Ohne sie war da nur tonlose Schwärze.

Erleichtert fasste Malik ihn um die Schultern. »Na also, vergessen wir das Ganze, ja? Heute ist meine Hochzeit, wir sollten uns nicht streiten, sondern feiern!« Schon zog er ihn mit sich aus dem Schatten der Gasse hinaus in die gleißende Helligkeit des Dorfplatzes.

Yasin beschattete seine Augen mit der Hand.

Überall zitterten bunte Fächer wie nervöse Pfauen, die ihre Schwanzfedern spreizten. Einer davon schoss plötzlich nach oben, als die Besitzerin die Hand winkend über die Köpfe der anderen reckte, und näherte sich so schnell und zielgerichtet wie eine Haifischflosse.

»Sieh mal an, Nikoletta hat dich im Visier«, stellte Malik gut gelaunt fest, und Yasins Magen verkrampfte sich. Noch eine Frau, der er aus dem Weg zu gehen versuchte, wenn auch aus gegenteiligen Gründen.

»Sie hat schon lange eine Schwäche für dich, das weißt du doch. Lass dir diese Gelegenheit, ein bisschen Spaß zu haben, nicht entgehen. Dafür sind griechische Mädchen gut genug. Nur auf etwas Ernstes darfst du dich mit denen nicht einlassen, aber das weißt du ja.« Gutmütig klopfte er Yasin auf die Schulter.

Yasin hatte plötzlich das Bedürfnis, nicht nur zu Nikoletta, sondern auch zu seinem Schwager Abstand zu gewinnen. »Ich will dich nicht länger aufhalten, Elif sucht dich sicher schon«, sagte er verkniffen und suchte das Weite.

Während er sich zwischen den Feiernden hindurchschob, versuchte er sich einzureden, dass Malik seine dreiste Bemerkung nicht so abwertend gemeint hatte, wie sie rüberkam, wusste jedoch selbst, dass der Genuss von Alkohol die Menschen in der Regel offener reden ließ, als sie es normalerweise täten.

Plötzlich jedoch wurde Malik gänzlich unwichtig, denn Yasin hatte Samira entdeckt, und für einen Moment hörte sein Herz auf zu schlagen.

Sie saß neben Dimitrios. Viel zu nah, wie Yasin befand. Ihm drehte sich der Magen um, als Dimi jetzt auch noch seinen Arm um sie legte.

Samira lächelte, und dass dieses Lächeln einem anderen galt, brachte Yasin fast um den Verstand. Das Monster Eifersucht schlug seine Krallen in Yasins Herz. Er konnte den Anblick, der sich ihm bot, nicht ertragen und musste doch hinsehen. Die Luft schien mit einem Mal zu glühen wie Lava und drohte mit jedem Atemzug sein Inneres zu verbrennen. Nur am Rande nahm er wahr, dass Malik ihm mit irgendeinem Spruch lachend auf die Schulter klopfte, bevor er zu seiner Braut lief. Yasin konnte seine Augen einfach nicht von Samira nehmen. Von ihrem Haar, ihren Lippen. Allein schon die sanfte Wölbung ihres Handgelenks hätte ihn ganze Oden verfassen lassen können, geschweige denn das Funkeln ihrer Augen. Und in ihrer Gesamtheit war sie zu wundervoll für alle Worte dieser Welt.

»Starr sie nicht so an!«

Yasin fuhr zusammen. Sein Vater war unbemerkt neben ihn getreten.

»Wen?« Mühsam wahrte Yasin eine reglose Miene.

»Das weißt du genau.« Sein alter Herr senkte die Stimme, was ihn aber nicht minder verärgert klingen ließ. »Ich dachte, ich hätte mich klar genug ausgedrückt. Anastasios ist mein bester Freund. Ich werde nicht zulassen, dass du die Ehre seiner Tochter aufs Spiel setzt.«

»Das würde ich niemals tun!«

»Dann unterlasse das hier in Zukunft!« Mustafa griff in seine Westentasche, holte ein halb verkohltes Blatt Papier hervor und drückte es seinem Sohn wütend in die Hand.

Yasin wurde bleich. Es war eines der Blätter von heute Nacht. Es musste bei seinem Versuch, die Gedichte doch zu retten, in einer dunklen Ecke gelandet sein, und er hatte es übersehen. Hätte er sie doch nur alle gänzlich dem Feuer überlassen!

»Es brodelt da draußen, Yasin. Dass wir damals vor zehn Jahren in unserem Dorf von den blutigen Weihnachten verschont geblieben sind, heißt nicht, dass die Menschen die Konflikte zwischen Griechen und Türken vergessen hätten.«

»Menschen können vergeben.«

»Aber nicht alles.« Mustafa seufzte schwer.

»Dennoch seid ihr beste Freunde, du und Anastasios.«

»Und das ist etwas Wunderbares. Einmaliges. Aber wir sind nur zwei von Millionen.«

»Es braucht immer jemanden, der den Anfang macht.«

»Eine Freundschaft unter Männern oder unter Frauen ist das eine. Gefühle zwischen den Geschlechtern hingegen … Nein!« Er schüttelte unwillig den Kopf. »Ich hätte dem viel früher einen Riegel vorschieben sollen. Ihr seid keine Kinder mehr, könnt nicht tun, als würden für euch die Regeln von Sitte und Anstand nicht gelten oder … als gäbe es keine Vergangenheit. Du wirst weder Samiras Namen noch das Glück deiner Schwester aufs Spiel setzen, hast du mich verstanden?«

Yasin presste die Lippen zusammen, nickte knapp.

Mustafa sah ihn lange scharf an, und der Griff um sein Handgelenk wurde fester. »Oder hast du vergessen, was ich dir gesagt habe? Was Anastasios mir anvertraut hat?«

Mit einem Ruck zog Yasin seinen Arm zu sich. »Glaub mir«, stieß er tonlos hervor, fühlte sich wie betäubt vor Verzweiflung. »Das zu vergessen ist unmöglich.«

Kapitel 4

Mit nur einem Arm zu leben ist möglich.
Oder mit nur einer Niere.
Aber mit nur einem halben Herzen?

Heute

Dank dem zittrigen alten Mann habe ich die Taverne wenig später tatsächlich wiedergefunden, sehe sie zum ersten Mal bei Tageslicht von der Vorderseite und stoße hier auf eine steingeflieste Terrasse unter einer Pergola. Sie ist von verholzten Weinreben überwuchert, aus denen junge Triebe mit zarten hellgrünen Blättern sprießen, die die mitgenommen aussehenden Holzstühle und -tische in ein wundervolles Mosaik aus Licht und Schatten tauchen.

Einige ältere Dorfbewohner sitzen hier. Sie nippen genüsslich an ihrem Kaffee und streiten sich über die Tische hinweg lautstark mit einem Lächeln im Gesicht. Moment. Irgendwie passt das nicht zusammen.

Verwirrt höre ich genauer hin. Aus dem dialektgefärbten Brei formieren sich Worte, und mir wird klar, dass hier keine

Morddrohungen gegeneinander ausgestoßen, sondern begeistert Kochrezepte ausgetauscht werden.

Ein paar der Dörfler haben ihre Stühle um zwei Kisten voller purpurfarbener Kaktusfrüchte herum zusammengerückt. Sie tragen Handschuhe und befreien die Früchte mit Messern von ihrer stacheligen Schale. Auch hier scheint das Motto zu sein: immer mit Ruhe und Gelassenheit arbeiten, dafür aber umso lauter reden.

Von Alec ist nichts zu sehen. Zum Glück. Aber auch nichts von Colleen.

Die Tür der Gaststätte steht offen, aus einem Radio erklingt beruhigende Gitarrenmusik.

Neugierige Blicke streifen mich, als ich vorsichtig ins schattige Innere der Taverne spähe. Ich ignoriere sie, hoffe stattdessen, mir meine Freundin schnappen, die Übernachtung bezahlen und diesen Ort verlassen zu können, ohne diesem Alec noch einmal zu begegnen.

»Huhu, hier drüben!«, flötet Colleen, und als ich mich umdrehe, entdecke ich sie am anderen Ende der Terrasse. Sie lugt hinter einem mit pinkfarbenen Bougainvilleen berankten Spalier hervor, das ich bislang noch nicht wahrgenommen habe.

Colleen hat ihre knappen Shorts und das Top gegen noch freizügigere Klamotten getauscht. Große Creolen und sogar ein glitzerndes Fußkettchen komplettieren ihren Look. Ich dagegen trage nur meine Armbanduhr, den Reif habe ich auf dem Nachttischchen vergessen. Ohrringe und Ketten kommen bei mir nicht infrage, schließlich will ich den Blick nicht unnötig auf die Bereiche lenken, die ich permanent zu verbergen versuche, weil sie so abstoßend aussehen.

»Der Kaffee hier ist der Wahnsinn!«, ruft sie. »Den musst du probieren!«

»Ja, ist ja gut, nicht so laut.« Ich haste zu ihr, bevor sie noch diesen Alec auf den Plan ruft. Sicher treibt der sich hier doch noch irgendwo rum.

Fünf Schritte später stelle ich fest, dass ich mir die Eile hätte sparen können, denn er sitzt neben ihr und grinst mich an. *»Kaliméra.«*

Schlagartig flutet mich Verlegenheit.

»Ach, und weißt du was?«, ruft Colleen begeistert. »Alec spricht Englisch! Ist das nicht toll?«

»Was du nicht sagst.« Meine Scham wird jäh von massivem Ärger vertrieben. »Du!«, stoße ich aus, und wütend sticht mein Zeigefinger durch die Luft auf ihn zu. »Was fällt dir ein? Du hättest ja ruhig mal diese winzige Kleinigkeit erwähnen können, dass du uns verstehst!«

»Ich wollte euch nicht in Verlegenheit bringen.«

»Bitte? Soll das ein Witz sein? Wie kann man nur …«

»Äh … Tina …«, fällt mir Colleen ins Wort, doch ich ignoriere sie.

»… dermaßen unverschämt sein und …«

Colleen räuspert sich. »Tina, hier …«

»… heimlich unsere Gespräche mit anhören und sich überdies auf unsere Kosten amüsieren? Das ist abartig und widerlich und gemein und hinterlistig und …«

»Tina!«

Ihre Hartnäckigkeit lässt mich entnervt innehalten. »Was ist denn?«

»Hier spricht jeder Englisch.«

Wie bitte?

Tatsächlich ist es erstaunlich still um uns her geworden, wie mir jetzt auffällt. Ich bin der Mittelpunkt der Aufmerksamkeit. Ganz toll. Vom Nachbartisch erhebt sich eine Frau um die sechzig. »Herzlich willkommen in meiner Taverne«, sagt sie. Auf Englisch. »Du bist dann wohl die zweite der beiden … äh …

liebenswürdigen jungen Damen, von denen mein Sohn uns erzählt hat.«

Das ist seine Mutter? Dann war die Frau von heute Morgen wohl eine Mitarbeiterin. Alecs Mutter nach ihr zu fragen, habe ich in diesem Moment allerdings wenig Lust, denn meine Verblüffung wird recht schnell von der Erkenntnis verdrängt, dass ihr das *liebenswürdig* sichtlich schwer über die Lippen kam.

Augenblicklich verraucht mein Ärger, bade ich in glühend heißer Scham. »Haben Sie vielen Dank, dass wir hier übernachten durften«, stottere ich.

»Nichts zu danken«, erwidert sie, sieht mich aber immer noch zweifelnd an. »Kaffee?«

»Ja, bitte«, flüstere ich matt, aber mit hochrotem Gesicht und versuche zu lächeln. Ihrem irritierten Gesichtsausdruck nach zu urteilen, gelingt es mir nicht.

Kopfschüttelnd geht sie ins Haus. Colleen zieht mich auf den Stuhl neben sich. Ich bin zu geschockt, um mich dagegen zu sträuben. »*Alle* sprechen Englisch?«, hake ich ungläubig nach. »Auch die ganzen alten Leute hier?«

»Alle«, bestätigt Colleen. »Immerhin hat Britannien Zypern vor einem Jahrhundert oder so annektiert und es lange Zeit als Kronkolonie regiert.«

Perplex starre ich sie an.

Sie deutet mit dem Daumen auf Alec. »Hat er mir gerade erzählt.«

»Ach!« Ich habe Mühe, an mich zu halten.

»Ja. Äh. Und ich muss mal dringend aufs Klo.« Schon ist sie verschwunden, meinen Wutausbruch vorausahnend.

Mein Kopf ruckt zu Alec herum, in seinen Augen funkelt es.

»Findest du das alles etwa lustig?«, explodiere ich. Ärger ist gut. Ärger ist besser als diese hochgradige Verlegenheit, die anscheinend wie Pech an mir haftet, seit ich ihn das erste Mal gesehen habe.

»Hör mal«, versucht er mich zu beschwichtigen. »Was ich vorhin gesagt habe, meine ich ernst. Es war wirklich nicht meine Absicht, dich vorzuführen. Es war einfach nur so, dass ich am Kofferband unabsichtlich eure etwas … äh … intime Unterhaltung mitbekommen habe. Ich wollte dir die Erkenntnis ersparen, dass ich jedes Wort verstanden habe, weil es dir sicher unangenehm gewesen wäre. Und da ich dachte, dass wir uns ohnehin nicht mehr über den Weg laufen würden, habe ich den Mund gehalten. Leider ging der Schuss irgendwie nach hinten los, weil ich den Zeitpunkt verpasst habe, es klarzumachen, und ihr, nun ja, immer mehr Dinge gesagt habt, die wohl nicht für mich bestimmt waren, wie zum Beispiel …«

»Ich war zufälligerweise dabei!«, unterbreche ich ihn angesäuert. »Du musst nicht ins Detail gehen!«

»Schade, denn gerade die Details haben mir ausnehmend gut gefallen.« Er grinst schon wieder oder immer noch.

»Mir aber nicht!«

»Da hatte ich aber einen anderen Eindruck.« Er lehnt sich zurück, die Arme lässig hinter dem Kopf verschränkt. »Immerhin hat noch nie jemand derart deutlich meinen tollen Körper gelobt.«

Obwohl ich weiß, dass er mich ärgern will, kann ich nicht verhindern, dass mir abermals das Blut in die Wangen schießt. Arroganter Idiot! »Bilde dir nichts drauf ein. Ich habe einen nachweislich schlechten Geschmack.«

»Überhaupt nicht – wie gesagt: Ich mag deine Unterwäsche.«

»Ich meinte, in Sachen Männer! Und meine Unterwäsche wird gefälligst nicht mehr erwähnt!«

»Alles klar, tut mir leid.« Er macht ein zutiefst zerknirschtes Gesicht, doch nur einen Atemzug später blitzen mich seine Augen wieder jungenhaft verschmitzt an. Es macht ihm sichtlich Spaß, mich aufzuziehen. Ich weiß nicht, was ich davon halten soll.

»Langer Rede kurzer Sinn«, fährt er fort, »es tut mir wirklich leid, dass wir einen etwas holprigen Start hatten.« Wie zur Versöhnung streckt er mir die Hand entgegen.

Misstrauisch mustere ich ihn, kaue auf meiner Lippe, reiche ihm dann aber widerstrebend die Hand. Seine Haut ist warm und trocken, sein Händedruck weder zu fest noch zu lasch, sondern viel zu angenehm. Das Kribbeln, das ich plötzlich in meiner Magengrube empfinde, hat jedoch selbstverständlich nur etwas damit zu tun, dass ich Hunger habe.

»Ich hoffe, du meinst es ernst«, betone ich – mehr, um mich selbst daran zu erinnern, dass er trotz seines so sympathisch wirkenden Lächelns und seines ansprechenden Äußeren ein eingebildeter, unverschämter und oberflächlicher Blödmann ist. »Denn wenn nicht …« Ich kneife meine Augen zu schmalen Schlitzen zusammen. »Nimm dich bloß in Acht vor mir!«

Ein Räuspern lässt mich zusammenfahren. »Der Kaffee.«

Unbemerkt ist Alecs Mutter neben mich getreten und hat eine Tasse vor mir auf dem Holztisch abgestellt. Ihrem Gesichtsausdruck nach zu urteilen, scheint sie ebenfalls der Ansicht zu sein, ihr Sohn müsse sich vor mir in Acht nehmen.

»Danke.« Hastig versuche ich meine Befangenheit in einem Schluck zu ertränken, verbrühe mir dabei die Zunge und keuche ein verzweifeltes »Schmeckt großartig« aus.

»Möchtest du denn auch etwas essen?«, fragt sie skeptisch.

»Nein danke«, nuschele ich, während ich mich frage, ob ich jemals wieder Gefühl in meinem Mund haben werde. Dann beschließe ich, selbigen ab jetzt zu halten, um nicht in weitere Fettnäpfchen zu treten.

»Aber du musst doch am Verhungern sein!«, ruft Colleen, die natürlich den unpassendsten Moment gefunden hat, um wiederaufzutauchen.

Sofort wird die Atmosphäre um mich herum merklich frostiger, und die Gesichter der übrigen Gäste zeigen abweisende Züge. Ich bedenke Colleen mit meinem bösesten Blick, den sie leider nicht einmal mitbekommt, weil ihre Augen an Alec kleben, und beeile mich, den Anschein zu korrigieren, ich würde die hiesige Gastfreundschaft verschmähen. »Natürlich würde ich wahnsinnig gern all die Köstlichkeiten probieren, ich … äh … hatte nur Angst, dass wir den nächsten Bus nach Ayia Napa verpassen.«

Colleen winkt ab. »Mach dir darüber keine Sorgen«, verkündet sie fröhlich, »Alec fährt uns.«

Ich kann mich gerade noch zurückhalten, erneut entsetzt »Nein danke!« zu rufen, würde aber eher einen Fußmarsch in Betracht ziehen, als noch einmal in seinen Wagen zu steigen. Stattdessen versuche ich es auf diplomatischerem Weg: »Das können wir nicht in Anspruch nehmen, er muss doch bestimmt zur Arbeit.«

»Das stimmt«, erklärt er. »Ich habe mir heute Vormittag freigenommen, weil ich gestern so lang gearbeitet habe, aber demnächst muss ich los, und Ayia Napa liegt ohnehin auf meinem Weg.«

»Wie das? Der Flughafen befindet sich doch … Ach so, du putzt auch in Hotels?«

Seiner Mutter entgleisen die Gesichtszüge, und auch er sieht so merkwürdig drein, dass ich mich frage, ob ich nach so viel Griechisch plötzlich des Englischen nicht mehr mächtig bin.

»Wieso soll Alec ein Hotel putzen?«, hakt seine Mutter irritiert nach.

»Ist das denn nicht sein Job?«, frage ich vorsichtig.

Alecs Mutter guckt mich an, als hätte ich nicht alle Tassen im Schrank.

»Nun ja.« Alecs warme und viel zu wohltönende Stimme klingt amüsiert. »Ich gestehe, dass mein Doktorengehalt stark zu wünschen übrig lässt, aber irgendwie komme ich dann doch über die Runden, ohne nebenher putzen gehen zu müssen. Nicht dass es andersrum schlimm wäre. Immerhin wäre das auch ein ehrenwerter Beruf.«

Doktor? Ich verschlucke mich fast. »Aber … aber … Wischmopp und Eimer am Flughafen waren doch …« Ich halte inne. Oh. Verdammt. »Du standest nur zufällig daneben.«

»Soll vorkommen.« Er grinst.

Idiot! »Aber der Overall?«, greife ich nach dem letzten Strohhalm.

»Gehört tatsächlich zu meinem Job.«

»Als Arzt? Willst du mich veralbern?«

»Ich bin nicht Doktor der Medizin, sondern der Anthropologie, der forensischen Anthropologie, um genau zu sein.«

»Ah«, murmele ich mit schwacher Stimme und komme mir total dämlich vor. Irgendwie ein Dauerzustand in seiner Nähe. Mein Ärger wächst. Auf mich. Aber auch auf ihn, denn ohne ihn hätte ich mich schließlich gar nicht erst blamiert.

»Forensik?«, säuselt Colleen bewundernd. »Wie in *CSI* und *Bones* und so?«

»So ähnlich«, bestätigt Alec schmunzelnd und tippt auf seine Armbanduhr. »Esst jetzt aber etwas. Es wird bald Zeit, dass wir aufbrechen.«

»Bleibt sitzen, ich hole euch eine Kleinigkeit!«, ruft seine Mutter und ist schon auf dem Weg hinein.

Ich ergebe mich meinem Schicksal und muss mir kurz darauf eingestehen, dass es wirklich Schlimmeres gibt als Teller, die vor Delikatessen überquellen. Von Salat über Gemüse, gegrillten Halloumi-Käse und Olivenpüree bis hin zu Fleischbällchen ist alles dabei.

»Das ist aber alles andere als eine Kleinigkeit«, murmele ich mit großen Augen.

»Das sind *mezés*«, erklärt Alec. »Bei üppigen Essen werden über zwanzig Gänge serviert.«

»Da kommt noch mehr?«, krächze ich.

Er grinst. »Der letzte Gang vor der süßen Nachspeise ist traditionell Lamm.«

Und als wäre das nicht genug, steht eine der Frauen aus der Sitzgruppe plötzlich neben uns und reicht uns eine Schüssel geschälter Kaktusfeigen. »Probiert die hier, die sind aus meinem Garten.«

»Vielen Dank«, stottere ich, überrumpelt von ihrer Herzlichkeit.

»Kopiáste!«, ruft plötzlich einer aus der Feigenrunde, was so viel bedeutet wie »Seid herzlich willkommen«. Die anderen stimmen mit einem fröhlichen *»Kátse!«* ein.

»Wo denn?«, fragt Colleen verwirrt. »Ich sehe sie nicht.«

»Wen?«

»Na, die Katze.«

Alec und ich sehen uns verdutzt an und müssen beide lachen. Ein merkwürdiger Moment der Gemeinsamkeit.

Colleen guckt angefressen zwischen uns hin und her, fühlt sich offenbar ausgeschlossen. »Was ist daran so komisch?«

»*Kátse* bedeutet ›Kommt, setzt euch zu uns‹«, erklärt Alec und steht auf, um genau das zu tun.

»Aber nur, wenn alle beim Essen mithelfen«, sage ich vorsichtig und registriere erleichtert allseitig zufriedenes Nicken.

Colleen sieht unschlüssig aus. Ich nehme sie an der Hand. »Tut mir leid, dass ich gelacht habe, es war wirklich nicht böse gemeint.«

Sie zögert noch einen Moment, nickt dann aber. »Ja, ich weiß … na gut.«

Also tragen wir sämtliche Teller und unser eigenes Gedeck hinüber.

Kaum haben wir uns niedergelassen, hält mir schon die nächste Dame einen Teller ihrer eigenen Essensbestellung unter die Nase, dessen Inhalt sich als in Zuckersirup eingelegtes Obst herausstellt. So unfassbar süß, dass ich den Bissen kaum hinunterkriege und dankbar nach dem Glas Wasser greife, das mir Alec mit wissendem Schmunzeln hinhält.

»Was tust du denn da?«, ruft ein alter Herr kopfschüttelnd, schiebt seinen Stuhl zurück und schenkt mir, kaum dass ich ausgetrunken habe, aus der vor ihm stehenden Flasche ein. »Runterspülen müsst ihr mit zyprischem Wasser! Und das in dieser Taverne hier ist das beste weit und breit.«

Schon stößt er mit seinem eigenen Gläschen und einem lautstarken *»Stin ygeiá mas!«* mit mir an. Das bedeutet, wenn ich richtigliege, so viel wie »Auf unser Wohl!«.

Besagtes Wasser riecht nach starkem Schnaps. Um nicht schon wieder die Leute zu kränken, nehme ich einen Schluck – und ringe sofort hustend nach Atem, denn das Zeug hat sich als mehr als nur hochprozentig herausgestellt.

Alec beugt sich vor und klopft mir lachend auf den Rücken, was mir unangebrachterweise wohlige Schauer über selbigen laufen lässt, die bis in meinen Magen hinein verräterisch kribbeln.

Der alte Mann strahlt mich an. »Gut, nicht wahr?«

Für einen irrwitzigen Moment glaube ich, er meint Alecs Nähe, dann funktioniert mein vorübergehend etwas vernebelter Verstand wieder. Ich nicke hilflos und krächze an Alec gewandt: »Du hättest mich ruhig warnen können.«

»Noch mehr?«, fragt der offenbar schwerhörige Alte begeistert.

Ich sehe entsetzt auf.

»Nein danke, Panagiotis, das reicht«, eilt mir Alec zu Hilfe. »Du kannst sie doch nicht schon zur Mittagszeit betrunken machen.«

»Davon wird man doch nicht betrunken! Außerdem wird er aus Kräutern hergestellt, ist also gesund.« Grummelnd schenkt der Alte sich selbst nach, kippt den Inhalt seines Glases auf einen Satz hinunter und erhebt sich. »Dann bis morgen. Die Pflicht ruft.« Er nickt grüßend in die Runde und macht sich auf den Weg zu seinem Fahrrad.

»Will er wirklich in dem Zustand zur Arbeit?«, wende ich mich besorgt an Alec. »Aber hoffentlich nicht mit dem Rad!«

»Ist er gewohnt, und Verkehr gibt's hier zum Glück nicht.«

»Und wenn die Polizei ihn erwischt?«

»Er ist die Polizei«, gibt Alec belustigt zurück. »Beziehungweise war es. Er ist mittlerweile im Ruhestand. Sein Sohn Kostas hat seine Nachfolge angetreten, aber Panagiotis mischt sich trotzdem überall ein, wo es ihm passt.«

Fassungslos sehe ich dem Alten nach, der soeben fröhlich auf seinen Drahtesel steigt.

Als ich mich wieder der Tischrunde zuwende, starrt zu meiner Verwunderung eine der Frauen so konzentriert in ihre Kaffeetasse, dass ich mich frage, was sie darin sucht.

»Was tut sie da?«, frage ich Alec.

»Sie liest aus dem Kaffeesatz.«

»Die Zukunft?« Colleen sitzt plötzlich kerzengerade.

»Ja. Manchmal auch aus Karten. Oder aus der Hand. Aber am liebsten aus dem Kaffeesatz. So hat sie Argirios zu seiner Frau verholfen.«

»Im Ernst?« Schon hält Colleen der Frau ihre eigene Tasse hin. »Können Sie auch meine Zukunft lesen? Bitte!«

Ich traue meinen Ohren nicht, stupse sie unauffällig an und sage leise: »Du weißt aber schon, dass diese Wahrsager dir immer genau das verkünden, was du hören willst, und dir einen Prinzen auf dem weißen Pferd versprechen.«

Colleen lacht. »Na, umso besser!«

Die Frau klatscht in die Hände, reibt sie und begutachtet konzentriert den Inhalt der Tasse. Die Augen halb zusammengekniffen, behauptet sie nun in gebrochenem Englisch, einen dunkelhaarigen Mann zu sehen.

Ich bin kurz davor, sie zu fragen, ob man denn im schwarzen Kaffeesatz auch einen blonden Mann sehen könne. Vorsichtig beuge ich mich zu Alec rüber. »Wie hat sie diesem Argirios zu seiner Frau verholfen?«

»Sie hat ihm prophezeit, seine Zukünftige würde ihm am nächsten Montag unter einem Feigenbaum begegnen.«

Ich ziehe eine Augenbraue hoch. »Wie viele Feigenbäume gibt es hier doch gleich?«

Alec grinst.

Mit jedem Wort, das die Frau von sich gibt, wird Colleens Gesicht fröhlicher. Sie fasst nach meinem Arm. »Ein Dunkelhaariger mit einem Boot wartet auf mich! Ich wusste doch, dass es eine gute Idee war, nach Zypern zu fliegen!«, verkündet sie schließlich.

Ich verdrehe nur die Augen.

Plötzlich jedoch deutet die alte Frau mit ihrem Wurstfinger auf meine Tasse, und ich verschlucke mich fast an meinem Kaffee.

»Nein, nein«, wehre ich ab. »Ich habe noch gar nicht ausgetrunken, und ich muss auch wirklich nichts über die Zukunft wissen.« Aufseufzend ergänze ich leise: »Was ich bräuchte, wäre die Vergangenheit.«

Alec legt den Kopf schief. »Die Vergangenheit wiederum erkennt sie manchmal erstaunlich gut.«

Ich bin mir nicht sicher, ob er das ernst meint oder mich nur hochnimmt, zum Glück unterbricht seine Mutter das

Gespräch. Weniger glücklich bin ich über den Grund, denn sie lädt noch mehr Gerichte vor uns ab.

Ich bin leicht verzweifelt. Sowohl im Hinblick auf meinen Magen als auch auf mein Portemonnaie. Ich habe nur wenig Bargeld dabei und glaube nicht, dass man in solch einem Dorf mit Karte zahlen kann. »Gibt es irgendwo die Möglichkeit, Geld abzuheben?«

»Nein, aber das braucht ihr auch nicht. Ich habe euch eingeladen.«

»Was? Wieso? Nein, das kommt gar nicht infrage!« Doch ganz gleich, wie sehr ich protestiere, mit einem »Zyprische Gastfreundschaft« wischt Alec alle Argumente lächelnd beiseite. »Ihr solltet euch dran gewöhnen.«

Ich will sein Lächeln nicht angenehm finden, aber es fällt mir schwer, weiterhin sauer zu sein, wenn der Mund voller kandierter Früchte ist, die Sonne vom wolkenlosen Himmel strahlt und eine milde Brise den Duft der blühenden Zitronenbäume heranträgt.

Als wir schließlich aufbrechen wollen, findet das in einem Durcheinander überschwänglicher – und teilweise etwas alkoholisierter – Umarmungen statt. Ich habe mich lange nicht so unbeschwert und gelöst gefühlt.

Wir wurden mit so vielen Anekdoten überschüttet, dass es mir tatsächlich so vorkommt, als würde ich diese Leute alle schon lange kennen. Jeder schien es als seine persönliche Verantwortung anzusehen, dass wir uns wohlfühlten.

Ich bin nicht nur sicher, für den Rest der Woche nichts mehr essen zu können, sondern auch richtig traurig, diese herzlichen Menschen verlassen zu müssen. Sogar an die Lautstärke, in der hier gesprochen wird, gewöhne ich mich langsam, sodass eine harmlose Frage nach dem Zucker in meinen Ohren nicht mehr wie eine Aufforderung zum Duell klingt.

»Was ist denn dort los?«, fragt Colleen plötzlich erstaunt und deutet auf den Parkplatz, auf dem inzwischen zahlreiche Vans im Sonnenlicht gleißen. Klappbänke und Klappstühle werden zu den Autos getragen und eingeladen.

»Das Wochenende liegt hinter uns.«

»Und das bedeutet?«

»Es fanden Hochzeiten statt.«

»Das hört sich ja an, als sei das jedes Wochenende so.«

»Ist es auch quasi. Hier auf Zypern haben wir eigentlich fünf Jahreszeiten. Die fünfte ist die Zeit der Eheschließungen. Sie beginnt in der Regel nach Ostern und geht bis Ende September. In dieser Zeit kann es schon mal anstrengend werden, wenn man an einem Wochenende im wahrsten Sinne des Wortes auf vier oder fünf Hochzeiten tanzen muss.«

Ich staune nicht schlecht über die Anzahl der Tische und Bänke, die durch die Gassen getragen werden. »Wie viele Gäste sind denn da so geladen?«

»Bei einer anständigen Feier zwischen eintausend und dreitausend. Da kann das Hochzeitspaar schon mal stundenlang vor einer langen Menschenschlange stehen, um alle Glückwünsche entgegenzunehmen.«

Mir verschlägt es die Sprache, Colleen schüttelt ungläubig den Kopf. »Du veräppelst uns doch.«

Er lacht. »Das würde ich nie wagen. Zu einer Hochzeit werden schließlich nicht nur Verwandte und Bekannte und deren Verwandte und Bekannte eingeladen, sondern schlichtweg alle Dorfbewohner. Die umliegenden Dörfer meist ebenfalls, und sei der Gast auch nur der Zahnarzt des Freundes der Tante des Cousins zweiten Grades. Ebenso Fremde, die sich rein zufällig gerade im Dorf aufhalten. Je mehr Feiernde, umso gelungener ist das Fest. Es ist der Tag, auf den Familien quasi seit der

Geburt des Kindes gewartet und für den sie mindestens so lange auch gespart haben, jedenfalls, wenn das Kind ein Mädchen ist. In der Regel muss nämlich die Familie der Braut das Fest ausrichten. Aber keine Sorge: Die eigentliche Trauung findet im kleinen Rahmen statt.«

»Ach du Schande!«, stößt Colleen aus, während ich nur staunen kann.

Alec grinst. »Zyprische Gastfreundschaft eben. Sagte ich bereits, oder?«

»Und dann wird da Sirtaki getanzt?«, frage ich.

»Sirtaki?« Er lacht. »Und du willst eine Griechin sein?«

Ich runzele die Stirn. »Was meinst du damit?«

Er schüttelt den Kopf. »Du hast ja wirklich keine Ahnung.«

»Ach ja?« Wütend kneife ich die Augen zu schmalen Schlitzen zusammen. »Dann klär mich doch bitte mal auf!«

»Sirtaki ist gar kein echter griechischer Tanz im eigentlichen Sinne. Er wurde nur für den Film *Alexis Sorbas* erfunden und wird hauptsächlich für Touristen gespielt.«

Oh, das wusste ich tatsächlich nicht. »Besserwisser!«, grolle ich.

Um seine Mundwinkel herum zuckt es belustigt, und schon wieder spielen meine Gefühle verrückt, flattert mein Magen, während mich gleichzeitig eine unbändige Verärgerung überfällt.

»Musst du noch etwas holen?«, fragt Colleen Alec, als wir uns endlich von allen verabschiedet haben.

»Nein, ich habe alles im Auto. Inklusive Overall und Gummistiefeln, die trage ich nämlich nicht immer.« Er zwinkert mir zu. »Ich musste gestern spontan einspringen, um einen Kollegen vom Flughafen abzuholen, doch der hat seinen Flug verpasst, was mir allerdings zu spät mitgeteilt wurde. Zuvor hatten wir draußen bis spät in die Nacht bei einer Ausgrabung zu tun, die unbedingt beendet werden musste, weil der

Brunnenschacht einzustürzen drohte, daher noch die entsprechende Arbeitskleidung.«

Ausgrabungen? Brunnen? Muss ich ihn nun bei der Polizei oder der Archäologie einordnen? »Wo genau arbeitest du denn?«

»Beim CMP.«

»Was ist das?«, hake ich verwirrt nach.

»Das CMP ist die …«

»Alec«, unterbricht ihn seine Mutter in eindringlichem Tonfall. Die Gespräche verstummen, bis es um uns her absolut still ist. Irritiert sehe ich mich um. Erneut sind alle Blicke auf uns gerichtet. Die gelöste Atmosphäre auf der Terrasse ist binnen Sekunden in Anspannung umgeschlagen.

Alec holt Luft, als wolle er etwas sagen.

»Nicht jetzt«, legt seine Mutter nach, klingt fast flehend. »Nicht hier.« Sie nickt mit dem Kinn zur Tavernentür hinüber. Dort steht im Schatten eine Gestalt, die Arme um ihren Oberkörper geschlungen, als sei ihr kalt. Sie schaut verloren in die Ferne.

»Das ist die Frau mit den Tonschalen«, stelle ich aufgeregt fest. »Ich dachte erst, *sie* wäre deine Mutter.«

Alec schüttelt den Kopf. »Nein, sie ist eine Nachbarin, die ab und zu hier aushilft.«

Die Frau sieht sich um, als müsse sie sich ins Gedächtnis rufen, wo sie ist, und zuckt zusammen, als sie mich erblickt.

»Es tut mir leid, dass ich Sie heute Morgen erschreckt habe«, unternehme ich einen neuen Versuch der Entschuldigung.

Sie starrt mich noch immer mit aufgerissenen Augen an, nickt zaghaft und huscht in das Innere des Cafés zurück.

»Meinst du, sie hat mich verstanden?«, frage ich Alec verwirrt. »Sie hat nicht geantwortet.«

»Sie spricht nicht«, antwortet an seiner Stelle seine Mutter.

»Sie ist stumm?« Colleen sieht bestürzt der verhuschten Gestalt nach.

Alec schüttelt den Kopf. »Nein, sie spricht nur nicht. Oder, besser gesagt, nur äußerst selten.«

»Das ist ganz schön schräg«, befindet Colleen.

»Nein«, sage ich leise. »Das ist traurig.« Menschen, die nicht sprechen. Menschen, die nicht lachen. Bedrückt folgt mein Blick einem über die Terrasse huschenden Gecko. Ob es der von vorhin ist? Sicher nicht.

Ein Kribbeln in meinem Nacken lässt mich aufsehen. Alec mustert mich, und das so intensiv, dass mein Mund ganz trocken wird. Hastig wende ich mich wieder seiner Mutter zu. »Ich werde für den Schaden natürlich aufkommen.«

»Unfug.« Alecs Mutter winkt ab, sichtlich erleichtert über den Themenwechsel. »Die Schüsseln waren uralt und voller Sprünge und Macken. Ein Wunder, dass die nicht schon vom Angucken auseinandergefallen sind. Und jetzt kein Wort mehr darüber.«

Nach einigem Hin und Her gebe ich mich widerstrebend geschlagen.

Kirchenglocken ertönen, erinnern mich an eine ganz andere Frage.

»Was ist eigentlich mit der Kirche passiert?«, erkundige ich mich.

»Wie meinst du das?«

»Nicht die, die jetzt läutet. Ich meine die auf dem Hügel. Die Ruine dieser Kirche oder Kapelle. Was ist damit passiert, was ist ihre Geschichte? Ich wollte einen Mann fragen, den ich dort getroffen habe, aber der war äußerst unfreundlich und hat mir keine Antwort gegeben, sich nur seine Orange geschnappt und mich stehen lassen.«

»Äußerst unfreundlich?« Alec bleibt stehen. »Bei der Ruine? Mit einer Orange?«

Ich nicke. »Kennst du ihn? Wer ist das?«

Alec sieht von mir zu seiner Mutter und zurück, will etwas sagen, aber sie kommt ihm zuvor. »Niemand! Nur ein alter Kauz.«

»Aber was hat er dort gemacht?«, hake ich verwirrt nach. »Er wirkte so … verzweifelt.«

»Nichts«, kanzelt sie mich ab.

Alecs Miene verdüstert sich, und ich frage mich verwirrt, warum sie so harsch reagiert.

»Jetzt solltet ihr aber wirklich los«, unterbricht sie meine Gedanken. »Sonst kommt Alec zu spät.«

Also verabschieden wir uns endgültig, aber das Bild des Mannes mit der Orange geht mir nach dieser kurz angebundenen Antwort plötzlich nicht mehr aus dem Kopf. Kaum sind wir ein paar Schritte Richtung Parkplatz gegangen, hake ich abermals leise nach: »Wer war der Mann? Warum sah er so traurig aus?«

»Hast du doch gehört«, seufzt er. »Nichts und niemand.«

»Aber …«

Er schüttelt müde den Kopf.

Enttäuscht beiße ich mir auf die Lippe, dringe aber nicht weiter in ihn. Ich komme mir total blöd vor, überhaupt noch einmal gefragt zu haben. Vielleicht ist ja etwas sehr Persönliches der Grund, warum Alecs Mutter so schlecht auf den alten Mann zu sprechen ist. Insofern ist es, obwohl es mich wurmt, natürlich lobenswert, dass Alec sich an den Wunsch seiner Mutter hält, sich nicht zu dem Mann zu äußern. Nach dem CMP frage ich jetzt aber auch nicht, obwohl ich wirklich gern wüsste, was das ist, was genau Alec dort tut und inwiefern es mit der stummen Frau zusammenhängt. Oder warum sie nicht spricht.

Ich möchte mir keine erneute Abfuhr einfangen und auch nicht übermäßig neugierig oder gar sensationslüstern rüberkommen. Obwohl ich in Bezug auf ihn tatsächlich übermäßig neugierig bin. Ein kleiner Teil von mir wundert sich selbst darüber. Und ein noch kleinerer wagt es, zu vermuten, dass mich Alec sehr viel mehr interessiert, als gut für mich ist. Eilig knebele ich diesen Teil.

Als die Koffer wieder im Wagen verstaut sind und Alec anfährt, versuche ich, den Anblick der Taverne hinter den rosafarben blühenden Bäumen auf meine gedankliche Leinwand zu bannen.

Einer der Bäume blüht nicht. Ein Feigenbaum mit dickem, knorrigem Stamm.

Wir sind fast daran vorbei, da tritt die stumme Frau dahinter hervor, im Gesicht abgrundtiefe Erleichterung.

Plötzlich frage ich mich, ob sie zuvor so erschrocken war, weil sie nicht damit gerechnet hatte, irgendjemanden im Flur zu sehen, oder ob der Grund jener war, dass *ich* es war, die da stand. Ist sie erleichtert darüber, dass ich abreise?

Nein. Unfug. Woher sollte sie mich kennen? Sie wirkte auch gar nicht so, als wäre das der Fall. Und des Armreifs wegen kann sie auch nicht so reagiert haben, denn den hatte ich da gar nicht an.

Ich schüttele den Kopf über mich selbst. Ich habe definitiv zu wenig geschlafen, oder es liegt an der Reaktion von Alecs Mutter zuvor, dass ich in das Verhalten der stummen Frau mehr hineininterpretiere, als vorhanden ist. Diese Frau kann mich nicht kennen, wirkte auch gar nicht, als wäre das der Fall.

Und doch … irgendetwas stimmt nicht. Mir ist, als hätte ich etwas übersehen. So wie heute Morgen mit Alec.

Immer wieder huscht es durch meinen Kopf, aber jedes Mal, wenn ich danach greife, entgleitet es mir, glitschig und zappelnd wie ein Aal, und taucht unter all den anderen Eindrücken dieses Tages ab. Je angestrengter ich es fassen will, umso weiter entfernt es sich.

Dabei ist es wichtig, das fühle ich. Unfassbar wichtig.

»Und wenn man die Miete einkalkuliert, ist das eine profitable Angelegenheit, vor allem wenn man bedenkt, dass …« Dimi hielt inne. »Äh … Samira? Hörst du mir überhaupt zu?«

Geistesabwesend nickte sie, aber selbst wenn sie nicht noch immer so beschäftigt gewesen wäre mit den Ereignissen von eben, hätte sie bei der drückenden Hitze Schwierigkeiten gehabt, sich auf seine Ausführungen zu konzentrieren. Mit jeder Minute wurde die Schwüle stärker. Schweißperlen rannen ihren Rücken hinunter, überall um sie herum zitterten Fächer.

Es lag etwas in der Luft, das weit über das hinausging, was die Hitze mit den Menschen anstellte. Sie ließ die Menschen bei der geringsten Bewegung in Schweiß ausbrechen und auf alles gereizt reagieren. Aber das war es nicht allein. Sie hatte das Gefühl, ein Geysir würde unterirdisch brodeln, während über ihm alles seinen gewohnten Gang ging. Bis er urplötzlich hervorschoss.

Sie war kaum in der Lage, Dimis Monolog zu Einnahmen und Ausgaben der Taverne zu folgen, kannte sie diese ohnehin mindestens so gut wie er.

Die erneute Begegnung mit Stefanos hatte sie völlig aus der Bahn geworfen, und dieses ungute Gefühl, das sie seitdem nicht mehr losließ, machte sie so nervös, dass ihr schon zwei Teller zu Bruch gegangen waren. Außerdem war ihr immer wieder, als ruhte Yasins Blick auf ihr, doch sie konnte ihn nirgendwo entdecken, wann immer sie auch aufschaute. Als würde er, kaum dass sie sich umwandte, irgendwo in der Menge abtauchen.

Sie goss sich ein zweites Gläschen Oúzo ein. Er brannte in ihrer Kehle und trieb ihr die Tränen in die Augen, was immer noch besser war, als wenn sie Yasins wegen welche vergossen hätte! Sie war kein Mädchen, das weinte. Schon gar nicht um einen Jungen. Normalerweise fluchte sie, dass es ihrer Mutter die Schamröte ins Gesicht trieb, ihren Vater hingegen zum Lachen brachte. Nur wenn es um Yasin ging, war sie nicht sie selbst. Dann schnürte ihr etwas die Kehle zu. So wie jetzt. Also schenkte sie sich erneut ein, stürzte auch dieses Glas Oúzo hinunter.

Dimi machte große Augen, denn sie trank sonst nie Alkohol. »Ja … ähm … also …« Er räusperte sich, schien auf der Suche nach seinem verlorenen Faden, fuhr schließlich zögerlich fort: »Wie gesagt: Warum sich mit weniger begnügen als mit der Hauptstadt? Das ist einfach ein anderes Pflaster als dieses kleine Dorf hier. Das Gebäude hat eine erstklassige Lage, ich war einige Male dort und habe die Bedingungen ausgehandelt. Sie sind großartig. Dein Vater ist einverstanden, hat mir sogar eine Beteiligung angeboten und einen Vorschuss gegeben. Bald fahre ich wieder nach Nikosia, treffe mich mit Nikolai, dem das Gebäude gehört …«

Erneut nickte sie und fragte sich, weshalb er ihr das alles erzählte, das wusste sie doch schon seit einem Jahr, dass er in Nikosia etwas Eigenes eröffnen wollte. Es machte sie einerseits traurig, andererseits freute sie sich für ihn.

Mit halbem Ohr hörte sie ihm weiter zu, aber ihr Blick blieb an einer kleinen Schar Männer hängen, die in einiger Entfernung miteinander diskutierten. Ihr schien, als hätte sie einige von ihnen gestern in dieser Seitengasse stehen gesehen. Als Teil jener Gruppe, die sich so plötzlich aufgelöst hatte, nachdem man sie bemerkt hatte. Und wieder war Maliks Cousin Omar der Wortführer.

Sie strich sich nachdenklich die verschwitzten Locken aus dem Gesicht und stellte fest, dass noch jemand anderes die Gruppe beobachtete. Yasins Großmutter. Diese saß in der Nähe der Männer. Ihr Gesicht unter dem schwarzen Kopftuch sah sehr viel blasser aus als sonst, was Samiras eigene Sorgen in den Hintergrund treten ließ.

»Warte bitte kurz, ja?«, unterbrach sie Dimi, griff sich die nächstbeste Wasserkaraffe, arbeitete sich zwischen Tischen und Stühlen zu Meryem durch und schenkte ihr ein. »Du solltest etwas trinken, Jajá.«

Die alte Frau hatte ihr Nähertreten gar nicht bemerkt, so versunken war sie in ihre Gedanken. Jetzt sah sie auf, blinzelte verwirrt und wirkte, als müsse sie erst mühsam wieder ins Hier und Jetzt finden.

»Oder hast du Hunger?«

»Nein, mein Kind«, sagte Jajá schließlich.

»Brauchst du sonst irgendetwas? Vielleicht ein Kissen für deinen Rücken oder einen Stuhl, um die Beine hochzulegen?«

»Sehe ich so zerbrechlich aus?«

»Natürlich nicht.«

Jajá schmunzelte. »Du bist eine schlechte Lügnerin. Aber ein gutes Mädchen.«

»Das hört sich ja fast so an, als sei es etwas Gutes, lügen zu können«, erwiderte Samira scherzhaft und setzte sich neben sie auf die Bank.

»In schlimmen Zeiten ist es das tatsächlich.«

»Aber Jajá, heute ist Elifs Hochzeit! Es sind glückliche Zeiten!« Außer für sie selbst. Sie schluckte, suchte erneut den Platz nach Yasin ab.

Jajá gab keine Antwort, seufzte nur schwer.

Samira musterte die alte Frau besorgt. Ihr Blick ruhte wieder auf der Gruppe, die auch Samira aufgefallen war. Dort wurde immer aufgebrachter diskutiert. Das an sich war nichts Ungewöhnliches. Es wurde immer irgendwo diskutiert. Je lauter und gestenreicher, desto besser. Doch genau das war hier nicht der Fall – diese Diskussion wurde beunruhigend leise geführt. Fast … verstohlen.

Ein ungutes Gefühl machte sich in ihrer Magengrube breit.

»Es fängt wieder an«, murmelte Jajá leise.

»Was fängt wieder an?«, hakte Samira nach, doch bevor die alte Frau antworten konnte, wurde es plötzlich kühl. Erstaunt sah Samira auf. Die Sonne war fort. Und nicht nur die Sonne, sondern auch der halbe Himmel.

Die Musiker hatten aufgehört zu spielen, ein Raunen setzte ein, alle wandten sich Richtung Meer, von wo aus die Nebelbank sich ins Dorf drückte, durch die Gassen kroch und sich zwischen den Häusern hindurchschob. Schon waren die ersten Gebäude hinter einer grauen Wand verschwunden.

Irgendwo fing ein Kind an zu weinen, wurde hastig von seiner Mutter beruhigt; ansonsten herrschte Totenstille.

Samira hatte dieses Phänomen schon einige Male miterlebt, dennoch war es jedes Mal aufs Neue beängstigend, wie schnell der Nebel kam und wie dicht er war. Binnen Minuten konnte sie nicht einmal mehr den Brunnen erkennen. Wie eine eisige Hand legte sich der Dunst auf ihre Haut und ließ sie erschauern. Farben, Geräusche, Gerüche, vor allem aber das Lachen der Menschen, alles verschluckte die feuchtkalte Wolke. In ihren grauen Schleiern waberte es hin und her, als würden Gestalten darin umherwandeln.

»Ein schlechtes Omen!«, flüsterte die Stimme des Hodschas von einem der Tische hinter ihr.

»Die Geister der Toten«, versuchte Papas Hieronymos ihn an Dramatik zu übertreffen.

Bedrücktes Tuscheln und ängstliche Gesichter.

»Hört doch auf!«, meldete sich Jajá erbost zu Wort. »Wenn ihr nicht wisst, was eine Nebelbank ist, kann es nicht weit her sein mit eurer Gelehrsamkeit.«

Die beiden funkelten sie böse an.

»Im übertragenen Sinne!«, grollte der Papas beleidigt.

Jajá hat recht, sagte sich Samira, und doch schlang sie fröstelnd die Arme um sich.

Endlich lichtete sich der Nebel, wurde die Welt um sie her wieder sichtbar.

Der ganze Spuk hatte keine fünfzehn Minuten gedauert. Zurückgeblieben war nichts als eine hauchdünne Feuchtigkeit auf allem und jedem. Auf Mauern, Tischen, Bäumen, Menschen. Sie wusste aus Erfahrung, dass, wenn sie jetzt eines der Häuser betreten würde, der Nebel auch dort seinen Weg hineingefunden und alles mit winzigen Tropfen überzogen hatte. Die Sonne war zurück, dennoch hatte sich etwas verändert, war die ausgelassene Stimmung dahin. Niemand lachte, alle sprachen leise, nur zögerlich setzten die Musiker ein.

Jajá nahm Samiras Hand in die ihre, drehte sie mit der Innenseite nach oben und fuhr mit zittrigem Zeigefinger die Linien ab.

Überrascht verfolgte Samira ihr Tun. »Liest du meine Zukunft?«

Erneut kam keine Antwort, der Zeigefinger wanderte weiter, verharrte aber plötzlich, und Meryem sog scharf die Luft ein.

»Was siehst du?«, fragte Samira atemlos.

Die alte Frau atmete tief durch, schloss sanft Samiras Hand und legte wie schützend ihre eigene darauf. »Alles und nichts. Die Zukunft ist nichts Festgelegtes. Jeder Flügelschlag eines Schmetterlings kann sie ändern.«

»Aber …«

Jajá schüttelte den Kopf. »Und manchmal ist es gut, nicht zu viel über all die Alternativen zu wissen, die sich geboten hätten.«

Samira runzelte die Stirn. Jajá war laut und resolut, lebte im Moment und nahm nie ein Blatt vor den Mund. Sie so geistesabwesend und bedrückt, ja regelrecht ängstlich zu sehen, beunruhigte sie. »Du solltest nicht so traurig sein am Tag der Hochzeit deiner einzigen Enkelin.«

Jajá sah auf, atmete tief durch, und ihre Sorgenfalten lösten sich ein wenig. »Du hast recht. Wer weiß schon, was so einem Schmetterling alles durch den Kopf geht und für welche Blume er sich letztlich entscheidet.« Sie lächelte, und ein Hauch ihrer alten Verschmitztheit schimmerte durch. »Allerdings hast du nur in diesem Punkt recht. Der andere stimmt nicht.«

»Wie meinst du das?«

Liebevoll antwortete Jajá: »Du bist mir ebenso eine Enkelin.«

Samira war zu gerührt, um zu antworten, schmiegte sich stattdessen an die Schulter der alten Frau, wie sie es als Kind getan hatte. Und Jajá strich ihr ebenso über das Haar, wie sie es damals getan hatte.

»Du hast ein gutes Herz. Hattest es schon immer. Und ich muss es wissen, denn ich kenne dich seit dem Tag deiner Geburt. Ich war der erste Mensch, der dich auf dieser Welt begrüßt hat.«

»Ich bin heilfroh, dass damals du meine Hebamme warst und nicht Sophia.« Letztere war nun die einzige Hebamme des Dorfes, seit Meryem zu alt für diese Aufgabe war. »Die hätte mir wahrscheinlich sogar bereits bei meiner Geburt die Leviten gelesen.« Sie ahmte Sophias Tonfall nach. »Es gehört sich nicht für ein Mädchen, so schrumpelig zur Welt zu kommen, geschweige denn so voller Käseschmiere!«

Jajás zahllose Falten, von denen Samira jede einzelne liebte, verzogen sich, als die alte Frau glucksend lachte. Samira war froh, sie aus ihrer bedrückten Stimmung gerissen zu haben.

»Samira?«, tönte in diesem Moment Dimis Stimme herüber.

»O verflixt, ihn habe ich völlig vergessen.« Sie zog schuldbewusst den Kopf ein, massierte müde ihre Schläfen. »Ich muss rübergehen.«

Meryem musterte sie aufmerksam. »Dimi ist ein guter Mann. Liebevoll, tüchtig, mit Zielen. Und vor allem: Er ist griechischer Abstammung … Es wäre eine kluge Entscheidung, sich auf ihn einzulassen.«

Samira seufzte schwer. »Aber keine aus dem Herzen heraus.« Alles in ihr schrie danach, Meryem nach Yasin zu fragen. Danach, ob sie wusste, was in ihn gefahren war. Aber sie war so froh, Jajá aus ihrer düsteren Stimmung herausgerissen zu haben, da brachte sie es nicht übers Herz. Sie musste sie ein andermal darauf ansprechen.

Yasins Großmutter neigte den Kopf zur Seite, schien nachzudenken und nickte schließlich, als sei sie zu einem Entschluss gekommen. »Ich sollte besser heimgehen und mich ein wenig hinlegen.«

Irgendwie hatte Samira mit einer anderen Entgegnung auf ihre Aussage gerechnet.

»Das Wetter setzt mir heute zu«, fuhr Meryem fort. »Wahrscheinlich werde ich langsam alt.« Mit einem Augenzwinkern ergänzte sie: »*Sehr* langsam, versteht sich.«

Sie erhob sich vorsichtig, wandte sich zum Gehen, griff dann aber in ihre Rocktasche, holte ein zusammengefaltetes Blatt Papier hervor und reichte es ihr. »Aber vielleicht hilft dir das hier bei der Entscheidung.«

»Wie? Wobei?«

Meryem legte den Kopf zur Seite, und ein Hauch von einem Lächeln huschte über ihr Gesicht. »Manchmal muss man den Schmetterling ein wenig in die richtige Richtung pusten.«

»Was meinst …?« Weiter kam sie nicht, denn klirrend schlugen Teller und Gläser auf dem Boden auf und zersprangen in unzählige Scherben. Sofort setzte Geschrei ein, und inmitten der schimpfenden Erwachsenen entdeckte Samira Eleni. Offenbar hatte sie beim Verstecken die Tischdecke mitgerissen und stand jetzt schreckensstarr mit zitternder Unterlippe und Tränen in den Augen da.

»Verdammt!« Samira schob den Zettel in ihre Rocktasche, ohne ihn weiter zu beachten, und lief hinüber. »Hört auf! Ihr macht dem Kind ja Angst!«

Sie hob das Mädchen hoch. Sofort schlang es seine Arme um ihren Hals, barg ihr Gesicht in ihrer Halsbeuge und schluchzte herzzerreißend. »Nicht weinen, mein Engel, sind doch nur Teller, die zu Bruch gegangen sind, keine Knochen. So etwas passiert manchmal«, versuchte Samira sie zu beruhigen. »Ist mir heute auch schon so ergangen.«

»Mama wird böse sein«, schniefte Eleni.

»Nein, ich werde schnell alles zusammenkehren, und sie wird es gar nicht erfahren.« Sie sah sich nach ihrer eigenen Mutter um, doch weder von ihr noch von Jajá war etwas zu sehen. Dafür tauchte Dimi wieder neben ihr auf. »Machst du das eigentlich absichtlich, dass du mich ständig stehen lässt?«, murrte er.

»Nein, wirklich nicht. Aber kannst du kurz auf Eleni aufpassen? Ich bin gleich wieder da.«

Dimi sah sie entgeistert an, und sie schnitt ihm eine Grimasse, als ihr bewusst wurde, dass sie erneut im Begriff war, ihn stehen zu lassen. »Es tut mir furchtbar leid, ehrlich, aber ich muss einen Besen holen.«

Dimi seufzte resigniert auf und streckte wortlos die Arme nach Eleni aus.

»Du bist großartig«, sagte Samira und meinte es auch so.

Endlich hatte sie alle Scherben beseitigt und Appolonia das Kehrblech sowie den Besen wiedergebracht. Zufrieden kehrte sie zu Dimi zurück.

Erleichtert registrierte sie, dass Elenis Tränen getrocknet waren und das Mädchen inzwischen wieder lachte.

»Guck mal, das hat Dimi für mich gemacht!«, rief die Kleine begeistert und streckte ihr ein aus den Schoten des Johannisbrotbaumes gebasteltes Männlein entgegen.

Er konnte gut mit Kindern umgehen. Zutiefst dankbar lächelte sie ihn an und setzte sich zu den beiden.

»Um also auf diese Sache mit dem Kaffeehaus zurückzukommen …«, fing Dimi an, aber nach wenigen Sätzen sprang Eleni auf. »Dort hinten ist Nikoletta, kann ich zu ihr und es ihr zeigen?«

»Ja, natürlich.«

Während Dimi weitersprach, sah Samira ihr nach, wie sie davonhüpfte – und erstarrte. Denn nicht nur Elenis Schwester stand am Brunnen, sondern auch Yasin.

Und er sah sie an.

Einen winzigen, herzflatternden Augenblick lang war sie sicher, er würde gleich lächeln, und alles wäre wieder wie früher, doch da wurde seine Miene schon starr und sein Mund ein einziger harter Strich, so fest presste er die Lippen aufeinander.

Ihr Herz zog sich so schmerzhaft zusammen, dass ihr die Luft wegblieb.

»Was sagst du dazu?«, fragte Dimi und griff nach ihrer Hand. Yasin wandte sich abrupt ab, und Samira ertrank beinahe in der Flut der Enttäuschung, die über sie hereinbrach.

»Ich bin einfach der Meinung, dass wir in größeren Dimensionen denken sollten. Hier auf dem Dorf ist eine Taverne zwar ganz nett, und man kann überleben. Aber reicht das? Warum nicht ›leben‹ statt nur ›*über*leben‹ und …« Dimi redete noch immer, und sie wünschte sich, er wäre still, die ganze Welt wäre still. Die wieder aufkeimende Fröhlichkeit ringsumher schien nur noch Hohn zu sein.

»Also?«, hakte er erneut nach.

Ihr wurde bewusst, dass er noch immer ihre Hand hielt. Verwirrt entzog sie ihm diese und versuchte, all die Satzfetzen, die zu ihr durchgedrungen waren, während ihre Gedanken um Yasin kreisten, zu einem sinnvollen Ganzen zu verbinden. »Du willst in Nikosia ein Kaffeehaus eröffnen?«

»Nicht ich allein, sondern …«

»Dimi!«, wurde er von einer Frauenstimme unterbrochen. »Wir brauchen da drüben mal die Hilfe eines starken Mannes, kannst du kurz kommen?«

»Meine Güte, kann man in diesem Dorf nicht einmal in Ruhe mit jemandem sprechen?«, seufzte Dimi, sprang aber hilfsbereit auf. »Ich bin gleich wieder da.«

Sie sah ihm nach, bis Appolonia vor sie trat und mit einem zusammengefalteten Papier winkte. »Das hier hast du vorhin bei mir verloren.«

Erschrocken tastete Samira ihre Tasche ab. Der Zettel, denn Jajá ihr gegeben hatte. »Danke dir!«

Kaum hielt sie das Blatt in Händen, faltete sie es auseinander, und ihr Herz setzte für einen Schlag aus. Die Seite war über und über beschrieben, und sie erkannte die Handschrift sofort wieder.

Die Sonne, um die die Planeten kreisen, trägt deinen
Namen – ich bin der Mond.
Der Magnet, der den metallenen Staub anzieht, ist nicht
halb so stark wie du – ich bin der Staub.
Du verleihst meinen Träumen Flügel,
bringst meine Worte zum Funkeln und mein Herz zum
Leuchten.
Du bist Sonnenaufgang und Sonnenuntergang zugleich,
der erste Regentropfen nach einem heißen Sommer.

Und der blaue Himmel nach einem Sturm.
Du bist alles für mich. Und noch unendlich mehr.
Die Ewigkeit in meinem endlichen Herzen.

Weiter und weiter las sie, und mit jedem Wort schlug ihr Herz schneller. Der Text hatte keinen Anfang und kein Ende, es fehlten offenbar die Seiten davor und die danach, doch das machte nichts. Es waren Gedankenfetzen, bruchstückhafte Sätze, in hastigen, tintenkleckernden Worten zu Papier gebrachte Gefühle, unvollendet, unvollkommen und doch schöner als alles, was sie je gelesen hatte.

Es konnte nur einen Grund dafür geben, dass Yasins Großmutter ihr seine Gedanken hatte zukommen lassen? Oder? Ihr wurde schwindlig angesichts der wilden Hoffnung, die plötzlich in ihr aufflackerte. Die nicht sein konnte und doch so unfassbar wundervoll war, dass sie nicht davon ablassen konnte. Eine Hoffnung, die in rasendem Tempo Wurzeln schlug, sich ausbreitete, ihr ganzes Sein erfüllte, sie schweben ließ.

Denn in diesem Moment wurde ihr klar, dass sie Yasin liebte.

Schon immer geliebt hatte.

Dass er der Mittelpunkt ihrer Welt war.

Yasin! Wo war er? Auf der Treppe am Rathaus standen nur noch die Musiker. Hektisch sah sie sich um, hastete hierhin und dorthin. Eine Handvoll Kinder beim Fangenspielen rannte lachend an ihr vorbei, darunter auch Eleni, das Gesichtchen rotverschwitzt. Als sie Samira erblickte, bliebt sie stehen, verschränkte die Arme vor der Brust und verkündete schmollend: »Nikoletta ist blöd. Sie hat gar nicht geguckt, sondern mich weggeschickt, weil sie mit Yasin allein sein wollte.«

Yasin! Samira griff nach ihren Schultern. »Du weißt, wo er ist?«

Die Kleine nickte. »Da entlang.« Sie zeigte auf die Gasse neben Achmeds Schuhmacherladen. »Aber ich kann dich da jetzt nicht hinbringen, ich bin mit Fangen dran.« Schon hatte sie sich losgerissen und lief weiter.

Auch Samira rannte los, durch die schmale Gasse, die zum Felsvorsprung führte, auf dem die letzten Häuser emporragten und aussahen, als würden sie jeden Moment hinunter ins Tal kippen.

Die fröhliche Musik der Feier hinter ihr mischte sich mit den verzweifelt anmutenden Schreien der unzähligen Schwalben vor ihr. Zu Hunderten stürzten sie sich in todesmutigen Flugmanövern von ihren Nestern herab, die allüberall unter den Dächern und in den Mauerritzen klebten.

Da! Da stand er an der Mauerbrüstung, blickte über das Meer.

Heiß schoss ihr die Sehnsucht durch die Adern. Ihre Kehle wurde trocken, ihr Puls raste. Doch einen Schritt später stockte sie, denn Nikoletta neben ihm warf kokett ihr Haar zurück und lachte über irgendetwas, was er gesagt hatte. Eleni hatte ja erwähnt, Nikoletta sei bei ihm. Die beiden jetzt aber so nah beieinander, ja fast vertraut zu sehen, quetschte Samiras Herz zusammen. Wenn sie nur Yasins Gesicht sehen könnte!

Nikoletta deutete übers Meer, als wollte sie seine Aufmerksamkeit auf etwas lenken, legte ihre andere Hand auf seinen Arm.

Samira wollte zurückweichen, aber sie konnte sich nicht rühren. Sie musste es mit ansehen. Wieso zog er seinen Arm nicht fort? Lachte er ebenfalls? Gefiel ihm ihre Berührung etwa? War er sie vielleicht gar schon gewohnt?

Jetzt beugte Nikoletta sich vor, flüsterte ihm etwas ins Ohr.

Samira musste einen Laut von sich gegeben haben, denn Nikoletta sah über die Schulter zu ihr. »Samira! Was machst du hier?«

Yasin fuhr herum. Für eine Sekunde den Schrecken im Gesicht. Fühlte er sich ertappt?

»Ich … habe … Yasin gesucht«, würgte sie hervor, war zu durcheinander, um zu lügen.

»Warum?«, hakte Nikoletta nach und legte ihre Hand nahezu besitzergreifend auf seine Schulter. Er ließ es zu, einfach so. Ließ ihre Hand dort ruhen, als sei diese Berührung zutiefst vertraut. Ja, von ihm gewollt.

Samira wurde übel. Wut und Enttäuschung, Scham und Verzweiflung kämpften in ihr um die Vorherrschaft. »Darum!«, stieß sie hervor und hielt ihm das Blatt mit spitzen Fingern hin. »Dieses Geschreibsel kann nur dir gehören.«

»Geschreibsel?«, wiederholte Nikoletta verwirrt und trat auf sie zu, aber mit drei großen Schritten hatte Yasin die Distanz zu Samira überwunden, um das Blatt an sich zu reißen, bevor Nikoletta es nehmen konnte. »Woher hast du das?«, fragte er tonlos.

»Spielt das eine Rolle?«, krächzte sie. »Es bedeutet ja doch nichts.«

Er wurde blass. Nikoletta spähte an seine Schulter gelehnt neugierig auf das Blatt. »Was ist das?«

Der Anblick von Nikolettas Hand auf seinem Arm und die Art, in der er das noch immer zuließ, ohne zu zucken, drehte Samira den Magen um. »Nichts von Bedeutung«, gab sie kühl zurück und wusste selbst nicht, wie sie es schaffte, äußerlich so ruhig zu bleiben und nicht in Tränen auszubrechen.

All das Hoffen auf ein Missverständnis hatte nun endgültig ein Ende, und die Enttäuschung war bodenlos. Wie hatte sie so dumm sein können, zu glauben, Jajá habe ihr sagen wollen, dass Yasin etwas an ihr liegen würde? Genau das Gegenteil war der Fall. Seine Großmutter hatte ihr zu verstehen geben wollen, sie solle sich für Dimi entscheiden, weil Yasin vergeben war!

Nikoletta war der Grund, warum er keinen Kontakt mehr zu Samira haben wollte, sie vergessen hatte.

Er hatte diese wundervollen Worte nicht für sie geschrieben, sondern für Nikoletta. Wie hatte sie nur so blind sein können, das Offensichtliche nicht zu begreifen.

Sie schluckte alles, was ihr auf der Zunge lag, hinunter, bemühte sich um eine Miene der Gleichgültigkeit. »Ich wollte es dir nur zurückgeben. Du brauchst es sicher noch.«

Er wirkte wie versteinert, sein Gesicht war bleich.

Hatte er Angst, sie würde sein Geheimnis preisgeben? »Keine Sorge, ich behalte für mich, was du geschrieben hast.«

Er sagte noch immer kein Wort, aber sein Blick war leer. Wie tot.

Und das war mehr, als sie ertragen konnte. Sie fuhr herum, stürzte davon, ohne zu wissen, wohin. Einfach nur fort. Fort von ihm. Ihr Herz brannte.

Er liebte Nikoletta.

Dieser Gedanke war so schmerzhaft, dass ihr die Luft wegblieb und sie sich an die Brust griff, davon überzeugt, ein Loch vorzufinden.

Yasin war noch immer der Mittelpunkt ihrer Welt. Aber diese Welt war gerade eben in Stücke gebrochen.

Sie hastete durch die Gassen, stolpernd, strauchelnd.

Schwindel überkam sie, sodass sie nach der nächsten Hauswand greifen musste, um nicht zu stürzen. Ihre Beine schienen ihr nicht mehr zu gehorchen, gaben ihr keinen Halt mehr. Sie drückte sich wieder ab, stolperte weiter, während Häuser und Wände um sie herumtanzten. Bis plötzlich ihr Fuß irgendwo hängen blieb und sie doch stürzte. Aber sie schlug nicht auf dem Boden auf.

Jemand hatte sie im letzten Moment am Arm gepackt und zog sie ruckartig zu sich hoch.

Yasin, schoss es ihr durch den Kopf. Er war ihr gefolgt! Erneut von jäh aufflackernder Hoffnung erfüllt, sah sie über die Schulter – und in das Grinsen Stefanos'.

»Hallo, mein Schöne.«

Entsetzt riss sie sich los, wich zurück, nahm jetzt auch die säuerliche Mischung aus Alkohol und Schweiß wahr, die Übelkeit in ihr aufsteigen ließ und niemals zu Yasin gehören konnte. Hastig fuhr sie sich mit der Hand über die Augen im Versuch, die Tränenspuren zu beseitigen.

Er grinste anzüglich. Seine Worte kamen nur lallend, ja schwerfällig über seine Lippen. Er war offensichtlich stark angetrunken. »Schon wieder laufen wir uns über den Weg«, fuhr er im Plauderton fort und folgte ihr die Handvoll Schritte, die sie rückwärtsgegangen war. »Was für ein großartiger Zufall.« Die Ironie in seinem Tonfall ließ keinen Zweifel daran, dass diese erneute Begegnung alles andere als Zufall war. »Und du siehst aus, als könntest du Aufheiterung gebrauchen.«

»Nein, ich … mir geht es gut«, stammelte sie. »Ich muss heim.«

»Dann begleite ich dich mal lieber. Nicht dass dir noch etwas passiert.«

»Ich gehe allein.« Sie wich weiter zurück. Sie war völlig durcheinander, aber selbst durch den Nebel ihrer Benommenheit hindurch spürte sie die Gefahr, die von ihrem Gegenüber ausging. Irgendetwas stimmte mit ihm nicht.

Wieder folgte er ihr, grinste breit. Wie eine Katze, die wusste, dass die Maus keine Chance haben würde. Siegessicher. »Wir zwei passen gut zueinander, finde ich.« Seine Augen wurden glasig, als sein Blick über ihren Körper glitt.

Erneut zwei Schritte rückwärts, weiter kam sie nicht, bevor sie gegen eine Mauer stieß. Diese umgab einen Hof. Samira rüttelte am Griff des Holztores, aber es war zugesperrt, und kein Laut war auf der anderen Seite zu hören. Erschrocken realisierte sie, dass sie in einer Sackgasse gelandet war, holte tief Luft und rief nach dem ersten und einzigen Menschen, der ihr in den Sinn kam. »Yasin!«

Stefanos zuckte zusammen, sah über die Schulter, aber alles blieb still.

»Yasin!«, schrie sie erneut aus Leibeskräften, auch wenn es dumm war. Er war zu weit weg, um sie zu hören. Und mit Nikoletta beschäftigt.

Stefanos lachte triumphierend auf. Eine Übelkeit erregende Wolke aus Schweiß, Alkohol und seinem viel zu intensiven Rasierwasser nahm ihr den Atem. »Zier dich ruhig. Wir wissen ja beide, was du willst. Ich mag es, wenn sie sich anfangs wehren. Das beweist nur dein Feuer. Wir werden Spaß zusammen haben, o ja!«

»Dass du mich endlich in Ruhe lässt, das will ich!« Sie musste an ihm vorbei, aber die Häuser standen keine drei Armlängen auseinander.

»Von wegen.« Er leckte sich über die feucht glänzenden Lippen, pure Gier im Blick. »Du hast dich nicht grundlos ausgezogen am Fluss«, stieß er heiser aus. »Du hast gewusst, dass da jemand ist. Dir zusieht, ich habe das bemerkt. Es hat dir gefallen. So eine bist du, und das kommt mir gerade recht. Na, komm schon her.«

Es verschlug ihr fast die Sprache. »Du bist ja völlig verrückt! Ein Wahnsinniger!«

Wieder griente er nur dämlich, als sei das ein Kompliment. »Zier dich ruhig, das tun sie am Anfang alle. Eine Eroberung ohne Widerstand macht ja keinen Spaß.«

Panik wallte in ihr auf. Er war ihr inzwischen so nah, dass sein schlechter Atem ihr die Luft raubte, aber er würde es doch nicht wagen, sie tatsächlich anzufassen, oder? Hier waren doch überall Menschen!

Nein. Ihr wurde eiskalt. Das stimmte nicht. Die waren alle auf dem Fest.

Als hätte Stefanos ihre Gedanken erraten, zog er seine Mundwinkel triumphierend hoch. »Niemand ist hier, Kleine, wir sind ungestört.« Erneut kroch seine Zunge wie eine glitschige Schnecke über seine wulstigen Lippen.

Samira wurde übel. Und es gab nichts in Reichweite, was sie nutzen konnte, um sich zu verteidigen! »Hau ab! Verschwinde! Oder ich schreie! Ich werde allen erzählen, was du getan hast! Meinem Vater, deinem Onkel, dem ganzen Dorf!« Doch wie sollte jemand sie hören?

»Das wirst du nicht, und das wissen wir beide«, säuselte er und lachte dreckig. »Du hast auf dem Dorfplatz den Mund gehalten, und du wirst es auch in Zukunft tun. Ich habe mich nämlich ein wenig über dich erkundigt, meine Schöne. Und was ich erfahren habe, hat mich sehr gefreut.«

»Wovon redest du?« Angsterfüllt schätzte sie die Entfernung bis zur nächsten Hausecke ab. Aber wie nur sollte sie in der engen Gasse an ihm vorbeikommen? Sie musste ihn ablenken, einen unbedachten Augenblick erwischen.

Sein Lächeln glich dem eines Haifisches. »Du bist ganz und gar kein braves Mädchen, im Gegenteil. Und das mag ich.«

Sophias Worte kamen ihr in den Sinn. Es machte also im Dorf tatsächlich schon die Runde, sie würde sich ohne Aufsicht mit Jungs treffen. Ihr Ruf war noch nie der beste gewesen. Was auch immer sie später sagte, es würde heißen, sie hätte es herausgefordert oder gar gewollt. Und sein Vater war der Bürgermeister von Nikosia.

»Deshalb werden wir jetzt einfach …«

Noch während er sprach, stieß sie sich von der Mauer ab, doch nach nur zwei Schritten hatte sich Stefanos' schweißfeuchte

Hand wie eine Stahlklaue um ihren Arm geschlossen. »Nicht so schnell, meine Süße, sonst stolperst du wieder.« Er lächelte höhnisch.

Vergeblich zerrte sie an ihrem Handgelenk.

»Nimm sofort deine dreckigen Pfoten von ihr!«

Stefanos' Kopf ruckte zu der Gestalt am Ende der Gasse herum, ohne dass er Samira losließ.

»Yasin!«, keuchte sie ungläubig, und vor Erleichterung brach sie fast in Tränen aus. Er hatte sie doch gehört! Er war wirklich gekommen!

Stefanos spuckte aus. »Hau ab, das hier geht dich nichts an.«

Yasin aber kam auf sie zugestürmt. Noch nie hatte sie eine so erbarmungslose Wut in seinem Gesicht gesehen.

»Misch dich nicht ein und verschwinde!«, schleuderte Stefanos ihm lässig entgegen und grinste.

Samira bekam es mit der Angst zu tun. Um Yasin. Stefanos war ein Fleischberg, wog sicher dreimal so viel wie Yasin, würde ihn einfach unter sich begraben, ihn mit einem Schlag niederstrecken.

Doch schon im nächsten Moment hatte Yasin sie beide erreicht, Stefanos am Hemdkragen gepackt und den sichtlich Überraschten mit solcher Wucht von ihr fortgerissen, dass er stolperte und frontal gegen einen aufgestemmten Fensterladen knallte. Brüllend vor Schmerz torkelte er zurück, fasste sich an die Lippe und blickte anschließend ungläubig auf das Blut an seiner Hand.

»Fass sie noch einmal an, und ich breche dir jeden Finger!«, zischte Yasin. Noch nie hatte Samira den sanftmütigen Yasin so außer sich erlebt.

Stefanos wischte sich mit dem Handrücken das restliche Blut von der aufgeplatzten Lippe und drückte sich von der

Wand ab. »Du verdammter Kameltreiber! Du weißt wohl nicht, wer ich bin?«

»O doch, aber es ist mir scheißegal.«

Stefanos' Gesicht lief dunkelrot an. »Noch spuckst du große Töne, aber nicht mehr lange, glaub mir. Wir werden euch Türken schon zeigen, wo ihr hingehört!«

Yasin reagierte nicht auf Stefanos' Provokation, schnaubte nur verächtlich und wandte sich Samira zu. »Geht es dir …?«

Weiter kam er nicht, denn Samira schrie auf. Aus dem Augenwinkel hatte sie Stefanos einen riesigen Satz nach vorn machen sehen. Unvermittelt schlug er zu, und gerade noch rechtzeitig konnte Yasin ausweichen, sodass ihn die Faust nur an der Schulter traf. Doch schon schoss Stefanos' geballte Hand erneut vor, wieder sprang Yasin gerade noch im letzten Moment beiseite.

Entsetzen packte sie. »Nein! Hört auf!«

Aber Stefanos dachte gar nicht daran. »Du lebensmüde kleine Kakerlake!«, stieß er vor Wut schäumend hervor. »Ich mach dich fertig!«

»Komm nur her«, gab Yasin finster zurück.

Panik schnürte ihr die Kehle zu. Was sollte sie nur tun? Yasin war ein Poet, kein Kämpfer, Stefanos würde ihn umbringen. Hektisch sah sie sich um. Hatte sie vielleicht irgendetwas übersehen? Einen Krug, einen Stock – irgendetwas, um Stefanos außer Gefecht setzen zu können und Yasin zu retten. Aber da war nichts.

Also warf sie sich stattdessen selbst auf ihn.

Im nächsten Moment wurde ihr schwarz vor Augen.

Der Schlag, der ihm gelten sollte, hatte sie getroffen. Yasin sah sie mit blassem Gesicht in sich zusammensacken, fing sie gerade noch rechtzeitig auf.

Ein entsetzliches Geräusch erfüllte die Gasse, von dem er erst einen Atemzug später begriff, dass es aus seiner Kehle kam. Ein Schrei, als hätte man ihm bei lebendigem Leibe das Herz herausgerissen.

Stefanos wich erschrocken zurück. »Das … ich … das wollte ich nicht! Das war nur ein Missgeschick! Ein Versehen!« Er fuhr herum, rannte davon.

Yasin sah ihm nicht einmal nach, er war ihm egal. Alles war ihm egal außer Samira.

Vor Angst wie betäubt, umklammerte er ihre zarte Gestalt, drückte sie an sich, tastete ihr Gesicht ab, ihre Schläfen. »Samira! Hörst du mich?«

Sie rührte sich nicht. Eiseskälte packte ihn, sein Blick verschwamm.

»Bitte! Samira, Mira, mein Engel, meine Sonne, sag etwas. Bitte! Ich liebe dich doch! Wach auf! Bitte, Mira! Sag etwas! Tu mir das nicht an! Bitte, bitte, bitte!«

Plötzlich flatterten ihre Augenlider, und obwohl er nicht viel am Hut hatte mit dem Himmel und seinen Mächten, schickte er einen Dank hinauf.

Sie schlug die Augen auf, und er hätte vor Erleichterung zugleich weinen, lachen und schreien mögen. Stattdessen konnte er sie nur anstarren, als sähe er sie zum ersten Mal.

»Yasin«, murmelte sie benommen und fasste sich verwirrt an die Schläfe, zuckte sogleich vor Schmerz zusammen. Dann schienen die Erinnerungen zurückzukommen, sie fuhr auf, sah sich erschrocken um.

»Er ist fort«, beruhigte Yasin sie. »Dieses Schwein hat es mit der Angst zu tun bekommen und ist abgehauen.«

Sie ließ sich erleichtert zurücksinken, plötzlich aber wurden ihre Augen groß, als ihr bewusst wurde, dass er sie in seinen Armen hielt. »Du warst da«, flüsterte sie. Ihr Gesicht war noch blass, aber die Lippen rot wie der Mohn im Frühling.

Und ich werde immer da sein, wenn du mich brauchst. Das wollte er sagen, wollte es der Welt schwören. Es war eine Qual, es für sich zu behalten. Er hatte das Gefühl, daran zu ersticken und an all den anderen unausgesprochenen Worten, die zwischen ihnen hingen. Und doch schwieg er.

»Wieso?«, hauchte sie. »Wieso warst du da?«

Sie so nah zu wissen und doch so unerreichbar, war reinste Pein. Er musste seine gesamte Willenskraft aufbieten, sie nicht an sich zu ziehen, zu küssen und nie wieder loszulassen. Irgendwie brachte er es fertig, ihr stattdessen beim Aufstehen zu helfen und die Schultern zu zucken, als sei sein Auftauchen reiner Zufall gewesen. »Ich habe gesehen, wie er dir gefolgt ist.«

»Du hast dir Sorgen um mich gemacht.« Es war keine Frage, es war eine Feststellung, die zu leugnen er sich nicht fähig sah.

»Trotz all der Dinge, die ich gesagt habe.« Sie sah ihn ungläubig an. »Warum?«

Weil nichts, was sie je sagen oder tun würde, dafür sorgen könnte, dass er sie weniger liebte. Doch er blieb stumm, ließ sie vorsichtig los und wandte sich ab. Er durfte jetzt nicht den Kopf verlieren, musste die Fassung bewahren. Um ihretwillen.

»Es tut mir so unfassbar leid.« Sie klang flehend, glaubte offenbar, er hätte sich weggedreht, weil er wütend auf sie war. Aber er konnte ihr jetzt nicht in die Augen sehen, durfte ihr nicht die Wahrheit sagen.

»Ich habe es nur gesagt, weil ich eifersüchtig war.«

Er erstarrte.

»Aber du liebst mich. Ich habe dich eben gehört«, sagte sie stockend. »Du sagtest, dass du mich liebst. Und ich … ich liebe dich.«

Die Welt stand für einen Moment still. Jedoch nur, um sich anschließend schneller um ihn zu drehen. Die Häuser schwankten. Er griff nach der Wand, um sich festzuhalten. Er musste an Wahnvorstellungen leiden wegen all der Nächte, die er wach gelegen und sich genau diese Worte erträumt hatte. Er wagte es nicht, sich zu rühren, um diese wundervollste aller Vorstellungen nicht wie eine schillernde Seifenblase zerplatzen zu sehen.

»Mir war es nicht bewusst …«, sagte sie leise, »… aber ich liebe dich. Schon mein ganzes Leben.«

Langsam drehte er sich um. Seine Kehle war trocken, sein Herz kurz davor zu explodieren.

Sie sah ihm in die Augen, wiederholte mit fester Stimme. »Ich liebe dich, Yasin.«

Vier kleine Worte, die all die monatelang aufrechterhaltene Widerstandskraft hinwegfegten wie ein Orkan eine Sandburg. Worte, die die um sein Herz herum errichtete Mauer aus Vernunft und Besonnenheit pulverisierten.

In wilder Verzweiflung zog Yasin sie an sich und presste seine Lippen auf die ihren. Pures Glück jagte durch ihren Körper, ließ sie taumeln.

Nie hatte sie solche Gefühle für möglich gehalten. Ein Schluchzen entrang sich ihrer Kehle. Sie ertrank in der Süße seines Mundes, war wie berauscht von der Hitze, die sie durchströmte.

Er vergrub seine Hände in ihrem Haar, küsste sie hungrig, fast wütend. So kam es ihr zumindest vor. Bis sie fürchtete, vor Leidenschaft zu verglühen wie eine Sternschnuppe. Aber selbst wenn das der Fall wäre, würde sie nicht aufhören wollen. Nicht aufhören können.

Und doch ließ er sie plötzlich so abrupt los, dass sie meinte, in die Tiefe zu stürzen.

»Nein … nicht … wir dürfen nicht …« Sein Atem ging schwer, er schüttelte den Kopf.

»Warum?«, krächzte sie verstört. Sie hatte zuvor befürchtet, sich seine liebevollen Worte nur eingebildet, nur herbeigeträumt zu haben, aber sie waren Realität. Noch immer verspürte sie die unfassbare Erleichterung darüber, die sie trug wie ein Boot auf den Fluten. Warum also entzog er ihr jetzt seine Hand, als sie danach griff? »Du liebst mich doch«, flüsterte sie.

»Mehr, als ich in Worte zu fassen vermag«, stieß er heiser hervor. »Du weißt nicht, wie lange schon ich mir das hier wünsche. Wie oft ich daran gedacht habe. Du bist in meinen Gedanken, bei Tag und bei Nacht. Du bist schon lange nicht mehr die kleine Schwester für mich, sondern alles. Mein Leben. Mein Universum. Meine Liebe.«

»Aber warum dann …« Sie hielt inne. »Dein Gedicht für Nikoletta. Ist es wegen ihr? Hast du Verpflichtungen ihr gegenüber, die du nicht brechen kannst?«

»Nikoletta …?« Er runzelte verwirrt die Stirn, sah sie dann ungläubig an. »Weißt du, was auf der nächsten Seite steht?«

»Was?«

Wortlos griff er in seine Hosentasche, holte ein halb verkohltes, zerknittertes Blatt Papier hervor, reichte es ihr.

Ihr Name. Nur ihr Name. Immer und immer wieder. Groß, klein, schräg und gerade füllte er das gesamte Blatt aus, ließ kaum einen weißen Fleck mehr übrig.

»Das schönste Wort der Welt«, sagte er leise.

»Aber was ist dann der Grund?« Sie schrie es regelrecht hinaus, zitterte am ganzen Körper.

Er schloss gequält die Augen. »Siehst du nicht, was um uns herum geschieht? Stefanos und Maliks Cousin, dieser Omar, sind nur der Anfang.«

»Stefanos ist dein Grund?« Ungläubig sah sie ihn an. »Ein Verrückter mit Hass im Herzen?«

»Er ist nicht der Einzige, hörst du mir nicht zu? Und es ist nur eine Frage der Zeit, bis wir all die Feindseligkeit, für die er steht, hier noch sehr viel deutlicher zu spüren bekommen werden, als es bereits der Fall ist.«

In Gedanken sah sie die Männergruppe, die sich so plötzlich aufgelöst hatte, und dachte an die seltsam leise, ja verstohlen geführten Gespräche wenig später. Sie ahnte, worauf Yasin hinauswollte, aber sie schob es von sich. »Mir ist egal, was um uns her passiert!«

»Aber mir nicht. Ich mache mir Sorgen um dich! Und deswegen … haben … unsere Väter … recht.« Er kämpfte mit jedem einzelnen Wort, als würde es ihm körperliche Schmerzen bereiten. »Du bist besser dran mit einem Griechen.«

Sie blinzelte. »Unsere Väter? Was meinst du? Wovon sprichst du?«

Jetzt endlich sah er sie an, und die absolute Verzweiflung in seinen Augen ließ ihr den Atem stocken.

»Du wirst Dimitrios heiraten.«

Kapitel 5

Ich möchte deinen Namen in den Himmel schreiben mit Farben aus funkelnden Sternen und kann ihn doch nur rufen. Seufzen. Träumen. Hauchen.
Jeden Atemzug, den ich tue, tue ich für dich.
Du bist der Grund, warum ich existiere.

Heute

»Der Name Zypern stammt vom lateinischen Begriff für Kupfer, vielleicht auch vom griechischen, da gibt es verschiedene Meinungen«, erzählt Alec, der seit Beginn der Fahrt von der Taverne seiner Mutter nach Ayia Napa den Reiseführer gibt. »Weil dieses Metall schon zu Zeiten der alten Griechen hier in Mengen abgebaut wurde. Deshalb ist auf unserer Flagge die Silhouette der Insel kupferfarben.«

»Wie spannend!«, ruft Colleen, und ihre übertriebene Begeisterung lässt mich die Augen verdrehen. Ich wage zu bezweifeln, dass sie überhaupt zugehört hat. Trotzdem fragt sie Alec bald nach diesem Felsen, bald nach jenem Hügel. Dabei hat sie sich bis dato noch nie groß für die Natur interessiert.

Aus irgendeinem Grund stört mich ihre Fragerei. Und zwar fast so sehr wie die Tatsache, dass sie ihn ständig anfasst. Mal legt sie ihm die Hand auf den Arm, mal auf die Schulter. Einmal sogar, verbunden mit einem koketten Lachen, auf den Oberschenkel. Sie will ganz offensichtlich mit ihm anbandeln und flirtet, was das Zeug hält. Als ob es nicht genug andere Kerle gäbe. Muss es ausgerechnet der sein, vor dem ich mich bis auf die Knochen blamiert habe? Einen anderen Grund dafür, dass ich ihre Alec-Antatscherei so nervtötend finde, gibt es natürlich nicht. Außer dem, dass der Wagen erfüllt ist von Alecs Duft nach Meer und Moos und etwas Männlich-Herbem, das mich tief die Luft einziehen lässt. Und dass dieser Duft einfach viel zu gut ist für so einen unverschämten Kerl. Eine ganze Weile atme ich so flach wie möglich, schließlich lasse ich das Fenster hinunter, damit andere Gerüche hereindringen, und versuche, mich auf die Landschaft zu konzentrieren. Und die hat es wirklich in sich.

Eine Zeit lang sind die Hügel und Täler getupft mit weiß und rosa blühenden Mandel- und Kirschbäumen. Sie säumen sowohl die Weinberge als auch die Straßenränder. Sie recken sich hinter Granatapfelbäumen hervor oder wachsen inmitten von Feldern.

Kurz darauf verläuft die Straße durch einen bis zum Horizont reichenden Teppich aus gelben Wildblumen und rosafarbenen Chrysanthemen, dann wieder ist es Rosmarin, dessen lilafarbene Blütenpracht für das Auge nahtlos ins Tiefblau des Meeres übergeht.

»Du siehst erstaunt aus«, sagt er plötzlich.

Erst als ich den Blick zum Rückspiegel hebe, aus dem mir seine blauen Augen entgegenfunkeln, erkenne ich, dass er mich meint und nicht Colleen, die ihn die ganze Zeit mit ihrem Charme bewirft.

»Ich habe mir Zypern viel weniger grün vorgestellt«, gestehe ich.

»Ist es normalerweise auch. Aber im Winter regnet es ab und an, sodass Zypern im Frühling ein wahrer Garten Eden ist, eine Oase im Meer. Genau die richtige Zeit für Wanderungen durch das Hinterland. Ich gehe oft auf Tour. Es gibt kaum etwas Entspannenderes, finde ich.«

»Was für ein Zufall – das denke ich auch!«, flötet Colleen da schon. »Ich liebe Wanderungen!«

Mir fällt fast die Kinnlade herunter, weil sie normalerweise nur unter der Androhung, sonst ihre High Heels zu verbrennen, dazu zu bewegen ist, mehr als eine halbe Meile zu Fuß zu gehen.

»Der Sommer hier ist hingegen heiß und schier endlos«, fährt Alec fort. »Selbst im November kann man noch gut im Meer baden.«

»Ich kann es gar nicht abwarten, endlich ins Wasser zu springen«, seufzt Colleen.

»Wir haben so viele traumhafte Strände und Buchten, dass ihr jeden Tag neue besuchen könntet. Doch das ist nur ein Bruchteil der Schönheit dieser Insel. Die Natur hier ist einmalig, auch in Bezug auf die Artenvielfalt, die wir haben. Manche Tiere und Pflanzen gibt es überhaupt nur hier. Allein an Orchideen haben wir um die eintausendachthundert Arten, und davon kommen einhundertdreiundzwanzig ausschließlich hier vor. Und ebenfalls nur an Zyperns Küste legt eine bestimmte Meeresschildkrötenart ihre Eier ab. Die Akamas-Halbinsel im Westen ist nicht ohne Grund Naturschutzgebiet. Ihr Name leitet sich übrigens von Akamas, dem Sohn des Theseus, ab. Er soll nämlich nach dem Trojanischen Krieg dort gelandet sein.«

»Insel der Götter«, murmele ich.

»Einer ganzen Menge Götter sogar«, pflichtet er mir bei. »Überall auf Zypern findet man ihre Spuren. Zum Beispiel gibt es bei uns eine kleine Grotte mit einem Süßwasserbecken, das sogenannte Bad der Aphrodite.«

»Aphrodite?« Ich sitze kerzengerade, taste nach meinem Armreif, aber der liegt in meinem Koffer.

»Die Göttin der Liebe, nicht wahr?«, vergewissert sich Colleen.

Alec nickt. »Der Legende nach soll sie sich dort mit ihrem Liebhaber Adonis vergnügt haben. Eines Tages jedoch wartete sie vergeblich in der Grotte auf ihn, denn Ares hatte ihn abgefangen und aus Eifersucht getötet.«

»Was für eine traurige Geschichte«, seufzt meine Freundin melodramatisch.

»Und doch passt sie gerade deswegen gut zu Zypern«, erwidert Alec.

Ich will nachhaken, was er meint, aber als ich den Blick zum Rückspiegel hebe, trifft er erneut auf den seinen. Das verunsichert mich zutiefst. Ich bin es nicht gewohnt, so intensiv betrachtet zu werden. Vor allem nicht, wenn Colleen meine Begleitung ist. Ich habe mich damit abgefunden, in ihrer Nähe gar nicht und im Restaurant-Alltag als eine Art schwarz-weißer Einrichtungsgegenstand wahrgenommen zu werden. Nicht so jetzt.

Ein verführerisch wohliger Schauer überläuft mich, doch der ist absolut fehl am Platz. Ich will mir keine falschen Hoffnungen machen. Hastig sehe ich aus dem Fenster und setze mich auf meine Hände, um dem Drang zu widerstehen, an meinen Narben zu kratzen.

Nach einer Weile verändert sich die Landschaft wieder. Die Hügel sind von weiß getünchten Kirchen mit blauen Kuppeldächern gekrönt, während endlose Reihen von Weinstöcken ihre Hänge bedecken.

»So viele Weinberge«, säuselt Colleen und wirft ihr Haar zurück, »das schreit doch geradezu nach einer Weinverkostung.«

Alec nickt. »Solltet ihr auf jeden Fall machen. Zyperns Weine sind weltberühmt.«

»Dann bist du doch ganz bestimmt ein Weinkenner, nicht wahr, Alec?«, flötet sie.

»Leider nicht«, entgegnet er. »Aber ich kann euch sagen, von wo aus ihr den schönsten Ausblick bei eurem Glas Wein genießen könnt. Nämlich von einem der Klöster oben auf einem der Hügel, oder wenn ihr euch in einem der Bergdörfer in eine Taverne setzt.«

»Würdest du denn mitkommen? Um uns die Gegend zu zeigen?«

Ich habe es geahnt. »Nein, Colleen. Er hat zu tun, und mir ist nicht nach Weinverkostung.« Oder danach, noch mehr Zeit in Alecs verwirrender Nähe zu verbringen.

Colleen wirft mir einen mörderischen Blick über die Schulter zu.

»Am Mittwoch hätte ich Zeit«, widerspricht Alec zu meiner Überraschung.

»Alec und ich haben darüber nämlich schon heute Morgen gesprochen«, ergänzt Colleen. »Es wäre kein Problem, hat er gemeint.«

Daher weht der Wind. Er ist ihr bereits verfallen. Nicht, dass mich das wundert. Wäre ich ein Mann, ginge es mir bei ihrem Anblick wohl genauso. Ihr *Alec und ich* liegt mir dennoch seltsam schwer im Magen.

»Was würdest *du* denn gern besuchen?«, fragt er.

Meint er etwa mich? Tatsächlich. Und er klingt, als würde es ihn wirklich interessieren. Doch ich muss mich irren. Ihm geht es nur Colleens wegen darum, mich zu einem Ausflug zu bewegen. Er ist auf ihre Avancen angesprungen und meint, mich mitschleppen zu müssen, weil wir nun einmal im Doppelpack angereist sind. »Keine Ahnung. Aber lasst euch nicht von mir aufhalten. Ich bleibe dann einfach in Ayia Napa.«

»Bist eher eine Partymaus, was?«

Colleen fängt an zu prusten. »Im Gegenteil, ich kriege sie nur mit Ach und Krach dazu, mal mit mir auszugehen. Sie ist ein schrecklicher Bücherwurm.«

Nun bin ich diejenige, die sie böse anguckt, auch wenn es mir egal sein sollte, ob Alec mich für eine langweilige graue Maus hält oder nicht, schließlich werde ich ihn ohnehin nie wiedersehen. Wobei … so angewidert, wie zunächst befürchtet, wirkt er gar nicht.

»Das bin ich auch«, sagt er. »Manchmal lese ich ganze Nächte durch.«

Colleen mustert ihn ungläubig, ergänzt dann eilig: »Äh … ich natürlich auch. Abwechslung ist das halbe Leben, nicht wahr?« Sie läuft rot an, tut mir in ihrer Verlegenheit trotz ihrer Schwindelei furchtbar leid, und ich verkneife mir ein Lächeln als Antwort auf Alecs Aussage.

Keine Ahnung, ob er das gesagt hat, um mir beizustehen oder weil es wirklich so ist. So oder so – er wird mir gegen meinen Willen immer sympathischer. Was trotzdem nicht bedeutet, dass ich noch mehr Zeit mit ihm verbringen möchte.

»Also?«, hakt Alec nach. »Gibt es nichts, was du besuchen möchtest? Paphos solltet ihr euch nicht entgehen lassen. Dort begegnet ihr im wahrsten Sinne des Wortes auf Schritt und Tritt den griechischen Göttern. Sie sind nämlich auf gut erhaltenen Mosaiken zu sehen. Und allein schon das Amphitheater dort ist einen Besuch wert. Ich könnte euch die ausgegrabenen altgriechischen Villen zeigen.«

»Ja, sehr gern!«, ruft Colleen.

»Ist ja nicht gerade so, als hätte ich nicht ein Hotel in Paphos herausgesucht«, gebe ich trocken zurück und ernte einen Blick wie einen Dolchstoß von ihr. Vermutlich bin ich am Ende dieses Urlaubs durchlöchert wie ein Sieb dank ihrer mörderischen Blicke. Zum Glück ist unsere Freundschaft stark genug, um solche Kabbeleien auszuhalten. Colleen mag zwar im Hinblick auf Partys und Männer etwas oberflächlich sein, aber sie ist immer für mich da, wenn es drauf ankommt, und umgekehrt genauso. Egal, zu welcher Uhrzeit sie anruft, wenn es ihr schlecht geht, und sei es um drei Uhr in der Früh, steige ich ins Auto und fahre zu ihr. Und sie hat für mich sogar schon einmal einen von langer Hand geplanten romantischen Wochenendtrip mit Mason sausen lassen, als ich am Boden war, nachdem ein Typ, an den ich dummerweise mein Herz verloren hatte, mit einem abfälligen Kommentar auf und davon ist, als er meine Narben erblickte. Ich habe mir geschworen, mich nie wieder von einem Mann verletzen zu lassen. Nie wieder werde ich jemanden so nah an mich heranlassen. Weder an meinen Körper noch an mein Herz.

»Nikosia ist auch immer einen Besuch wert. Macht euch der Soldaten wegen keine Sorgen. Die Grenze könnt ihr inzwischen ohne Probleme passieren.«

»Grenze?«, wiederholt Colleen verdutzt.

Alec nickt. »Die Staatsgrenze zwischen dem von der Türkei annektierten Norden und dem restlichen Zypern verläuft mitten durch Nikosia. Wir sind somit das einzige Land Europas, das noch immer eine auf diese Weise geteilte Hauptstadt besitzt. Womit wir wieder bei unserer Flagge wären. Bei den beiden gekreuzten grünen Olivenzweigen vor weißem Grund, die sich unter der kupferfarbenen Silhouette der Insel befinden. Die Farbe Weiß und die Ölzweige stehen für das Ideal von Frieden und Harmonie und die Ölzweige zugleich für die beiden Volksgruppen hier auf Zypern und damit für ihr friedliches Nebeneinander. Die Flagge wurde in Südzypern auch nach der Abspaltung Nordzyperns beibehalten, symbolisiert inzwischen also eher die Hoffnung auf Frieden zwischen dem griechischen und dem türkischen Teil der Insel.«

Diese Info muss ich erst einmal verdauen. Natürlich habe ich die Flagge bei der Reisebuchung und auch hier auf der Insel schon gesehen, aber darüber nachgedacht, was ihre Bestandteile bedeuten, habe ich nicht.

»Und was ist das dahinten?«, fragt Colleen und deutet auf einen grünlich blauen Schatten.

»Der Ólympos.«

Ich horche auf. Hatte nicht auch der Gast im Hotel ihn erwähnt?

»So wie der Olymp der Götter?«, hakt Colleen nach.

»Ganz genau so. Das ist Zyperns höchster Berg. Im Winter kann man dort oben übrigens Ski fahren. Das Skigebiet ist zwar winzig, aber es existiert. Zypern ist eben nicht nur die Insel der Götter, sondern auch die der Gegensätze. In vielerlei Hinsicht.«

Das Letzte sagt er so leise, dass ich irritiert aufsehen muss und mein Blick im Spiegel abermals auf den seinen trifft. Ohne den meinen loszulassen, ergänzt er mit rauer Stimme: »Leider ist nicht jeder davon schön.«

»So von wegen Tourismus und Naturschutz und so?«, hakt Colleen nach.

Alec sieht wieder nach vorn. »Auch«, sagt er. »Sechzehn Prozent der Wälder wurden damals beim Einmarsch der Türkei von ihren Brandbomben zerstört.«

Etwas Drängendes liegt in seinem Tonfall, erneut spüre ich seinen Blick auf mir ruhen und rutsche nervös auf der Rückbank hin und her. »Alles hier auf Zypern hat zwei Seiten.«

Mir ist, als würde er nur zu mir sprechen, als hätten seine Worte eine tiefere Bedeutung, die ich verstehen müsste.

Ich muss an die Kirchenruine denken, und ein Gefühl von Bedrohung legt sich wie ein eisiger Mantel um meine Schultern, lässt mir eine Gänsehaut über den Rücken laufen.

»Ihr könnt euch aber auch die Scheunendachkirchen im Troodos-Gebirge ansehen«, fährt Alec fort, als wolle er die Stimmung heben. »Sie sind einmalig auf der ganzen Welt und werden auch die Bibel der Analphabeten genannt, weil sie mit wundervollen Wandmalereien ausgestaltet sind«, ergänzt er.

»Ja!«, ruft Colleen erneut und sieht mich eindringlich an.

Ich ahne, dass sie mir am liebsten vorsorglich gegen das Schienbein getreten hätte, damit ich ihr nicht wieder einen Strich durch die Rechnung mache. »Geht doch einfach ohne mich, ich … Lefkara!«

Colleen zuckt erschrocken zusammen. »Spinnst du? Warum schreist du so?«

»Das stand auf dem Schild!«, rufe ich aufgeregt.

»Ja, und?«

Mein Puls rast. Mir ist plötzlich, als wäre ich der Antwort eines Rätsels auf der Spur, dessen Frage ich gar nicht kenne. »Das Wort hat der Gast im Restaurant verwendet!«

»Ach, und was soll das sein?«

»Keine Ahnung.«

Sie guckt mich an, als wäre ich verrückt geworden.

Alec hingegen sagt: »Das ist ein Ort in den Bergen. Weltberühmt für seine Hohlsaumstickerei. Leonardo da Vinci hat hier das berühmte Altartuch des Mailänder Doms gekauft. Aber auch für seine Silberschmiedearbeit ist das Dorf bekannt.«

Ich sitze plötzlich kerzengerade. »Silberschmiede? Auch so was wie Armreifen?«

Er nickt. »Klar. Ketten, Ohrringe, Ringe, Gürtel, Armreifen und was es sonst noch so an Silberschmuck gibt.«

Ich kaue unsicher auf meiner Wange, frage mich, ob das die letzte Gelegenheit ist, die Sache auf sich beruhen zu lassen und nach diesem Urlaub nach Hause in meinen Alltag zurückzukehren. Davon abgesehen – wie hoch ist die Wahrscheinlichkeit, wirklich den Schmied zu finden, der den Armreif hergestellt hat? Und dann noch, dass er sich daran erinnert, wem er ihn verkauft hat? Absolut undenkbar, es sei denn, es war eine besondere Auftragsarbeit, aber wie hoch bitte ist die Chance dafür? Alles in allem also ein aussichtsloses Unterfangen, und doch muss ich es versuchen. Ein typischer Fall von Aktionismus.

»Das ist doch Zeitvergeudung!«, kommt es von Colleen.

»Was?«, hakt er stirnrunzelnd nach.

»Sie will herausfinden, ob ihr Armreif von dort stammt.«

Sein Blick im Rückspiegel ruht fragend auf mir. »Ich dachte, du wärst zum ersten Mal hier?«

»Das stimmt auch. Er gehört meiner Mutter. Aber sie war ebenfalls nie hier.«

Er zieht die linke Augenbraue hoch.

Ich räuspere mich. »Es könnte ihn ihr jemand als Souvenir mitgebracht haben.«

Jetzt wandert auch die andere Augenbraue hoch. Ich laufe rot an. Es muss total bescheuert auf ihn wirken, dass ich um die halbe Welt fliege, um herauszufinden, wo ein Souvenir herkommt.

»Warum fragst du sie nicht?«

»Sie liegt im Koma«, sagt Colleen. Ich funkele sie wütend an, immerhin geht das einen Fremden nichts an. »'tschuldige«, murmelt sie zerknirscht. »Da war mein Mund mal wieder schneller als mein Kopf.«

»Das tut mir leid«, sagt Alec und klingt aufrichtig betroffen.

Ich nicke nur. Was hätte ich auch dazu sagen sollen? Stattdessen verschränke ich die Arme auf dem Schoß und beharre in Richtung Colleen: »Ich muss dahin!«

»Ohne mich«, konstatiert diese. »Ich gehe an den Strand.«

»Ich war schon lange nicht mehr in Lefkara«, meldet sich Alec zu Wort. »Wenn Colleen nicht mit dir suchen mag, ich begleite dich gern.«

Mein Herz macht einen Hüpfer, aber mein Magen verkrampft sich.

»Andererseits ist so ein Ausflug doch eine gute Gelegenheit für eine Weinprobe«, ergänzt Colleen eilig. »Mittwoch passt perfekt.«

»Prima. Dann hole ich euch um zehn ab.«

Ich öffne und schließe perplex meinen Mund. Ich hatte nicht vorgehabt, mit Alec dorthin zu gehen. Aber wenn ich jetzt erneut widerspreche, werde wohl ich diejenige sein, die nachher mit einem Kissen erschlagen wird. Also lasse ich es bleiben, erkläre mich seufzend einverstanden und grübele darüber nach, wie er darauf kommt, ich sei aufs Feiern versessen.

Als wir wenig später in Ayia Napa einfahren, kenne ich die Antwort.

»Das ist ja der Wahnsinn!«, ruft Colleen zum wiederholten Male, während Alec unser Gepäck aus dem Kofferraum hebt. »Las Vegas im Kleinen! Guck mal, Tina, dort drüben!«

»Nein danke«, seufze ich, denn ich habe genug gesehen. Zwar hatte ich mich schon darauf eingestellt, dass hier mehr los sein würde als in Paphos, sonst hätte Colleen nicht unbedingt hierhergewollt, aber das, was ich hier vorfinde, übertrifft meine Befürchtungen bei Weitem.

Bettenburgen und Fressbuden in den ausgefallensten Gestaltungen überragen sich eng aneinandergedrängt. Von ägyptischen Tempeln über Westernsaloons bis hin zu Gebäuden im *Star-Trek*-Look ist alles dabei. Musik dröhnt aus allen Richtungen, neonfarbene Werbetafeln kreischen den Hinweis auf die nächste Show hinaus, und Flyer bedecken die Gehwege. Kettenkarusselle und Scooterbahnen an jeder Ecke. Ein Jahrmarkt in den Ausmaßen einer Stadt. Und Menschen über Menschen. Krebsrote Männer und aufgestylte Frauen in Leopardenmuster-Bikinis und High Heels, mit Strandtaschen und einer Tonne Make-up im Gesicht.

»Hier ist ja richtig was los!«, tönt es begeistert von Colleen.

»Noch nicht mal ansatzweise«, sagt Alec und schließt den Kofferraum wieder. »Warte mal ab, bis es Nacht wird.«

Colleens Augen leuchten auf, mir hingegen dreht sich der Magen um. Das hier ist ganz sicher nicht das, was ich unter Ruhe und Entspannung verstanden habe.

Das einzig Schöne ist nach wie vor das Meer, auch wenn ich zwischen den Hochhäusern nur einen Ausschnitt davon sehen kann.

»Jetzt schau dir mal diese Wahnsinns-Jacht an!«, ruft Colleen und stößt mich aufgeregt mit dem Ellbogen in die Seite.

Ich weiß nicht genau, welche sie meint, denn es liegen auf jenem Stück Meer jede Menge Wahnsinns-Jachten unterschiedlicher Größe vor Anker.

»Davon gibt es hier viele«, bestätigt auch Alec. »Ebenso Luxusvillen.« Er kommt um den Wagen herum, bleibt neben mir stehen. Unmittelbar neben mir.

Unwillkürlich atme ich tief seinen Duft ein, ärgere mich sogleich über mich selbst, kann aber nicht verhindern, dass seine Nähe und diese verlockende Mischung aus Männlichkeit und Meer mein Herz schneller schlagen lassen.

»In den Siebzigerjahren war Zypern die Insel der Reichen und Schönen«, fährt er fort. »Von Richard Burton über Sophia Loren bis hin zu Elizabeth Taylor machten hier die großen Namen Hollywoods Urlaub, besaßen Villen, entspannten und feierten. Und auch in letzter Zeit ist die Insel wieder sehr beliebt, vor allem bei russischen Millionären.«

»Millionäre?«, wiederholt Colleen mit leicht glasigem Blick. »Ich gehe mal einchecken.«

Ich ahne, dass sie den Tagtraum der ultimativen Rache an Mason träumt: Während er auf Facebook Fotos von sich und seiner Trulla auf einem Tretboot postet, zeigt sie ihm Aufnahmen von sich auf einer riesigen Jacht samt dazugehörigem Millionär.

Sie verabschiedet sich mit Wangenküsschen von Alec, die mir entschieden zu lange dauern, packt ihren Koffer und stöckelt, so schnell es ihr die High Heels erlauben, Richtung Hoteleingang. Sie kann es offenbar gar nicht erwarten, sich in einen noch schickeren Fummel zu schmeißen, für den Fall, dass ihr direkt ein steinreiches Exemplar von Mann über den Weg läuft.

Kaum bin ich allein mit Alec, scheint sein Duft noch berauschender, seine Nähe noch beunruhigender zu sein. »Also, vielen Dank noch einmal für deine Hilfsbereitschaft«, sage ich. Es sollte locker und gelassen rüberkommen, stattdessen klingt es gepresst und viel zu hoch. Wenn er doch nur aufhören würde, mich so intensiv anzusehen! Meinen Magen nicht dermaßen zum Flattern bringen würde!

»Soll ich dir noch meine Nummer geben?«, fragt Alec.

Ich schüttele den Kopf. »Nicht nötig. Colleen hat sie.« Vermutlich nur eine Minute nachdem sie ihm heute Morgen über den Weg gelaufen ist, hat sie ihn danach gefragt. Auf der Terrasse dieser wundervollen kleinen Taverne. In diesem traumhaft verschlafenen Dorf. Ich seufze tief auf, denn ich vermisse es jetzt schon.

»Wie du meinst.« Alec wirkt nicht beleidigt, eher amüsiert. So, als wüsste er ganz genau, dass am Ende nicht ich seine, sondern er meine bekäme. »Dann bis übermorgen.« Er drückt sich vom Wagen ab und geht zur Fahrertür.

Und sosehr ich ihn vorhin auch dahin gewünscht habe, wo der Pfeffer wächst – jetzt will ich mit einem Mal nicht, dass er geht, so bescheuert das auch sein mag. Aber was soll ich sagen? »Du hast noch nicht genau erklärt, *wo* du arbeitest!«, rufe ich.

Er hält inne.

»Es ist kein fester Ort, sondern eine Organisation.« Er öffnet die Tür seines Wagens. »Das *Committee on Missing Persons.*«

Ich blinzele perplex. »Du suchst vermisste Menschen?«

Er nickt.

Erneut hat sich mein Bild von ihm um hundertachtzig Grad gedreht, und ich brauche einen Moment, um das zu verarbeiten. »Das hört sich aber an, als ob es hier sehr viele davon gäbe«, sage ich etwas hilflos.

»Das ist leider in der Tat der Fall. Und die Zeit rennt uns davon.« Seine Miene ist auf einmal sehr ernst.

»Wie meinst du das?«

»Weil die Leute, die uns bei der Suche helfen können …«

»Tina? Die benötigen deinen Personalausweis«, unterbricht ihn Colleen, die den Kopf aus der Tür steckt.

»Gleich.«

»Aber da stehen bereits Leute hinter uns in der Schlange!«

»Fünf Minuten noch!«, rufe ich zurück, aber Alec winkt ab. »Geh ruhig rein. Du bist hier, um Urlaub zu machen. Wir sehen uns am Mittwoch.« Schon ist er eingestiegen, hat die Tür zugezogen.

»Warte!«, rufe ich durch das geöffnete Fenster. »Wen vermisst die stumme Frau?«, frage ich, einer Eingebung folgend.

Er seufzt tief auf. »Ihre gesamte Familie.«

Ich schlucke. Die Sache mit den Ausgrabungen … »Die Leute, die ihr sucht. Diese vermissten Menschen. Sie … sie sind tot, oder?«

Wortlos nickt er.

Alecs Worte haben mich bedrückt zurückgelassen. Sie gehen mir noch immer im Kopf herum, als ich ausgepackt habe und mit dem Handy am Ohr durch das Zimmer tigere, während Colleen sich irgendwo zehn Stockwerke unter mir am Pool räkelt. Wieder und wieder lande ich bei der Begegnung mit der Frau im Flur. Was war so seltsam daran?

»Hören Sie, ich kann mich nur wiederholen: Wir tun unser Möglichstes.« Der Arzt am Telefon klingt leicht gereizt, und ich kann es ihm nicht einmal verdenken, so oft, wie ich ihn schon wegen Mum kontaktiert habe. Ich rechne ihm hoch an, dass er sich alle Mühe gibt, es nicht zu sehr zu zeigen.

»Ich weiß«, sage ich matt, »ich dachte nur, dass es möglicherweise neue Erkenntnisse gibt.«

»Sollte das der Fall sein, würden wir uns melden.«

»Aber vielleicht ...« Ich zögere, weiß selbst nicht, was ich sagen soll, alles wurde bereits zigfach besprochen.

Der Arzt seufzt auf. »Wie ich Ihnen schon oft erklärt habe: Viele das Koma betreffende Dinge sind noch wenig erforscht. Die Chancen, dass ein Patient erwacht, sinken mit jedem Tag, der vergeht, aber nichts ist unmöglich. Wir tun alles, was wir tun können. Der Rest liegt an Ihrer Mutter oder dem Schicksal. Es tut mir wirklich leid, dass ich Ihnen nichts anderes sagen kann. Geben Sie die Hoffnung nicht auf, aber klammern Sie sich nicht zu sehr daran. Und jetzt muss ich das Gespräch leider beenden, die anderen Patienten warten.«

»Ja. Natürlich. Haben Sie vielen Dank.«

Schweren Herzens lege ich auf. Keine Änderung von Mums Zustand nach all den Monaten.

Nicht, dass ich damit gerechnet hätte, dennoch ist es jedes Mal aufs Neue niederschmetternd, zu hören, dass es keine Besserung gibt. Und die Ungewissheit zwischen den Anrufen frisst mich auf.

Verzweifelt lasse ich mich aufs Bett sinken, schließe die Augen und sehe sofort Mums Gesicht vor mir.

»Wieso hast du die Tabletten abgesetzt?«, fahre ich Mum aufgebracht an, kaum dass wir die Arztpraxis verlassen haben.

Sie gibt keine Antwort, geht langsam weiter, den Kopf gesenkt. Nicht nur ihr Lachen und der Glanz in ihren Augen sind schon lange fort, sie scheint auch geschrumpft zu sein in den letzten Jahren. Von innen heraus aufgefressen.

»Warum hörst du nicht auf den Arzt?«, versuche ich es erneut.

»Weil es für das, woran ich leide, keine Medizin gibt«, sagt sie leise.

»Das weißt du doch gar nicht! Du hast mir versprochen, sie weiterhin zu nehmen. Für mich. Für Dad.« Ich heule jetzt fast. »Er tut alles für dich, er liebt dich. Weshalb tust du uns das alles an?« Ich weiß, dass ich unfair bin und sie nichts für ihre Krankheit kann, aber ich fühle mich so unfassbar hilflos, und das macht mich wütend.

»Das verstehst du nicht«, sagt sie matt.

Ich ringe die Hände, hätte in meiner Verzweiflung am liebsten irgendetwas zu Boden geschmissen, trete stattdessen gegen die bunt plakatierte Litfaßsäule, die wir passieren. »Wie kannst du ihn im Stich lassen? Mich im Stich lassen?«

»Das würde ich niemals«, flüstert sie.

»Tust du aber!« Ich stürme weiter. »Wie kannst du so rücksichtslos sein? Wieso, verdammt, gibst du dir nicht ein klein wenig mehr Mühe, gesund zu werden? So kann das einfach nicht weitergehen und …« Ich halte inne, denn sie ist gar nicht mehr an meiner Seite. Stirnrunzelnd drehe ich mich um. Sie ist an der Litfaßsäule stehen geblieben.

»Mum! Hast du mir überhaupt zugehört?«

Sie rührt sich nicht.

Aufgebracht stapfe ich zurück, um zu sehen, was sie da so ablenkt. Sie starrt mit aufgerissenen Augen ein Plakat an, das für den Diavortrag irgendeines Fotojournalisten oder so wirbt. Es geht wohl mal wieder um kriegerische Auseinandersetzungen irgendwo auf der Welt. Fotos feiernder Menschen links, solche verletzter Menschen rechts.

Aber ein Gesicht sticht hervor: ein Mann, über dessen Wange eine wulstige rosafarbene Narbe verläuft, die sogar noch die Oberlippe tief spaltet.

Es sieht schrecklich entstellt aus, und ich kann verstehen, dass meine Mutter schockiert ist, trotzdem geht es gerade um Wichtigeres. »Hör zu, Mum. So kann das einfach nicht mehr weitergehen!« Ich will mit meiner Standpauke fortfahren, schaue wieder zu Mum – und ziehe scharf die Luft ein. Sie weicht zurück und ist kreidebleich.

»Mum?«, rufe ich erschrocken. »Was ist? Was hast du?«

Sie scheint mich nicht zu hören, zittert am ganzen Körper.

Und plötzlich fährt sie herum, stürzt wie in Panik davon. In Richtung Fahrbahn, ist Sekunden später außerhalb meiner Reichweite.

Mein Schrei mischt sich mit dem Kreischen von Bremsen und dem nervenzerfetzenden Geräusch von aufeinanderschabendem Metall.

Und dann liegt Mum auf der Straße. Ihr blauer Mantel bauscht sich um sie. Eine kleine Blume, die einsam auf dem Asphalt verblüht.

Ich schlage die Augen auf, mein Puls rast, mein Herz hämmert so heftig gegen meinen Brustkorb, dass es schmerzt.

Und wieder toben all die Fragen durch meinen Kopf, die mich seit damals kaum schlafen lassen: Warum nur bin ich mit ihr an dieser Litfaßsäule vorbeigelaufen? Weshalb nur habe ich mit ihr gestritten? Wieso nur habe ich nicht nah genug bei ihr gestanden, um sie zurückziehen zu können? Weshalb habe ich nicht rechtzeitig bemerkt, dass sie in ihrer Panik auf die Straße laufen würde? Natürlich weiß ich rein objektiv, dass ich nicht anders hätte reagieren können, dass alles zu schnell ging, zu überraschend kam. Bis heute dagegen weiß ich nicht, welcher Journalist die Fotos geschossen hat, von wem die Veranstaltung organisiert war, die dort angekündigt wurde, oder wo sie stattgefunden hat. Das Plakat war bereits abgerissen, als ich mich Tage später so weit gesammelt hatte, dass ich in der Lage war, hinzufahren und nachzusehen. Auch im Internet konnte ich damals keinen Hinweis auf den Diavortrag finden. Doch noch immer ist da dieses entsetzliche Gefühl der Schuld, das mich niederdrückt. Nichts wünsche ich mir mehr, als dass ich die Zeit zurückdrehen könnte. Ich würde den Unfall verhindern. Und Mum sagen, dass ich sie liebe.

Wieder sticht es in meiner Brust so heftig, dass ich aufkeuche und mein Herz sich qualvoll zusammenzieht.

Laut Aussage der Polizei hat sie unfassbares Glück gehabt. Der Fahrer des Wagens hat versucht, auszuweichen, sie nur mit dem Kotflügel erwischt. Und doch hat das gereicht.

Glück! Dieses Wort in Verbindung mit der blassen Gestalt im Krankenhausbett lässt mich wütend und hilflos auf die Matratze einprügeln, bis das Laken nass vor Tränen ist.

Ich muss mich ablenken, ziehe mein Smartphone zu mir.

Plötzlich sitze ich senkrecht im Bett, starre ungläubig auf mein Handydisplay.

Ich weiß, was ich übersehen habe; die Erkenntnis schießt durch mich hindurch wie ein Komet über den Nachthimmel.

Die Frau im Flur hat die Schüsseln fallen lassen, *bevor* sie mich erblickt hat. Sie ist bei meinem Gruß nur zusammengefahren, weil sie nicht damit gerechnet hat, im Flur auf jemanden zu treffen. Kreidebleich geworden ist sie hingegen erst, als sie das Foto meines Vaters gesehen hat.

»Du hast doch immer gesagt, wenn es so weit sei, würde ich schon die richtige Entscheidung treffen!«, schrie Samira ihren Vater über den Arbeitstisch in der Küche hinweg an und knallte eine der Oúzo-Flaschen von ihrem Serviertablett auf die Platte. Eilig nahm ihre Mutter ihr die restlichen ab, bevor noch etwas zu Bruch gehen konnte.

»Ja, aber damit meinte ich natürlich Dimitrios!«, brüllte ihr Vater zurück, und schon krachte seine Pfanne auf den Tisch.

Hastig zog ihre Mutter nun auch noch sämtliche Pfannen, Töpfe und sonstige Dinge zu sich, die sich in der Nähe befanden. Samira konnte darüber nur schnauben.

»Wie kannst du solch einen Entschluss ohne mein Einverständnis fassen?«, wütete sie.

»Weil ich dein Vater bin und weiß, was gut für dich ist«, schoss er zurück.

»Wieso nur bist du so stur?« Samira warf ihr leeres Tablett wütend auf den Tisch.

»Wieso nur bist *du* so stur?« Ihr Vater sah sich um, schmiss dann in Ermangelung eines greifbaren und geeignetes Geschepper verursachenden Gegenstandes seinen Putzlappen zu Boden.

»Bitte!« Ihre Mutter hob beschwichtigend die Hände. »Seit gestern seid ihr beide am Streiten. Können wir nicht eine Pause einlegen?«

»Nein!«, kam es von beiden gleichzeitig. Die Hochzeit war vorbei, die Diskussion nicht.

Helena seufzte tief auf und brachte vorsichtshalber auch die Gläser außer Reichweite ihrer Tochter und ihres Mannes.

»Ich erwarte von dir, dass du dich besinnst!«, wütete Samiras Vater.

»Ich bin besonnen!«

»Dimitrios hat genau das Richtige getan, nämlich mich um Erlaubnis gebeten, um deine Hand anhalten zu dürfen.«

»Das bedeutet aber noch lange nicht, dass du herumlaufen und überall erzählen kannst, ich würde ihn heiraten!«

»Habe ich auch nicht! Und selbst wenn, das ist hier nicht der Punkt!«

»Ist es sehr wohl! Denn mich hat dabei keiner gefragt!« Nicht rechtzeitig zumindest, denn inzwischen war ihr klar, worauf das merkwürdige Gespräch auf der Hochzeitsfeier, das Dimi mit ihr geführt hatte, hätte hinauslaufen sollen, wenn sie nicht unterbrochen worden wären.

»Weil die Antwort ja wohl klar ist!«

»Ist sie nicht! Warum begreifst du das nicht?« Dimi tat ihr entsetzlich leid, sie fühlte sich grauenvoll deswegen, aber sie würde es ihm behutsam erklären. Er würde es verstehen.

»Weil ich mir keinen wundervolleren Schwiegersohn vorstellen kann als Dimitrios!«

»Es ist nicht meine Schuld, dass es dir an Fantasie mangelt!«

Ihr Vater schnappte nach Luft, rang die Hände. »Sag was, Helena, sag doch endlich etwas!«

»Tue ich: Jetzt ist Schluss! Es ist spät, ihr seid müde und beide aufgebracht. Beruhigt euch, und wir reden morgen weiter!«

»Da gibt es nichts zu reden!« Wütend stürmte sie aus der Tür.

Kaum jedoch war sie um die Hausecke gebogen, hielt sie abrupt inne. »Dimi!« Er saß auf der Bank der Sommerküche, vor sich eine halb leere Flasche Oúzo.

Seit ihrem gestrigen Gespräch bei der Feier hatte sie ihn nicht gesehen, den ganzen Tag über war die Tür zu seinem Zimmer verschlossen gewesen. Laut ihrer Mutter hatte er von der Hochzeit einen Rausch, den er ausschlafen musste. Aber warum trank er dann jetzt weiter? Ein ungutes Gefühl stieg in ihr auf.

Vorsichtig trat sie zu ihm, knetete nervös ihre Finger. »Es tut mir entsetzlich leid, dass ich dich wieder auf dem Marktplatz habe sitzen lassen. Wirklich. Ich weiß gar nicht, was ich sagen soll.«

»Du musst gar nichts mehr sagen.« Seine Stimme klang verwaschen, er war also wirklich betrunken. Mit dem Kinn deutete er über die Schulter nach hinten. Das Fenster der Küche war gekippt, er hatte die Diskussion mit ihrem Vater mit angehört.

Ihr Herz verkrampfte sich. »Es tut mir leid«, flüsterte sie.

Er lachte bitter auf. »Was vermutlich nicht bedeutet, dass du deine Meinung ändern wirst.«

Selten hatte sie sich so hilflos gefühlt. »Ich … wünschte, ich könnte es. Aber es geht nicht. Doch ich wollte nicht, dass du es so erfährst.«

Er antwortete nicht, stierte nur die Oúzo-Flasche an.

Ihn so völlig am Boden zerstört zu sehen, zerriss ihr das Herz. Zögerlich setzte sie sich neben ihn. »Bitte, lass das nicht zwischen uns stehen.«

Er starrte dumpf vor sich hin. »Weißt du noch, wie du mich früher, als wir Kinder waren, immer getröstet hast, wenn ich nicht schlafen konnte?«

»Natürlich«, sagte sie leise.

»Ich habe mir damals geschworen, dass eines Tages ich derjenige sein würde, der sich um dich kümmert.«

»Das hast du doch getan. Du warst immer für mich da, wenn ich dich gebraucht habe.« Sie wollte ihre Hand auf die seine legen, aber er zog sie fort.

Sie schluckte schwer. »Ich wünschte, ich könnte anders für dich fühlen. Das, was du dir wünschst. Das, was sich auch meine Eltern wünschen. Aber … das kann ich einfach nicht.«

Endlich sah er auf, aber sein Blick war glasig. »Ist es, weil ich ein Nichts bin? Ein Niemand?«

»Was redest du da?« Erschrocken griff sie nun doch nach seinem Arm, wütend riss er ihn fort.

»Ich besitze nichts und bin nichts! Nichts als ein Bastard, den niemand haben wollte!«

»Dimi, nein! Wie kannst du nur so etwas sagen? Das stimmt nicht! Du …«

»Das ist der Grund, warum du mich nicht willst! Warum ich dir nicht gut genug bin! Und ich war so dumm, zu glauben, du seist anders!«

Er packte die Flasche so fest, dass seine Fingerknöchel weiß hervortraten.

Bekam er ihre Worte überhaupt mit? »Hör auf, bitte! Das kann nicht dein Ernst sein! Du bist betrunken, nicht bei Sinnen …«

»O doch, das bin ich!«, gab er bitter zurück. »Mehr als je zuvor!«

»Aber das kannst du nicht wirklich denken! Wer deine Eltern sind oder was du besitzt, hat nichts mit meinen Gefühlen für dich zu tun. Und wenn es um die Taverne geht, können wir eine Lösung finden. Wir können sie weiterhin zusammen führen.«

»Und wieder bin ich derjenige, der von anderen abhängig ist, der Almosen empfängt. Nein, niemals wieder.« Sein harter Tonfall ließ sie zusammenfahren, sie erschrak über die unbändige Wut in seinen fiebrig glänzenden Augen. »Irgendwann werde ich etwas besitzen, und zwar verdammt viel! Alles, was das Schicksal mir nicht gewährt hat, und noch mehr!« Mit einem Mal schleuderte er die Flasche von sich. Klirrend zersprang sie am steinernen Ofen.

Schockiert starrte sie auf die funkelnden Scherben. Auch er war wie erstarrt, als hätte der Krach ihn aus seiner Wut gerissen; nur seine Hand zitterte noch.

Sie fuhr sich über die Lippen, sagte leise: »Ich verstehe, dass du aufgebracht bist. Aber glaub mir, es … es hat nichts mit all dem zu tun, was du gesagt hast. Es … sind einfach andere Gefühle, die ich für dich habe.«

Er schloss die Augen, atmete tief durch, stand dann abrupt auf. »Ich hole einen Besen.«

Ihre Kehle wurde eng. »Dimi!« Sie griff nach seinem Arm, dieses Mal ließ er die Berührung geschehen. »Du bist mir wichtig! Aber auf eine andere Art.«

Er sah auf ihre Hand hinab. Seine Nasenflügel bebten, er rang mit sich. »Gib mir Zeit«, brachte er mühsam hervor.

»Alle Zeit, die du brauchst«, flüsterte sie.

Er nickte langsam, zog seinen Arm fort, schwankte wortlos davon.

Bedrückt schlang sie die Arme um ihre Mitte. Die Nacht schien mit einem Mal kälter geworden zu sein.

Jetzt, im Nachhinein, fragte sie sich, wie sie so blind hatte sein können. Die Wiesenblumen, die er ihr seit Monaten jeden Sonntag nach der Kirche pflückte. Die Bücher, die er ihr aus Nikosia mitbrachte, jedes Mal, wenn er dort war. Die Gespräche über seine Zukunftspläne und die Bedeutung von Familie, wenn sie abends noch auf der Terrasse beisammensaßen. Gefangen in ihrem Gefühlschaos in Bezug auf Yasin, hatte sie das alles nur als liebevolle Gesten unter Ziehgeschwistern gedeutet.

Sie dachte an vier Kinder, die voll Urvertrauen in die Zukunft blickten.

»Meint ihr, wir werden immer Freunde sein?«

»Natürlich!«

»Was sollte uns denn daran hindern?«

Seufzend stand sie auf, durchquerte den Garten. Sie musste zu Yasin, war plötzlich voller Angst, Yasin könnte seine Meinung geändert haben. Was, wenn ihm die Freundschaft zu Dimi doch wichtiger war als die Liebe zu ihr? Wenn seine Liebe gar nicht so groß war wie die ihre? Wenn alles …?

Dann sah sie ihn unter dem Feigenbaum stehen, und vor Erleichterung wurde ihr so schwindlig, dass sie sich an der Mauer festhalten musste. Er war da. Er würde immer da sein.

Er löste sich aus den Schatten, und sie stürzte in seine Arme, zitternd vor Glück und Trauer zugleich.

Stumm zog er sie an sich, barg ihr Gesicht an seiner Brust und hielt sie fest, bis sie sich so weit beruhigt hatte, dass sie ihm von dem Gespräch mit ihrem Vater und von Dimis Reaktion erzählen konnte.

Angespannt hörte er ihr zu, sagte schließlich leise: »Ich habe nichts anderes erwartet.«

Sie schluckte. »Was mein Vater sagt, ist mir egal. Er kann nicht über mein Leben bestimmen. Aber Dimi … Er tut mir so leid. Ich fühle mich so furchtbar. Meinst du, er wird darüber hinwegkommen? Denkst du, wir können nach all dem noch Freunde sein?«

»Ich weiß es nicht.« Seine Stimme klang belegt. »Du kannst deine Meinung ändern.«

Sie löste sich von ihm, sah zu ihm hoch. »Nein. Das kann ich nicht. Es gab immer nur dich und wird immer nur dich geben.«

Er atmete schwer. »Du weißt nicht, was du da sagst. Die Welt da draußen ist in Aufruhr.«

»Soll sie es nur sein. Du bist mein Ruhepol.«

Er hob seine Hand, als wollte er sie an ihre Wange legen, hielt dann aber inne. »Ich weiß nicht, ob wir einen Fehler machen«, flüsterte er gequält. »Es geht hier nicht einmal um Religion, sondern um Politik. Das hier ist so viel größer als wir.«

»Nein, es geht um uns!«

»Das ist zu einfach gedacht.«

»Und das andere zu kompliziert.«

»So kannst du doch nicht argumentieren.«

»Wieso nicht? So viele Dinge auf dieser Welt sind im Grunde einfach. Kinder wählen immer den leichten Weg. Erst wir Erwachsenen machen die Dinge kompliziert.«

»Ich will dich nicht unglücklich machen.«

»Das kannst du gar nicht«, hauchte sie. »Es ist mir egal, was andere sagen oder denken. Das Einzige, was zählt, ist, dass du mich liebst.«

Und endlich nahm er ihr Gesicht in seine Hände, raunte mit erstickter Stimme: »Ich wünschte, ich hätte die Kraft, es zu leugnen. Ich müsste es tun, für dich. Aber ich bin nicht stark genug dazu. Ohne dich fehlen der Nacht die Zikaden und den Zitronen der Duft. Ohne dich ist der Mond nur ein Stein im All, verliere ich meine Poesie und die Welt allen Zauber. Du bist die Luft, die ich atme, und mein Wasser in der Wüste. Ich weiß nicht, ob es das Schicksal gibt oder Vorsehung, aber es gibt einen Grund für meine Existenz, und der bist du.«

Jetzt wusste sie, wie es sich anfühlte, wenn einem das Herz aus der Brust springen wollte vor Glück.

Tränen liefen ihr die Wangen hinunter. »Das ist so wunderschön.«

Er strich sie sanft mit dem Daumen fort. »Warum weinst du dann?«

»Weil du genauso fühlst wie ich.«

»Das liegt daran, dass wir uns eine Seele teilen«, flüsterte er. Und endlich beugte er sich zu ihr herunter. Sie schloss die Augen, und als seine warmen, weichen Lippen sanft die ihren berührten, verlor sie sich in seinem Kuss, der so ganz anders war als der erste. Sanft, zart und süß. Voller Verheißung und Versprechen.

Unendlich lang und doch viel zu kurz.

Als sie sich schließlich schweren Herzens voneinander lösten, hielt er ihr Gesicht weiter in seinen Händen und sah sie an, als wollte er sich diesen Moment für alle Ewigkeit einprägen. »Ich möchte es in die Welt hinausschreien, wie glücklich ich bin. Will ein Leuchtfeuer entzünden und deinen Namen damit in die Nacht schreiben.«

»Das darfst du nicht«, flüsterte sie erstickt, obwohl seine Worte sie zutiefst berührten. »Noch nicht.«

»Wieso?«

»Lass Dimi Zeit. Es ist so schon hart genug für ihn. Und meine Eltern sollen sich erst einmal an den Gedanken gewöhnen können, dass ich Dimi nicht heiraten werde, bevor ich sie mit der Nachricht überfalle, wem stattdessen mein Herz gehört.«

Sie spürte, wie er sich verkrampfte. »Du fühlst dich furchtbar wegen Dimi.«

Er nickte.

»Bereust du …?«

»Niemals! Denk so etwas nicht einmal! Ich weiß nur nicht, wie ich es fertigbringen soll, dich nicht jedes Mal zu küssen, wenn ich dich sehe.«

»Wann wird das sein? Wann sehen wir uns wieder?«

Er verschloss ihren Mund erneut mit einem Kuss, raunte an ihren Lippen: »Morgen, übermorgen, jeden Tag für den Rest unseres Lebens. Ich werde immer da sein.«

Das Gefühl ihrer Lippen noch immer auf den seinen, fiel er spät in der Nacht ins Bett. Er wollte die Augen nicht schließen, ihr Bild nicht verlieren und musste doch eingeschlafen sein. Als er die Lider aufschlug, schien der Mond durch sein Fenster.

Er wusste nicht, was ihn geweckt hatte, aber sofort wanderten seine Gedanken zu Samira, und er fragte sich, ob er nur geträumt hatte oder ob es wirklich Realität sein konnte. Ein ungeheuerliches Glücksgefühl durchfuhr ihn, als ihm klar wurde, dass es das tatsächlich war. Ein Lächeln huschte über sein Gesicht.

Er versuchte, wieder einzuschlafen, wälzte sich hin und her, aber das Glück, das durch seine Adern sprudelte, hielt ihn wach.

Schließlich gab er auf und trat ans offene Fenster. Kein Lüftchen ging. Die Hitze war in den letzten Tagen noch schlimmer geworden, schien mit Händen greifbar zu sein.

Im Anbau, den Elif und Malik seit der Hochzeit bewohnten, während er selbst mit seinem Vater und Jajá im alten Teil des Gebäudes lebte, war es ebenso dunkel wie in den umliegenden Häusern. Das Dorf, die Straßen, alles erschien im Mondlicht fremd.

Plötzlich runzelte er die Stirn. Waren das verstohlene Schritte da draußen? Flüsterte dort jemand? Tatsächlich.

Schatten wanderten durch die Straße.

Einer von ihnen stolperte, fluchte gedämpft.

Yasin kniff die Augen zusammen, versuchte, irgendwie zu erkennen, was das für Personen waren und wohin sie wollten, aber schon verschwanden sie hinter der nächsten Hausecke.

Beunruhigt verließ er sein Zimmer, ging die Treppe hinunter.

Die Terrassentür stand offen. Hatte er vergessen, sie zu schließen?

Elif stand auf der Schwelle. Verschlafen, mit zerzaustem Haar, ein Jäckchen über dem bodenlangen Nachthemd.

»Was hast du?«, fragte er besorgt.

»Hast du Malik gesehen? Er liegt nicht im Bett.«

»Wie meinst du …?« Yasin hielt inne, dachte an den Schatten, der geflucht hatte, und ein kalter Schauer lief ihm über den Rücken. »Er hat sicher nur einen wilden Hund verscheucht, er kommt gleich wieder.«

Elif schluckte schwer, sah zu Boden. »Ich … weiß nicht, aber … Ich wünschte, sie wären nie hergekommen nach Ayia Rosa, all diese Fremden. Maliks Cousin redet die ganze Zeit davon, dass die griechischen Paramilitärs stärker werden und man die türkischen Gruppen unterstützen müsse.«

Ihm wurde kalt. Auch er hörte im Radio ständig Nachrichten, auch er wusste, dass es noch immer ab und zu Übergriffe dieser Gruppierungen auf die jeweils andere Seite gab. Er hatte gewusst, dass der Hass irgendwann auch auf dieses verschlafene Dorf übergreifen würde. Aber so schnell? Und so nah? In seiner eigenen Familie? »Ich rede mit ihm. Ich kümmere mich darum.«

»Danke.«

»Übrigens … du warst die schönste Braut überhaupt. Mama wäre stolz auf dich gewesen.«

Elifs Augen schimmerten. Im Gegensatz zu ihm hatte sie keine Erinnerung mehr an ihre Mutter. »Und … was ich … dir schon lange sagen wollte: Danke, dass du immer auf mich aufgepasst hast. Du bist der beste anstrengende große Bruder, den ich mir je hätte wünschen können.« Sie trat auf ihn zu und schloss ihn fest in ihre Arme.

»Und du die beste anstrengende kleine Schwester, die ich mir hätte wünschen können«, gab er zurück und drückte ihr einen Kuss aufs Haar. »Und jetzt geh schlafen. Alles ist gut.«

Sie nickte gähnend, lächelte ihn an und schlurfte zurück. Er hingegen lehnte sich gegen die Wand, fühlte sich mit einem Mal unendlich erschöpft. Hätte er standhaft bleiben und seine Gefühle Samira gegenüber weiter verheimlichen müssen?

»Alles ist gut«, flüsterte er erneut in die Nacht hinaus.
Die Finsternis verschluckte seine Worte.

Samira schob das Huhn vorsichtig von seinem Nest, um die Eier in ihren Korb zu sammeln, und überlegte, wann sie sich aus der Taverne würde stehlen können. Die vergangenen drei Tage hatten sie sich so oft getroffen, wie es bei aller Heimlichkeit möglich war – selbst wenn es nur für einen flüchtigen Kuss gewesen war.

Kaum dass sie sich getrennt hatten, fieberte sie voller Sehnsucht nach ihm auf das nächste Treffen hin. Sie konnte an nichts anderes denken als an ihn, wenn sie nicht bei ihm war. Ebenso, wenn sie bei ihm war.

»Wo ist Dimi?«, fragte Eleni und beschirmte die Augen mit der Hand, um sie vor der grellen Mittagssonne zu schützen.

Das Mädchen war wie so oft bereits kurz nach dem Frühstück bei Samira aufgetaucht und ihr bis zum frühen Nachmittag nicht von der Seite gewichen. Jetzt saß sie im Schneidersitz vor dem Hühnerstall, ein dickes braunes Huhn im Schoß, das die Streicheleinheiten geduldig über sich ergehen ließ.

»Er schläft.«

»Das hast du doch gestern schon gesagt.«

»Weil er da ebenfalls geschlafen hat.« Bedrückt warf sie einen Blick zum Haus zurück. Die Fensterläden vor Dimis Zimmer waren geschlossen. Seit jenem unsäglichen Abend kam er nur heraus, wenn sie nicht da war, aß kaum etwas, trank dafür viel Oúzo, wie ihre Mutter ihr erzählte, und verschwand anschließend wieder, um seinen Rausch auszuschlafen. Auf ihr Klopfen reagierte er nicht, auf ihre Versuche, durch die verschlossene Tür mit ihm zu reden, auch nicht. Sie machte sich fürchterliche Sorgen, ihre Eltern ebenso, was nicht gerade dazu beitrug, dass sich die gereizte Atmosphäre zwischen Samira und ihrem Vater entspannte.

»Na komm, bringen wir die Eier rein«, sagte Samira seufzend, hob den Korb, und sofort schob sich Elenis kleine Hand in ihre, und das Mädchen lächelte vertrauensvoll zu ihr hoch. »Weißt du, wenn ich groß bin, wohne ich bei dir. Dann können wir den ganzen Tag mit Apoll spielen.«

»Eine hervorragende Idee«, antwortete Samira und lächelte. Bis zu dem Moment, in dem sie Dimi sah.

»Endlich bist du wach!«, rief Eleni begeistert. »Kannst du mir noch etwas basteln?«

Samira hielt sie vorsichtig an der Hand zurück. »Prinzessin, holst du aus der Küche ein paar Möhren und gibst sie Apoll?«

Das ließ sich Eleni nicht zweimal sagen und sauste glücklich davon.

Mit klopfendem Herzen wandte Samira sich wieder Dimi zu. Er hatte Ringe unter den Augen, sein Gesicht war blass und das Haar stand ihm wirr vom Kopf. Und so zerknittert, wie seine Klamotten waren, hatte er in ihnen geschlafen.

Sie verkrampfte sich. »Wie geht es dir?«

»Den Umständen entsprechend.« Er klang nüchtern und sachlich. Der Zorn von neulich schien wie weggewischt.

Nervös musterte sie ihn. Sie fühlte sich grauenvoll, wünschte, sie könnte zumindest die Art und Weise, in der Dimi es erfahren hatte, rückgängig machen. »Dimi, es tut mir so leid, ich …«

»Nicht.« Er sah gequält zu Boden. »Bitte, tu mir einen Gefallen.«

»Welchen?«, flüsterte sie mit trockener Kehle.

»Erwähne das alles nicht mehr.«

»Aber …«

»Nie wieder!«

Sie schluckte. »In Ordnung.«

Er wirkte so verloren, dass es ihr durch die Seele schnitt. Sie wollte etwas sagen, um ihn zu trösten, aber was?

Er straffte sich, fuhr sich durch das wirre Haar. »Ich gehe jetzt duschen, und dann sehe ich nach, ob unser Geschirr von der Feier wieder vollständig zurück ist, andernfalls klappere ich die Nachbarn ab. Ach, und ich denke, die Vorratsliste sollte dringend auf den neuesten Stand gebracht werden.«

Sie fuhr sich mit der Zunge über die trockenen Lippen, unsicher, ob er wirklich so einfach einen Strich unter die Sache ziehen konnte. Auf jeden Fall war er offenbar fest entschlossen, nicht mehr darüber zu sprechen. Sie war erleichtert und schämte sich zugleich dafür. »In Ordnung, ich kümmere mich um die Liste.« Den Korb mit den Eiern fest umklammert, stakste sie in die Taverne.

Ihr Vater hielt es in Sachen Nicht-Erwähnung leider nicht wie Dimi.

Er sah sie durch den Schankraum in die Küche gehen und eilte ihr nach.

»Hast du dich endlich besonnen?«, rief er, kaum dass die Tür hinter ihm zugefallen war.

Sie verdrehte die Augen. »Hast *du* dich denn besonnen?«

»Wie redest du mit mir?«, empörte sich Samiras Vater.

»Großer Gott, geht das schon wieder los?«, seufzte Helena, die mit hochgerollten Ärmeln Teig knetete. Sie wischte ihre mit Mehl bestäubten Hände an der Schürze ab und brachte eilig alles, was zerbrechlich war, außer Reichweite von Mann und Tochter.

»Genauso, wie du mit mir redest!«, antwortete Samira aufgebracht. »Ich bin kein Kind mehr!«

»Du benimmst dich aber wie eines!«

Und wieder waren sie am Anfang angekommen, bewarfen sich mit den gleichen Beschuldigungen wie die Tage zuvor.

»Schluss jetzt!«, ging ihre Mutter müde dazwischen. »Falls es euch nicht aufgefallen ist – wir führen eine Gaststätte, und ich brauche eure Hilfe!«

Wütend fuhr Samira herum, riss die Küchentür auf und stieß beinahe mit Papas Hieronymos zusammen. Der Geistliche stand, seine Pfeife in der Hand, vornübergebeugt in dem durch einen Perlenvorhang von der restlichen Taverne abgetrennten Zwischengang.

Eilig richtete er sich zur vollen Größe auf, rückte seinen Hut zurecht und verkündete würdevoll: »Ich habe einen Knopf verloren.«

»Interessant, wo an Ihrem Talar doch gar keiner fehlt.« Mit einem Augenrollen schob sie sich an ihm vorbei.

»Ähm … ja, der Knopf fehlt an meinem anderen Talar.« Mit verlegenem Räuspern folgte er ihr in den Schankraum, ließ sich am Wandtisch auf die Bank neben dem Hodscha fallen und murrte: »Und überhaupt: Eine Frau sollte wie eine Lilie sein!«

»Jaja, biegsam und duftend.« Entnervt wischte sie den Tisch.

»Gelauscht hat er«, kicherte der Hodscha, was der Papas mit puterrotem Gesicht abstritt.

Samira hob die Augenbraue. »Und Sie, Hodscha Kadir, haben Ihren eigenen Knopf hoffentlich wiedergefunden, den Sie gestern wundersamerweise ebenfalls vor der Küchentür verloren haben?«

Der Hodscha hüstelte verlegen. »Äh … in der Tat. In der Tat.«

»Ha! Du hast selbst gelauscht«, ereiferte sich der Papas.

»Von wegen sanfte Lilie«, knurrte der Hodscha mit Blick auf Samira.

»Ich bin überhaupt keine Blume! Ich bin ich. Und ich werde richtig sauer, wenn hier noch einmal irgendwelche Knöpfe vor der Küchentür verloren gehen!«

Papas Hieronymos fiel vor Schreck die Pfeife aus der Hand.

»Samira!«, schimpfte ihre Mutter, die in diesem Moment mit einem Tablett aus der Küche kam.

»Wie redet dieses Mädchen mit uns?«, rief der Hodscha empört und sprang auf.

»Immerhin verwahre ich einen Splitter vom Kreuze Christi in meiner Kirche!«, ergänzte der Papas das Einzige, was ihm in so einer Situation immer einfiel, und stürmte vom Hodscha gefolgt aus der Taverne.

»Bei so vielen angeblichen Kreuzsplittern, wie in den ganzen Kirchen herumliegen, muss ein kompletter Wald dafür draufgegangen sein«, hörte Samira ihren Vater in der Küche murmeln.

»Anastasios!«, schalt ihn ihre Mutter und bekreuzigte sich hastig.

»Zu viele Freiheiten!«, meldete Sophia sich zu Wort, und die Kataifi krümelten ihr aus dem vollen Mund. Offenbar hatte sie jetzt erst gemerkt, dass Eleni fehlte, und die Gelegenheit genutzt, um sich mit den Kataifi von Samiras Mutter vollzustopfen. »Ich hab es ja gesagt«, fuhr sie mit höchst zufriedenem Gesichtsausdruck fort. »Zu viele Freiheiten habt ihr dem Mädchen gelassen. Da sieht man, was dabei herauskommt.«

»Ja: ein Mensch mit einem eigenen Willen«, tönte es trocken vom Tisch neben der Tür her. Meryem hob ihr Glas Rakı und prostete Samira zu.

Sie warf der alten Frau einen dankbaren Blick zu.

Sophia schnaubte verächtlich. »Wozu soll so was gut sein?«

Um ein Haar hätte Samira geantwortet: um nicht so zu werden wie du. Sie biss sich auf die Zunge, angelte nach den Gläsern, die Kadir und Hieronymos zurückgelassen hatten, doch sie glitten ihr aus den vom Wischen nassen Fingern, und als sie hastig erneut nach ihnen griff, stieß sie mit dem Arm gegen den kleinen runden Wandspiegel, der prompt an seinem Haken ins Schaukeln geriet, zu Boden fiel und zersprang.

»Na bitte! Großes Unglück wird über euch kommen!«, rief Sophia triumphierend. »Dagegen hilft auch kein eigener Wille.«

»Panaiya mou Kai Christs! Oh, du liebe Muttergottes!«, rief Samiras Mutter bestürzt. »Was machen wir denn nun?«

»Wegwerfen«, gab Samira achselzuckend zurück und griff nach dem in der Ecke lehnenden Besen.

»Bist du verrückt?« Entsetzt sah Helena von den Scherben auf. »Willst du etwa unverheiratet bleiben?«

Offenbar war dies das größtmöglich denkbare Unglück. Einen Augenblick lang fürchtete sie schon, ihre Mutter würde ihr dreimal über die linke Schulter spucken, wie das so üblich war, um Unglück abzuwehren, doch da sie in der Taverne waren, hielt Helena sich zu Samiras Erleichterung zurück. »Warum nicht?«

»Um Himmels willen!« Ihre Mutter riss den Besen an sich, schob eilig die Überreste des Spiegels auf einem Geschirrtuch zusammen, während sie den heiligen Georgios anflehte, das Unglück abzuwenden. »Ich bringe es Papas Hieronymos. Er wird wissen, was zu tun ist, um dich vor Schaden zu bewahren.«

»Aber sicher doch«, meldete sich Jajá sarkastisch zu Wort. »Ein paar Gebete sprechen, aber vor allem doppelt so viele Oúzo kippen.«

»Meryem! So kannst du doch nicht über einen Mann Gottes reden!«, echauffierte sich Sophia.

»Wieso nicht?«

»Weil … weil …« Sophias Nasenflügel blähten sich so sehr, als versuchte sie, eine möglichst kluge Antwort aus der Luft einzusaugen. »Darum!«

Helena sah Jajá fragend an. »Meinst du etwa, ich sollte es lieber Hodscha Kadir bringen?«

Yasins Großmutter zuckte die Schultern. »Nur wenn du für ein paar Gebete zusätzlich zum Schnaps noch ein paar Rindshachsen loswerden willst.«

Samira hätte um ein Haar gelacht. Jajá war herrlich ehrlich.

»Ich werde vorsichtshalber zu beiden gehen«, beschloss Helena, raffte das Tuch mit den Scherben an sich und rannte los, um Samira das Unglück, unverheiratet zu bleiben, zu ersparen. Vermutlich hätte sie für alle Fälle auch noch einen Rabbi konsultiert, wenn einer greifbar gewesen wäre. Nach wenigen Schritten kehrte Samiras Mutter um, schnappte sich zwei Flaschen Oúzo und etliche Salamiringe und lief wieder hinaus.

»Im Zedernwald bei den Klippen soll es übrigens um diese Zeit besonders schön sein«, ließ sich Jajás Stimme vernehmen.

Alle sahen verwirrt zu ihr hinüber.

Nur Samira lächelte in sich hinein und lief los.

Staub stieg bei jedem ihrer Schritte von der Straße auf. Um sie herum war es still, die Luft drückend und der Himmel am Horizont bleigrau. Wie ein Wolf, der geduckt lauernd darauf wartete, im richtigen Moment hervorzuspringen. Sie hoffte, dass das Unwetter vorüberziehen würde.

Bald schon lag das Dorf weit hinter ihr. Die roten Dächer glühten, und die flirrende Hitze ließ die am Hang wie aufeinandergetürmt wirkenden Häuser verschwimmen, als wären sie nur eine Fata Morgana. Ein in der Sonne brodelnder Kessel aus Emotionen.

Sie war noch immer völlig durcheinander; die Ereignisse der letzten Tage hatten sie aus der Bahn geworfen. Nicht nur das Gefühlschaos mit Yasin und Dimi, sondern auch die Begegnung mit Stefanos und diese Dunkelheit, die er in ihr kleines, friedliches Dorf gebracht hatte.

Die Welt war seitdem eine andere, erschien verschoben und falsch, ganz so, als würde man sie durch ein gesprungenes

Glas betrachten. Sollte Sophia etwa recht behalten? Waren die Scherben ein schlechtes Omen?

Ihr war, als würden Leute wie Stefanos und Omar mit einem glühenden Holzscheit über vor Trockenheit knisterndes Stroh laufen. Ein Funken nur, und alles würde lichterloh brennen.

Es lag eine Unruhe in der Luft wie von einem summenden Schwarm Hornissen, der jederzeit auffliegen konnte, um sich auf alles zu stürzen, was sich in der Nähe befand, egal, ob Freund oder Feind. Sie spürte es, auch wenn sie Yasin etwas anderes gesagt hatte.

Samira verließ die Straße, wanderte querfeldein durch trockenes Gras, bis es unter Millionen herabgefallener Nadeln verschwand, die ein weiches Polster bildeten. Sie hatte den Zedernwald erreicht, tauchte ein in dessen schattige Kühle. Wie die Säulen der antiken Bauten, die sie mit ihrer Mutter auf dem Weg zum Kloster besucht hatte, ragten die Stämme in die Höhe. Nur das Rascheln der Nadeln bei jedem ihrer Schritte war zu hören und das Zwitschern der Vögel.

Sie wandte sich den Klippen zu. Dort, wo sie am weitesten ins Meer hinausragten und den Eindruck erweckten, jeden Moment hinabzustürzen, reckte sich eine uralte, knorrige Zeder windschief den Wellen entgegen. Dort hatte sie unzählige Male mit Yasin gesessen. Sie mit Blick auf das glitzernde Wasser, er mit Blick auf das Papier, das er mit funkelnden Worten versah.

Je näher sie der alten Zeder kam, umso nervöser wurde sie. Was, wenn er nicht da war? Er seine Meinung geändert hatte? Der Ansicht war, ihre Liebe hätte keine Zukunft, weil die Furcht vor den Unruhen überwog?

Dann sah sie ihn. Er saß mit dem Rücken an den knorrigen Baum gelehnt am Rande der Klippen, in der Hand Stift und Papier, neben sich einen Stapel mit Zapfen beschwerter

Blätter – und sah aufs Meer hinaus. Und alles andere verlor an Bedeutung. Sie hätte für immer hier stehen und ihn ansehen können, wie er in Gedanken versunken seine Worte zu Papier brachte.

Er konnte sie nicht kommen gehört haben, dennoch sah er plötzlich über die Schulter. Als habe er ihre Nähe gespürt. Als hätten ihre Herzen eine besondere Verbindung

Ihr Puls zuckte an ihrer Kehle, sie zitterte vor Anspannung.

»Meine Göttin«, flüsterte er, dann lächelte er, und die Welt verschob sich erneut, die Sprünge im Glas verschwanden, und sie meinte wieder, das Herz würde ihr aus der Brust springen, so heftig schlug es. Ein unbeschreibliches Glücksgefühl breitete sich in ihr aus.

Was für eine Macht sein Lächeln besaß.

Sie würde sterben, wenn sie es jemals verlöre.

In ihren Augen loderte dieses Feuer, das seine Seele schon wärmte, wenn er nur daran dachte.

Er wusste, dass am Fuß der Klippe tief unter ihnen das Meer in zahllosen Grün- und Blautönen schimmerte. Dass über ihnen eine Zeder ihr harzig duftendes Geäst ausbreitete und ein zartes Mosaik aus Licht und Schatten auf den Boden zauberte. Dass Staubkörnchen funkelnd in der Luft tanzten wie glitzernde Träume. Dass um ihn herum im Kleinen wie im Großen die unbeschreibliche Schönheit der Natur leuchtete. Dass hier direkt am Meer eine sanfte Brise warm und mild für Erfrischung sorgte.

Und doch hatte er für all das keinen Blick mehr übrig, denn das größte Wunder hielt er in seinen Armen, und er konnte nicht anders, als Samira unentwegt anzusehen, während sie gegen den Baumstamm gelehnt dasaßen. Ihre Wange ruhte an seiner Brust, ihre Finger waren mit den seinen verschränkt. Er kannte sie schon sein Leben lang, und doch war ihm jedes Mal, wenn sie sich trafen, als sähe er sie zum ersten Mal. Er konnte sich an ihrem Anblick nicht sattsehen.

Wenn er sie in seinen Armen hielt, stand die Zeit still, und gleichzeitig drehte sich die Erde schneller. Um Samira. Sie war der Mittelpunkt seines Universums. War seine Sonne. Und zugleich der Regen, der Leben schenkte. Sie war sein persönliches Wunder, und er konnte es noch immer nicht fassen, dass er dieses Glück erfahren durfte. Doch stand ihm dieses Glück zu? Wenn es auf dem Leid eines anderen basierte? Wenn die Welt draußen in Kämpfen lag? Durfte er da einfach glücklich sein?

Und mit einem Mal war die Angst, etwas könnte sie auseinanderreißen, übermächtig. Sie krallte sich in seinen Nacken und ließ sich nicht mehr abschütteln. Er hatte mit Malik zu reden versucht, aber der war ihm ausgewichen, wollte partout nicht sagen, wo er nachts gewesen war. Das machte Yasin große Sorgen, auch wenn er es vor Elif und ebenso vor Samira zu verbergen versuchte.

»Was ist?«, flüsterte sie da schon und sah zu ihm auf. Sie musste seine plötzliche Anspannung bemerkt haben.

»Alles«, gab er mit belegter Stimme zurück. »Du bist alles für mich.« Sanft hob er ihre ineinander verschränkten Finger an seine Lippen, küsste ihren Handrücken. »Es ist, als hätte ich Jahre in der Wüste verbracht, neben mir ein Brunnen. Und jetzt, wo ich von seinem Wasser gekostet habe, kann ich unmöglich auf ihn verzichten.«

»Das sollst du ja auch nicht«, erwiderte sie lächelnd, löste ihre Finger von seinen, legte ihre Hand auf seine Wange. »Nie wieder.«

Er schloss die Augen, spürte ihrer Berührung nach, ihrer Wärme, die sich in seinem Inneren ausbreitete, seine Seele einhüllte. Geborgenheit. Zufriedenheit. Glück. Nur in ihrer Nähe. Er konnte nicht anders, als sie erneut an sich zu ziehen, sie zu küssen. Ihre Augenlider, ihre Wangen, ihre Lippen. Sie war sein

Leuchtfeuer. Ihr Optimismus, ihre Lebensfreude, ihr unbedingter Glaube an das Gute. Sie war wie das flackernde Kaminfeuer im Winter. Ein Regenguss im Sommer. Sie leuchtete von innen heraus.

»Aber was ist mit Stefanos? Du hast deinen Eltern immer noch nicht erzählt, wie er dich bedrängt hat, oder? Soll ich es tun?«

Sie wandte den Blick ab. »Wozu ihnen noch mehr Sorgen aufbürden? Sie haben genug damit zu kämpfen, dass ich Dimi nicht heiraten werde.«

Ein ungutes Gefühl beschlich ihn, besorgt nahm er wieder ihr Gesicht in seine Hände, zwang sie, ihn anzusehen. »Dann musst du es Stavros sagen!«

»Er wird mir nicht glauben. Sein Bruder ist sein größter Stolz und sein Neffe ebenso.«

Yasin schüttelte unwillig den Kopf. »Aber die anderen werden dir glauben!«

»Vielleicht. Vielleicht auch nicht.« Sie dachte an Sophias Worte über ihren Lebenswandel und an Hieronymos' überschwängliches Lob für Stefanos. Beide standen mit ihrer Meinung leider bei Weitem nicht allein da. »Stefanos ist der Sohn des Bürgermeisters von Nikosia. Ich bin nur ... ein Mädchen mit schlechtem Ruf. Mein Wort wird gegen seines stehen. Wem werden die Leute Glauben schenken? Außerdem ... will ich nicht für noch mehr Unruhe sorgen, als ...« Sie hielt inne.

»Als es das mit uns ohnehin tun wird«, vollendete er ihren Satz. Er atmete tief durch, Wut kochte in ihm hoch, die ihn beim Gedanken an Stefanos die Fäuste ballen ließ.

»Nein. Nicht.« Sie beugte sich vor, hauchte ihm einen Kuss auf die Lippen. Eine Locke fiel ihr vorwitzig in die Stirn.

»Ich bin ihm nicht einmal mehr böse, denn letztlich habe ich nur wegen seines Verhaltens erfahren, dass du mich liebst.«

»Und das ist einer der Gründe, warum ich das tue: weil du immer in allem das Gute zu sehen vermagst, selbst im Schlechten.«

Sie lächelte, eine Brise kam auf, spielte mit ihren Locken.

»Einer der unzähligen Gründe«, flüsterte er. »Aber ich habe Angst, dich unglücklich zu machen.«

Überrascht richtete sie sich auf, schüttelte heftig den Kopf. »Ich habe immer gedacht, es gäbe nichts, was mich so glücklich machen könnte wie das Tanzen. Aber allein schon hier zu sitzen, mit dir, macht mich unendlich viel glücklicher. Glücklicher als alles andere auf der Welt. Abgesehen von …«

Sein Magen verkrampfte sich, er musterte sie beunruhigt. »Abgesehen wovon?«

»Davon, dich zu küssen.« Sie lächelte, und wieder war es, als würde ihr Lächeln die Welt weiter machen, sein Herz wurde dadurch auf jeden Fall größer. Ihr Lächeln war wie ihre Seele. Ein Licht in dunkler Nacht. So war es schon immer gewesen. So war *sie* schon immer gewesen. Mitreißend, den Weg weisend, hell und strahlend.

Als sich ihre Lippen erneut berührten, war es wie ein Sommergewitter, dessen aufgestaute Elektrizität endlich einen Weg fand, sich zu entladen. Als wäre es das erste und das letzte Mal zugleich, fanden sie zueinander, und ihrer beider Begierde wurde mit jedem weiteren Kuss nicht gestillt, sondern angefeuert.

Noch hungriger, noch unersättlicher als die Tage zuvor küsste er sie, getrieben von der Leidenschaft so vieler Jahre, die er sich nach ihr gesehnt hatte, ohne sich des vollen Umfangs seiner Gefühle bewusst gewesen zu sein. Und angestachelt von der explosiven Sehnsucht all der Monate, in denen er gewusst hatte, was ihn umtrieb, aber keine Möglichkeit gesehen hatte, Erfüllung zu finden. Er verlor sich in ihren weichen Lippen, ihrem heißen Mund, wollte nie wieder von ihr ablassen. Bis sie ineinander verschlungen zu Boden sanken auf das Polster aus Moos und Gras, das warm war von der Sonne.

»Was tust du mit mir?«, flüsterte sie bebend. Er spürte ihr Erschauern, ihr Zittern, und Erregung pochte durch seine Adern.

»Dich lieben«, gab er nach Atem und Fassung ringend zurück. »Mehr, als ich es je für möglich gehalten hätte, dass man einen Menschen lieben kann. Wenn du das willst.«

Sie streckte ihre Arme nach ihm aus, wollte ihn wieder zu sich herabziehen, sah plötzlich erschrocken an ihm vorbei. »Deine Blätter … Deine Worte … Sie fliegen davon!«

Sie sprang auf, hastete an ihm vorbei, versuchte, die Papiere zu erhaschen, die ein Windstoß erfasst hatte, aber sie flatterten wie strahlend weiße Möwen über das türkisfarbene Meer davon.

Er lachte nur. »Lass sie fliegen. Ich schreibe neue.«

»Versprochen?«

»Versprochen. Unendlich viele. Für dich. Wegen dir. Mit dir. Denn ohne dich kann ich das nicht. Kann ich gar nichts. Nicht schreiben, nicht essen, nicht schlafen.« Er trat hinter sie, legt seine Arme sanft um sie, zog sie wieder an sich. Er konnte einfach nicht genug von ihr bekommen, hatte das Gefühl, ein ganzes Leben nachholen zu müssen.

Sie wandte sich um, schlang ihm die Arme um den Hals. »Schwöre es mir. Schwöre mir, dass du niemals wieder aufhörst zu schreiben. Egal, was kommt. Schreib weiter. Für mich.«

Er nickte, für sie würde er alles tun. »Ich schwöre, ich schreibe weiter«, flüsterte er heiser. »Für dich.«

Kapitel 6

In deiner Nähe nehme ich die Welt mit allen Sinnen wahr
und zugleich auf vollkommen neue Art.
Wenn ich an dich denke,
sehe ich Musik und höre den Duft der Zitronen.
Wenn du bei mir bist,
rieche ich das Rauschen der Wellen und schmecke das Rot
der Mohnblumen.
Wenn ich dich küsse,
sterbe ich und werde zur selben Zeit neu geboren.

Heute

»Mummy, der Postbote ist da!«, rufe ich zum wiederholten Male.

Ich weiß, dass sie immer als Erste beim Briefkasten sein will und meist schon lange, bevor die Post kommt, am Fenster zur Straße steht. Heute jedoch hat sie den ganzen Vormittag im Bett gelegen und die Decke angestarrt. Wie so oft in letzter Zeit. Dabei hatte sie mir versprochen, mit mir mein neues Gummitwist auszuprobieren.

»Mummy?« Ich spähe ins Schlafzimmer und stelle fest, dass sie eingeschlafen ist. Sie hat die Tabletten genommen, gut. Ohne die

kann sie nämlich nicht mehr schlafen, sagt sie. Sie wird also wieder nicht mit mir spielen. Enttäuscht stapfe ich zur Tür und öffne. Das soll ich bei Fremden nicht tun, aber unseren Postboten kenne ich ja.

»Guten Morgen, kleine Lady. Dieser Brief hier kam zurück, weil er leider nicht ausreichend frankiert war. Gibst du ihn deinen Eltern? Deine Mutter heißt doch Eva Moustaki, nicht wahr?«

Er tippt auf die Stelle oben links auf dem Brief, wo ich ihren Namen entziffern kann, und ich nicke. »Meine Mum hat ihn geschrieben«, verkünde ich, stolz darauf, schon so gut lesen zu können.

Nachdem ich die Tür wieder geschlossen habe, betrachte ich verwundert die Stelle rechts unten auf dem Papier. Daddy hat mir erklärt, dass dort der Empfänger steht. Den Namen, der dort zu lesen ist, habe ich noch nie gehört. Unter der Adresse ist noch etwas geschrieben. Mit griechischen Buchstaben, doch obwohl Mummy versucht hat, sie mir beizubringen, bin ich nicht besonders gut darin, sie zu verstehen. Also laufe ich mit dem Brief in Daddys Arbeitszimmer.

»Tina, meine Prinzessin«, ruft er liebevoll und streckt die Hände nach mir aus. Ich stürze mich in seine Arme, schmiege mich an ihn und wedele mit dem Brief. »Guck mal!«, rufe ich aufgeregt. »Was ist das? Ist das Griechisch? Wir haben noch nie Post aus Griechenland bekommen.«

Dad runzelt die Stirn, nimmt den Brief entgegen und wird blass. »Geh bitte spielen, Tina.«

»Aber wer hat uns geschrieben?«

»Niemand. Geh bitte in dein Zimmer.«

»Aber …«

»Jetzt!«

Beleidigt laufe ich aus dem Raum, während Dad den Brief aufreißt, wie ich mit einem letzten Blick erkenne.

Ich verkrieche mich in meinem Lieblingsversteck, Mums Wandschrank.

Wenig später stürmt er an mir vorbei ins Schlafzimmer, weckt Mum. »Du hattest mir versprochen, damit aufzuhören!«

»Was? Wovon … redest du?«, stammelt sie schlaftrunken.

»Davon!« Er schleudert ihr den Brief entgegen. »Er ist gerade zurückgekommen! Du hast ihr wieder geschrieben, dabei antwortet sie nie! Lass sie in Frieden und hör endlich auf mit diesen Briefen! Denk an Athina! Ist ihr nicht schon genug zugestoßen durch deine Schuld! Muss ich dir erst das Sorgerecht entziehen lassen, damit du aufwachst?«

Ich fahre hoch, brauche einen Moment, um zu realisieren, dass ich keine sechs Jahre alt bin und mich nicht in Mums Wandschrank verstecke. Und dass auch nicht der Postbote geklingelt hat, sondern mein Wecker.

»Aufstehen, Colleen«, murmele ich müde.

Sie nuschelt eine unverständliche Antwort.

Ich schlurfe ins Bad, in Gedanken bei meinem Traum. Warum und wem Mum geschrieben hat und was im Brief stand, weiß ich bis heute nicht. Ich habe mich damit abgefunden, es wohl nie zu erfahren und dass ich auch keine Antworten auf meine vielen weiteren Fragen bekommen werde.

Als ich aus dem Bad komme, wecke ich Colleen erneut – und noch ein drittes Mal, als ich mich angezogen habe.

»Bin wach«, tönt es undeutlich herüber. Sie rührt sich nicht, liegt noch immer wie ein Seestern mit ausgestreckten Armen und Beinen reglos auf dem Bett.

»Komm schon, wir sind verabredet. Und das war im Übrigen *deine* bescheuerte Idee.«

»Aber es ist mitten in der Nacht«, murmelt sie.

»Es ist neun Uhr.«

»Sag ich doch: mitten in der Nacht.«

Ich schiebe den schwarzen Vorhang am Fenster ein Stück weit zurück, gleißende Morgensonne fällt ins Zimmer.

»He! Lass das!«, protestiert sie nun und reißt sich einen Arm vor die Augen. Offenbar hat sie von der Party, auf der sie letzte Nacht war, einen gewaltigen Kater.

»Wir müssen doch gleich los.«

»Gleich ist nicht jetzt«, murrt sie und umklammert ihr Kissen.

»Dann hat die Maske gegen deine Augenringe aber keine Zeit, richtig zu wirken.«

Jetzt öffnet sie blinzelnd ein Auge. »Im Ernst? Sehe ich so schlimm aus?«

Ich betrachte sie nachdenklich und schüttele den Kopf. »Du hast recht. Da hilft auch keine Maske mehr.«

»Was?« Jetzt fährt sie hoch, starrt mich entsetzt an.

»So, jetzt bist du wach. Du hast zehn Minuten, um dich fertig zu machen, ich gehe schon frühstücken.«

Mit einem Aufschrei wirft sie ihr Kissen nach mir, grinsend bücke ich mich darunter hinweg. Diese kleine Kabbelei habe ich gebraucht, um die Nachwehen meines Traumes zu vertreiben. Als ich das Zimmer verlasse und den Fahrstuhl nach unten nehme, geht es mir schon viel besser.

Während des Frühstücks rufe ich meinen Vater an. Die Vorstellung, die stumme Frau könnte meinen Vater kennen, kommt mir zwar inzwischen sehr abwegig vor, aber ich muss ihn dennoch fragen.

Wenigstens ertönt im Gegensatz zu gestern das Freizeichen, aber niemand hebt ab. Etliche Male habe ich seit unserer Ankunft im Hotel vergeblich versucht, ihn zu erreichen. Weder hat er zurückgerufen noch auf meine Textnachricht geantwortet, in der ich ihm schrieb, dass wir gut in Zypern angekommen und inzwischen im Hotel in Ayia Napa sind.

Heute Nacht jedoch muss er sie gelesen haben, das sehe ich an den beiden blauen Häkchen, die jetzt neben meiner Nachricht prangen. Wieso also geht er nicht ran?

Frustriert lege ich auf und nehme Colleen etwas zum Essen mit hoch.

»Ich muss verrückt geworden sein«, stöhnt diese, als ich das Zimmer betrete. Sie sitzt an dem kleinen Ecktisch, auf dem Wasserkocher, Teebeutel und Kaffeepulver stehen, und hat tatsächlich auf Letzteres zurückgegriffen, im Versuch, ihrem Kater den Garaus zu machen. »Was hat mich nur geritten, Alec für eine so abartig frühe Uhrzeit zuzusagen?«

»Es ist bereits Viertel vor zehn«, erwidere ich.

»Aber ich bin quasi gerade erst ins Bett gegangen«, beschwert sie sich im Gegenzug. Das stimmt allerdings. Und mit einem Mal gähne ich ausgiebig.

»Du doch aber nicht, warum bitte bist dann du so müde?«, fragt Colleen. »Du hast schließlich geschlafen.«

»Ich habe es versucht«, korrigiere ich resigniert.

Colleen hat die letzten zwei Nächte in Clubs und Bars durchgemacht. Ich hatte schon nach zwei Stunden genug von dem Krach und bin wieder in mein Zimmer zurückgekehrt. Leider war es dort nicht weniger laut, und mir dämmert inzwischen, weshalb das Hotel, das Colleen uns herausgesucht hat, so günstig war. Es muss uralt sein, Schalldämmung ist praktisch keine vorhanden.

Die halbe Nacht habe ich mir das Kissen auf die Ohren gepresst. Genauso gut hätte ich mich mit meiner Bettdecke auf die Straße inmitten all der wummernden Beats und flackernden Lichter legen können.

Ich weiß, dass ihre übertriebene Partysucht und wilde Flirterei, die sie schon in London an den Tag gelegt hat, von der Sache mit Mason herrührt, und habe inzwischen aufgegeben, sie davon abbringen zu wollen. Auch wenn das bedeutet, dass ich sie immer wieder aufbauen muss, weil sie nach jedem dieser Höhenflüge in ein Loch fällt. So auch diese Nacht, als sie betrunken um halb vier wieder aufs Zimmer kam und Rotz und Wasser heulend Masons Facebook-Fotos betrachtete.

Schlimmer als die beiden Nächte war nur der gestrige Tag. Während Colleen bis mittags schlief, ärgerte ich mich darüber, dass am Pool nicht eine einzige Liege frei war, die nicht von einem Handtuch besetzt wurde. Am Nachmittag räkelte sich Colleen an besagtem Pool – für sie und ihre knappen Outfits fand sich immer jemand, der ihr einen Platz anbot –, ich hingegen versuchte, mich am Strand zu entspannen und ein bisschen zu lesen. Auf meinem Handtuch im Sand natürlich, denn auch dort war kein Liegestuhl mehr aufzutreiben.

Obwohl ich im hochgeschlossenen UV-Badeshirt dort aufkreuzte, das meine Narben perfekt verbarg, und mich von daher geschützt fühlte, konnte von Entspannung allerdings keine Rede sein. Nicht nur, weil ich ununterbrochen an mein Erlebnis mit der stummen Frau denken musste – und an Alec –, sondern auch, weil der Strand so voller Menschen war, dass die Lautstärke am Tag der nächtlichen in nichts nachstand. Ständig traf mich irgendein Ball am Kopf oder eine Schaufelladung Sand im Gesicht. Als schließlich eine Völkerwanderung quer über mein Handtuch einsetzte, gab ich auf und verzog mich wieder auf unser Zimmer. Das jedoch glich einem Backofen, da die Klimaanlage ausgefallen war.

Auf meine Bitte um Reparatur bekam ich an der Rezeption ein freundliches *»éna leptó«* zu hören, was wörtlich *eine Minute* bedeutet. Nachdem den restlichen Tag über nichts geschah, vermute ich mittlerweile, dass es ein Synonym für *irgendwann* oder auch *nie* ist.

Schon jetzt steigt die Temperatur in unserem Zimmer sprunghaft an. Ich bin froh, dieser Stadt für einige Stunden entkommen zu können, und bereits jetzt graut mir davor, am Abend zurückzukehren.

Sehnsüchtig denke ich an das kleine verschlafene Dorf, in dem wir unsere erste Nacht verbracht haben.

Colleen starrt gerade wieder auf ihr Handy, und ihre Augen schimmern. Ich ahne den Grund, gehe zu ihr und nehme ihr das Smartphone aus den verkrampften Fingern. »Quäl dich doch nicht unnötig. Mason ist ein Idiot, und du hast etwas so viel Besseres verdient als ihn!«

Ihre Unterlippe zittert, sie fängt an zu schluchzen. »Aber werde ich je einen besseren Mann finden?«

»Natürlich! Vielleicht sogar heute, wer weiß?« Ich nehme sie fest in den Arm und warte, bis ihre Schluchzer nachlassen. »Na komm, mach dich frisch und wir gehen.«

Sie wischt sich nickend über die Augen, atmet tief durch und geht ins Bad, um sich das Gesicht zu waschen. Als sie zurückkommt, ist es fast, als hätte es diese kleine Szene nie gegeben. Sie lächelt, nur ihre Augen sind nach wie vor gerötet, und ihre Nase ist etwas geschwollen. Sie schlüpft in ein kurzes Top, noch kürzere Hotpants und geschnürte High Heels.

»Willst du nicht lieber bequemere Schuhe nehmen?«

»Die sind bequem.«

»Wie du meinst.« Kopfschüttelnd gehe ich zur Tür.

Sie setzt ihre Sonnenbrille auf und folgt mir.

Wenigstens hat das Hotel einen Fahrstuhl.

Vor dessen Spiegel zupfe ich das Oberteil meines roten Sommerkleides zurecht. Es ist im asiatischen Stil gehalten, mit über der Brust schräg verlaufender Knopfleiste, kurzen Ärmeln, aber hohem Kragen. Colleen hat es mir geschenkt. Immer wenn sie einkaufen geht, sucht sie auch nach Klamotten für mich. Sie hat einfach ein Händchen für Mode und weiß, worauf es mir ankommt. Ihr verdanke ich alle meine hochgeschlossenen Blusen, ohne sie liefe ich vermutlich tagein, tagaus im Rollkragenpulli herum.

»Mach dir nicht so einen Kopf«, sagt sie und drückt mich. »Du siehst gut aus.«

Ich lächle schief.

»Ist mein Ernst.«

»Ich weiß. Danke.«

Als wir zehn Stockwerke weiter unten in die dunkle Lobby treten, klingelt mein Handy.

Es ist mein Dad. Plötzlich ist sie doch wieder da, diese Unsicherheit, und Beklemmung legt sich wie ein Mantel um meine Schultern. Was, wenn ich mich nicht geirrt habe? Wenn es doch der Anblick meines Vaters war, der die Frau so erschreckt hat? Mein Magen verkrampft sich. Jetzt ärgere ich mich, nicht nach ihrem Namen gefragt zu haben.

»Warte, Colleen, einen Moment!«, rufe ich, gehe ein paar Schritte beiseite und nehme den Videoanruf an. »Hallo, Dad.«

Etwas verpixelt baut sich Dads Bild auf. Er sitzt im Büro, eine Tasse Kaffee vor sich. »Tina, meine Prinzessin«, tönt mir seine warme Stimme fröhlich entgegen. Sofort löst sich ein Teil meiner Anspannung.

»Entschuldige, dass ich mich jetzt erst melde, aber gestern hatte ich keinen Empfang. Keine Ahnung, was da los war, wohl irgendein Problem beim Anbieter. Dabei hatte ich so viele wichtige Termine, und dann hat auch noch der Architekt an dem Gebäude, auf das ich ein Auge geworfen habe, Baumängel festgestellt und … Na, wie auch immer, ich will dich nicht in deinem Urlaub damit belästigen. Aber apropos Urlaub. Wie geht es dir? Gefällt es dir auf Zypern? Wieso hast du mir nicht gesagt, wo du hinfliegst? Ich war etwas überrascht, als ich in deiner Nachricht las, wo ihr seid.«

Ich halte die Luft an. Ist er beunruhigt? Verärgert? Nein, ich glaube nicht. Eher betont locker. Oder bilde ich mir auch das nur ein?

»Es ging alles so schnell, und ich wollte dich nicht stören«, flunkere ich. Dabei habe ich es ihm bewusst verheimlicht. Warum, kann ich mir selbst nicht genau erklären. Vielleicht wegen seiner Reaktion in Bezug auf den Armreif. Womöglich habe ich befürchtet, er würde mir ausreden, nach dessen Herkunft zu suchen.

»Und was schreibst du da für merkwürdige Sachen von einer stummen Frau in irgendeinem Dorf, die mich zu kennen glaubt? Und deren Namen du nicht weißt?« Ist da Anspannung in seiner Stimme? In seinem Blick? Oder ist es nur Neugierde?

Er nimmt einen Schluck Kaffee. »Euer Hotel ist doch in Ayia Napa, hast du geschrieben. Da macht Colleen wohl Tag und Nacht Party, und du entspannst dich am Pool mit Büchern, nicht wahr?«

»Ja, aber …«

»Alec ist da!«, ruft Colleen.

Ich gebe ihr mit Gesten zu verstehen, noch kurz zu warten, erkläre hastig: »Die Frau ist furchtbar erschrocken, als sie dein Foto auf meinem Handy gesehen hat.«

Dad lacht. »Sehe ich dermaßen zum Fürchten aus?«

Angestrengt versuche ich, in seiner Miene irgendetwas Ängstliches, Bedrücktes oder Verärgertes zu entdecken. Aber da ist nichts. Er wirkt völlig locker, schaut nebenher Unterlagen durch.

»Nein. Ich meine … Mir schien, als würde sie dich kennen.« Verlegen räuspere ich mich. Von Minute zu Minute kommt mir das Ganze unwahrscheinlicher vor.

»Du glaubst, sie war schon mal hier bei uns?« Er blättert in seinen Papieren.

»Nein, das bestimmt nicht. Aber bist du sicher, dass *du* noch nie *hier* warst?«

Jetzt sieht er erstaunt auf. »Auf Zypern? Natürlich nicht, das weißt du doch.«

»Aber sie ist blass geworden, als sie dein Bild gesehen hat, regelrecht panisch.«

Er nimmt einen weiteren Schluck Kaffee. »Ganz sicher?« Er scheint nicht im Mindesten verwirrt oder beunruhigt. »Vielleicht wurde ihr nur zufälligerweise in dem Moment schwindlig oder schlecht?«

Insgeheim ist mir das ebenfalls durch den Kopf gegangen. Am ersten Abend habe ich diese Möglichkeit weit von mir geschoben, aber je länger ich über die Situation nachdenke, desto unsicherer werde ich. Nun komme ich mir total lächerlich vor. »Entschuldige bitte den Unfug, den ich hier rede, ich bin wohl übermüdet.«

Er stellt die Tasse ab, lächelt. »Ach was, mach dir keine Gedanken. Womöglich sehe ich ja jemandem ähnlich, vor dem sie Angst hat. Soll es ja geben.«

»Tina, was ist denn jetzt?«, ruft Colleen ungeduldig. »Du kannst doch draußen weitertelefonieren.«

»Bin gleich da.« Langsam gehe ich in Richtung Ausgang.

»Hat nicht jeder Mensch statistisch gesehen mindestens sieben Doppelgänger irgendwo auf der Welt?«, sinniert Dad.

»Angeblich schon.«

»Vielleicht«, fährt er in scherzhaftem Tonfall fort, »liegt es auch an meinen Haaren. Ich sollte wohl mal wieder zum Friseur, bevor ich mit meiner wilden Frisur noch alle Gäste verschrecke.« Er streicht sich augenzwinkernd über seine beginnende Glatze. Ich muss lachen und verzichte auf den Hinweis, dass er auf dem Foto noch sehr viel jünger war.

»Nimmst du mich etwa nicht ernst?«, ruft er in gespielter Empörung. »Was habe ich nur in meiner Erziehung falsch gemacht?«

»Nichts«, entgegne ich liebevoll. »Gar nichts.«

Sichtlich gerührt lächelt er. »Ich liebe dich, meine Prinzessin.«

»Ich dich auch, Dad. Ich muss jetzt Schluss machen, aber sag noch schnell, wie es Mum geht.«

»Alles wie immer, sonst hätte ich mich natürlich sofort gemeldet.«

Ich seufze schwer, versuche aber dennoch, es positiv zu sehen. Keine Veränderung heißt zumindest auch, dass es ihr nicht schlechter geht. Davor habe ich am meisten Angst, jetzt, wo ich so weit weg bin. »Okay, ich bin jetzt verabredet, aber ich rufe dich später noch mal an.«

»Tu das. Und hab viel Spaß in Ayia Napa. Vergiss nicht: Es ist dein Urlaub.«

»Danke.« Ich überlege, ihm zu sagen, dass ich heute woanders sein werde, aber aus irgendeinem Grund lasse ich es.

Als ich aus dem Hotel trete, fällt mein Blick sofort auf Alec. Er lehnt an seinem Wagen, die Hände in den Hosentaschen. *»Kaliméra«,* begrüßt er uns.

Ich bin kurz davor, ihm um den Hals zu fallen. Selbstverständlich lediglich vor Erleichterung darüber, den Menschenmassen hier entkommen zu können, und sei es nur für ein paar Stunden. Dieses erneute blöde Flattern meines Magens hat natürlich ebenfalls nur damit zu tun.

»Kaliméra«, antworte ich nervös.

»Guten Morgen!«, ruft Colleen und schreitet mit solcher Eleganz auf ihn zu, dass ich beinahe Applaus von den Umstehenden erwarte. Sie schiebt sich die Sonnenbrille ins Haar und drückt ihm zur Begrüßung einen Kuss auf die Wange, der mir eindeutig zu lange dauert. Ich beiße mir auf die Lippe und sehe beiseite.

Das macht es leider nicht besser, denn nun bemerke ich all die Alec geltenden glühenden Blicke der vorbeiflanierenden Touristinnen. Wie vorgestern trägt er auch heute Bluejeans, außerdem ein grünes Shirt. Keine Markennamen, nichts in irgendeiner Hinsicht Hervorstechendes oder Besonderes. Und doch zieht er die Aufmerksamkeit aller auf sich. Seine durchtrainierten Arme sind braun gebrannt, seine Haltung strahlt eine ungeheure Lässigkeit aus. Und die strahlend blauen Augen über dem Dreitagebart finde offenbar nicht nur ich ebenso faszinierend wie anziehend.

»Ich hoffe, ihr habt gut geschlafen.«

»Absolut, nur zu wenig«, gibt Colleen lachend zurück. Sie hat sich wieder gefangen. Um die Fähigkeit, sich so schnell zu berappeln, beneide ich sie wirklich. »Dafür ist hier nachts einfach zu viel los.«

»Also gefällt es euch in Ayia Napa?«

»Es ist toll!«, bestätigt sie.

Ich bin still.

Er drückt sich vom Wagen ab und öffnet ihr die Tür hinter dem Beifahrersitz. Colleen jedoch steigt vorn ein. Angesichts von Alecs etwas verdutztem Blick muss ich fast lachen.

Er fährt sich ratlos mit der Hand über den Nacken, wendet sich mir zu. »Und wie war dein Tag?«

»Okay.«

»Also unfassbar grauenvoll?«

Irritiert runzele ich die Stirn. »Woher …?«

Er lächelt verschmitzt. »Du bist wie ein offenes Buch.«

Na prima. »Grauenvoll ist weit untertrieben«, gestehe ich missmutig. »Ehrlich gesagt weiß ich nicht, wie ich es noch einen einzigen Tag hier aushalten soll.«

»Nun …« Er neigt den Kopf ein wenig zur Seite. Sein Blick scheint bis auf den Grund meiner Seele vordringen zu wollen. »Es gäbe noch eine andere Möglichkeit.«

Ich schüttele den Kopf. »Alles ausgebucht in den umliegenden Hotels.«

»Ich meinte ja auch eher ein verschlafenes kleines Dorf mit einer Taverne, die zufälligerweise ein Zimmer frei hat.« In seinen blauen Augen blitzt es auf wie ein Schwarm Fische, der golden glitzernd durch den Ozean huscht.

Mein verwirrtes Herz schlägt schneller. Genau diese Möglichkeit ging mir letzte Nacht immer wieder durch den Kopf. Ob er auch das von meiner Stirn abgelesen hat? Das Einzige, was mich davon abhält, sofort Ja zu sagen, ist – abgesehen davon, dass ich mich erst mit Colleen abstimmen müsste – die Tatsache, dass ich es nicht nur des Dörfchens wegen tun würde, sondern auch seinetwegen.

Ein Lächeln umspielt seine Mundwinkel, als würde er auch diesen Gedankengang von mir erahnen, und das macht mich ungleich nervöser. Bin ich wirklich so durchschaubar, oder durchschaut nur er mich?

»Denk drüber nach«, sagt er mit so samtweicher Stimme, dass ich kurz davor bin, einfach zuzusagen, egal, zu was, und sei es, dass er mir Tauchen mit Haien vorgeschlagen hätte.

»Kommt ihr jetzt endlich?«, ruft Colleen durch die heruntergekurbelte Fensterscheibe.

In diesem Moment bin ich froh über ihre Ungeduld.

»Danke für das Angebot«, sage ich zu Alec und ärgere mich darüber, dass es dünn und zittrig rauskommt. »Aber das wird nicht nötig sein.«

Ich beuge mich vor, um einzusteigen, halte aber inne, als ich Alecs sanfte Berührung an meinem Arm spüre. Mein Herz macht einen Satz, beinahe erschrocken sehe ich auf seine Hand mit den schlanken, aber kräftigen Fingern hinab.

»Athina …«

Ein wohliger Schauer jagt mir über den Rücken. So nennt mich außer meiner Mutter niemand. Und ich bin sicher, dass mein Name noch nie so wundervoll geklungen hat wie aus seinem Mund. Nicht mehr fremdländisch und eckig, sondern rund und weich und geheimnisvoll.

Ich hebe den Kopf, und obwohl um uns herum Hunderte von Touristen herumstromern, kommt es mir mit einem Mal vor, als wären wir allein. Weil er mich ansieht, als würde unter all diesen Menschen nur ich zählen. Vielleicht habe ich mich ja doch in seiner Motivation getäuscht? Kann es wirklich sein, dass es ihm nicht nur darum geht, seine Unhöflichkeit vom Flughafen wiedergutzumachen? Dass jemand wie er tatsächlich ein Interesse an jemandem wie mir haben könnte? Meine Kehle ist plötzlich ganz trocken. »Ja?«

»Hast du den Armreif dabei?«

Perplex starre ich ihn an.

»Hast du?«, wiederholt er, als ich nicht antworte. Er klingt angespannt.

Na großartig. Das war der Grund, weswegen er mich so angestarrt hat. Und ich habe mir eingebildet, dass da mehr wäre. Ich muss einen Sonnenstich haben!

Abrupt entreiße ich ihm meinen Arm und hoffe inständig, dass er nicht auch dieses Mal von seiner Fähigkeit des Gedankenlesens Gebrauch gemacht hat. »Natürlich!«

Mit zusammengepressten Lippen hole ich den Reif aus meiner Umhängetasche hervor, schiebe ihn mir über das Handgelenk und will einsteigen. Alec jedoch rührt sich nicht vom Fleck, sein nachdenklicher Blick ruht auf dem Reif, sodass ich mich an ihm vorbeischieben muss.

Ein Fehler, denn seine plötzliche Nähe und sein Duft, diese verlockende Mischung aus herbem Aftershave und Männlichkeit, stellen erneut merkwürdige Dinge mit mir an.

Ich schlucke schwer und rufe mir ins Gedächtnis zurück, dass ich nicht auf Zypern bin, um mich in irgendjemanden zu vergucken. Und erst recht nicht, um mir wieder einmal das Herz brechen zu lassen.

Wenig später rauschen wir auf einer Art Autobahn dahin. Noch immer ärgere ich mich über mich selbst.

»Meine Güte«, entfährt es Colleen irgendwann. »Hier steht ja alle paar Meilen ein liegen gebliebener Wagen am Rand.«

Das entlockt Alec nur ein Schulterzucken. »Mit der vorgeschriebenen regelmäßigen Überprüfung seines fahrbaren Untersatzes nimmt man es hierzulande nicht so genau. Die warten jetzt auf den Abschleppdienst.«

Ich denke an den Techniker zurück, der in *einer Minute* hätte da sein sollen, um die Klimaanlage im Zimmer zu reparieren, bislang aber nicht aufgetaucht ist, und kann nur hoffen, dass die Autobesitzer Kissen und Schlafsack dabeihaben.

Auch der alte Jeep, in dem wir unterwegs sind, besitzt keine Klimaanlage, weshalb wir die Fenster heruntergekurbelt haben.

Colleen hat ihr Haar mit einem Seidentuch zurückgebunden und sieht mit ihrer Sonnenbrille aus wie eine Filmdiva der Fünfzigerjahre. Mir hingegen zerzaust der Wind die Locken, aber ich mag es, denn er ist angenehm warm. Außerdem liebe ich den Duft der Kirschblüten, den er heranträgt.

Als es plötzlich zwischen den blühenden Büschen, die die Fahrbahn säumen, grün aufleuchtet, ziehe ich scharf die Luft ein.

»Das ist meine Lieblingsbucht«, sagt Alec, der mich entweder im Rückspiegel beobachtet oder meine Reaktion bemerkt hat. »Möchtest du sie sehen?«

Überrascht sehe ich zu ihm, nicke.

Alec nimmt die nächste Ausfahrt, wir holpern einen Küstenweg entlang und halten neben der Straße an einem Pinienwäldchen.

Kaum sind wir ausgestiegen, komme ich aus dem Staunen nicht mehr heraus, als ich durch die pinkfarbenen Blüten hindurch eine von cremefarbenen Felsen gerahmte Bucht mit kristallklarem, grün schimmerndem Wasser erblicke. »Können wir da irgendwo runter?«

»Ja, aber es ist ziemlich steil.«

Beide gucken wir auf Colleens High Heels.

»Was denn?«, ruft sie angesäuert.

»Und wenn du sie ausziehst?«, frage ich.

»Ich bin doch nicht zum Bergsteigen hergekommen!«, protestiert sie. »Ich dachte, wir setzen uns gemütlich irgendwohin, trinken ein Glas Wein und entspannen!« Offenbar hat sie vergessen, dass sie sich als Naturfreak ausgegeben hatte, der Wanderungen über alles liebt.

Ich seufze.

»Der Anblick ist sowieso vom Wasser aus viel schöner«, beschwichtigt Alec. »Immer wenn ich die Möglichkeit habe, fahre ich mit dem Boot raus. Blue Lagoon, Green Bay, Cap Greco sind die bekanntesten Buchten. Aber es gibt noch viel mehr traumhaft schöne auf Zypern, so wie diese hier. Einige sind ohnehin nur vom Wasser aus erreichbar, man muss also keinen stundenlangen Fußmarsch durch unwegsames Gelände auf sich nehmen. Sandstrände, Korallenbänke, sogar ein Schiffswrack haben wir hier. Dort tauche ich gern, wenn ich mit meinem Boot rausfahre.«

»Du hast ein Boot?« Colleen verschluckt sich fast.

»Ein kleines Motorboot, nichts Besonderes«, wehrt Alec ab und geht weiter. »Kommt mit, dort drüben ist die Aussicht noch besser.«

Ich will ihm folgen, aber Colleen hält mich am Arm zurück und , flüstert aufgeregt: »Sie hatte recht!«

»Wer? Was?«

»Die Frau mit dem Kaffeesatz. Sie hat in meiner Zukunft einen dunkelhaarigen Mann mit Boot gesehen.«

Ungläubig starre ich sie an. »Ist das jetzt dein Ernst? Du weißt aber schon, dass wir auf einer Insel im Süden sind, oder? Vermutlich musst du tagelang suchen, um einen dunkelhaarigen Mann *ohne* Boot zu finden.«

Sie winkt ab. »Man kann das Glas auch immer halb leer sehen wie du.«

»Ich bin lediglich vernünftig.«

»Und genau das ist dein Problem. Schalte den Kopf doch mal aus und hör auf deinen Bauch.«

»Der erzählt mir aber nichts von dunkelhaarigen Männern mit Boot.«

»Natürlich nicht. Es war ja auch *meine* Kaffeetasse«, flachst sie und streckt mir die Zunge heraus.

Ich verdrehe die Augen und boxe sie liebevoll in die Seite, bevor ich Alec zwischen Pinien und Zypressen hindurch zu einem Felsvorsprung folge.

Pinkfarbene Bougainvilleen und sattgrüne Feigenblätter rahmen den Blick auf das beinahe fluoreszierend blaue Wasser der Bucht. Ich bin wie gebannt, bin mir sicher, noch nie zuvor etwas so Schönes gesehen zu haben.

»Wundervoll, nicht wahr?«, sagt Alec leise.

Ich nicke. »Atemberaubend.«

Ich lasse mich auf den Felsen sinken, möchte am liebsten nie wieder hier fort und genieße den Anblick und die Ruhe hier. Die leider nicht sehr lange anhält.

»Würdest du mit uns eine Bootstour machen?«, fragt Colleen.

»Colleen!«, zische ich, will ihr mahnend den Ellbogen in die Seite stoßen, aber sie hat es vorausgesehen und ist rechtzeitig beiseitegetreten.

»Warum nicht?«, fragt Alec amüsiert zurück. »Ich war schon lange nicht mehr draußen, und im Moment gibt es im CMP wenig für mich zu tun.«

»Morgen?«, hakt Colleen direkt nach, und er nickt.

»Großartig!«, ruft sie strahlend.

Ich sage nichts, weiß nicht, was ich davon halten soll, dass er sich so viel Zeit für uns nimmt. Andererseits: Welcher Kerl, der Augen im Kopf hat, würde das nicht für Colleen tun?

Warum also ruht Alecs Blick weiterhin auf mir? Warum glitzern seine Augen so verführerisch blau wie das Meer in der Ferne?

Stunden später sind wir immer noch nicht in Lefkara, stattdessen haben wir etliche spontane Zwischenstopps eingelegt.

Bei allem, was mir einen bewundernden Ausruf entlockt, hält Alec an oder biegt ab.

Freundlichkeit, sage ich mir. Nichts als Freundlichkeit und die Tatsache, dass er in mir eine aufmerksame und interessierte Zuhörerin gefunden hat. Und all die flüchtigen Berührungen, wenn er mir bei einem Auf- oder Abstieg die Hand reicht, sind nur Höflichkeit, nichts weiter. Er ist eben ein Gentleman.

Doch diese vernünftige Argumentation hilft leider nichts gegen das Flattern in meinem Bauch und das Prickeln auf meiner Haut, das mit jedem Mal stärker wird.

Staunend streiche ich über Felskolosse, die von den Naturgewalten im Laufe von Jahrtausenden zu abstrakten Kunstwerken zurechtgeschliffen wurden. Wenig später bewundere ich golden glänzende Wandmalereien in einem Kloster und beim nächsten Halt die satten Farben der Mosaike in einer ausgegrabenen altgriechischen Villa. Meine Faszination für diese Insel steigt mit jeder Minute. Die von Colleen lässt mit jedem Schritt nach.

Und jetzt stehen wir vor einem Wasserfall. Ich begeistert, Colleen unglücklich.

Alec lehnt mit vor der Brust gekreuzten Armen lässig an einem Baum, und wenn ich es nicht besser wüsste, würde ich seinen auf mir ruhenden Blick als hingerissen bezeichnen. Wie ein Junge vor dem Weihnachtsbaum wirkt er in diesem Moment. Als wäre meine Begeisterung ein Geschenk für ihn. Was für verrückte Gedanken! Er liebt einfach nur seine Insel, ist stolz auf sie und möchte sie uns deshalb von ihrer besten Seite präsentieren.

Wobei *uns* im Moment nur auf mich zutrifft, denn Colleens Miene wird immer gequälter.

Also suche ich um des lieben Friedens willen während der Weiterfahrt die umliegenden Weinberge nach einem weiteren Gut ab, wo man einkehren kann. Stattdessen entdecke ich auf einem der Hügel ein Kloster, und zu meiner Erleichterung bestätigt Alec, dass man dort nicht nur eine Kleinigkeit zu essen, sondern auch ein Glas Wein bekommt. Das versöhnt Colleen wieder etwas.

Wenig später sitzen wir auf dem von Weinranken beschatteten rückwärtigen Hof des Klosters und blicken über die Mauern hinaus auf saftig grüne Weinreben.

Colleen hat ihre schmerzenden Füße hochgelegt. »Nie wieder mache ich mit dir Urlaub!«, schimpft sie. »Mir sterben gleich die Zehen ab!«

»Ich habe dir doch vorgeschlagen, flache Schuhe anzuziehen«, erinnere ich sie. »Außerdem habe ich noch ein paar Flip-Flops vom Strand in meiner Tasche. Willst du die?«

»Flip-Flops?!«, empört sie sich. »Dann verzichte ich lieber auf ein paar Zehen. Aber eines steht fest – so etwas mache ich nie wieder mit! Den Rest des Urlaubs verbringen wir am Pool!«

Auch wenn ich nur zu gern den ganzen restlichen Tag an Alecs Seite die Wunder Zyperns erkundet hätte, reiße ich mich zusammen und beschließe, mir ab sofort jeden weiteren Ausruf der Bewunderung zu verkneifen, stimme Colleen aber auch nicht zu.

»Tut mir leid, jetzt bin ich auch wirklich still, und wir fahren von hier aus direkt nach Lefkara«, verspreche ich und bemühe mich, angemessen zerknirscht auszusehen.

Lange kann ich meine reuevolle Miene jedoch nicht aufrechterhalten. Dafür ist die Landschaft viel zu schön. Ganz zu schweigen von Alecs Nähe.

Zu meiner Erleichterung hat Colleen dank des Weines ihre gute Laune wiedergefunden. Leider scheint sie sich plötzlich noch mehr als zuvor von Alec angezogen zu fühlen. Andauernd fasst sie nach seiner Hand, seinem Arm, hängt sich an ihn oder lehnt sich gegen ihn. Jetzt wirft sie aufreizend ihr Haar über die Schultern und plaudert so locker und witzig mit ihm, wie ich es niemals könnte.

Ich wünschte, ich verfügte auch nur über einen Bruchteil ihrer Mühelosigkeit im Umgang mit Männern. Doch selbst wenn dem so wäre, was würde es mir nützen? Unwillkürlich fährt meine Hand an meinen Halsansatz. Zu meiner Erleichterung sitzt das Kleid so, wie es soll – meine Narben sind verborgen. Dennoch hat sich die Leichtigkeit in meinem Inneren schlagartig verflüchtigt. Auch ohne den unmittelbaren Vergleich mit Colleen hätte ich keine Chance bei jemandem wie ihm.

Mein Mund ist mit einem Mal ganz trocken, mein Weinglas leer.

Ich beuge mich vor, um nach der Flasche zu greifen, unglücklicherweise hat Alec die gleiche Idee, und für einen

Moment legt sich seine Hand um die meine, und wieder durchfährt mich dieses Kribbeln. Ich zucke erschrocken zurück, stoße mit dem Armreif gegen mein Glas. Das Klirren bringt mir wieder in Erinnerung, warum ich eigentlich hier bin. Gerade will ich darauf hinweisen, als das zu meinem Erstaunen Alec tut.

»Wir sollten aufbrechen«, stößt er aus. Seine Stimme klingt rau.

Als wir wieder im Auto sitzen und weiter landeinwärts fahren, fühle ich mich noch immer schwummrig und wie trunken. Glaube aber nicht, dass das vom Wein kommt. Sondern von seiner Nähe, seiner Aufmerksamkeit, seinem Lachen.

Wir passieren etliche einsame Ansiedelungen, auf denen halb verrostete Windräder stehen, die den Eindruck erwecken, als gehörten sie in einen Wildwestfilm. Dann wieder zittern um uns herum die grünweißen Blätter der Olivenbäume in der Brise. Um ihre dicken Stämme herum, die aussehen, als seien zahlreiche Stränge miteinander verflochten, ergießt sich ein Teppich aus gelben und roten Wildblumen. Durch die geöffneten Fenster dringt der Duft der Kirschblüten herein.

Plötzlich hält Alec an, obwohl von einem Dorf weit und breit nichts zu sehen ist. Nur ein Bach teilt die Landschaft. Doch auf der steinernen Brücke, die über das schmale Gewässer führt, hat sich eine Herde Ziegen niedergelassen. Alecs wildes Gehupe interessiert sie nicht sonderlich.

Aufseufzend steigt er aus und versucht, sie von der Straße zu scheuchen, allerdings mit wenig Erfolg. Sie lassen sich einfach ein paar Schritte weiter wieder nieder, sodass der Platz, den er gerade eben erst von der einen Ziege befreit hat, nach wenigen Minuten schon von einer anderen besetzt wird. Schließlich ist das ganze Auto von den Tieren umgeben. Als Alec sich umdreht und merkt, dass seine Bemühungen das Problem nur verlagert haben, macht er eine dermaßen ratlos-resignierte Miene, dass ich nicht mehr an mich halten kann und lauthals loslache.

Er mustert mich finster. »Was bitte ist daran so komisch?«

»Alles«, gestehe ich feixend. »Ich habe noch nie etwas Lustigeres gesehen als einen gestandenen Mann, der wild mit den Armen wedelnd vor ein paar Ziegen hin und her läuft und dann kapituliert.«

Es blitzt in seinen Augen auf, als er zum Wagen zurückkommt, die Tür öffnet und mich an der Hand herauszieht. »Na, dann zeig mir mal, wie es besser geht.«

Ich protestiere, noch immer glucksend, kann mich aber nicht gegen seinen Griff wehren. Und will es plötzlich auch gar nicht. Der Druck seiner Hand ist warm und fest, und als er mich loslässt, fühle ich fast so etwas wie Enttäuschung.

»Na los!«, rufe ich Colleen zu, während ich mein Haar zu einem Dutt verknote. »Du auch.«

»Auf gar keinen Fall! Da gibt es bestimmt Schlangen!«

»Blödsinn!«

»Leider nicht«, widerspricht Alec. »Die gibt es auf Zypern wirklich.«

»Siehst du!« Colleen umklammert den Griff der Tür, als könnte diese im nächsten Moment von einer Horde Schlangen attackiert werden.

»Aber wenn sie sich nicht in die Enge getrieben fühlen«, fährt Alec beruhigend fort, »flüchten sie vor dem Menschen. Und immerhin sind wir hier auf einer Brücke.«

Colleen weigert sich dennoch, auszusteigen. Ich vermute aber, dass der Grund weniger eventuell aufkreuzende Schlange als vielmehr die Ziegenköttel auf der Straße sind und sie ihre teuren High Heels fürchtet, die heute schon gewaltig l mussten.

Also springen lediglich Alec und ich mit wedelnden Armen um den Wagen herum wie in einem absonderlichen Kriegstanz. Jedes Mal, wenn unsere Blicke sich kreuzen, muss ich erneut losprusten. Mir ist, als hätte ich das ganze letzte Jahr über nicht gelacht, und nun will das alles auf einmal aus mir herausbrechen.

Als wir es endlich geschafft haben, die Ziegen davon zu überzeugen, dass das Leben in sicherer Entfernung von uns für sie weitaus stressfreier ist, sind wir verschwitzt und staubig und ich habe Bauchweh vor Lachen.

Überdies stelle ich fest, dass ich mich heute Morgen geirrt habe – es gibt etwas noch Schöneres als den Anblick der Bucht, nämlich Alecs mir geltendes Lächeln. Jedes Lächeln von mir hat unmittelbar ein Lächeln von ihm zur Folge. Als würden wir uns ineinander spiegeln.

Colleen ist derweil hinter ihrer Sonnenbrille eingedöst, ihr Kopf ist nach hinten gefallen, und sie schnarcht leise mit offenem Mund. Die durchtanzte Nacht fordert ihren Tribut.

Nach Atem ringend lehne ich mich gegen die steinerne Brüstung der Brücke. Mein Dutt hat sich längst gelöst, das Haar fällt mir wild wie ein Vorhang zu beiden Seiten des Gesichts über die Schulter nach vorn. Mein Herz schlägt heftig, aber nicht nur der körperlichen Anstrengung wegen.

Alec tritt neben mich. So nah, dass sein Duft mich einhüllt, ich seine Wärme spüren kann und meinen Arm nur ein klein wenig zur Seite schieben müsste, um den seinen zu berühren. Eine Nähe, die mir normalerweise unangenehm ist, die ich gar nicht erst zulasse. Wieso nur fühlt es sich bei ihm so gut an?

Jetzt erst registriere ich die kunstvollen, in den Stein der Brücke gemeißelten Ornamente. »Die sieht ja aus, als müsste ie eigentlich in Venedig über einen Kanal führen«, staune ich.

»Sie stammt tatsächlich aus der Zeit der venezianischen rschaft«, sagt er. »Überall auf Zypern stößt man auf Gebäude Brücken aus dieser Zeit.«

»Und was ist das?«, frage ich und klaube von der Brüstung eine Art überdimensionale Erbsenschote – braun, flach und trocken. Überall auf der Brücke liegen diese Dinger verteilt.

»Die Frucht des Johannisbrotbaumes.« Er zeigt auf ein paar Bäume am Bachufer. »Noch vom letzten Jahr. Futter für Kamele und andere Nutztiere.«

»Kamele?« Ich muss mich verhört haben.

»Ja. Wir haben hier noch einige Kamelfarmen, aber längst nicht mehr so viele wie früher, als Kamele und Esel noch das Haupttransportmittel auf der Insel waren. Doch auch unabhängig davon war Carob, das Fruchtfleisch, ein Hauptexportprodukt Zyperns. Die Schoten dienen zu Pulver zermahlen nämlich unter anderem als Kakao-Ersatz oder Nahrungszusatzstoff. Und außerdem«, er nimmt mir die Schote ab, öffnet sie, sodass viele winzige Samen zum Vorschein kommen, »leitet sich einer verbreiteten Theorie nach von ihnen die Gewichtseinheit Karat ab.«

»Du meinst, wie bei Gold?«

»Genau. Denn diese Samen wiegen alle im Schnitt 200 Milligramm, also so viel wie ein standardisiertes Karat. Juweliere überall auf der Welt verwendeten die Samenkörner als Maß, um die Karate festzulegen. Als Gewichtersatz anstelle von Gold oder Edelsteinen.«

Plötzlich greift er nach meiner Hand und dreht sie mit der Innenfläche nach oben. Mir ist, als würde Elektrizität durch mich hindurchschießen, ich halte die Luft an.

Sanft öffnet er meine Faust, die ich vor Überraschung geballt habe. Seine Berührung ist hauchzart, lässt meine Nervenenden verrücktspielen und Schauer der Erregung durch meinen Körper jagen. Seine braun gebrannte Haut schimmert seidig im Sonnenlicht und fühlt sich auch genauso an.

»Mir gefällt der Gedanke«, sagt er leise, »dass etwas so Kleines und Unscheinbares die gleiche Aufgabe leisten kann wie etwas Großes und Glänzendes.« Vorsichtig schüttet er mir die winzigen, leicht ovalen Samen in die Hand und schließt meine Finger darum. Seine eigenen bleiben auf meinen liegen, warm und weich und viel länger, als sie müssten. »Und dass all diese filigranen Samenkörner in ihrer Gesamtheit dasselbe bewirken können wie ein hartes Stück Metall.«

Mich durchschießt der Wunsch, er möge mich nie mehr loslassen. Was völlig verrückt ist. Ausgeschlossen, dass seine Berührung mehr als Zufall ist. Oder?

Ich hebe den Kopf und versinke im Meer seiner Augen, in dem erneut goldene Pünktchen wie hindurchhuschende Fische aufblitzen. Einen Herzschlag lang sehen wir uns an und noch einen, und plötzlich sind es dreißig, vierzig, fünfzig Schläge – weil besagtes Organ in meiner Brust mit einem Mal wild gegen meine Rippen hämmert. Wie ist es nur möglich, dass er mich allein mit seiner Nähe betrunken machen kann? Ich mich so leicht und ausgelassen fühle wie seit Jahren nicht mehr?

»Wo bleibt ihr denn?«, tönt es gähnend vom Auto her.

Erschrocken ziehe ich meine Hand zu mir, tue so, als wäre ich in die Betrachtung der Körner zwischen meinen Fingern vertieft, und versuche, meine Fassung wiederzufinden.

»Leute, können wir fahren oder warten wir darauf, dass die Viecher wiederkommen?«, meldet sich Colleen erneut.

Keiner von uns beiden rührt sich vom Fleck. Nur das sanfte Rauschen des Baches unter uns und das Zwitschern der Vögel in den Bäumen über uns sind zu hören.

Alec fährt mit der Hand über ein muschelartiges Ornament im Brückenstein, und sein Arm streift dabei den meinen. Versehen? Absicht? Möchte auch er unsere Nähe noch nicht beenden? Ein wundervolles Prickeln überläuft mich. Ich will es nicht zeigen, meine Gefühlsverwirrung nicht preisgeben, lege den Kopf in den Nacken und sehe zum Himmel auf. Dabei fällt mein Haar über meine Schulter nach hinten.

Alec zieht scharf die Luft ein.

Ich verkrampfe mich, weiß, auch ohne hinzusehen, sofort, was los ist. Ich spüre es. Habe es zu oft erlebt. Meine Hand fährt an meinen Hals, zu meinem Dekolleté, und tatsächlich: Die oberen Knöpfe des Kleides sind offen; die Narben, die sich von meinem Schlüsselbein aus über meine Brust ziehen, liegen zum Teil frei. Und ich habe sie ihm regelrecht präsentiert, als ich zum Himmel aufsah.

Mein Herz hämmert so heftig gegen meinen Brustkorb, dass jeder Schlag durch meinen gesamten Körper hallt und dröhnt wie in einer riesigen Glocke. In meinen Ohren rauscht es, Hitze kriecht über mein Gesicht.

Alec steht ganz still da, und meine Kehle schnürt sich zu bei der Erinnerung an Jadens entsetzte Miene. Oder an Collins mitleidige. Ich weiß gar nicht, was schlimmer ist: verlegenes Schweigen oder qualvolle Neugierde oder sogar abfällige Worte, aber letztlich ist es wohl auch egal, denn das Ergebnis ist immer gleich: ein hastiger Aufbruch mit fadenscheiniger Begründung, zum Beispiel, dass derjenige einen wichtigen Termin vergessen hat. Nachts um halb elf. Haha. Ein paar mehr oder weniger tröstende Worte und der Vorschlag, man könne sich ja mal die Tage zum Kaffee treffen oder telefonieren. Ja klar.

Ich blinzele gegen die Tränen an, beiße die Zähne zusammen, hole tief Luft und sehe auf, um mich seinem Ekel zu stellen.

»Was ist passiert?«, fragt er betroffen. Zumindest kann er seinen Abscheu gut unterdrücken. Trotzdem ist mir klar, was er denkt. Das, was alle Kerle denken.

Und plötzlich bin ich all die Erklärungen satt.

»Das war meine Mum«, stoße ich kurz angebunden aus und kehre mit zusammengepressten Lippen zum Wagen zurück.

1974

Lächelnd strich Samira über die Blüten des Hibiskus, der sich am Tor zu Mahmuts Innenhof emporrankte, bei dem sie und Dimi ein Fass Wein abholten. Die Blumen waren von demselben Lila, mit dem der Sonnenuntergang die Häuser übergoss und ihnen ein märchenhaft unwirkliches Aussehen verlieh.

Überhaupt wirkte alles wie verzaubert. Waren die Farben schon immer so strahlend gewesen? Die Vögel schienen am Himmel zu tanzen und die Schmetterlinge zwischen den Blumen, ja sogar die weißen Laken auf den Leinen flatterten, als wollten sie gleich abheben.

»Samira!«

Sie sah über die Schulter. Sophia streckte ihren Kopf aus dem Fenster im Gebäude gegenüber. »Hörst du mich nicht?«, setzte sie mit säuerlicher Miene nach. »Ich habe gefragt, ob deine Mutter zu Hause ist, ich will noch einmal für ihr neues Kleid Maß nehmen, bevor es am Ende zu eng gerät.«

»Ja, ist sie«, murmelte Samira mit geistesabwesendem Lächeln und pflückte eine der Blüten.

Sophia runzelte die Stirn. »Träumst du, Mädchen, oder was ist los?«

»Seit Tagen schon. Und der Traum ist herrlich und soll niemals enden.« Lächelnd schwebte Samira an Sophia und ihrem verdutzten Gesicht vorbei und zurück in den Hof von Mahmuts Haus. Dort wartete geduldig das vor den Karren gespannte Pferd, während Dimi ein Weinfass rumpelnd über die Pflastersteine rollte.

»Jetzt ist es so weit«, hörte sie Sophia hinter sich schnauben. »Sie ist verrückt geworden. Ich habe es ja immer gesagt.«

Samira lächelte weiter in sich hinein, strich dem Pferd sanft über die Blesse und ließ es an der Innenfläche ihrer Hand schnuppern.

Die letzten Tage waren tatsächlich wie ein endloser Traum gewesen. Sooft sich eine Gelegenheit geboten hatte, war sie aus der Taverne geflüchtet. Jede Minute, die sie irgendwo hatte abzwacken können, stahl sie sich davon und in Yasins Arme.

Sie trafen sich im Wäldchen und in der Bucht, küssten sich zwischen Weinreben und unter Orangenbäumen. Aneinandergeschmiegt saßen sie auf den Klippen und lauschten dem Gesang der Vögel bei Sonnenaufgang. Eng umschlungen betrachteten sie von den Hügeln aus das Farbenspiel des Himmels am Abend.

Manchmal redeten sie stundenlang miteinander, als müssten sie all die Wochen nachholen, in denen er ihr aus dem Weg gegangen war, dann wieder hielten sie sich schweigend im Arm, verloren sich in der bloßen Gegenwart des anderen.

Jede Minute, die sie nicht bei ihm war, vermisste sie ihn so sehr, dass es ihr das Herz zusammenzog vor Sehnsucht. So wie jetzt.

Mahmut humpelte aus dem Haus, o-beinig wie eh und je, seit einiger Zeit überdies mit gebeugtem Rücken. Das wenige weiße Haar, das ihm verblieben war, stand ihm wie ein Heiligenschein vom Kopf ab. »Warte, Junge, ich packe mit an.«

»Danke dir«, sagte Dimi.

»Aber Moudi, das ist doch viel zu …« Samira wollte schon einschreiten, als Dimi ihr zuzwinkerte. Tatsächlich hätte er um ein Haar auch Mahmut mit auf den Karren gehoben, denn viel mehr, als sich dranzuhängen, konnte der alte Mann dann doch nicht. Dennoch freute er sich sichtlich, als Dimi ihm dankend auf die Schulter klopfte, bevor er auf den Sitz des schmalen Einspänners kletterte und die Zügel ergriff. »Und jetzt zu Georgios?«, fragte Dimi an Samira gewandt. »Um die Oliven abzuholen?«

»Georgios hat es noch nicht geschafft, die Ernte einzuholen«, tat Mahmut kund. »Sein Pferd hat ein Eisen verloren.«

Dimi verzog besorgt das Gesicht.

»Ist nicht tragisch«, beruhigte Samira ihn. »Wir haben noch genug Oliven. Es reicht, wenn wir im Laufe der Woche zu Georgios fahren.«

»Wenn ich das schaffe. Morgen breche ich wegen des Kaffeehauses nach Nikosia auf. Dein Vater gibt mir dafür den Wagen. Es wird ein paar Tage dauern, bis ich alle Details geklärt habe.«

»Mach dir keine Sorgen, ich kriege das mit den Oliven schon allein hin, falls du nicht rechtzeitig da bist.«

»Na schön. Übrigens …« Er hielt inne, rieb mit der flachen Hand über die Kante der Sitzbank, als wüsste er nicht, wie der Satz weitergehen solle. »Was die Idee eines Kaffeehauses in Nikosia angeht …« Er räusperte sich. »Du sollst wissen, dass … also … ähm … falls du dich anders entscheidest und mit mir …« Er brach ab, holte tief Luft. »Ich … würde … auf dich warten.«

»Danke, das weiß ich zu schätzen«, sagte sie sanft. »Aber meine Entscheidung steht. Doch wenn du einfach Hilfe brauchst, werde ich jederzeit sofort in Nikosia aufkreuzen.« Trotz allem war sie traurig, dass er vorhatte, Ayia Rosa zu verlassen, aber es war wohl besser so, vor allem für ihn. Er würde sich etwas Eigenes aufbauen, auch wenn das Geld dafür erst einmal von ihren Eltern kam. Natürlich wollte er es ihnen mit der Zeit zurückzahlen.

Sie hörte ihn tief durchatmen, dann nickte er. »Gut, dass du mit den Vorräten so vorausschauend geplant hast.«

»Danke.« Sie war unfassbar froh darüber, dass sie wieder vertraut miteinander umgehen konnten, auch wenn es nicht mehr so locker war wie früher, sondern vorsichtiger und nüchterner. Seinem Wunsch entsprechend hatte sie die Sache mit der Heirat und jenen Abend nicht mehr erwähnt, und es war fast, als sei nichts gewesen. »Dann bringen wir jetzt erst einmal die restlichen Besorgungen in die Taverne«, beschloss Samira.

»Warte kurz!«, rief Mahmut, humpelte ins Haus und drückte ihr, als er wieder herauskam, ein Schüsselchen gezuckerte Datteln in die Hand. »Ich hab es nicht vergessen: eine süße Kleinigkeit für den Heimweg.« Er versorgte sie mit Naschereien, seit sie denken konnte.

»Danke, Moudi«, sagte Samira gerührt. »Aber ich bin doch kein Kind mehr.«

»Für mich wirst du immer mein kleines Mädchen sein«, gab er zurück.

Sie gab dem alten Mann einen Kuss auf die faltige Wange, was ihn rot anlaufen ließ vor Freude, und stieg neben Dimi auf die Kutschbank.

»Spielen Hieronymos und Kadir nächste Woche wieder in der Taverne Schach?«, fragte Mahmut.

»Mit Sicherheit.« Die wöchentliche Schachpartie der beiden Streithähne war legendär. Weniger wegen gelungener Spielzüge als vielmehr aufgrund der sie begleitenden und mit Leidenschaft geführten Auseinandersetzungen. Jedes Mal war die Taverne daher voll.

»Na, dann komme ich vorbei und sehe es mir an.«

»Tu das«, sagte sie und winkte zum Abschied.

Kaum waren sie aus dem Hof geholpert, als Sophia, den Korb mit ihrem Nähzeug im Arm, aus ihrer Haustür und ihnen in den Weg trat. »Fahrt ihr zur Taverne zurück? Ja? Großartig.« Sie stellte ihren Korb auf den Karren. »Dann könnt ihr mich ja mitnehmen. Zur Not kann ich auf Dimis Schoß sitzen.«

Dimi machte ein so entsetztes Gesicht, dass Samira Mühe hatte, nicht aufzulachen.

Schon zwei Personen hatten auf der Kutschbank nur eng aneinandergedrängt Platz, und die Ladefläche war mit Fässern und Kisten vollgestellt.

»Du kannst meinen Platz nehmen«, bot sie an. »Ich gehe gern zu Fuß.« Also halfen sie Sophia nach oben, indem Dimi zog und Samira schob. Bei dieser Aktion hätte ein Sack Kartoffeln mehr Mitarbeit gezeigt als Elenis Mutter. Mahmut, der ihnen vom Torbogen aus zusah, hatte alle Mühe, sich das Grinsen zu verkneifen, wie Samira mit einem raschen Blick zurück feststellte.

Endlich war Sophia oben, Dimi wischte sich den Schweiß von der Stirn und ließ nach Atem ringend die Pferde antraben. Samira verabschiedete sich vom alten Mahmut und folgte ihnen.

Das Rumpeln des Karrens und das Klappern der Pferdehufe entfernten sich zunehmend von Samira. Ebenso Sophias nasale Stimme, die Dimi darüber belehrte, wie ein Gespann in diesen schmalen Gassen zu lenken sei. Schließlich verschwanden sie ganz und machten Platz für die üblichen Hintergrundgeräusche. Hier das Klirren von Geschirr und die fröhlichen Stimmen einer Familie beim Abendbrot, dort das Klimpern einer Gitarre, ein Haus weiter Kinderlachen.

Dimi verhielt sich wieder wie früher, ihre Eltern hatten es aufgegeben, sie seinetwegen zu drängen. Sie würde endlich der Welt verkünden können, für wen ihr Herz schlug. Sie spürte, dass die Zeit dafür gekommen war.

Jeder, der Samira begegnete, schmunzelte oder musterte sie verwirrt, und das war kein Wunder, denn sie bekam das Grinsen nicht aus ihrem Gesicht. Sie hätte jeden Menschen auf ihrem Weg umarmen können. Ihr war nach Tanzen, Singen und Lachen zugleich. Sie fühlte sich, als könnte sie fliegen. Alles machte plötzlich Sinn. Die Welt war hell, wundervoll und voller Möglichkeiten.

In der nächsten Quergasse zog sich links rosafarbener Oleander und rechts weißer die Häuserwände entlang, in einer Höhe, dass er oben wie zu einem Torbogen zusammenwuchs und sich dort die beiden Blütenfarben mischten. Sie erschienen ihr wie ein Sinnbild von Yasins und ihrer Liebe. Zwischen ihnen hindurch blickte sie auf die türkisfarbene Unendlichkeit des Himmels.

Sie konnte jetzt nicht heimgehen, dazu war sie zu aufgedreht. Also lief sie durch das Gewirr der Gassen in Richtung der Klippen, wo sie ungestört zusammen mit den Möwen ihre Freude hinausschreien konnte.

Da entdeckte sie etwas entfernt eine zierliche, schwarz gekleidete Gestalt. Yasins Großmutter.

»Jajá!« Samira winkte ihr glücklich zu, aber die alte Frau sah und hörte sie nicht, stieg langsam an ihrem Gehstock den Hügel hinauf, auf dessen Kuppe die kleine, strahlend weiß getünchte Kirche thronte. Ihre blaue Dachkuppel leuchtete mit Himmel und Meer um die Wette.

Samira lief ihr nach, kam keuchend oben an. Von hier aus konnte man die ganze Umgebung überblicken. Die rauen Schreie der Möwen ersetzten das Zwitschern der Schwalben. Der Duft nach Salz und Meer überdeckte den Geruch von heißem Mauerwerk, und das Rauschen des türkisfarbenen Meeres übertönte das Zirpen der Zikaden.

Meryem stand ein Stück weit hinter dem Gotteshaus auf ihren Stock gestützt an der Felskante, sah über das Wasser, und der Wind ließ ihren schwarzen Rock flattern wie die Flügel eines Kormorans.

»Hältst du nach Piraten Ausschau?«, fragte Samira scherzend, als sie die alte Frau erreicht hatte. In früheren Jahrhunderten war immer jemand für genau diese Aufgabe hier oben postiert gewesen.

Meryem sah über die Schulter zu ihr, ein verträumtes Lächeln im Gesicht. »Dafür ist es zu spät, sagt Ramiz.«

»Ramiz? Yasins Großvater? Im Traum, meinst du?«

Meryem nickte. »Heute Nacht stand er hier.« Sehnsuchtsvoll sah sie über das Meer, das so blau war wie ihre Augen, drehte geistesabwesend den Armreif an ihrem Handgelenk. Seit wann trug sie Schmuck? Samira hatte ihn noch nie zuvor gesehen. »Er streckte mir seine Hand entgegen und sagte: ›Meryem, meine Gazelle, die Zeiten werden dunkel, komm zu mir ins Licht.‹«

»Jajá!« Bestürzt griff Samira nach der Hand der alten Frau. »Was redest du denn da?«

»Alles gut, mein Liebling«, erwiderte diese und strich ihr mit sanftem Lächeln über die Wange. »Ich habe nämlich geantwortet: ›Ramiz, mein Löwe, noch nicht. Ich werde hier noch gebraucht.‹ Dennoch hat er recht, mein Kind. Wenn ich jünger wäre, kräftigere Beine hätte. Aber so ... ich werde nicht schnell genug sein, werde euch nur aufhalten.«

»Was? Wobei? Wovon sprichst du?«

Meryem schien sie gar nicht zu hören, nahm Samiras Hände in die ihren. »In dunklen Zeiten braucht es ein Herz, das vor Liebe leuchtet.« Sie hob die Hand mit dem Armreif. »Den hier hat er mir geschenkt. An unserem Hochzeitstag. Den anderen trug er selbst. Wenn ich sterbe, möchte ich, dass du ihn bekommst.«

»Jetzt hör aber auf, vom Sterben zu reden!«, rief Samira erschrocken und zog ihre Hand fort, um sie auf Jajás Stirn zu legen. »Hast du vielleicht Fieber? Fühlst du dich nicht gut? Ich bringe dich am besten nach Hause.«

Meryem schüttelte den Kopf, als könnte sie die Aufregung gar nicht verstehen. Sie ließ es aber zu, dass Samira sich bei ihr unterhakte, um mit ihr ins Dorf zu gehen.

Immer wieder blickte Meryem zurück zur Felskante und lächelte, als ob dort jemand stünde.

Eine Gänsehaut überlief Samira, und sie wagte es nicht, ebenfalls über die Schulter zu sehen.

Meryem stützte sich schwer auf ihren Gehstock und Samira, als sie den Dorfplatz überquerten, und Samira fragte sich, wann Yasins Großmutter so abgebaut hatte. Ihr schien, als sei das erst in den letzten Wochen seit den bedrückenden und verwirrenden Nachrichten über teils blutige Zusammenstöße von griechischstämmigen und türkischstämmigen Zyprern geschehen. Sie würde im nächsten Haus um etwas zu trinken für sie bitten.

»Jajá«, sagte sie, »du ruhst dich gleich auf der Bank vor Leandros' Haus aus, und ich frage ihn, ob er ein Glas …«

Sie hielt inne, denn noch während sie um die Ecke bogen, drang ein scharfer, viel zu intensiver Geruch nach billigem Rasierwasser und Schweiß an ihre Nase. Ihr Magen verkrampfte sich und tatsächlich: Stefanos stand vor Leandros' Haustür – zusammen mit einer Handvoll Männer. Etliche von ihnen kannte sie nicht. Die Hochzeit war vorbei, doch die Fremden waren im Dorf geblieben. Warum?

Stefanos' Augen weiteten sich bei ihrem Anblick für einen Moment, dann verengten sie sich, und schließlich stierte er sie böse an.

Übelkeit stieg in ihr hoch. Seit seinem Übergriff hatte sie ihn nicht mehr zu Gesicht bekommen, die Erinnerung daran beiseitegeschoben, jetzt überrollte sie diese mit voller Wucht. Sie wollte zurückweichen, aber Jajá war schon weitergelaufen.

»Ja? Was möchtest du Leandros fragen?«, hakte die alte Frau nichtsahnend nach und sah verdutzt über die Schulter, wo ihre Begleiterin denn blieb.

Samira holte sie ein. »Nichts. Alles gut.« Sie würde erst in der nächsten Gasse nach einem Glas Wasser fragen. Schon wollte sie weitergehen, da ertönte Stefanos' höhnische Stimme: »Sieh an, die kleine Türkenfreundin.«

Die anderen johlten, und Stefanos sah so selbstgefällig drein wie der einzige Gockel auf einem Hühnerhof. Er hatte offensichtlich schnell die passende Gesellschaft gefunden. Vlassios war darunter, der seiner Trunksucht wegen jede Arbeit verlor. Sideris, der seiner Faulheit wegen gar nicht erst eine bekam. Und Prokopios, der jeden Anlass nutzte, um sich zu prügeln. Störenfriede nannte ihr Vater sie. Unzufriedene sagte ihre Mutter zu ihnen. Beide sahen sie es nicht gern, wenn sie die Taverne besuchten.

»Warte es nur ab. Meine Leute werden auch solche wie dich finden!«, legte Stefanos mit boshaftem Grinsen nach. Seine neuen Freunde grölten, und er badete regelrecht in ihrem Beifall.

Jajá blieb abrupt stehen.

»Beachte ihn nicht«, bat Samira. Sie wollte Jajá weiterziehen, hatte Angst, dass ihr sonst etwas geschehen könnte, aber die kleine Frau rührte sich nicht.

»Was war das gerade?«, wandte sich Yasins Großmutter mit gerunzelter Stirn an Stefanos.

Der spuckte aus: »Hat da jemand was gesagt? Ich verstehe nur die Sprache von zivilisierten Menschen, nicht die von Kameltreibern.« Dieses Mal fiel der Beifall deutlich leiser aus. Unsichere Blicke wurden gewechselt. Vor Meryem hatten alle Respekt, wenn nicht sogar Angst.

Stefanos bekam davon nichts mit, zischte in Richtung Samira: »Du solltest dir wirklich gut überlegen, mit wem du dich hier abgibst. Dieses verlogene Freundschaftsgetue wird bald ein Ende haben. Und Zypern wieder den Griechen gehören!«

Wut kochte in ihr hoch. Wie konnte dieser Fremde herkommen, in ihr kleines Dorf, und behaupten, dass all die Menschen, die hier seit Jahrzehnten friedlich miteinander lebten, voreinander Angst haben müssten? Sich hassen müssten? »Verschwinde, bevor es zu spät ist!«, fuhr sie ihn zornbebend an. »Hier sind solche wie du nicht erwünscht!«

Er legte den Kopf schief, musterte sie abschätzend. »Auf wessen Seite du wohl stehst, wenn der Sturm losgeht?«

»Auf der, die am weitesten von dir entfernt ist!«

»Dort könnte es aber bald ziemlich einsam für dich werden.«

»Selbst allein auf einer Klippe im Ozean zu hocken, wäre besser, als sich auch nur auf demselben Kontinent aufzuhalten wie du!«

Er lachte kalt. »Dann pass nur auf, dass es dir nicht zu gefährlich wird auf deiner Klippe. Und sie nicht unter dir wegbricht. Denn das große Beben hat gerade erst begonnen.«

»Halt dein Maul und verschwinde!«

»Aber mitnichten. Ich werde bleiben und mir ansehen, wie ihr untergeht! Und es feiern!«

»Du!«, sagte Jajá, trat auf Stefanos zu und legte ihm den Zeigefinger auf die Brust. Verdutzt blickte er auf die kleine Frau hinab, die ihm nicht einmal bis zu besagter Brust reichte. »Du solltest umkehren, solange du noch kannst.«

Er zog verächtlich die Oberlippe hoch, entblößte seine nikotingelben Zähne mit den abgebrochenen Spitzen. »Umkehren? Denkst du, ich würde vor euch Türkenpack davonlaufen?« Er lachte höhnisch.

Nur vereinzelt erklangen ein paar vorsichtige Lacher, was wohl daran lag, dass Jajá die Männer der Reihe nach eindringlich musterte.

»Prokopios«, sagte sie schließlich und nickte langsam. »Was macht dein … Problem?«

Der Angesprochene wurde blass, dann rot. »Geht so …«

»Dann solltest du lieber einen Arzt in Nikosia aufsuchen, anstatt hier Zeit zu verlieren. Sonst ist es am Ende zu spät für Hilfe, und du wirst nie wieder …«

»Schon gut, schon gut«, unterbrach er sie hastig und sah sich verlegen nach seinen Kumpanen um, bevor er davonhuschte.

»Was …?« Stefanos sah ihm verständnislos nach.

»Und Vlassios …«, sagte Jajá ruhig.

Dieser schluckte und wurde mit einem Mal ganz klein. »Ja?«

Sie hob die Hand an ihre Schläfe, verzog das Gesicht. »Du solltest dich bis zum nächsten Vollmond von den Bergen fernhalten, wenn du einem großen Unglück entgehen willst, das dich dein Leben kosten könnte.«

Auch er wurde kreidebleich, nickte heftig. »Und was noch? Worauf muss ich noch achten?«

Jajá schloss die Augen, runzelte konzentriert die Stirn. »Du solltest …«

»Schluss jetzt!«, fiel Stefanos ihr ins Wort, wandte sich wütend seinem Gefolge zu. »Wollt ihr euch etwa vom Hokuspokus dieser alten Hexe einschüchtern lassen?«

»Du solltest sie wirklich nicht so nennen«, flüsterte Sideris besorgt.

»Ich nenne sie, wie ich will! Sie gehört zu denen!«

Sideris kratzte sich nervös am Arm. »Natürlich hast du recht mit allem, was du über Türken sagst, aber … äh … nur vielleicht nicht unbedingt in Bezug auf Meryem. Sie hat schon oft Dinge vorhergesehen. Vielen das Leben damit erleichtert.«

»Seid ihr verrückt? Das ist nur ein altes Weib!«

»Stefanos, du solltest auf Sideris hören und sie wirklich nicht so nennen«, beharrte nun auch Vlassios besorgt und verdrückte sich in den Hintergrund.

»Was seid ihr denn für Feiglinge?«, wütete Stefanos.

Jajá legte den Kopf zur Seite, hob langsam und mit der Innenfläche in seine Richtung die Hand bis knapp vor seiner Nase. »Dein Gesicht …« Sie schüttelte bedrückt den Kopf. »Du wirst …«

»Was soll das?« Er schlug ihre Hand beiseite. »Finger weg!«

Vlassios räusperte sich. »Das solltest du lieber nicht tun, Stefanos.«

Der fuhr herum. »Ich tue, was ich will, verdammt! Ihr habt nicht die blasseste Ahnung, was ich für Kontakte habe!«, wütete er. »O ja! Ihr werdet euch noch umgucken! Das Beben hat begonnen, habt ihr mir vorhin nicht zugehört? Und jetzt Schluss mit diesem Unfug!« Doch niemand johlte oder klatschte Beifall, und seinem Gesichtsausdruck nach zu urteilen, wurde ihm klar, dass er gerade im Begriff war, seine Autorität zu verlieren.

Weiß vor Zorn fuhr er zu Samira herum. »Das Beben hat begonnen!«, zischte er erneut, und sein Blick sprühte Funken. »Und du wirst die Erste sein, die es in den Abgrund reißt!«

Sie schnaubte nur verächtlich, legte sich Jajás Hand auf den Arm und setzte mit ihr behutsam ihren Weg fort. Doch mit jedem Schritt, den sie tat, wurde ihre Sorge größer, ob es nicht ein Fehler gewesen war, ihn so herauszufordern.

Sie wünschte, Jajá könnte schneller laufen. Sie wollte schnellstmöglich fort aus Stefanos Reichweite, doch es dauerte eine gefühlte Ewigkeit, bis sie seinen widerlichen Geruch nicht mehr wahrnahm. Von welchem bevorstehenden Beben hatte er gesprochen? Waren das nur Sprüche, um sich wichtig zu machen, oder wusste er tatsächlich mehr als alle anderen hier?

Seinen Blick spürte sie noch lange in ihrem Nacken und musste sich zwingen, sich nicht nach ihm umzusehen. Endlich war er außer Sichtweite, das bedrückende Gefühl jedoch, das seine Worte in ihr ausgelöst hatten, begleitete sie weiter.

»Sie wirkt wieder wie immer.« Elif linste durch die Spalten der hölzernen Fensterläden nach draußen in den Garten zu ihrer Großmutter. Die saß auf der Bank, die Hände auf dem Knauf ihres Gehstocks zusammengelegt, und blickte in Gedanken versunken auf das Gemüsebeet. Zumindest wirkte es, als sei die alte Dame in Gedanken.

»Pass trotzdem gut auf sie auf.«

»Natürlich. Vielen Dank, dass du sie herbegleitet hast.«

»Das versteht sich von selbst.« Samira sah sich um. Elif und Malik wohnten im neuen Anbau, während der alte Teil des Hauses nicht nur die Werkstatt, sondern auch die Zimmer von Yasin, seiner Großmutter und seinem Vater beherbergte. Ob sie wohl nachher nebenan klopfen könnte? Bei Mustafa nach neuen Schüsseln für die Taverne fragen oder so. Und Yasin sehen. Sie lächelte unwillkürlich. »Ist Yasin da?«

Elif zuckte zusammen, schüttelte den Kopf. »Er bringt Georgios die Schüsseln, die er bestellt hat.« Mit einem vorsichtigen Ausdruck im Gesicht sah sie Samira an. »Wieso fragst du?«

»Nur so. Aber ... wo ich schon einmal hier bin und wir so lange ungestört miteinander sprechen konnten, wollte ich dir etwas verraten, was ...«

Elif fiel ihr ins Wort: »Du hast recht, es tut mir leid, ich habe in der Aufregung gar nicht gefragt, wie es dir geht, und hatte in den letzten Wochen viel zu wenig Zeit für dich. Du kannst dir nicht vorstellen, wie ich dich vermisst habe! Und deine Eltern und die Geschichten deines Vaters. Allein schon sein bäriges ›Bei Zeus!‹ fehlt mir furchtbar und ...« Sie hielt inne, zog eine Grimasse und fuhr sich nervös mit der Hand über den Arm. »Entschuldige bitte, ich rede mal wieder zu viel und zu schnell. Was wolltest du?«

»Nein, schon in Ordnung, bei Zeus«, gab Samira lachend zurück. »Ich hatte befürchtet, du wärst so sehr damit beschäftigt, glückliche Ehefrau zu sein, dass du uns vergessen hast. Wieso bist du dann nicht einfach vorbeigekommen?«

Elif wandte sich ab. »Malik sieht das nicht so gern im Moment.«

Samira runzelte die Stirn. »Er verbietet dir, uns zu besuchen?«

»Nein! Nein, so ist das nicht. Ich meine …« Sie hob die Schultern, schob sich verlegen eine Strähne hinters Ohr. »Er macht sich Sorgen um mich. Du weißt schon. Wegen der angespannten Lage. Deshalb«, sie räusperte sich, »ist es vielleicht besser, wenn unsere Familien sich eine Zeit lang nicht sehen. Nur … nur bis die Situation da draußen sich beruhigt hat, verstehst du? Bis sein Cousin abgereist ist. Danach wird alles wieder wie früher.«

Samira starrte sie ungläubig an.

»Du nimmst es mir doch nicht übel, oder?« Elif drehte sich wieder zu ihr um, ihre Stimme zitterte. »Ich will keinen Streit mit Malik, das verstehst du doch, oder? Und ich möchte auch nicht, dass er und Yasin sich streiten, ich liebe sie doch beide. Und deshalb … na ja … ich hatte da eine Befürchtung, und deshalb habe ich auch eine Bitte.«

Eine dumpfe Ahnung erfasste Samira, sie biss sich auf die Lippe.

»Ich habe Malik davon erzählt«, fuhr Elif hektisch fort, die Wangen rotfleckig vor Verlegenheit. »Aber er hat mich ausgelacht und gemeint, dass das niemals sein könne, weil es nicht gut ginge zwischen Griechen und Türken, und er hat wohl recht. Es würde in der momentanen Situation nur zu Problemen führen, immerhin berichten sie im Radio schon von Zusammenstößen paramilitärischer Gruppierungen.«

Langsam dämmerte Samira, worauf ihre Freundin hinauswollte, und ihr wurde kalt. »Deine … Befürchtung …« Sie konnte es nur krächzen.

»Dass Yasin in dich verliebt sein könnte.«

»Befürchtung …«, wiederholte Samira tonlos.

Elif nickte verlegen. »Verrückte Vorstellung bei dem, was zurzeit da draußen vor sich geht, ich weiß. Aber Yasin … Na ja, … du weißt, wie er ist. Er lebt in seiner eigenen Welt, sieht einfach nicht, was momentan passiert und was da auf uns zukommt. Und auch nicht, dass du …«

Samira konnte sie nur wortlos anstarren.

»Ich meine … ich kann diesen Omar und die Reden, die er schwingt, nicht ausstehen und zähle die Tage, bis er endlich verschwindet. Aber ich liebe Malik. Und ich habe Angst. Um ihn. Um uns. Um … unser Kind.«

»Du … bist … schwanger?« Die Hochzeit lag gerade einmal ein paar Wochen zurück.

Elif wurde feuerrot, nickte. »Verstehst du also, wie wichtig es ist? Und außerdem will ich keinen Streit in der Familie riskieren. Und will keine Probleme ins Haus holen. Und die gäbe es unweigerlich, da hat Malik leider recht, wenn … na ja … Yasin und du …« Sie schluckte, legte die andere Hand auf ihren Bauch. »Ich will nicht, dass mein Bruder und mein Mann auf verschiedenen Seiten stehen. Ich habe Angst um Malik. Und um das Baby. Das verstehst du doch, oder …?«

Samiras Stimmbänder wollten ihr nicht gehorchen. Hilflos nickte sie.

Elif schluckte, ihre Augen schimmerten. Diese Worte waren ihrer Freundin sichtlich alles andere als leichtgefallen, dennoch konnte Samira kaum glauben, was sie da gehört hatte.

Jetzt griff Elif nach ihrer Hand. »Es klingt egoistisch, ich weiß. Aber halte dich von Yasin fern. Bitte! Gleich, ob es nur Freundschaft ist, was du von ihm willst, oder … mehr. Nicht nur um unserer Freundschaft willen! Um seinetwillen!«

Samira war nicht in der Lage, etwas zu entgegnen. Wusste Elif wirklich, was sie von ihr verlangte? Sie sollte auf ihre Liebe, auf ihr Glück verzichten?

»Ich liebe Malik nun einmal.« Elif weinte. »Mehr als mein Leben. Mehr als alles andere auf der Welt. Ich würde alles für ihn tun, für die Zukunft unseres Kindes. Kannst du das verstehen?«

»Ja«, flüstere Samira wie betäubt. »Das verstehe ich sehr gut.«

Was sollte sie nur tun?

Yasin drückte die Tür zur Werkstatt auf, betrat den kühlen, nach Erde riechenden Raum, in dem sein Vater arbeitete. Krüge und Amphoren, Töpfe und Schalen in sämtlichen Lehmtönen füllten den Raum, manche waren bunt bemalt.

»Die Schüsseln habe ich bei Georgios abgegeben«, sagte er. »Er lässt dich grüßen.«

Sein Vater antwortete nicht. Er saß an der Drehscheibe, hielt die hohlen Hände beidseitig an den Klumpen, und schon begann sich dieser wie von Zauberhand zu verformen, nahm immer schlankere und höhere Formen an. Mustafa veränderte minimal seine Handhaltung, und plötzlich bekam der Zylinder eine bauchige Form. Dann hielt er den Finger an den Rand, und der Krug verwandelte sich in eine filigrane Vase. Bis Mustafa diese abrupt wieder zu einem Tonklumpen zusammendrückte, die Drehscheibe anhielt und den Kopf senkte.

Yasin runzelte die Stirn. »Was war damit? Ich habe zwar kein Auge dafür, aber ich fand, es sah gut aus.«

Mustafa antwortete nicht, saß mit auf die Oberschenkel gestemmten Händen schwer atmend über die Werkbank gebeugt, schüttelte den Kopf.

Beunruhigt trat Yasin neben ihn. »Was ist mit dir?«

»Ich mache mir Sorgen.«

»Worüber denn? Elif ist verheiratet, die Feier war großartig, du müsstest jubeln vor Freude, dein Kind so glücklich zu sehen.«

Sein Vater lachte traurig. »Ich habe ja noch ein zweites. Und das schreibt wieder.«

Yasin erstarrte. »Wenn es dich so belastet, dass ich mit der Töpferei nichts anfangen …«

»Hör auf!«, unterbrach ihn sein Vater heftig. Er sprang auf, richtete einen zittrigen Zeigefinger auf ihn. »Du schreibst wieder. Tag und Nacht. Und Anastasios hat mir erzählt, dass Samira absolut nicht dazu zu bewegen ist, über Dimitrios' Antrag auch nur nachzudenken. Ich bin nicht dumm, mein Junge!«

Yasin biss die Zähne zusammen.

Mustafa ließ sich wieder auf seinen Hocker sinken. »Ich wünschte, du hättest auf mich gehört.« Er klang verloren.

Yasin schwieg noch immer.

»Du bist mein Kind, ich liebe dich mehr als mein Leben.« Sein Vater griff nach seiner Hand. »Ich will, dass du glücklich wirst. Und wenn du es mit der Töpferei nicht bist, die Tradition unserer Familie in dieser Hinsicht nicht fortführen willst, dann …« Er atmete tief durch, musste sich sichtlich überwinden, weiterzusprechen. »Dann bin ich damit einverstanden und werde dich unterstützen, egal was du tust, und sei es auch die … Schreiberei.«

Ungläubig starrte Yasin ihn an. Nach so vielen Jahren des Kampfes und der Diskussionen. Er konnte sich nicht einmal annähernd vorstellen, was diese Worte seinen Vater kosten mussten. Wärme breitete sich in seiner Brust aus.

»Nur bitte«, fuhr Mustafa fort, »verzichte dafür auf Samira.«

Die Wärme verschwand schlagartig und machte der bittersten Kälte Platz. »Niemals!« Ruckartig entzog er seinem Vater die Hand, drehte sich um und wollte gehen.

»Yasin!«

Widerstrebend blieb er stehen.

»Glaubst du, sie würde das Gleiche für dich tun? Für dich mit ihrer Familie brechen?«

»Ja!« Er musste keine Sekunde überlegen.

Sein Vater seufzte schwer. »Ich weiß es nicht. Ich weiß nicht, was geschehen wird. Aber ich mache mir Sorgen um dich. Ihr werdet keine Zukunft haben. Such dir doch ein nettes türkisches Mädchen und werde glücklich.«

Er wandte sich wieder seinem Vater zu. »Glücklich bin ich nur mit Samira.«

Er schüttelte den Kopf. »Nein, das glaubst du vielleicht jetzt, aber so ist das nicht. Höre auf mich: Du stürzt dich ins Unglück. Und sie dazu. Deine Familie obendrein. Willst du diese Schuld wirklich tragen? Die Menschen werden eure Verbindung nicht tolerieren. Für die Griechen werdet ihr Türken sein, für uns Türken Griechen. Und für beide Seiten der Feind. Wie wollt ihr dagegen ankommen? Gegen diesen Druck? Ihr werdet daran zerbrechen und unsere Familien ebenso.«

»Liebe findet einen Weg.«

»Liebe muss sich den Regeln anpassen.«

»Oder sie brechen.«

Mustafa schüttelte unglücklich den Kopf. »Eher brechen sie euch.«

»Niemals. Samira ist alles für mich. Und ich würde alles für sie tun, alles für sie ertragen.«

»Aber sie auch für dich?«

»Ja!«

»Träumer. Poet.« Sein Vater lachte bitter. »Wach auf, mein Sohn! Du bist nicht der Erste, der sich in ein schönes Mädchen verliebt, das zur anderen Seite gehört!«

»Was willst du damit …« Er hielt inne. »Du?« Ungläubig starrte er seinen Vater an. »Aber warum hast du nicht … ich meine … Du hast Mutter geheiratet.«

»Weil ich Realist bin.«

»Oder nicht mutig genug.«

Sein Vater zuckte zusammen. »Und du bist es?«

»Wir werden es sehen.«

»Du glaubst tatsächlich, dass du dich über alles hinwegsetzen kannst, was zwischen Griechen und Türken auf Zypern geschehen ist? Über all den Hass und all die Angst? Das ist unmöglich. Das schafft niemand. Und einer, der vor lauter Poesie die Wirklichkeit nicht sieht, schon gar nicht.«

Wortlos ging Yasin zur Tür, verhielt ein letztes Mal und sagte leise: »Dann bin ich froh, so zu sein, wie ich bin. Weil nur ein Träumer das wagt, was andere sich nicht einmal zu denken trauen.«

Kapitel 7

Ich möchte tausend Jahre schlafen,
wenn ich nur von dir träumen darf.
Und tausend Tage tanzen mit dir.
Ich erklimme den Olymp
und entdecke auf dem Meeresgrund Atlantis.
Durch dich. Mit dir.

Heute

Seit dem Moment an der Brücke schweigen sowohl Alec als auch ich, während wir ohne weitere Zwischenstopps Richtung Lefkara holpern.

Ich fühle Alecs Blick auf mir ruhen, erwidere ihn aber nicht. Mein Gesicht glüht noch immer vor Scham, ich bin vollkommen durcheinander und weiß nicht, wie ich mich verhalten soll. Zumindest hat er kein Wort mehr über die Narben verloren, sich weder in übertriebenen Mitleidsbekundungen ergangen noch in sensationsgierigen Nachfragen, aber ich weiß auch so, was er denkt. Das, was alle Kerle denken. Und doch geht es mir dieses Mal noch näher als sonst. Schon öfter habe ich unabsichtlich anderen meine Narben gezeigt. Doch noch nie habe ich mich bei jemandem, den ich kaum kenne, dermaßen bloßgestellt gefühlt wie jetzt bei Alec. Warum? Wieso reißt die Enttäuschung mit glühenden Krallen Löcher in meine Seele?

Tief atme ich durch. Sachlich bleiben, beherrscht, wie sonst auch. Nur auf den Kopf hören und auf sonst nichts. Ich darf mich nicht von ein paar dämlichen Gefühlen aus der Bahn werfen lassen. Dann kann ich diesen Tag irgendwie überstehen. Immer und immer wieder sage ich mir das, aber erst als wir in Lefkara angekommen sind, löst sich meine Beklemmung langsam.

Bei dem Anblick ist das kein Wunder. Lefkara erweist sich als ein malerisches Bergdorf auf fast zweitausend Fuß Höhe über dem Meer. Ein romantisches Kleinod, das mich sofort gefangen nimmt. Inmitten von Granatapfel- und Zitronenbäumen schmiegen sich Häuser aus Sandstein mit rotem Dach und venezianischen Balkonen an die sanft gewellten Berghänge. Kein einziges Auto kommt uns auf der Straße entgegen, friedlich und still liegt das Dorf in der Nachmittagssonne da.

»Wie ausgestorben«, konstatiert Colleen enttäuscht, kaum dass wir ausgestiegen sind. »Und immer dieses Kopfsteinpflaster! Ich fürchte, du musst mir helfen, Alec.« Schon hat sie sich mit charmantem Augenaufschlag bei ihm untergehakt, und mir wird langsam klar, warum sie diese Knöchelbrecher angezogen hat. Ich presse die Lippen aufeinander, laufe einen Schritt schneller.

»Selbst die Leute sehen aus, als wären sie scheintot«, fährt Colleen an Alec geschmiegt fort. »Wie kann man nur hier leben?«

»Ich liebe es«, rutscht es mir heraus. Ich spüre Alecs Blick in meinem Nacken, reagiere aber nicht darauf.

»Der große Touristenansturm kommt im Sommer«, erklärt Alec.

Ich kriege einen Schreck, drehe mich jetzt doch um. »Aber die Silberschmieden haben trotzdem geöffnet, oder?«

Zu meiner Erleichterung nickt er.

»Gut.« Suchend sehe ich mich um. »Wo müssen wir hin?«

»Lass uns doch erst einmal richtig essen!«, protestiert Colleen.

»Aber wenn die Läden nachher geschlossen sind?« Nervös blicke ich mich um.

Alec schüttelt den Kopf. »Mach dir darum keine Sorgen.«

»Na schön«, seufze ich, und wir steuern die nächste Taverne an.

Nur zwei Leute sitzen auf der Terrasse. Am Nachbartisch schlürft ein verhärmter, bärtiger Mann seinen Kaffee. Auf einer Bank sitzend an die Hauswand gelehnt, döst eine alte Frau in einem rosa geblümten Kittelkleid mit vor dem Bauch verschränkten Händen und auf die Brust gefallenem Kopf.

Zu meinem Erstaunen nimmt ein Mann meines Alters im schwarzen Talar und mit dem Hut eines orthodoxen Geistlichen unsere Bestellung entgegen.

Und er kennt Alec offenbar.

»Du schon wieder«, murmelt er wenig begeistert und wirft einen besorgten Blick auf die schlafende Frau am Nebentisch.

Alec zuckt mit entschuldigendem Lächeln die Schultern. »Heute bin ich nicht beruflich hier, Sofronis. Falls deine Großmutter trotzdem mit mir reden möchte: Du hast ja meine Karte und weißt, wo du mich findest.«

»Gehört der nicht in eine Kirche?«, raunt Colleen Alec zu, als der Mann wieder geht.

»Auch. Aber Geistliche haben hierzulande meist auch einen zusätzlichen Brotjob. So wie hier wird in vielen Dörfern das *Kafenío* oder eine Taverne vom Papas und seiner Frau betrieben.«

»Und woher kennt er dich?«, hakt sie nach.

»Viele Leute auf Zypern kennen mich«, stellt er fest, aber es klingt nicht im Mindesten überheblich, eher resigniert.

»Wegen des *Committee on Missing Persons?*«, rutscht es mir heraus, obwohl ich doch nicht mehr mit ihm reden wollte. »Er wirkte nicht besonders glücklich, dich zu sehen.«

Plötzlich macht Alec einen angespannten Eindruck. Sein Blick ist derart intensiv, dass sich die Härchen auf meinen Armen aufrichten. Ich weiß nur nicht, ob das mit dem Geistlichen zu tun hat oder mit mir.

»Nicht alle finden gut, was wir tun«, sagt er langsam.

»Wie das?«, fragt Colleen verwundert nach. »Ihr sucht doch vermisste Menschen!«

»Aber nicht jeder möchte sich an die Vergangenheit erinnern.«

Ich bin mir nicht sicher, ob ich verstehe, was er damit meint. »Was sind das für vermisste Personen, die ihr sucht?«

»Die Opfer der Bürgerkriege zwischen griechischstämmigen und türkischstämmigen Zyprern.«

Wieder taucht vor meinem inneren Auge die verkohlte Kirchenruine auf, überläuft mich ein Schauer. »Woher wisst ihr, wo ihr suchen müsst?«

»Die Menschen sagen es uns«, fährt er fort. »Es sind ihre Erinnerungen, ihre Erzählungen, denen wir nachgehen. Wir sammeln Hinweise, suchen, graben, legen Schächte trocken, heben Gruben aus und fangen meist am Ende wieder von vorn an. Manchmal arbeiten wir wochenlang und finden nichts. Das ist … zermürbend.« Er seufzt schwer, fährt sich mit der Hand durchs Haar, als müsse er sich sortieren, seine Fassung wiederfinden. »Trotzdem ist es all die Mühe wert gewesen, wenn wir auch nur einen einzigen vermissten Menschen finden und seiner Familie endlich Gewissheit über sein Schicksal geben können.«

»Du hast gesagt, die Zeit würde euch davonrennen«, sage ich leise.

Er nickt. »Die Menschen, die sich erinnern können, sind alt. Viele nehmen die letzten Hinweise mit ins Grab.«

»Warum?«

»Für manche ist allein schon die Erinnerung zu schmerzhaft. Andere haben noch immer Angst.«

»Wovor?«

»Schwer zu sagen. Vor Rache? Davor, dass die Ereignisse sich wiederholen? Vielleicht ist es auch einfach nur die Angst, sich den eigenen Erinnerungen zu stellen. Angst ist nicht immer etwas Rationales. Und wieder andere befürchten, dass wir Täter finden wollen. Aber das tun wir nicht. Wir klagen niemanden an. Wir suchen nur Opfer.«

»Und wie identifiziert ihr die Leichen oder die Knochen?«

»Leute, müssen wir ausgerechnet bei Tisch von solchen Dingen reden?« Colleen ist blass um die Nase.

Besagter Tisch ist zwar bis auf die Getränke noch leer, aber Alec nickt. »Du hast recht. Ich zeige euch auf dem Heimweg, wie wir arbeiten. In Nikosia hat das CMP seinen Sitz.«

Colleen sieht wenig begeistert aus; das war offenbar nicht das, was sie mit ihrem Einspruch erreichen wollte.

Als die Frau des Papas uns das Essen bringt, kriege ich kaum etwas runter.

Ich weiß selbst nicht, ob das an den verwirrenden Gefühlen liegt, die Alec in mir hervorruft, oder an der Aufregung, der Lösung des Rätsels um den Armreif einen Schritt näher zu sein.

Colleen jedenfalls hat sich wieder aufs Flirten mit Alec verlegt, und ich werde mit jedem Lachen von Colleen und mit jeder lächelnden Erwiderung von Alec nervöser.

Stumm stochere ich in meinem Essen herum, gebe schließlich auf. »Weißt du was, Colleen? Iss doch in Ruhe auf, ich suche schon mal die Silberschmiede, ja?«

»Ja klar.« Sichtlich erfreut über die Möglichkeit, mit Alec allein zu sein, strahlt sie mich an.

»Ich komme mit, damit du dich nicht verläufst«, verkündet dieser jedoch. Colleens Gesicht verdüstert sich.

»Tu ich nicht!«, widerspreche ich gereizt. Im Gegensatz zu Colleen will ich nicht mit ihm allein sein. Grundsätzlich nicht, und nachdem er meine Narben gesehen hat, schon mal gar nicht. Es würde ihm Gelegenheit zum Nachfragen bieten, aber dafür fühle ich mich nicht bereit.

»Tut sie nicht«, wiederholt Colleen.

»Vorsichtshalber.«

»Nicht. Nötig.« Ich schiebe meinen Stuhl zurück und stehe auf.

Er erhebt sich ebenfalls.

»Was soll das?«, fahre ich ihn an.

»Hast du etwa Angst davor, mit mir allein zu sein?«, erwidert er mit mildem Spott in der Stimme.

Colleen greift sofort nach dem Strohhalm. »Ja, hat sie.«

»Hab ich nicht!«, rufe ich empört und funkele sie böse an.

»Na also.« Er grinst und marschiert los. »Wir sind in einer halben Stunde wieder da, Colleen, dann können wir zu dritt weitersuchen.«

Perplex renne ich ihm nach. »Was soll das? Was fällt dir ein?« Ich bin wütend. Auf ihn. Auf Colleen. Vor allem aber auf mich, weil ich mich dermaßen von ihm durcheinanderbringen lasse. Ich wundere mich selbst über das Ausmaß meines Ärgers. Wie kann er nur so heftige Gefühle in mir wecken? »Willst du mich etwa bevormunden?«

»Nein, aber ich kenne etliche der Silberschmiede persönlich, es könnte also sein, dass sie mir mehr erzählen als dir.«

Das ist natürlich ein Argument, wie ich mir widerwillig eingestehen muss. »Na schön«, sage ich zähneknirschend. »Meinetwegen darfst du mich begleiten.« Mit in die Höhe gerecktem Kinn marschiere ich los und bemühe mich, sein leises Lachen zu überhören.

Überall stehen an den Wänden aufgereiht Waren. Hier stapeln sich Tongefäße vor einer Tür, dort Weidenkörbe, ein paar Meter weiter Honig, Olivenöl und Wein. Tücher mit Hohlsaumstickerei hängen von Leinen herab und schaukeln im Wind wie Willkommensfahnen. Die alten Leute, die dösend unter ihren Sonnenschirmen danebensitzen, lassen sich durch potenzielle Kunden wie uns nicht im Geringsten in ihrer Ruhe stören. Nur hin und wieder schlurft einer der Männer über die Pflastersteine oder sieht eine Frau, die stickend vor ihrer Haustür sitzt, neugierig von ihrer Handarbeit auf.

Endlich erreichen wir eine Gasse, die dermaßen in der Sonne blitzt und funkelt, dass ich im ersten Moment geblendet die Augen schließe. In den offenen Türen hängen Gürtel mit Silberschnallen. Sie drehen und wenden sich in der Luft wie Windspiele und lassen Lichtreflexe über die steinernen Wände tanzen. Tischchen voller Schmuck sind in den Eingängen zu den Hinterhöfen aufgestellt, von denen offenbar die Werkstätten abzweigen.

Das Atmen fällt mir plötzlich schwer, und meine Hände sind schweißnass vor Aufregung.

Ich mache einen Schritt auf den ersten Laden zu.

»Warte.«

Jetzt erst bemerke ich den besorgten Ausdruck in seinem Gesicht.

»Vielleicht sollten wir lieber umkehren.« Seine Stimme klingt rau.

»Wieso das denn?«, frage ich entgeistert.

Er fährt sich mit der Zunge über die Lippen, was mich noch nervöser werden lässt, und holt tief Luft, als wolle er etwas sagen.

»Suchen Sie etwas Besonderes?«, kommt ihm jemand zuvor. Es ist ein hagerer, mit einer Lederschürze bekleideter Mann, der hinter zahllosen von einem Balken baumelnden Gürteln mit

Silberschließe sitzt. Er legt den Gürtel, an dem er gerade gearbeitet hat, beiseite, wischt sich die Hände an einem Tuch ab und tritt um den Warentisch herum zu uns. »Dann sind Sie bei mir genau richtig!«

Plötzlich unsicher sehe ich zu Alec. »Warum wolltest du zurückgehen?«

»Ich dachte nur, dass wir Colleen doch nicht so lange allein lassen sollten.« Seine Miene ist wieder neutral, aber seine Stimme klingt gepresst. Als müsste er die Worte an jenen vorbeischieben, die er eigentlich sagen wollte. Aber welche wären das gewesen?

»Darf ich raten?«, meldet sich der Silberschmied erneut zu Wort. »Sie suchen einen Verlobungsring. Oder vielleicht sogar Eheringe?«

Was?

»Nein, nein, wir sind kein Paar!«, wehrt Alec vehement ab, und ich verspüre einen Stich in meiner Brust. Natürlich hat er recht, aber dass er allein schon die Vorstellung so furchtbar findet, verletzt mich mehr, als ich erwartet hätte. Ich habe alle Mühe, eine neutrale Miene zu wahren, halte dem Mann meinen Armreif hin. »Ich wollte nur fragen, ob der von hier sein könnte. Und wenn ja, ob Sie wissen, wer ihn hergestellt hat.«

»Der ist wirklich schön.« Er nimmt ihn, betrachtet ihn anerkennend. »Außergewöhnlich schön sogar. Könnte auf jeden Fall von hier sein.« Er kehrt zum Tisch zurück, nimmt eine Lupe in die Hand. »Wir haben alle unsere eigenen Signaturen. Wenn der Reif von hier ist, muss darauf eine zu finden sein.«

Mit trockenem Mund beuge ich mich über den Tisch, während er den Reif unter der Lupe dreht und wendet. »Ah, da ist sie ja.«

Mein Puls rast vor Aufregung, meine Finger krallen sich in mein Kleid. »Wo? Wie lautet sie? Wer hat ihn gemacht?«

Er runzelt die Stirn. »Kann ich nicht sagen. Diese Signatur ist mir unbekannt.«

»Aber … aber …«

»Fragen Sie mal bei den anderen nach. Vielleicht kennen die den Silberschmied.«

Ich reiße ihm den Armreif beinahe aus der Hand, bedanke mich hastig und renne zum zweiten Laden. Und so geht es immer weiter.

»Das kann doch nicht wahr sein!«, stoße ich wütend aus, als wir alle Läden durchhaben. Überall erschöpfte sich die Reaktion in ratlosem Kopfkratzen oder desinteressiertem Achselzucken. Ich bin kurz davor, den Armreif zu Boden zu pfeffern. Stattdessen lasse ich mich frustriert unter einem Feigenbaum auf eine Bank fallen.

Ich bin einem Hirngespinst nachgejagt, von dem ich nicht einmal genau weiß, wie es aussieht.

Alec setzt sich neben mich, und fast ist mir, als würde ihm das mit dem Armreif noch näher gehen als mir. Ich verstehe nur nicht, ob er enttäuscht oder erleichtert ist. Oder ob ich langsam durchdrehe.

»Trotzdem danke, dass du mitgekommen bist«, seufze ich. »Und entschuldige, dass ich im Moment so … anstrengend bin.«

»Anstrengend? Echt jetzt? Wäre mir beinahe entgangen.« Ein Lächeln umspielt seine Mundwinkel. Neckend stößt er mich mit der Schulter an.

Er will mich trösten, mehr steckt nicht dahinter, das ist mir klar, dennoch ist da wieder dieses Kribbeln in meinem Inneren, das nicht auf meinen Kopf hört. Seine Nähe verwirrt mich,

ich will ihr entfliehen und kann zugleich nicht genug von ihr kriegen.

Verlegen stoße ich leicht zurück. »In letzter Zeit war einfach alles … etwas viel für mich.«

»Kein Thema«, sagt er leise.

»Danke.« Zaghaft lächle ich ihn an.

Sanft nimmt er den Armreif aus meiner Hand, dreht ihn schweigend hin und her, lässt Lichtflecke über den Boden tanzen. Schließlich fragt er: »Warum ist dir die Sache so wichtig?«

Ich habe keine Lust, ausgerechnet ihm meine Gründe zu erläutern. Zumal es Gründe sind, die sich kaum rational erklären lassen. Seltsamerweise tue ich es dennoch. »Das Verhältnis zwischen meiner Mum und mir war schwierig. Ich verstehe so viele Dinge nicht, die mit ihr zusammenhängen, und habe gehofft, etwas zu finden, was mir genau das ermöglicht. Was mich begreifen lässt, warum sie war, wie sie war. Sie hatte schon immer eine gewisse …« Ich fahre mir mit der Zunge über die Lippen, suche die richtigen Worte. Dad nannte es Verrücktheit, wenn er verärgert war. »… Geistesabwesenheit an den Tag gelegt. Manchmal stand sie eine Ewigkeit am Fenster. Als sei sie in Tagträume versunken. Doch das hielt sich alles noch in Grenzen, bis …« Ich halte inne, vor meinem Auge sehe ich Mum, wie sie völlig verzweifelt auf die Scheiben des Busses einschlägt. Und anschließend die Trostlosigkeit in ihren Augen.

Wieder ist da dieser Schmerz in meiner Brust. Ich versuche, ihn zu ignorieren, setze noch einmal an. Meine Stimme klingt gepresst, und so fühle ich mich auch: niedergedrückt, zusammengepresst. »Bis zu dem Tag, an dem sie meinte, sie hätte jemanden in einen Bus steigen sehen, den sie kannte. Doch es war wohl eine Verwechslung. Ich weiß bis heute nicht, wen zu sehen sie geglaubt hat, aber seitdem war alles anders. Manchmal hat sie stundenlang auf der Couch gelegen und die Decke angestarrt, dann wieder kam sie gar nicht erst aus dem Bett. Und einmal, da …« Unwillkürlich fasse ich an mein Schlüsselbein, kann mich aber gerade noch daran hindern, wild an den Narben zu kratzen, und lasse die Hand sinken.

Mühsam hole ich Luft. »Als ich klein war, hat meine Mum mir immer wieder eine Geschichte erzählt. Von einem Land, in dem die Götter leben. Ein Land, in dem ewiger Sommer herrscht und das Meer in hundert verschiedenen Blautönen leuchtet. Und in dem Aphrodite in einer Muschel an den Strand gespült wurde.«

Alec richtet sich auf.

In Gedanken streiche ich über die Vertiefung des Armreifs, aus der damals die Muschel herausbrach. Für einen Moment berühren sich unsere Finger, und plötzlich wünsche ich mir, er würde die seinen erneut um meine schließen. Wie auf der Brücke. Aber er tut es nicht.

»Ich dachte, das hier könnte dieses Land sein.«

Stille.

Verunsichert von seinem Schweigen sehe ich auf.

Alec guckt mich ganz merkwürdig an.

Findet er mein Vorhaben naiv? Lächerlich? Hastig ergänze ich: »Natürlich bin ich nicht deswegen hergeflogen. Ich hatte nur gehofft, wo ich ohnehin schon hier Urlaub mache, dazu etwas in Erfahrung bringen zu können. Albern, nicht wahr?« Ich beiße mir auf die Lippe, male mit dem Fuß verlegen Muster in den Staub.

»Ganz im Gegenteil.« Seine warme, sanfte Stimme legt sich wie eine Decke um meine verwundete Seele. »Deine Mum war wirklich niemals hier?«, fährt er fort.

Ich schüttele den Kopf. »Vielleicht, bevor sie meinen Vater kennenlernte. Auch wenn ich mich dann frage, wieso sie ihm nie davon erzählt hat.«

»Und deine Großeltern?«

»Sind schon lange tot, ich habe sie nie kennengelernt. Sie waren Bauern aus der Pampa Griechenlands. Laut meinem Vater sind sie in ihrem Leben nie weiter als bis zum nächsten Dorf gekommen.«

»Bist du sicher, dass er da die Wahrheit sagt?«

Irritiert mustere ich ihn. »Natürlich. Warum sollte er mich anlügen?«

Er zuckt mit den Schultern. »Es gibt viele Gründe, warum Menschen lügen.«

Mir ist, als hätte jemand die warme Decke ruckartig fortgerissen. Ich versteife mich, ziehe verletzt den Armreif zu mir. »Mein Vater lügt nicht! Und schon gar nicht mir gegenüber! Du kennst uns doch gar nicht.«

Er sieht überrascht aus, als sei ihm jetzt erst wieder eingefallen, wo er sich befindet und neben wem er sitzt. Beschwichtigend hebt er die Hand. »Entschuldige, ich wollte weder dich noch deinen Vater beleidigen. Ich schätze, ich bin einfach vorbelastet im Hinblick auf die Gründe, weswegen Menschen sich der Lügen bedienen. Aus der Not heraus. Um andere zu schützen. Aus Angst. Aus Schuldgefühlen. Aus Liebe.«

Ich runzele die Stirn. Spricht er etwa aus eigener Erfahrung?

Sein Blick geht in die Ferne, plötzlich schüttelt er den Kopf und steht auf. »Na komm, gehen wir zurück.«

»Gibt es noch mehr Dörfer, die solchen Silberschmuck herstellen?«

»Ja.«

»Dann fahren wir jetzt dorthin.«

Er zieht eine Augenbraue hoch. »Dann willst du heute nicht mehr heim? Colleen wird begeistert sein.«

Colleen? Ich sehe auf die Uhr. O verdammt.

Schon von Weitem ist nicht zu übersehen, dass Colleen vor Wut kocht.

Der Mann am Nebentisch blättert in einer Zeitung. Die alte Frau im rosa geblümten Kittelkleid schläft immer noch mit auf die Brust gesunkenem Kopf.

»Ich fasse es nicht!«, tobt Colleen, kaum dass ich in Hörweite bin und Alec aufs Klo verschwunden ist. »Was soll der Mist? Mich einfach hier sitzen zu lassen. Über eine Stunde!«

»Tut mir leid. Ich habe nicht gemerkt, wie schnell die Zeit vergangen ist.«

»Und warum, zum Henker, gehst du nicht ans Handy?«

»Es hat nicht geklingelt, ich hatte wohl keinen Empfang.«

»Warst du wenigstens erfolgreich?«

Ich schüttele niedergeschlagen den Kopf und lasse mich in meinen Stuhl fallen.

Sie schnaubt nur. »Deshalb fahren wir jetzt zurück. Im Hotel gibt es wenigstens Empfang.«

Ich ahne, dass ihre schlechte Laune nicht nur daher rührt, dass ich sie habe warten lassen, sondern in erste Linie davon, dass sie sich von Alec versetzt fühlt. »Es tut mir wirklich leid«, versuche ich, sie zu beschwichtigen. »Aber wenn wir schon mal hier sind, können wir doch noch andere Silberschmiede-Dörfer …«

»Aber auf gar keinen Fall mehr heute!« Aufgebracht wirft sie ihren Kaffeelöffel in die Tasse. Das Klirren weckt die alte Frau, verwirrt blickt sie um sich.

»Nein. Aber vielleicht morgen oder übermorgen.«

Colleen atmet erleichtert auf und fährt deutlich sanfter fort: »Du machst dich doch völlig verrückt mit dieser Sucherei. Sieh doch ein, dass das nur ein Souvenir ist, das irgendjemand irgendwann einmal nach London gebracht hat.«

Ich knete bedrückt meine Finger; ich weiß ja selbst, dass Colleen recht hat. Trotzdem tut es weh, das so an den Kopf geknallt zu kriegen.

Kaum ist Alec wieder bei uns, greift sie nach ihrer Handtasche und steht auf. »Können wir jetzt also endlich ins Hotel zurückfahren?«

Ich nicke bedrückt, sie marschiert los, und ich erhebe mich ebenfalls. »Also war alles umsonst.«

Alec schüttelt den Kopf. »Das weißt du noch gar nicht. Wenn ich so denken würde, würde ich morgens gar nicht erst aufstehen. Ich bin ein Sucher. Aber nur selten finde ich. Das ist frustrierend, es zehrt an den Nerven. Die Erfolgsquote ist gering. Trotzdem machen wir weiter. Weil das Leben wie ein Dominospiel ist. Ein angestoßener Stein setzt viele andere in Bewegung. Wenn ich im Laufe meiner Arbeit beim CMP eines gelernt habe, dann, dass keine Anstrengung vergebens ist. Egal, worum es geht, und egal, welchen Erfolg sie im Moment zu haben scheint. Weil am Ende jede noch so kleine Bemühung etwas im System bewirkt. Wie ein Kiesel, dem du oben auf dem Berg einen Schubs gibst und der auf seinem Weg nach unten immer weitere und größere Steine mit sich reißt. Und sei es allein, dass sie Hoffnung gibt.«

Ich denke an Mum und daran, wie die Ärzte, Dad und ich uns angestrengt haben, sie wieder zurückzuholen. »Schön wär's«, sage ich bitter und wende mich zum Gehen.

Plötzlich schießt eine Hand hervor, umklammert mein Handgelenk.

Verdutzt sehe ich die alte Frau an. Sie hat sich vorgebeugt, betrachtet mit zusammengekniffenen Augen den Armreif.

Mein Puls fängt an zu rasen. »Kennen Sie die Signatur?«

Sie sieht auf, mustert mich, entdeckt Alec – und lässt mich abrupt los, schüttelt den Kopf.

»Sind Sie sicher?«, hake ich nach.

»Ja«, kommt es barsch zurück. Sie steht auf, aber jetzt bin ich diejenige, die ihr die Hand auf den Arm legt.

»Irgendetwas an dem Armreif ist Ihnen doch aufgefallen?«

»Nein!« Unwillig streift sie meine Hand ab und marschiert davon.

»Warten Sie!« Ich setze ihr nach, stoße beinahe mit dem alten Mann zusammen, der in diesem Moment aufgestanden ist. »Bitte! Das ist sehr wichtig für mich!« Ich friemele mein Handy aus meiner Umhängetasche, meine Finger zittern so sehr, dass ich es beinahe fallen lasse. Hektisch suche ich nach einem Foto meiner Mutter, halte es ihr hin. »Kennen Sie diese Frau? Sie ist meine Mutter! Eva Moustaki ist ihr Name.«

Die alte Dame mustert mich misstrauisch, beugt sich dann aber vor und betrachtet das Bild mit zusammengekniffenen Augen. Zu meiner Enttäuschung zeigt sie keinerlei Erkennen. Schließlich zuckt sie die Schultern. »Ich glaube nicht.« Sie klingt ehrlich.

»Aber den Armreif? Haben Sie …«

Doch die Frau schüttelt wieder den Kopf und verschwindet im Haus.

»Bitte! Ich will doch einfach nur … Warten Sie!«

Ich schiebe mich an dem alten Mann vorbei, will ihr nachlaufen, aber der Wirt tritt mir in den Weg.

»Was ist denn überhaupt los?«, ruft eine verwirrte Colleen, die von der auf Griechisch geführten Unterhaltung nichts verstanden hat.

»Das möchte ich auch gern wissen«, grollt der Wirt mit gerunzelter Stirn und verschränkt die Arme vor der Brust, aber er guckt Alec an, nicht mich. »Du solltest meine Großmutter doch endlich in Ruhe lassen!«

Alec schüttelt den Kopf. »Ich sagte doch, dass ich privat hier bin. Athina hier will nur herausfinden, woher der Armreif ihrer Mutter kommt. Also falls deine Großmutter ihre Meinung ändert, weißt du, wie du mich erreichst.«

»Aber …«, setze ich protestierend an.

»Das bringt nichts«, fällt Alec mir ins Wort und zieht mich sanft von der Tür weg. »Je mehr Druck du machst, umso mehr sperren die Menschen sich. Du musst ihnen Zeit geben, glaub mir, ich habe das oft genug erlebt.«

Ich spähe noch einmal am Wirt vorbei ins Innere der Taverne, aber von der Frau ist nichts mehr zu sehen.

Wütend drehe ich mich zu Alec um. »Deinetwegen wollte sie nicht mit mir reden«, stoße ich aus, kämpfe gegen Tränen der Enttäuschung. »Warum? Was hast du ihr getan?«

Alec fährt sich müde durchs Gesicht. »Gar nichts, aber du hast recht, dass es wohl an meiner Anwesenheit liegt. Und das tut mir leid. Wirklich.«

Niedergeschlagen presse ich die Lippen aufeinander, folge Colleen und Alec langsam um die Balustrade der Terrasse herum und zur nächsten Hausecke. Ein letztes Mal sehe ich zur Tür, ob die Frau sich nicht doch blicken lässt, aber sie taucht nicht mehr auf. Auch der Geistliche ist, nachdem er unseren Tisch abgeräumt hat, hineingegangen. Nur der alte Mann steht immer noch reglos an der gegenüberliegenden Ecke.

Seine Augen sind von der Schirmmütze beschattet, aber ich spüre, dass er mich anstarrt.

Verunsichert bleibe ich stehen. Jetzt, wo ich ihn genau betrachte, ist mir fast, als würde … Ich kneife die Augen ein Stück weit zusammen … Als würde eine Narbe durch seinen dichten Bart verlaufen. Quer über die linke Wange. Und auch seine Lippe teilen.

Glühend heiß schießt es durch mich hindurch, mein Herz setzt einen Schlag aus.

»Kommst du jetzt oder nicht?«

Colleens Stimme reißt mich aus meiner Starre. Sie und Alec sind bereits abgebogen.

Ich haste die paar Schritte um die Ecke. »Wartet!«, rufe ich ihnen mit wild klopfendem Herzen hinterher. »Der Mann dort! Ich kenne ihn!«

Alec bleibt stehen, und auch Colleen dreht sich um. »Welcher Mann? Wovon redest du?«

Ich sehe über die Schulter zurück, aber der Alte ist fort.

Entsetzt schnappe ich nach Luft, laufe zurück, um die Balustrade der Terrasse herum, zwischen den Stühlen hindurch. Aber als ich auf der anderen Seite des Hauses ankomme, muss ich ratlos innehalten. Beidseitig zweigen etliche Gassen von dieser hier ab. Ich habe keine Ahnung, in welche Richtung der Mann verschwunden ist.

»Was ist denn jetzt schon wieder los?«, ertönt Colleens entnervte Stimme. Auf ihren hohen Schuhen ist sie nicht sehr schnell.

Der talargewandete Wirt räumt gerade den Tisch des Alten ab.

»Der Mann, der dort saß!«, rufe ich hektisch. »Kennen Sie ihn? Wissen Sie, wie er heißt? Wo er wohnt? Wann er wieder hier ist?«

Der Geistliche sieht zu der Tasse in seiner Hand, dann zu mir und schüttelt den Kopf. »Irgendwo außerhalb. Er ist sehr verschlossen. Trinkt ab und zu einen Kaffee hier, aber das war's.«

»Sonst wissen Sie nichts über ihn?«

Der Wirt zuckt mit den Schultern. »Wie gesagt: Er redet nicht viel.«

Fluchend fahre ich herum, ignoriere Colleens empörte Rufe und Alecs verwirrte Fragen und laufe in das Gewirr der Gassen hinein.

Ich weiß, dass ich keine Chance habe, den Mann noch zu erwischen. Trotzdem stolpere, haste und hetze ich wie getrieben über das Kopfsteinpflaster, während meine Gedanken wie in einem Tornado umherwirbeln. Was, wenn Mum gar nicht so verrückt war, wie ich es fast schon geglaubt habe? Wenn sie damals im Bus tatsächlich jemanden aus ihrer Vergangenheit gesehen hat? Wenn es der Mann vom Plakat war? Und wenn dieser Mann gerade eben vor mir stand?

Plötzlich stolpere ich über etwas und schlage der Länge nach so heftig hin, dass es mir die Luft aus der Lunge presst.

In meinem Kopf dreht sich alles, in meinem Inneren toben die Gefühle. Mir ist, als wäre ich wieder fünf Jahre alt und hätte mir soeben das Knie aufgeschlagen, weil Mum wie eine Wahnsinnige einem Hirngespinst hinterhergerannt war.

Und das bringt mich zur Besinnung. Stöhnend komme ich auf die Knie, atme tief durch.

Übelkeit steigt in mir auf, als mir klar wird, was ich hier tue. Dass ich mich schon genauso verrückt verhalte wie Mum.

Mir wird heiß und kalt im Wechsel. Ich habe das Gefühl, in ein endlos tiefes dunkles Loch zu fallen. Aber dann ist da plötzlich Alecs Hand.

Er zieht mich hoch, mustert mich besorgt. »Hast du dich verletzt?«

Ich schüttele den Kopf.

»Verdammt noch einmal!«, schimpft Colleen, die uns jetzt auch eingeholt hat. Zu meiner Überraschung barfuß. Sie hat tatsächlich ihre High Heels ausgezogen, sie baumeln von ihrer linken Hand. Irgendein leicht hysterischer Teil von mir überlegt, ob ich diesen Tag rot im Kalender ankreuzen sollte.

»Jetzt reicht es aber!«, empört sie sich. »Was ist denn in dich gefahren?«

Ich bin nicht in der Lage, ihr zu antworten, krame mit zittrigen Fingern mein Handy hervor, wähle die Nummer meines Vaters. Mein Herz schlägt so laut, ich bin sicher, den Boden beben zu spüren. Meine Beine zittern, meine Hände ebenfalls.

Eigentlich alles an mir. Sogar meine Stimme, als ich ihm aufs Band spreche, weil er nicht rangeht. »Dad, hatte Mum Angst vor jemandem mit einer Narbe? Einem Mann mit einer Narbe im Gesicht? Weil auf dem Plakat einer zu sehen war. Bei ihrem Unfall. Ich meine das Plakat, das sie so erschreckt hat. Ich glaube jedenfalls, dass es sie so erschreckt hat. Und jetzt habe ich hier jemanden entdeckt mit solch einer Narbe, der dem Mann von damals ähnelt. Also, bitte sag mir, ob sie so jemanden kannte und ob …«

»Wovon redest du?«, unterbricht mich Colleen mit großen Augen.

»Dieser Mann, der vorhin in der Taverne Kaffee getrunken hat«, stoße ich aus, »ich habe sein Bild schon einmal gesehen. Auf einem Plakat. In London.«

»Ja, und?«

»Der Mann hatte eine Narbe. Und meine Mum war unfassbar entsetzt beim Anblick seines Fotos. Unmittelbar vor ihrem Unfall.« Allein beim Gedanken daran krampft sich in mir wieder alles zusammen. »Zumindest glaube ich das. Also wegen der Verletzung. Nicht wegen ihm. Vielleicht hat sie sich auch nur an ihn erinnert.«

Diese Erklärung kam zwar nicht sehr viel verständlicher rüber als die erste, aber dennoch scheint Colleen endlich zu verstehen, was ich meine. Sie runzelt die Stirn. »Bist du sicher? Ich habe keine Narbe gesehen. Der Mann hatte doch einen Vollbart. Und wieso sollte irgendein alter Mann aus einem Kaff auf Zypern auf einem Plakat in London zu sehen sein? Du hast dich geirrt. Mal ganz abgesehen davon, dass es sicher mehr als einen Menschen mit Narbe im Gesicht gibt. Wenn er überhaupt eine Narbe hatte!«

Hilfesuchend sehe ich zu Alec, aber der hebt entschuldigend die Schultern. »Ich habe leider auch keine Narbe bemerkt.«

Mir wird bewusst, dass ich immer noch mit Dads Mailbox verbunden bin. Ich lege auf, lasse das Handy sinken.

Colleens Blick erinnert mich schmerzhaft daran, wie ich meine Mutter immer betrachtet habe, wenn sie mal wieder mitten auf der Straße stehen blieb, weil sie meinte, jemanden gesehen zu haben. Oder in einer Menschenmasse einem Wildfremden nachrannte und nach seinem Arm griff, bis derjenige sich erschrocken umdrehte und sie sich stammelnd entschuldigte, sie habe ihn verwechselt.

Angst bohrt ihre eisigen Krallen in meinen Nacken. Drehe ich langsam durch?

»Aber ich habe ihn auch nicht besonders beachtet«, schiebt Alec schnell hinterher, als würde er meine Gedanken erahnen. Ein netter Versuch, mich zu beruhigen. Vergeblich. Alles wird mir zu viel: die Enttäuschung, nichts über den Armreif herausgefunden zu haben, das Gefühlschaos, in das mich Alecs Nähe gestürzt hat. Und jetzt die Sache mit dem Mann, der vielleicht eine Narbe hat, vielleicht aber auch nicht. Der möglicherweise der Mann vom Plakat ist, möglicherweise aber auch nicht.

Panik lauert wie ein schwarzer Wolf in meinem Inneren. Noch geduckt, aber bereit, allzeit hervorzuspringen, mich dieses Mal ganz zu verschlingen.

Mein Magen zieht sich zusammen, das Atmen fällt mir schwer. Ich lasse mich auf den Mauervorsprung neben uns sinken.

»Athina? Was ist mit dir? Geht's dir nicht gut?« Alec greift nach meiner Hand. Seine Stimme, seine Berührung – sie drängen den Wolf zurück. Ich klammere mich daran fest wie an einem Anker.

»Ja«, flüstere ich. »Nein. Ich weiß nicht. Kannst du uns ins Hotel zurückbringen? Ich will nichts mehr sehen, nirgendwo mehr halten, einfach nur noch ins Bett. Ich glaube, ich werde … krank.«

Alec betrachtet mich besorgt, nickt jedoch und hilft mir auf.

Die Rückfahrt verläuft in absoluter Stille. Selbst Colleen schweigt, was schon etwas heißen will. Ich nehme die Landschaft vor dem Fenster kaum wahr, meine Gedanken kreisen unentwegt um den Unfall meiner Mum und um den Mann aus dem Café.

Plötzlich hustet der Wagen – zumindest hört es sich so an –, macht ein paar Hüpfer, und der Motor brummt beim Weiterfahren wie ein Traktor.

Alec flucht.

»Da hat wohl noch jemand den Termin für den jährlichen Auto-Check verpasst«, flachst Colleen.

Er antwortet nicht, greift nach seinem Handy. Sie merkt, dass es ernst ist, und fragt beunruhigt nach: »Wir schaffen es doch noch zum Hotel, oder?«

»Nicht mit diesem Auto, fürchte ich. Genauso klang es vor ein paar Wochen auch, bevor es liegen geblieben ist. Dabei hat mir dieser Halsabschneider von Automechaniker versichert, dass das Problem behoben sei. Der hat vermutlich geträumt, dass er dran gearbeitet hat.« Er schnaubt. »Ich hoffe, dass wir es noch bis Ayia Rosa schaffen, dann kann Kostas, ein guter Freund, euch nach Ayia Napa fahren.«

Colleen ist enttäuscht. Mir dagegen ist es gleich, wer mich fährt, wohin er mich fährt, ob ich überhaupt irgendwohin fahre. Ich bin völlig durch den Wind.

Zu Alecs Erleichterung hält der Wagen bis Ayia Rosa durch.

Es ist bereits dunkel, als wir wieder auf der nun von Lampions beleuchteten Terrasse der Taverne stehen.

»Kostas müsste jeden Moment da sein«, sagt Alec, der seinen Freund doch noch erreichen konnte. »Setzt euch so lange.«

Der Gesang der Zikaden vermischt sich mit dem Klirren der Gläser und dem Lachen der Gäste. Nur am Rande nehme ich wahr, dass mir etliche Gesichter von unserem ersten Morgen hier bekannt vorkommen. Die Taverne scheint der übliche Treffpunkt der Dorfbewohner zu sein.

Ich versuche, mich auf die beruhigende Musik zu konzentrieren, die aus dem Inneren des Lokals dringt, aber das Zittern meiner Hände lässt nicht nach.

Noch immer wie betäubt, nehme ich neben Colleen an einem der Tische auf der Terrasse Platz, wähle erneut Dads Nummer. Er hebt nicht ab.

Fluchend knalle ich mein Handy auf den Tisch, mein Banknachbar auf der anderen Seite rückt erschrocken ein wenig beiseite, zieht vorsichtshalber die Schnapsflasche ebenfalls zu sich herüber.

Alecs Mutter eilt mit einem vollen Tablett an uns vorüber, bemerkt uns erst, als ihr Sohn sie ruft.

»Schau mal, wen ich mitgebracht habe!«

»Colleen«, stellt sie erfreut fest. »Schön, dass du wieder vorbeischaust.«

»Und Athina«, ergänzt Alec.

Ich beuge mich hinter dem umrankten Pfosten der Terrassenüberdachung hervor, winke zaghaft.

Seine Mutter ist von meinem Anblick deutlich weniger begeistert, seufzt hörbar auf. Sie hat es mir offenbar wirklich übel genommen, dass ich ihren Sohn für einen Mitarbeiter der Putzmannschaft gehalten habe.

Alec nimmt kurzerhand ein Glas Orangensaft von ihrem Tablett, beugt sich über den Tisch zu uns herüber und reicht es mir. »Hier, trink das, du bist immer noch ganz blass.« Besorgt mustert er mich.

Dankend nehme ich es entgegen. Das Glas blitzt im Licht der Lampions mit meinem Armreif um die Wette, als ich es ansetze und in einem Zug leere. Als könnte sein Inhalt alles wegspülen, was geschehen ist.

Ich schließe die Augen, atme tief durch, wiederhole still für mich wie ein Mantra: Lefkara ist weit weg, dieser Mann ist weit weg. Weder war es der vom Plakat, noch werde ich verrückt. Ich habe mich geirrt, mehr nicht.

Alec schimpft lauthals, telefoniert offenbar mit dem Mechaniker der Autowerkstatt. Ich schlage die Augen auf, mein Blick sucht ihn, bleibt dabei an seiner Mutter hängen. Sie hat sich nicht vom Fleck gerührt, starrt zu uns herüber. Oder zu mir? Ärgert sie sich darüber, dass ich den Orangensaft getrunken habe, der für jemand anderen gedacht war? Nervös drehe ich an meinem Armreif.

Mein Handy klingelt, ich reiße es an mich. Es ist Dad. Erleichtert nehme ich den Anruf an, stehe auf, eile ein Stück beiseite.

»Prinzessin! Was ist denn in dich gefahren? Was hinterlässt du mir für merkwürdige Botschaften? Ich dachte, du würdest in Ayia Napa im Hotel am Pool liegen und …«

»Dad!«, unterbreche ich ihn. »Kannte Mum jemanden mit einer Narbe im Gesicht?«

»Tina, mein Schatz. Was für eine seltsame Frage. Vielleicht. Vielleicht auch nicht. Ich kann doch nicht sagen, wem sie in ihrem Leben so alles begegnet ist. Aber deine Nachricht macht mir Sorgen. Geht es dir gut? Warst du zu lange in der Sonne heute oder …«

»Dad! Mum hat dieses Plakat angestarrt. Und sie hatte Angst! Und auf dem Plakat war …«

»Waren viele Bilder, ich weiß, du hast es mir schon oft genug beschrieben.«

»Ja, aber darunter auch dieser Mann mit der Narbe. Und ihn habe ich hier getroffen. Also … zumindest jemanden, der ihm ähnelt.« Ich schlucke, werfe einen Blick auf Alec und Colleen, die mich von drüben besorgt mustern. »Glaube ich …« Müde greife ich mir an die Schläfe.

»Ich habe gehört, was Colleen gesagt hat. Aber wer ist der Mann, der da noch gesprochen hat? Ist ja auch egal, auf jeden Fall … Wen auch immer du gesehen zu haben meinst – und selbst wenn er wirklich eine Narbe haben sollte, was ja laut Colleen nicht der Fall war –, er hat garantiert nichts mit Mums Unfall zu tun. Wie denn auch? Du bist auf Zypern. Mum hatte ihren Unfall in London. Vor allem aber: Du weißt doch, wie sie war. Dass sie«, er holt tief Luft, »psychische Probleme hatte. Sich ständig eingebildet hat, jemanden zu sehen.«

Ich kann nichts erwidern, meine Beine zittern, in meinem Inneren herrscht Chaos.

»Ehrlich gesagt«, Dad klingt ernsthaft besorgt, »wäre es mir jetzt doch lieber, du kämst nach Hause, Prinzessin.«

»Wieso?«

Er schweigt.

»Glaubst du etwa, ich drehe auch durch?«, flüstere ich.

»Nein! Natürlich nicht! Aber … das letzte Jahr war einfach eine unfassbare Belastung für dich. Vielleicht eine zu große. Ich … ich mache mir Vorwürfe. Ich habe dich nicht genug unterstützt, war zu sehr mit meinem eigenen Schmerz beschäftigt. Du leidest offensichtlich an einem Burn-out – genau, das ist es. Vielleicht hast du dich obendrein auch zu lange in der prallen Sonne aufgehalten. Und sicherlich zu wenig getrunken. Bitte, komm nach Hause.«

Stumm starre ich zu Boden. »Ich … denke drüber nach«, sage ich leise.

»Nein, du sollst nicht darüber nachdenken, sondern es einfach tun, bitte. Ich suche dir schon mal einen Rückflug heraus.

Und bis dahin bleibst du bitte im Hotel, entspannst dich und trinkst viel. Mit der Sonne dort im Süden ist nicht zu spaßen! Okay, Prinzessin? Versprichst du mir das? Ich liebe dich doch über alles und mache mir wirklich Sorgen um dich!«

Ich schlucke. »Okay.«

»Gut.« Er klingt erleichtert. »Ich schicke dir die Daten zum Rückflug schnellstmöglich. Du bist doch mein ganzes Glück, ich liebe dich.«

»Ich dich auch.« Ich lege auf, kehre an meinen Platz zurück und lasse mich erschöpft auf die Bank fallen.

»Kostas ist noch nicht da«, wendet Alec sich an seine Mutter. »Und ich kann ihn auch nicht mehr erreichen. Möglicherweise kriege ich erst morgen früh einen Ersatzwagen organisiert.«

Keine Antwort. Wie festgefroren steht sie da, und ihr Blick geht ins Leere.

»Mama?« Alec greift nach ihrem Arm.

Erschrocken zuckt sie zusammen. »Was?«

»Können die beiden, falls er nicht auftaucht, im Gästezimmer übernachten?«

»Das geht nicht.«

Ein mulmiges Gefühl beschleicht mich.

»Wieso?«, fragt Alec verdutzt, aber seine Mutter dreht sich um und geht.

Alec runzelt die Stirn, sieht kurz zu uns, eilt ihr hinterher, redet leise auf sie ein. Ihr Gesicht ist verkniffen und bleich. Bis sie ihn endgültig stehen lässt und davonstürmt. Mein Magen rutscht immer weiter Richtung Kniekehlen.

Schließlich kehrt er mit grimmiger Miene zurück, fährt sich müde durchs Haar. »Es tut mir leid, aber das Zimmer ist … äh … belegt.« Er bringt die Worte kaum über die Lippen, die Lüge ist offensichtlich. Er seufzt. »Ich fühle mich grauenvoll. Wirklich.«

»Du kannst doch nichts dafür«, murmele ich bedrückt. »Es liegt an mir. Sie mag mich nicht besonders.«

»Blödsinn. Sie hat manchmal komische Phasen. Ich verstehe häufiger nicht, was mit ihr los ist.«

»Alec!«, tönt eine tiefe Stimme vom Gehweg herüber.

»Kostas, na endlich, wieso bist du nicht mehr rangegangen?«

»Ich hab mich so beeilt, herzukommen, dass ich das Handy daheim liegen lassen habe.« Kostas betritt die Terrasse, Alec stellt uns vor.

»Das sind also die zwei Hübschen, die ich nach Ayia Napa bringen soll?«

»Genau. Danke dir, Kumpel.«

»Kein Thema«, sagt er, und sein Blick saugt sich an Colleen fest. Auch sie strahlt angesichts seiner stattlichen Erscheinung.

Benommen folge ich den beiden zu seinem Auto, spüre einen Blick in meinem Rücken, meine Nackenhärchen richten sich auf.

Ich sehe über die Schulter, und meine Ahnung wird bestätigt.

Alecs Mutter steht in der Tür der Gaststätte. Und sieht mich an. Nur einen Wimpernschlag lang, bevor sie zurück ins Gebäude huscht.

Glühend heiß schießt es durch mich hindurch.

Ihr Blick hat sich regelrecht in meinen gebrannt. Verzweiflung lag darin.

Ich taste nach der Autotür. Drehe ich jetzt völlig durch? Habe ich einen Sonnenstich?

Tief atme ich durch.

Nein, sage ich mir. Du bist einfach nur wegen der Begegnung zuvor so aufgewühlt, dass du überall zu viel hineininterpretierst! Bestimmt! Mit Sicherheit!

Langsam gehe ich weiter. Doch sosehr ich auch beruhigend auf mich einrede, die Angst, dass Dad recht behält und ich mir alles nur eingebildet habe, schnürt mir die Kehle zu. Fröstelnd schlinge ich die Arme um meinen Oberkörper, aber es hilft nichts. Es ist eine innere Kälte, die mich gepackt hat.

Immer wieder sehe ich meine Mutter vor mir, wie sie nach einem Blick auf das Plakat wie im Schock davongerannt ist.

Aber warum? War diese Verletzung der Grund? Oder die Person? Hat sie sich überhaupt erschrocken? Vielleicht war sie ja einfach nur fassungslos darüber, diese Person wiederzusehen? Oder ist das alles Blödsinn, und es waren, so wie Dad sagte, ihre psychischen Probleme, die sie so reagieren ließen? Werde ich wie sie? Bin ich es schon? Renne ich Hirngespinsten hinterher? Bilde mir Dinge ein? Werde ich verrückt? Wie Mum?

Die Sonne war kaum aufgegangen, da lief sie schon aus dem Haus. Weit kam sie allerdings nicht.

»Samira?«

Sie fuhr herum.

Dimi stand neben dem staubbedeckten, rostigen Pick-up ihres Vaters. Verdammt, sie hatte ganz vergessen, dass er heute nach Nikosia aufbrechen wollte.

»Wo um alles in der Welt willst du um diese Uhrzeit hin?«

»Spazieren, vielleicht schwimmen gehen. Meine Eltern wissen, dass ich den Tag über nicht da bin.«

»Soll ich dich mitnehmen?«

»Nein, nicht nötig, ich genieße den Spaziergang. Frische Luft am Morgen tut gut.«

Dimi sah sie so seltsam an, dass sie unruhig von einem Fuß auf den anderen trat. Langsam nickte er. »Viel Spaß.«

»Danke, und dir viel Erfolg bei den Verhandlungen mit diesem Kaffeehaus-Besitzer«, gab sie erleichtert zurück und lief los.

Natürlich würde sie ihm von Yasin und sich erzählen, wenn der richtige Zeitpunkt gekommen war. Sie wollte ihn nicht hintergehen, er hatte die Wahrheit verdient, aber er brauchte sicher noch Zeit, um das alles zu verarbeiten. Und sie brauchte Gewissheit im Hinblick auf ihre Zukunft mit Yasin.

Erst als sie die Weggabelung, an der sie sich mit Yasin treffen wollte, fast erreicht hatte, fiel ihr ein, dass sie weder Badesachen noch Handtuch bei sich hatte. Doch Dimi schien das nicht aufgefallen zu sein, sonst hätte er doch etwas gesagt, oder?

Dann jedoch beanspruchten andere Sorgen ihre Aufmerksamkeit. Nämlich die, ob Yasin Wort halten würde. Würde er da sein? Auf sie warten? So wie Jajá es ihr ausgerichtet hatte, als sie am Abend noch einmal bei ihr geklopft hatte, um sicherzugehen, dass es ihr wieder besser ging. Sie hatte gehofft, auch Yasin anzutreffen, doch von ihm war nichts zu sehen gewesen. Zumindest aber auch nicht von Elif.

Doch würde er *jetzt* da sein? Oder hatte Elif ihn von einem weiteren Treffen abgebracht?

Mit jedem Schritt wuchs ihre Nervosität, zitterten ihre Hände, ihre Beine. Die letzte Kurve wagte sie beinahe nicht zu nehmen, aus Angst, enttäuscht zu werden. Das Herz schlug ihr bis zu Hals.

Und dann funkelte etwas in der Morgensonne auf, und sie hätte vor Erleichterung weinen, schreien und lachen zugleich können.

Yasin lehnte unter einem Feigenbaum an seinem Moped, und die Sonne, die durch das Blätterdach fiel, malte ein zartes Spinnennetz aus Licht und Schatten auf seinen Körper, filigran, verwoben und unübersichtlich wie das Verwirrspiel der Gefühle.

Sie lief auf ihn zu, wurde aber bei den letzten Schritten plötzlich langsamer, blieb eine Armeslänge vor ihm stehen, schluckte schwer.

Sorgenfalten gruben sich in seine Stirn. »Ist etwas passiert?«

Sie nickte zögerlich, erzählte ihm stockend von dem Gespräch mit Elif.

Seine Finger krampften sich um den Lenker. »Ich … kann es … kaum fassen«, brachte er schließlich hervor. »Das kann Elif nicht ernst meinen. Das kann niemals von ihr gekommen sein. Omar! Dieser verdammte Omar muss dahinterstecken! Sein Einfluss auf Malik hat nun auch Elif erreicht!«

Wütend presste er die Kiefer aufeinander.

Unsicher sah sie ihn an. »Elif hat Angst, macht sich Sorgen. Sie liebt Malik.«

»Und ich liebe dich.«

»Aber …«

Er schüttelte den Kopf. »Ich liebe Elif, natürlich tue ich das. Sie ist meine kleine Schwester, die ich mein Leben lang beschützt habe. Ich will nur das Beste für sie. Aber was sie da von dir verlangt hat …« Er schüttelte den Kopf. »Da war sie nicht sie selbst. Sie ist völlig durch den Wind wegen all der Reden, die dieser Omar schwingt. Wenn er erst einmal fort ist, wird sie sich besinnen.«

»Bist du sicher?«

»Absolut sicher. Ich kenne sie doch. Aber selbst wenn nicht – es spielt für mich keine Rolle, was meine Familie will, wenn es um dich geht. Du liebst mich, und nichts und niemand wird mich davon abbringen können, mit dir zusammen zu sein. Meine Sorge ist aber, dass … ich dich unglücklich mache.«

»Ich dachte, das hätten wir geklärt.« Sie lächelte zaghaft.

»Aber was, wenn die anderen ähnlich reagieren wie Elif im Moment? Wirst du deine Entscheidung nicht bereuen? Wenn das Dorf uns nicht akzeptiert? Sich unsere Freunde, unsere Familien von uns abwenden?«

»Es würde nichts an dem ändern, was ich für dich empfinde«, beharrte sie. »Niemals! Ich würde trotzdem nichts anderes wollen, als mit dir zusammen zu sein! Mir ist egal, was andere sagen. Das Einzige …«

Er verkrampfte sich. »Was?«

»In dem Fall musst du mich noch viel mehr lieben, Yasin«, flüsterte sie. »Für alle, die es nicht mehr tun.«

»Das werde ich«, versprach er.

Er zog sie an sich, und sie fanden sich in einem heißen, wilden, ihr Herz vor Glück beinahe zum Bersten bringenden Kuss wieder.

»Solange wir beide uns haben, ist alles gut«, wisperte sie. »Und wir werden immer zusammen sein.«

»Du gehst, wohin ich gehe?«, raunte er an ihren Lippen.

»Dir würde ich überallhin folgen.«

»Na, dann los.« Lächelnd reichte er ihr die Hand.

»Trägt das alte Ding uns beide überhaupt?«, neckte sie ihn, als sie ihr Kleid raffte und hinter ihm aufstieg.

»Wenn nicht, trage ich dich.«

»Dann hoffe ich, dass es den Geist aufgibt.«

Er lachte leise, sie schlang die Arme um seinen Oberkörper, und der Motor erwachte knatternd zum Leben.

Als Yasin anfuhr, sah sie über die Schulter zurück. Für einen Moment meinte sie, eine Gestalt zwischen den Weinreben wahrzunehmen. Einen Wimpernschlag lang bildete sie sich ein, es wäre Dimi, doch schon verbarg der hinter ihnen aufwirbelnde Staub alles. Nein, Dimi konnte es nicht sein. Er war auf dem Weg nach Nikosia.

Samira sah wieder nach vorn. Wenn da überhaupt jemand war und sie sich nicht geirrt hatte, musste es ein Bauer gewesen sein. Die waren doch des Weins wegen so früh auf den Beinen, oder?

Sie schmiegte sich an Yasins Rücken, der Wind spielte mit ihren Locken und ließ ihr Kleid flattern. Die Welt war nie schöner gewesen.

»Wo fahren wir hin?«, rief sie gegen das Motorgeräusch an.

»Lass dich überraschen.«

Sie lachte hell auf, sog seinen Duft ein, trank seine Nähe und fragte sich, wie es nur sein konnte, dass jedes Mal, wenn sie bei ihm war, nichts anderes mehr wichtig war, die Welt um sie herum nicht zu existieren schien. Nur er.

»Petra tou Romiou«, murmelte Samira sinnend. »Fels der Griechen.«

Yasin hatte seinen Arm um sie gelegt, sie lehnte sich gegen seine Brust. Vor ihnen erhoben sich die strahlend weißen Kalksteinfelsen aus dem türkisblauen Wasser.

Er hatte Handtücher aus der Satteltasche gezogen und auf den warmen Kieselsteinen für sie ausgebreitet. Darauf saßen sie, nur ein paar Meter von den sanft heranrollenden Wellen entfernt.

Hier draußen, weit weg von dem Dorf und der brodelnden Stimmung, fernab von allen Menschen, war es, als sei alles wie immer. Das türkisfarbene Wasser, das in unmittelbarer Nähe der Felsen wie vernebelt wirkte. Die Möwen, die mit dem warmen Wind über sie hinwegsegelten. Ab und zu sprang ein Schwarm Fische aus dem Wasser, als versuchten die Tierchen, ebenfalls zu fliegen, und glitzerten dabei silbrig im Sonnenlicht auf. Selbst von der drückenden Hitze war hier in der Bucht so nah am Wasser nichts zu spüren.

»Mir gefällt der Name *Felsen der Aphrodite* besser«, sagte er.

»Warum?«

Anstelle einer Antwort nahm er Samiras Hand, drehte sie mit der Innenseite nach oben und fuhr mit seinem Zeigefinger sanft die Linien entlang.

»Seit wann kannst du aus der Hand lesen?«, fragte sie belustigt und wandte sich ihm zu.

Er liebte ihr Lächeln. Es ließ die Sonne in ihm aufgehen. »Seit heute«, gab er scherzend zurück.

Seine Fingerspitze wanderte über ihre Handinnenfläche. »Denn das hier, diese längste Linie von allen, ist ganz offensichtlich die Liebeslinie.«

»So etwas gibt es?«

»So etwas sollte es unbedingt geben. Und das hier, all die Linien, die davon abzweigen, gehören zu unseren Kindern.«

Sie lachte auf. »Gleich ein ganzes Dutzend, ja?«

»Mindestens.«

»Dann zeig mal her, ob du auch der Vater des Dutzends sein wirst.« Schmunzelnd drehte sie seine Hand um. »Wo ist denn deine Liebeslinie?«

»Hier.« Er zeigte auf die nächstbeste Furche in seiner Hand.

»Das ist doch aber eher die Herzlinie. Oder steht diese hier für das Leben?«

»Keine Ahnung«, gab er verschmitzt zu, wurde aber gleich wieder ernst. »Es spielt auch keine Rolle. Denn mein Herz gehört dir, und du bist mein Leben.«

Ihre Augen schimmerten, eine Träne perlte über ihre Wange. Er beugte sich vor und küsste sie fort. Samira war sein Leuchtfeuer. Aber er hatte zuvor gelogen. Er konnte sie nicht noch mehr lieben, denn er liebte sie bereits mehr als alles. Es war nicht möglich, jemanden noch mehr zu lieben, als er sie bereits liebte.

»Du bist wie Orpheus, der mit seiner Stimme Steine zum Weinen bringen konnte«, hauchte sie.

Er schüttelte den Kopf. »Ich will dich nicht zum Weinen bringen. Aber ich würde für dich wie Orpheus für Eurydike in die Unterwelt hinabsteigen und dich zurückholen, wenn du mich riefest. Ich würde für dich sterben.«

»Nein! Du sollst nicht für mich sterben! Du sollst für mich leben! Egal, was geschieht.«

Er zog sie an sich, und sein Kuss war ebenso ein Versprechen, wie es die Worte waren, die er an ihren Lippen raunte. »Das werde ich. Für dich.«

Hand in Hand lagen sie rücklings da und sahen in den Himmel hinauf, wie einst als Kinder.

»Erinnerst du dich noch daran, wie mein Vater uns früher die Geschichte dieses Felsens erzählt hat?«, fragte Samira.

»Natürlich.«

»Erzähl sie mir. Ich liebe deine Stimme. Ich höre dir so gern zu. Ich glaube, wenn mich etwas zurückholen könnte wie Eurydike, dann deine Stimme.«

Yasin rollte sich auf die Seite, stemmte den linken Ellbogen auf und stützte den Kopf in seine Hand. Mit seinem Blick streichelte er ihr Gesicht, die Finger seiner rechten Hand ihre Arme. Beides hinterließ eine Spur der Erregung.

»Vor Urzeiten, als die Titanen sich stritten, die Berge noch ohne Namen waren und kein Menschenauge die Flüsse erblickt hatte, lebten die Götter in einem Land, in dem der Sommer ewig währt und das Meer in hundert verschiedenen Blautönen leuchtet …«

Sie schloss die Augen, ließ sich in seine Stimme hineinfallen und von seiner Berührung auffangen, spürte dem Schauer nach, den er in ihr auslöste und der sich durch ihren ganzen Körper ausbreitete.

»… eines Morgens, als die aufgehende Sonne den Himmel in alle Farben der Liebe tauchte – vom sanften Rosa erblühenden Oleanders über das strahlende Orange reifer Apfelsinen bis hin zum leuchtende Lila des Hibiskus am Abend –, da wurde genau hier, vor diesem Felsen, eine Muschel an den Strand gespült. Eine Muschel, die so schön war, dass selbst die Morgenröte vor Ehrfurcht erblasste. Und als diese Muschel sich öffnete, erstarrten die Wellen mitten in der Bewegung, hielt selbst der Wind den Atem an und musste die Sonne geblendet die Augen schließen, denn ihr entstieg das schönste Wesen, das diese Welt jemals gesehen hatte: du.«

Sie schlug die Augen auf, fand ihr Spiegelbild in den seinen. »Aphrodite, meinst …«

Er beugte sich vor, verschloss ihren Mund mit einem Kuss. »*Du* bist meine Göttin«, raunte er an ihren Lippen. »Für mich gibt es nichts Wundervolleres als dich. Dein Lachen, deine Herzlichkeit, deine Lebensfreude. Deine Liebe.«

Er löste sich von ihren Lippen, legte seine Hand an ihre Wange, fuhr mit dem Daumen ihre Augenbraue nach, ihren

Wangenbogen, den Schwung ihres Mundes. Schauer über Schauer jagten durch ihren Körper.

»Nur mit dir reiche ich bis zum Himmel und habe ich das Gefühl, das ganze Universum hätte Platz in meinem Herzen.«

Ihr eigenes Herz schlug so wild, dass sie befürchtete, es würde den Felsen zum Einsturz bringen.

»Siehst du, wie das Wasser in der Sonne glitzert?«, fragte er.

»Ja«, flüsterte sie mit belegter Stimme.

»Jedes einzelne Funkeln ist ein glücklicher Moment mit dir.«

»Ich will sie alle festhalten.«

»Das geht nicht.« Er hauchte ihr einen Kuss auf die Schulter. »Sie sind wie die Vögel. Zwar fliegen sie schnell davon, aber die Erinnerung an ihren Gesang bleibt.«

»Woher bekommst du all deine wundervollen Worte?«

»Von dir.«

»Niemals. Mir fällt nichts ein, was so schön klingt.«

»Aber mir. Immer, wenn ich dich ansehe, dich höre, an dich denke, von dir träume.«

»Du träumst von mir?« Sie sah über die Schulter in sein Gesicht.

Seine Miene war ernst, sein Blick glühte. »Jede Nacht. Ich glaube, ich habe mich schon bei unserer ersten Begegnung in dich verliebt.«

»Da waren wir kaum ein paar Wochen alt.«

»Aber unsere Seelen nicht. Die waren da schon viel älter. Und sie haben sich wiedererkannt. Wiedergefunden. Und werden sich auch immer wiederfinden. Weil sie zusammengehören. Egal, was die Welt mit ihnen anstellt.«

Wortlos sah sie ihn an, spürte ihre Augen brennen. Sie hatte nicht gewusst, dass man vor Glück weinen konnte.

Er legte seine Hand auf ihr Herz.

»Wir sind wie zwei Hälften eines Ganzen«, hauchte sie.

»Nein«, raunte er. »Wir sind eins. Du und ich. Wir sind füreinander bestimmt. Irgendwo da oben sind unsere Namen in den Himmel geschrieben mit Buchstaben aus leuchtenden Sternen. Und wenn es irgendwo ein Buch des Lebens gibt, stehen wir nebeneinander darin, mit Zeichen aus Feuer. Es gibt nur weniges, was für die Ewigkeit gemacht ist, aber unsere Liebe ist es.«

Die letzten Sonnenstrahlen streiften das Dach der Taverne, als Samira auf das Haus zuging.

Eleni saß auf dem Gatter, winkte ihr zu. »Ich habe Apoll gerade eine Gutenachtgeschichte erzählt.«

»Sehr schön. Hat sie ihm gefallen?«

»Ja, er hat die ganze Zeit genickt.«

Samira verbiss sich ein Lachen.

»Und ich wollte ihm die Hufe saubermachen.«

»Nein! Das ist zu gefährlich, er könnte dich verletzen.«

»Er wollte auch nicht«, gab das Mädchen zurück. »Ist immer weggelaufen, und dabei …« Sie brach ab, sah schuldbewusst zu Boden.

»Was ist passiert?«, hakte Samira nach, suchte das Mädchen mit besorgtem Blick nach Verletzungen ab.

»Dabei habe ich den Hufkratzer hier draußen verloren.« Die Unterlippe des Mädchens zitterte.

»Aber das ist doch nicht schlimm«, beruhigte Samira sie, zutiefst erleichtert, dass das Mädchen sich nichts getan hatte.

»Wirklich?« Eleni sah unsicher auf.

»Natürlich. Der wird schon wiederauftauchen.«

Eleni atmete tief durch. »Weißt du, ich habe sie ihm erzählt, damit er keine Angst hat.«

Stirnrunzelnd ging sie vor dem Mädchen in die Hocke. »Hast *du* denn Angst?«

Die Kleine nickte verlegen. »Mama sagt immer, dass die Türken kommen und mich holen werden, wenn ich nicht artig bin. Und ich glaube, ich bin nicht sehr gut im Artigsein.«

Samira stockte der Atem. Wie konnte Sophia nur so grausam sein? Ihr Kind dermaßen in Schrecken versetzen? »Du fürchtest dich doch aber nicht vor Elif? Oder vor Yasin?«

»Natürlich nicht! Wieso sollte ich?« Eleni lachte lauthals los, als hätte Samira einen Witz gemacht.

Ihr dämmerte, dass das Kind gar keine Vorstellung davon hatte, was ein Türke überhaupt war. Vermutlich setzte es dieses Wort mit irgendeiner Spukgestalt gleich. Wut auf Sophia kochte in Samira hoch, sie zwang sich, durchzuatmen. »Hör zu. Du bist tausendmal artiger, als ich es je war!«

Das Mädchen riss die Augen auf. »Wirklich?«

Samira nickte. »Ich habe an einem Tag mehr Unfug angestellt als du in deinem ganzen Leben! Und ich bin immer noch hier, oder? Also: Was deine Mama da gesagt hat, ist Blödsinn. Niemand holt dich, wenn deine Mama der Meinung ist, du seist ihr nicht artig genug.«

Eleni kaute unsicher auf ihrer Lippe. »Wirklich?«

»Natürlich! Du weißt doch, dass mein Papa eine Glatze hat. Was meinst du denn, wo die hergekommen ist?«

»Woher?«

»Na, weil er sich so sehr die Haare über mich gerauft hat, dass sie ihm alle ausgefallen sind.«

Eleni riss die Augen auf.

»Lass dir mal von ihm erzählen, was ich in deinem Alter alles angestellt habe!«

Elenis Blick wanderte von Samira zur Taverne und zurück. Dann seufzte sie vor Erleichterung dermaßen tief auf, dass sich Samira die Kehle zuzog.

Was für eine unfassbare Last musste auf diesen schmächtigen Schultern gelegen, dieses kleine Herz zusammengepresst haben.

»Aber was mache ich, wenn ich trotzdem Angst habe?«

»Weißt du, wer Herakles war?«

Eleni nickte eifrig. »Der stärkste Mann der Welt.«

»Und unser Pferd heißt nicht ohne Grund Herakles. Es ist genauso tapfer und wird dich beschützen.«

»Dann darf ich also immer herkommen, wenn ich Angst habe?«

»Immer!«

Sie zog das Mädchen an sich. Eleni schlang die Arme um ihren Hals, schmiegte die Wange an ihr Gesicht und flüsterte ihr ins Ohr: »Ich fühle mich aber bei Apoll sicherer.«

»Na also. Dann gehst du eben immer zu Apoll, wenn du Angst hast. Dem hat unser Pferd nämlich auch alles beigebracht.«

Das Köpfchen an ihrer Schulter nickte heftig.

»Und weißt du was? Apoll hat gut zugelegt und ist kräftig geworden. Ich denke, nächste Woche können wir mal versuchen, ob er dich ein paar Schritte tragen mag.«

Elenis Augen wurden kugelrund. »Ich darf auf dem Eselchen reiten? Oh, danke, vielen Dank!« Jubelnd hüpfte das Mädchen um Samira herum, und trotz ihrer Sorgen musste sie lächeln. Wie es wohl wäre, einmal selbst ein Kind zu haben? Eines wie Eleni? Mit Yasin?

Der Gedanke war so wundervoll, so leuchtend und hell, dass er ihr fast den Atem nahm, ihr ganz schwindlig wurde.

»Darf ich ihm noch mal Zöpfe flechten?«, fragte Eleni.

»Ich glaube, dafür ist es schon zu spät. Nicht nur kleine Esel, sondern auch kleine Mädchen müssen ins Bett. Soll ich dich nach Hause bringen?«

»Meine Mama ist doch da. Sie hat das Kleid deiner Mama fertig. Sie probiert es gerade an.«

»Na, dann schauen wir mal nach, wie weit sie ist.« Sie nahm die Kleine an die Hand.

In der Taverne hatte sich im Halbkreis eine Menschentraube um einen der Tische geschart, aber erst, als sie die Stimme von Papas Hieronymos vernahm, fiel ihr ein, was heute wieder einmal für ein Tag war.

»Schach!«, rief Papas Hieronymos und lehnte sich zufrieden zurück, die Hände über dem Bauch verschränkt. »Du spielst genauso, wie du tanzt, nämlich schlecht.«

»Ha! Von wegen Schach«, tönte es von Hodscha Kadir, und er vollzog eine Rochade. »Du spielst nämlich *nicht* genauso, wie du tanzt, sondern sogar noch schlechter!«

Die Umstehenden lachten bei ihm ebenso wie zuvor beim Papas. Die beiden waren eben immer für Unterhaltung gut, dabei war völlig egal, wer das Spiel oder den Streit gewann. An einem der Tische saß Sophia. Mit der Kleideranprobe war sie schon lange fertig, aber natürlich hatte sie sich die Gelegenheit nicht entgehen lassen, sich bei Helena mit süßem Gebäck einzudecken.

Der Papas schnaubte. »Behauptet jemand, der beim Tanzen herumhüpft, als hätte er glühende Kohlen unter den Füßen.« Missmutig starrte er auf das Schachbrett, kratzte sich den Bart.

Der Hodscha beugte sich vor. »Und überhaupt – ist das Tanzen für einen Priester nicht verwerflich?«

»Im Gegenteil!«, widersprach sein Gegenüber und hob belehrend den Zeigefinger. »Schon der große Kirchenlehrer und Bischof Aurelius Augustinus sagte: ›Mensch, lerne tanzen, sonst wissen die Engel im Himmel nichts mit dir anzufangen.‹!«

»Na, dann hast du offensichtlich ein Problem!«, gab Kadir zurück.

Die Umstehenden johlten und klopften sich gegenseitig auf die Schultern.

»Was willst du damit sagen?«, fragte Hieronymos und beugte sich ebenfalls vor, bis die Bärte der beiden sich über dem Schachbrett fast berührten.

»Dass sie keinen Respekt vor unserer Kultur haben!«, erklang Sophias nasale Stimme.

Perplex fuhren die beiden auseinander, sahen ebenso wie der Rest der Zuschauer zu Sophia.

»Lauf in die Küche, dort hat meine Mama mit Sicherheit etwas zu naschen für dich«, raunte Samira Eleni besorgt zu. Die huschte sofort mit leuchtenden Augen zum Perlenvorhang, der die Küche vom Schankraum abtrennte, und hindurch. Samira selbst griff geistesabwesend nach dem Geschirr auf dem nächstbesten Tisch, um es abzuräumen.

»Was fällt dir ein?«, empörte sich Hieronymos an Sophia gewandt. Er mochte es gar nicht, wenn man ihn bei seiner Lieblingsbeschäftigung, dem Streiten mit Kadir, störte.

Der Hodscha selbst wirkte so verblüfft von dieser Unterstellung, dass er nur ungläubig blinzeln konnte.

Angesichts all der über die Unterbrechung verärgerten Blicke der Umstehenden ruderte Sophia zurück. »Ich meine ja nur. Stefanos sagt das.«

Um ein Haar hätte Samira das Glas fallen lassen. »Stefanos?«

Sophia räusperte sich. »Also nicht speziell auf Kadir bezogen natürlich, aber äh … also allgemein. Äh.«

»Wen meinst du bitte mit *sie?*«, erkundigte sich Helena. Sie klang gelassen, aber Samira sah die Sorge in ihren Augen.

Im restlichen Raum war es plötzlich totenstill.

»Das bedarf ja wohl keiner Erklärung!«, behauptete Sophia.

»Finde ich schon!«, widersprach Samira. »Wovon sprichst du?«

Sophia musterte sie herablassend. »Hast du etwa nicht mitbekommen, was da draußen geschieht? Dass griechische Studenten erschossen worden sind? Von *ihnen?*«

»Seit wann heißt es hier *ihr* oder *ihnen* statt *wir* und *uns?*«, fragte Samira beunruhigt.

Sophia rümpfte die Nase. »Du hast auch wirklich keine Ahnung, Mädchen. Frag mal Stefanos! Der weiß, was vor sich geht. Das wäre mal der richtige Umgang für dich!«

»Was soll dieses ganze Gerede über Türken und Griechen?«, erklang die tiefe Stimme ihres Vaters, der plötzlich im Türrahmen stand und mit besorgter Miene den Blick über die Menge schweifen ließ. »Zuallererst sind wir doch alle die Menschen Zyperns!«

Bevor Sophia etwas erwidern konnte, schabte ein Stuhl dumpf über den Boden.

»Also ich habe mein Lebtag keine Waffe in die Hand genommen und werde es auch nicht tun!« Mahmut, der gütige alte Mahmut, stand mit zittrigen Händen da, das Gesicht fahl, und rief: »Doch was ist mit dem türkischen Jungen, den eure Polizei erschossen hat, als er auf dem Heimweg war? Frag Maliks Cousin! Frag ihn!«

»Gelogen!«, wehrte Sophia ab. »Das ist nur Propaganda, sagt Stefanos.«

»Schluss jetzt!«, donnerte Anastasios. »Glaubt doch nicht alles, was euch irgendjemand erzählt! Lasst euch doch nicht gegeneinander aufhetzen! Das da draußen hat alles nichts mit uns zu tun! Setz dich wieder, Mahmut, mein Freund, ich bitte dich.«

Nur mühsam ließ sich der alte Mann beruhigen, sank aber schlussendlich wieder auf seinen Platz.

Angesicht der bösen Blicke, die ihr von allen Seiten zugeworfen wurden, griff Sophia beleidigt nach ihrem Nähkoffer und marschierte zur Tür, hielt jedoch neben Anastasios noch einmal inne. »Hast du vergessen, was damals geschah?«, zischte sie. »All die Toten? Kannst du das wirklich so einfach verdrängen?«

»Nein.« Plötzlich klang ihr Vater sehr müde. »Aber wie du schon sagtest: damals. Es ist Vergangenheit.«

»Ha! Du hast leicht reden, du hast ja auch niemanden verloren.«

»Du doch auch nicht.«

»Aber im Gegensatz zu dir habe ich wenigstens Mitgefühl mit denjenigen von uns Griechen, auf die das zutrifft.«

»Das habe ich auch. Aber was ist mit denen auf der anderen Seite?«

Sophia schnaubte. »Mit denen musst du kein Mitgefühl haben.«

Anastasios verzog das Gesicht. »Weil sie schuld daran sind, was?«

Sophia nickte zufrieden. »Ganz recht. Endlich hast du es begriffen.«

Mit Ironie hatte sie noch nie viel anfangen können. Samira schnaubte, und ihr Vater presste die Lippen aufeinander, hatte sichtlich Mühe, sich zu beherrschen.

»Davon abgesehen passt es auch einfach nicht, da hat Stefanos recht«, legte Sophia noch nach.

Samira runzelte die Stirn. »Was soll nicht passen? Warum?«

»Weil wir an Gott glauben und sie nicht.«

»Sie glauben an Gott, Sophia«, erwiderte Samira entnervt.

»Aber nicht an den richtigen!«

»Und wer entscheidet das?«

»Bitte?« Sophia sah aus, als hätte Samira ihr vorgeschlagen, nackt auf dem Tisch zu tanzen. Eleni spähte vorsichtig zwischen dem Perlenvorhang hindurch in den Schankraum, die Backen so dick wie bei einem Hamster.

»Na, ich meine, jeder ist doch der Ansicht, sein Gott sei der richtige. Aber was, wenn es alles nur verschiedene Namen für ein und denselben sind?« *Oder für gar keinen?* Das laut auszusprechen, vermied sie jedoch. Sie hatte diesen Gedanken aus einem Buch, das ein Durchreisender in der Taverne vergessen hatte.

Leider war sie nicht dazu gekommen, nachzuforschen, wie der Verfasser auf solch eine ungeheuerliche Idee kam und was er daraus schlussfolgerte. Kaum nämlich hatte ihre Mutter das Buch entdeckt und anhand des Klappentextes erfasst, worum es darin ging, hatte sie es mit spitzen Fingern in den Müll geworfen und sich anschließend gleich mehrfach die Hände mit Seife geschrubbt, als fürchtete sie, das solcherlei Blasphemie ansteckend sei.

Am liebsten hätte Samira ergänzt, dass es ihr auch egal sei, wenn jemand an einen Baum oder gar keinen Gott glauben würde, aber das wagte sie dann doch nicht.

Sophia sonnte sich in der Aufmerksamkeit, die ihr plötzlich zuteilwurde, und prophezeite mit düsterer Miene: »Ihr werdet schon sehen, was ihr davon habt. Ihr werdet schon sehen.« Ihr Lieblingsspruch, den sie bei jeder Gelegenheit anbrachte. Mit einem Mal schien er Samira aber nicht mehr albern, sondern bedrohlich.

»Komm, Eleni!« Das Kinn in die Höhe gereckt, rauschte Sophia hinaus, das Mädchen folgte ihr mit bedauerndem Blick in Richtung Samira.

Zögerlich trat Samira ebenfalls nach draußen.

Im rötlichen Licht der Abendsonne spielten auf der Terrasse ganz links Ali und Stanis ihre übliche Partie Karten. Rechts davon teilten sich Hassan und Nikolaos wie immer in einvernehmlichem Schweigen eine Shisha.

Doch wo waren Ahmet und Cem? Wo Fatih und Özgür? Samiras Unbehagen wuchs.

Die paar Idioten und Halbstarken, die sowohl Stefanos als auch Omar um sich geschart hatten, waren ein Thema für sich.

Aber was war mit den gestandenen Männern und Frauen? Was war das nur für ein Gift, das auf der einen Seite Stefanos, auf der anderen Omar nach Ayia Rosa gebracht hatte und das sich jetzt langsam, aber unaufhaltsam durch das kleine Dorf fraß? Was war hier geschehen in den letzten Wochen, die sie damit beschäftigt gewesen war, mit ihrem Vater zu streiten und Yasin zu küssen?

Als könnte Anastasios ihre Gedanken lesen, trat er neben sie, seine Schultern hingen hinab. »Zumindest waren wir das einmal«, sagte er leise.

»Was?«

»Alle einfach nur die Menschen Zyperns.«

Ihn so hilflos zu erleben, war weitaus schlimmer als Sophias Tirade.

Selbst als die Taverne bereits leer war und Samira den Boden wischte, ging ihr die bedrückende Szene nicht aus dem Kopf.

In der Küche, wo ihre Mutter noch das letzte Geschirr abtrocknete, dudelte leise das kleine Transistorradio. Der Empfang war wie immer schlecht; jedes Mal, wenn Helena sich etwas stärker bewegte, wurde die Musik von einem Rauschen unterbrochen. Helena schien es gar nicht wahrzunehmen, so geistesabwesend wirkte sie.

Endlich wrang Samira den Wischmopp ein letztes Mal aus, stellte ihn in die Besenkammer zurück und trug den Eimer nach draußen, um ihn auszuleeren.

Es war noch immer heiß und drückend. Mücken und Falter umtanzten die zahlreichen kleinen Lämpchen zwischen den Weinreben.

Ihr Vater saß in der Mitte der Terrasse. Stumm brütete er vor sich hin, auf dem Tisch ein Glas und eine Flasche Oúzo.

Sie leerte den Eimer ins Blumenbeet aus, stellte ihn ab und ließ sich neben ihrem Vater nieder. Mit auf die Tischplatte gestemmten Ellbogen fragte sie leise: »Was passiert hier? Wie können die Menschen sich nur so vereinnahmen lassen? Wie können aus Nachbarn und Freunden Gegner werden? Feinde?«

Ihr Vater seufzte, sah mit einem Mal alt und müde aus. Er schenkte sich ein Glas Oúzo ein und hob es vor sein Gesicht. Nachdenklich drehte und wendete er es. »Die Wahrheit, mein Kind, ist wie das Licht, das auf dieses Glas trifft. Es wird gebrochen. Viele unterschiedliche Farben, viele verschiedene Facetten. Je nachdem, wie wir das Glas halten, bekommen wir eine oder mehrere davon zu sehen. Aber niemals alle. Und das macht es so schwierig. Jeder sieht nur seine Facette, seine Seite des Lichts und will von der Wahrheit der anderen nichts wissen. Und doch ist beides da.«

»Wieso seid ihr anders? Du und Mama?«

»Wir haben das unglaubliche Glück gehabt, niemanden Nahestehenden verloren zu haben, da fällt es leichter, einander zu verzeihen. Und vielleicht …«, er atmet tief durch, »… schätzen wir ein Menschenleben einfach mehr, weil … weil wir wissen, was für ein Wunder es ist.« Er wandte ihr sein Gesicht zu, sein Blick war voller Liebe. Sie griff nach seiner Hand, dankbar zog er sie in seine Arme.

Sie schmiegte sich an ihn, atmete den vertrauten Geruch nach Holzkohle, *Souflaki* und Geborgenheit ein und holte tief Luft. »Es gibt da etwas, was ich euch sagen möchte.«

»Anastasios!«

Der Aufschrei ihrer Mutter ließ sie beide aufspringen und in die Küche rennen.

Helena hielt sich an der Anrichte fest, das Gesicht kreidebleich. »Hör zu«, flüsterte sie entsetzt und deutete auf das Radio. »Hör zu.«

Kapitel 8

Wenn du tanzt, jubelt mein Herz.
Wenn du lachst, leuchtet meine Seele.
Du bist Fantasie und Liebe
und mein Grund,
die Hoffnung
niemals aufzugeben.

Heute

»Du liegst ja immer noch im Bett!«, ruft Colleen, und nun ist sie diejenige, die die Vorhänge aufreißt. Sie trägt einen Bikini, duftet nach Sonnencreme und kommt offenbar vom Pool.

Ich kneife mit einem Stöhnen die Lider zusammen, nuschele: »Lass mich.«

»Aber es ist schon fast eins! Ich wollte gerade zum Mittagessen gehen. Willst du etwa wieder den ganzen Tag verschlafen?«

»Du hast es erfasst.« Obwohl ich mich nicht mehr so fiebrig und krank fühle wie gestern, bin ich nach wie vor völlig erschöpft. Vielleicht wegen so viel ungewohnter Bewegung am Mittwoch. Möglicherweise auch, weil all die Arbeit und der

Schlafmangel der letzten Wochen ihren Tribut fordern. Vor allem aber, weil ich in den beiden Nächten nach dem Besuch in Lefkara kein Auge zugetan habe. Unentwegt sind meine Gedanken um den Unfall meiner Mum und um den Mann aus dem Café gekreist.

»Aber Alec hat geschrieben. Wegen der Bootstour. Heute ist doch Samstag. Er hat frei und holt uns in einer Stunde ab.«

Alec! Mein Herz schlägt sofort schneller. Bis mir einfällt, dass er nicht nur meine Narben gesehen hat, sondern auch Zeuge war, als ich durchgedreht bin.

Aufstöhnend ziehe ich mir die Decke über den Kopf. »Mir ist definitiv nicht nach einer Bootstour!«

Colleen reißt sie wieder fort und wirft sie auf ihr eigenes Bett. »Du hast fünf Minuten, um dich fertig zu machen.«

Ich vergrabe mein Gesicht im Kissen. »Nein.«

»Gib mir das Kissen!«

»Nein!«

»Gib mir das Kissen!«

Ich umklammere es noch fester.

»Na schön, dann fliegt dein Armreif aus dem Fenster.«

Ich fahre hoch. »Das wagst du nicht!«

Sie grinst.

Ich werfe das Kissen nach ihr. Sie fängt es ab, zwinkert mir zu und wiederholt triumphierend meine Worte von neulich: »So, jetzt bist du wach. Du hast zehn Minuten, um dich fertig zu machen. Ich gehe schon mal zum Essen.«

»Womit habe ich so eine Freundin verdient?«, seufze ich und schneide eine Grimasse.

Mein Blick fällt auf die Datumsanzeige des Weckers. Heu würde der Rückflug gehen, zu dem Dad mich gestern er überreden wollte.

Ich habe abgelehnt und Colleen als Grund vorges Dabei ist sie nur einer der Gründe. Ein anderer ist ich noch immer hoffe, die alte Frau aus Lefkara würde ihre Meinung ändern und sich bereit erklären, mit mir zu sprechen.

Der Hauptgrund jedoch ist, wenn ich ehrlich mit mir selbst bin, Alec. Allein der Gedanke an ihn lässt mein Herz ganz unregelmäßig schlagen. So bescheuert das auch sein mag.

Ich höre Colleen kichern und im Kleiderschrank nach Klamotten fürs Mittagessen wühlen, will tief Luft holen, aber es geht nicht.

Ich drehe mich auf die Seite, betrachte den Armreif auf dem Nachttischchen. Zwar hat Dad mich davon überzeugt, dass der Mann in Lefkara nicht der vom Plakat gewesen sein kann und ich in dem Moment einfach nur emotional aufgebracht war. Aber dafür, dass die alte Frau den Armreif offensichtlich wiedererkannt hat, habe ich Colleen als Zeugin.

Von dieser Frau habe ich Dad allerdings nichts erzählt. Erst nach langem Hin und Her und nachdem ich ihm versichert habe, ich würde im Hotel bleiben und mich erholen, hat er akzeptiert, dass ich nicht auf der Stelle zurückfliege. Glücklich war er darüber jedoch nicht. Wenn ich ihm noch von dem Armreif erzählt hätte, wäre er vermutlich höchstpersönlich angereist, um mich zurückzuholen, weil er sich ernsthaft Sorgen um meinen Geisteszustand gemacht hätte.

Vielleicht aber gibt es noch einen anderen Grund, weshalb ich ihm nichts davon erzählt habe und warum ich hierbleiben muss. Ich denke an die stumme Frau aus Alecs Dorf und unsere Begegnung am ersten Morgen.

Mir ist, als hätten sich in meiner Brust all die widersprüchlichen Gefühle, all die Ängste, Sorgen und Ahnungen wie Wollfäden zu einem riesigen wirren Haufen verknotet, der mir das Atmen erschwert. Ich weiß einfach nicht, wo ich ziehen muss, um ihn zu lösen.

»Wo liegt denn das Boot?«, frage ich. »Hier in Ayia Napa?«

»Nein, natürlich in seinem Dorf.«

»Na schön. Ich komme mit.« Lefkara ist weit weg, dieser Mann ist weit weg. Das war alles ein Irrtum, ich werde nicht verrückt. Ich habe mich geirrt, mehr nicht. Aber ich muss in Erfahrung bringen, ob es nicht doch Dads Foto war, das die stumme Frau erschreckt hat.

Wie neulich, so lehnt Alec auch jetzt an einem Wagen, als wir vor das Hotel treten. Nur dass es ein anderer Wagen ist und Alec mit umwölkter Stirn zu Boden schaut.

»Da sind wir schon!«, ruft Colleen.

Er sieht auf, zu mir. »Geht es dir wieder besser?«

Ich nicke, sehe aber vermutlich nicht danach aus, auch weil ich gerade meinen üblichen Kontrollanruf in der Klinik hinter mir habe. Keine Veränderung von Mums Zustand. Wie immer.

Sein Blick tastet mein Gesicht ab, als müsse er sich von der Richtigkeit meiner Aussage überzeugen. Dann erst zeichnet sich Erleichterung darauf ab.

»Ich hatte zu wenig getrunken«, behaupte ich. Hat er sich etwa wirklich um mich gesorgt? Absurderweise verliert bei dieser Vorstellung all das, was mich eben noch niedergedrückt hat, ein bisschen an Gewicht.

»Wo ist dein Auto?«, frage ich.

»Noch in der Werkstatt, *éna leptó,* hat der Automechaniker gesagt.« Er zieht eine Grimasse. »Dafür habe ich seines bekommen. Seid ihr vorbereitet auf eine Bootstour?«, fragt er und drückt sich vom Wagen ab.

Er trägt wieder Jeans und ein kurzärmeliges Shirt, heute in Blau. Eine ebenfalls blau verspiegelte Aviator-Sonnenbrille ist in seiner Brusttasche eingehängt.

»Absolut!«, versichert Colleen strahlend. Sie hat sich in Hotpants, Top und High Heels geworfen. Was sonst?

Alec sieht von ihrem Schuhwerk zu mir, zieht eine Augenbraue hoch.

»Ich konnte sie nicht davon abbringen«, sage ich und hebe resigniert die Arme. Ich selbst habe mich mit Flip-Flops, Shorts und einer wie immer hochgeschlossenen Bluse begnügt.

»Hey, die Schuhe sind blau«, gibt Colleen fröhlich zurück. »Passt doch perfekt zum Meer. Und keine Sorge, auf dem Boot werde ich barfuß laufen.« Wie es hier offenbar alle tun, begrüßen sie und Alec sich mit Wangenküsschen.

Ehe ich mich versehe, hat er sich auch zu mir vorgebeugt. Sein Dreitagebart schabt sacht über meine Haut, jagt wohlige Schauer darüber, bevor seine Lippen mir einen zarten Kuss auf die Wange hauchen. Sein Duft hüllt mich ein, seine Wärme verschmilzt mit meiner, seine Nähe bewirkt augenblicklich, dass sich mein Herzschlag verdoppelt und mir schwindlig wird. Bilde ich es mir nur ein, oder dauert es länger, als es müsste, bis er sich wieder von mir löst?

Als er es schließlich ganz langsam tut, verfängt sich sein Blick in meinem. Ich halte den Atem an, verliere mich in seinen Augen und habe alle Mühe, mich auf mein eigentliches Ansinnen zu konzentrieren.

»Alec …«, setze ich leise an.

»Ja?« Seine Stimme klingt rau.

»Weißt du, wo die stumme Frau wohnt? Ich muss sie etwas fragen.«

Er blinzelt überrascht, tritt abrupt zurück. »Eleni? Klar. Was willst du sie denn fragen?«

Ich zögere, will nicht riskieren, erneut als paranoid dazustehen. »Etwas, was … für mich wichtig ist«, antworte ich ausweichend.

Er runzelt die Stirn, nickt knapp. »Okay, deine Sache. Ich bring dich gern zu ihr.« Damit dreht er sich um und geht zur Fahrerseite.

Verwirrt steige ich ein, immer wieder huscht mein Blick zum Rückspiegel, aber er hat seine Sonnenbrille aus der Brusttasche gezogen und aufgesetzt. Ich kann nicht in seinen Augen lesen.

Den ganzen Weg über flirtet Colleen, die wie selbstverständlich wieder vorn sitzt, wie wild mit Alec. Und er geht darauf ein. Geistesabwesend zwar, aber das stört Colleen nicht.

Mit jeder Meile, die wir zurücklegen, bereue ich es mehr, mitgekommen zu sein, und starre aus dem Seitenfenster. Doch nicht einmal die Landschaft da draußen kann mich davon ablenken, dass meine Wange noch immer kribbelt, obgleich der Kuss nichts weiter war als südländische Überschwänglichkeit.

Als wir kurz vor Ayia Rosa sind, erinnere ich noch einmal an meine Bitte, Eleni aufzusuchen.

Alec nickt, Colleen stöhnt.

»Aber bitte lass das nicht wieder zu einer so ewig langen Angelegenheit werden wie in Lefkara!«, murrt sie und ist den restlichen Weg über knatschig.

Ein Stück unterhalb des Kirchenhügels von Ayia Rosa steigen wir aus dem Wagen. Colleens Laune hebt sich schlagartig. Der Grund ist klar. Alles ist voller Menschen, und Musik schallt durch die Gassen, durch die Alec uns lotst.

»Du meine Güte, heute ist ja richtig was los«, frohlockt sie. Auch ich wundere mich, bis mir die Sache mit den Hochzeitswochenenden einfällt. Überall sind fröhlich feiernde Menschen unterwegs, vermutlich zum Dorfplatz.

Nur einer nimmt nicht an dem allgemeinen Trubel teil: Der alte Schachspieler von neulich sitzt wieder auf seiner Holzbank vor dem Schachbrett und schimpft mit pfeifendem Atem über irgendetwas. Oder mit irgendjemandem, obwohl er wie beim letzten Mal allein ist.

»Hier wohnt Eleni«, reißt Alec mich aus meinen Gedanken und zeigt auf das Häuschen gegenüber. Sofort kribbelt es in meinem Magen vor Aufregung. Mit zittrigen Händen klopfe ich etliche Male an eine zerkratzte, blau gestrichene Tür, aber niemand öffnet.

Ich wende mich an den zerbrechlich wirkenden Mann. »Entschuldigung. Wissen Sie, wo die Frau ist, die hier wohnt? Oder wann sie wiederkommt?«

Er schüttelt den Kopf. »Sicher irgendwo auf der Hochzeit.«

Alec wiegt den Kopf. »Es wird schwer sein, sie in dem Getümmel zu finden.«

Ich beiße mir auf die Lippe, Enttäuschung flutet mich. »Vielleicht hilft sie ja wieder in der Taverne aus?« Beim Gedanken daran, erneut Alecs Mutter über den Weg zu laufen, wird mir mulmig, trotzdem bin ich fest entschlossen, der Sache auf den Grund zu gehen.

Alec zuckt mit den Schultern. »Wir können nachsehen.«

»Aber die Bootstour!«, protestiert Colleen.

»Läuft doch nicht weg«, sage ich. »Wir gehen kurz in die Taverne und danach zu Alecs Boot.«

»Zu Fuß?« Sie zieht ein Gesicht wie sieben Tage Regenwetter, doch im nächsten Moment hellt es sich auf. »Dann brauche ich aber Hilfe. Ich habe furchtbare Blasen an den Füßen.«

»Das wundert mich nicht«, murmelt Alec mit Blick auf ihr Schuhwerk, reicht ihr aber den Arm. Sofort schmiegt sie sich an ihn. Genießt er es etwa? Seine Sonnenbrille macht es mir unmöglich, seine Miene zu deuten, aber warum sollte er es nicht tun?

Bedrückt sehe ich beiseite und verabschiede mich von dem alten Mann. Ein paarmal noch sehe ich über die Schulter zurück, bis wir um die Hausecke gebogen sind. Er sitzt immer noch allein da. Und streitet. Etwa wirklich mit sich selbst?

»Wo ist denn sein bester Freund?«, frage ich Alec.

Der folgt meinem Blick und seufzt tief auf. »Tot.«

Bestürzt ziehe ich die Luft ein, hoffe, dass ich den alten Mann damals falsch verstanden habe oder dass Alec einen anderen besten Freund meint. Doch in meinem Inneren weiß ich, dass es nicht so ist.

Ich denke an das Geisterdorf und an die Kirchenruine. Ob es etwas damit zu tun hat? Die Vorstellung lässt mich frösteln.

Auch die Terrasse der Taverne platzt aus allen Nähten, das Innere ebenso. Die Menschen lachen, singen, tanzen sogar. Die Gesichter sind gerötet, und das sicher nicht nur vom Kaffee und der Bewegung. Alecs Mutter eilt mit einem vollen Tablett geschäftig an uns vorüber, ohne uns zu bemerken.

»Mama, ist Eleni hier?«

Sie sieht über die Schulter, und mir scheint, dass sie zusammenzuckt, als sie mich entdeckt. Großartig, bei ihr bin ich offenbar für alle Zeiten unten durch.

»Nein, ich habe sie heute noch nicht gesehen.«

Jetzt bin ich mit meinem Latein am Ende. Enttäuscht sehe ich zu Boden, streiche mir eine Locke hinter das Ohr.

»Meinst du, sie kommt noch?«, fragt Alec.

Ihr Blick huscht zwischen ihm und mir hin und her. »Keine Ahnung.« Damit lässt sie uns stehen.

»Ich sag's ja: Sie mag mich nicht besonders«, stelle ich bedrückt fest.

»Unfug.« Alec schüttelt den Kopf. »Sie hat einfach viel zu tun. Aber was Eleni angeht …« Er stemmt die Hände in die Hüften, sieht sich um. »Ich kann mal rumfragen, ob jemand weiß, wo sie ist. Ein paar ihrer Freundinnen stehen dort hinten, und ich glaube, ich habe vorhin noch eine ihrer Nachbarinnen gesehen.«

»Ja, bitte!«

»In Ordnung. Setzt euch erst einmal und trinkt etwas, ich bin gleich wieder da.«

»Ich helfe dir!«, ruft Colleen fröhlich. Offenbar ist sie nicht bereit, den Platz an seinem Arm jemals wieder herzugeben.

Seufzend lasse ich mich auf die Ecke einer Bank fallen, spiele nervös mit dem Armreif, hole schließlich mein Handy hervor und rufe Dad an. Er geht nicht ran.

Mein Banknachbar hält mir ein Gläschen hin. Ich ahne, was sich darin befindet, will ablehnen, höre in diesem Moment Colleen hell auflachen in ihrem typischen Flirtmodus, und plötzlich kommt mir der Schnaps gerade recht. Unter seinem lauten *»Stin jamas!«* schütte ich ihn hinunter, spüre mit zusammengekniffenen Augen dem Brennen nach, das sich seinen Weg durch meine Kehle bahnt, aber den Schmerz darin nicht überdecken kann. Ein Brennen, das bis in meine Brust reicht.

Das Öl in der Pfanne auf dem Herd brutzelt. Mum kocht und singt dabei leise vor sich hin. Ich liebe es, wenn sie singt, aber es kommt so selten vor.

Glücklich streiche ich über die neuen Buntstifte, die Dad mir gekauft hat. Leider sind nur zwei blaue dabei, hellblau und dunkelblau. Dabei brauche ich für mein Bild doch ganz viele verschieden blaue Stifte. Denn ich male das Meer, von dem Mum mir immer erzählt. Damit sie sich freut.

Ich lehne mich zurück, betrachte mein Werk. Meine Aphrodite hat schwarze Haare wie Mum und einen lachenden roten Mund. Außerdem ein langes grünes Prinzessinnenkleid und eine Krone. Prinzessinnen male ich nämlich am liebsten, Dad nennt mich wohl auch deshalb immer Prinzessin. Neben Aphrodite liegt die Muschel, aber ich habe vergessen, das Papier an dieser Stelle weiß zu lassen, deshalb musste ich auch die Muschel grün malen. Wie der Felsen aussehen soll, weiß ich nicht genau. Ich entscheide mich für ein Herz und male es kräftig schwarz, damit es das Blau überdeckt.

»Guck mal!«, rufe ich und hebe mein Bild hoch.

Aber meine Mutter schaut nicht her. Sie dreht sich nicht einmal um. Sie hat aufgehört zu singen, steht reglos am Herd und starrt aus dem Fenster.

»Mummy!«

Sie rührt sich nicht.

Ich hüpfe vom Stuhl, laufe zu ihr und möchte wissen, was sie so fesselt. Ich will auf die Arbeitsplatte neben dem Herd klettern, habe es fast geschafft, als der Griff der Schublade unter meinem Fuß wegbricht. Ich rutsche ab, greife Halt suchend um mich, erwische den Griff der Pfanne.

Und dann trifft mich Hitze, Feuer, Schmerz. Alles gleichzeitig. Ich schreie auf.

Plötzlich spüre ich eine Hand auf der meinen, reiße die Augen auf. Alec steht neben mir, zieht sanft meine Finger von meinem Brustansatz. »Nicht«, sagt er leise.

Ohne es zu merken, habe ich meine Nägel wieder durch den Stoff in meine Narben gebohrt.

Hitze schießt mir ins Gesicht. Ich springe auf, stammele etwas von einem wichtigen Telefonat und stolpere davon.

Hinter dem Haus lehne ich mich mit wild schlagendem Herzen an die Wand, schließe die Augen. Meine Narben jucken so sehr, ich möchte mir am liebsten die Haut vom Körper reißen. Schlimmer als das ist aber, dass Alec mich in solch einem emotionalen Moment gesehen hat.

Ich weiß nicht, wie lange ich so dagestanden habe, als mi ein Schauer über den Körper läuft und ich ahne, dass Alec ist, noch bevor ich die Augen öffne.

»Alles in Ordnung?«, fragt er leise.

»Natürlich«, sage ich. Auch wenn gar nichts in Ordnung ist, aber ich möchte ihn nicht belasten. Das hier ist nicht seine Geschichte. Und ich werde nicht noch einmal den Fehler begehen, sie jemandem anzuvertrauen. Das verletzt mich am Ende nur wieder.

»Siehst mir aber nicht so aus.«

»Ist aber so.« Ich weiche seinem Blick aus, gehe zur Terrasse zurück. »Also, wo ist dein Boot?«

»Andere Richtung!«, ruft er mir nach.

»Mag sein. Aber hast du nicht Colleen vergessen?«

»Eher hat sie mich vergessen.«

»Bitte?«

Er zeigt auf die Hausecke.

Verständnislos spähe ich daran vorbei und sehe meine Freundin mit einem Mann anstoßen, der mir vage bekannt vorkommt. Dann wird mir klar, dass er uns heimgefahren hat, als Alecs Auto streikte, doch ich stand so neben der Spur, dass ich die Fahrt über kaum etwas richtig wahrgenommen habe. *»Stin jamas!«*, tönt es von beiden, und die Art, wie sie ihr Haar über die Schulter wirft, zeigt, dass sie den Flirtmodus voll hochgefahren hat.

»Ich habe ein Boot, Kostas hat eine Jacht«, sagt Alec wie zur Erklärung.

Na prima, jetzt, wo Colleen sich anders orientiert hat, bin ich plötzlich gut genug. In der Not frisst der Teufel Fliegen. Da kann man auch die mit den hässlichen Narben nehmen. Tränen der Enttäuschung schießen mir in die Augen. Jetzt mit ihm allein zu sein, ist plötzlich das Letzte, was ich will. »Ich hole Colleen!«, stoße ich aus.

»Ich glaube nicht, dass sie mitkommen möchte.«

»*Glaubst* du, ja? Nun, dafür *weiß* ich, dass sie mitkommen l.«

eider weiß Colleen das nicht.

»Spinnst du?«, gibt sie zurück, als ich sie wenig später zum Mitkommen bewegen will. »Ich geh hier auf keinen Fall weg. Mason wird sich grün und gelb ärgern, wenn er die Bilder von mir auf der Jacht sieht!«

Missmutig kehre ich ohne Colleen zu Alec zurück. »Kein Wort, okay?«, knurre ich.

»Wie du meinst«, gibt er schmunzelnd zurück und winkt mich in einer galanten Geste an sich vorbei. »Nach Ihnen, die Dame.«

»Was? Wohin?«

»Na, zum Boot.«

»Nein, lass mal« Ich schüttele den Kopf. »Colleen wollte eine Bootstour machen, nicht ich. Für mich musst du das nicht tun.«

»Für wen denn dann, wenn nicht für dich?« Er hebt die Augenbraue.

»Ach, hör doch auf. Colleen hat dich abserviert, jetzt komme ich ins Spiel, ja?« Ich haste davon. Meine Narben brennen, mehr aber noch mein Herz.

»Wovon redest du?«, ruft er und folgt mir. »Und wo willst du eigentlich hin?«

»Könntest du mich bitte kurz allein lassen?« Ich brauche Ruhe, brauche Abstand, vor allem aber Antworten. Nur, dass ich nicht weiß, wo ich die herkriegen soll.

»Warum?«

»Weil ich zufälligerweise pinkeln will, okay?«, behaupte ich.

»Keine gute Idee.«

»Ach?« Aus zusammengekniffenen Augen funkele ich ihn an. »Willst du mir auch dabei Vorschriften machen?«

»Nö, ich dachte nur, du solltest wissen, dass das mit den Schlangen kein Witz war.«

Ich zucke mit den Schultern. »Na und? Ich bin keines dieser Mädchen, die beim Anblick von Spinnen, Mäusen oder Schlangen loskreischen oder in Ohnmacht fallen.«

»Das habe ich mir schon gedacht. Ich wollte nur sicherstellen, dass du weißt, wie gefährlich die hier heimische Levanteotter ist. Ihr Biss kann zu recht heftigen Vergiftungserscheinungen bis hin zum Tod führen. Sie ist eine der giftigsten Schlangen des Mittelmeerraumes.«

Ich schlucke. Und räuspere mich. »Wenn ich es mir genau überlege, muss ich doch nicht so dringend aufs Klo. Zumindest nicht hier draußen.«

Eilig drehe ich um, stapfe an ihm vorbei – darum bemüht, seine Belustigung zu ignorieren.

Neben mir raschelt es im Gras, ich mache erschrocken einen Satz zur Seite. Unglücklicherweise steht dort Alec, und so finde ich mich plötzlich in seinen Armen wieder.

Und auf einmal ist mir, als würde die Welt um mich herum leiser werden und mein Inneres lauter. Und ich wünsche mir plötzlich nichts sehnlicher, als dass er mich an sich zieht und küsst. Was war bloß in diesem Schnaps? Ich bin nun wirklich nicht der Typ Frau, die sich den Männern an den Hals wirft.

Abrupt reiße ich mich los. »Hör auf! Tu nicht so, als ginge es dir um mich! Ich bin doch nur der Notnagel.«

Er runzelt die Stirn. »Wie kommst du darauf? Wo kommt das auf einmal her?«

»Tu nicht so. Du hast meine Narben gesehen! Für wie blöd hältst du mich? Glaubst du, ich wüsste nicht, wie abstoßend sie sind? Wie abstoßend *mich* das macht?«

»Hör *du* doch auf, so etwas zu behaupten! Du bist wunderschön!«

Ich erschrecke über seine Heftigkeit. Fassungslos starre ich ihn an.

»Weißt du eigentlich, wie lange ich dich am Flughafen schon beobachtet hatte, bevor du mich bemerkt hast?«

»Du hast *was?*« Erschrocken weiche ich zurück.

»Nein, warte! Stopp! So meinte ich das nicht. Ich bin kein Verrückter oder so.« Er verzieht das Gesicht. »Obwohl ich mir manchmal so vorkomme. Nein, was ich meinte, ist: In dem Moment, als … als ich dich am Gepäckband sah, da war es, als hätte mich der Blitz getroffen. Okay, verdammt, das hört sich vollkommen idiotisch an, aber … ich sah dich und war sicher, bis dahin niemals ein weibliches Wesen mit einer so wunderschönen Ausstrahlung gesehen zu haben. Jemanden mit solch einer Stärke in der Haltung und zugleich solch einer Verletzlichkeit im Blick. Und … ich habe mich vom ersten Moment an zu dir hingezogen gefühlt wie noch nie zuvor zu jemandem. Ich bin einmal an dir vorbeigelaufen und habe dich betrachtet. Auf der anderen Seite des Bandes angekommen, bin ich umgedreht und zurückgelaufen, um dich zu betrachten. Dann lief ich erneut zurück. Und irgendwann dachte ich mir, dass ich doch nicht wie ein Vollidiot ständig an dir vorbeilaufen könne, also habe ich mir die erstbeste Zeitung geschnappt, die da auf der Bank lag, und mich an die Säule gestellt. Ich wollte nicht wie ein Stalker wirken.« Er fährt sich durchs Haar, hebt in einer hilflosen Geste die Hände. »Nicht, dass das weniger verrückt war, aber …« Er zuckt mit den Schultern. »Ich konnte mich einfach nicht von dir trennen.«

Betroffen und sehnsüchtig, ungläubig und verwirrt starre ich ihn an. Kann nicht glauben, was ich da höre, und wünsche mir doch so sehr, dass es stimmen möge.

»Lass uns zurückgehen«, stammele ich völlig durcheinander, stolpere rückwärts, aber Alec greift nach meiner Hand. »Noch nicht. Warte.«

Im nächsten Moment hat er mein Gesicht umfasst, es zu sich herangezogen und seine Lippen auf die meinen gepresst.

Schockiert reiße ich die Augen auf, nur um sie gleich wieder zu schließen und in seinem Kuss zu versinken. Gluthitze durchströmt meinen Körper, meine Lippen teilen sich wie von selbst, lassen seine Zunge ein, schmecken die Süße seines Mundes. Wenn das ein Traum ist, will ich ihn verdammt noch einmal vollkommen auskosten!

Seine Bartstoppeln reiben an meiner Haut, jagen konzentrierte Erregung durch meinen Körper. In meinem Inneren zieht sich alles vor Verlangen zusammen. Das Blut rauscht in meinen Ohren, mein Puls rast. Bis ich sicher bin, dass meine zittrigen Beine gleich unter mir nachgeben werden. Gerade noch rechtzeitig löst er sich sanft von mir.

Nach Atem ringend starre ich ihn verblüfft an.

Er lächelt. »*Jetzt* können wir gehen.«

Ich nicke hilflos.

»Aber nicht zum Boot. Sondern nach Nikosia.«

Wie benommen sehe ich immer wieder auf seine Hand hinab, die meine hält, während wir durch Nikosia schlendern. Mal durch schattige Gassen, dann wieder beschienen von der warmen Sonne, einmal sogar unter Hunderten aufgespannten Regenschirmen hindurch, die von Hauswand zu Hauswand reichen und bunte Farbflecke auf den Boden werfen.

Colleen war nicht bereit, von Kostas' Seite zu weichen. Dabei wäre mir lieber gewesen, sie wäre mitgekommen, auch wenn es dann diese Zweisamkeit mit Alec nicht geben würde. Ich sorge mich darum, dass sie sich wieder in etwas verrennt. Dabei bin ich wohl die Letzte, die ihr diesbezüglich Ratschläge geben dürfte.

Meine Hand in der von Alec fühlt sich an, als würde sie genau dort hineingehören. Und doch kann ich es nicht glauben.

Kann nicht glauben, dass Alec mich geküsst hat. Dass er all diese wundervollen Dinge zu mir gesagt hat. Ich schwebe durch die Straßen, getragen von einem rauschhaften Hochgefühl, das zugleich zart und zerbrechlich ist wie ein Schmetterling. Ich bin vorsichtig, zittere innerlich, suche nach dem Haken an der ganzen Sache und versuche, mich nicht hineinzusteigern. Auch wenn seine Worte so ehrlich klangen, das Gefühl in seiner Stimme so echt wirkte, bin ich auf der Hut. Vielleicht ist er nur ein guter Schauspieler und ich bin doch nur ein Notnagel. Ich kenne ihn ja nicht wirklich. Womöglich hat er das auch einfach nur getan, um mich aufzubauen. Oder er reißt ständig Touristinnen mit dieser Masche auf. Wobei Letzteres wirklich übertrieben wäre. Bei all den glühenden Blicken, die ihm permanent zugeworfen werden, müsste er sich nicht so viel Mühe machen, wie er es jetzt tut.

Ich weiß einfach nicht, was ich denken soll. Oder fühlen. Nur, dass es in meinem ganzen Körper prickelt, als wäre ich eine Mineralwasserflasche, die jemand kräftig geschüttelt hat. Also schiebe ich alles beiseite und konzentriere mich auf den Moment. Der leider aus wild in meinem Bauch umherflatternden Schmetterlingen besteht, egal, wie oft ich mir einzureden versuche, ich würde unter Seekrankheit leiden. An Land.

Doch als wir um die nächste Ecke biegen, rückt all das schlagartig in den Hintergrund, und ich bleibe abrupt stehen.

Die Straßen sind voller Menschen, die Cafés platzen aus allen Nähten. Lachen und Musik, der Duft von Kaffee und süßem Gebäck erfüllen die Luft. Aber unmittelbar hinter den runden Tischchen, an denen Familien Eis essen, versperren übermannshoch aufgestapelte Sandsäcke den Weg. Soldaten mit Maschinengewehren patrouillieren davor. Und die Schmetterlinge in mir fallen mit einem Mal zu Boden.

Ungläubig betrachte ich die Szenerie. Sie wirkt so vollkommen surreal, dass sie alles andere, ja sogar mein Gefühlschaos für den Moment zur Seite drängt.

Insel der Gegensätze, gehen mir Alecs Worte von neulich durch den Kopf.

Hinter der nächsten Häuserzeile zeigt sich mir ein ähnliches Bild voll besetzter Straßencafés, nur dass hier eine zwischen zwei Häusern hochgezogene Betonmauer die Grenze markiert.

Noch einen Häuserblock weiter stoßen wir auf einen Durchgang. Unter den Augen von Polizisten und Soldaten spazieren Touristen und Einheimische von einem Teil der Hauptstadt in den anderen.

Fassungslos folge ich Alec zu einem unscheinbaren grauweißen Gebäude, über dessen Tür eine Tafel angebracht ist. »Committee on Missing Persons in Cyprus«, lese ich laut. »Anthropological laboratory.«

»Ich hatte doch versprochen, dir zu zeigen, wie wir beim CMP arbeiten«, sagt Alec. »Außerdem will ich, dass du mich kennenlernst. So richtig. Da gehört das dazu. Weil es ein wichtiger Teil meines Lebens ist.«

Mein Magen flattert mit einem Mal wieder nervös, als ich hinter ihm das büroartige Gebäude betrete.

Eine junge Frau mit Kopftuch eilt vor uns durch den Flur, den Blick auf ihre Papiere gerichtet, ehe sie überrascht aufsieht. »Alec. Was machst du denn schon wieder am Wochenende hier? Du sollst dich doch mal ausruhen, oder hast du vergessen, was Fatma gesagt hat?«

Er lächelt schief. »Das Gleiche hat sie aber auch zu dir gesagt, ich stand währenddessen nämlich im Nebenzimmer.«

»Ich weiß, aber …« Fahrig wedelt sie mit den Blättern in ihrer Hand. »Der Fall beschäftigt mich einfach so sehr.«

»Das tut jeder Fall«, sagt er traurig, und ich weiß, dass es ihm genauso geht wie ihr. Vermutlich all den Mitarbeitern hier. »Du musst regelmäßig abschalten, sonst packst du es irgendwann nicht mehr. Morgen bleibst du dem Büro fern, versprochen?«

Sie nickt verlegen. »Okay, okay.« Neugierig mustert sie uns, ihr Blick verweilt mit einem Lächeln auf unseren ineinander verschränkten Händen. »Wen hast du da mitgebracht?«

»Das ist Athina. Ich möchte ihr zeigen, was wir tun und wie wir arbeiten.« Er wendet sich an mich. »Munira ist Anthropologin wie ich, aber macht auch die Fotos.«

Sie reicht mir freundlich die Hand.

»Fotos der Ausgrabungsstätten?«, frage ich vorsichtig.

»Nein, die der gefundenen Knochen«, entgegnet sie.

Ich schlucke.

Munira nickt verständnisvoll. »Der Anblick ist nicht für jeden etwas. Ich habe auch lange gebraucht, um nicht jede Nacht schreiend aufzuwachen.«

»Wie hast du das geschafft?«

»Indem ich auch Brautpaare fotografiere. Klingt vielleicht kitschig, aber mir hilft es.«

»Klingt überhaupt nicht kitschig, sondern hoffnungsvoll.«

Sie lächelt dankbar und öffnet die Tür zu ihrer Linken, hinter der sich eine kleine Küche verbirgt.

Ich hingegen folge Alec durch den Flur. »Wer ist Fatma?«

»Unsere Chefin.« Er deutet auf ein Gruppenfoto an der Wand, auf dem die Mitarbeiter mit Namen dargestellt sind. Fatma ist eine Frau in mittleren Jahren, dem Namen nach wohl Türkin, aber ohne Kopftuch. Die ganze Truppe ist zu meiner Überraschung bunt gemischt. Männer und Frauen unterschiedlichen Alters, die einen mit griechischen Namen, die anderen mit türkischen, manche mit Kreuz um den Hals oder muslimisch anmutender Kappe oder mit Kopftuch, andere ohne irgendein religiöses Zeichen.

Und wieder scheint er meine Gedanken gelesen zu haben. »Ein Krieg hinterlässt immer Narben. Und zwar auf beiden

Seiten. Hier wie dort gibt es Opfer und Täter. Ebenso gibt es auf beiden Seiten Menschen, die sich für eine Versöhnung und Frieden einsetzen. So wie diejenigen, die hier arbeiten. Nicht alle Leute schenken unseren Absichten Glauben, haben deshalb Angst, Hinweise preiszugeben.«

Ich schlucke gegen den Kloß in meinem Hals an, wende mich dem Text unter dem Gruppenbild zu.

Das CMP hat es sich zur Aufgabe gemacht, die Überreste derjenigen Menschen, die während der Ereignisse 1963–64 und 1974 in Zypern verschwanden, zu finden, zu identifizieren und ihren Familien zurückzugeben.

Was für eine beeindruckende und schwere Aufgabe für die laut Beschriftung siebzig Wissenschaftler auf dem Bild.

»Offiziell werden noch um die zweitausend Menschen vermisst«, sagt Alec leise. »Etwa tausend konnten wir finden und ihre Überreste den Familien bringen. Für viele Angehörige hat dies sehr schmerzlich eine jahrzehntelange Hoffnung abrupt beendet. Für andere jedoch war die Nachricht auch eine Erlösung.«

»So viele fehlen noch«, sage ich beklommen und denke daran, dass die Zeit knapp wird.

Er nickt und wirkt plötzlich unfassbar müde. »Es ist frustrierend. Es ist hart. Und manchmal werden dabei auch Wunden freigelegt. Anfangs tun sie weh, aber dann heilen sie endlich ab.« Er holt tief Luft. »Vor einiger Zeit kam der Enkel einer alten Frau zu uns und bat uns ans Sterbebett seiner Großmutter. Sie hatte uns wochenlang dabei beobachtet, wie wir einen alten Brunnenschacht aushoben. Sie wusste, wonach wir suchten, denn 1963 hatte sie als kleines Mädchen gesehen, wie fünf türkischstämmige Nachbarn erschossen und verscharrt worden waren. Sie hatte ihr Leben lang Angst gehabt, es jemandem zu sagen. Erst als sie ihr Ende kommen sah, wagte sie es. Sie nannte uns den Ort, und ich sah die Erleichterung auf ihrem Gesicht, als sie diese schwere Last endlich losgeworden war. Keine Stunde später war sie tot.«

Ich ringe nach Fassung. Sein Tonfall ist eindringlich, sein Blick brennt. Er selbst brennt. Für diese Arbeit. Für all die Schicksale, die er entdeckt. Es klingt aus jedem seiner Worte. Er spricht gefasst und ruhig, doch der Schmerz in seiner Stimme ist nicht zu überhören, der in seinem Gesicht nicht zu übersehen. Ich spüre, dass ihm jedes einzelne der Schicksale, die seine Organisation aufdecken konnte, nahegeht. Und ebenso die Schicksale derjenigen, denen sie nicht helfen konnten.

»Dank dem Hinweis der alten Frau«, fährt er leise fort, »konnten wir die Knochen der Toten bergen und identifizieren. Endlich wussten die Familien, was mit ihren Ehemännern, Vätern und Söhnen geschehen war.« Er schließt für einen Moment die Augen, atmet tief durch. »Das ist, was ich damals damit meinte, dass am Ende jede noch so kleine Anstrengung etwas bewirkt. Und sei es allein, dass sie Zuversicht schenkt, weitere Vermisste zu finden.«

Alec wendet sich von dem Gruppenfoto ab und geht auf die Tür am Ende des Flures zu. »Manchmal hilft uns auch der Zufall. Vor zwei Wochen stießen Bauarbeiter auf ein Massengrab. Es sind noch nicht alle Knochen analysiert. Bei allen bislang identifizierten Toten handelt es sich um griechischstämmige Männer, die 1974 verschwanden. Vorgestern konnten wir drei Schwestern die Überreste ihres Vaters überbringen. Die jüngste hat ihn niemals kennengelernt. Sie brachen weinend zusammen. Sie hatten bis zuletzt gehofft, dass er am Leben sei. Denn nicht alle Verschwundenen wurde[n] im Bürgerkrieg sofort erschossen. Viele waren jahrzehntela[ng] in türkischen Gefängnissen. Trotzdem waren die Schwe[stern] schlussendlich erleichtert. Endlich hatten sie Gewissh[eit über] sein Schicksal, endlich hatte ihre lange Suche ein Ende

Er erzählt es ruhig, doch wieder spricht der Schmerz in seinen Augen für sich.

Ich möchte irgendetwas sagen und weiß doch nicht, was, weil alles lächerlich und banal klingen würde angesichts dieser traurigen Schicksale. Stattdessen lege ich zaghaft meine Hand auf die seine. Er sieht auf, lächelt wehmütig und nickt. Als wüsste er, warum ich still bin.

Er holt tief Luft, schließt die Tür am Ende des Ganges auf, und wir treten in einen großen, hellen Raum. Mit Tischen voller menschlicher Knochen. Ich mag mir gar nicht vorstellen, wem sie gehören, ob vielleicht auch Kinder darunter sind. Wie grausam ist diese Welt?

Ich schnappe nach Luft, meine Finger krallen sich um Alecs Hand.

»Entschuldige, ich hätte dich vorwarnen sollen«, sagt er.

»Schon gut«, erwidere ich, bin aber froh, mich an ihm festhalten zu können.

»Hier identifiziert ihr die Menschen?«

Er schüttelt den Kopf. »Nein, hier versuchen wir, die Knochen zu sortieren, auf Vollständigkeit zu überprüfen und den einzelnen Individuen zuzuordnen, vor allem, wenn mehrere Tote beieinanderliegend gefunden wurden.«

Wieder schlucke ich hart, löse mich von Alec und schlinge die Arme um mich. Ich kann mir nicht einmal annähernd ausmalen, was für eine Belastung diese Arbeit sein muss. Körperlich und psychisch. Bei der Vorstellung, was die Mitarbeiter des CMP freiwillig auf sich nehmen, um zu helfen, überläuft mich eine Gänsehaut.

»Aus den Knochen wird DNA-Material gewonnen«, fährt Alec fort. Es klingt sachlich, wie aus einem Lehrbuch, doch in inen Augen flackert es. Für ihn ist das hier nicht einfach ein für ihn ist es eine Berufung. Eine Lebensaufgabe. »Ein übli- Verfahren in der Verwandtschaftsanalytik und Genealogie ebenso wie in der Archäologie und der Altertumsforschung. Dafür haben wir wegen der hohen Kontaminationsgefahr einen eigenen Raum mit besonderem Lüftungssystem, denn in Knochen und Zähnen gibt es nur wenig DNA, sie müssen komplett vermahlen werden. Wenn es im Anschluss gelungen ist, intakte DNA zu extrahieren, wird ein DNA-Profil erstellt. Das Ergebnis gleichen wir zum Beispiel mit den Datenbanken der Toten ab, die wir bereits analysiert haben, ebenso mit dem Erbmaterial der Personen, die aktiv nach Familienmitgliedern suchen und uns ihres zur Verfügung gestellt haben. Aber ich will dich nicht mit der Komplexität dieser Schritte überhäufen oder ermüden.«

»Wie kannst du tagein, tagaus so eine Arbeit tun und trotzdem so … fröhlich und … unbeschwert bleiben?«

Er schweigt lange, dann sagt er leise: »Wenn wir unser Lachen verlieren, haben die gewonnen, die den Hass säen. Denn dann geben wir uns selbst auf.«

Ich denke an Mum. Ein Schauer überläuft mich. Was hat ihr das Lachen geraubt? Was hat sie gebrochen? Warum hat sie sich aufgegeben?

»Warum zeigst du mir das alles?«, frage ich stockend.

»Damit du verstehst, warum die alte Frau in Lefkara so abweisend reagiert hat. Ich möchte nicht, dass … dass du glaubst, ich hätte ihr irgendetwas getan.«

Wie kommt er nur auf so einen Gedanken?

»Das würde ich niemals ernsthaft denken«, versichere ich ihm und streiche mir verlegen eine Locke hinter das Ohr, peinlich berührt von meinen so unbedacht geäußerten Worten in Lefkara. »Ich möchte mich für das entschuldigen, was ich gesagt habe.«

Er schüttelt den Kopf. »Darum geht es mir nicht. Nur um das Verständnis. Das, was hier auf Zypern geschehen ist … die Bürgerkriege … der Hass …, das alles sind Dinge, die nicht von uns ausgingen, und mit *uns* meine ich nicht die Politiker, sondern all diejenigen, die tagtäglich aufstanden und sich um Hof und Arbeit und die Familie kümmerten. All die kleinen Leute in Städten und Dörfern. Die Arbeiter, Bauern, Lehrer, Ärzte … Sie alle lebten seit Jahrhunderten Tür an Tür, egal, ob griechisch- oder türkischstämmig. Sie waren Nachbarn und Freunde, auch wenn das heute im Nachhinein so viele abstreiten. Was sich damals ereignete, geschah, weil große Herren ihre eigenen Interessen hatten. Weil Regierungen verschiedenster Länder um diese kleine Insel gepokert und Unruhen angezettelt haben. Die Menschen, die hier lebten, waren ihr Faustpfand, ihr Leid war ihnen egal, schließlich ging es um Bodenschätze, um die strategische Lage Zyperns, um Einfluss, um Macht. Also um alles, was das Leben eines einzelnen Menschen und genauso das von Hunderttausenden so wertlos macht wie den Dreck unter den Nägeln der Mächtigen!«

Seine Stimme bricht, er stützt die Hände auf einer Tischkante auf, als müsse er sich festhalten. Die Wut in seinen Worten raubt mir den Atem, der Schmerz in seinem Blick zerreißt mir das Herz. Ich kann kaum Luft holen, hänge an seinen Lippen.

»Was hier geschah, ging nicht von den Menschen aus, die hier lebten. Sondern von den Regierungen anderer Länder und von Politikern, deren einziges Ziel es war, sich mit Geld und Macht zu bereichern. Egal ob Griechen oder Türken oder andere Mächte, keiner hat sich hier mit Ruhm bekleckert, alle haben Schuld auf sich geladen. Nach Macht gestrebt um den Preis unzähliger Menschenleben und Schicksale.« Er schüttelt bedrückt den Kopf, holt tief Luft. »Wir suchen die Opfer. Das ist unser Beitrag zum Frieden, auf den wir noch immer hoffen. Ich denke, dass nur vergeben kann, wer Antworten auf seine Fragen gefunden hat. Nur wer endlich mit der Vergangenheit abschließen kann, ist in der Lage, optimistisch in die Zukunft zu sehen. Aber um mit der Vergangenheit abzuschließen, müssen die Lücken, die jene Ereignisse hinterlassen haben, zumindest mit Antworten gefüllt werden. Mit Antworten darauf, was mit den Großeltern und Eltern, den Schwestern und Brüdern geschah. Schließlich ist Hoffnung etwas, was uns Menschen ebenso am Leben hält wie das Essen und Trinken.«

Er hebt den Kopf, sieht mich fest an. »Und ich hoffe, dass eines Tages die Mauern hinter den Cafés verschwunden sein werden. Und die in den Menschen.«

Erschöpft, aber glücklich betrat Yasin das Haus. Er war von Worten erfüllt, geflutet, ja, überflutet worden. Sie hatten keinen Aufschub geduldet, drängten aus ihm heraus. Also war er, nachdem er Samira abgesetzt hatte, zur Zeder auf den Klippen gefahren, hatte im Schein der Taschenlampe geschrieben und geschrieben, bis ihr Licht zu schwach wurde und schließlich erstarb.

Jetzt jedoch hielt er irritiert inne. Die Terrassentür stand trotz der späten Stunde offen, und seine Großmutter saß im Zimmer. Im Dunkeln.

»Jajá? Wieso schaltest du denn das Licht nicht ein?«

Die alte Frau sah auf, hatte ihn offenbar gar nicht reinkommen gehört, sagte aber nichts.

Ein ungutes Gefühl beschlich ihn. »Ist etwas geschehen? Geht es um Elif?« Besorgt eilte er auf sie zu.

Seine Großmutter seufzte tief auf und nahm seine Hände in die ihren. »Denk immer daran: Was letztlich zählt, ist einzig, was dein Herz sagt. Nur die Entscheidungen, die du aus dem Herzen heraus getroffen hast, sind diejenigen, die du am Abend deines Lebens nicht bereuen wirst, egal ob sie sich als falsch oder als richtig herausgestellt haben. Bereuen wirst du nur die Dinge, die du nicht getan hast, obwohl dein Herz dir dazu geraten hat.«

Verwirrt runzelte er die Stirn. »Was willst du damit sagen? Was ist los?«

»Sprich mit deinem Vater.« Sie nickte in Richtung der offenen Terrassentür, erhob sich mit einem Seufzen und ging an ihm vorbei zur Treppe, die in ihr Zimmer führte.

Verwirrt trat er hinaus, brauchte einen Moment, bis er die Gestalt auf der Steinbank bemerkte. »Was tust du denn mitten in der Nacht hier draußen?«

»Hoffen, bangen, zittern, beben.« Die Stimme seines Vaters klang verwaschen.

»Bist du etwa … betrunken?« Yasin konnte es nicht fassen. Das war seit dem Tod seiner Mutter nicht mehr vorgekommen, aber Yasin erinnerte sich noch gut an die Wochen, in denen sein Vater keinen Tag nüchtern gewesen war. Seitdem hatte er nie mehr als ein Gläschen Rakı zu sich genommen, außer auf Elifs Hochzeit.

»Vielleicht.« Mustafa griff neben sich, holte eine Flasche Schnaps hervor.

Yasin machte zwei große Schritte, riss sie ihm aus der Hand. »Was soll das? Was ist in dich gefahren?«

»Manche Dinge lassen sich nur so ertragen.«

»Welche Dinge? Was ist hier los?«

»Es … gab einen Putsch … ein Attentat auf Erzbischof Makarios … Militärs haben die Regierung gestürzt.«

Yasin starrte ihn wortlos an, Kälte kroch durch seine Adern.

»Es kam vorhin im Radio.« Mustafas Stimme klang verloren. »Manche sagen, der Putsch sei vom griechischen Festland aus gesteuert worden. Weil Makarios gegen einen Anschluss Zyperns an Griechenland war, unsere Eigenständigkeit behalten wollte und …« Er konnte nicht weitersprechen, seine Stimme brach. Mit fahlem Gesicht flüsterte er schließlich: »Sampson ist an der Macht.«

Übelkeit packte Yasin. »Nikos Sampson?«, wiederholte er ungläubig. Ein Name, der sich in die Köpfe eines jeden Bewohners dieser Insel eingebrannt hatte. Ein Mann, der sich damit brüstete, bei den blutigen Weihnachten vor zehn Jahren Hunderte türkischer Frauen und Kinder getötet zu haben.

»In Nikosia fallen noch immer Schüsse, Putschisten kä fen gegen Makarios' Anhänger. Aber egal, wer am Ende gew Leiden werden wir alle gemeinsam, egal ob Zyperng oder Zyperntürken.« Seine Stimme brach, er sackte in sich zusammen.

Yasin war noch immer starr, versuchte, das Gehörte zu verarbeiten. »Und Makarios ist … tot?«, fragte er stockend.

»Nein, entkommen.«

Erleichtert ließ Yasin sich auf einen Stuhl fallen. »Dann gibt es noch Hoffnung. Er wird nichts unversucht lassen, Hilfe holen. Britannien, die USA … sie werden niemals jemanden wie Sampson an der Macht lassen. Es wird alles gut werden. Und Sampson steht jetzt unter Beobachtung der Weltöffentlichkeit. Er wird es nicht wagen, Dinge zu tun, die ein Eingreifen der Weltmächte zur Folge hätten. Es wird nicht zu einer Wiederholung der Ereignisse von damals kommen!«

Sein Vater schüttelte müde den Kopf. »Vielleicht. Vielleicht auch nicht. Aber so weit werden wir es nicht kommen lassen. Elif hat Angst um Malik und ich um euch alle. Sie packt bereits das Nötigste zusammen. Wir verlassen Zypern. Gleich morgen. Malik hat Verwandtschaft in der Türkei, sie werden uns helfen, dort Fuß zu fassen.«

Stumm saßen sie um das Radio herum, das Samiras Vater auf den Tisch in der Mitte des Schankraums gestellt hatte.

Von Nachtfaltern umschwirrt warf die Hängelampe über ihnen einen schummrigen Lichtkegel auf Anastasios, der am Regler des Radios drehte. Rauschen und Fiepen, ab und zu Satzbruchstücke, dann wieder Fiepen und Rauschen. Er versuchte, einen englischsprachigen Sender zu finden, um an Informationen zu gelangen, die nicht zensiert waren.

Samira hielt die Hand ihrer Mutter, die ihrerseits die ihrer hter fest umklammerte.

Trotz der Hitze fröstelte es sie. Der nächste Morgen schien unendlich weit entfernt. Und plötzlich fragte sie sich, ob er überhaupt kommen oder ob die Dunkelheit ewig währen würde.

Beim Gedanken an Dimi und Yasin krampfte sich ihr Herz zusammen. Sie hatte um beide wahnsinnige Angst, und auch Helena sah bei jedem Geräusch auf, in der Hoffnung, dass es Dimi sei, der zurückkam.

»Dimi ist ein kluger Junge, ein findiger Junge«, murmelte Anastasios. »Er wird in Nikosia die Unterkunft nicht verlassen, sich von allen Tumulten fernhalten und den richtigen Moment abpassen, um zurückzukehren. Ihm wird nichts geschehen. Wenn einer es schafft, sich durchzuboxen, dann er.«

Auch wenn er sich trotz seiner Worte sichtlich Sorgen um Dimi machte, hörte Samira am Klang seiner Stimme, dass er ernst meinte, was er da sagte. Er war davon überzeugt, dass Dimi sich aus jeder Situation schadlos würde befreien können. Samira hoffte inständig, dass er recht hatte, wünschte, Dimi wäre hiergeblieben.

Die Perlenschnüre am Eingang klimperten. Appolonia stand in der Tür, das Gesicht bleich, die Hände zittrig. »Ich … wollte nicht allein sein …«

Helena streckte ihr stumm die Hand entgegen, Appolonia ergriff sie, setzte sich dankbar neben sie, und die beiden Frauen hielten sich tröstend im Arm.

»Warte!«, rief Samira, ihr Vater hielt inne, für einen Moment drangen klar verständliche Sätze aus dem Radio. Und Schüsse, Schreie, dann war wieder nur Rauschen zu vernehmen. Hektisch suchte Anastasios erneut, erstarrte, als Sampsons Stimme aus dem Radio drang.

»… Freudenschüsse der jubelnden Bevölkerung …«

»Von wegen Freude!« Georgios stand plötzlich ebenfalls im Raum. »Dieser Mistkerl!«

Auch er setzte sich, lauschte mit ihnen der Propaganda-Rede von Sampson, bis Anastasios angewidert den Regler weiterdrehte und erneutes Rauschen die Taverne füllte.

Samira hielt es nicht mehr aus. Sie musste zu Yasin.

»Ich brauche frische Luft«, flüsterte sie und eilte auf wackligen Beinen nach draußen.

Hitze schlug ihr entgegen, der Gesang der Zikaden war ohrenbetäubend. Im ersten Moment sah sie kaum etwas, aber ihre Füße fanden den Weg auch so.

»Samira!«

Das Herz wollte ihr aus der Brust springen, als sie seine Stimme vernahm. Endlich hatten ihre Augen sich an das Dämmerlicht gewöhnt, sah sie ihn unter dem Feigenbaum auf sich zukommen, lief los und in seine Arme.

»Was tust du hier?«, stieß sie schluchzend aus.

»Ich musste dich sehen. Hast du gehört, was …«

»Ja. Und ich habe Angst. Der Graben wird immer breiter, immer tiefer.«

Er löste sich von ihr, wich zurück.

»Yasin …?« Sie starrte ihn ängstlich an.

Seine Kiefer waren aufeinandergepresst, nicht einmal die Dunkelheit konnte die Verzweiflung von seinem Gesicht nehmen, sein ganzer Körper war ein einziger bebender Kampf. Er rang mit sich, sie spürte, dass er sie freigeben wollte, aber dann gab er auf, machte einen großen Schritt auf sie zu, zog sie an sich, hielt sie so fest, als wollte er sie nie wieder loslassen. »Ich weiß nicht, was geschehen wird«, sagte er mit erstickter Stimme.

»Das ist mir egal!«, schluchzte sie. »Ich werde alles in Kauf nehmen, solange ich mit dir zusammen bin.«

»Samira. Ich … es tut mir so unendlich leid. Ich dachte, wir könnten eine Brücke über den Graben bauen, aber … vielleicht hat mein Vater recht, und die Angst und der Hass können nicht überwunden werden. Dann werden beide Seiten uns als Feinde betrachten. Das kann ich dir nicht zumuten, du solltest …«

»Sei still! Was redest du da?« Sie schrie es regelrecht hinaus. »Sag so etwas nicht! Nie wieder! Und wenn die ganze Welt mich hasst, ist mir das egal, solange du mich liebst.« Tränen liefen ihr über die Wange.

Er schüttelte verzweifelt den Kopf. »Elif ist vollkommen panisch, will Zypern verlassen. Mein Vater will nur gehen, wenn wir alle gehen.«

Entsetzt umklammerte sie ihn. Schwärze dämmerte am Rande ihres Bewusstseins. »Dann werde ich auch das tun, ich begleite euch«, sagte sie eindringlich. »Ich habe es ernst gemeint, als ich sagte, dass ich dort hingehe, wo du hingehst.«

»Die Türkei ist momentan der falscheste Ort für eine Zyperngriechin.«

»Dann willst du ohne mich gehen?«, stieß sie tonlos hervor. »Du verlässt mich?«

»Nein! Niemals!« Yasin löste sich von ihr, nahm ihr Gesicht in seine Hände, der Mond spiegelte sich in seinen dunklen Augen. »Ich werde Zypern nicht den Rücken kehren. Egal, was geschieht: Ich bleibe hier. Bei dir.« Verzweifelt und sehnsüchtig küsste er sie und sie ihn, bis sich quecksilberfarbene Wolken vor den Mond schoben.

Milchig fiel dessen Licht durch das Blätterdach des Feigenbaumes auf sie herab.

Eng umschlungen standen sie da und hielten sich fest, und sie wünschte, den Moment für immer festhalten zu können.

»Was sollen wir jetzt nur tun?«, flüsterte sie.

»Das einzig Richtige, wenn zwei Menschen sich lieben«, raunte er in ihre Locken.

»Was?« Ihr Herz schlug mit einem Mal so unregelmäßig und wild, dass ihr ganz schwindlig wurde.

»Heiraten.«

Sie bekam keinen Ton heraus, ihre Knie wurden weich, alles in ihr tanzte, ihr Herz war so weit wie die Welt.

Er missverstand ihr Schweigen. »Ich kann dir im Moment nichts geben außer Worten, aber ich werde alles dafür tun, dass du …«

»Du hast mir schon alles gegeben!«, unterbrach sie ihn atemlos. »Alles, was ich mir je gewünscht habe: deine Liebe.«

Er nahm ihr Gesicht in seine Hände. »Willst du mich heiraten?«

»Ja!« Tränen liefen ihr über die Wangen. Nie zuvor hatte sie solch ein Glück empfunden. Und solch eine Zuversicht. Alles würde gut werden, solange Yasin bei ihr war. »Ja. Tausendmal ja.«

»Was soll das heißen, du kommst nicht mit?« Fassungslos starrte Elif ihn an.

Die Bluse, die sie gerade in den Koffer auf dem Bett packen wollte, glitt ihr aus der Hand und fiel zu Boden zu den anderen Kleidungsstücken, die überall im Zimmer verstreut lagen. Es war früher Vormittag, aber Elif schien nicht geschlafen zu haben. Er bezweifelte, dass das überhaupt jemand in diesem Land heute Nacht getan hatte. »Natürlich tust du das! Das Haus seines Großonkels dort ist riesig und wunderschön, sagt Malik, und wir alle …«

»Elif, bitte«, unterbrach er sie. »Hör mir doch zu. Nichts, was du sagst, wird meine Meinung ändern. Ich bleibe. Bei Samira.«

»Samira?«

Er nickte. »Ich liebe sie. Und sie liebt mich.«

»Aber … aber … sie hat mir doch versprochen …«

Er schüttelte den Kopf. »Hör auf. Bitte.«

»Sie ist dir wichtiger als wir? Als deine Familie?« Ihre Augen schimmerten.

»Ich liebe sie, Elif. Sie ist mein Leben.«

Sie wandte sich abrupt ab.

»Du wirst mir doch das gleiche Glück gönnen, das auch du empfindest«, sagte er sanft.

»Natürlich«, flüsterte sie. »Du bist mein Bruder. Aber … ich hatte … gehofft, dass … es vergeht. Dass … dass du angesichts der … Ereignisse …« Ihre Stimme brach.

»Liebe ist kein Blatt, das der nächste Windstoß davontreibt«, sagte er sanft, nahm sie in den Arm.

»Aber ich habe Angst um Malik«, schluchzte sie. »Wenn du nicht gehst, geht unser Vater nicht und wird auch mich nicht ziehen lassen. Aber wenn Malik bleibt, wird ihm etwas zustoßen, das weiß ich. Bitte! Lass uns gehen!«

»Flucht ist der falsche Weg.« Omar stürmte aus dem Flur ins Zimmer. »Ihr müsst euch wehren!«

»Sei still!«, fuhr Yasin ihn an. »Wogegen wehren? Keiner tut uns etwas!«

Malik stolperte auf seinen Cousin zu, als wüsste er nicht, ob er ihn zurückziehen oder ihm zustimmen sollte.

»Verschließt du bewusst die Augen oder bist du wirklich so blind?«, zischte Omar. »Du verstehst wohl nicht, was hier auf dem Spiel steht! Siehst du nicht, was da draußen passiert? Wir müssen uns schützen! Uns bewaffnen!«

»Schluss!« Yasin hatte Mühe, nicht die Beherrschung zu verlieren. »Niemand in diesem Haus benötigt eine Waffe!«

»So ganz unrecht hat Omar nicht«, gab Malik fast schüchtern von sich.

»Malik!« Elif keuchte auf.

Er hob entschuldigend die Schultern. »Hast du vergessen, was damals geschah?«

»Nein«, sagte Yasin an ihrer Stelle. »Aber das muss einfach alles ein Ende finden!«

»Das sagst du so leicht!«, giftete Omar. »Ihr hier seid davon verschont geblieben! Wir nicht. Wollt ihr warten, bis es zu spät ist?« Er griff nach Maliks Arm, das Gesicht wutverzerrt. »Du kannst nicht gehen! Wir zählen auf deine Hilfe!«

»Wir? Wer ist wir? Gestalten, die sich heimlich in der Nacht treffen?« Yasin verzog angewidert das Gesicht, wandte sich an seinen Schwager, der sichtlich überfordert zwischen seinem Cousin und ihm hin und her sah. »Das ist der falsche Weg!«, beschwor Yasin ihn. »Hör zu, bitte. Ich weiß, dass viel Ungerechtigkeit geschehen ist. Auf beiden Seiten. Und ich weiß, dass nicht alles, was im Moment passiert, richtig ist oder gut. Aber was ich mit Gewissheit sagen kann, ist, dass die Ereignisse von damals sich nicht wiederholen werden! Also beruhige dich, tue nichts Unüberlegtes!«

»Malik!« Omars Nasenflügel blähten sich. »Sei kein Feigling!«

Malik zuckte zusammen, Elif umklammerte die Hand ihres Mannes. »Hör nicht auf ihn! Geh nicht mit ihm, geh mit mir. Bitte!«

Omar richtete sich auf, seine Augen funkelten fanatisch »Wir brauchen dich! Unsere Sache braucht dich! Wir werden diese verdammten Griechen aus Zypern verjagen!«

»Raus!«, donnerte Mustafas Stimme durch den Raum.

Er stand im Türrahmen, übermüdet, mit tiefen Schatten unter den Augen. »Raus aus meinem Haus!«

»Aber …«, setzte Malik an.

»Auf der Stelle!« Mustafas Stimme hätte Stein schneiden können.

Omar lief rot an, seine Fäuste ballten sich, einen Moment lang glaubte Yasin, er würde auf Mustafa losgehen, dann stürmte er aus dem Raum. »Dummköpfe! Feiglinge! Verdammte Griechenfreunde! Ihr werdet sehen, was ihr davon habt!«

Mit Wucht schlug kurz darauf die Haustür ins Schloss, doch selbst danach herrschte im Zimmer noch Totenstille. Minutenlang.

»Also gehen wir?«, fragte Elif schließlich zittrig.

Yasin schüttelte den Kopf. »Ich glaube an die Menschen hier. An ihre Vernunft. Sie sind unsere Freunde und werden es auch weiterhin sein. Und ich werde Samira nicht verlassen. Ich bleibe.«

Mustafa ließ sich auf den Stuhl sinken. »Wir bleiben alle.«

»Vater!« Das Blut wich aus Elifs Gesicht.

Yasin schüttelte den Kopf. »Lass sie gehen, wenn sie gehen möchte. Zwinge sie nicht, bei uns zu bleiben, nur weil ich bleibe.«

»Nein! Noch bin ich das Oberhaupt dieser Familie! Und ich werde diese Familie nicht auseinanderreißen. Das habe ich eurer Mutter geschworen. Wir bleiben zusammen. Wir warten die nächsten Tage ab. Vielleicht beruhigt sich alles wieder.«

»Nein!« Elif stürzte auf Yasin zu. »Bitte! Komm mit! Lass uns gehen! Noch heute!«

»Ich kann nicht …«, stieß er gequält hervor, entzog ihr seine Hand. »Ich gehöre zu Samira. Und ich werde sie heiraten.«

Sie wich zurück, wankte zu ihrem Vater. »Tu etwas! Sag etwas!«

Auch Yasin wandte sich an ihn. »Bitte, mach ihr und euer Wohl nicht von mir abhängig«, flehte er seinen Vater an. »Geht ohne mich. Wir werden uns wiederfinden.«

Doch Mustafa presste die Lippen zusammen, schüttelte vehement den Kopf.

Elif schrie auf, sank schluchzend zu Boden. Ihr Mann blickte hilflos zwischen ihnen umher. Yasin verstand, warum sein Vater Elif nicht mit Malik allein gehen lassen wollte. Er hatte sich als zu schwach herausgestellt. Zu weich, zu leicht beeinflussbar. Er würde sie nicht schützen, sich nicht um sie kümmern können.

Aber er selbst konnte nicht gehen.

Elifs Blick schnitt ihm durch die Seele, riss ihm das Herz heraus, doch er konnte Samira nicht für sie im Stich lassen.

Verzweifelt wandte er sich ab, floh regelrecht aus dem Haus, irrte durch die Gassen.

Sie waren leer, wie ausgestorben. Die Angst mit Händen greifbar. Auf beiden Seiten.

Eine gespenstische Stille lag über dem Dorf. Die Bewohner schienen in eine Schockstarre verfallen zu sein. Keiner wusste, wie es weiterging und was auf ihn zukam. Es herrschte die sprichwörtliche Ruhe vor dem Sturm.

Alles zog ihn zu Samira, aber sie hatte darauf bestanden, erst einmal allein mit ihren Eltern zu reden. Nicht zu wissen, wie sie reagieren und wann er Samira wiedersehen würde, trieb ihn an den Rand der Verzweiflung.

Stundenlang irrte er umher. So fühlte es sich zumindest an.

Als er schließlich müde und erschöpft, aber noch immer aufgewühlt und angespannt wieder zu Hause ankam, war es dort so still wie auf den Straßen.

Jajá saß im Garten auf der Bank.

Er setzte sich neben sie, sie nahm seine Hand, legte stumm die andere darauf.

Nur die Zikaden waren zu hören. Ein Gecko huschte über die warmen Steine, und er wünschte sich sehnlichst, alles sei nur ein böser Traum.

Dann sagte Jajá plötzlich leise: »Ayia Rosa ist so klein. Und abseits von allem, was für die Welt da draußen wichtig ist. Ich hatte gehofft, wir würden auch dieses Mal verschont bleiben vom Machthunger der Großen und seinen Folgen.« Sie seufzte tief auf. »Offenbar ist uns dieses Glück kein zweites Mal gegönnt. Ich habe deinen Vater gedrängt, mit Elif zu gehen. Er hat nicht auf mich gehört.«

»Nur mit Elif? Und was ist mit dir?«

»Ich bin ein viel zu alter Baum, um verpflanzt zu werden. Zypern ist meine Heimat.«

Vielleicht hatte das für seinen Vater den Ausschlag gegeben, ebenfalls zu bleiben und abzuwarten.

Auch er seufzte schwer, drückte ihre Hand und bemerkte das in feiner Hohlsaumstickerei gefertigte Tuch, das neben ihr auf der Bank lag. »Was ist das?«

»Das Schultertuch, das ich bei meiner Hochzeit trug.« Ein wehmütiges Lächeln breitete sich auf ihrem faltigen Gesicht aus. Dann zog sie die Ärmel ihres Kleides zurück und hielt ihm ihre Handgelenke hin. »Und weißt du, was das hier ist?«

»Armreifen.« Jetzt erst wurde ihm bewusst, dass sie neuerdings nicht ohne diesen Schmuck zu sehen war, während sie früher nie welchen getragen hatte.

»Die hat der beste Silberschmied von ganz Zypern gefertigt.« Sie zog ihre beiden Armreifen ab, reichte sie Yasin. »Den hier schenkte mir dein Großvater an unserem Hochzeitstag. Einen trug er. Das soll ab jetzt deiner sein. Den anderen gibst du … wem dein Herz gehört.« Sie zwinkerte ihm zu, und für einen Moment huschte die alte Verschmitztheit über ihr Gesicht.

»Das kann ich nicht annehmen, Jajá.«

»Doch, denn es kommt von Herzen.« Sie lächelte, legte ihre Hand an seine Wange, er die seine darüber. Ihre Haut fühlte sich an wie Pergament. Zerbrechlich wie eine zarte Muschel.

»Das Leben hat seine Spuren hinterlassen«, sagte sie, als hätte sie seine Gedanken gelesen. »Schmerzhafte und traurige Momente, aber sehr viel mehr glückliche. Nur zusammen ergeben sie ein Ganzes, und mein Leben war wunderbar, denn es hat mir euch geschenkt: meinen Ramiz, Elif und deine Eltern, dich und Samira.«

Nervös spielten Samiras Finger mit einer Blüte, die sie gepflückt hatte. Immer wieder strich sie über die samtige Oberfläche, während sie in die Runde der Leute sah, die sich seit den frühen Morgenstunden in der Taverne versammelt hatten.

Aus der kleinen Gruppe von gestern Abend war im Laufe des heutigen Tages das halbe Dorf geworden. Viele besaßen gar kein Radio, andere hatten zwar eines, aber wollten in diesen Zeiten nicht allein sein. Manche hatten die Nachricht erst am Morgen mitbekommen, andere, wie sie, die ganze Nacht vor dem Radio gesessen.

Und auch jetzt waren die von Knistern und Rauschen begleiteten Berichte der Nachrichten fast das einzige Geräusch im Raum. Ihr Vater hielt noch immer am Radio die Stellung, müde, unrasiert.

Alle lauschten, kaum jemand sagte etwas, und wenn doch, dann wurde geflüstert. An einem der Tische saß Sophia. Sie nickte immer wieder bedeutsam, aber ihr übliches »Ich habe es ja gesagt« klang hilflos, sie wirkte zum ersten Mal nicht mehr so selbstsicher wie sonst. Samira war froh, dass Eleni auf der Weide mit Apoll spielte und von den Sorgen der Erwachsenen kaum etwas mitbekam.

An einer Seite des Raumes tigerte Stavros händeringend auf und ab, murmelte vor sich hin, als suchte er nach den richtigen Worten für eine Ansprache, ohne zu wissen, wovon sie handeln sollte. Anders als auf der Hochzeit trug er seine Polizeiuniform, doch er schien darüber alles andere als glücklich, zog und zerrte ständig am Kragen, als hätte er sich dieser Kluft am liebsten entledigt. Er wirkte vollkommen verwirrt, wusste sichtlich nicht, was von ihm als Hüter von Recht und Ordnung erwartet wurde, wischte sich in Minutenabständen den Schweiß von der Stirn.

Papas Hieronymos ließ mit stumm sich bewegenden Lippen die Gebetsschnur durch seine Finger gleiten.

Sie blickte in besorgte Gesichter, in unsichere und in ängstliche.

Doch alle Anwesenden waren griechischer Abstammung. Hatten die anderen Dorfbewohner plötzlich Angst, sich zu ihren langjährigen Freunden zu gesellen? Samiras Magen krampfte sich zusammen.

Sie holte tief Luft, trat zu ihrem Vater. »Kann ich kurz mit dir reden?«

»Sch.« Er winkte ab, beugte sich vor und lauschte angestrengt dem verzerrt klingenden Englisch eines amerikanischen Senders, den er gerade hereinbekommen hatte. »Später, mein Schatz«, murmelte er geistesabwesend. Wie schon die Male zuvor, als sie versucht hatte, mit ihm zu reden.

Aufseufzend sah sie sich nach ihrer Mutter um. Auch bei ihr hatte sie bislang keinen Erfolg gehabt. Helena war ununterbrochen damit beschäftigt, die Gäste zu trösten, zu beruhigen und gemeinsam mit Appolonia mit Brot, Käse und Oliven zu versorgen. »Ein voller Bauch hat weniger Angst«, sagte sie leise, wenn jemand aus Höflichkeit ablehnen wollte.

Plötzlich klimperten die Perlenschnüre über dem Eingang wild, und Stefanos stand im Raum, breit grinsend, das Gesicht gerötet, die Augen blutunterlaufen. Er hatte letzte Nacht offenbar ebenfalls nicht geschlafen, sondern getrunken. Und zwar viel. »Wo ist der Oúzo?«, grölte er. Seine alkoholschwere Zunge kämpfte mit jedem Wort. »Jetzt wird gefeiert!«

Entsetzte Stille schlug ihm entgegen. Selbst der sonst so lauten Sophia stand der Mund offen, ohne dass auch nur ein Wort herauskam.

Stefanos lachte meckernd, nuschelte: »Was sollen all die trüben Gesichter? Singt! Tanzt! Dies ist ein Tag der Freude.«

Stavros keuchte auf. »Du … was … das …« Er klang, als hätte er sich an seinen eigenen Worten verschluckt.

»Es gibt nichts zu feiern!«, fuhr Samira ihn an.

Sein Kopf ruckte herum, seine Augen verengten sich, als er ihrer gewahr wurde. »O doch!« Er lachte meckernd. »Wir werden diese verdammten Kameltreiber endlich von unserer Insel verjagen!«

Stavros schnappte nach Luft. »Stefanos! Was ist in dich gefahren?«

»Raus!« Helena stand in der Küchentür, den Kopf erhoben, das Kreuz durchgedrückt, und deutete zur Tür. Ihre Haltung war die einer Königin, nie hatte sie schöner ausgesehen. »Verschwinde aus unserer Taverne!«

»Er meint das nicht so!«, stotterte Stavros. Der Schweiß rann ihm nun ungehindert über das Gesicht.

»Und ob ich das so meine!«, rief Stefanos triumphierend und fuchtelte unkoordiniert mit der Hand in der Luft herum. Mit dreckigem Grinsen wankte er auf Samira zu. »Hättest dich mal lieber an mich gehalten! Bereust es jetzt, was?« Seine Hand legte sich auf ihren Arm, angewidert schlug sie sie fort.

»Finger weg von meiner Tochter!« Ein Stuhl scharrte über den Steinboden, Anastasios war aufgesprungen. »Verschwinde auf der Stelle aus meiner Taverne!« Er presste die Kiefer aufeinander, hatte sichtlich Mühe, sich zu beherrschen.

Ungläubig starrte Stefanos ihn an, dann begriff sein alkoholvernebeltes Gehirn endlich, dass er zu weit gegangen war. Er sah sich um, als erwartete er Zuspruch, doch es zeichnete sich nur Empörung auf den Gesichtern ab. Nervös leckte er sich über die feuchten Lippen.

»Wenn du nicht sofort hier abhaust …!« Drohend kam Anastasios auf ihn zu.

Stefanos' Augen quollen hervor wie bei einer Kröte, er wich zur Tür zurück, Wut zuckte über sein Gesicht. »Das werdet ihr bereuen! Erhebt euch gegen euer eigenes Volk«, zischte er und spuckte voll Verachtung aus. »Wartet es nur ab!« Damit wankte er davon.

Stavros hastete seinem Neffen hinterher, hielt im Türrahmen noch einmal inne, wischte sich hektisch über die feuchte Stirn und stotterte: »Er meint das nicht so! Er hat nur zu viel getrunken. Es tut mir so leid.« Dann war auch er verschwunden.

Samira lehnte sich erschöpft gegen die Wand, ihr Herz schlug noch immer unregelmäßig.

Plötzlich stürmte Anastasios an Samira vorbei.

»Wo willst du hin?«, rief Helena erschrocken.

»Zu Mustafa. Unsere Freunde gehören an unsere Seite.«

Als er wenig später mit Mustafa wiederkam, war Samira sich sicher, nie stolzer auf ihren Vater gewesen zu sein als in diesem Augenblick.

Helena schloss Yasins Vater in die Arme und zog ihn neben sich.

Samiras Herz ging auf. Es war bei Weitem nicht alles verloren. Die Menschen von Ayia Rosa hielten zusammen. Das war doch ein Anfang, sicher verhielt es sich auch anderswo so.

Aber wo war Yasin? Bei Jajá geblieben? Oder hatte er seine Meinung geändert? Ihre Beine wollten unter ihr nachgeben, sie musste sich auf dem Tisch abstützen.

Mustafa sah über die Schulter, seine Augen weiteten sich für einen Moment, dann stand er auf und kam auf sie zu.

Ihr Mund wurde trocken. Er würde sagen, Yasin sei abgereist. Ihr wurde schwarz vor Augen.

Im nächsten Moment war Mustafa bei ihr. »Meine Tochter«, flüsterte er mit zittriger Stimme und umarmte sie fest.

Ihr Herz raste, ihre Sicht klärte sich, ihr Blick fiel auf die verwirrten Gesichter ihrer Eltern.

Mustafa löste sich von ihr. Sein Gesicht war gramzerfurcht, dunkle Schatten lagen unter seinen Augen. »Ich hätte mir etwas anderes für euch gewünscht«, sagte er mit erstickter Stimme und mit zitterndem Schnauzbart. »Aber da es ist, wie es ist, will ich euch nicht im Wege stehen.« Er seufzte tief auf, versuchte sich an einem Lächeln, aber es geriet traurig.

»Danke«, flüsterte sie bewegt.

»Vielleicht muss man in diesen Zeiten wirklich ein Träumer sein, um sie zu überstehen«, sagte er leise.

Sie verstand nicht, was er damit meinte. Auch ihre Eltern sahen ratlos von Mustafa zu ihr, hatten seine Worte auch gar nicht alle hören können, so leise, wie er gesprochen hatte.

»Kann ich … kurz mit euch reden?«, bat sie die beiden, ging ihnen voran in die Küche, schlang die Arme um ihren Oberkörper. Sie hatte das Bedürfnis, sich festzuhalten.

»Mama, du hast dir doch solche Sorgen darum gemacht, dass ich nie heiraten würde.«

Ihre Mutter runzelte die Stirn.

»Nun ja … ich habe meine Meinung zu diesem Thema geändert. Ich … habe doch noch mein Herz verloren.«

Ihr Vater atmete tief durch, als würde eine große Last von seinen Schultern fallen. »Ich wusste es. Und ich freue mich unfassbar. Ich muss gestehen, es war mein innigster Herzenswunsch, dass du und Dimi doch …«

»Dimi? Moment. Nein. Du missverstehst mich. Es geht nicht um Dimi.«

»Um wen dann?« Er runzelte die Stirn und hob die Augenbrauen.

»Um Yasin.« Ihr Herz schlug allein schon beim Klang seines Namens schneller. Sie lächelte unwillkürlich.

Ihr Vater nicht.

»Was ich euch die ganze Zeit schon sagen wollte …« Sie räusperte sich. »Ich … liebe Yasin und werde ihn heiraten.«

»O mein Gott«, flüsterte Helena. Sie war sogar zu schockiert, das Geschirr außer Reichweite ihres Vaters zu bringen.

Doch zu Samiras Erstaunen brüllte ihr Vater nicht los, machte auch keine Anstalten, mit irgendetwas um sich zu werfen, sondern ließ sich erschöpft auf den nächstbesten Stuhl fallen. Und das war irgendwie schlimmer, als wenn er wieder getobt und Dinge durch die Gegend geworfen hätte. »Tu dir das nicht an, mein Kind«, flüsterte er mit schwacher Stimme.

»Yasin ist der Mensch, der für mich bestimmt ist. Der Mensch, bei dem ich zu Hause bin. Egal, wo das ist.«

Ihr Vater fuhr sich müde durch das zerfurchte, stoppelbärtige Gesicht. »Trotz allem, was du gerade gesehen hast? Es ist nur ein Bruchteil dessen, was auf euch zukommen wird.«

»Trotz allem, was ich gesehen habe, und wegen allem, was noch kommen mag«, sagte Samira mit fester Stimme. »Nichts, was ihr sagt oder tut, wird mich davon abhalten. Ich liebe euch, will euch nicht verletzen, weiß, dass ihr euch fürchterliche Sorgen um mich macht. Aber ich kann nicht anders, als meinem Herzen zu folgen.«

Anastasios rang nach Worten, sah hilflos zu ihrer Mutter.

Ihre Mutter hatte noch immer nichts gesagt, sie nur angestarrt, das Gesicht ganz blass. Vielleicht hatte sie es kommen sehen, es geahnt. Oder auch gewusst, aber nicht wahrhaben wollen. Jetzt legte sie ihrem Mann sanft die Hand auf den Arm. »Wenn sie nach allem, was geschehen ist, noch immer zueinanderstehen, dann ist alles, was wir tun können, ihnen zu helfen. Sie zu unterstützen. Sie zu beschützen. Dann haben wir alles richtig gemacht, weil Liebe immer über Hass steht.«

Sie trat auf Samira zu, drückte sie wortlos an sich.

Ihr Vater starrte blicklos vor sich hin.

»Bitte, Papa«, sagte Samira, als ihre Mutter sich von ihr löste. Mit klopfendem Herzen tastete sie nach seiner Hand.

Seine Augen schimmerten. »Bitte sei nicht traurig, wenn ich doch glücklich bin.«

Er schluckte schwer, aber endlich schlossen sich seine Finger fest um ihre. »Ich liebe dich, mein Kind. Ich hätte mir etwas anderes für dich gewünscht. Eine sorgenfreie Liebe, eine sichere Zukunft.«

»Das Leben und die Liebe lassen sich nicht planen«, wiederholte sie seine Worte. Es schien eine Ewigkeit her, dass er sie gesagt hatte.

Er lächelte schief, eine Träne rollte ihm über die Wange. »Alles, was ich immer wollte, war dein Glück«, flüsterte er hilflos. »Wenn … du davon überzeugt bist, es mit Yasin gefunden zu haben, dann …«, er holte tief Luft, rang sichtlich mit sich, »sollt ihr auch meinen Segen haben. Meine Unterstützung.«

Sie wollte etwas erwidern, aber die Stimme versagte ihr. Dankbar schlang sie ihre Arme um ihren Vater. Jetzt würde alles gut werden. Alles musste gut werden.

Sie lief zu Yasins Haus, weinte und lachte zugleich, als sie ihm um den Hals fiel. »Sie geben uns ihren Segen! Ich wusste es, unsere Sorgen waren unbegründet. Wir werden nicht ohne unsere Familien sein. Nicht zwischen den Fronten stehen.«

Und dann küsste sie ihn und er sie, und ihre Tränen mischten sich mit den seinen.

»Siehst du …«, flüsterte sie Apoll zu, als sie vor dem Schlafengehen noch einmal nach den Tieren sah und er mit seinen samtweichen Nüstern an ihrer ausgestreckten Hand schnupperte. »Alles wird gut.«

Nicht nur hatten ihre Eltern ihnen den Segen gegeben, auch von Dimi war endlich ein Lebenszeichen eingetroffen.

Der Himmel wusste, wie, aber er hatte es geschafft, eine Nachricht an Stavros' Polizeistation zu übermitteln. Ihr Vater hatte recht gehabt: Dimi würde immer Mittel und Wege finden. Er schrieb, sie sollten sich keine Sorgen um ihn machen, es gehe ihm gut und er komme in ein paar Tagen zurück.

Auch Yasin war unendlich erleichtert gewesen, hatte sich furchtbar um seinen Freund gesorgt.

Behutsam striegelte sie den kleinen Esel, während in der Box nebenan Herakles ein leises Prusten ausstieß und mit den Hufen stampfte. Er streckte seinen Kopf in Apolls Box herüber, als wollte er auch seine Streicheleinheiten bekommen.

»Du kommst auch gleich dran, mein Großer«, murmelte sie und strich ihm liebevoll über die Blesse.

»Das will ich doch hoffen«, tönte es scherzend von der Tür, und ihr Herz setzte für einen Moment aus vor Glück, nur um im nächsten umso schneller zu schlagen. Yasin lehnte dort mit verschränkten Armen und diesem jungenhaft verschmitzten Lächeln, das sie so an ihm liebte.

Sie lachte hell auf und stürzte auf ihn zu, während er die Tür hinter sich schloss.

»Ich habe gerade an dich gedacht«, rief sie und fiel ihm glücklich um den Hals.

Sie hatte kaum zu Ende gesprochen, da lagen seine Lippen auf den ihren, so wild, fordernd und heiß, dass sie aufkeuchte.

»Und ich denke ohnehin an nichts anderes mehr als an dich«, raunte er.

Seine Hände fuhren über ihren Körper und ließen sie erschauern, so wie die ihren es mit seinem Körper taten. Und je länger der Kuss andauerte, umso drängender wurde er und umso mutiger sie selbst. Bis ihr Puls raste, ihr Inneres sich vor Verlangen zusammenzog. Die Finger in Yasins Haar vergraben, drückte sie sich noch enger gegen sein Becken und zog scharf die Luft ein, als sie die Reaktion seines Körpers auf den ihren spürte. Ein nie zuvor gekanntes Ausmaß an Erregung schoss durch sie hindurch, Yasin aber schob sie plötzlich von sich.

Ihr war, als wäre sie am Verdursten und jemand hätte ihr das rettende Wasser weggenommen. Alles in ihr schrie nach seiner Nähe. »Nicht aufhören«, flehte sie. »Küss mich weiter.«

»Ich werde nicht aufhören können.«

»Das sollst du auch nicht«, flüsterte sie mit bebender Stimme.

Er schüttelte den Kopf. »Es ist schon spät«, stieß er gepresst hervor. »Auch wenn unsere Familien uns ihren Segen für eine Heirat gegeben haben, sollte ich gehen, bevor jemand uns so sieht und es Gerede gibt.« Der heisere Klang seiner Stimme ließ ihren Puls noch schneller gehen und ihre Kehle trocken werden. An ihrem ganzen Körper richteten sich die Härchen auf.

Sie griff nach seiner Hand und zog ihn die Leiter hinauf, die auf den Heuboden führte. »Hier oben wird uns niemand sehen«, sagte sie und ließ sich in das Stroh sinken.

Er starrte sie an, ohne sich zu rühren. Doch das musste er auch gar nicht. Allein sein Blick reichte aus, um ihr Wellen der Erregung über den Körper zu jagen.

Durch das kleine Giebelfenster fiel das Licht der untergehenden Sonne herein und ließ die tanzenden Staubkörner funkeln. Es duftete nach Stroh, Holz und Leder – und nach Yasin. Tief sog sie seinen Duft ein, berauschte sich daran, sah seine Brust sich deutlich heben und senken, den Schweiß an seinem Halsansatz glänzen.

Sie streckte die Arme nach ihm aus. »Komm zu mir.«

Seine Kiefermuskeln waren angespannt, er rang sichtlich um Beherrschung.

»Bitte«, hauchte sie.

Endlich folgte er ihrer Einladung, legte sich zu ihr. Seine Finger strichen an ihrer Schläfe entlang, kamen auf ihrer Wange zur Ruhe und umfassten schließlich ihr Gesicht, hielten es zart in seinen Händen. Langsam näherte sich sein Mund dem ihren, und sie schloss die Augen. Doch als er sie küsste, war es kein Kuss wie bisher. Es lag ein Hunger darin, der ihr den Verstand zu rauben drohte, und eine Verheißung, bei der sich die Sehnsucht in ihrem Inneren schlagartig ausdehnte. Seine Finger setzten ihre Haut in Brand und ließen das heiße Sehnen in ihrem Inneren anwachsen, bis sie es kaum noch ertrug. Und er sich erneut von ihr löste. Schwer atmend schlug sie die Augen auf.

»Wir müssen aufhören«, sagte er mit rauer Stimme, »bevor ich mich nicht mehr beherrschen kann.«

Anstelle einer Antwort hob sie ihre zittrigen Finger an den Ausschnitt ihres Kleides und öffnete es Knopf für Knopf.

Sein Blick weitete sich. »Willst du das wirklich?«, stieß er mit gepresster Stimme hervor.

Ihr Herz hämmerte in ihrer Brust. »Du kannst dir nicht vorstellen, wie sehr.«

Seine Augen wurden mit einem Mal ganz dunkel. »Bist du dir ganz sicher?«

Sie nickte, nahm seine Hand und legte sie auf ihre Brust. »Spürst du mein Herz? Es schlägt nur für dich.«

»Aber du zitterst«, sagte er mit rauer Stimme.

»Ich friere«, log sie, doch er durchschaute sie. Sanft legte er seine Hand an ihre Wange, strich mit dem Daumen so zart über ihre Lippen, dass auch ihre Beine zittrig und ihr im Kopf schwindlig wurde. »Ich würde dir niemals wehtun.«

»Ich weiß«, hauchte sie.

»Und ich tue nichts, was du nicht willst.«

»Ich weiß«, wiederholte sie.

Langsam nickte er, sein Atem ging schwer. Er beugte sich wieder über sie und küsste ihre Schläfe, ihre Augenlider, ihre Mundwinkel. Ein Seufzen entrang sich ihrer Kehle, als seine Lippen weiter nach unten wanderten. Sie bog den Kopf leicht in den Nacken, und Yasin folgte ihrer stummen Bitte. Sie keuchte auf, als sein heißer Atem über ihre Halsbeuge strich, sein Mund den freigelegten Ansatz ihrer Brüste erreichte und Wellen der Erregung durch ihren ganzen Körper hindurchsandte. Durch das Fenster sah sie am lilafarbenen Himmel die ersten Sterne aufleuchten.

Plötzlich glitt seine Hand unter den Saum ihres Kleides, schob es langsam nach oben und über ihre Oberschenkel. Sie sog scharf die Luft ein, war sicher, das Beben ihres Herzens würde den Heuboden zum Einsturz bringen.

Für einen Moment drückte sie Yasin sanft von sich, aber nur, um sich aufzusetzen und mit zittrigen Händen auch die restlichen Knöpfe ihres Kleides zu öffnen. Sie schob es sich über die Arme und öffnete ihren BH. Seine Pupillen weiteten sich, als er an ihr hinuntersah, und die Begierde in seinem Blick trieb ihren Puls in die Höhe. Langsam ließ sie sich wieder hintenüber ins Stroh sinken, und Yasin folgte ihr.

Seine Hände flogen über ihren Körper, setzten ihre Haut in Brand, sandten wohlige Schauer durch sie hindurch. Und auch ihre Finger folgten den Konturen seines Körpers, der harten, glatten Linie seines Kinns, den Hals hinunter, glitten über seinen Brustkorb, und ein köstliches Zittern durchfuhr sie. Sie hatte seinen nackten Oberkörper schon oft gesehen, doch das Bild, das ihre Hände jetzt in ihrem Kopf formten, war ungleich eindrucksvoller.

Sie rang nach Atem, und auch der seine ging schwer, während seine Finger sanft über ihre nackte Haut strichen und sie in eine nie gekannte Erregung trieben. Sie spürte, wie er um Beherrschung kämpfte und darum, sanft und vorsichtig zu sein, doch das Feuer in ihr brannte bereits zu lange und zu heftig für solche Zurückhaltung.

Ungeduldig zerrte sie an seiner Kleidung, bis er sich hastig ihrer entledigte. Der Anblick seines vollkommen nackten

Körpers ließ sie erbeben. Mit einer heftigen Bewegung zog sie ihn wieder zu sich herunter, und dann gab es kein Halten mehr.

Es war, als würde die Sehnsucht all der Monate, in denen sie sich nacheinander verzehrt hatten, in diesem Moment über sie hereinbrechen. Ihrer beider Keuchen erfüllte den kleinen Stall, und jede Zelle ihres Körpers schien zu vibrieren, Erregung flutete sie. Sie umschlang ihn, er umschlang sie, und wie im Fieberwahn ergaben sie sich diesem gemeinsamen Beben, das die Zeit verdrängte und die ganze Welt auf sie beide beschränkte. Nichts zählte mehr, nichts außer diesem berauschenden ekstatischen Moment purer Leidenschaft, nichts außer Yasin.

Sie fühlte sich zu den Sternen am Himmel katapultiert, wurde einer von ihnen.

Der Himmel, den sie durch das kleine Fenster des Heubodens sah, wurde langsam heller. Der Morgen graute.

Sie schmiegte sich noch enger an Yasin, ihre Wange ruhte auf seiner Brust, seine Hand an ihrer Hüfte. Wohlige Erschöpfung hielt sie noch immer gefangen. Eine bisher unbekannte, herrliche Mattheit in den Gliedern gab ihr das Gefühl, sie würde schweben.

Gleichzeitig aber sprühte sie vor Lebenslust. Nie hatte sie eine solche Zufriedenheit verspürt, sich so eins gefühlt mit dem Universum. Erschöpft und überglücklich lagen sie aneinandergeschmiegt da und lauschten dem Erwachen der Welt. Alles schien so friedlich.

Nur am Horizont hatte sich eine bleigraue Gewitterfront aufgebaut – wie eine Flutwelle, die drohte, die aufgehende Sonne zu verschlingen.

Kapitel 9

Liebe – dieses Gefühl, das unbeschreiblich ist
und für das ich doch nur ein Wort brauche:
Samira.

Heute

Die Bilder aus dem CMP und Alecs Worte geistern mir auf dem Rückweg unentwegt im Kopf herum. Gesellen sich zu dem Wust aus verstörenden Gefühlen und Erlebnissen der letzten Tage, den ich verzweifelt zu entwirren versuche.

Schweigend lasse ich die Landschaft an mir vorbeirauschen. Bis plötzlich riesige Hotelkomplexe im Stil der Siebzigerjahre in der Ferne auftauchen. »Wo fahren wir hin?«, frage ich verwirrt.

»Einen kleinen Umweg. Wenn schon, denn schon, dachte ich mir.«

Irritiert setze ich mich aufrechter hin, denn irgendetwas stimmt nicht mit den Gebäuden.

Als wir näher kommen und Alec – noch immer ein gutes Stück davon entfernt – anhält, wird es mir klar. Nicht nur der zauberhafte weiße Strand davor ist vollkommen vereinsamt. Die Hotels wirken heruntergekommen, die Fenster haben keine

Scheiben, sind leer und dunkel. Der Anblick erinnert mich an das Dorf, das wir in der ersten Nacht auf Zypern passiert haben, und es überläuft mich kalt. »Was ist das?«

»Eine Geisterstadt.«

»Eine was?« Will er mich verschaukeln?

Der Schatten auf seinem Gesicht zeugt vom Gegenteil. »Das ist Varosia. Eine Stadt, die tot ist. Früher war sie das Vorzeigeschild Zyperns. Ein Touristenparadies. Riesige Hotelanlagen an weißem Sandstrand. Jetzt gehört sie zu Nordzypern. Niemand darf sie betreten. Die Häuser stehen noch, sogar die Palmwedel-Schirme am Strand, aber alles ist verlassen. Die Menschen sind im Bürgerkrieg geflohen. Wer nicht freiwillig ging, wurde mit Gewalt vertrieben. Du triffst dort zwar keine echten Gespenster, aber auch niemanden sonst außer ab und zu einen Soldaten, der zur Patrouille abkommandiert wurde. Dafür wimmelt es dort von Geschichten. Und Gefühlen. Von Wut und Angst. Und Trauer. Hunderttausende von Geschichten, jede anders. Aber eine Sache eint sie, nämlich das Leid der einfachen Menschen.«

Ich schlucke hart, fühle seine Verzweiflung und sein Unverständnis und kann nur erahnen, wie es dann erst den Menschen hier ergangen sein muss.

»So wie hier sieht es auch auf dem Flughafen von Nikosia aus. Bis heute liegt er verlassen da. Flugzeuge mit Einschusslöchern stehen auf der Startbahn, als wollten sie gerade abheben. In den Terminals bröckelt der Putz von den Wänden, Pflanzen wachsen durch die zerborstenen Fenster herein. Koffer liegen noch immer herum und Kinderschuhe. Ein traurigeres Bild habe ich selten gesehen.«

»Wieso wird Varosia nicht wieder besiedelt?«

Alec deutet auf etwas, was ich beim Näherkommen als NATO-Draht identifiziere. Er riegelt den Strand ab und vermutlich auch die ganze Stadt. Dann entdecke ich auch einen der Soldaten, von denen Alec gesprochen hat.

Alec nickt traurig. »Die Stadt ist ein Faustpfand im Kampf der Mächtigen. Nach wie vor.«

»Nimmt das denn nie ein Ende?«, flüstere ich traurig.

»Ich weiß es nicht, aber ich gebe die Hoffnung nicht auf. Niemand sollte das.«

Den weiteren Rückweg über kriege ich keinen Ton raus.

Alec scheint zum Glück auch nichts zu erwarten, ist selbst still. Er hält meine Hand, lässt sie nur für Sekunden los, um zu schalten, bevor er wieder tröstend meine Finger umschließt. So fahren wir durch die anbrechende Dämmerung Richtung Ayia Rosa.

Als ich mich schließlich auf der Terrasse der Taverne wiederfinde, inmitten von Musik und Gelächter, ist mir fast, als wäre ich nach einem Tauchgang in die dunkle Tiefsee an die Wasseroberfläche zurückgekehrt. Bewusst hole ich tief Luft.

Alec stellt einen Mokka und ein Glas Wasser vor mir ab. »Trink erst mal etwas, du bist ganz blass. Ich komme gleich wieder.«

»Danke.«

Noch immer völlig durcheinander, sehe ich ihm nach. Der Mokka ist heiß und wahnsinnig süß. Ob es nur am Koffein liegt oder am Zucker, weiß ich nicht, aber zu meinem Erstaunen fühle ich mich danach wirklich besser.

»Tina!« Colleen fällt mir kichernd um den Hals, in der Hand ein Glas Cyprus Water. »Hierherzukommen war die beste Idee, die du je hattest!«

Ich hebe die Augenbraue. »Wie viel von diesem Zeug hast du getrunken?«

»Hängt davon ab, ob es zwei oder drei von dir gibt.«

Ich gucke sie entsetzt an.

Sie bricht in Lachen aus. »War nur ein Scherz, beruhige dich. Außerdem ist es gesund, stimmt's, Panagiotis?« Mit verschwörerischem Zwinkern grinst sie hinter mir jemanden an. »Zumindest in Maßen.«

Ich drehe mich um und erblicke hinter mir den alten Mann von unserem ersten Morgen. Mit seligem Grinsen und einem undeutlichen *»Stin ygeiá mas«* reckt er mir sein Glas entgegen.

Ich schüttele schmunzelnd den Kopf, bevor ich mich wieder Colleen zuwende. »Aber ist sonst alles in Ordnung bei dir? Hast du nicht bereut, hiergeblieben zu sein?«

Sie lacht. »Definitiv nicht! Kostas ist mit mir die Küste entlanggeschippert. Es war traumhaft! Und er ist wirklich süß! Aber wie war dein Tag?« Flachsend ergänzt sie: »War dir nicht langweilig ohne mich?«

»Äh … nein.« Ich spüre, wie meine Wangen heiß werden, suche nach den richtigen Worten und weiß gar nicht, wo ich anfangen soll zu erzählen. Bei dem, was zwischen Alec und mir passiert ist, oder bei dem, was ich alles gesehen und erfahren habe?

Colleen runzelt die Stirn, mustert mich scharf und sieht meinen Blick zu Alec huschen, der auf der anderen Seite der Terrasse mit jemandem spricht. Ihre Augen werden plötzlich groß. »Nein!«

Ich sehe zerknirscht nach unten. »Ich … ähm … es … es tut mir leid, bitte sei nicht sauer! Das war nicht geplant und …«

Weiter komme ich nicht, denn sie zieht mich mit Schwung an sich. »So ein Blödsinn! Wieso sollte ich sauer sein? Ich freue mich doch für dich! Und was Alec und mich angeht – ich hatte mich vertan. Er war der falsche Typ mit Boot.« Sie lacht und wirkt zu meiner Erleichterung wirklich nicht im Mindesten gekränkt darüber, dass aus einem Urlaubsflirt mit Alec nichts für sie wurde. Sicher auch, weil sich wegen Kostas leichter abhaken lässt, dass Alec nicht auf ihre Avancen eingegangen ist.

Knapp erzähle ich, was sich zwischen Alec und mir zugetragen hat.

Colleen drückt mich erneut fest. »Ich freue mich so sehr, dass du endlich über deinen Schatten gesprungen bist und jemanden in dein Herz lässt. Weiter so! Und guck mal: Die Kaffeefrau ist auch wieder da!«

»Wer?«

Colleen drückt mein Gesicht in Richtung der angeblichen Weissagerin. »Sie muss dir unbedingt die Tasse lesen … den Kaffee setzen, nein, ich meine … in die Zukunft gucken.«

Die Frau lächelt mich zahnlos an, deutet fragend auf mein Mokkatässchen.

»Nein danke«, wehre ich ab, doch Colleen hat es sich schon geschnappt und ihr gegeben. »Vielleicht kann sie dir ja sagen, wie es mit Alec heute Nacht weitergeht!«, meint sie grinsend.

Verlegen funkele ich sie an. »Gar nicht! Ich werde ganz normal im Hotel schlafen.« Ich will aber nicht so unhöflich sein, der alten Frau die Tasse wieder zu entreißen. »Was soll's, na gut.« Natürlich werde ich Colleens Vorschlag nicht in die Tat umsetzen; aber alles, was mich von diesem ebenso verwirrenden wie aufwühlenden Besuch in Nikosia ablenkt, ist gut, und sei es auch ein dunkelhaariger Mann mit Boot, der unter einem Feigenbaum steht.

Schon hat die Alte die Tasse auf die Untertasse gestürzt, dreht diese in ihrer Hand hin und her, damit der Kaffeesatz auf den Teller läuft.

Colleen beugt sich neugierig vor, ich mich unwillkürlich ebenso.

Plötzlich stolpert jemand gegen die alte Frau, die Tasse fällt aus ihren Händen zu Boden und zerspringt scheppernd. Ich fahre zusammen, die alte Frau stößt ein erschrockenes »Heilige Mutter Gottes!« aus.

»Oh, verflixt, wie ungeschickt von mir«, tönt es von Alecs Mutter. Sie bückt sich eilig, um die Scherben einzusammeln, und Colleen hilft ihr. Ich jedoch bin wie erstarrt.

War das wirklich ein Versehen? Ist sie nur gestolpert und die Tasse zufällig zu Bruch gegangen? Dass eine leer getrunkene Kaffeetasse mir nichts außer Kaffeesatz zeigen kann, ist klar, aber offenbar glauben die Leute hier an solcherlei Dinge. Sind es die Nachwehen des CMP und von Varosia und Alecs Worten über die Vergangenheit, dass ich mir plötzlich einbilde, Alecs Mutter hätte Angst? Doch wovor? Davor, dass ich etwas über meine Zukunft erfahren könnte? Oder geht es ihr um die Vergangenheit?

Wieder ist da plötzlich dieser schwarze Wolf aus eiskalter Panik, der sich hinter mir erhebt. Ich spüre ihn in meinen Nacken atmen und seine scharfen Krallen, die sich auf meine Schultern legen.

Sie eilt mit den Scherben davon, was mich aus meiner Starre reißt. Ich springe auf, will ihr nach.

»Tina, warte!« Colleen hält mich am Arm zurück. »Ist es okay, wenn ich heute Nacht nicht mit ins Hotel komme?«

»Was?« Hektisch sehe ich zu ihr, dann wieder zu Alecs Mutter, die im Gebäude verschwindet, mache mich los, um ihr nachzueilen. In meinem Kopf überschlagen sich die Gedanken.

»Ich gehe mit Kostas, okay?«

Jetzt erst dringen ihre Worte richtig zu mir durch, wende ich mich verwirrt um. »Wie meinst du das?«

»Na, was denkst du denn?« Sie lacht. »Himmel, Tina, wir haben Urlaub und uns nach all der Plackerei der letzten Tage echt mal etwas Spaß verdient!« Sie zwinkert mir zu.

»Aber du kannst doch nicht … du kennst diesen Kostas doch überhaupt nicht!«

»Na und? Dafür tun das alle im Dorf. Und er ist witzig und sieht gut aus und …«

»Und hat ’ne Jacht.«

Sie grinst. »Das stimmt. Aber darum geht es mir gar nicht. Ich finde Kostas nett und ich will wieder Spaß im Leben haben. Und das solltest du auch. Du hast heute Nacht schließlich sturmfreie Bude.«

Ich bin still.

Sie beißt sich auf die Lippe. »Entschuldige, das kam jetzt völlig gefühllos rüber. Blöder Schnaps. Aber du weißt, wie ich das meine. Du musst endlich lernen, die Dinge lockerer zu sehen, und auf deinen Bauch statt immer nur auf deinen Kopf hören.« Sie tippt spielerisch gegen selbigen, lässt die Hand dann aber sinken und mustert mich besorgt, wohl weil ich noch immer nichts entgegnet habe. »Und ich gehe auch nur mit Kostas, wenn es für dich okay ist.«

Natürlich werde ich ins Hotel zurückkehren, und die Vorstellung, die Nacht allein zu verbringen, während ich all die Bilder aus dem CMP vor Augen habe, ist mir zwar ein Graus, trotzdem nicke ich. Ich gönne ihr das ersehnte Glück, und es ist nun einmal auch ihr Urlaub. Ihr Wunsch ist nicht der Grund für mein Schweigen, sondern das Chaos in Bezug auf Alec, das ihre Worte in mir ausgelöst haben. »Das ist kein Problem.«

»Ehrlich?« Sie mustert mich unsicher.

»Ja, natürlich, nun geh schon zu ihm.« Ich reiße mich zusammen, knuffe sie liebevoll in die Seite. »Dann weckt mich wenigstens dein Schnarchen nicht.«

»He! Ich schnarche nicht!«

»Gibt’s da etwas, was ich wissen sollte?«, lässt sich Kostas vernehmen.

Colleen läuft rot an. Und das ist etwas Besonderes.

Er drückt sie lachend an sich, zieht sie mit sich. Sie legt ihren Arm um seine Hüften, zwinkert mir glücklich zu, und ich frage mich, was ich neulich während der Rückfahrt, als ich völlig neben mir stand, verpasst habe.

»Also ich habe …« Alecs Stimme reißt mich aus meinen Gedanken.

Ich fahre herum, greife nach seinem Arm. »Alec, deine Mutter … sie weiß etwas, ich bin mir sicher! Sie hat die Kaffeetasse umgeworfen und sie …«

»Halt, stopp! Wovon redest du? Was ist los?«

»Deine Mutter hat den Armreif erkannt, da bin ich ganz sicher. Und sie hatte Angst, die alte Frau mit dem Kaffeesatz könnte mir etwas über die Vergangenheit verraten. Deshalb hat sie die Tasse zu Bruch gehen lassen und …« Ich verstumme, als mir bewusst wird, dass ich mich wie eine Wahnsinnige anhöre.

Großer Gott, kein Wunder, dass Alec mir mit skeptischem Blick beruhigend die Hände auf die Schultern legt. »Weder hat meine Mutter etwas gegen dich, noch kennt sie den Armreif, glaub mir. Und ihr Geschirr würde sie auch niemals freiwillig zerschlagen. Sie ist einfach gerade ziemlich im Stress. Bei so vielen Leuten und ohne Hilfe von Eleni kein Wunder.«

Eleni! Die habe ich vollkommen vergessen! »Wo ist sie? Hast du rumgefragt?«

Er nickt. »Niemand weiß es. Was in der Tat merkwürdig ist, denn normalerweise hilft sie hier immer aus, wenn so viel los ist. Sie scheint tatsächlich auf dem Fest zu sein. Wir können es morgen früh noch einmal bei ihr zu Hause versuchen, wenn es dir so wichtig ist, mit ihr zu reden.«

Mit zittrigen Händen fahre ich mir über das Gesicht, nicke schließlich. »Aber … deine Mutter?« Unsicher sehe ich in die Richtung, in die sie verschwunden ist. »Frag sie nach dem Armreif! Bitte!«

»Muss ich nicht. Glaub mir.«

Klingt da ein seltsamer Unterton mit? Warum? Und wieso sieht er so resigniert drein? Ich will ihn fragen, wie er sich da so sicher sein kann, da spricht er schon weiter: »Aber wenn du darauf bestehst, tue ich das.«

»Danke.«

»Nur nicht mehr heute. Sie ist total im Stress, und du siehst auch völlig fertig aus.« Besorgt mustert er mich. »Ich bring euch besser nach Hause. Wo ist Colleen?«

»Mit Kostas auf seiner Jacht«, gebe ich geistesabwesend zur Antwort, während ich noch daran knabbere, dass er seine Mutter nicht jetzt gleich fragt.

»Der alte Schwerenöter.«

Erschrocken sehe ich auf. »Meinst du, ich muss mir Sorgen um sie machen? Ich dachte, alle hier würden Kostas kennen.«

Alec zieht eine Augenbraue hoch. »Eher muss ich mir wohl um Kostas Sorgen machen. Nein, im Ernst. Er ist zwar ein Frauenheld, aber ansonsten schwer in Ordnung, und ich schätze, dass sich da zwei vom gleichen Schlag gefunden haben. Colleen wird ihn schon in seine Schranken weisen. Tja, dann … fahre ich wohl dich allein ins Hotel. Oder …«

»Oder?«, flüstere ich.

Er legt seine Hand auf die meine, streicht sacht mit dem Daumen darüber.

»Du könntest auch mit zu mir kommen, wenn du möchtest. Ich meine, morgen wollen wir doch Eleni fragen, da könnten wir uns die Fahrerei sparen. Aber … und … ich würde mich freuen, wenn wir noch ein bisschen Zeit für uns hätten.«

Meine Kehle ist trocken, meine Hände zittern.

Hör endlich mal auf deinen Bauch, hat Colleen gesagt. Dabei ist es doch mein Herz, das sich nach ihm sehnt.

Alecs Häuschen steht, von den letzten Strahlen der untergehenden Sonne beleuchtet, ein wenig abseits unterhalb des Dorfes direkt am Meer. Keine fünf Meter vom flach ins Wasser abfallenden Strand entfernt und inmitten von Feigenbäumen, Kapernblüten und lilafarbener Clematis. Ein schmaler Steg führt ins Wasser, daran festgebunden dümpelt ein altes Motorboot vor sich hin.

Eine Szenerie – so friedlich und bezaubernd wie ein Traum. Und das muss es wohl sein. Ein wundervoller Traum. Ich bin mir beinahe sicher, jeden Moment von Colleen geweckt zu werden. Doch bis dahin will ich ihn genießen. Jede einzelne Sekunde davon. Ich bin wie verzaubert. Das Anwesen strahlt solch eine Ruhe aus, dass meine Sorgen leiser werden, selbst mein nervös flatterndes Herz wieder langsamer schlägt.

Alec schließt die Haustür auf, und ich finde mich hinter einem kurzen Flur in einem schlichten, aber freundlich gestalteten Raum wieder, der sowohl Küchenecke als auch Wohnzimmer umfasst. Weiße Holzmöbel, Familienfotos und Bilder von Booten und dem Meer bei unterschiedlichsten Lichtverhältnissen. Eine Treppe führt nach oben, große gläserne Schiebetüren nach draußen auf die ebenfalls weiß gestrichene Veranda, von der es nur ein paar Schritte sind bis zum Wasser.

»Es ist leider nicht aufgeräumt«, sagt Alec und wirkt auf hinreißende Weise verlegen, als er hastig ein Shirt von der Couch fischt, sein Frühstücksgeschirr vom Tisch in die Spüle räumt und mit der Hand ein paar Krümel von der Arbeitsplatte fegt.

»Unter der Treppe gibt es ein kleines Gäste-WC, das richtige Bad befindet sich oben. Da kannst du dich in Ruhe fertig machen. Auch das Schlafzimmer ist dort.«

Schlagartig fängt mein Herz doch wieder an zu rasen, und ich fahre mir mit der Zunge nervös über meine plötzlich trockenen Lippen.

Alec jedoch bückt sich und zieht unter der Couch eine Liegefläche heraus. »Was machst du da?«, frage ich verwirrt.

»Na, ich werde hier schlafen.«

Ich blinzele, schüttele den Kopf. »*Ich* schlafe auf der Couch«, widerspreche ich verlegen.

»Kommt nicht infrage, du bist mein Gast.«

»Aber ich kann dich doch nicht aus deinem Bett vertreiben!«

Er macht eine wegwerfende Handbewegung, zwinkert mir zu. »Wir haben ja noch genug Zeit, die Schlafverhältnisse zu ändern.«

Ich bin enttäuscht und erleichtert zugleich, dass diese Nacht offenbar nicht so ablaufen wird, wie ich halb erhofft, halb befürchtet hatte. Erhofft, weil sich alles in mir nach seiner Berührung sehnt. Befürchtet, weil ich mich noch nicht dazu bereit fühle, ihm vollständig meine Narben zu zeigen. Er will es also ruhig angehen lassen. Das ist gut, oder?

Ich lächele ihn dankbar an. Doch egal, wie sehr ich wegen der Couch auf ihn einrede, er lässt sich nicht davon abbringen, mir das Bett abzutreten.

Stattdessen macht er sich daran, einen Salat zuzubereiten, ich helfe ihm und wundere mich darüber, wie normal und richtig sich das anfühlt.

Wir nehmen das Essen auf der Terrasse ein, bei Kerzenschein. Obwohl Alec erklärt, dass das Glas mit der nach Limonen duftenden Kerze dazu dient, Mücken fernzuhalten, genieße ich die romantische Seite daran.

Als die Salatschüssel ebenso leer ist wie die Teller mit dem mit Olivenöl beträufelten Weißbrot und dem Halloumi, sitzen wir still beieinander und sehen aufs Meer hinaus, über dem sich langsam der Mond erhebt. Ich habe nicht ein bisschen das Gefühl, etwas sagen oder etwas darstellen zu müssen, was ich nicht bin.

Im Dorf wird immer noch gefeiert, aber die Musik ist ebenso wie das Zirpen der Zikaden nur ein leises, fernes Raunen.

»Du solltest schlafen gehen, der Tag war lang«, sagt Alec schließlich, beugt sich vor, legt seine Hand an meine Wange und küsst mich sanft auf die Lippen.

Als er sich von mir löst, kann ich nur nicken, zu mehr bin ich nicht in der Lage.

Erneut flattert mein Herz, zieht sich etwas in meinem Inneren sehnsuchtsvoll zusammen, was definitiv weder Herz noch Bauch ist. Ich muss mich zwingen, aufzustehen, hochzugehen und mich bettfertig zu machen.

Schlafen kann ich jedoch nicht, bin zu aufgewühlt. Vom Besuch im CMP und den enttäuschten Hoffnungen im Hinblick auf den Armreif, vor allem aber davon, dass ich Alec in meiner Nähe weiß und ihn doch nicht anfassen kann, jedenfalls nicht heute Nacht. Eine gefühlte Ewigkeit lang wälze ich mich im Bett umher, aber dieses sehnsuchtsvolle Kribbeln in meinem Inneren lässt mich nicht zur Ruhe kommen. Schließlich trete ich auf den kleinen Balkon, sehe Alec am Wasser sitzen und gebe den Versuch, doch noch einzuschlafen, auf.

Ich werfe mir das Laken, das in der warmen Luft als Bettdecke dient, über das Shirt, das er mir geliehen hat, gehe die Treppe hinunter und über die Terrassentür nach draußen.

Obwohl ich kein Geräusch verursacht habe, sieht Alec über die Schulter zu mir, als hätte er meine Nähe gespürt. Kerzenlicht flackert über seine nachdenklichen Züge. »Kannst du auch nicht schlafen?«, fragt er.

Ich schüttele den Kopf, nehme die Kerze, um mir den Weg von den Stufen der Veranda hinunter an den Strand zu leuchten.

Der feine Sand unter meinen Füßen ist immer noch warm. Ich setze mich zu Alec, stelle die Kerze vorsichtig neben mir ab.

Mit leisem Schmatzen lecken die sanft heranrollenden Wellen am Strand. Das Meer ist spiegelglatt, nur ab und zu bilden sich im Mondschein Kreise darauf, wenn ein Fisch die Wasseroberfläche berührt, als wolle er Mondlicht trinken.

Wieder finden sich unsere Finger, verschränken sich ineinander.

»Du vermisst deine Mutter sehr«, sagt er. Es ist keine Frage, es ist eine Feststellung.

Ich schlucke schwer, nicke, mein Blick folgt den kleinen Fledermäusen, die sich aus ihren Verstecken gewagt haben und jetzt durch die Luft tanzen. »Und wen vermisst *du?*«, frage ich.

Überrascht sieht er auf.

»Du bist wie ein offenes Buch«, wiederhole ich die Worte, die er mir gegenüber verwendet hat. Wann war das? Es scheint ein halbes Leben her zu sein, so viel ist seither geschehen.

Er lächelt schief. »Du hast recht. Ich vermisse meinen Vater, wenn auch auf andere Weise, als du denkst. Der Mann meiner Mutter, ihre große Liebe, verschwand 1974. Sie hat das nie verwunden. Zwar heiratete sie erneut, aber die Ehe ging kurz nach meiner Geburt in die Brüche. Zu meinem Vater habe ich daher bis auf einen Anruf zum Geburtstag oder ab und zu eine Postkarte keinen Kontakt. Er ist Amerikaner, lebt jetzt in den USA. Daher auch mein englischer Name.«

Ich drücke stumm seine Hand.

Plötzlich habe ich das Bedürfnis, mein sonderbares Verhalten zu erklären, und flüstere atemlos: »Ich bin nicht wie Colleen.«

Er lacht leise. Das schönste Geräusch der Welt. »Das habe ich schon gemerkt.«

»Ich meinte damit …« Mein Herz schlägt heftig gegen meine Rippen, ich bin völlig verwirrt, weiß nicht, was ich denken, geschweige denn sagen soll. Wie ich ihm erklären soll, dass ich nicht so gelassen bin wie Colleen, was körperliche Nähe angeht. Mit Zurückweisung in Liebesdingen nicht so locker umgehen kann wie sie.

»Du bist ausgesprochen empfindsam und sensibel. Sehr verletzlich und verletzt. Und fühlst dich schuldig.«

Ich erstarre. »Woher willst du das wissen? Du kennst mich überhaupt nicht.«

»Das stimmt, nur …«

»Nur was?«

»Nur fühlt es sich so an, als täte ich es.«

Ich habe plötzlich Schwierigkeiten, Luft zu holen. Mein Herz zieht sich zusammen, um sich im nächsten Augenblick zu weiten. Als würde jede einzelne Körperzelle vor ungläubigem Staunen erstarren, nur um im nächsten Augenblick in rauschhaften Jubel auszubrechen. Kann es wirklich sein, dass er so empfindet wie ich? Denn genauso fühle ich bei ihm. Als würde ich ihn schon eine Ewigkeit kennen.

Seine Hand legt sich an meine Wange.

»Was ist passiert?«, fragt er leise.

Ich schließe die Augen, suche nach Worten. »Mum und ich hatten ein schwieriges Verhältnis. Sie litt an …« Ich halte erschrocken inne und korrigiere mich hastig. »Sie *leidet* an Depressionen. Ich weiß nicht, ob es schon immer so war, denn ich kann mich auch an ihr Lachen und viele schöne Momente mit ihr erinnern. Aber alles änderte sich, als wir eines Tages an der üblichen Bushaltestelle saßen und sie meinte, einen Bekannten oder so auf der anderen Straßenseite zu sehen. Ich weiß nicht, wen sie zu sehen glaubte oder warum sie das so aufregte. Ohnehin sah derjenige wohl einfach nur einer anderen Person sehr ähnlich. Dennoch war ab dem Zeitpunkt alles anders.« Ich schlucke. »Als Kind habe ich nicht verstanden, warum sie zunehmend aus meinem Leben verschwand. Nicht real verschwand. Physisch war sie ja da, aber gedanklich oder emotional gleichzeitig weit fort. Ich habe ihre Nähe vermisst, tue es noch immer.« Hilflos, weil mir die Worte fehlen, es besser zu beschreiben, hebe ich die Hände, aber Alec nickt, und ich fahre stockend fort. »Einmal, da … war sie so in ihrer Welt gefangen. Oder sie bildete sich wieder ein, jemanden zu sehen, ich weiß es nicht. Aber … sie … merkte nicht, dass ich neben dem Herd hochkletterte und … abrutschte … und … die Pfanne mit dem heißen Öl herunterriss.« Meine Stimme ist nur noch ein Krächzen, selbst die Erinnerung ist so schmerzhaft wie jener Moment selbst. Mein Puls rast, mir ist, als würde ich wieder die Hitze auf meiner Haut spüren, das Brennen, den Schmerz, der mir durch den ganzen Körper schießt.

Alec drückt meine Hand, ich konzentriere mich auf seine Berührung, die so weich, warm und tröstend ist, dass ich mit ihrer Hilfe die Kraft finde, weiterzusprechen. »Danach endete es. Endeten die Briefe. Endete ihr … Suchen … nach Gesichtern in Menschenmengen. In anderer Hinsicht aber wurde alles noch schlimmer. Das Lachen war schon lange fort. Nun ging auch ihre Lebenslust. Dad machte ihr Vorwürfe wegen meines Unfalls, aber sie selbst machte sich noch größere, das weiß ich.« Ich hole tief Luft. »Ich weiß bis heute nicht, wonach sie ständig Ausschau gehalten hat, aber plötzlich war es vorbei. Dafür jedoch wurden ihre Depressionen richtig schlimm. Bis sie eines Tages ein Plakat sah. Und eine Person darauf. Und … ich … weiß nicht, ob das eine mit dem anderen zusammenhängt, aber … sie lief auf die Straße und …« Ich schließe die Augen, bringe kein Wort mehr hervor, kämpfe mit den Erinnerungen, die mir die Kehle zuschnüren, und dem Schluchzen, das aus mir herausbrechen will. »Die letzten Worte, die ich meiner Mum vor ihrem Unfall gesagt habe, waren furchtbar«, stoße ich gepresst aus. Ich kriege die Sätze kaum heraus, jede Silbe brennt mir heißer auf der Zunge als das Öl damals auf meiner Haut. Meine seelischen Narben sind so viel tiefer als die körperlichen.

Alec streichelt stumm über meinen Rücken, und seine besänftigende Umarmung gibt mir Mut für die nächsten Worte.

»Dad war für mich da«, fahre ich stockend fort. »Immer. Ich war seine Prinzessin. Trotzdem liebe ich meine Mum natürlich über alles. Ich wünsche mir nichts mehr, als dass … dass ich sie noch einmal sprechen und ihr sagen kann, dass nichts davon stimmt, sondern dass ich sie über alles liebe.«

Erst als Alec mir sacht mit dem Daumen über die Wange wischt, merke ich, dass mir Tränen darüberrollen. Ich lehne mich gegen seine Schulter, er legt seine Arme um mich. Es fühlt sich ein bisschen an wie die blaue Decke meiner Mum, unter der ich mich als Kind verkrochen habe, wenn ich Albträume hatte. Geborgenheit spendend. Unendlich tröstend. Und dann weine ich. Weine all die Tränen, die ich mir die letzten Monate über verkniffen habe, weil ich stark sein und Dad nicht unnötig belasten wollte. Weine, bis ich mich ganz leicht fühle und endlich wieder mehr Luft bekomme.

Als ich wieder Worte finde, gestehe ich stockend: »Ich bin niemand, der mit privaten Dingen bei Fremden hausieren geht. Nur dass es sich bei dir nicht fremd anfühlt. Im Gegenteil.«

Er fasst nach meinem Kinn, dreht mein Gesicht sanft in seine Richtung. »Genauso geht es mir mit dir«, raunt er und streicht hauchzart über meine Schläfe, dann meine Wange. Verführerische Schauer jagen über meine Haut. »Ich glaube, dass es keine Rolle spielt, wie lange man eine Person schon kennt. Jedenfalls nicht für die Gefühle, die man ihr gegenüber hat. Und meine Gefühle für dich waren sofort da. In dem Moment, in dem ich dich sah.«

Mein Herz jubelt und zittert zugleich. Ich will seinen Worten Glauben schenken und fürchte mich davor, dass sie sich in nichts auflösen, sobald er meine verunstalteten Brüste in Gänze sieht. Dieses Narbengeflecht, das einem ausgetrockneten Flussbett gleicht. Ich schließe die Augen, spüre der Berührung seiner Fingerspitzen nach. Sie verfolgen die Linie meiner Wangenknochen, wandern nach unten, verharren schließlich erneut unter meinem Kinn. Zart fährt sein Daumen über meine Lippen. Verheißungsvolle Erregung breitet sich über meinen Körper aus. Als sein Daumen meine Lippen freigibt, prickeln sie noch immer, doch schon hat er sich vorgebeugt, und sein warmer, weicher Mund nimmt die Stelle seines Daumens ein. Meine Lippen teilen sich wie von selbst, lassen seine Zunge ein, schmecken die Süße seines Mundes.

Seine Hand wandert über mein Kinn nach unten, streicht über meinem Hals bis zu meinem Brustansatz. Sofort verkrampfe ich mich. Er hält inne, nimmt mein Gesicht in beide Hände, sieht mich eindringlich an. »Alles, was Teil von dir ist, gehört zu dir so, wie du bist. Und so, wie du bist, bist du wunderschön.«

Seine Worte rauben mir den Atem, mehr noch als das Kribbeln in meinem Inneren. »Aber …«, setze ich an, doch er verschließt meinen Mund mit einem weiteren Kuss. Süß und zart. Das Kribbeln breitet sich aus, ich fühle mich wie berauscht. Unser Kuss wird intensiver, drängender, bis sich ein sehnsüchtiges Seufzen meiner Kehle entringt. Sanft schiebt er mein Shirt bis über die Brust, ohne meine Lippen freizugeben. Mein Puls schießt in die Höhe, mein Atem geht schneller, die Sehnsucht in meinem Inneren lässt mich zittern.

Jetzt erst löst er sich von meinen Lippen, zieht mir das Shirt über den Kopf. Reflexhaft bedecke ich meine Brüste mit meinen Händen. Er nimmt sie sanft fort. Ich versteife mich erneut, doch er lässt sich nicht beirren. Eine Hand in meinem Rücken, lässt er mich sanft nach hinten sinken, beugt sich vor und haucht mir Kuss um Kuss auf meine Narben. Zärtlich, ganz vorsichtig. Nur seine Bartstoppeln schaben sacht darüber, jagen konzentrierte Erregung durch meinen Körper. Der Wechsel seiner weichen, warmen Lippen und der kühlen Meeresbrise setzt mich einem Ansturm an

Empfindungen aus und lässt mich bis ins Mark erschauern. Bis ich mich der Gluthitze, die durch meinen Körper strömt, nicht mehr erwehren kann, das Verlangen meine Scheu übersteigt. Als ich meine Finger in seinem Haar vergrabe, hebt er den Kopf. Ich sehe den Hunger in seinen Augen, und der Bann bricht endgültig, denn sie sind dunkel vor Lust – trotz meiner Narben.

Unwillkürlich greifen meine Finger nach dem Saum seines Shirts, schieben es hoch. Er nimmt den Impuls an, richtet sich auf, streift es sich in einer einzigen Bewegung über den Kopf, und das Mondlicht lässt seinen durchtrainierten Körper seidig schimmern und meine Kehle trocken werden. Er ist so perfekt, und ich bin es nicht.

»Du bist wunderschön, vollkommen für mich«, flüstert er, als hätte er meine Gedanken gelesen.

Noch mehr als das, was er sagt, bringt mich die Art, *wie* er es sagt, zum Beben: voller Sehnsucht, Ehrfurcht, Bewunderung. Es sind keine Floskeln, er meint es wirklich so.

»Vertraust du mir?«, flüstert er.

Ich nicke.

»Dann musst du mir glauben, dass ich seit dem Moment unserer ersten Begegnung verrückt nach dir bin!« Der dunkle, drängende Unterton und das Verlangen in seinen Augen schießen durch meine Adern wie ein Lauffeuer.

Ich schließe die Augen, erneut finden sich unsere Lippen, doch dieses Mal bin ich die drängende, fordernde Kraft. Ich beiße leicht in seine Lippe und ziehe scharf die Luft ein, als er daraufhin meinen Hinterkopf umfasst und meinen Mund noch enger an den seinen presst. Er stöhnt leise, und an meinem ganzen Körper richten sich die Härchen auf. Ich bin wie elektrisiert, lege meinen Kopf in den Nacken. Alecs Lippen finden erneut ihren feurigen Weg von meinem Mund hinab zu meiner Halskuhle. Und weiter. Zu meinen Brüsten.

Dieses Mal zucke ich nur kurz zusammen, bevor ich in das lustvolle Beben eintauche, das er in mir auslöst. Ich kann nicht genug davon kriegen. Ich höre seinen schweren Atem, der mir heiß über meine aufgerichteten Brustwarzen streicht. Er stößt ein begieriges Stöhnen aus, das mir direkt in meine Mitte schießt. Im nächsten Moment nimmt er meine Brüste mit seinem Mund vollständig in Besitz, und es ist, als würde mich eine Flutwelle aus Gefühlen überrollen. Sie schlägt über mir zusammen, lässt mich aufkeuchen. In meinen Ohren rauscht es. Ich will ihn, will ihn spüren. Überall. Und er liest erneut meine Gedanken. Seine Hände fliegen über meinen Körper, setzen meine Haut in Brand, und seine Lippen folgen den Flammen, ziehen feurige Erregung hinter sich her. Leidenschaft pulsiert heiß durch meine Adern, während er jeden Zentimeter meines Körpers erkundet.

Er reizt mich, bis ich sicher bin, dass sämtliche meiner Nervenzellen vor Sehnsucht vibrieren. Meine Finger fliegen zu seiner Jeans, nesteln hektisch an den Knöpfen. Er kommt mir zu Hilfe und entledigt sich auch seiner restlichen Kleidung. Der volle Anblick seines wundervollen Körpers verschlägt mir den Atem.

Langsam beugt er sich wieder über mich, kniet sich über mein Becken. Ich schlinge meine Arme um seine glatten, harten Schultern, spüre das Spiel der Muskeln darunter. Abermals küsst er mich hungrig, wild, hemmungslos, und ich spüre seine Härte.

Mit einem Stöhnen ziehe ich ihn zu mir, presse meinen Körper gegen seinen. In meinem Inneren zieht sich plötzlich alles zusammen vor Verlangen.

Er löst sich für einen Moment, richtet sich auf, mustert mich schwer atmend, sein Blick ist verhangen.

»Seit ich dich das erste Mal gesehen habe«, sagt er heiser, »träume ich hiervon.«

Ich spüre seine Hände an meinen Hüften, hebe ihm mein Becken entgegen, und er streift mir den Slip ab. Mein Atem geht stoßweise, und ich vergehe in diesem atemberaubenden, fiebrig-zitternden Gefühl, das er mit jeder seiner Bewegungen und Berührungen in mir auslöst.

Als ich Alec in mir aufnehme und er mich meine Narben für den Augenblick völlig vergessen lässt, ist das Firmament von Sternen übersät, die sich im Wasser spiegeln, am Horizont ineinander übergehen. Unmöglich zu sagen, wo das Meer endet und der Himmel beginnt. Wobei ich im Moment ziemlich sicher bin, dass er sich genau hier befindet – in Alecs Armen.

Die Zeit schien keine Rolle zu spielen hier draußen beim Felsen der Aphrodite. Nichts hier draußen schien eine Rolle zu spielen außer Yasin. Es war, als existierten sie außerhalb von Zeit und Raum. Genügten sich selbst und konnten zugleich nicht genug voneinander kriegen.

Ihre Finger ineinander verschränkt, lagen sie aneinandergeschmiegt da, während der Sonnenuntergang die Felsen in Flammen aufgehen ließ.

Die letzten Tage hatte es keine weiteren Schreckensmeldungen im Radio gegeben, alles war ruhig geblieben in den Straßen und der Umgebung.

Schließlich waren die Menschen in ihre Häuser und Gehöfte zurückgekehrt. Zwar bangend, aber auch hoffend und nicht mehr so ängstlich und besorgt wie zuvor. Das Vieh musste versorgt, die Ernte eingeholt werden, Alltag kehrte ein. Die Ereignisse in Nikosia schienen weit entfernt und hier in Ayia Rosa auf den ersten Blick alles wie immer zu sein. Der bittere Beigeschmack war zwar geblieben, dennoch wollte Samira nach vorn blicken, das Positive sehen.

Ja, Sampson war nach wie vor an der Macht, doch Makarios war im Exil auf der Suche nach Unterstützern. Sampsons Position war alles andere als gefestigt, und aus Angst vor einem Eingreifen der Türkei hatte er die offizielle Anweisung herausgegeben, die türkische Bevölkerung in Frieden zu lassen.

Das war offensichtlich nicht die Entwicklung der Dinge, von der Stefanos geträumt hatte. Wie ein hungriger Wolf schlich er durch die Gassen, auf der Suche nach Ärger, aber entweder hatte Stavros auf ihn eingewirkt, oder Sampsons Anweisung war der Grund dafür, dass er sich zurückhielt. Auf jeden Fall aber schien er inzwischen begriffen zu haben, dass der Putsch, den er sich offenbar erhofft hatte, nur halbwegs geglückt war.

Und heute war es fast, als seien die Ereignisse nur ein böser Traum gewesen.

»Wir müssen aufbrechen«, flüsterte sie und blickte liebevoll auf Yasin, der, die Hand auf ihrer Hüfte, mit geschlossenen Augen neben ihr ruhte. Sie betrachtete jeden Zentimeter seines Gesichts, wollte es sich für immer einprägen.

»Ich habe wieder von dir geträumt«, murmelte Yasin und rollte eine ihrer Locken um seinen Finger. »Der erste Teil war wundervoll.«

»Nur der erste?«, fragte sie verdutzt und scherzte: »Jetzt bin ich enttäuscht.«

Sie stützte das Kinn auf ihrer Hand ab, die auf seiner Brust ruhte, betrachtete sein entspanntes Gesicht. Seine Wimpern warfen Schatten auf die Wangen. »Was geschah im ersten Teil?«

Er schlug die Augen auf, sah direkt in ihre. »Ich habe geträumt, dass du ein schaumweißes Kleid trugst und lila Hibiskusblüten im Haar. Hier, vor dem Felsen der Aphrodite, standest du am Strand vor dem türkisfarbenen Wasser. Als meine Braut.«

»Du hast von unserer Hochzeit geträumt?«

Er lächelte und nickte.

»Und der zweite Teil?«

Ein Schatten huschte über sein Gesicht. »Blutroter Mohn wucherte empor.« Jetzt setzte er sich auf, griff nach ihrer Hand. »Versprich mir etwas.«

»Was?«

»Ich habe dir geschworen, nie mit dem Schreiben aufzuhören. Schwöre du mir, nie dein Lachen zu verlieren.«

Sie lachte verunsichert auf. »Mit dir kann ich es nicht verlieren.«

Er atmete tief durch. »Auch ohne mich.«

»Was?« Sie erstarrte.

»Egal, was geschehen wird. Auch wenn … wenn das Schlimmste eintrifft.«

»Was? Wovon redest du? Hör auf damit.«

Er nahm sie bei den Schultern, sah sie eindringlich an. »Versprich mir, dass du, egal, was geschieht, dein Lachen nie verlierst, niemals aufgeben wirst, immer weitermachst. Lebst! Gleich, was passiert.«

Sie zitterte am ganzen Körper. Was er sagte, beunruhigte sie, doch viel mehr noch die Angst in seinen Augen. »Ich schwöre es dir.«

Er schloss für einen Moment die Augen und atmete tief durch. Als fiele eine Last von ihm ab. Dann öffnete er sie wieder, nahm ihr Gesicht in seine Hände. »Lass uns noch heute heiraten.«

»Was?«

»Hier! Hier und heute! Bitte!«

Sie starrte ihn perplex an. »Aber … das … Wie stellst du dir … Das geht nicht.«

»Warum nicht?«

»Wie sollen wir so schnell eine Feier organisieren? Meine Eltern werden einen Nervenzusammenbruch erleiden, ganz zu schweigen von deinem Vater. Und was ist mit Dimi? Himmel, er weiß ja noch nicht einmal etwas von unseren Plänen, ist immer noch nicht hier!«

»Liebst du mich?«

»Natürlich!«

»Dann lass uns noch heute heiraten! Wir brauchen keine Feier. Nur uns beide.«

»Aber … Wer soll uns trauen? Kein orthodoxer Priester wird es tun und auch kein muslimischer.«

»Irgendwer wird uns trauen. Ich finde jemanden. Und wenn es ein Schiffskapitän ist! Also?«

Sie nickte zittrig. »Ja. Ja!« Sie fühlte ihrer Familie wegen Wehmut, doch das Glück überwog. Sie schlang erneut die Arme um seinen Hals und küsste ihn. Lang und innig.

Als sie sich wieder voneinander lösten, zog er ihr lächelnd ein paar Moosblättchen aus den Locken, hielt aber plötzlich inne und runzelte die Stirn, als sei ihm etwas eingefallen. Er setzte sich auf, zog seine Tasche zu sich. Dicht beschriebene Seiten Papier lugten heraus, aber er griff hinter sie.

Die Strahlen der Abendsonne brachen sich auf Silber, warfen Funken auf und ließen die Türkise schimmern, als seien sie lebendig. Lächelnd streifte er ihr den Armreif über. »Für meine Braut.«

Ein wohliger Schauer durchlief sie. »Er ist wundervoll«, hauchte sie.

»Den anderen solltest wohl du mir reichen«, sagte er schmunzelnd.

»Den anderen?«, wiederholte sie verwirrt. Sie spähte in die Tasche und lachte hell auf, als sie den zweiten, gleich gestalteten Armreif entdeckte. Vorsichtig zog sie ihn hervor, streifte ihn Yasin über die Hand. Er nahm die ihre, führte sie an seine Lippen, küsste ihre Fingerspitzen. Armreif lag an Armreif, gemeinsam brachen sie das Licht. Jede ihrer Bewegungen ließ es über ihre Körper huschen.

Lächelnd beugte sie sich vor, küsste die tanzenden Lichtreflexe auf seinem Gesicht, bis sie schließlich zärtlich ihre Stirn an seine lehnte, ehrfürchtig über den Reif strich.

»Wo hast du ihn machen lassen?«, flüsterte sie. »Er sieht aus wie der deiner Großmutter.«

»Das ist der meiner Großmutter.«

Sie erstarrte. Eine dunkle Ahnung überfiel sie, klammerte sich an ihren Nacken. Ihr wurde heiß und kalt, sie sprang auf. »Wir müssen nach Hause! Sofort!«

Wenn ich sterbe, möchte ich, dass du ihn bekommst. Jajás Worte, die Samira ihm wiedergegeben hatte, tobten durch seinen Kopf.

Nur Worte! Es sind nur Worte!

Immer und immer wieder sagte er sich das, während sie durch den Zedernwald zurückliefen. Und doch wühlte Angst in seinem Inneren.

Als sie die letzten Bäume hinter sich ließen, sahen sie Rauchsäulen in den glühend roten Abendhimmel aufsteigen, und Samira schrie erschrocken. »O Gott, es brennt! Das Dorf brennt!«

In Panik rannten sie weiter, bis Samira sich die Seiten hielt, nach Luft rang.

»Das ist nicht das Dorf!«, keuchte er. »Das kommt vom Hügel! Das ist die Kirche!«

»Großer Gott, hoffentlich war niemand darin«, stieß Samira hervor.

Halb erleichtert, weil ihre dunkle Vorahnung offenbar doch nicht seine Großmutter betraf, halb erschrocken eilten sie weiter. Der Wind drehte, sie konnten den beißenden Gestank des Qualms wahrnehmen, hörten Schreie, Rufe.

Als sie den Dorfplatz endlich erreichten, herrschte Chaos. Menschen hasteten umher, Pferde wieherten, Esel schrien.

»Mehr Eimer!«, schrie jemand. »Wir brauchen Sand!«, brüllte ein anderer.

»Hol Behälter aus der Taverne!«, rief Yasin Samira über die Schulter hinweg zu. »Und Verbandszeug und Salben gegen Brandwunden, falls jemand verletzt ist.«

Hufe klapperten auf dem Pflaster, als mit Wassereimern beladene Karren aus den Gassen zum Hügel hasteten. Wasser schwappte über den Rand der Eimer. Yasin hoffte, dass überhaupt irgendetwas davon oben ankommen würde.

»Die Pferdetränke!«, rief er. »Helft mit!« Sofort packten zahlreiche Hände mit an, gemeinsam hoben sie die Tränke auf den nächsten Karren, jemand sprang auf den Kutschbock, ergriff die Zügel, und der Esel lief los.

Yasin packte die nächsten beiden Eimer, die Achmed aus dem Brunnen hochzog, und eilte den anderen hinterher, die Gassen hindurch, bis er hinter dem letzten Haus ins Freie trat. Und die Kirche sah.

»O mein Gott!«, stieß ein Mann neben ihm aus.

Als wäre das Gemäuer ein Leuchtturm zu Zeiten der alten Griechen, schlug das Feuer sogar aus dem Glockenturm dem dunkler werdenden Himmel entgegen. Die blaue Kuppel war gänzlich in schwarzen Rauch gehüllt. Mauern und Dach der Kirche bestanden zwar aus Stein, doch die Bestuhlung und die Innenverkleidung waren aus Holz. Alles musste binnen weniger Minuten in Flammen aufgegangen sein.

Er schleppte die Eimer den Hügel hinauf. Gefühlt das halbe Dorf stand dort in drei Gruppen, Tücher vor den Mund gepresst. In der hinteren Menschenansammlung entdeckte er seine Großmutter. Abseits des Rauches stand sie zwischen Kadir und Elif an der Felskante, schüttelte bedrückt den Kopf. Er war unfassbar erleichtert, sie wohlauf zu sehen. Aber wo war Malik? Und warum liefen die anderen nicht erneut nach unten, um Wasser zu holen? Weshalb standen sie nur herum und sahen zu, wie die Kirche von innen heraus zerfressen wurde?

Endlich ganz oben angekommen, erkannte er den Grund: Alle Mühe konnte doch nichts mehr ausrichten. Er hatte immer geglaubt, Feuer würde knistern, prasseln und zischen, dabei brüllte, fauchte und dröhnte es. Flammen schlugen aus den Fenstern, die in der Hitze zerborsten waren. Dichter Qualm schwärzte die ehemals weißen Wände. In dieser Feuerhölle gab es nichts mehr zu retten, ganz gleich, wie viel Wasser noch den Hügel hinaufgetragen werden würde. Die Hitze war nicht auszuhalten, er kam nicht an das Gebäude heran, versuchte, aus der Entfernung das wenige Wasser durch eines der zerbrochenen Fenster zu schütten. Kochend heißer Dampf schlug ihm entgegen, er riss den Arm hoch, um sein Gesicht zu schützen, und wich zurück. Ätzender Brandgeruch ließ ihn husten.

»Yasin!« Dimi kam mit verstörter Miene auf ihn zugelaufen, offenbar gerade erst aus Nikosia zurückgekehrt. »Was ist hier los? Warum brennt die Kirche? Wo sind Samira und ihre Eltern? Die Taverne war leer.«

»Ich weiß nicht, was den Brand verursacht hat«, keuchte Yasin. »Samira wollte aus der Taverne Eimer und Verbandszeug holen, ihr müsst euch verpasst haben.«

Dimi suchte mit seinen Blicken hektisch die Menge ab, aber Yasin konnte sich nicht weiter auf ihn konzentrieren, denn nun, da er einige Meter von der Kirche entfernt war, konnte er über dem Lärm die wütenden Stimmen vernehmen.

»Seht ihr!«, »Alles Lügner!«, »Ihr wolltet ja nicht auf mich hören!«, »Verschwinde, oder du wirst es bereuen!«

Yasin fuhr herum, und mit Entsetzen wurde ihm klar, warum die Menschen vor der Kirche in drei Gruppen geteilt waren.

Stefanos und Omar standen sich gegenüber, ihre Anhänger um sich geschart.

»Seht ihr jetzt, was ihr davon habt?«, rief Stefanos triumphierend. »Sie waren es! Die verdammten Kameltreiber haben unsere Kirche angezündet!«

Ein Aufschrei der Empörung durchdrang das Krachen, mit dem das Feuer das Gebälk im Inneren der Kirche endgültig zusammenstürzen ließ.

»Lüge! Eine Lüge!«, brüllte Omar zurück, konnte nur mit Mühe von einigen anderen davon abgehalten werden, auf Stefanos loszugehen.

Frauen schrien erschrocken auf, die dritte Gruppe von Dorfbewohnern wich ängstlich zurück, während die beiden Parteien sich drohend voreinander aufbauten.

»Sie nehmen uns alles!«, »Verlogene Bande! Schon immer gewesen!«, »Glaubt ihnen kein Wort!«, »Wir werden euch das alles heimzahlen!« Drohungen, Beleidigungen, Beschimpfungen flogen durch die Luft wie Gewehrgeschosse, Yasin konnte nicht einmal zuordnen, welcher Ausruf von welcher Gruppe kam – es war wohl auch gleich.

»Hört auf!«, rief Yasin, lief zwischen die Linien, versuchte, die Leute auf Abstand zueinander zu bringen. »Beruhigt euch! Ihr macht alles nur noch schlimmer!« Vergeblich.

»Nein!« Der Aufschrei übertönte selbst das Fauchen des Feuers. Mit wehendem Talar kam Papas Hieronymos den Hügel heraufgerannt, verlor seinen Hut, merkte es nicht einmal. Das graue Haar flatterte, sein Gesicht war von Verzweiflung verzerrt. »Unsere Ikonen! Die Reliquien!«

Stavros rannte hinter ihm her. Schweiß glänzte auf seinem Gesicht. Yasin entdeckte Malik, drängte sich zu ihm durch, packte ihn am Arm, zerrte ihn aus dem Pulk. »Was tust du hier bei all den Wahnsinnigen?«

Sein Schwager schlug seine Hand fort. »Lass mich! Ich bin kein Feigling! Ich stehe für unser Volk ein!«

»Malik! Bitte! Hör doch nicht auf das, was …«

»Omar hat recht!«, unterbrach der ihn. »Wir müssen uns wehren!« Seine Stimme klang schrill, seine Augen glänzten wie im Fieber. Das schleichende, aber unaufhaltsame Gift des Hasses wirkte bereits in ihm. Wild und wirr redete er auf Yasin ein. Vergebens versuchte dieser, ihn zu unterbrechen.

»Die Reliquien!« Hieronymos hatte die Hügelkuppe erreicht, gefolgt von Stavros.

»Was ist hier los?« Stavros' Gesicht war rot vor Anstrengung, er musste sich vornübergebeugt auf den Knien abstützen, erst einmal verschnaufen.

Niemand beachtete ihn, die Menge war zu aufgebracht, die unterdrückte Anspannung der letzten Tage wollte sich entladen. Ein Gewitter, dessen Elektrizität Yasin auf der Haut prickelte. Angst kroch ihm den Rücken hinauf. Der Sturm war da.

»Hört auf! Beruhigt euch! Das ist doch alles Wahnsinn!«, rief Yasin erneut, versuchte, Achmed zurückzuziehen, der die geballte Faust in Richtung Nikiforos schüttelte und wüste Beschimpfungen ausstieß. Doch seine Worte gingen unter im Lärm der vom krachenden Feuer begleiteten wütenden Rufe. Die Drohungen wurden noch lauter, die Männer rückten einander immer näher. Funken stoben vom Feuer auf, tanzten durch die anbrechende Dunkelheit, ließen das Gras glühen, wo sie es erreichten.

»Rettet sie! So rettet sie doch!«, schrie der Papas, stürzte an ihnen vorbei. »Unsere Reliquien! Die Ikonen! Das kann euch doch nicht egal sein!«

»Hieronymos!« Kadir war herbeigeeilt, stellte sich ihm in den Weg. »Du kannst da nicht rein!«

»Lass mich!« Der andere stieß ihn beiseite. »Ich muss sie rausholen!«

»Nein!« Kadir hielt ihn fest. »Sei vernünftig, mein Freund, bitte! Du kannst nichts mehr tun! Sie sind verloren!«

»Er hat recht!«, rief Yasin, wollte ebenfalls zu ihm, aber Malik packte ihn am Arm. Er redete noch immer wie im Fieber hektisch und konfus auf Yasin ein, zitternd vor Aufregung, doch Yasin konnte seinen Worten nicht folgen. Angsterfüllt blickte er um sich, suchte nach einer Lösung, einer Möglichkeit, dem Wahnsinn ein Ende zu bereiten, bevor es zu spät war, aber um ihn herum herrschte reinstes Chaos. Die Hitze und der Lärm des Feuers wurden immer stärker, Funken stoben immer zahlreicher durch das Dunkel, der Feuerschein tauchte die Menschen in rotes Licht, veränderte sie, verzerrte sie. Wandelte ihre Gesichter zu Fratzen des Hasses. Sie schrien gegen das Brüllen des Feuers an, drohten einander – die ersten wurden handgreiflich, die Menge geriet in Bewegung.

Einzig Hieronymos' gellender Aufschrei hob sich aus dem Tosen heraus. »Ich muss sie retten!« Er riss sich los, stürzte auf Yasin zu, wollte an ihm vorbei zur Kirche, aber jemand stieß ihn zur Seite, sodass er stolperte, gegen Maliks Rücken fiel. Der schrie erschrocken auf, fuhr herum, Metall blitzte rot im Feuerschein auf. Hieronymos keuchte, sah Yasin verwirrt an – und brach zusammen. An seiner Hüfte schimmerte der Talar feucht im Schein des Feuers. Blut. Der Wahnsinn hatte sein erstes Opfer gefunden.

Entsetzen lähmte Yasin.

»Nein!« Kadir schrie auf, rannte zum Papas, riss sich die Kappe vom Kopf und presste sie auf die Wunde, um die Blutung zu stoppen. »Hilfe! Wir brauchen Hilfe! Hieronymos, mein Freund, halte durch!«

»Was hast du getan?« Fassungslos starrte Yasin Malik an.

Der war bleich, die Hand mit dem Messer zitterte. »Ich … ich … wurde angegriffen. Er hat … ich dachte …«

»Mörder!«, schrie jemand.

Die Schlägerei geriet ins Stocken, ein Kopf nach dem anderen wandte sich ihnen zu, und immer mehr Kehlen stimmten in den Schrei ein, er türmte sich auf wie eine Flutwelle, bereit, alles unter sich zu begraben. »Mörder!«, »Holt ihn euch!«, »Der Türke hat unseren Papas getötet!« Wütende Stimmen, zornige, fremde Gesichter.

»Nein! Er ist kein Mörder!« Elif drängte sich zwischen den Männern hindurch, warf sich vor ihren Mann. »Lasst ihn! Lasst ihn in Ruhe!«

Mit angstverzerrtem Gesicht krallte Malik sich in Yasins Arm. »Ein Unfall! Das war ein Unfall! Lass nicht zu, dass sie mir etwas tun!«

Yasin riss sich los, stürzte zu Hieronymos. Er lebte, keuchte mit schmerzverzerrtem Gesicht, seine Hand krallte sich in den Arm von Kadir.

Krachend stürzte in der Kirche erneut etwas in sich zusammen, fauchend schlugen die Flammen aus den Fensterresten. Als wäre dies das Zeichen, kam Bewegung in die Menge. Etliche hasteten kopflos den Hügel hinunter, andere kamen drohend auf Malik zu. Yasin kannte diese Leute nicht, ahnte, dass sie zu Stefanos gehörten. Aber wo war Stefanos? Wo war Omar? Die Brandstifter hatten das Weite gesucht. Elende Feiglinge.

Zwei Schüsse durchschlugen donnernd den Lärm, und für einen Augenblick verstummten die Menschen erschrocken, war nur das Prasseln des Feuers zu hören. »Niemand kommt näher!«, schrie Stavros, die Pistole in die Luft gerichtet, mit der er die Warnschüsse abgegeben hatte. Er packte Malik am Arm. »Niemand außer mir fasst diesen Mann an! Ich bin Polizist! Ich kümmere mich darum!« Seine Stimme zitterte ebenso wie die Hand, die die Pistole hielt.

»Der Papas ist nicht tot!«, rief Yasin hastig. »Bewahrt Ruhe, Leute! Helft mir, ihn auf den Wagen zu heben, schnell! Wir müssen ihn zu Appolonia bringen, wir können ihn retten! Und du, Nikiforos, fahr nach Ayia Helva und hol den Arzt her! Sofort!«

Dankbar dafür, dass jemand das Kommando übernahm, eilten weitere Männer herbei, hoben mit ihm den Papas auf den Karren, auf dem zuvor die Pferdetränke den Hügel hochgebracht worden waren. Kadir wich nicht von der Seite seines besten Freundes, drückte weiterhin die Wunde zu und hielt seine Hand. Jemand sprang auf den Kutschbock, und schon rumpelte der Karren los. »Verlass mich nicht, mein Freund!«, weinte Kadir, Tränen liefen ihm über das Gesicht in seinen Bart. »Bleib bei mir!«

»Geht! Geht zurück ins Dorf!«, rief Stavros. »Hier könnt ihr nichts mehr ausrichten, die Kirche ist verloren.«

»Was passiert jetzt mit Malik?«, rief Elif.

»Tut mir leid, ich muss ihn mitnehmen, denn er hat Schuld auf sich geladen, ob bewusst oder unbewusst«, gab Stavros bedrückt zurück.

»Nein!« Sie klammerte sich an seinen Arm. »Ein Unfall! Es war ein Unfall!«

»Das muss ein Gericht klären. So lange kommt er in Gewahrsam. Ich werde die Kollegen aus Nikosia anfunken müssen.«

»Nikosia?« Malik erbleichte, ging in die Knie.

Yasin fühlte das Blut aus seinem Gesicht weichen. »Dort ist Sampson an der Macht. Er wird kein faires Verfahren bekommen.«

Stavros wand sich und litt sichtlich, nickte aber. »Ich wünschte, ich … könnte etwas anderes tun, aber …« Er brach ab, seine hilflose Geste umfasste all die Blicke, die noch immer auf sie gerichtet waren. »Komm, Junge.« Er zog Malik auf die Füße.

»Nein!«, heulte Elif, zerrte an Stavros.

Yasin löste ihren Griff. »Elif, Malik ist bei Stavros besser aufgehoben als hier. Wer weiß, was sonst …« Er schüttelte den Kopf, versuchte, sie in den Arm zu nehmen, den Gedanken nicht zu Ende zu denken.

»Deine Schuld!«, heulte Elif auf, schlug auf Yasin ein. »Das ist alles deine Schuld! Wieso wolltest du nicht gehen? Deinetwegen sind wir noch hier! Deinetwegen ist das alles passiert! Ihr seid schuld! Du und Samira!«

Ihre Worte schmerzten tausendmal mehr als ihre Schläge, die er stumm über sich ergehen ließ, ohne sich davor zu schützen. Ihr Hass zerriss ihm das Herz.

Stavros, die Pistole im Anschlag, forderte die Leute ein weiteres Mal auf, endlich nach Hause zu gehen, fürchtete offenbar, dass es ansonsten hier oben zu einer weiteren Eskalation kommen würde. Malik hielt er nach wie vor fest im Griff.

Endlich ließ Elif von Yasin ab, wandte sich um, Schluchzer schüttelten ihren ganzen Körper.

»Es tut mir leid«, flüsterte er. »Es tut mir unendlich leid.« Erneut versuchte er, sie in den Arm zu nehmen, aber sie schlug seine Hand fort, wich zurück.

»Verschwinde!«, schrie sie hysterisch. »Verschwinde und lass dich hier nie wieder blicken! Du bist nicht mehr mein Bruder! Du gehörst nicht mehr zur Familie. Ich will dich niemals wiedersehen!«

Hilflos stand er da, während sich die Menge langsam lichtete.

Dann sah er plötzlich Lichter. Weit hinten. Er kniff die Augen zusammen, erstarrte. Eine Wagenkolonne. Das konnte nichts Gutes bedeuten. Entweder Soldaten oder eine Bürgermiliz. Es war nur die Frage, ob es Anhänger der Putschisten waren oder Omars Leute. Letztlich war es egal. Es bedeutete in jedem Fall noch mehr Leid.

»Yasin!«

Er sah auf und in Dimis Gesicht. Blankes Entsetzen lag darin. Dimi deutete auf etwas hinter Yasin.

Er wandte sich um, und die Wagen waren vergessen. Eiseskälte ließ sein Herz gefrieren.

Die kleine, schwarz gekleidete Gestalt lag im Gras wie eine Amsel, die vom Himmel gefallen war.

Er stürzte auf sie zu, fiel neben ihr auf die Knie. »Jajá! Was ist mit dir? Was hast du?«

Ihre Augenlider flatterten, sie war so bleich wie der Schaum auf den Wellen. Sie trug ihr weißes Schultertuch von der Hochzeit. Ein kleines Loch war darin und ein roter Fleck darauf, wie eine Rose, die rasend schnell erblühte.

Blankes Entsetzen schnürte ihm die Kehle zu. Eine von Stavros' Kugeln hatte sie getroffen, ein Querschläger, der von irgendwoher abgeprallt sein musste. »Hilfe!«, schrie er, presste seine Hand auf die Wunde, wollte verhindern, dass das Leben aus seiner geliebten Großmutter herausfloss. Verzweifelt blickte er sich um. »Sie braucht Hilfe! Einen Arzt! Holt den Karren zurück! Wir müssen sie zu Appolonia bringen!«

Endlich drangen seine Worte durch den Lärm zu den wenigen Verbliebenen durch. Stavros sah erschrocken auf, Elif wankte kraftlos auf sie zu.

Er spürte eine sanfte Berührung an seiner Hand, kaum mehr als die eines Schmetterlings. Erschrocken sah er wieder nach unten. Jajás Blick war auf sein Gesicht gerichtet. Ihre Stirn war von kaltem Schweiß bedeckt, aber die Strahlkraft ihrer Augen war ungebrochen. Ihr Lippen bewegten sich, hastig beugte er sich vor, um sie hören zu können.

»Zu … spät.«

»Nein!« Erschrocken richtete er sich wieder auf. »Auf keinen Fall! Niemals! Hilfe kommt! Hilfe ist unterwegs, alles wird gut!« Seine zitternde Hand strich über die schmalen, blassen Finger seiner Großmutter. Durfte er sie bewegen? Durfte er sie anheben? Er wusste es nicht. Nie zuvor hatte er sich so hilflos gefühlt. Aber bis jemand hier oben wäre … »Ich bringe dich ins Dorf.« Er ließ die Wunde los, schob einen Arm vorsichtig unter ihren Nacken, den anderen unter ihre Beine. Sofort wurde der rote Fleck größer, sie keuchte auf, Schmerz zeichnete sich auf ihren Zügen ab, erschrocken hielt er inne.

»Ramiz …«

»Nein, nein, ich bin es, Yasin.«

Sie hauchte etwas, er schüttelte den Kopf. »Nicht sprechen, schone dich, Hilfe ist unterwegs.«

»Er … lächelt und reicht mir … die Hand.«

Ihre nur noch gehauchten Worte jagten ihm eine Gänsehaut über den Körper, wie er sie nie verspürt hatte. Er wollte schreien und konnte doch nur flüstern. »Warum du? Warum nur? Warum leiden die Unschuldigen? Es ist so sinnlos!«

»Das ist … Gewalt … immer … sagt Ramiz.« Ihre Worte waren kaum noch zu verstehen.

Seine Kehle zog sich zusammen. »Bitte, bleib bei mir! Ich liebe dich doch so, brauch dich noch, Jajá, bitte!«

Sie bewegte ihre Lippen erneut. Am ganzen Körper zitternd beugte er sich vor.

»Lass … die Dunkelheit nicht … gewinnen.« Die Worte wurden immer leiser, ihre Stimme klang so brüchig, dass sich sein Inneres zusammenzog vor Schmerz – mehr noch als zuvor, da die Erkenntnis in ihm reifte, dass das Unabwendbare bevorstand. »Lass nicht … zu, dass … sie dich … erfüllt, mein Junge. Kämpfe dagegen an. Du hast ein gutes Herz.«

Er konnte nicht antworten, nur nicken, stumme Schluchzer schüttelten ihn.

Er legte seine Wange an die seiner Großmutter – diese faltigen, weichen Wangen, an die er sich angeschmiegt hatte, seit er denken konnte. »Ich verspreche es«, flüsterte er schließlich.

»In dunklen … Zeiten … braucht es … ein Herz, das … vor Liebe leuchtet.«

»Wie deines. Wir brauchen dich. Bitte, halte durch! Es wird alles gut!«

Wieder flog ein Lächeln über das alte Gesicht. »Es ist … gut … ich bin bei … Ramiz …« Und dann verloren ihre Augen ihr Strahlen.

»Jajá? Jajá!«

Panisch legte er sein Ohr an ihren Mund, an ihr Herz. Doch da war nichts. Nichts außer dem Lächeln auf ihrem Gesicht. Und ihrem zum Himmel gerichteten Blick.

Seine Trauer ballte sich zu einem lautlosen Schrei.

Mit einem Mal wurde der Lärm um ihn her ganz leise, rückte alles in weite Ferne. In ihm herrschte absolute Stille, völlige Leere. Das Toben des Feuers verschwand und ebenso die Rufe der Menschen. Er sah sie ihre Münder bewegen, aber er hörte ihre Worte nicht. Schwärze füllte ihn aus.

Er wiegte Jajá in seinen Armen, während brennenden Schneeflocken gleich die glühenden Funken lautlos um sie herum herniederrieselten.

Es gab keine Worte für das Entsetzen in ihm. Behutsam hob er sie hoch, und sie war leicht wie ein Kind. Ihr Spitzentuch rutschte ihr von den Schultern, der Wind hob es an, trug es über die Felskante, ließ es sanft durch die Luft gleiten. Über das Meer, das bei Tag so blau war wie Jajás Augen, und dem Horizont zu, an dem die ersten Sterne erschienen.

Er schmeckte Salz. Tränen rollten über sein Gesicht und tropften von seinem Kinn. Plötzlich entdeckte er Omar, der mit verächtlicher Miene hinter der Kirche hervortrat. Er und Stefanos! Sie hatten den Hass in sein Dorf getragen. Sie waren der Auslöser für die Ereignisse, die dazu geführt hatten, dass seine Schwester ihn ihr Leben lang hassen würde und dass seine Großmutter tot war. Stefanos war nicht greifbar, aber *dieser* Mistkerl hier vor ihm war es!

Kapitel 10

Orpheus, o Orpheus,
Herakles und Poseidon haben versagt.
Wäre ich doch wie du
und könnte das Unmögliche möglich machen.

Heute

Als ich aufwache, fühle ich mich sonderbar leicht.

Die Sonne ist noch nicht zu sehen, es ist der Moment des Übergangs von absoluter Dunkelheit zum zaghaften Vortasten der ersten Lichtstrahlen. Ich brauche einen Moment, um mir darüber klar zu werden, wo ich bin. Es ist nicht so stickig und heiß wie die Tage zuvor, wenn ich erwacht bin, sondern es weht eine sanfte, milde Brise.

Ich bin in Alecs Haus. Und liege in seinem Bett.

Die Erinnerungen an die letzte Nacht stürmen auf mich ein, und sofort flattert in meinem Bauch eine Schar Schmetterlinge umher, als hätte mein plötzlich so heftiger Herzschlag sie aufgescheucht. Ein solch starkes Glücksgefühl durchströmt mich, lässt meinen ganzen Körper regelrecht erzittern, dass ich mir die Hand vor den Mund pressen muss, um nicht mit dem Lachen, das meine Kehle hochklettert, Alec zu wecken.

Ich wende den Kopf und stutze, denn die andere Bettseite ist leer. Angestrengt lausche ich, doch im restlichen Haus ist kein Geräusch zu hören.

Verwirrt klettere ich aus dem Bett, trete auf den Balkon. Spiegelglatt liegt das Meer da. Alec sitzt am Strand, sieht aufs Meer hinaus. Fast, als hätte er sich seit gestern nicht von der Stelle gerührt. Dabei hat er das, und wie. Die Erinnerung daran, wie wir uns nicht nur am Strand, sondern später erneut im Schlafzimmer geliebt haben, lässt ein scheues Lächeln über mein Gesicht huschen. Ich gehe die Treppe hinunter und durch die offene Schiebetür nach draußen zu ihm.

Er ist so in Gedanken, dass er mein Kommen gar nicht wahrnimmt. Erst als ich neben ihm stehe, ruckt sein Kopf herum. Beim Anblick seines Gesichts zucke ich beklommen zusammen. Seine Augen sind zusammengekniffen, seine Kiefer aufeinandergepresst, Sorgenfalten haben sich in seine Stirn gegraben, und seine Brust hebt und senkt sich, als würde er mit sich ringen. Aber warum? Hat es mit mir zu tun? Bereut er die letzte Nacht? Es hat sich alles so gut angefühlt, für ihn doch auch, oder?

Doch schon mit dem nächsten Wimpernschlag lösen sich die Sorgenfalten auf, er lächelt, und ich atme unwillkürlich aus, habe gar nicht mitbekommen, dass ich die Luft angehalten hatte. Zwischen uns ist alles gut, ich sehe es in seinem Blick. Erleichtert setze ich mich neben ihn. Was auch immer ihn gerade gequält hat, es hat nichts mit mir zu tun.

»Gut geschlafen?«, fragt er.

»Sehr gut, immerhin …« Weiter komme ich nicht, denn ein Schwarm Fische ist unmittelbar vor uns aufblitzend aus dem

Wasser gesprungen. Verblüfft halte ich die Luft an. Und da ist er schon wieder. Und wieder.

Alec hat die Augen geschlossen. »Ich liebe dein Lächeln – so neugierig und ehrlich«, flüstert er.

»Woher weißt du, dass ich lächle?«

»Ich spüre es.« Jetzt öffnet er die Augen, lächelt seinerseits. »Wenn ich dich glücklich sehe, brauche ich keinen Sonnenaufgang mehr.«

Sanft streicht er mir eine Locke aus dem Gesicht. Seine Berührung jagt mir einen Schauer über die Haut. Er zieht mich an sich, und ich lehne den Kopf an seine Schulter. Wie von selbst finden sich unsere Finger, verschränken sich ineinander, und wieder ist mir, als würde ich sprudeln vor Glück.

Erst langsam, wie in Zeitlupe, dann gefühlt mit jeder Sekunde schneller schiebt sich die Sonne wie eine glühende Orange über den Horizont, taucht den Himmel in Pastellfarben und malt einen leuchtenden Streifen auf das in der Ferne spiegelglatte Wasser.

Ich habe nicht das Bedürfnis, etwas zu sagen. Fühle mich wortlos verstanden und in mir ruhend wie noch nie zuvor.

Kaum ist die Sonne vollends da, wird es von Minute zu Minute wärmer.

»Hungrig?«, fragt Alec irgendwann.

»Und wie.«

»Dann mach dich mal in Ruhe fertig, ich hole uns frisches Weißbrot.«

»Eigentlich habe ich einen ganz anderen Hunger gemeint«, flachse ich.

»Der wird anschließend befriedigt«, gibt er lachend zurück, hebt meine Hand an seine Lippen und haucht mir einen Kuss auf den Handrücken.

Mir ist, als könnte ich freier atmen. Die Narben sind nicht verschwunden, genauso wenig wie alle damit verbundenen

Sorgen. Doch sie sind plötzlich in den Hintergrund gerückt, und ich verspüre eine innere Ruhe.

Frisch geduscht und umgezogen trete ich kurz darauf erneut auf die Terrasse, in der Hand Teller und Tassen, um den Tisch zu decken.

Mein Haar habe ich nur mit dem Handtuch abgerubbelt, denn in der Wärme trocknet es schnell von selbst.

Noch immer kriege ich das Lächeln nicht aus dem Gesicht, kann es kaum erwarten, Alec wieder bei mir zu wissen.

»Es tut mir leid, wenn ich störe«, ertönt eine tiefe Stimme, und ich fahre erschrocken herum.

Zwischen den Blättern von Bananenstauden und den Blüten der Clematisranken erblicke ich hinter der Gartenmauer das Gesicht des Priesters aus der Taverne in Lefkara. »Meine Großmutter hat es sich offenbar anders überlegt«, sagt er mit resigniertem Achselzucken. »Sie möchte den Armreif noch einmal sehen.«

Mein Herz setzt für einen Schlag aus. Endlich komme ich weiter! Ich hatte schon gar nicht mehr damit gerechnet. Wie das Leben manchmal geht und mit unverhofften Überraschungen aufwartet!

»Woher wussten Sie, wo ich bin?«

»Gar nicht. Ich wusste nur, wo Alec wohnt. Er hat mir ja oft genug seine Karte in die Hand gedrückt.« Er lächelt schief.

»Er ist gerade Brötchen holen gegangen, kommt aber gleich wieder. Wo ist Ihre Großmutter?«

»Wartet im Auto.«

»Ich komme sofort.«

Mit wild klopfendem Herzen renne ich ins Haus, angele den Armreifen vom Nachtschrank und haste wieder hinaus und vor das Gartentor. Dort steht ein kleiner, staubiger Škoda. Auf dem Beifahrersitz fächelt sich die alte Frau aus Lefkara bei offener Tür Luft zu.

Ich sprudele eine rasche Begrüßung und meinen Dank sowie noch irgendwelche zusammenhanglosen Dinge heraus und halte ihr mit zittrigen Händen den Armreif hin.

Sie dreht und wendet ihn zwischen ihren Fingern, und ein sehnsüchtiges Lächeln legt sich auf ihr Gesicht.

»Sie kennen die Signatur also wirklich?«, flüstere ich atemlos.

Sie nickt. »Ich habe mich nicht geirrt. Ich hätte nicht gedacht, dass ich das noch einmal sehe.«

Mein Puls rast. »Zu wem gehört sie? Wo wohnt der Silberschmied? Können Sie mich hinbringen?«

»Das würde ich gern, aber das geht nicht.« Sie zuckt entschuldigend mit den Achseln.

»Was?« Meine Hand krallt sich in die Tür. »Warum nicht?«

»Weil das hier mein Vater angefertigt hat. Und der ist schon lange tot.«

Also eine Sackgasse. Alles war umsonst. Ich muss mich an der Autotür festhalten, weil meine Beine plötzlich ganz weich sind.

Die alte Frau dreht und wendet den Armreif noch immer. »Und wo ist der zweite?«

Verwirrt blinzele ich. »Wie meinen Sie das?«

»Das hier ist Omega.« Sie deutet auf den Buchstaben Ω neben dem Symbol links unten. »Mein Vater hat viele solcher Schmuckstücke gefertigt. Alpha und Omega. Der Anfang und das Ende. Oder im übertragenen Sinne: Bis dass der Tod uns scheidet.« Sie reicht mir den Reif zurück. »Es ist ein Eheversprechen.«

Sprachlos starre ich sie an, brauche einen Moment, um das zu verarbeiten. Wenn das ein Eheversprechen ist und mein Dad dieses Schmuckstück nicht mochte und angeblich auch nicht wusste, woher Mum es hatte, dann …

Ich taumele schockiert zurück.

»Kindchen, was du da trägst, ist etwas Besonderes«, fährt die alte Frau fort. »Gehe nicht leichtfertig damit um.«

Ich bin kaum in der Lage, ihren weiteren Worten zu folgen, meine Gedanken überschlagen sich. Erst als sie sich mit einem »Ich hoffe, ich konnte dir helfen« verabschiedet, schaffe ich es, mich zusammenzureißen und einen Dank zu stammeln. Kaum sind die beiden losgefahren, haste ich ins Haus zurück, fische mein Handy aus der Tasche auf dem Wohnzimmertisch und wähle mit zittrigen Fingern die Nummer meines Vaters.

Wieder geht er nicht ran. Ist er in ein Funkloch gefallen, oder was?

»Dad!«, spreche ich auf die Mailbox, und meine Stimme überschlägt sich. »Ich habe die alte Frau gefunden, deren Vater Mums Armreifen gemacht hat! Sie sagt, er sei ein Eheversprechen! An wen? Warum hast du mir nichts davon gesagt? Was ist hier los, verdammt? War sie also doch auf Zypern? Warum hast du mir das verheimlicht? Und … ach verdammt!« Ihn auf Band anzuschreien, bringt mich auch nicht weiter. Ich lege auf, tigere völlig außer mir durchs Zimmer.

»Entschuldige, dass es etwas gedauert hat, aber ich wollte unbedingt noch Croissants auftreiben und …«

»Alec!«

Erschrocken bleibt er auf der Türschwelle stehen.

»Die Frau aus Lefkara! Sie war hier! Sie hat …«

»He, ganz langsam und der Reihe nach.« Er kommt eilig auf mich zu, stellt die Tüten ab und fasst mich an den Schultern. »Was ist passiert?«

Völlig außer mir erzähle ich ihm, was ich gerade erfahren habe, greife verzweifelt nach seiner Hand. »Ich habe nicht gesponnen, habe mir nichts eingebildet! Etwas stimmt nicht, und ich muss in Erfahrung bringen, was! Ich muss unbedingt …«

Mein Handy klingelt, ich fahre zusammen, haste so schnell durch das Zimmer zum Couchtisch, dass ich fast stürze.

Mein Vater! Endlich! Ich reiße das Handy ans Ohr, kriege aber nur ein Krächzen heraus. »Dad!«

»Tina, mein Schatz, was ist denn in dich gefahren? Was hinterlässt du mir für verrückte Nachrichten?«

»Du hast mich angelogen!« Meine Stimme überschlägt sich. »Du verheimlichst mir etwas und …«

»Niemals! Was redest du denn da?«

Seine Entrüstung prallt an mir ab. »Aber es ist ein Eheversprechen, sagt sie, und sie muss es wissen, denn ihr Vater hat den Armreif angefertigt und …«

»Halt! Stopp! Beruhige dich bitte und hör mir zu!«

»Aber es …«

»Tina!«

Erschrocken halte ich inne. So aufgebracht habe ich ihn selten erlebt. Und nie mir gegenüber.

»Jetzt beruhige dich! Überhaupt nichts verheimliche ich dir!« Ich höre ihn schwer atmen, dann erklingt wieder seine Stimme, ruhig und gelassen wie immer. »Du sagst, der Armreif sei so was wie ein Eheversprechen. Ist ja schön und gut. Aber doch nicht für deine Mutter. Wie denn auch, wenn ihn der Vater irgendeiner alten Frau hergestellt hat? Das Ding ist offenbar ziemlich alt! Mein Schatz, denk doch nach: Es kann für Gott weiß wen angefertigt worden sein, ist offenbar durch eine ganze Menge Hände gegangen, bevor es bei deiner Mutter gelandet ist. Das hat alles absolut nichts mit ihr zu tun!«

Ich schlucke hart. Ich bin mir so sicher, einen Schritt weiter zu sein. Wieso nur will er das nicht einsehen, es mir sogar ausreden? »Tina, du bist aufgewühlt, was ich verstehe, und hast überreagiert, weil du in letzter Zeit zu viel gearbeitet …«

»Worum ging es bei dem Streit damals?«, unterbreche ich ihn, einem Gefühl folgend.

»Welcher Streit?«

»Als du sagtest, es sei ihre Entscheidung. Sie bekam einen Brief. Aus Griechenland. Dachte ich jedenfalls. Aber langsam glaube ich, dass er aus Zypern war.«

Stille. Habe ich ihn kalt erwischt, oder weiß er einfach nicht, wovon ich rede?

Nervös gehe ich nach draußen auf die Terrasse. Alec bleibt drinnen, gibt mir Raum, was ich ihm hoch anrechne.

»Worum ging es bei eurem Streit?«, bohre ich nach. »Als ich dir den Brief gegeben habe, der für Mum gedacht war, und du wütend ins Schlafzimmer gestürmt kamst.«

»Tina, meine Prinzessin, mein Engel. Was ist das für eine merkwürdige Frage? Ich weiß nicht, was du meinst. Wenn wir tatsächlich gestritten haben sollten, ging es vermutlich um Banalitäten. Du kennst sie doch. Wenn sie ihre Phasen hatte, war sie … unberechenbar. Du bist mein ganzes Glück, mein Ein und Alles. Du bist die einzige Person, die alles über mich weiß. Glaubst du wirklich, ich würde dir etwas verheimlichen? Ich meine, du kennst sogar alle meine Passwörter.« Er lacht auf, aber es hört sich traurig an.

Dennoch ist der Klang seiner Stimme beruhigend. Ich möchte nichts lieber, als mich hineinfallen lassen, zur Normalität zurückkehren, ihm glauben, aber … »Natürlich nicht. Es … es tut mir leid.«

»Nein, das soll es nicht. Ich möchte doch nur, dass es dir gut geht, und ich mache mir wirklich ernsthafte Sorgen um dich. Du hättest den Rückflug nehmen sollen. Aber ich kann dir einen neuen heraussuchen. Bitte, komm endlich nach Hause.«

Ich atme tief durch. »Noch nicht.«

»Wie meinst du das?«

Ich schiele zu Alec, der rücksichtsvollerweise im Haus geblieben ist, senke trotzdem den Ton. »Ich … habe jemanden kennengelernt.«

»Was?«

»Ja, aber das muss natürlich nichts bedeuten«, ergänze ich eilig. »Ich meine, ich weiß gar nicht, wo das hinführt. Wenn es überhaupt irgendwo hinführt. Ich will mir keine Hoffnungen machen, nur … einfach mal auf meinen Bauch hören.«

Beinahe bereue ich, ihm davon erzählt zu haben. Als könnte die Tatsache, dass ich es laut ausgesprochen habe, dazu führen, dass es morgen schon vorbei ist. Aber ich habe ihm immer alles erzählt. Zwischen uns hat nie auch nur ein Blatt Papier gepasst. Trotzdem bin ich froh, dass Alec nicht hört, was ich mir naiverweise erhoffe.

»Wie heißt er? Was macht er? Ein anderer Hotelgast? Auch Engländer? Wehe, er tut dir weh! Dann breche ich ihm sämtliche Knochen!«

Jetzt muss ich trotz der Situation ein klein wenig lächeln. Zumindest in dieser Hinsicht ist alles gleich geblieben. Ein Stück Normalität, die ein wenig meine Wunden zu kitten vermag. »Dad, es ist okay. Er ist zwar kein Hotelgast, sondern ein Einheimischer, aber …«

»Zyprer?« Seine Stimme ist nur ein Krächzen. »Aus Ayia Napa? Bist du im Hotel?«

»Ja«, behaupte ich. Ich will nicht, dass er sich Sorgen um mich macht, und das würde er, wenn er wüsste, dass ich mich irgendwo in der Pampa Zyperns herumtreibe.

»Mir gefällt das nicht. Gar nicht. Das sind doch alles Schürzenjäger, Frauenhelden! Denen geht es nur um ihren Spaß! Der wird dir das Herz brechen! Bitte, komm heim. Ich mache mir wirklich Sorgen!«

»Er ist zwar kein Brite, aber trotzdem ein echter Gentleman, du würdest ihn mögen«, ignoriere ich seine immer gleiche Bitte.

Plötzlich bereue ich es wirklich, ihm davon erzählt zu haben. Weil ich mir meine eigenen Hoffnungen eingestanden habe. Und immer, wenn ich das getan habe, wurde ich am Ende enttäuscht. Auf die ein oder andere Weise.

Eine ganze Weile noch redet er auf mich ein, versucht, mich davon zu überzeugen, nach Hause zu kommen, aber ich lasse mich nicht umstimmen. »Ich weiß nicht, wo das hinführt«, wiederhole ich. »Wahrscheinlich ist es morgen schon vorbei, aber … bis ich das weiß, bleibe ich.«

»Dann … ich … gut … es … wie du meinst.«

Dass ich es noch erlebe, meinen Vater aus der Fassung gebracht zu haben. Aber er weiß, wie oft ich verletzt worden bin, klar, dass er sich Sorgen macht. »Es ist gut, Dad. Mach dir keine Sorgen um mich.« Zumindest in dieser Hinsicht nicht.

Stille.

»Dad? Bist du noch dran?«

Schweres Seufzen. »Tina, ich …«

»Ja?« Plötzlich kribbelt es in meinem Nacken, ist mir, als wolle er mir irgendetwas offenbaren, halte ich den Atem an.

»Ich … liebe dich, mein Kind. Vergiss das nie.«

Ich lasse den Atem seufzend entweichen, bevor ich liebevoll entgegne: »Ich weiß. Ich dich auch.« Und doch bleibt da ein Dorn in meinem Herzen zurück.

»Bitte pass auf dich auf.«

»Und du auf dich.«

Ich lege auf, schließe für einen Moment die Augen, meine Gedanken wandern wieder zu der Frau aus Lefkara. Und meiner enttäuschten Hoffnung. Mit einem Mal fühle ich mich unendlich erschöpft, lasse mich auf den Stuhl fallen.

Die Schiebetür scharrt ein wenig weiter auf, Alec tritt heraus auf die Terrasse, setzt sich neben mich.

»Dad hat recht«, sage ich leise. »Dass der Armreif ein Eheversprechen ist, hat nichts mit Mum zu tun. Er ist alt und kann sonst wem gehört haben.« Ich stemme den Ellbogen auf den Tisch, berge das Gesicht in meiner Hand. »Ich verstehe das alles nicht. Es ist völlig unsinnig, und doch habe ich das Gefühl, dass da eine Verbindung zu Mum besteht. Er mir nicht die ganze Wahrheit sagt.«

Alec schweigt. So lange, dass ich schließlich aufsehe.

»Glaubst du etwa auch, dass ich langsam durchdrehe?«, flüstere ich.

Sein Blick geht ins Leere, seine Kiefer mahlen. Plötzlich atmet er tief durch, scheint eine Entscheidung getroffen zu haben. »Ich will dir etwas zeigen.«

Verwirrt und aufgeregt zugleich halte ich mich an der metallenen Reling fest, während das Boot über die Wellen springt und Alec es nur eine Armlänge von mir entfernt mit dem Ruder des Außenbordmotors lenkt. Der Fahrtwind wirbelt mein Haar durcheinander und zerrt an meiner Bluse. Salzig schmeckende Gischt weht mir zart wie Sprühnebel ins Gesicht.

Ich weiß nicht, was das alles soll und wohin Alec mit mir will. Er hat sich in Schweigen gehüllt, aber je länger wir unterwegs sind, umso ruhiger werde ich. Als wäre das hier draußen eine andere Welt. Weit weg von allen Sorgen und Ängsten.

»Was ist das?«, rufe ich und zeige auf zahlreiche, nur von der See aus sichtbare Höhlen in der Steilküste.

»Das sind die berühmten Sea Caves!«, ruft Alec gegen das Motorengeräusch an. »Früher wurden sie gern von Schmugglern genutzt.«

»Und das war es, was du mir zeigen wolltest?«, erkundige ich mich.

Er schüttelt den Kopf.

»Aber was denn dann? Wo fahren wir denn hin?«, frage ich zum wiederholten Mal. Bislang hat Alec sich darüber ausgeschwiegen. Seine Geheimniskrämerei lässt mich vor Neugierde fast platzen.

»Wirst du gleich sehen«, antwortet er. »Eigentlich wollte ich es dir schon zeigen, nachdem wir in Lefkara waren und du mir von deiner Mutter erzählt hast. Doch dir ging es ja nicht gut, und du wolltest nach Hause. Mit dem Boot sind wir allerdings sogar schneller dort.«

Überrascht starre ich ihn an, ein mulmiges Gefühl steigt in mir hoch, ich suche mit klopfendem Herzen abwechselnd das Meer und die Küste ab, ohne zu wissen, wonach ich Ausschau halten soll.

Irgendwann hält Alec auf einen Küstenvorsprung zu, der voll von wildem Mohn ist, und wird langsamer, sodass ich die zahlreichen bunten Fische in den Korallenbänken tief unter uns sehen kann. Die blutroten Blumen heben sich leuchtend von dem türkisfarbenen Wasser ab. Als wir den Vorsprung umrundet haben, reiße ich die Augen auf – aus dem Wasser erhebt sich die beeindruckende Felsformation, die mir schon auf der Herfahrt aufgefallen ist. Damals schien es, als sei sie in jenem Moment aus dem Meer aufgetaucht, von silbriger Gischt umgeben.

Jetzt liegt sie im Wasser, als hätte ein Riese sie irgendwo anders, vielleicht aus dem Ólympos, herausgebrochen und hierhergeschleudert. Am Fuß des großen Felsens wirkt das Wasser wie vernebelt, drum herum hingegen ist dessen Türkis von solcher Strahlkraft und Intensität, dass es unwirklich wirkt, fast so, als würde es phosphoreszieren.

Weiße Jachten in allen Größen liegen vor Anker, und ich kann im kristallklaren Wasser nicht nur jeden Felsen erkennen, sondern auch die Schatten, die die Schiffe auf den Meeresgrund werfen. Es erweckt den Eindruck, als würden sie fliegen.

Ein irreales und traumhaftes Bild.

»Gefällt es dir?«, fragt Alec.

»Ich habe noch nie etwas so Schönes gesehen!«, flüstere ich atemlos. »Was ist das?«

»Petra tou Romiou.«

»Fels der Griechen«, übersetze ich.

»In den Sommermonaten ist hier bei Vollmond einiges los«, sagt Alec. »Da schwimmen jede Menge Pärchen um die Felsen herum.«

»Wie bitte?« Ich lache. »Warum das denn?«

»Es ranken sich verschiedene Mythen um diesen Ort. In einem heißt es, wer bei Vollmond dreimal um den Felsen schwimmt, der wird mit ewiger Schönheit und wahrer Liebe belohnt.«

Überrascht sehe ich zu ihm, weiß nicht, was ich davon halten soll, dass er mir das zeigen wollte, lächele verlegen.

»Er wird nämlich auch Felsen der Aphrodite genannt«, sagt Alec.

Mein Lächeln bröckelt.

»Laut den alten Mythen entstieg hier die Göttin der Schönheit ihrer Muschel.«

Reglos starre ich den Felsen an. Dads beruhigende Worte von heute Morgen verlieren schlagartig ihre Wirkung, der kalte Schweiß bricht mir aus. Mir ist, als wäre nicht nur ein Kiesel am Berghang ins Rollen geraten, sondern ein ganzer Fels. Er lässt sich nicht mehr aufhalten, und ich weiß nicht, was er auf seinem Weg nach unten noch alles mit sich reißen wird.

Ich bin wie versteinert, nur in meinem Inneren tobt es.

Ich höre das Rauschen der Wellen und darin wiederum die Stimme meiner Mutter. Wie eine Woge, die sich auftürmt, wird sie lauter und lauter.

Vor Urzeiten, als die Titanen sich stritten, die Berge noch ohne Namen waren und kein Menschenauge die Flüsse erblickt hatte, lebten die Götter in einem Land, in dem der Sommer ewig währt und das Meer in hundert verschiedenen Blautönen leuchtet.

Eines Morgens, als die aufgehende Sonne den Himmel in alle Farben des Sommers tauchte – vom sanften Rosa erblühenden Oleanders über das strahlende Orange reifer Apfelsinen bis hin zum leuchtenden Lila des Hibiskus am Abend –, da wurde genau dort, wo das Wasser so türkis war wie die Steine hier, eine Muschel an den Strand gespült. Eine Muschel, die so schön war, dass selbst die Morgenröte vor Ehrfurcht erblasste. Und als diese Muschel sich öffnete, erstarrten die Wellen mitten in der Bewegung, hielt selbst der Wind den Atem an und musste die Sonne geblendet die Augen schließen, denn ihr entstieg das schönste Wesen, das diese Welt jemals gesehen hatte: Aphrodite.

Dröhnend bricht die Woge. Ich verliere mich in ihrem Tosen, ihrem wild wirbelnden Wasser.

»Athina!«

Wie aus weiter Ferne dringt eine Stimme zu mir heran, ein Ruck geht durch meinen Körper, dann finde ich mich in Alecs Armen wieder.

»Du wärst beinahe über Bord gegangen! Was ist mit dir? Ist dir schlecht? Schwindlig?«

Ich bin nicht in der Lage, irgendetwas zu entgegnen, mein ganzer Körper zittert, in meinen Ohren rauscht es.

Vorsichtig lässt er sich mit mir zu Boden sinken, lehnt mich mit dem Rücken gegen die Bootswand und angelt hastig eine Wasserflasche aus der Tasche unter der Sitzbank hervor. »Trink etwas!«

Mit bebenden Händen leiste ich seiner Aufforderung Folge, doch es hilft nichts. Alles dreht sich. Um mich her, in mir drin. Meine Gedanken rasen und kommen doch zu keinem Ziel. Sie drehen sich wie in einem außer Kontrolle geratenen Karussell endlos im Kreis. Schneller und schneller, mein Verstand kommt nicht hinterher.

Ich zerre mein Handy aus der Tasche, die quer über meinem Oberkörper hängt, und versuche, meinen Vater zu erreichen. Vergeblich.

»Wir fahren sofort zurück«, höre ich Alec sagen und kann nichts erwidern, außer fahrig zu nicken.

Er gibt Gas, lässt meine Hand aber den ganzen Weg über nicht los und sieht immer wieder besorgt zu mir. »Wir sind gleich da. Es dauert nicht mehr lange.«

Wieder nicke ich nur. Mein Mund ist trocken trotz des Wassers, mir ist heiß und kalt zugleich, und Erinnerungen fluten mich, bis ich meine, darin zu ertrinken.

Endlich erreichen wir den Steg, Alec hilft mir aus dem Boot, stützt mich, während ich über das morsche Holz wanke.

»Es geht schon wieder«, behaupte ich, als wir den Strand erreichen, aber er lässt mich trotzdem nicht los, und ich bin froh darüber. In Wahrheit ist mir immer noch schwindlig, und mein Herz hämmert so unregelmäßig gegen meine Rippen, dass ich nach jedem Schlag damit rechne, es könnte seinen Dienst ganz einstellen. Ich atme tief durch, kann aber dieses Zittern in meinem Inneren nicht zurückdrängen.

»Du warst plötzlich weiß wie die Gischt!«, stößt Alec aus. »Wenn ich gewusst hätte, wie du reagierst, hätte ich es dir nicht gezeigt.«

»Nein! Es war richtig! Es war notwendig! Ich … ich weiß nur nicht, was … es bedeutet.« Verzweifelt wähle ich erneut Dads Nummer. Er geht nicht ran.

Wütend pfeffere ich das Handy in die Tasche zurück, stakse auf wackligen Beinen zur Terrasse und lasse mich auf den Stuhl sinken.

Noch immer habe ich die Stimme meiner Mutter im Ohr, die mir von der Geburt der Aphrodite erzählt. Und wieder ist da dieses Brennen und Jucken, so heiß und qualvoll, dass ich kurz davor bin, meine Bluse aufzureißen, um direkt über die Haut kratzen zu können. Wild zerre ich am Ausschnitt, als bekäme ich nicht genug Luft. Ich möchte einfach nur Dads Stimme hören. Will, dass er mich beruhigt und mir sagt, es gäbe unzählige griechischsprachige Inseln, die für sich beanspruchen, der Geburtsort von Aphrodite zu sein! Denn so ist es doch! Oder? Ununterbrochen versuche ich, mir das einzureden, und weiß es doch besser.

Die Sehnsucht in Mums Augen, wenn sie von dem Land der Götter erzählt hat. Ihre Schwermut und Melancholie. Der Schmerz in ihrer Stimme, wenn ich sie nach meinen Großeltern fragte. All die Nächte, in denen sie schlaflos am Fenster stand. Die merkwürdigen Momente, in denen sie auch am Tag geistesabwesend vor sich hin gestarrt hat. Traurigkeit schwappt über mich hinweg wie eine Welle, ein Schluchzen klettert meine Kehle hinauf.

Mein Handy piepst. Eine Nachricht meines Vaters. Mit einem unguten Gefühl im Magen starre ich auf das Display. Die Zahl der Nachrichten, die Dad mir in seinem Leben geschrieben hat, kann ich an einer Hand abzählen.

Ich öffne sie, lese ungläubig den Text.

›Du hast einige Male angerufen, Prinzessin. Ich kann schlecht telefonieren. Hier jagt ein Termin den nächsten. Schreib doch kurz, worum es geht.‹

Sofort wähle ich den Rückruf, aber er geht nicht ran.

Mein Magen verkrampft sich.

Dad hasst jegliche Tipperei am Handy. Also wieso jetzt? Dass er zwischen den Terminen nicht mal zehn Minuten zum

Anrufen findet, kann ich einfach nicht glauben. Was soll das also? Ob ich ihm wirklich zurückschreiben soll? Ich könnte ihm auch erneut eine Sprachnachricht hinterlassen. Aber warum geht er so offenbar einem direkten Gespräch aus dem Weg? Damit er Zeit hat, sich vorzubereiten? Sich die Worte zurechtzulegen und eine gelassene Miene aufzusetzen? Unsicher kaue ich auf meiner Wange. Nein! Ich kneife die Augen zusammen, schüttele den Kopf. Dieses Mal soll er sich nicht vorbereiten können auf das Gespräch. Dieses Mal will ich wissen, was verdammt noch einmal hier los ist!

Meine Finger krallen sich um das Handy.

Alec legt seine Hand auf meinen Arm, betrachtet mich besorgt.

Und plötzlich weiß ich, was ich tun muss.

»Wie lange dauert es, bis das Ergebnis von einem Genabgleich, oder wie das bei euch heißt, feststeht?«

Er runzelt die Stirn. »Der Analyseprozess erfolgt in verschiedenen Schritten an mehreren Geräten. Wenn die Zeit nicht drängt, wird ein Schritt, für den das Gerät ungefähr vier Stunden benötigt, am Abend angestoßen, damit am Morgen mit dem Ergebnis der nächste Schritt in Gang gebracht werden kann. Kommt ein Wochenende dazwischen, kann es daher ein paar Tage dauern, aber in dringenden Fällen wird die Nacht oder das Wochenende durchgearbeitet, dann schafft man es in ungefähr acht Stunden.«

»Kannst du mich ins CMP-Labor bringen?«

Er sieht mich merkwürdig an, wirkt angespannt, aber ich kann nicht sagen, ob vor Überraschung oder weil er damit gerechnet hat.

»Ich möchte eine DNA-Probe abgeben.« Hilflos hebe ich die Schultern. »Es klingt verrückt, ich weiß, aber … Die Briefe, die Mum geschrieben hat. Die Entscheidung, die Dad meinte. Ihre Depressionen, ihre Geistesabwesenheit, ihr Suchen. Ich habe das alles nie verstanden, es einfach hingenommen, weil ich es nicht anders kannte. Doch jetzt frage ich mich, was dahintersteckt und ob es einen greifbaren Grund gibt für ihre mit den Jahren immer schlimmer gewordene Niedergeschlagenheit und … ich bin sicher, dass meine Mum sehr wohl schon einmal auf Zypern war. Dass ihre Hirngespinste gar keine waren. Als … als ich klein war, haben wir in griechischer Schrift verfasste Briefe erhalten. Ich habe immer geglaubt, sie kämen aus Griechenland. Inzwischen bin ich sicher, dass sie in Zypern abgeschickt wurden. Mum hat nach jemandem gesucht und erst damit aufgehört, als … als ich mich verbrüht habe und sie … sich die Schuld daran gab.« Ich schlucke gegen den Kloß in meinem Hals an. »Ich bin mir jetzt sicher, dass meine Mum eine reale Person vermisst hat. Dass diese Person vielleicht während der Ereignisse damals auf Zypern verschwunden ist. Und dass … dass mein Dad mir diese Tatsache bewusst verheimlicht hat. Ich muss herausfinden, warum, verstehst du?« Meine Stimme verklingt, vielleicht wird sie auch nur von meinem Herzschlag übertönt, der in meinen Ohren dröhnt.

Der Ausdruck auf seinem Gesicht ist unergründlich, seine Haltung angespannt. Langsam nickt er.

Nervös und erleichtert zugleich sehe ich Alec dabei zu, wie er das Stäbchen mit meiner Speichelprobe in ein Reagenzglas versenkt und es verschließt.

»Hältst du mal kurz?« Er reicht es mir und zieht sich die Handschuhe aus, bevor er das Reagenzglas zurück in den Koffer packt, den er aus seinem Wagen geholt hat.

»Die wenigsten alten Leute können nur dafür den Weg nach Nikosia auf sich nehmen«, erklärt er. »Deshalb habe ich für alle Fälle immer alles bei mir.«

Mit flatterndem Magen sehe ich ihm bei seinen routinierten Handgriffen zu. Abgesehen von meiner Hoffnung, etwas über meine Mutter zu erfahren, geht mir noch eine andere Sache im Kopf herum. »Gehört Eleni auch dazu? Zu den Menschen, die Hoffnung haben und suchen?«

Er schüttelt den Kopf. »Da wissen wir leider schon lange, dass ihre gesamte Familie tot ist. Sie war damals ein Kind. Als mein Onkel sie fand, war sie schwer traumatisiert, verängstigt, allein. Es hat Jahre gedauert, bis sie überhaupt ein Wort gesprochen hat. Doch niemals sprach sie über das, was damals geschehen ist. Mehr noch, sie wusste nicht einmal, was geschehen ist. Als sei alles aus ihrem Gedächtnis gelöscht. Eine Schutzreaktion ihres Geistes, schätze ich. Ich habe das im Laufe meiner Arbeit hier schon öfter erlebt.«

»Und wenn irgendein … Auslöser … sie an damals erinnert? Meinst du, es könnte alles wiederkommen?« Nachdenklich kaue ich auf meiner Wange. Ihre Reaktion bei unserer ersten Begegnung geht mir nicht aus dem Kopf.

»Möglich.« Er nickt, sieht sich suchend nach seinen Autoschlüsseln um und entdeckt sie auf dem Esstisch.

»Sicher, dass ich nicht mitkommen muss?«

»Klar kannst du, wenn du möchtest. Aber es ist eine langwierige Prozedur. Du kannst die Zeit sehr viel schöner nutzen, als den ganzen Tag lang im Labor zu stehen.«

Unsicher nicke ich, schließlich wäre es mir egal, wo und wie lange ich herumstehe, solange ich nur bei ihm bin. Aber mich ihm aufdrängen oder ihm bei der Arbeit im Weg sein möchte ich auch nicht. Zuvor hat er angeboten, mich zu Kostas und damit zu Colleen zu fahren, doch dort hätte ich erst recht das Gefühl, zu stören. Zumal sie mir nachts um halb drei eine Nachricht geschrieben hat, in der sie fragt, wie es mir gehe, und mit einem augenzwinkernden Smiley ergänzt, dass an Kostas nicht nur sein Boot groß sei. Ich gehe daher stark davon aus, dass sie noch schläft, da sie meine Antwort, bei mir sei alles mehr als okay, noch nicht gesehen hat. Vielleicht ist sie auch wieder anderweitig mit Kostas beschäftigt.

Alec drückt mir geistesabwesend einen Kuss auf die Stirn und fährt davon.

Ich sehe dem Wagen nach, bis die Staubwolke sich aufgelöst hat, stehe noch eine Weile an der Gartenmauer und weiß vor Aufregung kaum, was ich mit mir anfangen soll.

Ich habe keine Ahnung, was herauskommen wird. Mir ist, als würde ich auf einem schmalen Grat über einen tiefen Abgrund aus Verzweiflung und Enttäuschung hinwegbalancieren. Nur ein dünnes Seil in den Händen als Sicherung. Ob ich im Anschluss an die Analyse der Probe wieder ganz am Anfang stehe oder endlich einen Schritt weiter bin? Dennoch fühle ich mich auch ein Stück weit befreit, fühle mich zwar noch immer enttäuscht und verwirrt im Hinblick auf Dads Verhalten, aber nicht mehr so hilflos wie zuvor und habe … ja … Hoffnung.

Heute Abend werde ich Alec bitten, mich ins Hotel zu bringen, damit ich meine Sachen packen kann. Allerdings nicht, um abzureisen, sondern um den Rest des Urlaubs bei ihm verbringen zu können. Sofern Colleen einverstanden ist, woran ich aber nicht zweifle. Ich ahne, dass auch sie lieber Kostas' Jacht als Homebase für die restlichen Tage nutzen würde.

Und danach?

Ich weiß es nicht und weigere mich, jetzt darüber nachzudenken.

Langsam gehe ich wieder hinein und streiche im Wohnzimmer an dem Bücherregal entlang. Fast alle Bücher beschäftigen sich mit dem Zypernkonflikt. Ich ziehe eines hervor und will gerade wieder auf die Terrasse zurückkehren, als ich auf dem Esszimmertisch Alecs Handy und sein Portemonnaie liegen sehe. O weh. Irgendwann wird er merken, dass beides fehlt, und vielleicht das CMP und seinen Wagen bei der Suche danach auf den Kopf stellen. Bevor er sich unnötig diesem Stress aussetzt, gebe ich wohl lieber im CMP Bescheid, in der Hoffnung, dass ihm der Verlust erst dort auffällt.

Also suche ich im Internet nach der Organisation, werde tatsächlich fündig, wähle die angegebene Nummer und frage nach Munira, die zu meiner Erleichterung tatsächlich da ist. Das erspart mir umständliche Erklärungen gegenüber der Telefonistin.

»Munira Aydin«, meldet sie sich mit weicher Stimme.

»Hallo, hier ist Athina, vielleicht erinnerst du dich an mich, ich …«

»Aber natürlich, du bist Alecs Freundin. Wie schön, von dir zu hören. Was gibt es denn?«

Alecs Freundin. Mein Herz macht einen Hüpfer, ich kann nicht mehr sitzen bleiben, stehe auf, laufe auf das Meer zu. »Ja, genau. Ich freue mich auch, dich zu hören, will dich auch nicht lange aufhalten, dich nur bitten, Alec etwas auszurichten.«

»Aber er ist nicht hier.«

»Er kommt aber bald, ist gerade auf dem Weg zu euch, weil ich meine DNA abgegeben habe.«

»Wirklich? Das ist ja großartig. Ich hoffe, dass wir dann endlich herausfinden, wer der tote Mann ist.«

Ich bleibe abrupt stehen. »Welcher tote Mann?«

»Na, dem der Armreif gehört. Alec hatte mich neulich gebeten, das Foto herauszusuchen. So lange schon hoffen wir, etwas über diesen Mann herauszufinden.«

»*Mein* Armreif?« Mir ist, als säße ich in einem Film, dessen Sprache ich nicht verstehe. »Das muss ein Missverständnis sein.«

»Nein, nicht dein Armreif.«

Ich atme erleichtert auf.

»Sondern der zweite.«

»Der … zweite?«, krächze ich. Kälte kriecht durch meine Adern.

»Ja. Warte. Ich schicke dir ein Foto. Deine Nummer habe ich ja jetzt.«

Mein Handy piepst, ich öffne die Nachricht. Das Bild zeigt meinen Armreif. Nein, nicht ganz. Es fehlt nämlich keine Muschel.

»Den haben wir bei dem Mann gefunden, dessen Knochen wir vor ein paar Jahren entdeckt haben, aber bis heute niemandem zuordnen konnten.«

Fassungslos starre ich das Bild an, bin sicher, mich übergeben zu müssen.

»Deshalb willst du doch einen DNA-Abgleich machen lassen, oder nicht?«

»Doch …«, krächze ich. »Ja …«

»Großartig, dann warte ich mal auf Alec. Soll ich ihm etwas ausrichten?«

Ich bin nicht in der Lage, etwas zu antworten, kann mich nicht einmal rühren. Von wegen, dass er sich auf den ersten Blick in mich verliebt und das Gefühl hat, mich schon ewig zu kennen. Er hat uns auf dem Flughafen nur wegen des verdammten Armreifs mitgenommen! Hat er ihn sich nicht schon damals so gründlich angesehen? Er brennt für seinen Job. Er ist seine Lebensaufgabe, die ist ihm wichtiger als alles andere. Ich habe es in seinem Blick gesehen, in seiner Stimme gehört und doch nicht die richtigen Schlüsse gezogen.

Wie konnte ich ernsthaft glauben, dass jemand wie er sich in jemanden wie mich verlieben könnte. Sein Interesse an mir war wie all seine schönen Worte nichts als eine einzige große Lüge. Er hat mich nur benutzt.

»Athina?«

Muniras Stimme reißt mich aus meinem Gedankenstrudel, ich atme tief durch.

Nein! Das ist Blödsinn! Er hätte mir doch von dem Fund des zweiten Armreifs erzählen können. Das ergibt doch alles keinen Sinn!

Ich habe das Gleichgewicht verloren, gerate auf dem schmalen Grat ins Schwanken, aber da ist dieses Seil der Hoffnung, an dem ich mich festhalte. Ich überreagiere nur, es muss eine logische Erklärung dafür geben, warum er mir nichts von dem Fund erzählt hat. Es kann einfach nicht sein, dass er mich belogen oder ausgenutzt hat.

Halt suchend greife ich nach der Tischkante, stoße gegen das dort liegende Buch. Es fällt zu Boden, und etwas Weißes rutscht heraus.

Ein Brief.

Mit einer Handschrift, die ich kenne.

»Athina? Soll ich ihm noch etwas sagen?«, wiederholt Munira.

»Ja«, flüstere ich, während ich mein Herz wie dünnes Papier reißen fühle. Wieder und wieder, bis es aus unendlich vielen kleinen blutigen Fetzen besteht.

»Dass ich jetzt abreise und ihn niemals wiedersehen will, weil er ein verlogener Mistkerl ist!«

Damit lege ich auf.

Das Seil ist mir entglitten, ich stürze in den Abgrund.

Mit Verbandszeug und allem beladen, was sie an Behältern finden konnten, keuchten Samira und ihre Eltern durch die Gassen. Überall hasteten Menschen kopflos umher. »Die Türken kommen!«, riefen die einen, »Die Griechen greifen an!«, schrien die anderen.

Sophia fiel ihr in den Arm, klammerte sich an sie. »Eleni! Wo ist Eleni? Hast du sie gesehen?«

Sie schüttelte den Kopf, und Sophia heulte auf.

»Wann hast du sie zuletzt gesehen und wo?«

»Auf dem Marktplatz! Als das Feuer ausbrach. Ich war nur kurz bei Appolonia, und als ich herauskam, war sie fort!«

»In der Taverne ist sie nicht«, meldete sich Helena zu Wort.

»Und im Stall habe ich sie auch nicht gesehen, als ich gerade die Eimer geholt habe«, ergänzte Anastasios. »Sicher ist sie zur Kirche gelaufen.«

»Ich habe schon auf dem Hügel gesucht, dort ist sie auch nicht!«

»Wie lange ist das her?«, fragte Samira, aber Sophia gab keine Antwort, sondern packte bereits den Nächsten, der vorüberhastete, am Arm. »Hast du meine Tochter gesehen? Hast du Eleni gesehen?«

Der Mann schüttelte sie ab, rannte weiter, und Sophia stolperte hysterisch schluchzend ihres Weges.

Besorgt lief Samira zum Brunnen, wo Anastasios bereits den ersten Eimer mit Wasser befüllte.

Plötzlich hielt sie inne. »Apoll.«

»Was?« Ihre Mutter sah sie verständnislos an.

»Ich glaube, ich weiß, wo Eleni ist. Sie versteckt sich in Apolls Box.« Samira sah sich nach Sophia um, aber die war schon fort. Sie drückte ihrer Mutter das Verbandszeug in die Hand. »Ich laufe zurück zur Taverne.«

»Ist gut, beeil dich.«

Samira nickte, schlängelte sich zwischen den Menschen hindurch, hielt weiter nach Sophia Ausschau, konnte sie aber nirgendwo mehr entdecken. Dafür aber Stefanos.

Er lehnte entspannt am anderen Ende des Platzes an der Wand, das Bein aufgestellt, und zog an einer Zigarette.

Warum half er nicht? Warum tat er, als ginge ihn das alles nichts an? »Mistkerl!«, stieß sie aus.

Er konnte sie nicht gehört haben, niemand konnte es gehört haben in dem Lärm. Dennoch wandte er ihr in genau diesem Moment sein Gesicht zu. Über die Köpfe der Menge hinweg trafen sich ihre Blicke. Ein sardonisches Lächeln umspielte seine Lippen, genüsslich blies er den Rauch in die Luft.

Wut kochte in ihr hoch, doch die Sorge um Eleni überwog.

Sie wandte sich ab, rannte über den Marktplatz, bog in die nächste Gasse ein und wieder in die nächste. Jemand stieß gegen sie, sie stolperte über das Kopfsteinpflaster, heißer Schmerz schoss durch ihren Knöchel. Auch das noch! Doch sie hatte dafür jetzt keine Zeit, drängte das Stechen beiseite. Von der Sorge um Eleni getrieben, humpelte sie weiter, aber es dauerte eine gefühlte Ewigkeit, bis sie die Taverne erreicht hatte. Der Pick-up ihres Vaters stand davor, staubbedeckt. Dimi war wieder da!

Schwer atmend stützte sie sich an der Überdachung der Terrasse ab. »Eleni?«

Alles war still.

Sie riss die Tür der Taverne auf und rief für alle Fälle auch hier nach dem Mädchen, doch es kam keine Antwort. Sie hinkte weiter, zur Weide, aber auch die war leer.

Sie hoffte inständig, dass sie mit ihrer Vermutung recht behalten würde, überquerte die Weide und zog die Stalltür auf. Durch die Spalten zwischen den Brettern fiel Licht von der hell beleuchteten Taverne herüber.

»Eleni? Bist du hier?«

Stroh raschelte, links grunzten und quiekten die Schweinchen, rechts trabte Apoll ans Gatter, begrüßte sie mit einem fröhlichen »Iah!«, und auch Herakles reckte prustend seinen Kopf über die Begrenzung der Box.

»Eleni?«, rief sie erneut, spähte in jede Ecke der Box, aber von Eleni keine Spur. Dabei war sie sich so sicher gewesen, das Mädchen hier zu finden.

Enttäuscht biss sie sich auf die Lippe, wandte sich um. Und erstarrte.

Stefanos trat hinter dem Geräteregal neben der Tür hervor, die Lippen zu einem diabolischen Grinsen verzogen. »Wusste ich es doch, dass du hierhin unterwegs warst. Hat mich mein Instinkt also nicht im Stich gelassen.«

»Verschwinde!«, fuhr sie ihn an. »Du hast hier nichts verloren!«

Er legte den Kopf schief und den Finger an sein Kinn, als würde er überlegen, griente dann anzüglich. »Nein, ich habe andere Pläne.« Er ließ seinen Blick über ihren Körper wandern, an ihren Brüsten blieb er hängen. Sein ekelhaftes Grinsen wurde breiter, er leckte sich mit der Zunge über seine fleischigen Lippen.

Ihr wurde schlecht. Sie musste hier raus, und zwar schnell, aber schon machte er einen großen Schritt und blockierte die Tür.

»O nein, du bleibst schön hier. Schließlich gibt es da einiges, was du wiedergutzumachen hast!« Seine Schweinsäuglein funkelten böse.

Angst schoss durch sie hindurch, das Herz schlug ihr bis zum Hals. Sie musste an ihm vorbei durch die Tür. Aber wie?

»Du willst doch nicht etwa schon gehen? Hast du nicht gehört, was ich gesagt habe?« Er hatte ihren Blick bemerkt. Schon streckte er den Arm aus, zog die Tür mit Wucht zu. Erneut leckte er sich über die Lippen. »Das kommt nicht infrage. Ich habe doch noch so viel vor mit dir!« Langsam, bedrohlich kam er auf sie zu. Sein Blick war glasig geworden, sein Atem ging schnell.

Sie wich zurück, aber schon nach wenigen Schritten stieß sie mit dem Rücken an die Futterbox. Und dahinter war nur noch die Wand.

Er lachte gehässig auf. »Jetzt bereust du es, nicht netter zu mir gewesen zu sein, was? Aber dafür ist es jetzt zu spät. Du hattest die Wahl. Und du hast dich falsch entschieden! Sonst wäre das hier weit angenehmer für dich abgelaufen.« Er spuckte aus, kam näher, und ihre Knie wurden weich vor Angst. »Und eines sage ich dir …« Seine Stimme war nur noch ein Zischen. »Niemand behandelt Stefanos auf diese Weise! Niemand macht Stefanos ungestraft lächerlich!«

Panisch tastete sie hinter sich nach irgendetwas, was sich zur Verteidigung nutzen ließ, aber auf der Box stand rein gar nichts, nicht einmal der Futtereimer, denn den hatte ihr Vater mitgenommen. Alle übrigen Gerätschaften befanden sich neben der Tür, hinter Stefanos. Der kalte Schweiß brach ihr aus. Plötzlich nahm sie aus dem Augenwinkel eine Bewegung wahr, hob den Kopf. Ein schmales Gesichtchen mit weit aufgerissenen braunen Augen starrte sie zwischen zwei Heuballen hindurch angsterfüllt an. Eleni! Sie war auf dem winzigen Heuboden des Stalls. Sie musste Stefanos durch die Ritzen zwischen den Brettern kommen sehen haben und hatte sich wohl in ihrer Panik dort oben versteckt.

Eilig wandte Samira den Blick wieder ab, schüttelte kaum merklich den Kopf, hoffte inständig, das Mädchen würde sie verstehen und sich nicht rühren. Sie traute Stefanos alles zu. »Ich sage es ein letztes Mal – verschwinde, oder du wirst es bereuen. Mein Vater hat sich ja wohl klar genug ausgedrückt!«

»Ach ja … dein Vater …« Seine Augen blitzten böse auf. »Und wo ist er jetzt? Wo sind sie, all die Dummköpfe, die nicht zu schätzen wussten, was sie an mir haben? Die nicht die geringste Ahnung haben, welche Kontakte ich besitze?«

»Yasin!«, schrie sie, so laut sie konnte, auch wenn sie selbst wusste, dass es hoffnungslos war. Er würde nicht noch einmal wie aus dem Nichts auftauchen, um sie zu retten. Niemand war in der Nähe, niemand würde sie rufen hören in dem Tumult, der da draußen herrschte. »Papa!«, versuchte sie es dennoch verzweifelt erneut. »Mama! Yasin!«

Er betrachtete sie, als wäre sie ein Insekt, das zu nah an die heiße Lampe geflogen war und sich nun mit verbrannten Flügeln wand. »Glaubst du wirklich, jemand käme dir zu Hilfe?«, höhnte er. »Von wegen! Sie retten ihre armselige Kirche und wissen gar nicht, was sie erwartet.«

»Was erwartet sie? Wovon redest du?« Sie musste ihn ablenken, ihn von der Tür weglocken, doch der Gang war kaum einen Meter breit, wie nur sollte sie an ihm vorbeikommen?

Er nickte hektisch, als hätte er ihre Gedanken gelesen, rieb sich zufrieden die Hände. »Meine Leute sind schon unterwegs. Bald werden sie da sein. Und dann wird endlich beendet, was begonnen wurde.«

Sie spürte das Blut aus ihrem Gesicht weichen. Er konnte nur die der türkischstämmigen Bevölkerung feindlich gesonnenen Paramilitärs meinen. Sie dachte an Omars Miliz, und das Grauen packte sie bei der Vorstellung, was geschehen würde, sobald beide Gruppen aufeinandertrafen.

Stefanos lachte hysterisch auf. »Hast du gedacht, ich übertreibe? Hast du gedacht, ich sei ein Niemand? Das Feuer war das Zeichen! Sie sind schon auf dem Weg!«

Die Erkenntnis traf sie wie ein Schlag, sie keuchte auf. »*Du* hast die Kirche angezündet.«

»Natürlich.« Er warf sich in die Brust. »Wie sonst hätten sie begriffen, was ihnen durch die verdammten Türken droht? Da musste ein Opfer gebracht werden.« Er war stolz auf sich. Er war tatsächlich stolz auf sich. Gnadenloser Ekel schüttelte sie.

»Das ist Wahnsinn!« Die Stimme versagte ihr. »*Du* bist wahnsinnig!«

»Wahnsinnig?«, herrschte er sie in plötzlicher Wut an, Speichel spritzte durch die Luft. »Ich bin hier der Einzige bei Verstand! Aber Schluss jetzt, wir haben genug Zeit verschwendet!«

Sie sah das gierige Aufblitzen seiner Augen, machte einen Satz nach vorn, aber schon hatte er sie am Arm gepackt und in einer heftigen Bewegung mit dem Rücken an sich gezogen, sodass sie ihm nicht einmal das Knie in die Weichteile rammen konnte.

Schreiend trat sie um sich, wand sich, wollte ihm die Ellbogen in den Magen stoßen, konnte sich aber nicht losreißen. Mit stahlhartem Griff umklammerte er ihren Oberkörper, presste sie an sich.

Er lachte boshaft. »Sieh an, meine kleine Kämpferin ist wieder erwacht. Das wird es so viel schöner für mich machen.« Seine Stimme war heiser vor Erregung, eine Erregung, die sie nun auch hinter sich spürte.

Übelkeit schoss durch sie hindurch. Sie stieß ihren Kopf nach hinten, in der Hoffnung, ihm die Nase zu brechen, aber auch das hatte er vorhergesehen und riss den seinen rechtzeitig zur Seite.

»Wenn du Türkenflittchen für diesen Yasin die Beine breitmachen kannst, dann ja wohl auch für mich!« Gierig presste er seine Lippen auf ihren Nacken, als eine Ladung Heu herabfiel und ihn an der Schulter traf. Eleni!

Stefanos' Kopf ruckte hoch. Angsterfüllt starrte das Mädchen aus weit aufgerissenen Augen zu ihnen herab.

»Blödes Balg!«, zischte er, lockerte aber in seiner Überraschung seinen Griff, und Samira fuhr herum, riss mit aller Kraft ihr Knie hoch und rammte es ihm endlich in seine Weichteile. Stefanos brüllte vor Schmerz auf, sie sprang zur Tür, warf sich dagegen. Das Holz flog auf, doch schon hatte Stefanos sie erreicht, packte sie am Kleid. Panisch trat sie nach hinten, traf ihn in den Magen, hörte sein Aufkeuchen. Für einen Moment ließ er von ihr ab, sie rannte weiter.

»Lauf, Eleni! Versteck dich!«, schrie sie, dann gab ihr Fuß nach, sie verlor das Gleichgewicht, stürzte zu Boden, sah in den letzten Sonnenstrahlen etwas im Gras aufblitzen, bevor der Aufprall ihr die Luft aus den Lungen presste.

Sofort war Stefanos über ihr, drückte sie mit seinem Gewicht zu Boden, ihr Gesicht auf die Erde. Luft! Sie bekam keine Luft! Vergeblich versuchte sie, sich unter ihm hervorzuwinden, sah Eleni aus dem Stall rennen. Gott sei Dank, das Kind war in Sicherheit. Lichtblitze zuckten vor ihren geschlossenen Augen. Mit letzter Kraft rammte sie ihren Ellbogen nach hinten. Es krachte widerlich. Stefanos brüllte auf.

»Du verdammtes Miststück! So nicht! Nicht mit mir!«

Rasend vor Zorn zerrte er sie herum, schlug ihr die Faust ins Gesicht, dass es ihr den Kopf herumriss und ihr für einen Augenblick schwarz vor Augen wurde. Sie spürte ihre Lippe aufplatzen, dann erst kam der Schmerz mit aller Wucht. Sie schmeckte Blut, Schwärze dämmerte am Rand ihres Bewusstseins auf. Unter der Schicht von Pein spürte sie, wie er die Knopfleiste ihres Kleides sprengte. Panik flutete sie, ließ sie gegen die Dunkelheit ankämpfen. Verzweifelt tastete sie mit der Hand nach dem Gegenstand im Gras, fand ihn und schlug mit aller Kraft damit nach Stefanos.

Aufbrüllend riss er die Hände vor sein Gesicht, sprang auf, torkelte rückwärts. Blut lief ihm zwischen den Fingern hindurch. Sie hatte ihm den Hufkratzer durchs Gesicht gezogen.

»Samira!« Dimis Stimme und die ihres Vaters.

Stefanos fuhr herum, zögerte, hastete dann aber davon. »Das wirst du mir bezahlen!«, schrie er über die Schulter gewandt. »Ich werde euch auslöschen. Alle! Sie sind da! Sie sind da und werden euch töten! Wer mit dem Feind schläft, ist der Feind.«

Aus dem Augenwinkel sah sie Gestalten sich nähern, aber sie hatte keine Kraft mehr, den Kopf zu wenden, hörte ihre Mutter bei ihrem Anblick hysterisch kreischen.

Dann war sie schon an ihrer Seite, riss Samira in ihre Arme.

»Um Gottes willen!« Das war die Stimme ihres Vaters. »Hat er …? Bist du …?«

Samira schüttelte schwach den Kopf, und ihre Mutter brach in Tränen aus.

Ihr Vater sah sich wutentbrannt um, die Fäuste geballt. »Ich werde diesen Mistkerl ver…!«

»Das wirst du nicht«, unterbrach Dimi ihn hektisch, das Gesicht bleich. »Wir müssen weg. Sofort! Du hast ihn gehört und die Wagen gesehen! Sie werden jeden Moment hier sein. Die Kerle sind auf Stefanos' Seite. Sie werden uns töten!«

Ihr Vater verstummte, seine Lippen waren ein schmaler, dünner Strich. »Du hast recht. Helena, pack die Sachen, ich hole …«

»Nein! Du verstehst nicht!« Dimi klang mehr als besorgt. »Hör doch!«

Jetzt nahm auch Samira die Motoren wahr. Sie waren ganz nah. Menschen schrien, Schüsse fielen.

»Großer Gott!«, heulte ihre Mutter auf, umklammerte Samira.

»Los! In den Wagen!« Auch ihr Vater war jetzt kreidebleich. »Ich hole nur Geld und wichtige Dokumente.« Schon rannte er davon zur Taverne. Dimi ihm hinterher.

»Yasin!«, schrie Samira ihnen nach. »Wir müssen zuerst Yasin suchen! Und was ist mit Eleni? Sie ist aus dem Stall gerannt. Wohin?«

»Ich weiß nicht!« Ihre Mutter half ihr hastig hoch. »Sie wird nach Hause gelaufen sein. Schnell! In den Wagen! Du hast deinen Vater gehört.«

»Aber was ist mit Yasin? Wo ist er?« Sie humpelte, von ihrer Mutter gestützt, so schnell sie konnte ebenfalls zur Taverne zurück, vor der noch immer der Pick-up stand.

»Ich weiß es nicht, o Gott, ich weiß nicht, wo er ist!« Ihre Mutter weinte.

Ihre Mutter riss die Autotür auf, aber Samira ignorierte den stechenden Schmerz in ihrem Knöchel, machte sich von ihr los und hastete am Wagen vorbei. Ihr Puls raste, ihr Herz schlug ungleichmäßig.

»Was tust du denn?« Die Stimme ihrer Mutter überschlug sich. »Wir müssen fort!«

»Ich gehe nicht ohne Yasin! Ich muss ihn suchen!« Sie spürte ihren Puls an ihrer Kehle zucken, versuchte vergeblich, die Panik zurückzudrängen, die sie erfüllte. Yasin! Das war alles, was Samira denken konnte. Die Angst um ihn nahm ihr die Luft, ließ ihre Hände zittern.

Ihre Mutter rannte ihr nach, hielt sie am Arm fest. »Steig ein! Ich bitte dich!«

»Geht ohne mich, ich kann nicht mitkommen. Ich muss erst Yasin finden!« Sie versuchte, davonzuhumpeln, ihre Mutter umklammerte ihr Handgelenk. »Nein, tu das nicht! Dann suchen wir ihn eben gemeinsam! Anastasios! Endlich!«

Von Dimi gefolgt, rannte ihr Vater herbei, unter dem Arm die blecherne Kiste, in der sie für den Fall eines Einbruchs oder Brandes Geld und Dokumente versteckten.

»Zum Wagen! Schnell!«, rief er. »Steigt doch endlich ein!«

»Nur, wenn wir Yasin suchen! Ich gehe nicht ohne ihn!«

»Samira, sei doch vernünftig!« Dimi packte sie bei den Schultern, schüttelte den Kopf. »Er ist tot.«

Sie erstarrte. Blankes Entsetzen stieß seine Krallen in ihren Nacken. Das konnte nicht sein. Sie hatte sich verhört. Das war ein Irrtum. »Nein!«, keuchte sie, blickte ungläubig zu ihrem Vater. Seine Augen schimmerten, als er nickte.

»Seine Großmutter wurde getötet. Er ist durchgedreht, hat Omar angegriffen und wurde«, Dimi holte tief Luft, »wurde von Stavros erschossen.«

Ein Schrei wie der eines verwundeten Tieres drang wie aus weiter Ferne an ihre Ohren. Sie wusste nicht, ob das ihre Stimme war oder die von jemand anderem.

Die Welt verschwamm vor ihrem Blick. In ihren Ohren rauschte es, lauter und lauter.

Die Satzfetzen, die zu ihr drangen, ergaben keinen Sinn. »Wir müssen fliehen, aber macht euch keine Sorgen, ich habe schon lange vorgesorgt, habe uns Papiere besorgt! Wir sind jetzt britische Staatsbürger!«

»Weggehen? Wohin – ohne Yasin?«

»Fliehen? Warum – ohne Yasin?« Sie wusste nicht, ob sie es schrie oder flüsterte, und ihr war egal, ob jemand sie hörte.

Sie fühlte sich an der Hand ins Auto gezogen, nahm Schreie wahr und Schüsse, Qualm und Feuer, aber das hatte alles nichts mehr mit ihr zu tun, ihr war alles gleich.

Sie spürte nicht mehr das dumpfe Pochen in ihrem Knöchel, nicht mehr den stechenden Schmerz in ihrer aufgeplatzten Lippe. Sie spürte gar nichts mehr. Nicht einmal ihren Herzschlag. Denn da war nur noch ein Loch in ihrer Brust.

Sie weinte nicht, denn man konnte nicht weinen, wenn man tot war. Und das war sie. Leer und tot.

Alles, was folgte, nachdem das Grau der Ohnmacht gewichen war, nahm sie wahr, als stünde sie außerhalb ihres Körpers. Vielleicht geschah es auch jemand anderem. Einer Frau, die zwar aussah wie sie, die sie aber nicht sein konnte, denn sie war ja tot. Wie Yasin. O Yasin. Nein, sie existierte nicht mehr. War nur die leere Hülle eines Menschen – willenlos, hoffnungslos, reglos. Die in einem Wagen zwischen Feuer und Schüssen hindurch aus einem Dorf in die Nacht hinausraste, ohne zu wissen, warum oder wohin. Es war auch egal. Dunkelheit um sie herum, Dunkelheit in ihr. Gegenwart und Vergangenheit verschmolzen, Erinnerungen und Gedankenfetzen jagten einander. Neben ihr ein Vater, der diese leere Hülle verzweifelt an sich drückte. Auf dem Beifahrersitz eine Mutter, die schluchzte und weinte.

»Die Briten haben Notfallmaschinen! Sie fliegen ihre Staatsbürger in zwei Stunden aus! Es wird knapp, aber wir werden es schaffen!« Eine Stimme. Dimitrios? Fuhr er noch immer den Wagen?

Minuten vergingen, vielleicht aber auch Stunden, in denen sie zugleich zitterte und schwitzte und ihr war, als würde sie schweben. Doch wie konnte das alles sein, wenn sie doch tot war? Sie hatte immer gedacht, der Tod sei friedlich. Doch nichts war hier friedlich.

»Fieber! Sie fiebert!« War das ihr Vater?

»Wir haben es gleich geschafft!« Dimitrios?

»Da entlang! Hinter das Gebäude! Zu den Transportern!«

Sie wusste nicht, wer das rief oder wann. Und warum jemand sie aus dem Auto zerrte. Die Welt schien hinter einem wabernden Schleier verborgen.

»Sie werden uns nicht reinlassen!«

»Sie werden! Ich habe die Wächter geschmiert.«

Alles verschwamm vor ihren Augen, ihr war schwindlig, nichts von dem, was da draußen geschah, ergab einen Sinn. Schließlich fühlte sie sich hochgehoben, jemand trug sie.

Türen, dunkle Gänge, Hektik, Chaos.

Ein Flughafen? Eine Passkontrolle? Warum? Wohin sollte sie?

»Der Nächste! Beeilt euch!« Angst klang in der Stimme der Frau durch, die sie kontrollierte.

»Nein! Meine Tochter! Ich muss zu meiner Tochter!«

Der Schrei ihrer Mutter riss sie aus ihrem verwirrten Zustand. Sie machte sich von Dimi los, blickte suchend um sich. Irgendwo in der Schlange hinter ihnen waren ihre Eltern. Jemand drängte die Menschen zurück, drängte ihre Eltern zurück. Jetzt nahm sie die Angst wahr, die in der Luft lag, die Panik auf den Gesichtern der Menschen um sie herum, das nicht enden wollende Gedränge.

»Wir sind voll! Sie müssen in die nächste Maschine!« Ein Mann in Uniform. Auch er klang panisch.

»Mama! Papa!« Sie wollte zu ihnen, aber Dimi zog sie mit sich. »Nein! Nicht! Wir müssen weiter! Sie nehmen die nächste Maschine. Sie schaffen es, ganz bestimmt. Ich habe versprochen, dich hier rauszubringen.«

Sie riss sich los, rannte zur Absperrung, konnte jedoch nur die Hände ihrer Eltern erreichen, die diese ihr zwischen den anderen Menschen hindurch entgegenstreckten – Samira umklammerte sie. »Ich gehe nicht ohne euch!«

»Du musst!« Ihr Vater klang panisch. »Beeil dich! Wir nehmen die zweite Maschine!«

»Wir lieben dich!«, weinte ihre Mutter. »Wir lieben dich! Geh mit Dimi! Er wird auf dich aufpassen! Er ist ein guter Mann!«

Ein Sicherheitsmann drängte sie fort. »Gehen Sie weiter! Beeilung, Beeilung!«

»Nein! Nein! Ich gehe nicht! Nirgendwohin! Nicht ohne euch!«

»Mach dir keine Sorgen. Wir nehmen den anderen Flieger. Alles wird gut! Wir lieben dich! Alles wird gut! Dimi! Bring sie hier raus!«

Und dann war da wieder Dimi, der sie an der Hand mit sich zog. Hinaus auf das Rollfeld und zum Flugzeug.

Sie sah ihre Eltern am Fenster des Terminals stehen, eng umschlungen, sah ihre Mutter die Hand an die Scheibe pressen, ihre Lippen formten ein stummes »Ich liebe dich«.

Sie wollte umdrehen, zurücklaufen, aber Dimi zwang sie die Treppe hoch und ins Flugzeug, drückte sie in einen Sitz.

Tränen liefen ihr über die Wangen, hektisch suchte sie das Glasfenster des Terminals nach ihren Eltern ab. Waren sie auf dem Weg zur zweiten Maschine? Sie hoffte es so sehr.

Das Flugzeug rollte an – und die Sirenen gingen los.

Chaos brach aus und ging gleichzeitig unter im ohrenbetäubenden Kreischen des Fliegeralarms.

Entsetzt presste sie ihre Hände gegen das Fenster des Flugzeugs, fühlte sich unendlich hilflos. Sie sah die Menschen im Terminal um ihr Leben laufen, sah sie übereinander und über fallen gelassene Gepäckstücke stolpern, sah alte Leute, die stürzten, Kinder, die niedergetrampelt wurden.

Sie schrie auf, ihr Blick suchte noch immer nach ihren Eltern, bis etwas anderes sie schlagartig vor Grauen verstummen ließ: ein Schwarm schwarzer Hornissen am Morgenhimmel.

Es war fünf Uhr früh, als die Bomben auf Nikosia fielen.

Kapitel 11

Verzweifelt.
Leer.
Wortlos.
Ohne dich.

Heute

Ich stürze die Straßen entlang. Wut und Enttäuschung brüllen in mir mit dem Schmerz seines Verrats um die Wette. Die wilden, ja wirren Worte des Briefes haben erst nach und nach einen Sinn für mich ergeben. Einen, den ich nicht einmal annähernd in Gänze erfassen kann.

Namen, mit denen ich nichts anfangen kann. Ereignisse, von denen ich nichts weiß. Gespräche, deren Zeuge ich nicht wurde. Was aber durch die Zeilen und die Zeiten, durch das Feuer und die Wortlosigkeit hinweg bei mir angekommen ist, sind die Verzweiflung und die Trauer über den Verlust all derer, die meiner Mutter nahestanden. Die Sehnsucht nach ihrer Heimat. Und die nach ihrer großen Liebe. Wer war er? Ganz offensichtlich nicht Dad.

Alles, woran ich geglaubt habe, alles, was ich für die Wahrheit hielt, bröckelt weg. Ich spüre die Risse in meiner Erinnerung und meinem ganzen Selbst. Wie trockene Erde, die in der Sonne aufplatzt. Ein Netz aus Furchen, die immer weiter aufbrechen. Vergeblich kämpfe ich gegen das Schluchzen an, das meine Kehle hinaufklettert.

Ich könnte Dad anrufen, aber ich brauche keine weiteren Lügen. Ich brauche Antworten! Und ich weiß, wo ich sie kriegen werde! Sicher nicht von ihm.

Das Gelächter und die Musik werden immer lauter, je näher ich der Taverne komme, und können doch den Lärm in meinem Kopf nicht übertönen.

Ich stürme über die Terrasse, beachte die Dorfbewohner nicht, die mir erschrocken aus dem Weg springen oder mich irritiert anstarren.

Ich habe noch nicht einmal die Hälfte überquert, als Alecs Mutter mit einem Tablett in der Hand aus der Tür tritt, jemandem über die Schulter hinweg lachend etwas zuruft.

Als sie wieder nach vorn blickt und mich mit dem Armreif in der einen Faust und Mums Brief in der anderen auf sich zustürmen sieht, wird sie kreidebleich.

»Alec kennt den Armreif! *Sie* kennen den Armreif!«, stoße ich wutentbrannt aus.

Das Tablett entgleitet ihren Händen, krachend zerspringt das Geschirr auf dem Boden, Scherben fliegen in alle Richtungen. »Wo hast du das her?«, keucht sie, aber ihr Blick ruht nicht auf dem Armreif, sondern auf dem Brief. Als wüsste sie genau, was darin geschrieben steht, ohne ihn in der Hand gehabt zu haben.

Ich weiß nicht, welche Reaktion ich erwartet habe, aber nicht diese. Bevor ich meine Fassung wiedergewonnen habe und antworten kann, ist sie herumgefahren und läuft hinein. Als ich mich endlich aus meiner Starre reißen kann, renne ich ihr hinterher durch den Schankraum und drücke die Tür auf, hinter der sie verschwunden ist. Ich finde mich in der Küche wieder. Alecs Mutter kniet vor dem alten Küchenherd mit dem flackernden Feuer hinter dem Sichtfenster und reißt zwei kurze Dielen aus dem Boden. In dem Loch darunter kommt ein blechernes Kästchen zum Vorschein.

Erst als sie diese sieht, löst sich ihre Anspannung. Hat sie geglaubt, jemand hätte dieses Versteck entdeckt? »Was ist in der Kiste?«, stoße ich aus. Sie fährt zusammen, als habe sie mich völlig vergessen, schaut mich zu Tode erschrocken an.

»Noch mehr Briefe?«, krächze ich.

Sie gibt keine Antwort, ihre Augen sind weit geöffnet. Ich stürze auf das Loch zu, aber schon hat sie die Kiste herausgerissen, presst sie an sich. »Geben Sie mir die Briefe!«, bringe ich mit mühsam unterdrückter Wut hervor und halte ihr auffordernd meine zittrige Hand hin.

Ihr Blick huscht zum Ofen.

»Nein!«, schreie ich, doch schon hat sie dessen Schutzglas aufgezogen und das Kästchen in die Flammen geworfen.

Entsetzt lasse ich Armreif und Brief fallen, packe den an der Wand lehnenden Schürhaken und schlage die Kiste aus dem Feuer. Funken sprühen, Asche segelt durch die Luft. Die Kiste prallt auf den Boden, springt auf, und ihr Inhalt verteilt sich auf den Dielen – zahlreiche Briefe offenbaren sich mir.

Alecs Mutter heult auf, und einen Moment lang bin ich fest davon überzeugt, sie wird die Briefe erneut ins Feuer werfen. Doch ganz plötzlich, wie bei einem Luftballon, dem die Luft entwichen ist, sackt sie in sich zusammen … und weint.

Schockiert, überfordert und völlig durcheinander starre ich sie an. Hatte ich mich noch kurz zuvor gefragt, wie Alec in den Besitz eines Briefes meiner Mutter gekommen ist, der an eine Elif gerichtet war, ist die Antwort nun offensichtlich. »*Sie* sind

Elif! Ihr Name stand auf dem Brief damals. Ihnen hat meine Mutter geschrieben! Sie sind es, die nie geantwortet hat!«

Sie schluchzt nur laut.

Die Umschläge tragen die Handschrift meiner Mutter, aber einige sind noch nicht einmal geöffnet. »Das hier sind all die Briefe, auf die Mum nie eine Antwort bekommen hat«, flüstere ich fassungslos. »Warum?«

Keine Reaktion.

»Meine Mutter hat geschrieben, Sie seien die Einzige, die sie über Hilfsorganisationen gefunden hat, nachdem sie … am Vorabend … des Krieges … fliehen musste.« Ich bekomme die Worte kaum über die Lippen, kann noch immer nicht glauben, was ich in dem Brief gelesen habe, der in Alecs Buch lag. Jetzt erst merke ich, dass ich am ganzen Körper zittere. »Und sie fragt, ob es außer Ihnen in Ayia Rosa weitere … Überlebende … des Krieges … gibt.«

Elifs Schluchzen ist in stilles Weinen übergegangen.

»Warum?«, krächze ich. »Wieso haben Sie nie zurückgeschrieben?«

Sie starrt zu Boden, Tränen rollen ihr über die Wangen.

Erst als ich schon gar nicht mehr damit rechne, eine Antwort zu erhalten, vernehme ich leise Elifs zittrige Stimme.

»Ich hatte alles verloren. Meinen Mann. Mein Baby. Meinen Vater. Meine Großmutter. Und meinen Bruder. Ich gab ihr die Schuld daran. Weil ihretwegen mein Bruder geblieben ist. Und seinetwegen wir. Ich war voller Hass, jahrelang. Wenn … wenn Eleni nicht … gewesen wäre … hätte ich … es nicht überlebt.«

»Wieso Ihr Bruder?«

»Sie waren ein Liebespaar.«

Fassungslos starre ich sie an, krächze schließlich: »Wieso haben Sie die Briefe aufgehoben?«

»Die ersten habe ich verbrannt«, flüstert sie.

»Aber warum nicht die folgenden? Warum haben Sie die aufbewahrt?«

»Ich … hatte … auf den … richtigen Zeitpunkt … zu antworten … gewartet. Ihn verpasst … und … dann nicht mehr den Mut gefunden.« Sie birgt ihr Gesicht in den Händen, Schluchzer schütteln sie abermals. Und auch wenn ich diese Frau nicht kenne, über ihr Verhalten nur den Kopf schütteln kann, verspüre ich plötzlich den Drang, sie zu trösten. Sie leidet sichtlich. Doch ich tue es nicht, zu tief sitzt auch bei mir der Schmerz. Ob diese Elif sich auch nur annähernd vorstellen kann, was sie Mum angetan hat?

»Mut? Den Mut, Mum zu kontaktieren? Sie hatten Angst vor ihrer Reaktion?«

Sie schüttelt den Kopf. »Nicht vor *ihrer* Reaktion.«

»Wessen dann? Ich verstehe das nicht! Wessen Reaktion denn dann?«

Doch ich kriege nichts mehr aus ihr heraus. Sie sitzt einfach auf dem Boden und weint.

Dabei ist *mir* zum Heulen. Ich bücke mich nach den Briefen, hoffe verzweifelt, darin Antworten zu finden.

Plötzlich sieht Elif auf, ich folge ihrem Blick.

Eleni steht in der Tür, starrt mit kalkweißem Gesicht auf das Loch im Boden.

Unwillkürlich keuche ich auf, sie fährt herum und stürzt davon.

»Nein! Warten Sie!« Ich raffe Armreif und Briefe zusammen, drücke sie an mich und haste aus dem Gebäude – gerade noch sehe ich ihre Gestalt hinter der Hausecke verschwinden und über die Felder davonrennen.

»Eleni! Warten Sie! Bitte!«

Aber entweder hört sie mich nicht, oder sie reagiert absichtlich nicht.

Also setze ich ihr nach. Durch Sträucher und Gebüsch, an einem Olivenhain vorbei, bis zu einer Orangenbaumplantage. Zwischen den schwer mit Früchten beladenen Bäumen, unter denen Kisten stehen, hetzt sie hindurch. Ich hingegen stelle plötzlich fest, dass einige der Briefe aus dem Wust in meinen Armen gerutscht sind und nun wie bei einer Schnitzeljagd den Weg markieren.

Verdammt, verdammt, verdammt! Ich kann sie nicht zurücklassen, es sind die Worte meiner Mutter! Fluchend laufe ich zurück, ziehe den Saum meiner Bluse nach vorn und sammele hastig die Briefe hinein wie in einen Beutel. Als ich mich nach Eleni umsehe, ist sie fort, und ich habe nicht die leiseste Ahnung, wo sie hingelaufen ist.

Enttäuscht und wütend zugleich lasse ich mich auf einen Baumstumpf sinken, Briefe und Armreif an mich gedrückt. Sosehr ich mich danach sehne, Mums Zeilen zu lesen, so sehr fürchte ich mich auch davor.

Der Stein, den ich oben am Berg losgetreten habe, hat auf seinem Weg nach unten tatsächlich alles mitgerissen. Eine Lawine aus Felsbrocken und Geröll ist auf das Dorf im Tal niedergegangen, hat mein altes Leben unter sich begraben. Sie hat nichts als Verzweiflung und Wut übrig gelassen. Ich will davonrennen und weiß doch, dass ich dem Chaos in meinem Inneren nicht entkommen kann. Mein Vater hat mich belogen, Alec hat mich hintergangen und für seine eigenen Zwecke benutzt, Colleen ist immer noch nicht erreichbar, und Mum liegt im Koma.

Nie habe ich mich so allein gefühlt.

Erstickt schluchze ich auf, als ein Räuspern hinter mir ertönt.

Erschrocken fahre ich herum, presse den in meiner Bluse verborgenen Schatz an mich, als müsse ich ihn beschützen.

Vor mir steht der unfreundliche Mann von neulich, den ich vor der Kirche angetroffen habe.

»Du schon wieder«, begrüßt er mich mürrisch, und seine Augenbrauen wandern aufeinander zu. Er greift in einen der Bäume, pflückt eine Orange und betrachtet sie kritisch von allen Seiten. »Hast du dich verlaufen?«, grollt er, als ich nichts entgegne.

Ich nicke, schüttele den Kopf und nicke dann doch wieder, bin nicht in der Lage, irgendetwas zu sagen.

Seine Miene wird ein wenig weicher. Ich muss so furchtbar aussehen, wie ich mich fühle. »So ist das Leben«, seufzt er und viertelt mit einem kleinen Taschenmesser die Orange. »Man läuft und läuft und wird doch immer wieder an den Anfang zurückgeworfen.«

Ich weiß nicht, was ich von ihm oder seinen Worten halten soll, aber die Bitterkeit in seiner Stimme weckt in mir – ähnlich wie vorhin bei Alecs Mutter – trotz meiner eigenen Verzweiflung den Wunsch, ihn zu trösten. Ich weiß nur nicht, wie. Er hat die Ausstrahlung von jemandem, der schon viel gesehen und erlebt hat. Vielleicht zu viel. Deswegen ist er so mürrisch geworden, auch wenn er im Moment ganz anders wirkt. Als bestünde da eine Verbindung zwischen uns. Vielleicht, weil wir beide Gestrandete ohne Antworten sind.

»Man könnte es auch hiermit vergleichen.« Er reicht mir die Orangenstücke. »Auf den ersten Blick ist nicht ersichtlich, ob sich in der Schale Bitterkeit oder Süße verbirgt. Ob man enttäuscht wird oder nicht.«

Auffordernd nickt er mir zu, und ich probiere.

»Süß«, flüstere ich.

»Dann hoffen wir, dass du auch beim Rest deiner Orange mehr Glück hast als ich.«

»Danke«, stammele ich verwirrt und weiß selbst nicht, ob ich das Obst oder seine Worte meine und wovon er eigentlich spricht.

Er neigt den Kopf zur Seite, kneift ein Auge zu und mustert mich. »Du bist Alecs Freundin, oder? Ich habe euch gestern zusammen aus der Taverne kommen sehen.«

Ich schlucke hart, schüttele mit zusammengepressten Lippen den Kopf, kann einen Schluchzer nicht unterdrücken.

Er runzelt die Stirn, nickt verstehend. »Die Liebe … Es gibt nichts Wundervolleres auf der Welt. Und nichts Grausameres.«

Sein Blick geht in die Ferne, ist voller Schmerz. Plötzlich ballt sich seine Hand zur Faust, zerdrückt die Orangenstücke, der Saft rinnt ihm über die Finger. Das reißt ihn aus seiner Versunkenheit. Er schüttelt den Kopf, atmet tief durch. »Und wie bei einer Orange braucht es Zeit, bis das Leben wieder süß ist. Sehr viel Zeit. Manchmal jedoch mehr, als ein Leben währt.« Der letzte Satz kommt so leise, als hätte er ihn mehr zu sich als zu mir gesagt. Er schüttelt erneut den Kopf und wendet sich mir wieder zu. »Du setzt dich jetzt erst einmal auf meine Terrasse in den Schatten und trinkst etwas. Auf dem Tisch stehen Wasser und Saft.« Er deutet mit dem Daumen über seine Schulter. »Da geht's lang. Ich komme gleich nach.« Ohne meine Antwort abzuwarten, dreht er sich um und pflückt weiter Orangen in die Kiste unter dem nächsten Baum. Als wäre es das Alltäglichste der Welt, wildfremde Menschen auf seine Terrasse einzuladen.

Noch absonderlicher ist nur, dass ich sein Angebot tatsächlich annehme. Obwohl vom Dorf hinter mir nichts mehr zu sehen ist, ich keine Ahnung habe, wo ich bin und wer er ist. Ich muss verrückt geworden sein, aber irgendetwas hat er an sich, was mich ihm trotz seiner mürrischen Art vertrauen lässt. Vielleicht folge ich ihm auch einfach, weil ich nicht weiß, was ich sonst tun soll. Ob ich unter Schock stehe? Ich fühle mich wie in Trance. Als hätte der Inhalt des Briefes, den ich bei

Alec gefunden habe, sich wie ein Stück Seidenpapier in einem Fotoalbum zwischen mich und die Wirklichkeit geschoben. Würde alles verklären.

Keine hundert Meter weiter treffe ich tatsächlich auf ein kleines Häuschen mit Blick aufs Meer, das zuvor die Orangenbäume vor mir versteckt hatten.

Erschöpft lasse ich mich auf der Terrasse in den Stuhl fallen, ziehe mein Handy aus der Hosentasche und schaffe es irgendwie, Dad anzurufen. Dieses Mal geht er sofort ran. Als hätte er nur auf meinen Anruf gewartet.

Noch während sich das Bild etwas verpixelt aufbaut, höre ich schon seine Stimme. »Tina, meine Prinzessin!« Sein übertrieben fröhlicher Tonfall lässt meinen Magen sich verkrampfen.

»Welches Buch hast du denn heute schon ge…«

»Warum?«, fahre ich ihn an. »Warum hast du mich belogen?«

Seine fröhliche Maske bröckelt weg, seine Miene versteinert. »Was meinst du?«, fragt er mit belegter Stimme.

»Mum hat hier gelebt! Sie ist 1974 von hier geflohen! Am Vorabend der Besetzung Nordzyperns durch die Türkei.«

Stille.

»Tina? Prinzessin? Komm nach Hause. Bitte. Dann erkläre ich dir alles in Ruhe.« Jetzt kann er die Panik nicht mehr verbergen. Sie versetzt mir einen Faustschlag in den Magen.

»Ich komme erst, wenn ich endlich die ganze Wahrheit weiß.«

»Wahrheit? Welche Wahrheit?« Er lacht nervös auf.

»Ich lege jetzt auf, ich muss los«, sage ich tonlos.

»Nein! Bitte! Wo willst du denn hin?«

»Die Wahrheit suchen. Irgendwo da draußen ist sie, und ich werde sie finden, von dir kann ich sie ja nicht erwarten, außerdem bin ich des Wartens müde! Mums Briefe an Elif werden mir dabei helfen!« Ich kippe sie auf dem Tisch aus, fische das eng beschriebene Papier heraus, das ich bereits kenne, und halte es in die Kamera. Dads Gesicht ist kalkweiß.

»Nein! Nicht! Warte!« Seine Stimme klingt gepresst, und trotz der schlechten Bildqualität kann ich deutlich sehen, wie er mit sich ringt. »In Ordnung.« Er flüstert es nur, sein Oberkörper ist in sich zusammengefallen. Mein Vater am Ende seiner Kräfte? Niemals hätte ich das für möglich gehalten. Das erschreckt mich fast noch mehr als der Inhalt des Briefes.

»Du … du hast recht.« Er schluckt. »Deine Mutter und ich … wir stammen beide aus Zypern.«

Endlich spricht er aus, was ich schon seit meiner Ankunft hier geahnt, gespürt, befürchtet habe.

»Warum habt ihr mir das nie erzählt?«, flüstere ich.

»Aus Angst. Aus Verzweiflung. Um diese Dinge von dir fernzuhalten. Wir sind am Vorabend des Bürgerkriegs geflohen, wollten uns ein neues Leben aufbauen.«

»Aber … das … kann nicht alles sein. Das erklärt nicht Mums Verhalten.«

»Doch, tut es. Du machst dir keine Vorstellung davon, wie es damals war.« Seine Miene ist schmerzverzerrt. »Du hast doch gesehen, was allein die Erinnerung daran mit deiner Mutter angestellt hat.«

»Dann erzähl es mir!«, flehe ich. »Sag mir endlich, was geschehen ist!«

Er presst die Lippen zusammen, ringt sichtlich noch immer mit sich. »Ich war zu der Zeit oft in Nikosia, verhandelte wegen eines Kaffeehauses, das ich pachten wollte. Ich sah, was los war, hörte die Gerüchte über das, was bevorstand. Natürlich wusste ich nicht, was genau geschehen war und wie schlimm es werden würde, aber ich sorgte vor und brachte in Erfahrung, wo ich im Notfall falsche Papiere herbekäme. Und als ich dann wieder in Nikosia war und dort der Putsch stattfand, da … wusste ich, dass … es so weit war. Ich erlebte alles am eigenen Leib: die

Soldaten, die ihre Gewehre auf alles und jeden richteten, die Schüsse, die Schreie, die Panik. Auch wenn danach erst einmal Ruhe einkehrte, war mir klar, dass das nicht lange so bleiben würde. Es war nur eine Frage der Zeit, bis endgültig Chaos ausbrechen würde. Also sorgte ich vor, so wie ich immer vorsorge, das weißt du.« Er schließt die Augen, sammelt sich. »Ich wusste, dass für britische Staatsbürger Notfallmaschinen bereitstanden. Alles Geld, das ich für die Taverne dabeihatte, ging auf dem Schwarzmarkt drauf für falsche Dokumente. Sie machten deine Mutter und mich und ebenso ihre Eltern, die … auch meine … Zieheltern waren, … zu britischen Staatsbürgern. Nur … nur dass …. Anastasios und Helena es … nicht … geschafft haben.« Er bedeckt mit der Hand seine Augen, doch Tränen rollen darunter hervor über seine Wangen. »Das Flugzeug, in dem deine Mutter und ich saßen, war das letzte, das diesen Flughafen verließ. Bis heute.«

Seine verzweifelte Miene, seine Worte, der Schmerz in seiner Stimme … das alles zerreißt mir das Herz, und doch kann ich ihm keinen Trost spenden, ist meine Kehle wie zugeschnürt. Was ich in den letzten Tagen geahnt habe, ist jetzt Gewissheit. Es trifft mich nicht unvorbereitet, und dennoch mit einer Wucht, die mich zu zerbrechen droht.

»Soweit … soweit ich weiß«, fährt er mit belegter Stimme fort, »liegt er immer noch zerstört und verlassen da. Aber das Chaos … die Angst … sie verfolgen mich bis heute … ich … ich wache noch heute nachts vom Geräusch der Schüsse, vom Kreischen der Sirenen auf.«

Alles in mir tobt, ich bin kaum in der Lage, einen klaren Gedanken zu fassen, fühle mich wie ein Baum, den der Sturm umgefegt hat. Entwurzelt, zerrissen. Und so ist es auch. Mit seinem Schweigen, den Lügen hat er mir nicht nur einen Teil meiner Vergangenheit vorenthalten, immerhin liegen hier meine Wurzeln, sondern mir diese auch bewusst entrissen. Wo gehöre ich hin? »Falsche … Papiere? Falsche Namen? Alles … falsch? Auch eure Ehe?«

»Sie existiert auf diesem Papier, aber wir sind nie getraut worden, wenn du das meinst.«

»Ist denn gar nichts wahr? Nicht einmal unser Name?« Mir ist komplett der Boden unter den Füßen weggezogen worden. Ich fühle mich im wahrsten Sinne des Wortes haltlos und umklammere das Handy so fest, dass meine Fingerknöchel weiß hervortreten.

Er holt tief Luft. »Deiner schon. Du kamst erst Jahre später zur Welt.«

»Du bist also mein Vater?«

»Natürlich! Großer Gott, natürlich! Und du bist mir das Wertvollste auf der Welt!«

Vor Erleichterung kommen mir die Tränen. Endlich ein Seil, nach dem ich greifen, an dem ich mich festhalten kann. »Warum seid ihr nie zurückgekehrt?«

»Es … wäre … zu schmerzhaft gewesen. Und zu wem hätten wir zurückkehren sollen? Alle, die wir liebten, sind tot. Tausende Menschen sind gestorben in jenem Sommer 1974. Soldaten, Zivilisten. Ganze Dörfer lagen anschließend verlassen da. Die Welt auf der Insel ist seitdem nie wieder dieselbe geworden.«

»Aber wieso hat Mum dann diese Briefe an Elif geschrieben?«

Müde fährt er sich mit der Hand über das Gesicht. »Wie heißt es so schön? Die Hoffnung stirbt zuletzt. Wir haben alles verloren, Eltern und Freunde, ohne jemals eine offizielle Bestätigung über deren Tod zu erhalten. Natürlich hat deine Mum daher immer gehofft, sie hätten doch überlebt. Aber das ist nicht der Fall.«

»So wie dieser Mann, der Mums große Liebe war? Wieso ist sie mit dir gegangen, wenn sie sich doch später nicht mehr sicher war, ob er wirklich tot ist?«

Dads Miene wird starr, mühsam schüttelt er den Kopf. »Sie war sich sicher. Sie konnte ihn nur nicht vergessen, meinte deshalb, ihn überall zu sehen. Dabei wusste sie, dass er tot war. Und ich wusste es auch, deshalb nahm ich deine Mutter mit mir.«

»Das … stimmt … nicht.«

Ich fahre herum.

Eleni steht in der Tür. Blass und zitternd, die Arme um sich geschlungen.

»Wer ist das?«, ruft Dad am Handy. »Wer spricht da?«

Hierher ist sie also gerannt. Warum? Und was meint sie? »Was stimmt nicht?«, frage ich völlig perplex.

»Er … lügt.«

»Was soll das heißen? Wer spricht da? Hör nicht darauf!«, zetert Dad.

Ich drücke meinen Vater weg, schalte mein Handy einfach aus, starre Eleni an.

Ihr Gesicht ist weiß, ihre Stimme brüchig. »Ich habe … mich … erinnert. An alles.«

1974

Eleni kauerte unter der Küchenbank. Von Entsetzen erfüllt, hatte sie die Arme um die Knie geschlungen, machte sich so klein sie nur konnte.

»Yasin!«

Das war Samiras Stimme. Sie war da draußen, vor der Taverne. Eleni wollte aufspringen, zu ihr rennen, aber sie war wie gelähmt, zitterte am ganzen Körper. Nie zuvor hatte sie solche Angst gehabt. Der Fremde, das Blut, all die Schreie dort draußen und das Feuer. Sie wollte zu ihrer Mutter und konnte sich nicht rühren.

»Wir müssen zuerst Yasin suchen!«, rief Samira erneut.

Eleni hörte Helena etwas entgegnen und auch die Stimme von Anastasios, dann näherten sich hastige Schritte, und sie drückte sich noch weiter gegen die Wand.

»Großer Gott, wie sollen wir ihn in dem Chaos da draußen finden?«, stieß Anastasios hervor, während er in die Küche stürmte.

»Gar nicht.« Dimi? Eleni versuchte, seinen Namen zu rufen, aber es kam kein Ton über ihre Lippen. »Dafür ist keine Zeit, verdammt! Wir müssen fort! Jetzt sofort!«

»Aber sie wird nicht mitkommen ohne ihn.« Mit verzweifelter Miene kniete sich Anastasios vor den Ofen und riss zwei Dielen aus dem Boden. Er zog eine blecherne Kiste aus dem Loch und sprang wieder auf.

Dimi packte ihn am Arm, zwang ihn, stehen zu bleiben. »Hör zu!« Er atmete schwer, in seinem Gesicht arbeitete es. »Du weißt, dass ich Samira liebe. Dass ich immer für sie sorgen werde. Dass ich jemand bin, der auch da einen Durchgang findet, wo der Weg aller anderen vor einer Mauer endet.«

Anastasios nickte. »Es gibt niemanden, dem ich sie mit einem besseren Gefühl anvertrauen würde als dir.«

»Dann vertrau mir auch jetzt. Ich bringe sie fort. Bringe sie in Sicherheit. Es wird ihr an nichts fehlen.«

»Aber ich kenne meine Tochter, sie wird nicht mitkommen.« Anastasios rang verzweifelt die Hände.

»Sie wird«, stieß Dimi mit gepresster Stimme aus. »Wenn wir sagen, dass Yasin tot ist.«

Tot? Sie presste sich die Hände auf die Ohren, drückte sich gegen die Wand, wollte nichts mehr hören, all die Bilder nicht mehr sehen. Nie wieder!

»Lass die Dunkelheit nicht gewinnen«, hatte Jajá gesagt. »Lass nicht zu, dass sie dich erfüllt. In dunklen Zeiten braucht es ein Herz, das vor Liebe leuchtet.«

Er hatte mit der Dunkelheit in sich gekämpft und gewonnen. Hatte die unendliche Wut niedergerungen, die seinen Blick vernebelte. Trotz seiner Verzweiflung und Trauer hatte er die Fäuste sinken lassen.

Weil der Hass nicht siegen durfte. Weil Jajá es so nicht gewollt hätte.

Er hatte Omar den Rücken gekehrt, seine federleichte Großmutter auf die Arme genommen und war den Hügel hinuntergeeilt.

Elif konnte er nirgendwo erblicken, sie war Stavros und Malik gefolgt. Sein Herz blutete beim Gedanken an sie, und er sorgte sich um seinen Vater, aber zuerst musste er zu Samira.

Er trug Jajá, bis das Geräusch von Motoren lauter wurde, Schüsse fielen, Schreie durch die Dunkelheit hallten. Angst presste seinen Brustkorb zusammen. Angst um Samira.

»Es tut mir leid«, flüsterte er und legte den Leichnam seiner Großmutter sanft unter einem Orangenbaum ab. Er hauchte ihr einen letzten Kuss auf die faltige Stirn und machte sich auf den Weg zur Taverne.

Er lief, so schnell er konnte, schob sich zwischen all den panischen Menschen hindurch. Samira war alles, woran er denken konnte.

Endlich sah er die Taverne. Und Anastasios' Wagen, der davonraste. Saß Samira darin? Das durfte nicht sein.

»Nein!« Sein gellender Schrei übertönte selbst die Schüsse. Er rannte, bis seine Lungen zu bersten drohten, aber als er die Taverne erreichte, war die Staubwolke, die um ihn herniedersank, alles, was er zu fassen bekam.

»Zu spät!«, tönte es boshaft von der Koppel.

Er fuhr herum.

Stefanos hielt sich schwankend am Gatter fest, das Gesicht blutüberströmt, die Augen fiebrig vor Hass.

Yasin wurde eiskalt. »Was hast du getan?«, stieß er hervor und ballte die Fäuste. In diesem Moment waren ihm sogar Jajás Worte egal.

»Es war gar nicht nötig, etwas zu tun«, entgegnete Stefanos höhnisch. »Doch nicht so dumm, das Mädchen. Hat dich fallen lassen. Bei der ersten Gelegenheit. Ist mit Dimitrios abgehauen. Hat es endlich begriffen, dein Flittchen. Hat den Kameltreiber abserviert.«

Yasin spürte das Blut aus seinem Gesicht weichen. »Niemals!«, stieß er aus. »Niemals würde sie mich verlassen! Nichts als Lügen!«

Stefanos lachte wie im Fieberwahn, Blut aus seiner klaffenden Wunde lief an ihm hinunter, und er sank kraftlos am Gatter entlang zu Boden. Yasin rannte ins Haus. »Anastasios? Helena?« Keine Antwort. Hektisch sah er sich im Schankraum um, lief in die Küche. »Samira? Helena?«

Ein Schluchzen ließ ihn innehalten, erschrocken spähte er unter die Küchenbank. »Eleni!«

Das Kind lag zusammengekrümmt da, die Hände auf die Ohren gepresst, und starrte ihn aus riesigen Augen angsterfüllt an.

Er zog Eleni unter der Bank hervor und drückte sie an sich. »Was tust du hier? Wo ist deine Mutter? Wo ist Samira?«

»Nikosia«, flüsterte das Mädchen. Es zitterte am ganzen Körper.

»Was? Deine Mutter?«

Sie schüttelte den Kopf. »Samira.«

»Sie ist nach Nikosia gefahren?!«

»Flughafen.«

Sein Herz zog sich zusammen. Er musste zu ihr, auf der Stelle! Ihr musste etwas zugestoßen sein! Sie würde niemals ohne ihn gehen! Aber er konnte das Mädchen nicht schutzlos zurücklassen. »Ich bringe dich in Sicherheit.«

Er hob Eleni hoch und rannte mit ihr aus dem Haus, dem Strom schreiender und rennender Menschen entgegen. Er musste zu Stavros, hoffte inständig, dass Stefanos' Truppe einen griechischen Polizisten nicht behelligen würden.

Um ihn her Kinder, die weinten, alte Leute, die beteten. Sie flüchteten vor den Wagen, aus denen dunkel gekleidete Männer sprangen, unverständliche Kommandos brüllten, wild in die Menge schossen. Eleni klammerte sich weinend an ihn und barg ihr Gesicht an seinem Hals. Er wusste selbst nicht, wie er es schaffte, die kleine Polizeistation zu erreichen, die kaum mehr als ein Raum in Stavros' Haus war. Mit aller Kraft hämmerte er gegen die Tür. »Stavros! Mach auf! Bitte!«

Endlich öffnete sich die Tür einen Spaltbreit und Stavros' ängstliches Gesicht erschien. Yasin drängte sich durch die Lücke, entdeckte Elif, die mit aschfahlem Gesicht und rot verweinten Augen am Tisch neben seinem völlig in sich zusammengefallenen Vater saß. Mustafa hatte offenbar mitbekommen, dass Malik verhaftet worden war, und war deshalb hierhergelaufen.

Yasin war unendlich froh darüber, denn Stavros' Haus war für die drei momentan der sicherste Ort.

»Elif! Nimm das Mädchen, bitte!« Er löste Eleni von sich, drückte sie seiner Schwester in den Arm. Das Kind presste sich die Hände auf die Ohren, hatte die Augen zusammengekniffen und weinte stumme Tränen.

»Gib auf sie acht! Ich muss nach Nikosia.«

»Was?« Ungläubig starrte Elif ihn an.

»Ich muss Samira finden. Sie ist zum Flughafen unterwegs.«

»Samira?« Ihre Stimme überschlug sich. »Sie ist an allem schuld! Und jetzt haut sie ab, und du willst ihr auch noch hinterher?«

»Elif, bitte, ich kann jetzt nicht darüber diskutieren. Pass auf Eleni auf, bis wir ihre Mutter gefunden haben, bitte! Kümmere dich um sie!«

»Yasin! Geh nicht! Malik ist fort! Lass nicht auch du mich allein!«

»Fort?«

»In dem Durcheinander draußen geflüchtet«, knurrte Stavros und wischte sich den Schweiß von der Stirn.

Hilflos sah Yasin von Elif zu seinem Vater. »Ich muss«, stieß er hervor. Tränen liefen ihm über die Wangen. »Es tut mir leid.«

Seine Schwester klammerte sich weinend an Eleni, aber er konnte nicht mehr länger warten. »Ich komme zurück, ich verspreche es. Ich liebe euch.«

Damit rannte er erneut hinaus in die von Schreien erfüllte Nacht. Er schaffte es nach Hause, unendlich froh darüber, dass ihr Haus am Rand des Dorfes lag, sprang auf sein Motorrad und preschte über die Felder. Jemand brüllte Kommandos, Schüsse schlugen um ihn herum ein, aber er entkam. Und da wusste er, dass er es schaffen würde. Es bestand gar keine andere Möglichkeit. Hoffnung leitete ihn. Und so war es auch. Er erreichte Nikosia – in dem Moment, als auf dem Flughafen die Bomben fielen.

Mit einem Aufschrei brach er neben seinem Motorrad in die Knie, fiel ins Bodenlose.

Das Letzte, was er wahrnahm, bevor ihn Dunkelheit umhüllte, war, dass er den Armreif verloren hatte. Die letzte Verbindung zu Samira, die ihm geblieben war.

Kapitel 12

Die Welt hat ihre Farbe verloren,
das Leben seinen Wert.
Was bleibt?
Erinnerungen.
Versprechen.

Heute

Sprachlos starre ich Eleni an.

»Mein Vater hat gelogen? Hat meine Mutter bewusst getäuscht, damit sie mitkommt?«

Sie nickt.

Alles dreht sich um mich. Ich kann das nicht glauben, will das nicht glauben und weiß doch, dass es die Wahrheit ist. Als Eleni das Bild meines Vaters sah, kam die Erinnerung an die damaligen Ereignisse wieder, daher ihre Panik, ihre Angst. Doch erst die Situation in der Küche mit dem Loch im Boden muss ihr auch die Worte meines Vaters ins Gedächtnis gerufen haben. Das ist also die Wahrheit, nach der ich mich so sehr gesehnt habe. Jetzt habe ich sie und will sie nicht, aber kann es nicht mehr rückgängig machen. »Und … Yasin? Was ist aus ihm geworden?«

Sie tritt zurück, zeigt auf etwas im Haus.

Mein Herz setzt für einen Moment aus, nur um im nächsten Augenblick wie wild gegen meine Rippen zu hämmern. Meine Finger krallen sich um Mums Brief, den ich Dad gezeigt habe, während ich Eleni auf wackligen Beinen folge. Aber außer uns beiden ist niemand im Haus.

Verwirrt sehe ich mich um, mein Blick bleibt am Tisch neben dem Fenster hängen. Papier stapelt sich dort. Beschriebenes Papier.

Wie ferngesteuert trete ich näher. Es zieht mich regelrecht an. Ich beuge mich über das Blatt, das zuoberst liegt.

Sie sagen, dass du tot bist.
Warum fühle ich dann deinen Herzschlag?
Sie sagen, dass du mich verlassen hast.
Warum spüre ich dann deine Liebe?
Sie sagen, dass du mich vergessen hast.
Warum höre ich dich dann rufen?

Ich habe dir versprochen, weiterzuleben.
Ich tue es.
Trotz der Narben an meinem Körper.
Sie spielen keine Rolle.
Was schmerzt, sind die in meinem Herzen.
Die nur du heilen kannst.

»Was tust du da?«

Erschrocken fahre ich herum.

Zwei große Schritte, und schon ist der mürrische Mann von vorhin bei mir, reißt mir wütend das Blatt aus den Händen, glaubt wohl, es sei eines von seinen. »Fass das nicht an! Was fällt dir ein? Du kannst doch nicht einfach ...« Er bricht ab, wird weiß wie der Putz des Hauses.

»Wo hast du das her?«

»Von Alec und ... die anderen ... aus der Taverne«, stottere ich. Reglos sieht er auf das Papier hinab, als könnte er es nicht glauben oder nicht begreifen.

»Sie lebt«, flüstere ich und kämpfe gegen das blöde Schluchzen an. Es braucht keine weiteren Erklärungen. Ich weiß, wer er ist.

Er fährt zusammen, wie aus einem Traum erwacht, starrt mich mit aufgerissenen Augen an. Plötzlich packt er mich an den Schultern. »Wo? Wo ist sie? Ich muss zu ihr!«

Ich schlucke schwer, krächze: »Sie liegt im Koma.«

Er ist weiß wie die Klippen am Meer, schwankt und wäre gestürzt, wenn ich nicht nach ihm gegriffen hätte. »Warum hast du das getan?«, stößt er hilflos aus.

Verwirrt frage ich mich, was er meint, bis ich realisiere, dass er nicht auf mich blickt. Ich sehe über die Schulter. Elif steht in der Tür.

»Es tut mir leid«, flüstert sie. »Es tut mir so unendlich leid. Aber ... Malik war verschwunden, du warst jahrelang im Gefängnis, in das sie dich in all dem Chaos gesteckt hatten. Vater starb an gebrochenem Herzen. Ich fühlte mich im Stich gelassen von dir. Verraten von ihr. Und war voller Hass auf sie. Gab ihr die Schuld an allem. Dann kamst du wieder, aber Malik nicht, und ich war verbittert und voller Trauer. Und dann ... dann klang beides ab, aber .... ich ... habe mich nicht getraut ... es dir zu sagen. Wir ... hatten gerade erst ... halbwegs wieder zueinandergefunden. Ich ... fürchtete, dass ...

du … es … mir nicht verzeihen würdest … Ich … ich wollte dich nicht … erneut verlieren und … habe es … nicht übers Herz gebracht, dir zu sagen, dass sie … wieder glücklich ist, verheiratet ist und … und ein Kind hat. Ich … hatte Angst, dass es dir … erneut das Herz brechen würde.«

Er schüttelt den Kopf. »Samira glücklich zu sehen, ist alles, was ich je wollte.«

»Sie war nicht glücklich«, flüstere ich. »Und sie hat Sie nicht verlassen. Sie wurde getäuscht von meinem Vater, hielt Sie für tot. Und trotzdem hat sie unbewusst nach Ihnen gesucht. All die Jahre. Nicht mal ich konnte ihr Glück schenken.«

Er sinkt in sich zusammen, Tränen laufen ihm über die Wangen.

Elif weint ebenfalls, stürzt auf ihn zu. »Es tut mir so leid. Es tut mir so unendlich leid.«

Ich fühle mich fehl am Platz in dieser intimen Situation und völlig überfordert mit all dem, was ich erfahren habe. Mit zittrigen Händen schreibe ich meine Telefonnummer auf das Blatt Papier auf dem Tisch und wanke hinaus.

… Ich weiß nicht, warum du mir nicht antwortest. Vielleicht nimmst du es mir übel, dass ich lebe und Yasin nicht. Dass ich ein Kind habe und er nicht. Vielleicht glaubst du, ich hätte ihn vergessen, einfach einen Strich unter alles gesetzt, was war. Aber das habe ich nicht. Das Loch, in das ich fiel, war bodenlos. Ich kann mich an kaum etwas erinnern aus diesen ersten Jahren. Dunkelheit war um mich herum, und alles, was mich am Leben hielt, war das Versprechen, das ich Yasin gegeben hatte. Mein Lachen

nicht zu verlieren. Weiterzumachen. Nicht aufzugeben. Aber es war kein Leben mehr, nicht ohne ihn. Es war ein Dahinvegetieren. Ich quälte mich durch die Stunden, die Nächte, die Tage. Wochen wurden zu Monaten, ich merkte es nicht einmal. Mir war alles gleichgültig. Und dann trat plötzlich wieder Licht in mein Leben: meine Tochter. Ja, ich habe ein Kind mit Dimi. Jahre der Trauer und Einsamkeit entschuldigen es vielleicht. Vielleicht auch nicht. Aber ich habe Yasin nicht vergessen. Nie. Doch Athina gab mir die Kraft, wieder zu lachen. Durch sie lernte ich, wieder zu lachen. Und zu lieben. Sie war der Grund, warum ich wieder lebte. Ich wünschte so sehr, Yasin hätte sie kennengelernt.

Etwas fällt auf das Papier, lässt die Tinte verlaufen. Es sind meine Tränen.

Ich lasse den Brief sinken, stakse weiter Richtung Meer und den Strand entlang zum Dorf zurück, die restlichen Briefe an mich gedrückt. Noch einen weiteren zu öffnen, schaffe ich einfach nicht. Noch nicht. Als wäre ich ein Eimer, der bis zum Rand gefüllt wurde und keinen einzigen weiteren Tropfen aufnehmen kann.

Ich bin nicht in der Lage, wirklich zu begreifen, was ich gehört und was ich gelesen habe. Das alles scheint jemand anderem zu passieren, und ein Teil von mir diagnostiziert einen Schock. Ich stehe komplett neben mir, habe nicht die leiseste Ahnung, wie ich das alles verarbeiten soll, wie es jetzt weitergehen soll. Ich muss mein gesamtes Leben hinterfragen und neu ordnen.

Dann realisiere ich, dass ich unbewusst zu Alecs Haus zurückgekehrt bin, am Strand vor seiner Terrasse stehe. Und sein Wagen neben dem Haus parkt.

Mir wird schlecht. Ich will davonlaufen und weiß doch, dass ich mich der Begegnung früher oder später stellen muss. Die Terrassentür steht offen.

»Alec?«, rufe ich mit dünner Stimme. Keine Antwort. Zögerlich trete ich ein. Das Buch liegt noch immer am Boden, wie ich es zurückgelassen habe. Ich nähere mich wie ferngesteuert dem Regal, von der vagen Angst getrieben, zwischen den restlichen Büchern über den Zypernkonflikt seien noch mehr Geheimnisse verborgen, die mir das Herz brechen könnten.

Mein Mund ist trocken, mit zittrigen Fingern streiche ich über die Buchrücken.

Und habe plötzlich das Gefühl, nicht allein zu sein.

An meinem ganzen Körper stellen sich die Härchen auf, ich fahre herum.

Im Halbdunkel unter der nach oben führenden Treppe sitzt auf einer Kommode der Mann mit der Narbe.

Glühend heiß schießt mir der Schreck durch die Glieder. »Was tun Sie hier?«, keuche ich.

»Auf dich warten.« Er hat die Beine übereinandergeschlagen, wirkt so gelassen, als wäre er zum Kaffee eingeladen.

»Woher …« Ich breche ab, gebe mir die Antwort auf meine Frage selbst. Er muss den Papas aus Lefkara, der heute Morgen hier war, gefragt haben, wo ich zu finden sei.

»Wo ist Alec?«

Er lächelt milde. »Nicht hier. Niemand ist hier. Außer uns beiden.«

Mir wird zunehmend unwohler. Seine Augen sind so kalt, dass mir eine Gänsehaut den Rücken hinunterläuft. »Was wollen Sie? Und wer sind Sie überhaupt?«

»Das weißt du nicht?« Er zieht verächtlich die Augenbraue hoch, steht auf und schlendert auf mich zu.

Ich weiche zurück.

»Deine Mutter hat dir nicht von mir erzählt? Von ihrem alten Freund Stefanos? Jetzt fühle ich mich aber gekränkt.« Er lacht höhnisch. »Wo ist sie denn?« Sein Blick huscht zur Terrassentür. Wartet er auf *sie?*

»In London«, krächze ich.

Verärgert runzelt er die Stirn. »Schade. Sehr schade.« Mit einem Seufzen schüttelt er den Kopf. »Aber zum Glück habe ich dich.« Sein Blick fliegt wieder zu mir, fixiert mich, als sei ich ein seltenes Insekt, das er gleich sezieren wolle.

Alles in mir drängt mich zur Flucht, aber ich muss wissen, wer er ist und was er mit Mum zu tun hatte. »Woher kennen Sie meine Mutter?«

Er lächelt. »Sie hat mich beinahe umgebracht.«

Entsetzt starre ich ihn an. Er ist verrückt! Ich muss hier raus! Mein Blick fliegt zum Eingang, aber zur Haustür zu laufen, wage ich nicht. Wenn sie abgeschlossen ist, sitze ich in dem engen Flur in der Falle. Ich muss an dem Kerl vorbei und zurück zur Terrasse!

Doch als hätte er meine Gedanken geahnt, macht er einen Satz nach vorn, steht jetzt zwischen mir und der Schiebetür.

Mein Puls rast. »Was wollen Sie?«

»Nicht viel. Nur etwas zurückgeben.« Plötzlich greift er hinter sich, zieht ein Messer hervor.

Angst flutet mich, ich weiche zurück.

»Und zwar das hier«, sagt er in einem Tonfall, als würde er über das Wetter plaudern. Mit der Messerspitze fährt er lächelnd über die Narbe auf seiner Wange bis hin zur gespaltenen Lippe. »Ein kleiner Gruß von deiner Mutter.«

»Sie sind verrückt!«

»Kommt mir irgendwie bekannt vor.« Höhnisch verzieht er den Mund. »Ja, ich glaube, deine Mutter hat auch so etwas in der Art behauptet.«

Panik lässt meinen Puls rasen. »Verschwinden Sie! Hauen Sie ab!«

»Auch das kommt mir irgendwie bekannt vor.« Er grinst boshaft, geht mit dem Messer auf mich zu.

Ich reiße die Bücher aus dem Schrank neben mir, werfe sie ihm mit Wucht an den Kopf. Er duckt sich mit wütendem Aufbrüllen hinter seinen gehobenen Arm, ich sprinte auf die offene Tür zu, habe sie fast erreicht, als er mich am Fuß packt, ich der Länge nach hinschlage. Der Aufprall presst mir die Luft aus den Lungen. Schon ist der Kerl über mir, reißt mich herum und drückt mich zu Boden. Kaum bekomme ich wieder Luft, schreie ich wie am Spieß, trete panisch um mich und habe doch keine Chance. Mit seinem ganzen Gewicht kniet er auf mir, hält mich am Boden, Wahnsinn oder Wut verleihen ihm unmenschliche Kräfte, sein stahlharter Griff fixiert mein Gesicht. Verzweifelt versuche ich, seinen Arm fortzudrücken, strample, winde mich, doch das Messer nähert sich unaufhaltsam meiner Wange. Tränen schießen mir in die Augen, ich kneife sie zusammen, mache mich auf den Schmerz gefasst.

Im nächsten Augenblick ist sein Gewicht fort. Jemand hat den Kerl von mir heruntergerissen, ihm das Messer aus der Hand geschlagen. Klirrend fällt es zu Boden. Nein, nicht jemand.

»Alec!«, schluchze ich auf, habe noch nie etwas Wundervolleres gesehen als ihn jetzt und hier.

Nun ist es Stefanos, der bäuchlings am Boden liegt, Alec hält ihn mit dem Knie im Rücken dort. Stefanos windet sich brüllend, aber Alec hat ihm die Arme auf den Rücken gedreht – und die Wut in seinem Gesicht steht der in Stefanos' Augen in nichts nach. »Was hast du hier zu suchen? Was hast du ihr getan?«

Stefanos versucht erneut, sich zu befreien, gibt plötzlich auf. Sein Körper wird schlaff, er funkelt mich böse an. »Leider noch nichts. Dabei wollte ich ihr doch so gern ein Andenken mitgeben. Ein Andenken an früher.«

»Wovon redet er?«

»Ich … weiß es … nicht, es … hat mit Mum zu tun.«

»Du bist doch Experte dafür, wie ich hörte«, höhnt Stefanos. »Für das, was ’74 geschah.«

Alec steht auf, zieht den Kerl hoch. »Du wirst dem Richter eine Menge zu erzählen haben.«

»Dem Richter?« Stefanos lacht höhnisch. »Wie heißt es so schön: Ihr vom CMP sucht keine Täter? Nur Opfer?«

»Das stimmt«, ertönt vom Fenster her Kostas’ Stimme. Er trägt eine Polizeiuniform. »Ich allerdings gehöre nicht dazu. Außerdem liegen hier genug gegenwärtige Delikte für eine Verurteilung, zumindest aber für eine Festnahme vor.«

»Tina!« Colleen taucht neben Kostas auf, rennt völlig aufgelöst zu mir. Während Kostas Stefanos Handschellen anlegt und ihm seine Rechte vorträgt, schließt sie mich in die Arme, und ihre Fragen prasseln auf mich ein. »Wir haben dich überall gesucht. Um Gottes willen, was ist hier passiert? Wer ist das? Dein Vater ist panisch vor Angst, hat die ganze Zeit versucht, dich zu erreichen, und wir ebenfalls. Wieso hast du dein Handy ausgeschaltet und warum …?«

»Colleen«, unterbricht Alec sie. »Ich glaube, sie steht unter Schock. Lass sie erst einmal zu sich finden, alles andere hat Zeit.«

Jetzt erst realisiere ich, dass ich am ganzen Körper zittere, als hätten meine zum Zerreißen gespannten Nerven aufgegeben. Übelkeit steigt in mir auf.

Während Kostas den noch immer lachenden Stefanos abführt – ein Wahnsinniger durch und durch – und Colleen wie ein aufgescheuchtes Huhn durch das Zimmer rennt, hebt Alec mich hoch und trägt mich zum Liegestuhl auf der Terrasse.

Ich klammere mich an ihn. Bis mir plötzlich einfällt, was er getan hat. Abrupt mache ich mich los, stehe auf eigenen Beinen. »Wieso bist du nicht in Nikosia?«

»Munira rief mich an, nachdem du mit ihr gesprochen hattest. Ich bin sofort umgedreht, habe dich überall gesucht!«

»Warum?«, stoße ich wütend aus. »Um mir noch mehr Lügen aufzutischen?«

»Nein! Ich habe dich nicht belogen, es …«

»Bitte? Du hast doch schon auf dem Flughafen damit angefangen? Dieser verdammte Armreif war der Grund, warum du uns mitgenommen hast, nichts anderes! Du wusstest, wem er gehört! Hast es mir verheimlicht! Mir etwas vorgespielt! All dein Gerede über Schicksal und Liebe – nichts als Lügen!« Die letzten Worte schreie ich förmlich heraus.

Colleen sieht mit großen Augen von mir zu Alec und zurück. »Ich … lasse euch mal lieber allein.« Rücksichtsvoll geht sie ins Haus und schließt die Tür.

»Athina, bitte …«

»Ich war für dich nur Mittel zum Zweck! Eine heiße Spur, der du folgen konntest.« Schluchzer schütteln mich.

»Nein, das ist nicht wahr! Ich habe dich nicht belogen. Ich hatte keine Ahnung, wem der Armreif gehört. Wirklich nicht. Ich wusste nur, dass meine Mutter völlig entsetzt reagiert hat, als ich damals von der Ausgrabung kam und ihr von dem Fund erzählte, ihr ein Foto zeigte. Sie wollte aber nicht sagen, was sie an dem Anblick so verstört hat.«

»Und das soll ich dir glauben?« Meine Stimme überschlägt sich. Die Sandsäcke, die ich in meinem Inneren aufgestapelt habe, können der Flut der Gefühle nicht mehr standhalten. Sie bricht über mich herein, fegt auch die letzten Säulen, die mich aufrecht gehalten haben, mit sich fort. Übelkeit steigt in mir auf, alles dreht sich. Als würde mein Körper verspätet auf die Begegnung mit Stefanos reagieren, weil der Schock die Nervenbahnen zuvor blockiert hatte.

Alec springt herbei, will mich stützen. Ich stolpere von ihm fort.

Sein verletzter Blick zerschneidet mir das Herz, aber ich kann diesem dummen Organ ohnehin nicht mehr trauen.

»Wenn es doch stimmt!« Hilflos fährt er sich durchs Haar.

»Von wegen! Was ist mit dem Brief meiner Mum?«

»Welcher Brief?«

»Der zwischen deinen Büchern lag!« Mit zittrigen Fingern deute ich auf das Regal. Ich habe das Gefühl, zu ertrinken und nichts zu finden, woran ich mich festhalten kann.

Alec blinzelt perplex, schüttelt den Kopf. »Ich wusste nicht, dass er von deiner Mum stammt. Ich hab ihn schon vor längerer Zeit in der Küche der Taverne gefunden, aber meine Mutter wollte mir nie verraten, in welcher Verbindung sie zur Absenderin steht. Ich habe geglaubt, der Brief hätte mit ihrem ersten Mann zu tun, und ihn deshalb aufbewahrt – in der Hoffnung, er könnte mir irgendwann helfen, diesen zu finden. Damit meine Mutter endlich mit Sicherheit wüsste, was mit Malik geschehen ist. Um ihr etwas Frieden schenken zu können. Und das Gleiche dachte ich vom Armreif. Weil meine Mutter, als ich ihr damals von dem Fund erzählte und ihr das Foto zeigte, ganz blass wurde.«

»Siehst du«, flüstere ich. »Du hast mich doch nur benutzt!«

»Nein! Meine Mutter hat mir nie gesagt, warum sie so erschrocken reagiert hat. Und auf dem Flughafen, bei unserer ersten Begegnung, hatte ich den Armreif gar nicht mehr auf dem Schirm. Ich erinnerte mich nur ganz vage daran, wie er aussah. Erst nachdem ich Munira gebeten hatte, mir das Foto herauszusuchen, erkannte ich ihn wieder. Das war viel später. Als ich mich schon längst in dich verliebt hatte.«

»Hör auf! Hör auf, so etwas zu sagen!«

»Aber es ist die Wahrheit! Ich wusste nur nicht, wie ich dir meine Vermutung mitteilen sollte. Du hattest keine Ahnung von der Vergangenheit deiner Eltern und dieser Insel. Hätte ich dich da etwa mit der Mutmaßung überfallen sollen, die Knochen deines im Bürgerkrieg getöteten Onkels, Großvaters oder sonst eines Verwandten gefunden zu haben?«

Ich schluchze auf, will ihm Glauben schenken und wage es doch nicht.

»Das Einzige, was du mir vorwerfen kannst, ist, dass ich die Reaktion meiner Mutter schöngeredet habe. Aber es geschah aus Sorge um sie. Ich habe bemerkt, dass etwas nicht stimmte, und geahnt, dass es mit dem Armreif zu tun haben muss, aber ich hatte Angst um sie. Angst vor dem, was ich im Hinblick auf sie vielleicht ans Licht befördern könnte. Ich wollte es erst einmal für mich selbst herausfinden. Das sind die Gründe, weshalb ich dir nichts von meiner Vermutung erzählt und für mich behalten habe, woher ich den Armreif kenne. Das und nichts anderes. Und ich wünschte, ich hätte anders gehandelt, aber bitte, bitte glaub mir, dass es nichts mit meinen Gefühlen für dich zu tun hat! Denn alles, was ich darüber gesagt habe, war und ist die Wahrheit!«

Seine Worte sind so verlockend, und mein Herz schreit vor Sehnsucht, mein Kopf jedoch hat Angst. Zu viel ist geschehen. »Ich will dir ja glauben«, sage ich erstickt. »Aber ich kann es einfach nicht. Ich weiß nicht mehr, was wahr ist und was falsch und … und … ich werde es nicht … verkraften, wenn … du …« Meine Stimme versagt.

»Wenn ich morgen weg bin?«

Ich nicke.

»Das werde ich nicht. Weder morgen noch an sonst einem Tag. Und das werde ich dir beweisen.« Er tritt zu mir, und dieses

Mal bleibe ich stehen. Sanft greift er nach meiner Hand, und ein Schmunzeln huscht über sein Gesicht. »Wie du vielleicht inzwischen mitbekommen hast, kann ich verdammt hartnäckig sein.«

Unendlich sanft hebt er mein Kinn an, bis ich ihm in die Augen sehe. Und die Wahrheit in ihrem blauen Meer erkenne.

»Glaub mir, mich wirst du so schnell nicht wieder los«, raunt er.

»Das will ich auch gar nicht«, flüstere ich und gebe damit endlich meinem Herzen nach.

Als wir vor der Klinik, in der Mum liegt, aus dem Wagen gestiegen sind, zieht Alec mich an sich. Seine Lippen sind noch immer so süß und verheißungsvoll wie vor zwei Monaten.

Ich lasse mich in seinen Kuss fallen, voll Vertrauen. Denn Alec hat recht behalten. Er ist immer noch da und das, obwohl wir eine Fernbeziehung führen. Zwar ist er, sooft es ihm beruflich möglich war, in den Flieger nach London gestiegen, an den meisten Tagen jedoch konnten wir nur skypen. Trotzdem habe ich keinen Zweifel mehr daran, dass das erst der Anfang von etwas ist, was mit jedem Tag noch wundervoller wird.

Hand in Hand gehen wir auf das Gebäude zu.

Ich bin nervös, wie jedes Mal, und Alec spürt es, ebenfalls wie jedes Mal. Sein Daumen streicht sacht über meine Haut, er nickt mir aufmunternd zu. Noch immer ist es, als könne er meine Gedanken lesen, würde meine Gefühle teilen. Dankbar lächele ich ihn an.

Er zieht mich an sich und drückt mir einen Kuss aufs Haar. »Alles wird gut.«

Ich berge mein Gesicht an seiner Brust, schließe die Augen und atme tief seinen Duft ein. Zu Hause. Bei Alec bin ich zu Hause. Egal, wo. Sofort spüre ich, wie ich ruhiger werde.

Manchmal geht das Schicksal seltsame Wege, um einem ein Zeichen zu geben, den richtigen Weg zu finden. Es kann ein Brief sein, ein Duft oder auch eine unverhoffte Begegnung, die die ganze Welt zum Beben bringt. So wie die mit dem Parfümeur im Restaurant damals. Ich werde ihm immer dankbar sein, und vielleicht sehe ich ihn irgendwann wieder.

Langsam laufen wir weiter, doch als wir um die Ecke biegen, halte ich abrupt inne.

Dad steht vor dem Krankenhausportal.

Seit anderthalb Monaten bin ich wieder in London, doch nicht einmal war ich in der Wohnung meiner Eltern oder im Restaurant. Die Besuche in der Klinik habe ich so gelegt, dass ich ihm aus dem Weg gehen kann. Gesprochen haben wir nur am Telefon, und auch das war schwer genug für mich.

Ich räuspere mich. »Wie geht es Mum?«

Er schluckt schwer. »Unverändert.« Tief holt er Luft. »Ich … habe auf dich gewartet. Dachte … wir … könnten vielleicht …« Er verstummt, hebt hilflos die Schultern. »Wann kommst du mal wieder vorbei? Auf einen Kaffee oder … was auch immer.«

»Ich weiß es nicht.«

»Ich … wollte nur …« Er fährt sich mit der Hand über die Augen. »Dass du weißt, dass ich deine Mum über alles liebte. Sie noch immer liebe. Das Leben hat mir von Anfang an nur Steine in den Weg gelegt. Ich hatte nichts und war niemand. Und ich liebte deine Mutter, auch wenn ich keine Gedichte schreiben konnte, kein Mann der schönen Worte war. Das war meine Chance. Die einzige Chance, die ich je hatte. Die ich je wollte. Und ich … ich habe sie genutzt. Ja, ich wusste von ihrer heimlichen Beziehung zu Yasin, aber ich habe nie aus Rache gehandelt, das musst du mir glauben. Im Gegenteil. Ich war mir einfach absolut sicher, sie glücklich machen zu können. Ich weiß selbst nicht, wo ich diese Gewissheit hernahm. Nenn es Dummheit, nenn es Arroganz oder … Liebe.« Seine Stimme bricht und mit ihr mein Herz. Ihn so zu sehen, tut weh, egal, was er getan hat. »Ich wusste, dass ich gut für sie sorgen würde. Ihr Vater wusste das auch. Er kannte mich. Kannte meinen Ehrgeiz. Ich würde es immer schaffen, irgendwo eine Hintertür zu finden, irgendwie durchzukommen. Das hat er mir gesagt. Er war sich sicher, seine Tochter bei mir in guten Händen zu wissen. Was ich getan habe, war … falsch. Das weiß ich. Aber … ich … wollte für sie nur das Beste, das musst du mir glauben. Ich … war davon überzeugt, sie glücklich machen zu können«, wiederholt er. Tränen laufen ihm über die Wangen. »Tausende starben damals, Hunderte werden bis heute vermisst. Ich bin kein böser Mensch. Ich hatte nicht damit gerechnet, dass Yasin überlebt.«

»Aber er hat überlebt«, flüstere ich. »Und Mum hat es gespürt.«

Mein Vater nickt, sein Gesicht ist gramgefurcht. »Es ist schrecklich, was ich … getan habe. Dennoch … kann ich es nicht … bereuen … und … der Grund dafür bist du.«

Ich versteife mich, umklammere Alecs Hand.

»Du bist das Wundervollste, was mir je geschenkt wurde. Ohne das, was ich tat, gäbe es dich nicht, meine Prinzessin. Und dich kann ich nicht bereuen, keine einzige Minute mit dir mag ich missen.« Seine Stimme bricht, ist nur noch ein Flüstern. »Verstehst du das? Kannst du mir verzeihen?«

»Ich … brauche Zeit.«

Mein Vater nickt langsam. »Du weißt, wo du mich findest«, flüstert er mit belegter Stimme, versucht sich an einem Lächeln und geht.

Ich kämpfe mit den Tränen, umklammere Alecs Hand, als wir unseren Weg fortsetzen, den vertrauten Klinikgängen bis zu Mums Zimmer folgen.

Seit ich wieder in London bin, war ich jeden Tag bei Mum. Aber nicht allein, sondern mit Yasin. Noch bevor ich die Klinke herunterdrücke, höre ich schon seine Stimme. Leise treten wir ein.

Er ist so versunken, dass er es nicht einmal bemerkt. Stumm setzen wir uns an den kleinen Tisch, lauschen seinen Worten.

»Einmal nur
nicht im Wind deine Stimme hören,
nicht im Traum in deine Augen blicken.
Einmal nur.

Wir haben uns verloren, kaum dass wir uns gefunden hatten.
Jetzt habe ich dich gefunden und trotzdem verloren.
Und doch bin ich froh,
denn du lebst ...«

Rund um die Uhr sitzt er bei ihr, hält ihre Hand und liest ihr vor. Alles, was er zu Papier gebracht hat.

Jetzt hat er uns bemerkt, sieht auf und sagt leise: »Das Schreiben hat mich all die Jahre am Leben gehalten. *Sie* hat mich am Leben gehalten. Denn ich hatte es ihr versprochen.«

Ich nicke bewegt, Alec drückt meine Hand. Yasin wendet sich wieder meiner Mum zu. Sie zeigt keine Reaktion. Wie immer. Yasin liest trotzdem weiter.

»Hoffnung bist du.
Hoffnung sind wir.
Ich gebe uns nicht auf.
Werde weiter auf dich warten.
Bin an deiner Seite,
wo ich hingehöre.«

»Ich hole Kaffee«, flüstere ich Alec zu, stehe auf und habe schon die Hand auf dem Türgriff, als Yasin plötzlich mitten im Satz verstummt, Alec nach meinem Arm greift.

Ich sehe über die Schulter zurück, und mein Herz bleibt für einen Moment stehen.

Mum hat die Augen aufgeschlagen.

Ein Tag im Sommer

Der Sonnenaufgang vor uns lässt den Felsen der Aphrodite entflammen.

»Was meinst du, sollen wir auch dreimal um den Felsen schwimmen?«, frage ich scherzend.

»Nicht nötig«, gibt Alec lächelnd zurück. »Ich habe auch so die wahre Liebe gefunden.«

Liebevoll zieht er meine Hand an seine Lippen, haucht mir einen Kuss auf die Innenfläche.

»Aber was, wenn wir uns nicht am Flughafen begegnet wären?«, frage ich.

»Wären wir uns woanders begegnet. Vielleicht auch wann anders. Aber begegnet wären wir uns auf jeden Fall, davon bin ich überzeugt. Wir gehören einfach zusammen, so wie mein Onkel und deine Mutter. Es ist wie bei den Dominosteinen, die angestoßen werden. Die Spuren können auseinanderlaufen, in völlig andere Richtungen, über Höhen und Tiefen, und führen am Ende doch wieder zusammen, weil sie von Anfang an so aufgestellt waren. Schicksal.«

Er küsst mich sanft und ich ihn.

Ein Räuspern ertönt. »Wir wären jetzt so weit!«, ruft uns der junge Papas Sofronis aus Lefkara zu.

»Es geht los«, sagt Alec zu mir, und Hand in Hand gehen wir hinüber zu dem weißen Baldachin, unter dem für die Gäste der Trauungszeremonie zahlreiche Stühle aufgestellt sind.

Dann sehe ich einen Nachzügler über den Strand auf uns zulaufen. Dad. Auch er trägt einen Anzug, ist für die Trauung zurechtgemacht.

Als er bei mir ist, schließe ich ihn fest in die Arme. »Danke, dass du gekommen bist.«

Er nickt und versucht sich an einem Lächeln. Es gerät etwas schief. Er wirkt traurig, aber in sich ruhend. Es war hart, ihm zu sagen, dass ich nicht mehr in mein altes Leben, nicht mehr ins Restaurant zurückkehren, sondern mit Alec auf Zypern bleiben und mit ihm für eine Versöhnung der Menschen arbeiten will. Letztlich hat er es schweren Herzens akzeptiert. Auf die Eröffnung des dritten Lokals hat er verzichtet und das Geld, das dafür gedacht war, verschiedenen Organisationen auf Zypern gespendet, die sich um eine Aussöhnung bemühen. Jetzt reicht er mir mit einem Seufzen eine Art Ringblock.

Verwirrt nehme ich ihn entgegen, drehe ihn um, halte den Atem an und lese die Worte darauf: *Weil du mich riefst.*

»Yasins Gedichte«, sagt Dad leise. »Und damit die Geschichte deiner Mutter. Und die ihrer großen Liebe.« Er holt tief Luft. »Ich habe einen Verleger für sein Manuskript gefunden. Das hier ist nur die Version, die ich mit Elifs Hilfe verschickt habe.«

Bewegt fahre ich mit dem Finger über den Titel. »Danke.«

»Das Mindeste, was ich tun konnte«, sagt Dad leise.

»Ich liebe dich, Dad.«

»Ich dich auch, Prinzessin.« Er drückt mir einen Kuss auf die Stirn und eilt zu dem freien Stuhl neben Elif und Eleni. Sie sitzen vor Colleen und ihrem Kostas. Er musste seine Jacht zwar aus finanziellen Gründen aufgeben, aber sie liebt ihn auch mit Ruderboot.

Alec greift nach meiner Hand, und wir gehen nach vorn.

Mum sitzt im Rollstuhl, das Gehen fällt ihr noch schwer, sie musste es im vergangenen Jahr neu lernen, aber Yasin hat gesagt, es gebe keine schönere Frau auf Erden. Und tatsächlich strahlt sie heller als die Sonne. Ich habe sie noch nie so glücklich gesehen.

Yasin hält ihre Hand. Jeder von ihnen trägt einen der Armreifen seiner Großmutter.

Sie wirft mir einen liebevollen Blick zu, und ich könnte nicht glücklicher sein.

Alec drückt mich an sich. Er weiß genau, was es mir bedeutet hat, ihr nun doch noch sagen zu können, wie wichtig sie mir ist, wie sehr ich sie liebe. Und ich hätte mir keine größere Stütze in den aufreibenden letzten Monaten vorstellen können als Alec. Ich weiß, dass er immer an meiner Seite sein wird.

»Ich habe doch gesagt, dass ich geträumt habe, wir würden hier heiraten«, höre ich Yasin murmeln, und ein verschmitztes Lächeln huscht über sein Gesicht.

»Und ich habe gesagt, deine Stimme würde mich von überallher zurückholen können«, gibt meine Mutter mit schwerer Zunge, aber voller Wärme in der Stimme zurück. »Ich habe aus der Dunkelheit zurückgefunden, weil du mich riefst.«

Der alte Hodscha Kadir, dieses Mal ohne sein Schachbrett, tritt zittrig vor sie, vom jungen Papas Sofronis gestützt. Tränen laufen mir über die Wangen, als die beiden gemeinsam meine Mutter und ihre große Liebe trauen.

Hand in Hand mit Alec sehe ich zu, wie hinter ihnen die Sonne aufgeht und das in hundert verschiedenen Blautönen leuchtende Meer in alle Farben des Sommers taucht.

Nachwort

Liebe Leserin, lieber Leser,
ich freue mich, dass ich dich für eine Weile aus deinem Alltag nach Zypern entführen durfte. Diese Geschichte lag mir unfassbar am Herzen, und ich möchte mich mit ihr für die Gastfreundschaft bedanken, die meiner Familie und mir auf der Insel der Götter zuteilwurde.

Vor zwei Jahren durfte ich zum ersten Mal einen Urlaub auf Zypern verbringen, dieser traumhaft schönen Insel voller Gegensätze, und kam in den Genuss der Herzlichkeit ihrer Bewohner. Die Erzählungen meiner dortigen Vermieterin und der einheimischen Nachbarn darüber, wie sie jenen schicksalhaften Sommer 1974 und seine Folgen erlebten, haben mich seitdem nicht mehr losgelassen. Die Bilder der Geisterstadt Varosia und des Flughafens von Nikosia gingen mir ebenso wenig aus dem Kopf wie die der traumhaft schönen Buchten und der malerischen Dörfer.

Selbstverständlich habe ich nach bestem Wissen und Gewissen die Hintergründe des Zypernkonfliktes recherchiert, dennoch bin ich weder Historikerin noch Politologin. Weder maße ich mir an, eine politische Einschätzung der damaligen oder heutigen Situation abgeben zu können, noch ist das mein

Ziel gewesen. Mir ging es nur darum, zwei Schicksale aufzugreifen und deren Geschichte zu erzählen.

Und ich bin überglücklich, dass diese Geschichte nun endlich ihren Weg in deine Hände und hoffentlich auch in dein Herz gefunden hat. Vielleicht trägt sie ja im Sinne der Arbeit des CMP ein wenig zum besseren Verständnis und zu einer Versöhnung der Menschen bei.

Meine ausdrückliche Hochachtung gilt daher an dieser Stelle den Mitarbeitern des *Committee on Missing Persons in Cyprus* und aller anderen Organisationen, die sich um Aussöhnung und Frieden bemühen, denn:

»Die größten Menschen sind jene, die anderen Hoffnung geben können.«
Jean Jaurès

Deine Emma

Druck:
Customized Business Services GmbH
im Auftrag der
KNV Zeitfracht GmbH
Ein Unternehmen der Zeitfracht - Gruppe
Ferdinand-Jühlke-Str. 7
99095 Erfurt